afgeschreven

DE ORDE VAN HET ZWAARD

De Donkere Tijd 2

Van Markus Heitz zijn verschenen:

De Dwergen
De Strijd van de Dwergen
De Wraak van de Dwergen

Ritus

Schaduwen boven Ulldart – *De Donkere Tijd 1*
De orde van het zwaard – *De Donkere Tijd 2*

Markus Heitz

DE ORDE
VAN HET ZWAARD

De Donkere Tijd 2

afgeschreven

LUITINGH FANTASY

© 2004 Piper Verlag GmbH, München
All rights reserved
© 2008 Nederlandse vertaling
Uitgeverij Luitingh ~ Sijthoff B.V., Amsterdam
Alle rechten voorbehouden
Oorspronkelijke titel: *Der Orden der Schwerter*
Vertaling: Jan Smit
Omslagontwerp: Karel van Laar
Omslagillustratie: Sally Long / Bragelonne
Kaarten: Erhard Ringer

ISBN 978 90 245 2782 3
NUR 334

www.boekenwereld.com
www.dromen-demonen.nl

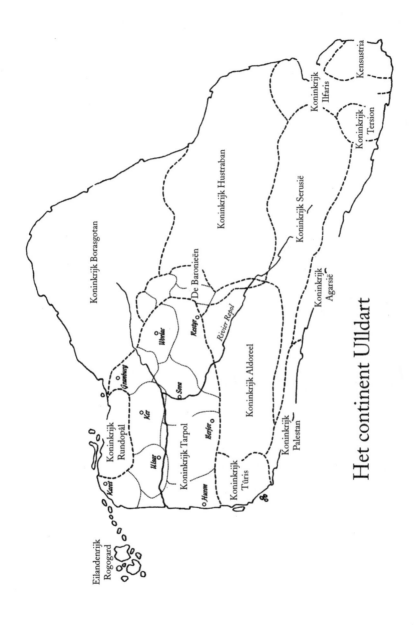

Het continent Ulldart

Eilandenrijk Rogogard

Koninkrijk Borasgotan

Koninkrijk Hustraban

Koninkrijk Serusië

Koninkrijk Ilfaris

Kensustria

Koninkrijk Tersion

Koninkrijk Agarsië

De Baronieën

Rivier Repol

Werbac

Kostr´t

Sera

Granburg

Kar

Koninkrijk Rundopal

Ulsar

Kanet

Bayjet

Koninkrijk Tarpol

Koninkrijk Aldoreel

Koninkrijk Palestan

Hunn

Koninkrijk Türis

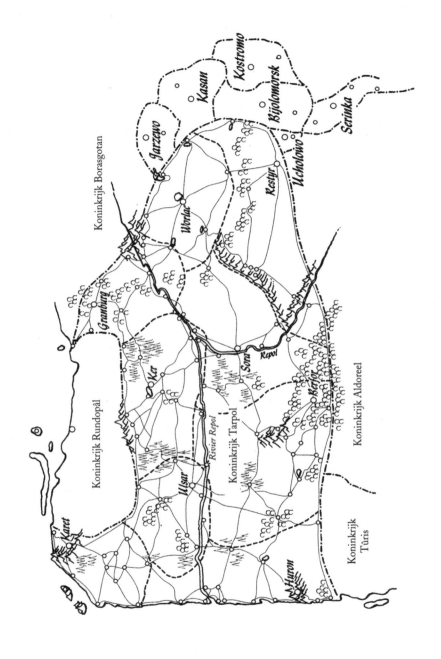

PROLOOG

Ulldart, koninkrijk Ilfaris, hertogdom Turandei, koninklijk paleis, winter 442/443 n.S.

Het gerinkel van het bestek in de eetzaal was verstomd. Afgekloven een-denbotjes lagen keurig op de afvalborden, en de schotels en schalen die een uur geleden nog tot aan de rand waren gevuld en met hun gewicht de kleine tafel bijna door zijn poten hadden laten zakken, waren afgeruimd. Slechts een eenzame aardappel lag als enige overlevende van het avondmaal op het zilveren bord, nog maagdelijk onberoerd, met boter, en met zout en kruiden smakelijk bestrooid.

Koning Perdór, een gemoedelijke man in de kracht van zijn leven, met lang grijs haar, borstelige wenkbrauwen en een weelderig krullende baard, liet het bericht tot zich doordringen dat hem een paar minuten geleden had bereikt.

'Hij zal het nog zwaar krijgen, de jonge Kabcar.' Peinzend legde hij het papier neer en fronste zijn voorhoofd. In gedachten verzonken bond hij het servet los dat zijn dure, bontgekleurde brokaten mantel tegen vlekken moest beschermen.

'Dat weet iedereen. Daarvoor hoef je geen profeet te zijn.' De magere hofnar aan zijn zij zwaaide overdreven met zijn hoofd, waardoor de belletjes aan zijn kleurige muts in alle toonaarden begonnen te rinkelen. 'Ik durf mijn maandgeld eronder te verwedden dat de raad van brojaken hem binnen een maand heeft afgezet en een van hun eigen hara¢s in zijn plaats benoemt.'

'Mijn brave Fiorell, die weddenschap zou je verliezen,' glimlachte de vorst van Ilfaris. 'Je vergeet dat de Bardriç-dynastie één belangrijke troefkaart heeft tegenover de herenboeren: de garnizoenen. De militairen zijn altijd op de hand van de Kabcar geweest, net als het volk. Daarom lijkt me het gevaar van een staatsgreep in Tarpol voorlopig niet zo groot.'

Fiorell, zoals altijd in een kleurig geruit narrenpak gekleed, wilde protesteren, maar Perdór draaide zich om en trok aan het schellenkoord naast zich. Een paar seconden later verschenen drie bedienden met het toetje.

'Aha,' verzuchtte de koning tevreden en hij wreef zich in zijn handen. 'Kersengriesmeelpudding met een sausje van bessenjam. Gekonfijte vruchten met chocoladecrème en...' Zijn blik bleef rusten op een bord met een doek eroverheen, 'wat is dat?'

'Een nieuwe creatie van onze bonbonmaker, hoogheid,' antwoordde een van de dienaren met een buiging. '"Warme Winterzon" heeft hij het genoemd.' Met een theatraal gebaar trok hij de doek weg van een stapeltje zoetigheden van donkere chocola.

Perdór nam met glinsterende ogen een van de lekkernijen van de stapel, stak die in zijn mond en sloot verwachtingsvol zijn ogen.

De hofnar kon de ceremonie wel dromen. Het zou wel even duren voordat de koning weer tot een zinnig gesprek in staat was, dus wachtte Fiorell geduldig tot zijn heer en meester weer in de werkelijkheid was teruggekeerd.

'Heerlijk!' zuchtte de koning na een tijdje, en langzaam opende hij zijn ogen. 'Echt verrukkelijk! Halfbittere chocola met een zoete sinaasappellikeur, een partje sinaasappel en marsepein. Het smelt op de tong, waardoor heel langzaam de smaak vrijkomt. Die bonbonmaker in dienst nemen, die kunstenaar, dat creatieve genie, was een van de beste ideeën die ik in lange tijd heb gehad.' Hij snoepte nog wat van de schaal. 'Zo'n genot zou me bijna een oorlog waard zijn.'

'En daarmee snijdt u het juiste onderwerp aan,' onderbrak de hofnar de lofzang van de koning, terwijl hij zelf ook een bonbon pakte, die achter in zijn linkerwang propte en onverschillig begon te kauwen. 'Ja, niet slecht.'

Perdór keek de potsenmaker misprijzend aan. 'Jij doet het meesterschap van de pâtissier geen recht, vriend. Jij geniet niet, jij propt je vol.'

'Uw gasten hebben ook zelden waardering voor míjn meesterschap, hoogheid,' wierp de hofnar tegen. 'Waarom zou ik bewondering tonen voor anderen als ik die zelf nooit krijg? Ik ben heus niet blij als ze een kat naar me toe smijten terwijl ik sta te jongleren, alleen om te zien of ik behalve de ballen ook dat dier in de lucht kan houden.'

De vorst grinnikte. 'Maar het lukte wél.'

'Nou, bedankt. De beten en schrammen beginnen heel langzaam te genezen,' mopperde Fiorell. 'Maar we hadden het over de oorlog.'

Perdór stuurde de bedienden weg, stond op en liep naar zijn zware bureau. Met een kleine, fraai bewerkte sleutel die hij om zijn hals droeg opende hij een van de laden, die een verborgen knop bevatte.

Hij drukte erop en knarsend schoof een deel van de zware wandbetimmering aan de lange zijde van de zaal terug. Daarachter kwam een kastenwand vrij, vol met boeken, geschriften, verzamelbanden en andere papieren, alfabetisch en naar koninkrijk gerangschikt.

De koning pakte een ladder uit een nis en gaf Fiorell een teken om naar de letter 'B' te klimmen. 'Borasgotan, als je wilt. En maak voort. Hop, hop!'

Gehoorzaam klom de hofnar omhoog, pakte de betreffende verzamelband en kwam met een elegante sprong weer van de ladder af.

'Alstublieft, majesteit.' Hij sloeg het boek open. 'Dit zijn de laatste berichten uit het rijk, vanochtend nog per postduif bezorgd. Hij was bijna bevroren, het arme dier. Een ijsvogel, zeg maar.'

Perdór negeerde hem en las het bericht van een spion binnen het Borasgotanische bestuur, die Ilfaris op de hoogte hield van belangrijke ontwikkelingen.

Dergelijke spionnen waren bij honderden actief in alle landen van Ulldart, waar ze posities innamen bij het bestuur, de gilden, de arbeidersklasse, de boeren en de adel.

Het had Ilfaris veel tijd en nog meer geld gekost om uit al die lijnen en draden een dicht netwerk te vlechten, maar die moeite loonde nu. Belangrijk nieuws bereikte de koning van Ilfaris vaak eerder dan de vorst van het betreffende rijk. En die informatie werd voor veel geld aan anderen doorverkocht – als dat in Perdórs belang was.

Deze grote eetzaal was de geheime schatkamer van de koning en slechts een van de talloze archieven waarover hij beschikte. De andere lagen door het paleis verspreid en werden beheerd door met zorg gekozen vertrouwelingen, die zelfs de kleinste, ogenschijnlijk onbelangrijkste berichten verzamelden. Alle informatie was hier te vinden, van economie tot belastingen, van garnizoenen tot de gevechtssterkte van militaire eenheden. Zelfs geruchten werden hier genoteerd.

Toch vertoonde de landkaart nog één blinde vlek: Kensustria. In al die jaren was het Perdór en zijn voorgangers nooit gelukt daar een inlichtingennetwerk op te bouwen. Alle bronnen droogden onmiddellijk op. Nooit werd er meer iets van de uitgezonden spionnen – mannen of vrouwen – vernomen.

'Het ziet er allemaal heel onheilspellend uit,' verklaarde Perdór na een korte stilte, voordat hij zijn linkerarm op zijn rug legde en door de zaal begon te ijsberen. En steeds opnieuw las hij het bericht. 'Waarom heb ik dit niet eerder gehoord?'

'U zat aan het ontbijt, en dan is er niets met u te beginnen.' Fiorell knipoogde, ging op zijn handen staan en klom ondersteboven de ladder op, alsof hem dat geen enkele moeite kostte.

Boven gekomen sprong hij overeind, balanceerde op één been op de bovenste sport van de ladder en jongleerde met drie bonbons. Ten slotte wierp hij ze hoog in de lucht en liet ze één voor één in zijn mond verdwijnen.

'We kunnen het bericht aan de jonge Kabcar doorgeven,' stelde hij voor, terwijl hij hoorbaar slikte. 'Dan is hij gewaarschuwd en kan hij de plannen van Borasgotan nog verijdelen als hij...'

'Ilfaris heeft nog nooit gratis informatie weggegeven, en ik ben niet van plan om nu een uitzondering te maken,' viel de koning hem in de rede. 'Dit hoeft geen oorlog tegen Tarpol te betekenen, ook al lijkt de binnenlandse politieke situatie misschien gunstig. Alle landen hebben immers het duizendjarig vredesakkoord ondertekend.'

'Hoe verklaart u dan de toegenomen mijnbouw, de opgevoerde ertsen ijzerproductie en de inzet van zogenaamde "vrijwilligers" bij de militaire eenheden?' De hofnar maakte een pirouette, zette zich af en landde met rinkelende belletjes op de marmeren vloer. 'Goed, je zou met al dat erts ook ijzeren tandenstokers kunnen maken.'

'Misschien willen ze hun vloot versterken,' opperde Perdór, zonder veel geloof in zijn eigen suggestie.

'Om een tandenstokerhandelsoorlog tegen Agarsië en Palestan te beginnen, hoogheid? Wilt u eraan denken dat ík van ons tweeën de zot ben?' Schalks keek hij Perdór aan met zijn donkere ogen. Zulke opmerkingen kon hij zich alleen veroorloven als er niemand anders bij was. En van die gelegenheden maakte hij graag gebruik.

'Daar heb je gelijk in. En daarom kan ik jóú laten onthoofden en niet andersom, vergeet dat niet. Hier staat iets over wapenleveranties aan de provincie Worlac,' veranderde de vorst van onderwerp. 'Worlac is pas kortgeleden door Grengor Bardriȼ bevrijd. En die geheimzinnige, bijna geheel onbekende gouverneur Pujur Vasja heeft rust gebracht in Granburg. Hij schijnt een jeugdig talent te zijn, naar ik hoor, iemand die de strijd durfde aan te binden met die oude, corrupte vos Jukolenko. Waarom zou het op korte termijn dus tot onrust komen? Het ziet er juist heel vredig uit.'

'U weet toch wat er gebeurt als je een oudere dame van haar korset berooft?' Fiorell hield zijn buik in en liet hem toen weer uitdijen. 'Met dat korset heeft ze een onberispelijk figuur. Neem je het weg, dan blubbert ze alle kanten op. Het overlijden van de Kabcar zou hetzelfde effect kunnen hebben op de provincies. Bardriȼ hield alles bijeen, keurig in model. Nu moet blijken of de TrasTadc dezelfde bindende kracht heeft als zijn vader – of de linten en baleinen van zijn korset sterk genoeg zijn. Bovendien heeft Worlac de laatste jaren met Borasgotan gekonkeld.'

'Je bent en blijf een wijze nar, mijn beste Fiorell,' merkte Perdór op. 'Ik dacht precies hetzelfde. Waarschijnlijk treft Borasgotan die voorbereidingen vooral als drukmiddel, om bij de komende onderhandelingen een gunstige uitgangspositie te krijgen. Wapengekletter hoort er nu eenmaal bij. En dan is er nog het permanente conflict met Hustraban, om de baronie Kostromo. Ook dat land zal de onverzettelijkheid van de nieuwe Kabcar op de proef stellen. Kortom, het rommelt in het noorden. Met de verkoop van belangrijke informatie zal er binnenkort dus een aardige cent te verdienen zijn.'

'Zolang de koude wind maar in het noorden blijft en niet in onze richting blaast,' merkte de hofnar peinzend op.

'Die kans lijkt me niet groot.' De koning nam nog een smakelijke bonbon.

'U moet de wind nooit onderschatten, hoogheid. Soms waait hij opeens van alle kanten, en voor je het weet wakkert hij aan tot storm.'

'Voorlopig is het een storm in een glas water, beste Fiorell. Eerlijk gezegd klink je eerder als een sombere profeet dan als een nar. Was het niet jouw taak om mij te amuseren in plaats van overal beren op de weg te zien?' Hij klopte met zijn hand op de tafel. 'Toch heb je in feite wel gelijk. We zullen onze spionnen opdracht geven om extra waakzaam te zijn.'

'En wat doen we met de jonge TrasTadc, de aanstaande TrasKabcar? Laten we hem aan zijn lot over?' De hofnar kneep zijn ogen half dicht. 'Het lijkt me niet verstandig om werkeloos toe te zien. En daarbij denk ik vooral aan de toekomst van het continent, als u begrijpt wat ik bedoel.' Hij liet zijn stem dalen. 'De voorspelling, majesteit.'

Peinzend nam Perdór nog een praline tussen duim en wijsvinger en keek hoe de chocola langzaam smolt. 'Arrulskhán de Zesde van Borasgotan heeft weliswaar geen tafelmanieren,' de vorst schudde vol afkeer zijn hoofd, 'maar achterlijk is hij niet. Stel dat onze somberste verwachtingen waarheid werden, dan nog zou hij de Kabcar geen haar krenken. Bovendien neem ik aan dat ook Tarpol over een geheime dienst en spionnen beschikt en dus op de hoogte is van de grootscheepse voor-

14

bereidingen in Borasgotan.' Hij glimlachte. 'Maar misschien moeten wij de Kabcar bij zijn kroning, die niet lang op zich kan laten wachten, een geschenk sturen, als vriendschappelijk gebaar van het ene vorstenhuis aan het andere. Daarvoor heb ik exacte informatie nodig. Stuur bericht aan al onze verspieders, mannen en vrouwen, in Borasgotan om zelfs de kleinste beweging aan ons door te geven. Als de goede Arrulskhán inderdaad een invasie voorbereidt, wil ik precies weten waar en wanneer die zal plaatsvinden.'

'Ik zal de duiven meteen laten vertrekken, hoogheid.' Fiorell maakte een buiging. 'Laten we hopen dat ze hun doel bereiken voordat ze in gevederde ijspegels zijn veranderd.'

'Eén moment,' riep de koning hem terug. 'Wat is er eigenlijk waar van het gerucht dat de Tadc zich in een afgelegen provincie voor de Tzulani wilde verbergen? Weten we daar al iets meer over?'

De hofnar schudde zijn hoofd en trok een gezicht als zeven dagen regen. 'Ik ben ontroostbaar, majesteit. Vaststaat alleen dat hij uit de hoofdstad Ulsar naar het noorden is vertrokken. Dat is alles.'

Er kwam een heel interessante gedachte bij Perdór op. 'Stel dat híj die nieuwe gouverneur zou zijn – je weet wel, die jonge vent die in Granburg zo heeft huisgehouden onder de adel?'

'Tot die voorbarige conclusie was ik zelf ook al gekomen, maar dat lijkt niet te kloppen met de feiten,' antwoordde Fiorell, leunend tegen de deur. 'De verhalen uit Granburg spreken over een slanke, daadkrachtige, sociaal betrokken jongeman, die zelfs militaire ervaring schijnt te hebben. In elk geval heeft hij enkele aanslagen uit het kamp van Jukolenko overleefd. Voor zover ik weet, zijn dat details die totaal niet passen bij het beeld van de dikke troonopvolger. De enige overeenkomst lijkt hun blonde haar. Vasja is de zoon van een lagere bestuursambtenaar die kortgeleden is verongelukt bij een val van zijn paard, zoals ik heb gehoord. Laten we dus geen verkeerde conclusies trekken, majesteit. Maar ik zoek het nog uit. De enige die de verblijfplaats van de TrasTadc kent, is kolonel Mansk – en misschien de jongen zelf, als hij tussen zijn vreetpartijen door uit het raam kijkt om te zien waar hij ook alweer is.'

'Dat zou ook te simpel zijn geweest, nietwaar, beste Fiorell?' verzuchtte de vorst. 'Het zou ook de enige keer zijn dat ik informatie voor mezelf had gehouden, in het belang van het hele continent.' Hij pakte de laatste bonbon van de schaal. 'Ga nu maar en doe wat ik je gevraagd heb.'

De hofnar bracht een overdreven militair saluut, sloeg de hakken van zijn puntschoenen zo hard tegen elkaar dat de belletjes aan zijn beenkappen op en neer dansten en verliet de zaal, rinkelend als een klokkenspel.

'Zo, mijn winterzonnetje, jij bent de laatste van de schaal. Verwarm mijn buik maar met je zachte gloed,' fluisterde de koning tegen de praline, voordat hij haar in zijn mond stak.

Langzaam smolt de chocola totdat de likeur vrijkwam, die als warme honing over Perdórs tong uitvloeide. Hij zoog voorzichtig op het sinaasappelpartje en kauwde aandachtig op het stukje marsepein, totdat het zich met de laatste resten van de likeur, het fruit en de chocolade had vermengd.

'Mm, wat een inspiratie! Zoveel genot, die streling van mijn gehemelte! Wie niet genieten kan, die leeft niet echt,' mompelde hij met gesloten ogen, terwijl hij zachtjes door zijn neus uitademde. 'Niet een van mijn beste citaten, maar het kan ermee door. En nu, Perdór, aan het werk! Tijd voor Hustraban en dat soort zaken.'

Resoluut sloeg hij het dikke boek over het koninkrijk open en verdiepte zich in de notities, berichten en geruchten van het afgelopen jaar.

I

Taralea, de almachtige godin uit het begin der tijden, schiep in haar ge-
nade onze wereld uit de elementen vuur, water, lucht en aarde.
    Uit de aarde vormde ze een kluit land, die ze bewerkte en kneedde tot
heuvels en dalen, ter afwisseling van het oppervlak. Maar van deze kluit
hield ze nog een gedeelte over, dat ze tot kleinere kluiten kneedde, die ze
terzijde legde. Zo ontstonden de vijf manen.
    Daarna liet Taralea veel water over haar werkstuk stromen. Het wa-
ter verzamelde zich in de holten en spleten. Zo ontstonden de zee en de
continenten, met hun rivieren en meren.'

DE LEGENDE VAN DE SCHEPPING VAN DE WERELD,
Hoofdstuk 116

Ulldart, koninkrijk Tarpol, provincie Granburg, winter 442/443 n.S.

Lodrik trok het zware beulszwaard langzaam uit de schede. Met een zacht schurend geluid kwam het wapen millimeter voor millimeter uit de koker tevoorschijn, waardoor geleidelijk ook de gravures en in het staal gesmede bezweringen zichtbaar werden.

Zoals de meeste beulswerktuigen was ook dit zwaard bedekt met talloze motieven, formules en tekens om de boze geesten af te weren en de hand van de scherprechter trefzeker te maken bij zijn bloederige werk.

Er gingen allerlei verhalen over de vermeende toverkracht van de zwaarden of bijlen die door beroemde beulen waren gebruikt. Soms verslonden ze de ziel van de ter dood veroordeelde, om te voorkomen dat hij zou terugkeren om te spoken. Of ze hadden een rustgevende invloed op het slachtoffer, om te verhinderen dat hij zijn hoofd zou bewegen op het moment dat de scherprechter toesloeg.

Kritisch hield de jongeman – de Tadc en toekomstige Kabcar van Tarpol – de kling vlak voor zijn ogen. *Was het echt mogelijk dat dit zwaard veel machtiger was dan het leek?*

De ondergaande zonnen wierpen een rood schijnsel door de grote ramen van de oefenzaal en wekte de suggestie van stroperig bloed op de snede van het wapen.

Heel even kwam de herinnering aan de terechtstelling van Jukolenko bij hem boven: het verbijsterde gezicht van de voormalige gouverneur en het tumult van de menigte, die Lodrik na de dood van de edelman had toegejuicht.

Zachtjes streek hij met zijn duim over de kling en betastte de inscripties. Een hete huivering ging door hem heen. Zijn vingertoppen begonnen te kriebelen alsof er een horde mieren over zijn huid kroop, en een stekende pijn vlamde op achter zijn blauwe ogen. Hijgend liet Lodrik het zwaard vallen en sloeg zijn handen voor zijn gezicht.

Na een tijdje nam de pijn wat af, tot een dof bonzen in zijn achterhoofd.

De gouverneur haalde diep adem, liet zijn handen zakken, ging op zijn hurken zitten en greep het wapen om het weer in de schede te steken.

'Welk geheim hou je voor me verborgen?' vroeg hij zachtjes aan het zwaard, dat nu onschuldig aan zijn zij bungelde zonder hem enige aanwijzing te geven.

'Heer, wat doet u hier?' dreunde de stem van Waljakov door de oefenzaal. 'U hebt een afspraak met Miklanowo om de nieuwe gouverneur te kiezen. Dit is niet het moment om te trainen.'

'Ik weet het, Waljakov, ik weet het,' zuchtte Lodrik. Hij streek met zijn vingers door zijn blonde haren en draaide zich om naar de reusachtige gestalte van zijn lijfwacht. 'Ik ben alleen... Ja, ik weet niet wat ik ben.'

'In de war?' opperde de man. Zijn staalgrijze ogen bleven rusten op de gouverneur. 'De weg kwijt? Moet ik een cerêler laten komen?'

'Ik denk niet dat die me zou kunnen helpen,' zei de Tadc afwijzend. 'Er gaat iets met me gebeuren.'

'Heer, u wordt straks tot Kabcar van Tarpol gekroond. Dát gaat er gebeuren, en verder niets.' Waljakov deed een stap naar hem toe. 'En volgens Stoiko moeten we niet te lang wachten met die kroning, anders ontstaan er allerlei geruchten over de opvolging en dat leidt maar tot onnodige onrust in het rijk.' Hij bleef naast zijn beschermeling staan. Lodrik rook de vage lucht van de olie waarmee de lijfwacht regelmatig zijn borstkuras invette. 'Ik ben het helemaal met hem eens. En het is nog een lange reis naar Ulsar. Hopelijk houden de ministers en raadslieden het hoofd koel tot u in functie bent. Een overhaaste reactie op de dreiging uit Borasgotan zou funest kunnen zijn.'

Lodrik leunde tegen de muur en tuurde naar de neuzen van zijn laarzen.

'En hoe zou ík op de dreiging uit Borasgotan moeten reageren? Een provincie besturen is één ding, maar een heel koninkrijk? Soms zou ik wel iemand anders willen zijn, een boer of zo, maar liever toch een edelman.'

'U bent de Tadc en de toekomstige Kabcar, heer,' verklaarde Stoiko vanuit de deuropening. 'Uw woord weegt zwaarder dan dat van alle edelen samen.' De raadsman liep de zaal door, met wapperende bruine haren. 'Beter opletten, Waljakov. Ik had ook een huurmoordenaar kunnen zijn.'

De lijfwacht grijnsde boosaardig. 'Dan hadden je voetstappen anders geklonken toen je voor de deur heen en weer liep.'

'Heb je ons afgeluisterd?' Lodrik keek de man met de reusachtige snor woedend aan.

Stoiko hief bezwerend een hand op. 'Niet afgeluisterd, nee. Ik ving toevallig wat op.'

'En daarbij liep je toevallig heen en weer,' vervolgde Waljakov, die grinnikend zijn mechanische hand op het heft van zijn zwaard legde. 'Ik kan jouw voetstappen wel dromen.'

'Nou, en? Wou je me voor de krijgsraad slepen? Ik was gewoon bezorgd, en Miklanowo is ook naar u op zoek, heer,' verdedigde Stoiko zich. 'We moeten naar Ulsar om de festiviteiten te organiseren en zo snel mogelijk een nieuwe Kabcar op de troon van Tarpol te tillen, zodat Borasgotan niet denkt dat het ongestraft een land zonder leider kan aanvallen. Het hele hof is vermoedelijk al op zoek naar de verdwenen troonopvolger, en het laatste waar we behoefte aan hebben, zijn geruchten over de dood van de Tadc. Hopelijk drukt kolonel Mansk zulke twijfels onmiddellijk de kop in.'

Lodrik vermande zich en kwam overeind. 'Goed. Dan zullen we spijkers met koppen slaan en een nieuwe gouverneur benoemen. Zijn alle gasten al aanwezig?'

Stoiko knikte. 'Ze hebben zich als makke schapen in de audiëntiezaal verzameld en wachten af. Zoals ik van hun dienaren heb gehoord, zijn ze nogal verrast en vragen ze zich af waar deze bijeenkomst voor bedoeld is. Over verrast gesproken: waar is onze brave Hetrál gebleven?'

'Hij heeft me om verlof gevraagd,' verklaarde Lodrik de afwezigheid van de Tûritische meesterschutter. 'Hij moest nog iets regelen in zijn eigen land, maar daar zei hij verder niets over. In elk geval zien we hem in het voorjaar aan het hof van Ulsar terug.'

'De man is de beste schaker die ik ken: trefzeker met zijn pijlen én op het schaakbord! Jammer, want juist in de winter had ik graag een paar partijtjes met hem gespeeld,' zei de raadsman teleurgesteld.

'Hij is zo heerlijk rustig,' prees Waljakov de man.

'Ja, geen wonder,' lachte Stoiko. 'Hij is stom.'

'Dat zouden meer mensen moeten zijn,' mompelde de lijfwacht. 'Kom, we gaan.'

De drie mannen verlieten de oefenzaal en staken het exercitieterrein over naar het paleis van de gouverneur, dat tegenwoordig – van al zijn bladgoud ontdaan – niet meer zo spectaculair leek als vroeger: een grote grijze steenklomp met een indrukwekkend balkon en marmeren krijgsfiguren die aan het oorlogsverleden van het koninkrijk herinnerden.

Bij de aanblik van de stenen krijgshelden hoopte Lodrik vurig dat hij nooit meer in zulke conflicten terecht zou komen, noch persoonlijk, noch als heerser van Tarpol.

Een ijzige wind blies hen op weg naar de ingang om de oren.

'Ik neem aan dat u Miklanowo tot uw opvolger in Granburg wilt benoemen?' vroeg Stoiko toen ze de hal binnenstapten. Luid klonken hun hakken op de marmeren vloer.

'Eerlijk gezegd heb ik nog even aan Norina gedacht,' bekende de gouverneur.

'Wat? Dat kunt u toch niet menen, heer?' riep Waljakov uit.

'Wees maar niet bang,' stelde de jongeman hem grijnzend gerust. 'Ik kan me de reactie van de andere brojaken en de bevolking wel voorstellen als er een jonge vrouw tot gouverneur zou worden benoemd, dus heb ik dat idee maar snel uit mijn hoofd gezet.'

De lijfwacht slaakte een hoorbare zucht van verlichting, trok zijn zwaard recht en sloot een moment dankbaar zijn ogen.

Stoiko lachte luid. 'Je mag een goede lijfwacht zijn, Waljakov, maar van diplomatie heb je geen kaas gegeten.'

'Nee, dat klopt,' antwoordde hij. 'Ik kan slecht liegen.'

'Bedoel je soms dat alle diplomaten leugenaars zijn?' wilde de raadsman weten. Er blonk een geamuseerd lichtje in zijn ogen.

'Nou, de meeste wel,' vond de militair. 'Beroepshalve, in elk geval. En hou er nu over op, want ik heb geen zin in ruzie.'

Stoiko glimlachte tegen de gouverneur. 'Waar zouden we zijn zonder de stem van het gezonde verstand, nietwaar, heer? Die brave Waljakov, altijd bereid tot een open discussie.'

De lijfwacht bromde iets wat vaag als een verwensing klonk.

'Zo is het wel genoeg, Stoiko,' greep Lodrik in. Hij schudde zijn hoofd. 'Geen ruzie. Niet nu.' Voor het laatst inspecteerde hij zijn grijze gouverneursuniform met het kostbare groene stiksel en de zilveren koorden, banden en kettingen. 'Misschien later, als het echt moet, maar niet nu. Kan ik er zo mee door?'

'Onberispelijk,' prees Stoiko zijn verschijning, en Waljakov knikte.

Ze beklommen de treden en stapten de audiëntiezaal binnen, waar de laatste twee edelen en acht brojaken van Granburg zich hadden verzameld. Het legertje machthebbers in de provincie was na de mislukte samenzwering tegen de gouverneur en de daaropvolgende executies aanzienlijk uitgedund.

Links, naast het hoofd van de tafel, zat Ijuscha Miklanowo, de enige brojak die de onervaren gouverneur vanaf het eerste begin had gesteund.

En uit die steun was een zekere vriendschap gegroeid. De man met de volle baard had Lodrik begrip bijgebracht voor de mentaliteit van deze provincie en voor de zorgen en angsten van de mensen, waardoor hij een band had gekregen met het volk. Zonder de hulp van de vriendelijke herenboer zou het voor de Tadc veel moeilijker zijn geweest om veranderingen door te voeren. Bovendien – en dat was voor Lodrik niet minder belangrijk – had Miklanowo de mooiste dochter van het hele continent.

Maar de gouverneur zag niet alleen welwillende gezichten. Ergens in de zaal ontdekte hij ook de karakteristieke roofvogelneus van Tarek Kolskoi. Tussen al die weldoorvoede gasten leek de haraç een schrale vogelverschrikker, die veel te wijde en dure kleren droeg. De gouverneur was ervan overtuigd dat geen enkele kraai zou durven neerstrijken op een veld waar Kolskoi stond. De scherpe bruine ogen van de edelman keken dwars door je heen.

Hij was de enige van wie iedereen wist dat hij bij de samenzwering betrokken was geweest, zonder dat daar harde bewijzen voor waren. En juist hij was als hoogste edelman de woordvoerder van de provincieraad, een commissie die noch in Jukolenko's tijd, noch onder Lodriks bewind, ooit eerder bijeengeroepen was.

Kolskoi draaide zijn hoofd om. Eén moment glinsterde er een blik van blinde, onverholen haat in zijn ogen, die onmiddellijk omsloeg in valse welwillendheid.

'Waarde heren, sta op!' riep hij, terwijl hij zelf het voorbeeld gaf. 'De gouverneur van Granburg, haraç Vasja, verleent ons de eer.'

De edelen en brojaken sprongen als één man overeind, om vervolgens een diepe buiging te maken voor de landvoogd van de Kabcar.

Lodrik liep de tafel langs naar het hoofd, geëscorteerd door een waakzame Waljakov. Stoiko gaf de bedienden bij de deur een paar instructies en volgde de twee anderen op enige afstand.

De gouverneur bleef een ogenblik bij zijn stoel staan, wierp een blik om zich heen en nam plaats. Toen pas gingen ook de gasten weer zitten, zoals de etiquette voorschreef.

'Blij je te zien, Ijuscha,' begroette Lodrik zijn vriend zachtjes. 'Ben je klaar voor het grote moment?'

De brojak grijnsde. 'Ik ben benieuwd naar de gezichten hier.'

'Ik moet snel nog iets doorlezen, dan kunnen we beginnen. Heb je het boek bij je waarom ik je had gevraagd?' Miklanowo reikte het hem aan.

Bedienden brachten kroezen en kruiken met bier, terwijl Lodrik een lijvig wetboek doorbladerde en zich schijnbaar in de paragrafen verdiepte alsof de mannen aan tafel hem niet interesseerden.

Na enige tijd keek hij op, sloeg het boek dicht en leunde met zijn ellebogen op het tafelblad.

'Het doet me bijzonder veel genoegen dat zoveel mensen op mijn uitnodiging hebben gereageerd. Ik heb een aantal mededelingen te doen waarover de meesten van u, waarde heren, zich zullen verheugen.'

'De gouverneur maakt een grapje, neem ik aan.' Kolskoi keek argwanend. 'Nog meer vrijstellingen voor de boeren? Ik weet nu al niet meer hoe ik mijn landgoed moet bedruipen, zo weinig brengen ze nog voor me op.'

Lodrik keek hem met zijn blauwe ogen rustig aan. 'Nee, daar gaat het niet over, haraç. Ik zal deze provincie moeten verlaten.' Er steeg een gemompel op. 'In elk geval voor enige tijd. De nieuwe Kabcar wil me spreken.'

'En wie neemt het bestuur over in uw afwezigheid?' vroeg een van de brojaken voorzichtig.

'De hoogste edelman in de provincie, zoals het hoort. Dat is de normale gang van zaken,' antwoordde Kolskoi met hatelijke genoegdoening in zijn stem. 'Dat kan niemand anders zijn dan ondergetekende. Nietwaar, gouverneur? Of hebt u bij uw zuiveringen nog iemand over het hoofd gezien?'

'Daar komen we nog op. Laat ik eerst uitleggen waarom ik de provincieraad weer in het leven heb geroepen.' Hij legde zijn rechterhand op het dikke boek. 'Het doel en de functie van deze raad is een regelmatige samenkomst van iedereen die in de provincie een vooraanstaande positie bekleedt. Het is een gelegenheid om meningen uit te wisselen, problemen te bespreken en oplossingen te zoeken waarin iedereen zich kan vinden.'

Geen van de mannen aan de tafel keek echt geestdriftig.

'Wat voor problemen bedoelt u, gouverneur?' wilde een van de herenboeren weten.

'O, kwesties met de boeren of vragen over de juiste gang van zaken,' antwoordde Lodrik vaag. 'Concrete voorbeelden heb ik nu niet voorhanden, maar er zullen zich genoeg kwesties aandienen waarover in bredere kring moet worden gesproken.'

Het bleef een tijdje stil. 'Wij kunnen onze eigen problemen heel goed de baas,' merkte Kolskoi toen op. 'En als we het nodig vinden om te overleggen, dan doen we dat. Maar een provincieraad? Ik weet het niet, gouverneur. Helemaal overtuigd ben ik nog niet van uw idee. Ik zie er geen...'

'... voordeel in?' voltooide Lodrik zijn zin. 'Ik weet hoe u op uw eigen voordeel bedacht bent, hara¢. Maar in dit geval ligt dat voordeel bij het algemeen belang, niet bij het individu. Discussie gesloten. De provincieraad komt maandelijks bijeen, en wel op de eerste van elke maand. Wie niet persoonlijk kan verschijnen, stuurt een afgezant, met honderd waslec als boete. Ik ben ervan overtuigd, mijne heren, dat u het nut van deze raad spoedig op waarde zult kunnen schatten.'

Kolskoi leunde demonstratief naar achteren in zijn stoel en staarde met malende kaken naar zijn beker.

'En dat brengt me bij een volgende, bijzonder plezierige kwestie. Zoals de heren zien, is er één stoel aan deze tafel vrij gebleven. Dat is geen slordigheid van het personeel, maar door mij persoonlijk zo bepaald.' De gouverneur knikte naar de bedienden bij de ingang van de zaal. Nieuwsgierig draaiden de brojaken en edelen zich om.

Op de drempel stond Norina.

Ze droeg een lange donkerrode jurk, met goud bestikt, en bijpassende zwarte laarzen. Haar lange, zwarte haar viel om haar schouders en omlijstte haar knappe gezicht. De amulet met de zwarte steen, die ze van Lodrik had gekregen, lag tegen haar borst. Haar bruine, enigszins amandelvormige ogen blikten onverschrokken door de zaal met mannen, ze hield haar hoofd geheven en uit haar hele houding bleek de vastberaden wil geen duimbreed te wijken voor wat dan ook.

Hoewel de lange jonge vrouw haar spanning goed wist te verbergen, zag de gouverneur het bonzende adertje bij haar rechterslaap en wist hij dat Norina's hart sneller klopte dan gewoonlijk.

'Mijne heren, u kent Norina, de dochter van brojak Miklanowo,' verklaarde Lodrik, terwijl hij opstond en naar de jonge vrouw toe liep om haar naar de vrije plaats aan tafel te brengen, waar ze ging zitten.

'Wat heeft dit te betekenen?' siste Kolskoi. 'Een vrouw? Hier?'

'Dat hebt u scherp gezien, harač,' zei Stoiko hoffelijk, terwijl hij met een doodernstig gezicht over zijn snor streek.

Een paar brojaken grijnsden, anderen onderdrukten een kuchje.

'Zoals iedereen weet, voert Norina Miklanowo het bestuur over de gebieden die ooit aan de samenzweerders toebehoorden,' vervolgde Lodrik geamuseerd. 'En als zodanig is zij gerechtigd zitting te nemen in deze raad. Daartoe zal ik haar verheffen tot de status van brojak.'

'Met permissie, gouverneur! Dit gaat echt te ver.' Kolskoi was overeind gesprongen, plantte zijn handen op de tafel en boog zich naar voren. Met zijn priemende blik probeerde hij Lodrik te doorboren. Waljakovs hand gleed al naar zijn zwaard. 'U hebt al dikwijls blijk gegeven van uw... grote rijkdom aan ideeën, maar dit kan ik niet accepteren. Een vrouw als brojak is onbespreekbaar. Zoiets is in de geschiedenis van Tarpol nog nooit vertoond. Er bestaat niet eens een passende naam voor zo'n positie.'

'Brojakin,' viel Norina hem vriendelijk in de rede en ze wierp de opgewonden edelman een glimlach toe.

'Zeg tegen uw dochter dat ze haar mond houdt als volwassenen aan het woord zijn,' tierde Kolskoi tegen Ijuscha.

'U zegt het zelf maar, harač,' antwoordde de baardige man vermoeid. 'U bent oud en wijs genoeg.'

Langzaam draaide Kolskoi zich om naar de jonge vrouw. 'U reist zo snel mogelijk weer terug naar het landgoed van uw vader om de kippen te voeren, zoals het hoort. Uw aanwezigheid hier druist in tegen alle wetten.'

'Daar vergist u zich toch in,' mengde Lodrik zich in de discussie, terwijl hij het boek opensloeg. 'In de grondwet van Tarpol staat nergens vermeld dat een vrouw geen brojak zou kunnen zijn. Weliswaar wordt er in mannelijke termen over die titel gesproken, maar nergens kan ik een bepaling vinden die vrouwen uitsluit.'

'Onmogelijk,' protesteerde de edelman.

'Wilt u daarmee beweren dat ik, gouverneur en koninklijk beambte, plaatsvervanger van de Kabcar, hier zit te liegen?' Lodriks ogen bliksemden. 'Of begrijp ik u verkeerd?'

'Ik beweer alleen dat u misschien niet lang genoeg gezocht hebt.' Kolskoi spreidde de vleugels van zijn haviksneus. 'Of dat u iets over het hoofd hebt gezien, gouverneur. Wilt u in alle ernst zo'n groot gebied permanent onder het gezag van een onervaren meisje plaatsen? De boeren zullen een loopje met haar nemen.'

'Ik bestuur al een tijd een groot deel van de landerijen van mijn vader,' zei Norina, en weer lachte ze vriendelijk, met een hand over de amulet. 'Ik weet wat belangrijk is.'

'Je weet helemaal niks,' verklaarde Kolskoi minachtend.

'Let op uw woorden, hara¢,' zei Miklanowo. 'U hebt het tegen mijn dochter, niet tegen een van uw lijfeigenen.'

'En u bent een brojak, geen edelman, dus bedenk tegen wie u spreekt, Miklanowo. U mag zich gelukkig prijzen dat u over invloedrijke vrienden beschikt, anders zou u het niet wagen zo'n toon tegen mij aan te slaan.'

'En uw invloed is sinds de executies, nog niet zo lang geleden, in de meest letterlijke zin een trieste dood gestorven,' merkte de brojak op.

'Heren, heren.' Lodrik hief zijn armen. 'Matig u. Laten we dit wat rustiger bespreken.'

'Ik heb maar één vraag aan u, gouverneur,' zei Kolskoi, terwijl hij zijn ogen tot spleetjes kneep. 'Wilt u dit meisje werkelijk in onze rijen opnemen?'

De gouverneur keek hem strak aan en knikte. 'Dat is mijn vaste voornemen. Ondanks uw protest.'

'Dat zal gevolgen hebben die u uw positie kunnen kosten,' zei de hara¢ zacht maar dreigend, voordat hij weer ging zitten. Opeens leek hij kalm en berustend, alsof er geen sprake was geweest van een conflict.

Lodrik keek geïrriteerd, Stoiko's gezicht stond verbaasd en bezorgd. Het was doodstil in de zaal. Geen van de mannen durfde zich te bewegen, een slok te nemen of iets te zeggen.

'Goed.' De jongeman herstelde zich. 'Dan heb ik nog meer nieuws. Zoals ik al zei, moet ik uit de provincie vertrekken voor een onderhoud met de nieuwe Kabcar, die een uitvoerig verslag wil over de opstand en de samenzwering. En aangezien ik Granburg niet stuurloos wil achterlaten, zal ik een plaatsvervanger aanwijzen.'

Kolskoi legde zijn vingertoppen tegen elkaar, boog zich naar zijn buurman toe en overlegde op fluistertoon.

'Ik zal een geschikte kandidaat aanstellen om de zaken te behartigen, iemand die mij goed geholpen heeft.' Lodrik stond op en legde een hand op Miklanowo's schouder. 'Hierbij benoem ik Ijuscha tot plaatsvervangend gouverneur van Granburg voor de duur van mijn afwezigheid.'

Zwijgend, alsof hij dit wel had verwacht, kwam Kolskoi overeind, haalde een buidel van zijn riem en wierp die op de tafel. Toen draaide hij zich abrupt om en verliet de audiëntiezaal. Ook de andere edelman legde een buidel op het glimmende hout van het tafelblad en volgde de haraç de zaal uit.

'Dat betekent niet veel goeds,' mompelde Stoiko, terwijl hij de twee mannen nakeek.

'In elk geval weten we nu hoe de verhoudingen liggen.' Lodrik wisselde een snelle blik met Norina en hief zijn beker. 'Op de plaatsvervangend gouverneur en de nieuwe Kabcar. Dat Ulldrael hun een lang leven schenke!'

De brojaken proostten en dronken hun bekers leeg, terwijl de raadsman Kolskois buidel opende en omkeerde. Een handvol munten kletterde op het tafelblad.

'Honderd waslec, neem ik aan?' zei Lodrik, en hij veegde zijn mond af.

Stoiko knikte.

Ulldart, koninkrijk Tarpol, provincie Granburg, dertig warst voor de stad Granburg, winter 442/443 n.S.

Warst voor warst naderde de stoet zijn doel. Aan het hoofd reed een brede gestalte op een machtige appelschimmel. Hij droeg een dure bont-muts en was gekleed in een dikke, kostbare pelsmantel. Achter hem kwa-men nog vijf ruiters, die zich op dezelfde wijze tegen de bijtende kou hadden gekleed. Ook zij leken dubbel zo zwaar gebouwd als de gemid-delde mens.

Op korte afstand volgden twee sleden, de ene met twee reizigers, de andere met proviand en voorraden onder een zeildoek. De achterhoede werd gevormd door nog eens vijftien ruiters. Vlaggen, wimpels of vaan-dels ontbraken. Een toevallige toeschouwer die de identiteit van het reis-gezelschap probeerde vast te stellen, zou tevergeefs naar een aankno-pingspunt hebben gezocht. Maar één ding stond vast: deze passanten behoorden niet tot de armlastigen van het land.

Na een kort bevel verhoogde de voorhoede het tempo en nam ook de snelheid van de sleden toe. Sneeuw vloog op onder de hoeven van de paarden en de glijders sisten over de witte grond. De hemel kleurde donkergrijs en langzaam viel de avond.

Matuc trok zijn sjaal wat strakker om zijn gezicht en dook weg in zijn met bont gevoerde capuchon, totdat alleen zijn bruine ogen nog zicht-baar waren. Het was vergeefse moeite. De Tarpoolse kou leek dwars door zijn kleren heen te dringen. Zelfs de vier lagen dekens en pelzen waarin hij zich had gewikkeld, hielpen niet veel. De voormalige abt van het Ull-drael-klooster, niet meer een van de jongsten, klemde zijn kaken op el-kaar en vroeg zich af hoe lang de paarden dit tempo nog zouden vol-houden.

Ze lagen ver op hun tijdschema achter, maar alles wat onderweg had kunnen misgaan, wás dan ook misgegaan.

Aanvankelijk had Matuc nog dapper geprobeerd de reis van Kurasch-ka naar Granburg te paard af te leggen, maar op de derde dag was hij uit het zadel gestort en had daarbij zijn arm gebroken. Een hele week was hij buiten bewustzijn geweest.

Toen hij weer in staat was de tocht voort te zetten, kwam het gezelschap terecht in de zware najaarsregens van Tarpol, die de wegen al gauw in modderstromen veranderden. Vier paarden bezweken aan bedorven voer. Belkala, de jonge priesteres van de god Lakastra uit Ken-sustria, was dit ijzige klimaat niet gewend en werd wekenlang geteisterd door een bijna fatale verkoudheid. Al die tijd week de monnik niet van haar zijde.

De enige die als een rots in de branding alle tegenslagen trotseerde, was Nerestro van Kuraschka, lid van de Orde der Hoge Zwaarden. De gespierde ridder in zijn zware wapenrusting, aan wie Matuc zijn leven te danken had, leek tegen alle ellende bestand. Zonder zijn doorzet-tingsvermogen en de ijzeren discipline van zijn mannen zou de expedi-tie allang zijn gestrand.

Maar door al dat oponthoud zouden ze pas laat in Granburg aankomen. Veel te laat, zoals Matuc spoedig ontdekte.

De stoet nam een scherpe bocht en reed recht op een eenzame boerderij af. Door de onverwachte beweging schrok Belkala wakker uit een lichte slaap.

'Wat is er?' vroeg ze zacht. 'Waarom buigen we van de hoofdweg af?'

Matuc probeerde zijn schouders op te halen, wat met al die pelzen niet lukte. 'Geen idee, maar ik denk dat het te donker wordt voor de rid-ders.'

De ruiters en de sleden naderden de boerderij en hielden in. Waakse honden sloegen aan en waarschuwden de bewoners voor het bezoek.

Een bezorgde boer kwam naar buiten, op de voet gevolgd door een paar jongemannen met stokken in hun hand, die het gezelschap argwanend opnamen.

Nerestro hield halt en schoof zijn muts naar achteren.

'Gegroet, boer! Ik ben Nerestro van Kuraschka, ridder van de Orde der Hoge Zwaarden van de god Angor. Wij zoeken onderdak voor de nacht. Als u ons uw woning ter beschikking stelt, kunt u een beloning verwachten voor uw gastvrijheid.'

De monnik zuchtte zacht. Zoals altijd klonk de ridder hooghartig en autoritair, alsof zijn wil hier wet was.

Belkala raadde zijn gedachten. 'Hij zal toch eens moeten leren dat hij niet de Kabcar van Tarpol is,' mompelde ze tegen Matuc.

De boer kneep zijn ogen samen. 'En als ik geen plaats heb, heer?'

Nerestro verhief zich in de stijgbeugels, zodat het zwaard aan zijn zij duidelijk zichtbaar was. 'Dan zullen we ons een onderkomen verschaffen, boer. Ik heb een lange reis achter de rug en mijn mannen en dieren zijn vermoeid. Ik heb geen behoefte aan een lange discussie.'

Dat kon je uitleggen zoals je wilde, vond de monnik.

De jongemannen grepen de knuppels nog steviger in hun knuisten, maar de boer knikte berustend. 'Als u kwaad wilt, staan wij machteloos. Komt u binnen en zet de paarden in de stal.'

'Dank u. Uw moeite en wijsheid zullen op de dag van ons vertrek worden beloond,' beloofde de ridder en hij slingerde zich uit het zadel.

Nu pas stegen ook de andere vijf ruiters af, onder een zacht, metaalachtig gerinkel van hun wapenrustingen. Belkala en Matuc kwamen stijf en halfbevroren overeind en stapten uit de slee.

Het gezelschap stommelde de boerderij binnen. Er werden wat extra houtblokken op het vuur gelegd, de warmte verspreidde zich door de grote woon- en slaapkamer en de reizigers voelden zich slaperig worden.

De boerenzonen reageerden met een mengeling van nieuwsgierigheid en achterdocht op de komst van deze vreemdelingen, die kou en sneeuw meebrachten en zich installeerden in het huis waar ze gastvrijheid hadden afgedwongen.

De gasten ontdeden zich van hun bontmantels, waaronder zes rijk bewerkte metalen harnassen tevoorschijn kwamen, versierd met kostbare motieven. Eén zo'n wapenrusting was tien van deze boerderijen waard, compleet met vee en knechten.

'Wat is er te eten, boer? We hebben honger. Een hete soep zou het bloed weer door onze aderen laten stromen,' zei Nerestro, die naast Belkala en Matuc voor de haard kwam staan en zijn handen bij het vuur hield om zijn vingers te ontdooien.

'Ik zal zien wat ik doen kan, heer,' antwoordde de man. 'Soep moet wel mogelijk zijn, ondanks onze schaarse voorraden.'

De deur ging open en er kwamen een paar schildknapen binnen die op een teken van Nerestro de ridders van hun harnassen bevrijdden. Riemen en gespen werden losgemaakt, banden door beugels getrokken en klemmen verwijderd. Het karwei nam enige tijd in beslag. De boerenzonen volgden het gedoe met stijgende verbazing.

Ten slotte stond Nerestro nog slechts in een gevoerde wapenrok voor de haard. Hij bewoog zijn sterke schouders om zijn spieren los te maken, draaide met zijn kortgeknipte schedel en boog zijn gespierde armen.

Belkala had inmiddels een stoel bij het vuur getrokken en koesterde zich in de warmte. Haar donkergroene haar wekte de interesse van de boerenzonen, die in een hoek met elkaar stonden te smoezen. Matuc leunde met zijn hoofd tegen de muur en leek staand te slapen.

'Morgen komen we in Granburg aan,' beloofde Nerestro de vrouw en hij streek over zijn lange blonde baard, die als een gouden gordijn over zijn borst viel. 'Dan kan broeder Drankneus eindelijk zijn missie volbrengen.'

'Om vervolgens een jaar lang zijn straf uit te zitten in de kerker van uw kasteel,' merkte de priesteres uit Kensustria op. 'Geen prettig vooruitzicht voor de man.'

'Dat heeft hij aan zichzelf te wijten, nietwaar? Ik pieker er niet over die monnik ook maar één dag kwijt te schelden.' De vlammen van de haard weerspiegelden in zijn ogen toen hij haar aankeek. 'Vergeet niet dat hij u met zijn dronken kop had willen vermoorden. Ik wil er niet aan denken. Wat een verspilling van schoonheid.'

'Dank u.' Ze boog even haar hoofd.

'Maar goed, Angor heeft mij opgedragen broeder Drankneus te escorteren. En als mijn god beveelt, zal ik gehoorzamen.' Hij gaf Matuc een lichte zet, waardoor de Ulldrael-monnik geschrokken opveerde. 'Nou? Wanneer vertel je ons eindelijk over die grote missie van je, die zo belangrijk is dat Angor je persoonlijk een van zijn beste ridders heeft meegegeven?'

De voormalige abt wreef zich in zijn ogen, ging aan de tafel zitten en zuchtte diep. 'Ik heb het al zo vaak gezegd, en ik herhaal het nog eens: zodra we in Granburg zijn, krijgt u het te horen.' Hij staarde naar het houten bord dat de boerin voor hem had neergezet. 'En gedraagt u zich een beetje tegenover mij, zoals het een ridder betaamt.'

Nerestro lachte luid. 'Ik gedraag me zoals het een lid van de Orde der Hoge Zwaarden betaamt tegenover een veroordeelde gevangene.' Zijn toon droop van hoon en afkeer. 'Angor heeft me niet opgedragen respect voor je te hebben. Ik hoef je alleen te brengen waar je naartoe wilt, broeder Drankneus. Dat is alles, en meer zal ik ook niet doen.'

De vrouw uit Kensustria legde nog een blok hout op het vuur. De twee mannen hadden de hele tocht al ruzie. Heimelijk had ze bewondering voor de rust en gelatenheid waarmee Matuc op de voortdurende hatelijkheden van de ridder reageerde. Hij scheen het als een deel van zijn straf te zien.

Nerestro maakte geen geheim van zijn minachting voor de man, die aan openlijke vijandigheid grensde. In schril contrast daarmee stond zijn voorkomende houding tegenover haar – geen onvertogen woord, geen terechtwijzingen en geen suggestieve toespelingen op haar god Lakastra.

Ze hoopte maar dat Matuc niet zijn geduld zou verliezen en de ridder van repliek zou dienen. Als dat gebeurde, zou de monnik waarschijnlijk niet heelhuids in Granburg arriveren.

Voordat het tot een nieuwe venijnige woordenwisseling kon komen, brachten de dochters van de boer een dampende ketel binnen, waarvan ze de inhoud over de klaarstaande borden verdeelden. Nadat de heren zich zwijgend te goed hadden gedaan werd de grote pan naar de schuur gebracht om de schildknapen hun eten te geven.

'Moge de wijze en rechtvaardige Ulldrael u danken voor uw gastvrijheid en u belonen voor uw moeite,' sprak Matuc erkentelijk. 'Ulldraels zegen zij met u.'

De oudere vrouw lachte verlegen.

'Lakastra, god van de zuidenwind en de wetenschap, behoede u en uw huis. Moge een rijke oogst uw deel zijn,' vulde Belkala vriendelijk aan, terwijl ze haar rechterhand op haar hart legde en de vrouw haar andere toestak.

De boerin keek de priesteres uit Kensustria wat verbaasd aan, maar drukte haar toen voorzichtig de hand, terwijl ze de vreemdelinge scherp in het oog hield. Blijkbaar was ze bang voor boze bedoelingen.

'Angor, heer van de oorlog, de strijd en de jacht, god van de rechtschapenheid en het fatsoen, heeft uw huis uitverkoren om u te zegenen met de aanwezigheid van een zijner dienaren. Wees vereerd.' Nerestro knikte welwillend, terwijl hij zich over zijn baard streek en zijn voeten onder de tafel stak.

De boerin maakte een buiging en verdween naar de aangrenzende keuken.

'Dat is nou net het verschil tussen onze goden,' verklaarde de monnik abrupt tegen de ridder. 'U denkt dat u alles en iedereen naar uw hand kunt zetten, alleen omdat u Angor aan uw zijde hebt. Dat maakt u arrogant en onbemind bij het gewone volk.'

'Heb je weer gedronken, broeder Drankneus?' vroeg de ridder spottend. 'Mijn pachters zijn heel tevreden met de manier waarop ik hen behandel.'

'Zij misschien wel, maar hoe staat het met de mensen hier?' Matuc wierp een blik door de rokerige kamer. 'Ze hebben ons niet vrijwillig onderdak gegeven, maar onder dwang. U hebt de familie zelf bedreigd.

Wat zou u hebben gedaan als ze hun stal niet voor ons hadden opengesteld?'

Belkala steunde haar hoofd in haar handen, benieuwd naar het antwoord van de ridder.

Nerestro legde zijn hand om de knop van zijn zwaard. 'Maar ze hebben ons de toegang niet geweigerd.'

'Dat was de vraag niet, Nerestro van Kuraschka,' mengde de priesteres zich in de discussie. 'Wat zou er zijn gebeurd als de boer de moed zou hebben gehad om nee te zeggen?'

'Ik ben orderidder, dus sta ik in dienst van een hoger doel.' Nerestro's gezicht betrok. 'Als ik u in de kou had laten bevriezen, zou ik mijn plicht hebben verzaakt en mijn god – die mij persoonlijk deze taak heeft opgedragen – hebben teleurgesteld. Dat is ondenkbaar.' Hij ramde de punt van de zwaardschede tegen de vloer. 'Dus zouden wij de nacht op deze boerderij hebben doorgebracht, hoe dan ook. Meer zeg ik er niet over. Dit was de beste oplossing voor iedereen.'

'Een bijzonder aanmatigende houding,' zei Matuc minachtend. 'U zou die mensen dus iets hebben aangedaan.'

Nerestro grinnikte boosaardig. 'U bent zelf de reden waarom we hier zijn. Als ik iemand zou moeten doden, bent u medeplichtig. Bedenk dat wel, monnik. Uw god en de mijne hebben blijkbaar een akkoord gesloten, om welke reden dan ook. Hopelijk kom ik daar nog eens achter.' Hij stond op, keerde de anderen zijn rug toe en bleef voor het haardvuur staan.

'Het spijt me,' zei Belkala zacht.

Matuc keek haar verbaasd aan. 'Wat spijt u?'

'Hoe hij u behandelt. Het is zo vernederend.' Ze brak een stuk brood af en kauwde er langzaam op. Haar blik bleef meewarig op de monnik gericht.

'Ik ben zijn gevangene en ik heb me schuldig gemaakt aan een schandelijk, laaghartig misdrijf,' zei Matuc na een tijdje. 'Ik begrijp hem wel. Het is me nog altijd een raadsel waarom ik me zo heb misdragen. Eigenlijk heb ik zijn behandeling wel verdiend.'

'Misschien hebt u geen recht op zijn welwillendheid, maar een wat vriendelijker toon zou de stemming onderweg aanzienlijk verbeteren. Er is ondertussen zoveel misgegaan dat ik ook mijn bedenkingen krijg. Óf Ulldrael, Lakastra en Angor zijn niet bereid ons ook maar enigszins te helpen, of een andere macht werpt allerlei hindernissen voor ons op.'

De monnik kneep zijn ogen tot spleetjes. 'Wie of wat zou machtiger kunnen zijn dan Ulldrael – of machtiger dan drie goden samen?' Hij wreef met zijn handen over zijn gezicht. 'Dat is gewoon onmogelijk.'

'Ik weet het niet,' antwoordde de priesteres voorzichtig. 'Als ik u goed begrepen heb, is er een voorspelling gedaan dat dit hele continent in het verderf zal worden gestort. Stel dat dit de voorboden zijn? Stel dat een of andere macht ons wil dwarsbomen?' Ze greep de handen van de verbaasde Matuc. 'We moeten voortmaken en we mogen ons door niets laten tegenhouden.'

'Dus u denkt echt dat al onze problemen... de ziekten onderweg, mijn val van het paard, de extreem modderige wegen... allemaal het werk zijn van een boze macht?' Hij klonk nog steeds niet overtuigd. Bovendien bracht de aanraking van haar handen hem in verwarring. Haar huid voelde als koel fluweel en haar barnsteenkleurige ogen boorden zich in zijn ziel, net als die keer toen ze hem had bezocht in de kerker van het kasteel. Zijn hart sloeg sneller.

'Ik weet het niet.' Ze liet hem los. 'Maar áls het zo is, moeten we voorkomen dat die macht nog sterker wordt.'

'Ik wil naar bed. Ik ben moe,' stamelde de monnik, en hij liep naar de deur. 'Goedenacht.'

Belkala stak haar hand op als groet. Nerestro staarde in de vlammen en keek niet op.

Als enigen bleven ze achter, in een merkwaardig gespannen stilte. Het hout knetterde zachtjes in de haard en vanuit de stallen klonk het geroezemoes van de mannen en de geluiden van het verstoorde vee.

De vrouw uit Kensustria nam de ridder aandachtig op. 'Ik zou willen dat u wat vriendelijker was tegen Matuc.'

'En ik zou willen dat mijn god mij nooit deze opdracht had gegeven,' antwoordde Nerestro zonder zich om te draaien. 'Ik stort me met wapperende vaandels in elk gevecht, ik hou van de strijd, maar ik ben niet geschikt als lijfwacht voor iemand die eigenlijk in het cachot thuishoort. Die monnik eiste zelfs dat we zonder standaard en banieren door het land zouden trekken. Als een stel bedelaars! Mijn ordebroeders zouden me uitlachen als ze me zo zagen.'

'Misschien heeft Angor u juist daarom aan deze beproeving onderworpen,' opperde ze vriendelijk. 'Als een missie die niet ieder lid van uw orde tot een goed einde zou kunnen brengen.'

Eindelijk draaide de ridder zich om. 'U weet het mooi te zeggen, Belkala. Maar vertel me eens wat u van die geheime opdracht van broeder Drankneus weet. Volgens mij heeft hij u in vertrouwen genomen.' Hij sloeg zijn armen over elkaar voor zijn brede borst en keek haar scherp aan, maar de priesteres ontweek zijn vorsende blik.

'Hij heeft me niets concreets gezegd,' antwoordde ze aarzelend, 'maar het schijnt dat hij iemand in Granburg zoekt.'

Een uitdrukking van triomf gleed over het hoekige gezicht van de militair. 'Ik wist het!' Zijn handen gingen naar zijn brede riem en bleven rusten op de zilveren gesp. Als een berg verhief hij zich voor de elegante vrouw uit Kensustria en keek op haar neer. Toen glimlachte hij. 'Dus hij zoekt iemand. Maar waarom?'

Langzaam haalde ze haar schouders op. 'Dat wilde hij me niet zeggen. Hij is erg gesloten.'

Nerestro deed een stap naar voren en boog zich door zijn knieën om Belkala recht in de ogen te kunnen kijken. 'Spreekt u nu de waarheid, priesteres uit dat sprookjesland? Ik kan me maar niet onttrekken aan het gevoel dat u iets voor me achterhoudt.'

Ze wist een verwonderde uitdrukking op haar gezicht te toveren. 'Dat zou ik niet durven. Ik ben veel te bang voor uw... grote clementie als u mij op zoiets zou betrappen.'

'Denkt u dat ik u zou straffen? Hoe komt u op dat idee?' Hij streelde een moment haar wang. 'Dat zou ik niet kunnen. Daarvoor bent u me te dierbaar geworden. Eerder zou ik u willen beschermen.' Hij richtte zich op, ging aan de tafel zitten en trok zijn Aldorelische zwaard.

De snede glinsterde in het schijnsel van het vuur; de edelstenen fonkelden en schitterden bijna bovenaards. Voorzichtig bracht Nerestro de vlakke kant naar zijn mond, drukte een kus op de bloedgeul en sprak een zacht gebed. Bedachtzaam stak hij het wapen weer in de schede.

Belkala had de man geen moment uit het oog verloren. Nauwkeurig bestudeerde ze zijn religieuze handeling om een indruk te krijgen van de gebruiken van andersgelovigen.

Al sinds hun vertrek voerde de orderidder elke avond dit ritueel uit voor het slapengaan. De woorden waren steeds dezelfde en ook de toon veranderde niet. Als Belkala had gewild, had ze samen met hem kunnen bidden, zo goed kende ze de tekst.

Matuc daarentegen, een volgeling van Ulldrael, sprak dagelijks op verschillende momenten tot zijn god, om hem te bedanken voor het een of ander, Tarpoolse burgers zijn zegen te geven of hun de hulp van zijn goddelijke beschermer te beloven.

De priesteres uit Kensustria beperkte zich tot het overbrengen van de goede wensen van Lakastra, wat in Tarpol al genoeg verbazing wekte.

De meeste mensen zagen het land aan de zuidpunt van Ulldart nog altijd als een mythe die in stand werd gehouden door reizende kooplui en anderen met sterke verhalen. Dat er nu opeens zo'n vreemde vrouw voor hen stond, die bovendien de zegen van een onbekende god over hen uitsprak, vonden sommigen nogal griezelig. Belkala wist niet goed of ze voor agressieve reacties gespaard bleef door het feit dat ze een vrouw was of omdat ze een gewapend escorte bij zich had.

'U denkt zeker aan thuis?' vroeg Nerestro, die achter haar stond. 'Dat begrijp ik heel goed. Ze zeggen dat Kensustria een prachtig land is, met een mild en warm klimaat.'

'Wie zegt dat dan?' De priesteres draaide zich om en glimlachte, zodat haar scherpe hoektanden zichtbaar werden. 'Ik kan me niet herinneren dat ik bij ons ooit veel buitenlanders heb gezien.'

'Uw land stond in het verleden ook niet erg welwillend tegenover vreemden, als ik zo vrij mag zijn.' De ridder kwam achter haar zitten en

39

schonk haar beker nog eens vol met dampende thee. 'Soldaten bewaakten de grenzen en reizigers werden verdreven of gedood, als ik de verhalen in Tarpol mag geloven.'

Ze pakte haar beker en nam een slokje. 'Ja, dat was een heel moeilijke tijd voor Kensustria. De militaire kaste is nog altijd aan de macht, maar het beleid is aanzienlijk gematigd en de grenzen zijn weer opengesteld voor buitenlanders. Er hebben zich zelfs al vaklui uit Aldoreel bij ons gevestigd.'

'Maar toch is uw land in heel Ulldart nog altijd met geheimzinnigheid omgeven. U weet wat er in Tarpol over Kensustrianen wordt beweerd?' Hij boog zich wat naar haar toe. 'Daarom verbaast het me eigenlijk dat u helemaal in uw eentje reist.'

Ze fronste haar wenkbrauwen. 'Matuc heeft er wel op gezinspeeld, maar het fijne weet ik er niet van.'

'Nou, zet u dan maar schrap. De mensen in het noorden staan heel wantrouwend, om niet te zeggen vijandig, tegenover Kensustria. Is dat u niet opgevallen onderweg?'

'Jawel, maar ik dacht dat het iets met godsdienst en geloof te maken had.' Ze streek met een hand door haar donkergroene haar en blies op de hete thee.

'Nee, daar gaat het niet om. Volgens de legende over de opkomst van Kensustria zouden de bewoners een kruising zijn tussen mensen en vampiers. Hun grote kennis danken ze aan slachtoffers uit andere continenten, die ze hebben leeggezogen en vermoord. Daarom heeft Kensustria zo'n grote voorsprong op alle andere landen.'

'Wat afschuwelijk!' zei Belkala huiverend. 'Nu begrijp ik de blikken van de boerin. Lakastra moet me vaker hebben beschermd dan ik zelf kon vermoeden.'

'Zo lijkt het wel, ja. En als mensen de scherpe hoektanden in uw betoverende mond zien, kunt u hun die legende over vampiers niet kwalijk nemen, is het wel? Maar zulke sprookjes interesseren mij niet echt. Ik heb meer belangstelling voor militaire zaken, dat begrijpt u wel. Ik heb al veel gehoord over uw soldaten en hun merkwaardige wapens.' Hij nam een slok en legde zijn andere hand op de tafel. 'Wat is hun strijd-wijze precies? Ik zou me graag met een van uw ridders meten.'

Ze lachte vriendelijk. 'Dat wil ik wel geloven, Nerestro van Kurasch-ka. Dat zou een tweekamp worden die u heugen zou. Maar eerlijk gezegd blijf ik zo veel mogelijk uit de buurt van het krijgsvolk. Ze vormen een apart slag, heel arrogant en aanmatigend.' De priesteres keek de ridder aan.

'Net zoals ik, bedoelt u zeker?' Nerestro grijnsde. 'Maar als u op een discussie had gehoopt, moet ik u teleurstellen. Ik ben Matuc niet.'

'Dat weet ik,' zuchtte ze. 'Dat weet ik maar al te goed.'

'Hij zou u ook niet zo kunnen beschermen als ik.' Nerestro legde zijn hand op de hare. 'Ik denk dat u de enige bent voor wie ik mijn leven zou willen wagen, behalve voor Angor.'

Belkala trok haar hand voorzichtig terug. 'Het is voor ons allemaal te hopen dat Angor dat niet heeft gehoord.'

'Misschien overlegde hij net met Lakastra en heeft hij ons gesprek niet gevolgd. Als die twee goden het zo goed met elkaar kunnen vin-den, lijkt het me verstandig dat ook hun gelovigen wat dichter tot elkaar komen,' vond de ridder, en hij pakte weer haar hand. 'Laten we van de gelegenheid gebruikmaken.'

'U bedoelt dat ú van de gelegenheid gebruik wilt maken,' wees ze hem terecht. 'Matuc had gelijk: u bent inderdaad aanmatigend.' Haar barn-steenkleurige ogen blikkerden ontstemd. Ze sprong overeind en verliet de kamer.

'Trek een mantel aan. Het is koud buiten,' riep Nerestro haar nog na. Hij legde zijn beide handen op de knop van zijn zwaard en richtte zich op. 'Ik zal haar nog wel temmen,' mompelde hij. 'Vroeg of laat wordt ze de mijne.'

De volgende morgen, na een kort ontbijt, vertrok de stoet in alle vroegte. De ridder gaf de boer een buidel met vijftig waslec als vergoeding voor het afgedwongen onderdak.

Natuurlijk spraken Matuc en Belkala de zegen van hun respectieve godheden over de boerenfamilie uit, terwijl Nerestro zoals gebruikelijk de grote gunst van Angor afriep over het huis waar zijn manschappen de nacht hadden doorgebracht. Daarna gingen ze in straf tempo op weg naar de hoofdstad van de provincie.

De hemel was strakblauw en de felle vrieskou deed hun adem bijna bevriezen. Door het ontbreken van een wolkendek daalde de temperatuur nog verder dan de afgelopen dagen. Onwillekeurig kropen de priesteres en de monnik wat dichter tegen elkaar aan in hun slee, om zo veel mogelijk profijt te hebben van elkaars warmte.

Matuc had zichtbaar moeite met die ongebruikelijke fysieke nabijheid.

'Het is alleen om de kou te verdrijven,' merkte hij na een tijdje op. 'Begrijp me niet verkeerd.'

'Heb ik dan iets gezegd?' vroeg ze zacht. 'Ik ben dankbaar voor alle warmte die ik kan krijgen.' De vrouw schoof nog dichter naar hem toe. 'Alleen tegen de kou. Begrijp me niet verkeerd.'

Haar donkergroene haar, dat van onder haar capuchon nog wapperde in de rijwind, kietelde Matucs neus. Het kostte hem een grote overwinning om zijn rechterarm om haar heen te leggen.

Heimelijk vroeg hij zich af of de priesteres een onderdeel van de beproeving was waaraan Ulldrael hem om een of andere reden had onderworpen. Hij was oud genoeg om de vader van deze vrouw te kunnen zijn, maar toch voelde hij zich op een vreemde wijze tot haar aangetrokken. Hij weet het aan zijn dankbaarheid omdat ze hem uit de kerker van de ridder had bevrijd en haar god om hulp had gevraagd. Als het iets meer was dan dankbaarheid, wist hij niet hoe hij daarmee om moest gaan.

Matuc voelde dat hij bloosde. Haastig trok hij de sjaal wat strakker om zijn gezicht en de met bont gevoerde capuchon nog dieper in zijn ogen. Zijn verlegenheid ging niemand iets aan. Hij vreesde de bijtende spot van de ridder.

Geleidelijk minderde de slee wat snelheid toen er voor hen uit een brede rivier opdoemde die maar half bevroren was. In het midden glinsterde het water over een breedte van tien paardenlengtes; links en rechts daarvan groeide het ijs. Binnen een paar weken kon de rivier zonder gevaar zelfs met zware sleden worden overgestoken, maar nu vormde het water nog een hindernis.

Aan beide oevers lagen steigers, onderling verbonden door een arm-dik touw dat zich aan een rij palen over de rivier uitstrekte. Normaal werd er langs dat touw een veerpontje heen en weer getrokken, maar dat lag nu stijf ingevroren aan de overkant en kon vanaf deze oever niet worden losgemaakt. De ridder liet zijn mannen afstijgen en kwam naar de slee.

'Het heeft geen zin een andere oversteekplaats te zoeken; daarvoor kennen we de omgeving niet goed genoeg,' verklaarde hij. 'Ik zal schild-knapen langs dat touw naar de overkant sturen om de veerpont vlot te trekken. Daarna zullen we een vaargeul door het ijs hakken om iedereen over te zetten. Een tijdrovende onderneming, maar er zit niets anders op.'

Matuc probeerde zo onopvallend mogelijk zijn arm van Belkala's schouder los te maken, wat hem niet lukte, want de priesteres klemde hem vast.

'Ik stoor toch niet?' vroeg Nerestro, die zag wat er gebeurde. 'Heeft broeder Drankneus op zijn oude dag weer wat levenslust gekregen?' Hij klopte de monnik op zijn hoofd. 'Pas maar op dat je van opwinding geen hartaanval krijgt met zo'n geweldige vrouw in je armen. Want dan kan ik je niet helpen en zou ik Angors woede over me afroepen.' Hij draaide zich om en gaf zijn bevelen. Een paar schildknapen gingen op weg.

Nijdig staarde Matuc naar de priesteres, die heel onschuldig terug-keek met haar betoverende ogen.

'Dat deed u met opzet,' zei hij, terwijl hij met een ruk zijn arm be-vrijdde.

'Met opzet? Wat bedoelt u?' vroeg ze suikerzoet.

'Het was niet aardig om mijn arm vast te klemmen. Zag u niet hoe Nerestro naar me keek?' Demonstratief schoof de monnik een eindje bij haar vandaan.

'Ja, dat zag ik. En ik vond het heel verhelderend, moet ik zeggen.' Ze schoof weer naar hem toe. 'Ik krijg het koud, Matuc.'

Weer deinsde hij terug. 'Wat wilde u nou? Dat hij me dood zou slaan?'

'Dat zou hij nooit doen. U staat onder bescherming van maar liefst drie goden! Ik wilde hem alleen laten zien dat hij niet altijd zijn zin kan krijgen.' Ze nestelde zich tegen hem aan. 'Niet op die manier, tenminste.'

Weer probeerde Matuc afstand te houden, maar hij zat al tegen de zijkant van de slee gedrukt. 'Dus u probeert hem jaloers te maken, over mijn rug?'

'Blijf toch zitten, Matuc. Straks val je nog uit de slee!' Belkala trok haar mantel recht en tuurde naar voren, waar Nerestro met een onverschillig gezicht de verrichtingen van zijn schildknapen volgde, hoewel ze zeker wist dat hij haar uit zijn ooghoeken in de gaten hield. 'Ik probeer hem niet jaloers te maken, maar hem een lesje te leren,' verklaarde ze zacht. 'Hij denkt dat hij zich meer kan veroorloven dan gepast is.'

Matuc begreep het. 'Heeft hij u lastiggevallen? Wanneer?'

'Nee, nee, kalm nou maar. Laten we zeggen dat hij heeft geprobeerd enige druk op me uit te oefenen,' zei ze sussend, om te voorkomen dat de monnik zich heldhaftig op de ridder zou storten om hem ter verantwoording te roepen. 'En nu maak ik hem duidelijk dat ik niets van hem wil.' Ze zag zijn vragende gezicht. 'O, wees maar niet bang. Van jou wil ik ook niets, beste broeder Matuc.' En ze stapte uit om de rivier te bekijken.

De man zuchtte. 'Ik dacht al dat je niets van een oude man zou willen weten,' mompelde hij, voordat hij moeizaam uit de slee klauterde en achter haar aan liep.

De schildknapen waren inmiddels aan de overkant aangekomen en hakten vanaf de veerpont met bijlen op het ijs in. Stukje bij beetje gaf het bevroren water het vlot weer prijs.

'Ze werken snel,' zei Nerestro tevreden. 'Binnen een uur kunnen we aan de overkant zijn.' Hij draaide zich om naar Matuc. 'Wordt het nu geen tijd om mij te vertellen wat ons in Granburg precies te wachten staat? Wat heb je daar te zoeken?'

De monnik van Ulldrael perste zijn lippen op elkaar. 'Daar mag ik niets over zeggen. Het is verstandiger dat alleen ik de opdracht van mijn godheid ken. Vraag dus niet verder, alstublieft.'

'Maar komt er een eind aan jouw en mijn opdracht zodra we in Granburg zijn gearriveerd? Wat verwacht je nog van mij? En wat ga je daar zelf doen, broeder Drankneus – bidden, zingen, een moordaanslag plegen?'

Onwillekeurig kromp Matuc ineen, maar na een korte blik op Belkala herstelde hij zich. Hopelijk had de ridder zijn schrik niet opgemerkt.

'U hoeft niets anders te doen dan mij veilig naar Granburg te brengen. Wat mij betreft kunt u dan teruggaan naar uw eigen burcht. Zodra ik mijn missie heb volbracht, zal ik u achterna reizen.'

'Dat zou je wel willen.' De orderidder spuwde op de grond. 'Ik zal je heus niet uit het oog verliezen. Maar hoe kan ik weten dat je je opdracht hebt uitgevoerd?'

De monnik dacht even na. 'Als ik tegen u zeg: "Angor zij dank voor zijn hulp," dan weet u dat u van uw verplichting bent ontslagen, los van wat er verder nog gebeurt.'

'Die formulering bevalt me niet erg,' merkte Nerestro wantrouwend op. 'Wat bedoel je met "los van wat er verder nog gebeurt"? Wees duidelijk, monnik!'

'Heer, er komen ruiters aan,' riep een van de schildknapen vanaf de andere oever, zo luid mogelijk, om het geruis van het water te overstemmen.

'Is dat nou wel een goed idee?' vroeg Lodrik aan zijn raadsman. 'Volgens mij maken we zo een omweg.' De slee gleed sissend over de knerpende sneeuw en vervoerde de twee inzittenden door het witte landschap van de provincie Granburg. Zoals altijd werd de snel voorttrekkende stoet aangevoerd door Waljakov, met acht van zijn lijfwachten, terwijl de rest van de twintig man sterke expeditie zich rondom de sleden had verdeeld.

Stoiko legde twee kooltjes in de ketel van de reis-samowar, wachtte tot het water kookte en schonk thee in. Hij deed wat suiker in de beker en roerde.

'Waljakovs bedenkingen lijken me terecht,' antwoordde hij rustig. 'Ik vond dat Kolskoi een veel te timide indruk maakte bij de vergadering van de provincieraad. Hij lijkt me geen goede verliezer, dus waarschijnlijk voert hij iets in zijn schild. Zijn spionnen zitten overal, vergeet dat niet. Ongetwijfeld hebben zij hem onze reisroute doorgegeven. Veiligheid voor alles. Zonder vaandels en versierselen zal ons bewapende groepje minder aandacht trekken dan met de gebruikelijke tamtam. Zolang we snel genoeg zijn, kan ons niet veel gebeuren.' Hij reikte Lodrik de beker aan. 'Pas op, het is heet. De uitvinder van dit praktische theezetapparaat verdient een lintje.'

Dankbaar pakte de jongeman de dampende thee aan. 'Denk jij dat hij het zal proberen?'

'U te vermoorden, bedoelt u?' Stoiko schonk zichzelf ook een beker in. 'Eerlijk gezegd krijg ik weinig hoogte van onze edelman. Hij is gewiekst, achterbaks en zo glibberig als een aal.'

De Tadc knikte. 'Ja, en dat maakt hem nog gevaarlijker voor Miklanowo.'

'Voor Norina, bedoelt u. Nietwaar, heer?' merkte de raadsman op. 'Geen zorg. Die twee redden zich wel. In elk geval hebben ze de sympathie van het volk. En ook het meeste geld, na de ondergang van hun tegenstanders.'

Lodrik lachte. 'Als Kolskoi en zijn vriend Hurusca elke keer verstek laten gaan bij die vergadering, zijn ze snel genoeg door hun geld heen en lost het probleem zich vanzelf op.' Hij slurpte van zijn thee en wierp een blik over de witte vlakte, die zich schijnbaar eindeloos tot aan de horizon uitstrekte. 'Zoveel land, zoveel mensen. Over een paar dagen ben ik Kabcar, Stoiko. Denk jij dat ik die verantwoordelijkheid wel aankan? Ik ben een heel ander mens dan mijn vader zaliger.'

'Ulldrael zij dank,' ontweek Stoiko de vraag. 'U bent niet zo'n koppige ijzervreter, bedoel ik. Maar van de doden niets dan goeds, en ik had groot respect voor uw vader. Hij heeft het land met krachtige hand bijeengehouden, als een echte Bardri¢. U zult het heel anders aanpakken, dat weet ik wel. Het zal een zware strijd worden voordat u uw gezag hebt gevestigd en de machthebbers begrijpen dat u niet langer die hulpeloze TrasTadc van vroeger bent.'

'De "koekjesprins",' fluisterde Lodrik. 'Die naam heb ik al heel lang niet meer gehoord.'

'En die zult u ook niet meer horen, geloof me. Kijk maar eens naar uzelf: in alle opzichten een sterke jonge vent, die bruist van dadendrang en goede ideeën.' Stoiko proostte met hem. 'Op de Kabcar en de bloeiende toekomst van Tarpol.'

'Dat de Donkere Tijd nooit meer terugkome,' voegde de jongeman eraan toe en hij nam een slok. Toen tuurde hij weer over het landschap.

'Zult u haar erg missen? Want u denkt toch aan Norina, of vergis ik me?' vroeg de raadsman toen hij de dromerige uitdrukking op het gezicht van de toekomstige Kabcar zag. 'U hebt elkaar beter leren kennen, is het niet – ondanks de waakzame blikken van Waljakov?'

Lodrik steunde zijn hoofd in zijn hand. 'Ja, dat is waar. We zijn inderdaad dichter tot elkaar gekomen.' De raadsman trok zijn wenkbrauwen op. 'Nee, niet op die manier. Ik heb het over onze opvattingen en ideeën. We voelen elkaar heel goed aan.'

'Zo goed dat u die jongedame iets cadeau hebt gedaan? Die amulet om haar hals heeft ze toch van u gekregen?' Stoiko knipoogde veelzeggend.

'Jij ziet ook alles,' zei de gouverneur. 'Misschien heeft ze die wel van mij gekregen, ja.'

'Als bewijs van uw liefde?' merkte Stoiko onschuldig op, terwijl hij nog wat theekruiden in zijn beker deed.

'Is dit een kruisverhoor?' vroeg Lodrik. 'Sinds wanneer ben jij zo nieuwsgierig?'

'Ik ben altijd al nieuwsgierig geweest, heer, maar vroeger vertelde u me alles wat u op uw hart had. Dat is het verschil,' antwoordde de raadsman listig.

'Laten we zeggen dat Norina en ik elkaar graag mogen.' Hij keek

47

Stoiko recht aan. 'Dus wees niet verbaasd als ik ooit jouw raad zou opvolgen.'

De raadsman fronste zijn voorhoofd. 'Nu weet ik toch even niet wat u bedoelt, heer.'

'Jij hebt me aangeraden om met haar te trouwen, weet je dat niet meer? Ik denk dat ze een goede, verstandige echtgenote en Kabcara zou zijn. Haar steun zou me heel welkom zijn bij het besturen van Tarpol. Net als jouw hulp. Ik heb de afgelopen maanden veel geleerd, maar toch wil ik graag vertrouwelingen om me heen, in plaats van die kruiperige, leugenachtige hofkliek die altijd om mijn vader heen hing. Volgens mij heeft hij zich nooit veel van hun adviezen aangetrokken.'

'Het hof zal een totaal andere omgeving voor u zijn, dat is een feit,' beaamde Stoiko. 'Allerlei mensen zullen proberen bij u in het gevlij te komen en bepaalde gunsten los te krijgen. Vooral omdat u nog zo jong bent en in hun ogen nog weinig ervaring hebt. Voor ons is dat niet ongunstig, want wij weten wel beter.'

Er kwam een vastberaden blik in Lodriks blauwe ogen. 'Ja, wij weten wel beter.' En heel even ging zijn hand naar de knop van zijn executiezwaard.

De oudere man zag het gebaar, maar reageerde er niet op. In plaats daarvan streek hij zijn snor glad en wreef over zijn kin. 'Ze zullen aan het hof grote ogen opzetten als ze u terugzien. De dikke huilebalk is een echte vent geworden, als ik het zo mag zeggen. Gepokt en gemazeld in de strijd, met duidelijke opvattingen over recht en onrecht. Geloof me, u bezit alle capaciteiten om een goede koning te worden. Met de juiste diplomatieke aanpak zullen we het wel redden en maken we u tot de meest geliefde vorst van heel Ulldart,' riep Stoiko geestdriftig uit.

'Eerst krijgen we de beëdiging, dan het feest van de kroning. Daarna zal ik me bezighouden met het wapengekletter van onze buren in Borasgotan, en Hustraban duidelijk maken dat het zijn aanspraken op de baronie Kostromo en het kostbare iurdum wel kan vergeten. Hoe graag ik ook verlost zou zijn van mijn lieve nicht, politiek kan ik dat niet toestaan. Daarna zal ik met Norina trouwen en met haar hulp de nodige wijzigingen doorvoeren in het bestuur van Tarpol.' Hij glimlachte. 'Je ziet het, ik weet heel goed wat ik wil.'

'Verdomme, ik ben onder de indruk,' gaf de raadsman toe, en hij sloeg zich op zijn dijbeen. 'Dat klinkt goed. En weet Norina Miklanowo al van haar geluk?'

'Nee,' bekende Lodrik, turend in zijn beker, die bijna leeg was. 'Ze weet nog niet eens dat ik de Kabcar ben... of zal worden. Zij houdt me nog altijd voor de zoon van een hoveling. Zodra alles weer normaal is, zal ik haar op het paleis uitnodigen en vragen of ze bij me langskomt. Dan kan ik haar verrassen als de nieuwe Kabcar van Tarpol.'

'Nou, verrast zal ze zeker zijn, heer,' vermoedde Stoiko. 'En zij niet alleen. Als u bij al die dadendrang de voorspelling maar niet vergeet.'

'We zullen het jaar 444 na Sinured gewoon overleven, zonder enig teken van de terugkeer van de Donkere Tijd,' beloofde Lodrik ernstig. 'Ulldrael zal ons bijstaan en het continent behoeden voor alle onheil. Ik kan niet toestaan dat de mensen gevaar zouden lopen door mijn schuld.' En hij stak zijn reisgenoot zijn lege beker toe. 'Schenk me nog eens in.'

'Als u niet de toekomstige Kabcar was,' merkte Stoiko op, 'zou ik u meteen voor die positie voordragen. U komt heel overtuigend over.' Hij schonk de hete thee in.

'Ik klink overtuigend omdat ik zeker ben van mijn zaak,' verklaarde de jongeman. 'Vergeet de suiker niet.' Tevreden leunde hij tegen de pelzen.

Een eindje verderop zagen ze de rivier en de plek waar een veerpont hen naar de andere kant kon overzetten.

Nog maar één of twee warst, dan zouden ze de reis op de andere oever kunnen voortzetten om Kolskois gebied zo ver mogelijk achter zich te laten.

Een groep van twintig gewapende ruiters en een slee dook op langs de bosrand aan de overkant. Ze hadden geen standaard en geen wimpels of vlaggen bij zich, maar hun dure uitmonstering maakte duidelijk dat het een welvarend reisgezelschap moest zijn, dat waarschijnlijk met dezelfde bedoelingen naar de rivier was gekomen als Matuc, Belkala en Nerestro met zijn mannen.

De schildknapen onderbraken hun werk en wachtten tot de nieuwkomers iets zouden zeggen. Drie ruiters maakten zich uit het groepje los en reden naar de veerpont, waar zich een kort gesprek ontspon.

'Heer, ze willen vóór ons oversteken!' riep een van de schildknapen naar de overkant. 'Ze hebben haast.'

'Daar komt niets van in!' riep de orderidder terug. 'Wij waren hier het eerst, wij hebben al het werk gedaan, dus wij steken het eerst over. We hebben zelf ook haast.'

'Laat ze maar voorgaan,' suste de monnik. 'We zijn vroeg genoeg aan de overkant. Of misschien kunnen we om beurten oversteken.'

'Ik weet niet of het touw die belasting wel aankan,' antwoordde Nerestro wat zachter. 'Laten zij maar verzuipen, wij niet.' En hij gaf zijn schildknapen een teken om door te gaan met hun werk. 'Wij zijn het eerst aan de beurt. Daarna kunnen jullie overvaren, zo vaak als je wilt!' riep hij naar de andere oever.

Argwanend tuurde Lodrik naar de overkant van de rivier. Het gezelschap telde een man of twintig, net als hun eigen groep. Minstens de helft bestond uit ervaren militairen, en ook de anderen maakten de indruk dat ze met een kruisboog konden omgaan.

'Denk je dat ze door Kolskoi zijn gestuurd?' vroeg hij aan Waljakov, die ook een frons op zijn gezicht had.

'Nee. Er is een jonge vrouw bij, en een oudere man, die waarschijnlijk geen wapen kunnen hanteren. Onder hun bontvellen zie ik een groene en een bruine mantel schemeren. De zes mannen om hen heen dragen een pantser; een zware wapenrusting, als ik het zo bekijk. Zulke dure harnassen zie je niet veel. Ze zijn erg onpraktisch.' Zijn blik ging van de een naar de ander. 'Volgens mij behoren ze tot een van de drie Angor-orden. Als Kolskoi een stel huurmoordenaars op pad had gestuurd, zouden ze daar niet zo opvallend blijven staan en problemen maken. Dan hadden ze gewacht totdat wij waren overgestoken, om ons op de andere oever te overvallen...'

'Ja, die botte hufter lijkt niet van plan ons voorrang te geven,' merkte Stoiko korzelig op. 'We hebben niet zo'n lange omweg gemaakt om met deze figuren te bakkeleien. Wie denkt hij wel dat hij voor zich heeft?'

'Ik neem aan dat hij ons voor een edelman en zijn gezelschap houdt,' antwoordde de toekomstige Kabcar. 'Ik draag geen gouverneursuniform en geen versierselen, dus hij weet niet beter.' Hij knikte naar zijn lijfwacht. 'Het wordt tijd om ons gezag te laten gelden. Rij er maar heen, Waljakov, en vertel hun wie ik ben. Onze tijd is kostbaar.'

Een reusachtige figuur met een borstkuras kwam op een zwart, zwaargebouwd strijdros naar de oever toe en begon vanaf zijn paard onderhandelingen met Nerestro's mannen.

'Hij zegt dat zijn heer de gouverneur van Granburg is en dat wij hem moeten gehoorzamen,' meldde een van de schildknapen onzeker.

'Ga maar door met jullie werk. Dan zal ik met die veerpont naar de overkant varen, zodat hij het me zelf kan zeggen,' beval de ridder. 'Zonder een officiële vlag of standaard geloof ik helemaal niets van dat verhaal.'

Matuc voelde een rilling over zijn rug lopen. Als de man aan de overkant werkelijk de gouverneur – en dus de Tadc – was, naderde de climax van zijn missie sneller dan hem lief was.

Ook de priesteres keek geschrokken, maar gelukkig had Nerestro het te druk met de anderen om op hun reactie te letten.

De monnik zat als verlamd en wist niet wat hij moest doen. Hij had geen wapen en geen idee hoe hij in de buurt van de Tadc zou moeten komen, langs die lijfwacht van twintig man. Zwijgend staarde hij naar de slee op de andere oever, terwijl de gedachten door zijn hoofd tolden.

De enige kans om de Donkere Tijd af te wenden lag in zijn hand. Daar aan de overkant, iets meer dan een steenworp bij hem vandaan, wachtte de jongeman die de ondergang van het continent belichaamde, en alleen Belkala wist daar iets van. Matuc had nu spijt dat hij Nerestro niet van zijn missie op de hoogte had gebracht. Het kleine legertje van de ridder had gemakkelijk een weg voor hem kunnen banen.

De vrouw uit Kensustria legde zachtjes een hand op zijn schouder en stak een hard en dun voorwerp in zijn jaszak. Matucs vingers sloten zich om een smalle, sierlijke dolk.

'Neem die maar. Eén kleine snee en uw tegenstander sterft,' fluisterde ze. 'Het wapen is giftig.'

De monnik trok wit weg, de wereld draaide voor zijn ogen en hij voelde zich misselijk worden. De spanning en de verantwoordelijkheid werden hem te veel. Met een klap viel hij in de sneeuw.

'Hé, broeder Drankneus! Heb je weer een slok te veel op?' lachte Nerestro voordat hij zijn aandacht weer op de groep aan de overkant richtte. 'Volgens mij is het gewoon een opgeblazen edelman die zichzelf belangrijk wil maken.'

Belkala knielde bezorgd bij de monnik neer en wreef wat sneeuw over zijn gezicht. De kou bracht hem weer bij. 'Probeer nu flink te zijn,' zei ze zacht.

'Ik weet niet wat ik moet doen,' stamelde hij.

'Denk aan het continent en al die mensen. Straks komt de man hier voorbij. Geef hem de zegen van Ulldrael en stoot dan toe met de dolk.'

'Maar dat wordt vechten!' Hij wiste de sneeuw uit zijn ogen. 'En misschien raakt u dan wel gewond, Belkala.'

'Dat doet er niet toe. Denk aan de toekomst.' En de vrouw uit Kensustria trok hem bij zijn ellebogen overeind.

'Ik zeg het je nog één keer. Daar op de oever zie je de gouverneur van Granburg, excellentie Vasja, met zijn raadsman. Ik ben zijn persoonlijke lijfwacht. En met het gezag van zijn ambt eist hij voorrang op jullie gezelschap. Heb je me goed begrepen?' Waljakovs staalgrijze ogen bleven dreigend op de voorste schildknaap rusten. 'Hij is de vertegenwoordiger van de Kabcar. Wie hem de voet dwars zet, verzet zich tegen de koning van Tarpol. En wat dat betekent, hoef ik zo'n stelletje snotneuzen als jullie niet te vertellen.'

'En u hebt onze heer gehoord,' antwoordde een van de anderen koppig, terwijl hij zijn bijl in zijn handen klemde. 'En...'

'Jullie heer mag ridder van een orde zijn, maar hij valt wel onder het gezag van de Kabcar. Daar verandert ook Angor niets aan,' viel de reus hem scherp in de rede. 'Als jullie niet onmiddellijk dat vlot verlaten, zal ik het met geweld in beslag moeten nemen.' De vingers van zijn mechanische hand sloten zich met een klap om de greep van zijn zwaard en het indrukwekkende paard danste snuivend in hun richting.

De man op het zwarte strijdros drong op en dreef de schildknapen naar achteren op de veerpont. Slechts een halve meter hout scheidde hen nog van het ijskoude water, dat zonder twijfel hun verdrinkingsdood zou betekenen. Pas op het laatste moment slingerden ze de bijlen op hun rug, grepen zich aan het touw vast en klommen hand over hand naar de overkant terug.

Nerestro brieste van woede toen hij zag dat de andere groep zich meester maakte van het vlot. 'Als ik erbij was geweest, had ik hem zijn kop van zijn romp geslagen!'

Matuc greep zijn dolk nog steviger vast en wachtte bevend af wat er ging gebeuren. Hij hoopte dat hij geen fout zou maken. In gedachten prevelde hij een paar schietgebedjes terwijl de verjaagde schildknapen weer aan land sprongen.

De eerste ruiters stonden al klaar om de veerpont op te rijden.

De ridder van de Angor-orde kneep zijn ogen tot spleetjes. 'Dat gaat zo niet,' mompelde hij. 'Zo komen we nooit aan de andere kant.'

'Wat wilt u nu weer...' begon Belkala nerveus, maar Nerestro kwam al in actie.

Met een flitsende beweging trok hij zijn Aldorelische zwaard, draaide zich om zijn as en hakte een paal doormidden met de dikte van een gemiddelde boomstam. Het zwaard sneed als een mes door de boter.

De afgehouwen paal en het touw schoten zoemend door de lucht en kwamen met een plons in de rivier terecht, waar ze door de stroming werden meegevoerd.

Niet langer op zijn plaats gehouden door het touw dobberde de veerpont een eindje opzij en begon af te drijven. De acht ruiters op het hevig deinende vlot wisten zich op het nippertje in veiligheid te brengen.

Vanaf de overkant klonken luide vloeken. Vuisten werden gebald en dreigementen geschreeuwd.

De ridder lachte luid, zichtbaar vergenoegd. Zijn mannen sloten zich bij hem aan en juichten alsof ze een oorlog hadden gewonnen.

Hun aanvoerder wierp zijn bontmantel af, zodat zijn glinsterende wapenrusting zichtbaar werd. 'Ik ben Nerestro van Kuraschka, ridder van de Orde der Hoge Zwaarden, volgeling van de godheid Angor,' riep hij over het water. 'Niemand ontneemt mij straffeloos mijn rechten.'

Vanuit de slee op de tegenoverliggende oever verhief zich een jongeman.

'En ik ben gouverneur Pujur Vasja, beambte van de koning en plaatsvervanger van de Kabcar, heerser over Tarpol. Mochten wij elkaar ooit nog treffen, dan zal ik me u herinneren, heer ridder. Onthoud dat goed.'

De jongen ging weer zitten en de stoet verdween.

'De onbeschaamdheid!' vloog Stoiko op. 'Zo'n aanmatigende vlerk ben ik nog nooit tegengekomen. Dan hadden zelfs Jukolenko en Kolskoi nog meer fatsoen in hun donder. De brutaliteit om dat touw door te hakken voor ons en voor u, gouverneur! Maar zijn naam is genoteerd, heer. Als u wilt, kunt u...'

Lodrik hief een hand op. 'Laat maar. Het is gebeurd en we kunnen het niet meer ongedaan maken. Maar je hebt gelijk: ik zal hem ter verantwoording roepen zodra ik mijn titel heb aangenomen.'

'Maar wel vóór de bruiloft, heer.' Stoiko's snor trilde nog steeds van woede.

'Ach, er zijn belangrijker zaken dan een maatregel tegen zo'n ridder uit een onverdraagzame orde. Het heeft weinig zin om hem achteraf nog te straffen voor iets wat weken eerder is gebeurd. Misschien laat ik het er wel bij.' Hij keek over zijn schouder, maar kon de andere groep niet meer ontdekken. 'Het welzijn van mijn land heeft voorrang.'

Waljakov liet zich een eindje terugzakken en mengde zich in het gesprek. 'Ik zal hem uitdagen tot een tweekamp, heer. Die Angor-ridders houden wel van een uitdaging, en dat wordt zijn ondergang.'

'Zie je, Stoiko? Alles regelt zich vanzelf.' De gouverneur en toekomstige Kabcar installeerde zich weer tussen de dekens. 'En nu op naar Ulsar. We mogen niet te lang wachten met de begrafenis.'

'Over hooguit drie weken komen we in de hoofdstad aan.' De lijfwacht nam zijn plaats aan het hoofd van de stoet weer in en verhoogde het tempo.

'Die vervloekte trots van u!' siste Belkala tegen Nerestro.

Nerestro stak het zwaard terug in zijn schede. 'Ik heb gewoon gedaan wat juist en redelijk was. Als het echt de gouverneur was, had hij zich bekend moeten maken. Iedereen kan wel beweren dat hij de gouverneur is. Stap maar weer in de slee, dan zoeken we een andere oversteekplaats. Dit kan toch niet de enige veerpont in heel Granburg zijn geweest.'

Zonder nog op de twee anderen te letten gooide hij zijn bontmantel over zijn schouders en slingerde zich in het zadel.

Matuc was verbijsterd. Nog altijd stond hij op de plek waar hij moeizaam uit de slee was geklauterd en staarde naar de colonne van de gouverneur, die in westelijke richting langs de rivier verdween.

Na een tijdje viel de spanning van hem af en beefde hij niet meer zo. Aan de ene kant voelde hij zich opgelucht, aan de andere kant had hij de nare bijsmaak dat hij een gelegenheid voorbij had laten gaan die misschien niet meer terug zou komen.

'Stel dat we hem nooit meer zien?' vroeg hij vertwijfeld. Zijn lippen bewogen zich nauwelijks en zijn stem sloeg over. 'Stel dat er geen tweede kans meer komt?'

'Vooruit, we moeten instappen,' zei de priesteres sussend, terwijl ze de monnik meetrok naar de slee, die inmiddels was gekeerd. 'En praat wat zachter.' Ze duwde hem in de slee en dekte hem toe.

'Ik heb het laten afweten.' Onder de deken gaf hij haar de dolk terug.

Ze drukte hem het wapen weer in de hand. 'Hou het maar. We komen de gouverneur nog wel tegen, geloof me. We hebben de hulp van drie goden, vergeet dat niet.'

'Ik weet het.' Hij kroop weg onder de dekens en huiden. 'Maar misschien zijn de goden óns vergeten. Moet Ulldart dan toch verloren gaan? Is dat wat de goden willen?'

'Stil nou,' zei Belkala troostend. 'Als de goden dat willen, hebben ze wel eenvoudiger middelen. We zien de gouverneur weer terug, daar ben ik van overtuigd. En samen zullen we het gevaar afwenden. Ga nu maar slapen, tot we in Granburg zijn.'

Bijna onmiddellijk zonk Matuc weg in een prettige, rustgevende duisternis, terwijl het gezelschap de reis voortzette.

II

'Maar de hoge delen wilden hun vorm niet behouden, daarom bediende de almachtige godin zich van vloeibaar vuur om de toppen te drogen tot ze hard en massief waren. Zo ontstonden de gebergten.

Een paar druppels vuur ontsnapten de almachtige godin, sijpelden door haar handen en bleven roodgloeiend aan de bergen kleven. Veel druppels koelden onmiddellijk af, maar andere brandden zich een weg door de berg heen en gloeiden in de diepte verder. Een deel ervan brandt nog altijd, tot in de eeuwigheid. Zo ontstonden de vulkanen.

Maar Taralea was niet tevreden. Uit haar onuitputtelijke voorraden nam ze het zaad van bomen, gras en planten van allerlei aard. Vervolgens wakkerde ze krachtige winden aan, zoals we die nog altijd kennen in onze wereld, en gaf ze het zaad mee voor de verspreiding van de planten.'

De legende van de schepping van de wereld,
Hoofdstuk 2

Ulldart, Gallohâr, zuidkust van het koninkrijk Kensustria, winter 442/443 n.S.

'De wintermaanden zijn het meest geschikt voor astronomie. Omdat de nachthemel dan lichter en helderder is, neem ik aan.' Farron, een jonge, gladgeschoren geleerde met donkergroen haar, verzamelde de opgerolde perkamenten, balanceerde het schrijftafeltje met papier, pen en inkt op zijn hoofd en liep voorzichtig naar de deur van de trap naar het observatorium.

Met die last op zijn hoofd moest hij honderdachtennegentig treden beklimmen om bij de torenkamer te komen, maar omdat hij dat al jaren dagelijks deed, kostte het hem nauwelijks een druppel zweet.

'Daar heb je gelijk in, Farron.' Aan de andere tafel zat Ollkas, zijn wat oudere collega, die een hogere graad van kennis en wetenschap bezat. In tegenstelling tot zijn vriend had Ollkas een kaal hoofd, dat hij verborg onder een warme kap, fraai geborduurd met de tekenen van een meester in de astronomie. De symbolen lichtten even op in het schijnsel van de kaarsen. 'Dat zal wel komen door de kou.' Hij bladerde de noties over de laatste waarneming door, die helaas weinig nieuws opleverden. Zoals alle astronomen bleef hij hopen op de ontdekking van een nieuwe ster aan het firmament. 'Die maakt de luchtlagen veel transparanter.'

'Hoe koud moet het wel niet zijn in het noorden van het continent?' Farron opende de deur. 'Als wij hier al lopen te blauwbekken, hoe komen

59

de mensen in Rundopâl of Borasgotan dan de winter door?'

'Daar vriezen ze dood,' veronderstelde Ollkas, terwijl hij zich geeuwend uitrekte. 'In elk geval dank ik onze god dat onze voorouders het zuiden hebben gekozen om aan land te gaan.' Hij stond op en liep naar een spartaans ledikant. 'Ik ga even liggen. De sterren maken me moe.' Hij liet zich op de stromatras zakken, legde zijn handen achter zijn hoofd en sloot zijn ogen. 'O, vergeet niet de baan van de planeten Betos-twaalf en Ketos-honderddrieënzestig opnieuw te berekenen. Bij de vorige constellatie was er een afwijking van minstens een achtste graad,' zei hij tegen zijn collega. 'Misschien heb je zitten slapen; dan kun je nu je fout herstellen. Anders breng je het nooit tot meester-astronoom.'

'Goed, Ollkas, ik zal mijn best doen.' De jonge geleerde draaide zich om en beklom de trap.

Steeds hoger slingerde zich de wenteltrap. Om de paar meter hing er een olielampje aan de muur dat zijn schijnsel wierp over de granieten treden, die in het midden waren uitgesleten.

Bijna werktuiglijk beklom Farron de trap, in gedachten bij de ontdekking van een nieuwe ster, het belangrijkste doel van iedere astronoom.

Maar de hemel boven Ulldart was al zorgvuldig in kaart gebracht en onderverdeeld in sectoren, banen en cycli die niets aan de verbeelding overlieten. In eenenvijftig jaar was er nooit iets veranderd.

Boven gekomen legde hij de perkamentrollen op de grote kaartentafel, zette het tafeltje met zijn schrijfgerei neer en liep de kamer door. Aan de stenen wanden hingen talloze kaarten van de sterren en hun jaarlijkse bewegingen. Ze vormden de enige versiering in de kale ruimte.

Vastberaden liep Farron naar een gecompliceerd stelsel van kettingen en katrollen. In een vaste volgorde haalde hij een serie hefbomen en hendels over totdat het grote houten koepeldak boven zijn hoofd zich volledig had geopend en het zicht vrijmaakte voor de grote, acht manslengten hoge telescoop in het midden van de ruimte.

De geleerde legde papier, pen en inkt klaar, installeerde zich in de stoel onder de telescoop en tuurde door het oculair. Samen zorgden de tweeënveertig verschillend geslepen lenzen, in drie verstelbare buizen gemonteerd, voor een beeld dat varieerde van een totaaloverzicht tot een detail. De reusachtige kijker kon worden gedraaid en bijgesteld met behulp van een draaiplateau en een uitgekiend stelsel van gewichten en contragewichten, die door de sterrenkundige met pedalen werden bediend.

Eerst zocht Farron binnen het totaalbeeld naar opvallende verschijnselen, zoals kometen of vallende sterren. Daarna richtte hij, zoals gewoonlijk, zijn aandacht op afzonderlijke gebieden, bepaalde de stand van de grootste planeten en zonnen aan de hand van de kaarten in het observatorium en controleerde of de berekening van de banen ook werkelijk klopte.

Na drie uur prikten zijn ogen door het voortdurende turen en vergelijken, maar alles bleek in orde. De sterrenhemel volgde zijn gebruikelijke wintercyclus.

Wil er dan geen enkele nieuwe ster opduiken? verzuchtte hij in gedachten, terwijl hij de telescoop langzaam op het plateau heen en weer bewoog.

Hij kruiste net de baan van een saaie planeet toen hem iets opviel. Eigenlijk was het meer een gevoel dan een waarneming. Zijn intuïtie zei hem dat er de afgelopen seconden iets aan de hemel was veranderd.

Zijn interesse was gewekt. *Dat moeten we nog eens bekijken. Lakastra, geef me een scherpe blik.* Zorgvuldig stelde hij een andere lenzencombinatie in en controleerde het gebied opnieuw, zonder precies te weten waar hij naar zocht.

Opeens zag hij het.

Nee, dat is onmogelijk. Het zal wel vermoeidheid zijn. Farron wreef zich in zijn ogen, plensde wat ijskoud water over zijn gezicht en tuurde weer naar zijn ontdekking.

Maar hij zag precies hetzelfde als enkele ogenblikken geleden.

Dat... dat moet gezichtsbedrog zijn, een verkeerde lenzencombinatie. Opgewonden controleerde hij alles, maar hij kon geen fout in de apparatuur ontdekken.

'Dat kan niet waar zijn!' zei hij zachtjes bij zichzelf. 'Onmogelijk! Dat druist in tegen alle wetten van de astronomie.'

De geleerde liet zich terugzakken op zijn stoel en staarde afwezig in het niets, totdat hij abrupt overeind sprong en de trap afrende om Ollkas te wekken.

'Wat is er aan de hand?' mompelde zijn collega slaperig. 'Ik hoop dat het belangrijk is, want anders mag je alle lenzen poetsen – met je tong, druktemaker!'

'Kom zelf maar kijken. Ik kan... ik wíl het gewoon niet geloven.' Farron trok de meester-astronoom uit bed. 'Het gaat in tegen alles wat ik ooit heb geleerd.'

Nu maakte Ollkas zich toch zorgen. Zijn jonge collega mocht dan geen rekenwonder zijn, maar de grondslagen van de sterrenkunde kende hij op zijn duimpje.

Hijgend rende hij achter Farron naar boven, waar hij zich buiten adem in de stoel liet vallen.

Al na een eerste blik trok hij met een ruk zijn hoofd weg, knipperde een paar keer met zijn ogen, wreef erin en plensde de rest van het koude water dat Farron had laten staan in zijn gezicht.

'Zie je nu wat ik bedoel, Ollkas?' Met moeite onderdrukte hij de triomf in zijn stem. Eindelijk had hij iets ontdekt wat nog nooit iemand vóór hem had gezien. 'Dat is toch... uitgesloten?'

De man met het kale hoofd wees naar de deur, zonder zijn blik van de lens los te maken. 'Snel! Haal ergens een boek over Ulldartse mythologie. Vooruit, opschieten.'

'Het komt eraan,' riep Farron, en hij verdween. Na een halfuurtje was hij terug, met in zijn hand een exemplaar van *De legende van de schepping van de wereld*. De band vertoonde diepe inkepingen.

Ollkas zat nog steeds roerloos achter de telescoop, met zijn mond wijd open. Pas toen Farron zijn keel schraapte, draaide de sterrenkundige zich om.

'Waar bleef je nou?' Misnoegd keek hij de jongeman aan. 'En wat ziet dat boek eruit!'

'Ik had het als steun onder de poot van de kaartenkast gelegd,' bekende Farron zonder veel berouw. Daarvoor was hij te opgewonden. 'En? Is er al wat gebeurd?'

Zonder antwoord te geven griste Ollkas het boek uit zijn hand en bladerde het haastig door, totdat hij de gezochte passage had gevonden.

'Ja! Daar staat het. Lakastra, sta ons bij, zodat we het begrijpen!' Hij tuurde weer door het oculair, terwijl de jongere geleerde de betreffende alinea las.

'"Taralea, de almachtige godin, zocht haar zoon Tzulan, leverde strijd met hem en scheurde hem in kleine stukken, die zich over alle continenten verspreidden. Zijn gloeiende ogen maakte zij tot sterren aan het hemelgewelf en noemde ze Arkas en Tulm, de enige sterren die niet bewegen en voor altijd aan het firmament staan."'

Langzaam tilde hij zijn hoofd op en keek naar de zee van kleine lichtpuntjes. Arkas en Tulm, de ogen van Tzulan, waren gemakkelijk te herkennen.

'"Die niet bewegen en voor altijd aan het firmament staan,"' herhaalde hij fluisterend de woorden uit de legende. 'Maar... Nu bewegen ze wel.' Hij draaide zich naar zijn mentor om en zei wat luider: 'Ze zijn van positie veranderd, Ollkas. Nietwaar? Zo is het toch?'

De sterrenkundige keek hem peinzend aan. 'Ja. Maar dat niet alleen. Ze zijn ook groter geworden. Ik heb het zopas berekend.'

'Bij Lakastra, wat heeft dat te betekenen?' vroeg de jonge geleerde, terwijl hij op de tafel ging zitten, zonder acht te slaan op de kostbare kaarten die kreukten onder zijn gewicht.

'Ik weet het niet,' antwoordde Ollkas bleek en radeloos. 'Ik heb geen idee. Maar het lijkt me geen reden tot blijdschap. Ik zal onze historici onmiddellijk op de hoogte brengen.'

Ulldart, koninkrijk Tarpol, provincie Granburg, elf warst vanaf de stad Granburg, winter 442/443 n.S.

'Ik weet niet of we ze nog kunnen inhalen. Mijn informant heeft me de verkeerde route opgegeven.' De man met de baard verhief zich in de stijgbeugels, zodat zijn mensen hem beter konden zien en horen. 'Luister! We nemen een andere weg. De gouverneur heeft een flinke voorsprong. We moeten hem tot elke prijs achterhalen, ook al kost het onze paarden. Denk aan de beloning: vijftig waslec voor ieder van jullie als we ervoor zorgen dat de gouverneur deze provincie niet levend verlaat.' De vijftig geharnaste soldaten knikten kort. 'Goed. Kom op, dan!'

De groep denderde over de besneeuwde weg, de heuvel op. Boven gekomen hielden ze halt op een teken van hun aanvoerder Ruidin, een forse vent met een volle baard en enkele jaren militaire ervaring.

De ruim vijftig soldaten waren afkomstig uit het contingent dat oorspronkelijk door Jukolenko was ingehuurd. Op verzoek van zijn weduwe waren ze na een halfjaar via sluipwegen in Granburg teruggekeerd voor een nieuwe opdracht. Deze keer zouden ze definitief afrekenen met de jeugdige gouverneur.

De aanslag zelf was geen probleem voor Ruidin. Lastiger was het dat de jongeman over een uitstekende lijfwacht beschikte. Hun zorgvuldig georganiseerde hinderlaag hadden ze moeten opgeven nu hun tipgever zich in de route had vergist.

Ruidin besloot de groep van de landvoogd nu van achteren te over-

vallen. Ze zouden zware verliezen lijden, maar bij de betaling was rekening gehouden met vijftig man. Als er slachtoffers vielen, zou er meer
geld overblijven voor de anderen – en voor hem.

Ruidin wilde net het bevel geven om door te rijden toen hij op zo'n
vijf warst afstand een ander reisgezelschap ontdekte.

'Halt! Het lot is ons gunstig gezind. Ik zie sleden en twintig ruiters.'
Hij telde de mannen. 'Dat moeten ze zijn. Maar waarom zijn ze omge-
keerd?'

'Wat maakt het uit?' merkte zijn adjudant, Tyzka, tevreden op. 'Misschien zijn ze iets belangrijks vergeten. Als je bij de Kabcar op bezoek
gaat, moet je je zaakjes goed voor elkaar hebben.'

'In elk geval komt het ons heel goed uit. En we sparen de paarden.'
Ruidin gaf zijn soldaten een teken om zich terug te trekken. 'Jij houdt
hier de wacht,' beval hij de man naast zich. 'Waarschuw ons zodra ze
hier in de buurt zijn. Ik rij met de anderen terug om een hinderlaag te
leggen in dat kleine bos daar. Er loopt hier maar één weg naar Granburg.'

'Een hinderlaag is de beste oplossing,' beaamde de ander. 'Veel eenvoudiger. En je voorkomt onnodige verliezen.'

'Verliezen zijn altijd onnodig. Kom naar ons toe zodra ze aan de voet
van de heuvel zijn.' Ruidin wendde zijn paard. 'In de tussentijd zal ik
een val zetten voor onze melkmuil.'

Nerestro reed naast de slee met Belkala en de slapende Matuc. Nog altijd had hij een voldane uitdrukking op zijn gezicht, sinds de confrontatie
bij de veerpont.

De vrouw uit Kensustria liet het hoofd van de monnik tegen haar
schouder rusten, met haar bontmof als kussen. Haar barnsteenkleurige
ogen gingen naar de ridder.

'Bent u nog steeds zo trots omdat u een paal doormidden hebt gehakt?'
vroeg ze een beetje spottend. 'Of vond u uw kinderachtige optreden aan
de rivier een staaltje van ridderlijkheid?'

De man grijnsde breed. 'Ridderlijk niet, nee, maar het gaf me wel voldoening. En u moet toegeven, priesteres, dat het een zware paal was die

ik met mijn zwaard in tweeën heb gekliefd. Zou dat een van uw ridders ook zijn gelukt?'

Belkala snoof. 'U vindt zichzelf geweldig, ik wist het wel.'

'Nee, maar ik heb me kostelijk geamuseerd. Die lui waren zo van zichzelf overtuigd,' wees Nerestro haar terecht. 'Wij hadden het recht om als eersten over te steken. Daar dachten zij anders over, dus heb ik ze mijn ongenoegen laten blijken.'

'Met als gevolg dat we nu een urenlange omweg moeten maken,' zei de vrouw met het donkergroene haar. 'Ik zit te vernikkelen, heer ridder. In mijn land is het altijd warm, zelfs 's winters. We hadden al uren in Granburg kunnen zijn. Dan hadden we nu achter een beker hete kruidenmelk gezeten.'

'Wil ik u soms verwarmen?' bood hij aan, met een hoopvolle glinstering in zijn ogen. 'Die oude man tegen uw schouder is daar blijkbaar niet toe in staat. Hoe kan iemand trouwens in slaap vallen in de armen van zo'n betoverende dame?'

'Laat maar. Ik weet waaraan u denkt,' weerde de priesteres hem af. 'Met die zelfingenomen, arrogante houding gooit u uw eigen glazen in.'

'Aha!' riep de ridder uit. 'Wilt u zeggen dat ik dus toch een kans had op uw affectie?'

'Zet dat maar uit uw hoofd,' drukte ze zijn hoop de kop in. 'U hebt het voorgoed verbruid. In het begin vond ik u inderdaad wel interessant.'

'Alles komt ooit weer terug. Dus komt mijn kans nog wel,' reageerde Nerestro met nadrukkelijke onverschilligheid. Maar zijn ogen verrieden zijn teleurstelling en zijn goede humeur was verdwenen. 'En broeder Drankneus is in uw achting gestegen, zeker?'

Belkala antwoordde niet en staarde recht voor zich uit.

'Ach wat!' De krijgsman maakte een verachtelijk gebaar en gaf zijn paard de sporen, terug naar het hoofd van de stoet.

'Was je echt in hem geïnteresseerd?' Matuc sloeg ongelovig zijn ogen op.

Belkala's bronzen gelaatskleur werd wat donkerder. 'Heb je meegeluisterd?'

De monnik richtte zich op. 'Ik kon moeilijk anders. Jullie schreeuwden nogal.'

'Ja, in het begin maakte hij een goede indruk. Hij had me immers het leven gered,' bracht ze hem in herinnering. 'Misschien heb ik mijn dankbaarheid voor iets anders aangezien.'

'Dan mag je nog van geluk spreken,' vond Matuc, 'dat je het op tijd doorhad.' Hij trok zijn deken recht. 'Wacht er in Kensustria eigenlijk iemand op je?'

Belkala kneep haar ogen samen en er gleed een lachje over haar innemende gezicht. Toen toonde ze de man haar scherpe hoektanden. 'Broeder Matuc! Je stelt wel heel persoonlijke vragen, weet je dat? Nee, er wacht thuis niemand op mij.' Na een korte aarzeling voegde ze eraan toe: 'En ik ben ook niet van plan iemand mee naar huis te nemen. Hoogstens een paar gasten.'

De monnik begreep de hint. 'O, juist. Neem me niet kwalijk, wat dom van me.'

Ze keek hem aan. 'Begrijp me niet verkeerd. Ik heb waardering voor je en ik mag je graag, Matuc, maar meer zal dat nooit worden. Ik wil je geen valse hoop geven. Als ik je onbedoeld de indruk heb gegeven dat onze vriendschap tot iets anders zou kunnen uitgroeien, dan spijt me dat.' Ze drukte een kus op zijn wang. 'Ik ben je dankbaar voor je goede zorgen toen ik ziek was, en je zult altijd mijn vriendschap hebben – de oprechte vriendschap van een priesteres en een Kensustriaanse.' Ze legde haar rechterhand tegen haar hart en stak hem de linker toe. 'Ik zou het geweldig vinden als je na afloop van deze missie met me meeging naar mijn land. Dan zal ik je daar alles laten zien wat je maar wilt.'

Matuc greep haar hand in zijn knuisten en drukte hem tegen zijn borst. 'Ik beloof je dat ik altijd voor je klaar zal staan.' Ze boog haar hoofd. 'Samen zullen we ons doel bereiken. Waar rijden we eigenlijk naartoe?'

'Hou je me voor de gek? Nog altijd naar Granburg,' antwoordde ze. 'Maar het lijkt me beter dat we nog even uitrusten voordat we de achtervolging inzetten op de gouverneur.'

De monnik liet zich terugzakken en dacht een tijdje na. 'Ja, het is wel beter zo. Dan hebben we ook de tijd om een reden voor onze opvliegende ridder te bedenken als we onverrichter zake uit de stad vertrekken en verder reizen. Waarheen zou de gouverneur op weg zijn?'

'Dat zullen we in Granburg wel horen.' Belkala keek om zich heen. 'Het is hier wel mooi, met al die sneeuw op de bomen en het land. Als een geglazuurde ijstaart.'

'Of een witte lijkwade,' merkte de Ulldrael-monnik laconiek op.

'Wat een akelige vergelijking.' De knappe vrouw uit Kensustria schudde haar hoofd. 'Ik vind het juist heel betoverend. In Kensustria sneeuwt het nooit.'

'Wie in Tarpol geen goede maatregelen treft voor de winter, is ten dode opgeschreven. Heel wat onvoorzichtige zwervers of arme boeren overleven de koude maanden niet. Vandaar die vergelijking met een lijkwade,' legde Matuc uit. 'Die ongelukkige slachtoffers worden pas de volgende lente weer gevonden, als ze nog niet door wilde dieren of monsters zijn verslonden.'

De paarden zwoegden een kleine heuvel op en het tempo van de slee zakte, totdat ze de top hadden bereikt.

Heel in de verte zagen ze de provinciehoofdstad, omringd door een zware muur, die alle aanvallen kon doorstaan voor het geval de moerasmonsters in opstand zouden komen, zoals eeuwen geleden was gebeurd. Dunne rookslierten stegen op uit de schoorstenen van de huisjes, en tussen de wirwar van stegen, straten en wegen verhief zich een hoekige steenklomp die boven alles uittorende.

'Dat zal het paleis van de gouverneur zijn,' vermoedde Matuc.

'En wij zitten straks in een van die herbergen om onze koude botten te warmen,' merkte de vrouw op, en ze wierp de capuchon weer over haar hoofd. Diep trok ze het bont om haar gezicht, als bescherming tegen de wind, die hierboven op de heuvel nog eens zo koud was.

De stoet daalde de helling af, waar de weg zich door een klein bos slingerde. De monnik verbaasde zich dat de route nog zo druk bereden

werd, want hij zag de sporen van een groot aantal paarden in de omgewoelde sneeuw.

Ze reden al een paar meter tussen de besneeuwde naaldbomen toen
Nerestro zijn mannen halt liet houden.

Voor hen uit liepen drie paarden zonder berijders. Op de grond lagen
de ruiters, met pijlen in hun rug. Het smalle pad aan weerszijden kleurde
rood.

De ridder greep zijn schild wat steviger beet en gaf drie van zijn soldaten bevel de lichamen te onderzoeken. Voorzichtig, speurend naar alle
kanten, reden ze naar de doden toe. Het was doodstil in het bos; alleen
de wind ruiste door de toppen van de bomen.

'Wat heeft dit te betekenen?' fluisterde Belkala tegen de monnik.
'Struikrovers?'

Matuc haalde zijn schouders op. 'Het kunnen ook moerasmonsters
zijn geweest. De winter of de honger drijft ze uit de moerassen, op zoek
naar eten.' Hij vond het maar vreemd, en ook de ridder leek nerveus.

'Een van hen leeft nog, heer.' De eerste van het drietal steeg af en
knielde naast de zwaargewonde man. Ook de twee anderen lieten zich
van hun paard glijden. Het slachtoffer probeerde iets te zeggen en tastte
bevend onder zijn bontmantel.

Er siste iets door de lucht dat zich in de hals van de achterste schildknaap boorde, die zonder een woord voorover uit zijn zadel stortte.
Meteen volgde er een regen van pijlen, die nog eens vijf man het leven
kostte.

Nerestro brulde een bevel en galoppeerde naar de slee, terwijl zijn soldaten hun wapens trokken. Opeens stormden er dertig overvallers uit de
struiken en vielen de achterhoede van de colonne aan, die wat lichter
bewapend en bepantserd was.

Matuc trok zijn dolk en dook met Belkala zo diep mogelijk weg in
de slee, om niet door rondvliegende pijlen te worden geraakt.

Om hen heen ontbrandde een bloederige strijd.

Ruidin lag op de weg en deed nog steeds alsof hij gewond was. Na de aanval van zijn mensen vanuit hun hinderlaag bekommerden de drie zwaar geharnaste soldaten zich niet langer om de vermeende gewonden en wilden weer in het zadel springen om zich in het strijdgewoel te storten. Als ze daarin slaagden, zouden ze met hun zwaardere wapenrusting door de linies snijden als een mes door de boter en alles neermaaien wat hun voor de voeten kwam. Het werd tijd om in te grijpen.

'Nu!' siste hij, en de twee mannen naast hem sprongen overeind, samen met hun leider.

Trefzeker stootten de huurlingen hun dolken van achteren door de spleten in het harnas van de soldaten – de zwakke plek in elke metalen wapenrusting.

Ruidin stak de smalle kling onder het oor van zijn tegenstander, ramde het wapen tot aan het heft in zijn hals, draaide het lemmet rond en deinsde toen snel terug om uit het bereik van het zwaard te blijven als de man de aanval zou hebben overleefd.

Maar hij had goed gericht, want al na een ogenblik zakte de soldaat met rinkelend harnas in elkaar. Stuiptrekkend bleef hij liggen in de sneeuw.

De aanvoerder van de huurlingen draaide zich om en keek hoe de twee anderen zich redden. Slechts een van beiden was in zijn verraderlijke opzet geslaagd en stond nu tegenover de derde ridder, die hooguit gewond was. Hij had de tweede man al gedood en drong de derde met woeste slagen van zijn zwaard steeds verder terug.

De verraste huurling verloor zijn evenwicht, gleed uit en kon de volgende slag niet meer ontwijken. Diep drong het staal door zijn lichte wapenrusting heen en hakte zijn arm half doormidden. Kermend ging de man tegen de grond, terwijl de ridder zich omdraaide naar Ruidin.

De aanvoerder dook onder de volgende aanval door en stak de ridder twee keer met zijn dolk in zijn betrekkelijk onbeschermde rechteroksel. Het bloed spoot uit de wond.

Ruidin grijnsde boosaardig en rende naar de slee. Om deze tegenstander hoefde hij zich niet meer te bekommeren; de ridder zou snel genoeg doodbloeden.

Onder het lopen zette hij zijn jachthoorn aan zijn mond voor het signaal aan de tweede groep.

De lijfwacht van de gouverneur ging tekeer als een dolle kullak, en ondanks de aanvankelijke verliezen waren de rijen van de verdedigers niet wezenlijk uitgedund – in tegenstelling tot zijn eigen legertje. Van de eerste groep stonden nog maar tien aanvallers overeind.

Maar verderop stormden de versterkingen al uit de struiken naar voren en stortten zich op de lijfwachten die zich rond de slee hadden opgesteld en elke aanval met hun schilden afweerden.

Ruidin besefte dat hij de slee van de gouverneur niet rechtstreeks zou kunnen bereiken. Dus nam hij een aanloop, wierp zich voorover in de sneeuw en gleed onder de nerveuze paarden door, totdat hij onder de bok van de slee tot stilstand kwam. Met twee snelle bewegingen hees hij zich naast de totaal verraste koetsier, die hij doodde met een goed gerichte dolkstoot in het oog.

Niemand had hem nog opgemerkt. De soldaten stonden met hun rug naar hem toe en verweerden zich tegen de huurlingen, die steeds geringer in aantal werden. Door wie deze militairen ook waren opgeleid, ze verstonden hun vak.

Een korte sprong bracht hem in de kuip van de slee. Onmiddellijk sleurde hij een van de inzittenden overeind en hield zijn dolk gereed.

Voor hem stond een oudere man, die zich aarzelend probeerde te verdedigen met een klein mes.

Soepel ontweek Ruidin de aanval en ramde de man zijn elleboog in het gezicht. Het mes kletterde tegen de houten bodem van de slee.

'Breng me naar de gouverneur!' schreeuwde Ruidin, terwijl hij de man bij zijn kraag greep en hem zijn dolk tegen de hals drukte.

Achter de van schrik verstijfde passagier dook een jonge vrouw met groene haren op, die hem zo snel met haar vuist tegen zijn neus raakte dat hij een moment machteloos stond.

De tranen sprongen Ruidin in de ogen en hij wankelde een stap naar achteren. Uit zijn ooghoek zag hij dat een van zijn huurlingen zich een weg naar de slee had gebaand en de vrouw van achteren naderde.

'Nerestro! Help!' gilde ze. 'Ze staan al op de slee!'

De sterkste van alle ridders wendde bliksemsnel zijn paard en zette brullend koers naar de slee. Een met bloed besmeurd Aldorelisch zwaard blikkerde in zijn hand.

De oudere man tegenover Ruidin krabbelde op de been en griste het mes van de bodem. 'Verdwijn! Er is hier geen gouverneur. Wij zijn...'

'Grijp ze!' riep Ruidin tegen de huurling en hij deed een uitval naar de keel van de man tegenover hem.

Nerestro hoorde Belkala's wanhopig stem boven het rumoer van het strijdgewoel uit en keerde zijn paard op de achterbenen.

Twee aanvallers waren er op een of andere manier in geslaagd door de verdedigingsmuur van lichamen en schilden heen te dringen. De vrouw uit Kensustria had de man achter zich blijkbaar niet gezien en wilde de monnik te hulp komen, die als een klein kind tegenover zijn vijand stond en hulpeloos met een dolk zwaaide.

Tierend van woede gaf de ridder zijn paard de sporen en draafde in een korte galop naar de slee om in te grijpen.

Vol ontzetting zag hij dat de aanvaller achter de priesteres zich al opmaakte om toe te slaan.

Op hetzelfde moment besefte hij dat hij de priesteres en de monnik niet allebei zou kunnen redden.

'Bij Angor!' riep hij wanhopig, en hij bracht zijn arm naar achteren voor een machtige klap.

Groot en indrukwekkend dook de ridder naast de slee op. Zijn zwaard zwaaide sissend door de lucht en raakte Matucs tegenstander op het moment dat de man zich naar voren bewoog.

Opnieuw sneed het Aldorelische wapen door pezen, spieren en botten, alsof de man van papier gemaakt was. Ook zijn wapenrusting was hier niet tegen bestand. Het leer, de gespen en riemen boden geen enkele bescherming en werden met hetzelfde gemak doorkliefd als het bovenlijf van de baardige aanvaller dat ze moesten beschutten.

Achter zich hoorde Matuc een kreet van pijn. Belkala!

Bliksemsnel draaide hij zich om en ving de wankelende priesteres in zijn armen op. Ze viel zo zwaar tegen hem aan dat hij zijn evenwicht verloor, waardoor de tweede dolkstoot van de andere aanvaller de schouder van de monnik op een haar na miste.

Meer kon de man niet uitrichten, want een pijl in zijn borst maakte een einde aan zijn leven. Kreunend zakte hij in elkaar.

'Belkala,' hijgde Matuc ontzet. 'Gaat het?'

De priesters richtte zich een eindje op en lachte bleek. 'Ik geloof het niet.'

Een dun rood straaltje sijpelde uit haar mondhoek, meteen gevolgd door een golf van bloed die zich over haar borst uitstortte.

'Ulldrael de Rechtvaardige! Nee!' In paniek legde hij het hoofd van de vrouw in zijn schoot. Geruststellend streelde hij haar haar. 'Volhouden, Belkala. Er komt hulp.' Zijn andere hand, die hij tegen haar rug hield, kleurde rood van het bloed. Hartenbloed.

Wanhopig keek Matuc om zich heen, maar hij zag niets anders dan kermende en vloekende mannen, die voor hun eigen leven vochten. Zelfs Nerestro moest zich weer tegen een nieuwe aanval verdedigen.

Niemand was op dat moment in staat de monnik en de gewonde vrouw te helpen. Matuc voelde zich net zo hulpeloos als bij de dood van de ziener Karadc. Die herinnering maakte zijn vertwijfeling nog groter. Tranen liepen over zijn wangen en druppelden op het van pijn vertrokken gezicht van de vrouw.

'Ulldrael! Niet weer!' riep Matuc uit. 'Laat niet weer iemand in mijn armen sterven.'

De priesteres streek hem over zijn wang. 'Ik red het niet, Matuc. Denk aan de missie die op je wacht.'

'Wat kan mij die missie schelen!' riep de monnik woedend, en hij richtte zijn blik naar de hemel. 'Ulldrael, doe iets! Als het lot van dit continent je ter harte gaat, doe dan iets.'

Belkala sloot een moment haar ogen en verzamelde haar laatste krachten. Matuc dacht al dat ze dood was, maar toen keek ze hem weer aan.

'Wil je me hier begraven? In een graf van drie voet diep, onder een laag stenen?' Ze drukte hem een voorwerp in zijn hand. 'Breek deze amulet in tweeën en leg de delen bij het hoofdeind, zodat Lakastra weet waar zijn gelovige ligt. Dan zal hij komen om mij mee te nemen.' Haar barnsteenkleurige ogen leken nog even op te lichten. 'Beloof je me dat, Matuc?'

De monnik vocht tegen zijn tranen. 'Ik... ik wil niet dat je sterft. We hebben je nodig om onze opdracht uit te voeren.' Hij klemde haar hand in de zijne. 'Ík heb je nodig. Ik zal niet toestaan dat je...'

De gloed in haar ogen werd nog feller. 'Beloof het me. Ik smeek je!'

Matuc knikte aarzelend.

Het licht in haar geelbruine ogen flakkerde en werd steeds zwakker, totdat het was gedoofd. Langzaam ontspande zich het lichaam van de vrouw uit Kensustria.

'Belkala?' Voorzichtig tastte Matuc in haar hals naar haar hartslag, maar hij voelde niets. Haastig legde hij zijn hoofd tegen haar borst, maar tevergeefs. Geen hartenklop, geen adem meer.

'Nee!' fluisterde hij. 'Nee.' Hij klemde de levenloze vrouw tegen zich aan. 'Ik zal je verwarmen, totdat de anderen tijd hebben om je te helpen. Het is niet meer dan een verwonding, je zult het zien.' Langzaam wiegde hij de priesteres in zijn armen. 'Niet meer dan een verwonding, Belkala. Je hebt wel voor hetere vuren gestaan. Die verkoudheid was veel gevaarlijker dan zo'n sneetje.'

Zachtjes neuriede hij een lied, zonder te merken dat het krijgsrumoer om hem heen geleidelijk verstomde. De aanvallers waren verslagen of op de vlucht gejaagd.

'Ze is dood,' hoorde hij de doffe stem van de ridder achter zich.

'Nee, niet waar. We moeten zo snel mogelijk een cerêler zoeken. Ze ligt te rusten, dat is alles. Maak niet zoveel lawaai, anders wordt ze nog wakker,' antwoordde Matuc zacht, terwijl hij haar op de kussens van de slee legde. Voorzichtig dekte hij haar toe.

'Ze is dood, monnik,' herhaalde Nerestro, nu met meer nadruk.

Woedend draaide de Ulldrael-priester zich om. 'Nee!' schreeuwde hij.

'Niet waar!' En onwillekeurig hief hij zijn vuisten.

'Zie je dat bloed op de bodem?' De krijgsman wees met zijn zwaard naar de rode plas en het bloed dat vanaf de bank omlaagdroop. 'Ze is dood. Ze ademt niet meer.'

'En dat is jouw schuld!' Matuc haalde uit naar de ridder. 'Jij hebt haar niet beschermd toen dat nog kon! Ik heb het zelf gezien.' Verblind door haat en zonder zich iets van de kracht van de ander aan te trekken wierp Matuc zich op Nerestro.

De ridder deed een stap opzij en sloeg de monnik met zijn gebalde vuist midden in het gezicht.

Half bewusteloos stortte de man in de sneeuw en tuurde naar de punt van het Aldorelische zwaard, dat op zijn keel gericht was, vlak bij zijn hals.

'Nee. Jij hebt haar gedood, broeder Drankneus.' Nerestro boog zich met gespreide benen over de gevelde monnik heen. 'Jij en je vervloekte missie! Als ik jou niet had moeten beschermen, zoals me opgedragen was, zou ze nu nog hebben geleefd.' Hij haalde het zwaard weg en boog zich naar Matuc toe totdat de priester zijn adem voelde. 'Het liefst zou ik je doodsteken, monnik. Hier ter plekke.' Het gezicht van de ridder was een grimas van vijandigheid en weerzin. Hij greep Matuc bij zijn mantel en sleurde hem overeind. 'Maar dat mag ik niet.' Abrupt liet hij hem weer los en draaide zich om. 'Niet voordat je je missie hebt volbracht.'

Matuc slikte. Het duurde een tijdje voor hij weer helder kon denken.

Met twee handen wreef hij over zijn gezicht. Nu pas merkte hij dat Belkala's donkere bloed nog aan zijn vingers kleefde.

Haat maakte zich van hem meester terwijl hij naar zijn handpalmen staarde: haat tegen de ridder, tegen zijn eigen missie, tegen de gouverneur en niet in de laatste plaats de godheid die dit alles van hem eiste.

En tegen zichzelf. Nerestro had gelijk. *Als ik er niet was geweest, zou Belkala nu nog leven.* Hij nam een besluit.

'Nerestro,' zei hij halfluid. De ridder bleef staan en keek over zijn schouder. 'Als ik mijn opdracht heb vervuld, is het beter dat je me doodt.'

75

De krijgsman knikte. 'Daar hou ik je aan. Reken maar.' Zwijgend liep hij naar de slee en kuste het voorhoofd van de dode vrouw.

Een uur later legden Nerestro en Matuc de priesteres uit Kensustria in haar graf. De kuil voldeed aan de instructies van de vrouw. Eerst hadden ze met een groot vuur de bevroren grond ontdooid, waarna ze met hun blote handen het warme, nog vochtige zand hadden uitgegraven.

Zwijgend stonden de mannen om de laatste rustplaats heen en keken neer op de knappe priesteres, die hen de hele reis door Tarpol had vergezeld.

Tot het laatste moment hoopte Matuc nog op een wonder, en het maakte hem niet uit welke god de priesteres weer tot leven zou wekken: Lakastra, Ulldrael of Angor. Maar geen van drieën leken ze van zins haar dood ongedaan te maken.

De monnik kromp ineen toen Nerestro de eerste aarde over de dode gooide.

'Nee, nee. Misschien...' begon hij, maar hij zweeg toen hij de blik van de ridder zag. 'Het spijt me. Ik wilde alleen...' Een diepe zucht welde op uit zijn borst voordat hij zijn handen uit de mouwen stak om Nerestro te helpen.

Spoedig was het lichaam geheel met aarde bedekt. In de tussentijd hadden de schildknapen stenen verzameld, en die legden ze nu op het graf.

Toen ze klaar waren, liep Matuc naar het hoofdeinde en brak bijna plechtig de amulet, die zo groot was als een menselijk oog en uit een onbekende, poreuze legering leek te bestaan. Er stonden merkwaardige symbolen op, met vermoedelijk Kensustriaanse tekens, die hij niet kon lezen. Hij hoopte vurig dat Lakastra zijn priesteres zou vinden.

Voorzichtig legde hij de twee helften op hun plaats. *Ik weet niets over haar leven na de dood,* dacht hij. *Helemaal niets.*

Nerestro knielde aan het andere eind. Hij had zijn zwaard met de punt in de grond geramd en sloot zijn ogen. Zijn lippen prevelden een stil gebed.

Toen richtte hij zich op, wierp Matuc een beschuldigende blik toe en draaide zich om naar de graven van zijn gesneuvelde ridders. Ook daar sprak hij een gebed, maar nu luid en voor iedereen verstaanbaar. Het was een lofrede op hun dapperheid, hun moed en vastberadenheid.

'Angor, al zijn ze niet gedood in een eervolle strijd,' besloot hij, 'toch zijn ze gestorven in uw naam en op uw bevel. Neem hen genadig op in de rijen van eerbiedwaardigen en bied hun alles wat ook de dapperste toernooiridders toekomt. Wij zullen hen nooit vergeten. Nooit.' De groep maakte zich gereed om verder te trekken en Nerestro slingerde zich in het zadel.

Teder streek Matuc met zijn vinger over de helften van de amulet. Hij wiste haastig een traan weg, kuste zijn vingertoppen en legde ze op het metaal.

'De volgende keer zal ik niet aarzelen om mijn opdracht uit te voeren, dat beloof ik je. Hoor je? De Tadc zal sterven.' Peinzend bekeek hij de symbolen. 'En daarna zal ik zelf de dood onder ogen zien.'

'Kom,' riep de ridder. 'We hebben al genoeg tijd verloren.'

'Ja, ik kom eraan.' De monnik knikte en liep langzaam naar de slee. Het gezelschap zette zich in beweging en de paarden galoppeerden in de richting van de provinciehoofdstad.

Ze lieten negen graven achter, die langzaam verdwenen onder de verse sneeuw, die in dikke, grauwe vlokken uit de hemel viel.

Als een witte lijkwade, herinnerde Matuc zich zijn eigen gelijkenis van een paar uur geleden.

Ulldart, koninkrijk Tarpol, provincie Ulsar, hoofdstad Ulsar, winter 442/443 n.S.

De reis van Lodrik, Stoiko en Waljakov was zonder verdere problemen verlopen. Voor de resterende warst hadden ze een snelle boot genomen over het brede water van de Repol, waarvan de oevers voor een onbevangen toeschouwer steeds meer het karakter kregen van gebroken melkglas. De Repol was te breed om zelfs bij deze lage temperaturen volledig met ijs te worden bedekt. Alleen in bijzonder strenge, grimmige winters vroor de hele rivier dicht.

Lodrik benutte de tijd aan boord om zich verder in het hofceremonieel te verdiepen en toonde – althans in de ogen van zijn beide adviseurs – enig talent voor gebaren die hij vroeger nooit had beheerst.

Hij oefende zich in buigingen, handsignalen met en zonder zakdoek, kleine en grote gebaren, prijzend of afkeurend, totdat zijn rug er pijn van deed en zijn zakdoeken op waren. Het duurde even voordat hij gewend was aan het dragen van zo'n ellendige pruik, maar ten slotte ging het hem goed af en trok hij hem niet meer mee als hij zijn hoed afzette.

Des te meer genoot hij, als compensatie, van zijn dagelijkse gevechtstraining met zijn kale instructeur, die tot wanhoop van zijn jonge leerling steeds weer nieuwe tekortkomingen in Lodriks aanval en verdediging ontdekte, die hij genadeloos afstrafte. De Tadc kreeg pas rust als hij zijn techniek voldoende had verbeterd. 'De fijne kneepjes,' zoals Waljakov zei.

Nog altijd reisden ze incognito door het koninkrijk. Noch als gouverneur Vasja, noch als Tadc en toekomstige Kabcar maakte de troonopvolger zich bekend aan zijn onderdanen die ze onderweg tegenkwamen. Het leek de mannen beter dat hij pas zijn positie zou opeisen als hij terug was en er voldoende veiligheidsmaatregelen waren getroffen. Ze droegen kostbare, maar weinig opvallende kleren, als edelen of welgestelde kooplieden. Het gouverneursuniform lag opgevouwen in een van de talloze koffers.

Het landschap veranderde steeds meer. Vooral de dorpen werden groter, terwijl de kale velden en stille bossen langzamerhand verdwenen. Van de verlatenheid en eenzaamheid zoals Lodrik die uit Granburg kende, was in de laatste week van hun reis geen sprake meer. En bij de aanblik van de machtige muren van Ulsar, de koningsstad, wist de Tadc dat het uur van verantwoording eindelijk gekomen was.

'Het grote probleem is volgens mij de Tarpolers ervan te overtuigen dat we werkelijk hun TrasTadc hebben teruggebracht,' zei Stoiko peinzend toen de slee naar de hoofdpoort reed. 'Ze kunnen wel denken dat we een heel andere figuur uit Granburg hebben opgediept.'

'Onzin. Uiterlijk ben ik misschien in mijn voordeel veranderd, maar in grote lijnen ben ik nog altijd dezelfde. Alleen wat meer ervaren,' antwoordde de troonopvolger met een ongeduldig gebaar.

Stoiko draaide aan zijn snor en keek nog eens naar zijn beschermeling, die zich het afgelopen jaar verbazingwekkend had ontwikkeld. Zijn blauwe ogen stonden helder, en nu hij was afgevallen, had ook zijn gezicht veel meer tekening, nog geaccentueerd door zijn volle blonde baard, die hij kort hield. Het vet had plaatsgemaakt voor spieren, en van zijn brede heupen en dikke buik was weinig overgebleven dat niet kon worden gemaskeerd door een goede kleermaker, een brede riem en een rechte rug.

Een kleermaker! Bedacht de raadsman opeens in paniek. 'Bij Ulldrael!' riep hij geschrokken. 'Ik ben helemaal vergeten dat geen van uw vroegere kleren u nog zullen passen!'

Ook Lodrik keek verbluft. 'Nee, daar heb ik ook niet aan gedacht.

Nou ja, we hebben nog even tijd tot de ceremonie, en bij de begrafenis van mijn vader kan ik overmorgen desnoods in wapenrusting verschijnen. Ik wil het allemaal zo snel mogelijk geregeld hebben.'

Een beetje ongerust dacht hij aan de alarmerende berichten uit Hustraban en Borasgotan, die voor zijn vertrek ook tot Granburg waren doorgedrongen. In die situatie was nog weinig verandering gekomen. In Borasgotan werden nog steeds mannen onder de wapenen geroepen, zogenaamd als 'ordetroepen', en Hustraban had schriftelijk zijn aanspraken op het kostbare iurdum in de bevriende baronie Kostromo herhaald. Als Lodrik niet snel en gepast reageerde op die brutale eis, zou het andere koninkrijk misschien gaan geloven dat het de macht had.

Lodrik was bang dat er na het overlijden van zijn vader allerlei duistere figuren onder hun stenen vandaan zouden kruipen die hun kans roken. En de dood van de koning van Tarpol kon nu eenmaal niet geheim worden gehouden. Loslippige bedienden of spionnen zorgden er wel voor dat het nieuws snel de ronde deed.

Bovendien zou de lange afwezigheid van de Kabcar bij audiënties en feesten toch zijn opgevallen. Daarom had de jongeman al vanuit Granburg per postduif bericht gestuurd aan Ulsar over het vermoedelijke tijdstip van de begrafenisplechtigheid voor zijn vader. Vanuit Ulsar zouden uitnodigingen worden verstuurd naar de aangrenzende koninkrijken en baronieën. Voorlopig lagen ze op schema. Ze waren bijtijds in de hoofdstad aangekomen en de voorbereidingen moesten al in gang zijn gezet.

Boven de stadspoort wapperde inderdaad de vlag van Tarpol, met het persoonlijke vaandel van de Bardri¢s, halfstok. Het reisgezelschap werd zonder vragen doorgelaten en de ruiters en sleden gingen op weg naar de hofburcht in het centrum van Ulsar.

Brede straten, beter geklede mensen, hoge huizen met grote daken en overal een drukte van belang – dat was Ulsar zoals Lodrik het zich herinnerde. Maar op dit moment waande de troonopvolger zich in een grotere uitvoering van Granburg, zoals hij daar meer dan een jaar geleden zijn

intocht had gehouden. Er heerste een sombere stemming die bijna tastbaar was.

Hij reed langs de grote Ulldrael-tempel, de meer of minder luxueuze
patriciërshuizen en de winkels en bedrijven aan de mooie hoofdstraat,
totdat hij eindelijk het als vesting versterkte paleis zag opdoemen. Deze
keer werden ze bij de ingang aangehouden.

'Wij zijn gasten voor de begrafenisplechtigheid,' loog Lodrik en hij
gaf de kapitein het door hemzelf geschreven document op naam van de
gouverneur van Granburg. 'Waar moeten we ons melden?'

De militair salueerde toen hij het papier gelezen had en wees langs
de besneeuwde laan. 'In het paleis, excellentie. U rijdt de hoofdingang
links voorbij naar het westelijke portaal. Daar staan bedienden klaar om
u naar uw vertrekken te brengen.'

'Wie zijn er al gearriveerd, kapitein?' informeerde de zogenaamde
landvoogd. 'Hoog bezoek?'

'Ik weet alleen, excellentie, dat er afgezanten van Tûris en Rundopâl
zijn aangekomen, en de vertegenwoordigers van enkele baronieën,'
antwoordde de man. 'De Aldorelische gezant en zijn collega's uit Hustraban en Borasgotan worden morgen pas verwacht, is mij verteld.'

'En waar is de Tadc?' vroeg Stoiko, zonder acht te slaan op de nijdige blik van zijn beschermeling. 'Ik had gehoord dat hij verdwenen zou
zijn.'

'Nee, heer, dan bent u verkeerd ingelicht. En de Tadc is evenmin
gestorven,' verklaarde de kapitein op een toon alsof hij dit al vaker had
moeten uitleggen. 'De troonopvolger is onderweg naar Ulsar en zal nog
op tijd voor de begrafenisplechtigheid in de hoofdstad zijn.'

'Gestorven? Ik?' herhaalde Lodrik ongelovig, en hij wisselde een snelle
blik met zijn raadsman.

'Nee, nee, excellentie,' protesteerde de militair bij de poort. 'De Tadc,
zo werd beweerd. Ontariaanse kooplui hadden dat gerucht in de stad
verspreid. Natuurlijk veroorzaakte dat heel wat onrust onder de bevolking. Maar maakt u zich geen zorgen, we weten uit betrouwbare bron
dat hij nog leeft.' Hij stapte bij de slee vandaan en salueerde nog eens.

Even later had de stoet de laatste meters van de inspannende reis afgelegd.

'U moet die kapitein tot enige discretie manen,' merkte Waljakov op toen ze de westpoort naderden. 'Hij kletst te veel. Zo maak je de gasten maar ongerust.'

'Ik vond het wel verhelderend,' wierp Stoiko tegen. 'Nu was u zelfs al dóód, heer. Wat denkt u? Zouden de Ontarianen meer weten dan wij?'

'Voor geld zal een Ontariaan je alles vertellen wat je maar horen wilt,' bromde de lijfwacht. 'Waarschijnlijk zijn ze door een van uw buren ingehuurd om uw positie te ondermijnen.'

De raadsman knikte. 'En nog heel brutaal ook, voordat u officieel als Kabcar bent geïnstalleerd. Ze laten er geen gras over groeien, heer.'

De groep hield halt bij het westelijke portaal, steeg af en beklom de brede treden naar de ingang. Bedienden laadden de bagage uit en brachten alles naar de gastenverblijven in het paleis.

Zonder aarzelen liep Lodrik met zijn escorte van twintig man door de marmeren gangen, langs zuilen, beelden en schilderijen, die de kunstschatten vormden van het reusachtige gebouw. De rijkdom en macht van het geslacht Bardriç werden nog altijd weelderig geëtaleerd in het stucwerk van de plafonds, het bladgoud van de meer dan manshoge deurposten, de kristallen kroonluchters en de olielampen van gegraveerd glas. En overal hing een lichte geur van parfum en bloemen.

Om de paar meter stonden bedienden klaar, die zich zichtbaar verwonderden over het geharnaste gezelschap. Er marcheerden maar zelden zulke krijgshaftige groepen door de gangen, zeker geen eenheden die niet tot de paleiswacht zelf behoorden.

De Tadc trok zich niets aan van het verbaasde personeel maar liep rechtstreeks naar de theekamer. Zwierig opende hij de deur, zette zijn handen in zijn zij en keek om zich heen.

Kolonel Soltoi Mansk zette zijn kopje neer en keek verrast op van een losbladig dossier, waarvan de andere vellen op een bijzettafeltje lagen. De commandant van de koninklijke paleiswacht nam Lodrik scherp op, maar zonder hem te herkennen. Pas toen hij Stoiko en Waljakov ontdekte, klaarde zijn gezicht op. Snel sprong hij overeind om de twee mannen te begroeten. De Tadc gunde hij een vriendelijke maar nieuwsgierige blik, terwijl hij de anderen een stoel wees en thee liet halen.

De twee vertrouwensmannen lieten nergens uit blijken dat ze de troonopvolger in hun midden hadden. Lodrik besloot het spelletje mee te spelen en wachtte af.

'Mijn god, wat ben ik blij jullie weer te zien,' zei Mansk opgelucht, terwijl hij zijn kopje pakte. Hij had nog altijd donkerbruine bakkebaarden en droeg zijn lange haar in een staart. Zijn donkergrijze uniform sloot nauw om zijn gespierde postuur. 'Sinds de dood van de Kabcar is alles hier in rep en roer. Waar is de Tadc?'

'Het viel zeker niet mee om de dood van de koning geheim te houden?' informeerde Stoiko, terwijl hij een koekje nam.

De kolonel schudde zijn hoofd. 'Onmogelijk, eerlijk gezegd. Het nieuws ging als een lopend vuurtje. En een paar dagen geleden kwamen die Ontariaanse kooplui met hun verhaal over de dood van de TrasTadc. Moge Ulldrael ze daarvoor straffen.'

Lodrik grijnsde breed, pakte een taartpunt en werkte die in één keer naar binnen. 'Maak u geen zorgen, de Tadc is in veiligheid. Zo veilig alsof hij naast u zat.'

Mansk kneep zijn ogen samen. 'Neem me niet kwalijk, maar ken ik u niet ergens van? U komt natuurlijk uit Granburg, maar toch...' Vragend keek hij de raadsman aan. 'De manier waarop deze jongeman zijn gebak verorbert komt me... bekend voor.' Hij nam de Tadc nog eens onderzoekend op.

'Wat zit u te lezen, kolonel?' wilde Stoiko weten. Waljakov staarde neutraal naar een schilderij aan de muur en had moeite niet te lachen.

'Een paar aantekeningen die de Kabcar heeft nagelaten. Zijn testament, zo gezegd, dat hij mij heeft gedicteerd en dat ik zal moeten uitvoeren,' antwoordde Mansk. 'Maar u hebt dus bezoek uit Granburg meegebracht. Dat was een indrukwekkend optreden, daar in de provincie. Met wie heb ik het genoegen?'

Stoiko's snor trilde verdacht. 'Ach, wat onattent van mij. Wat ben ik toch een kinkel. Ik had u onmiddellijk moeten voorstellen aan de machtigste man van Granburg.' Zogenaamd schuldbewust en vol zelfverwijt schudde de raadsman zijn hoofd. 'Kolonel Mansk, ik stel u voor aan de koninklijke stadhouder, gouverneur Pujur Vasja.'

Lodrik boog beminnelijk zijn hoofd en stak de militair zijn hand toe. 'Bijzonder verheugd met u kennis te maken.'

'Het genoegen is geheel aan mijn kant, excellentie,' antwoordde de commandant. Toen keek hij verbaasd op. 'Wacht eens even, Gijuschka. Probeer je me nu voor het lapje te houden? Het was toch de Tadc die...'

Stoiko boog zich naar voren. 'Inderdaad, kolonel. Het was de Tadc die...' bauwde hij de bevelhebber na.

'Maar dan zou hij...' Mansk wees langzaam op de jongeman, 'de troonopvolger zijn?' De drie anderen knikten.

De commandant slikte. 'O, verdomme!' vloekte hij zacht, voordat hij schielijk zijn kopje neerzette, overeind sprong en salueerde.

Nu konden de anderen zich niet meer goed houden en barstten in lachen uit. Het duurde even voordat ze weer gekalmeerd waren en hun vrolijkheid was bedaard.

Al die tijd stond Mansk kaarsrecht in de houding en bracht hij een stram saluut, zonder zich te verroeren, totdat Lodrik hem lachend een teken gaf weer te gaan zitten.

'Neem het me niet kwalijk, kolonel,' verontschuldigde de Tadc zich, 'maar het was gewoon te verleidelijk. Hoewel het me verbaast dat u me niet herkende.'

'Het spijt me echt. Uwe hoogheid is zo in uw voordeel veranderd dat iedereen die u zo lang niet heeft gezien, moeite zal hebben de Lodrik te herkennen die ooit van het hof vertrok.' De commandant krabde aan zijn baard. 'Granburg heeft u goed gedaan, als ik het zeggen mag.'

'En dat heb ik aan u te danken,' knikte Lodrik. 'Zonder het advies dat u mijn vader toen hebt gegeven, zou ik nu nog de Koekjesprins zijn. Weliswaar ben ik nog niet de leider die wijlen de Kabcar was, maar ik doe mijn best. Deze provincie was een goede leerschool.'

'We hebben allemaal gehoord over de intriges van de adel daar. En van de opstand die uwe hoogheid heeft neergeslagen.' Mansk keek nog altijd alsof hij door de bliksem getroffen was. 'Wie had dat kunnen denken? Mijn excuus, hoogheid, maar ik kan het nog steeds niet geloven. U komt zo krachtig over. En uw ogen stralen zo blauw als de zee.'

'Ik wil me er niet mee bemoeien,' mengde Stoiko zich in het gesprek, terwijl hij op de stapel papieren tikte, 'maar wordt het geen tijd het testament van de Kabcar voor te lezen? Of zal ik het soms doen?'

De militair keek opgelucht. 'Dank je. Een heel goed idee, Gijuschka.' Haastig gaf hij hem de stukken en leunde toen weer naar achteren.

'Kunt u zelf niet lezen, of is er een andere reden waarom u niet wilt vertellen wat de koning u heeft gedicteerd?' Wantrouwig hield de raadsman de papieren voor zich uit. 'Vervelende verplichtingen? Was hij soms al dement toen hij dit bepaalde?'

'Nee, zeker niet,' protesteerde de kolonel. 'Lees zelf maar. Ik hoop dat uwe hoogheid in de provincie nog geen vrouw voor het leven heeft gevonden?'

Stoiko kreeg een angstig voorgevoel. *Zou Miklanowo gelijk hebben gehad met zijn opmerking bij hun ontvangst?*

Lodrik scheen nog niets te vermoeden, maar fronste wel zijn voorhoofd.

'Goed, ik zal het voorlezen,' zei Stoiko. Hij streek zijn snor glad en begon: 'Hiermee verklaar ik... blablabla,' sloeg hij de officiële formules over, 'bij mijn volle verstand, blablabla... Aha, nu wordt het belangrijk: "Het koningschap wordt voortgezet in de rechte lijn van de Bardri¢s. Hierbij draag ik alle regeringszaken en het bewind over mijn onderdanen over aan mijn zoon Lodrik. Op het tijdstip van de kroning en de zalving door een van de oversten van de Orde van Ulldrael zal hij als mijn enige officiële opvolger plaatsnemen op de troon van Tarpol."'

Stoiko las snel de volgende pagina door, terwijl Waljakov zijn jeugdige protegé een bemoedigende blik toewierp.

'Nou, dat klinkt toch heel goed,' zei Lodrik opgewekt. 'Blijkbaar wist mijn vader al dat ik als een betere troonopvolger naar huis zou terugkeren.'

85

'Eén moment, heer. Het gaat nog verder,' viel zijn raadsman hem in de rede. 'En dit zal u minder bevallen. Hier staat: "Bovendien bepaal ik, Grengor Bardri¢, Kabcar van Tarpol, dat mijn zoon Lodrik ter bescherming van de historisch met ons bevriende baronie Kostromo een belangrijke stap zal zetten om de banden tussen beide rijken nauwer aan te halen."' Hij zweeg een kort moment. '"Als mijn zoon inderdaad tot nieuwe vorst van Tarpol wordt gekroond, zal hij ter bestendiging van de betrekkingen en als signaal aan onze op iurdum azende, geldzuchtige buurstaten, binnen een halfjaar na zijn inhuldiging in het huwelijk treden met de huidige vasruca, mijn nicht Aljascha Radka Bardri¢. Een mannelijke nakomeling uit deze verbintenis is zo snel mogelijk geboden."'

'Nooit!' riep Lodrik. Zijn blauwe ogen leken op te gloeien. 'Wat dacht hij wel? Die lelijke heks, dat geniepig misbaksel, dat monster van een wijf, wil ik nooit meer zien, laat staan met haar trouwen!'

'Rustig nou, heer,' probeerde zijn lijfwacht hem te kalmeren. 'U bent straks Kabcar. Wie kan u dan nog de wet voorschrijven? Een dode?'

'Waag het niet zo te spreken over de Kabcar van Tarpol, soldaat!' wees Mansk hem op scherpe toon terecht. 'Dit is een instructie van onze vorst, die moet worden uitgevoerd.'

'Dan zie ik nog liever af van de troon,' viel de jongeman uit. De hand waarin hij zijn theekopje geklemd hield beefde en de knokkels verbleekten. 'Zij heeft mij vernederd. Voor het oog van alle Granburgers!'

'Natuurlijk geeft u de troon niet op.' Stoiko wapperde met de papieren. 'Het gaat namelijk nog verder. Luister: "Als mijn zoon weigert mijn aanwijzingen op te volgen, zal kolonel Mansk hem in de kerker van het paleis opsluiten, tot het einde van zijn dagen. Vervolgens moet er uit de raad van brojaken en edelen een nieuwe Kabcar worden gekozen."'

Luid krakend brak het kopje in de hand van de Tadc. Scherven porselein spatten alle kanten op en de hete thee stroomde over zijn onderarm. Maar Lodrik merkte het niet eens. Duister keek hij naar de kolonel, terwijl hij zijn hoofd tussen zijn schouders trok.

'U bent toch niet van plan om dit belachelijke bevel daadwerkelijk op te volgen?' vroeg hij zacht, maar zijn stem klonk dieper en dreigender dan anders.

Waljakov staarde ongelovig naar de kandelaar die naast zijn heer en meester stond. Eén moment meende hij dat de kaarsen blauw opflakkerden.

De commandant van de paleiswacht draaide zich om in zijn stoel om de blik in die zeeblauwe ogen te ontwijken. Opeens had hij het beangstigende gevoel dat zijn hersens heel langzaam naar voren werden gedrukt, alsof ze probeerden zich door zijn neus naar buiten te persen. De kamer draaide voor zijn ogen.

'Ik moet wel, hoogheid,' hijgde hij. Het zweet droop van zijn lijf.

'Dat zullen we nog wel zien.' Lodriks hand ging naar zijn executiezwaard. Zijn vingertoppen tintelden onaangenaam, en toen ze het metalen heft aanraakten, kreeg hij een lichte schok, als van een kleine sidderaal. Geschrokken trok hij zijn hand terug en staarde naar het wapen.

Op hetzelfde moment was het gevoel in Mansks hoofd verdwenen.

'Als wij er allemaal over zwijgen, hoeft niemand iets te weten van deze bepaling,' opperde Stoiko.

De kolonel veegde zich het zweet van zijn voorhoofd. 'Het is warm hier,' zei hij. 'Zal ik een raam openzetten? Dan kunnen we...'

'Wat vindt u van die suggestie, kolonel?' Lodrik tuurde naar zijn vingers, waaraan hij niets bijzonders kon ontdekken. Voorzichtig wapperde hij ermee, terwijl hij wachtte op het antwoord van de commandant.

'Ach, hoogheid, was het maar zo eenvoudig. U moet me geloven als ik u zeg dat ik dit punt het liefst zou negeren. Maar de Kabcar verwachtte dat blijkbaar al,' zuchtte hij. 'Hij heeft zijn nicht bij zich geroepen en een uur met haar gepraat. En aan haar gezicht te oordelen toen ze uit zijn kamer kwam, vermoed ik dat ze al wist dat ze de echtgenote van de nieuwe Kabcar zou worden. Bovendien had ze een rol perkament onder haar arm. Waarschijnlijk heeft ze een schriftelijke belofte van uw vader gekregen, hoogheid.' Mansk schonk zich een borrel in en gooide die achterover. Zwijgend hield Stoiko zijn kopje bij en de kolonel schonk hem in.

'Ik had beter in Granburg kunnen blijven,' mompelde Lodrik. Hij stond op en liep naar het raam. In dezelfde pose die zijn vader altijd aannam, keek hij uit over de stad.

Heeft hij me zo gehaat dat hij me tot deze stap wilde dwingen? Zelfs na zijn dood misgunt hij me de vrijheid mijn eigen beslissingen te nemen. Een ijzige woede maakte zich van de jongeman meester. *Maar dat is de laatste keer dat je me hebt gezegd wat ik doen of laten moet! De edelen en brojaken zullen het lot van dit land niet in handen krijgen. Ik zal Kabcar worden.*

'Kolonel Mansk, geef bevel om de begrafenis en de rouwplechtigheid morgen te laten plaatsvinden.'

'Morgen al, hoogheid?' De commandant stond op. 'Dan zijn nog niet alle gasten gearriveerd.'

De Tadc draaide zich om en lachte kil. 'In elk geval kunnen ze dan mijn troonsbestijging bijwonen, want die volgt binnen een week. Regel alles wat nodig is en stuur de Ulldrael-tempel bericht. Ze moeten hun overste sturen voor de zalving.'

Mansk keek naar de twee anderen, die er het zwijgen toe deden. Lodrik wist blijkbaar wat hij deed. Zijn vertrouwelingen herinnerden zich maar al te goed zijn uitbarstingen als zijn bevelen niet werden opgevolgd.

'Maar, hoogheid, de andere koningshuizen van Ulldart – of in elk geval hun afgezanten – moeten toch worden uitgenodigd? De reis is lang en de boodschappers...' De kolonel voelde zich overrompeld, dat was duidelijk.

'Dat zal me een zorg zijn, kolonel, en dan druk ik me nog voorzichtig uit. Mijn vader heeft me mijn taken opgedragen. Die zal ik zo snel mogelijk uitvoeren. En dus gaat hij op de brandstapel. Geen grootse ceremonie, maar een kleine erewacht, de gebruikelijke hovelingen en pluimstrijkers, en een paar muzikanten die een treurig deuntje spelen.

Dat is wel genoeg.' Hij legde zijn armen op zijn rug. 'Maar het vuur van die brandstapel moet in heel Ulsar te zien zijn. Ik wil een grote fik.'

'De vader van uwe hoogheid was een groot staatsman, die een grootse, waardige plechtigheid verdient,' zei de commandant bedenkelijk, terwijl hij naar de deur liep. 'Ik raad u aan...'

'Dan richten we achteraf wel een standbeeld of een monument of iets dergelijks voor hem op,' wimpelde Lodrik het protest bars af. 'Maar in het belang van het land moet hij worden opgeruimd. Morgen al. En vergeet het hout niet. Wat mij betreft, drenk je het in petroleum.'

Mansk salueerde en vertrok.

'Een snelle begrafenis is een duidelijk signaal aan de andere landen dat de nieuwe Kabcar zijn erfenis serieus neemt,' zei Stoiko waarderend. 'U wilt de ouverture met een paukenslag beginnen, heer?'

'Ik wil het hele stuk met paukenslagen begeleiden,' verklaarde de jongeman, terwijl hij keek hoe de thee in het tapijt dong en een bruine vlek maakte. 'Iets anders dan een harde aanpak zal door de buren als zwakheid worden uitgelegd, en dat wil ik voorkomen. Laat Norina zo snel mogelijk naar het hof komen, met al haar ideeën voor hervormingen. Ik zal Tarpol een nieuwe tijd binnenleiden.'

Waljakov legde met een gewoontegebaar zijn mechanische hand op de greep van zijn zwaard. 'Dan mogen we onze borst wel natmaken. U zult hier in Ulsar met uw nieuwe plannen net zoveel vrienden maken als in Granburg.'

'Ik heb de beste lijfwacht en een betrouwbare raadsman,' antwoordde Lodrik vol goede moed en met een stralende lach. 'En met Norina aan mijn zij...'

'Met Norina in uw schaduw, bedoelt u. Of achter uw rug,' verbeterde Stoiko hem peinzend. 'Aan uw zij zal helaas uw nicht staan, heer. Officieel, in elk geval.'

'Ja, ja.' De Tadc trapte op een scherf. 'Bedankt dat je me daaraan herinnert, Stoiko.'

'U moet zo snel mogelijk met uw nicht praten. Nog vóór de begrafenis,' adviseerde zijn raadsman. 'Om haar duidelijk te maken wat ze van u kan verwachten.'

'Mij best. Na het avondeten ga ik naar haar toe. Maar eerst wil ik me in mijn oude kamer installeren. Het wordt tijd om me hier vertrouwd te maken. En die pruik jeukt als de ziekte.' Hij liep naar de deur. 'Laten we onze koffers maar uitpakken. Gouverneur Vasja is blijkbaar niet meer nodig. En voordat ik het vergeet, Stoiko: stuur een bode naar Granburg. Dan kan ik Miklanowo officieel tot gouverneur benoemen en Norina hier uitnodigen, zoals ik zei. Schrijf maar dat de Kabcar van haar ideeën heeft gehoord en er graag over wil praten.'

De raadsman maakte een korte buiging en verdween naar het kantoor.

Lodrik en Waljakov liepen de gangen door in de richting van de koninklijke vertrekken. De troonopvolger wist nog goed de weg, ook al was hij hier een jaar niet meer geweest.

Ze kwamen langs de passage naar de westelijke vleugel en bleven voor Lodriks oude kamer staan. De lijfwacht knikte zwijgend naar de deur. Door de kier hoorden ze een zacht gekreun en het ritselen van kleren.

Lodrik grijnsde breed. 'Nou, die zijn flink bezig, zo te horen. Niet te geloven. Er zijn hier tientallen kamers, maar ze kiezen uitgerekend deze.' Hij knikte naar de grote man. 'Waljakov, je mag ze storen. En luid.'

De lijfwacht gaf een schop tegen de deur, die met een luide knal tegen de muur van de kamer sloeg. Toen stapte hij naar binnen. Lodrik bleef in de deuropening staan en wierp een blik op het tafereel.

Op zijn bed, half ontkleed en innig met elkaar verstrengeld, lagen twee mensen. De ene was de bediende die zijn koffers naar binnen had moeten dragen.

Tussen de verkreukelde lakens zag hij een waaier van donkerrood haar en toen het bijzonder knappe maar ook arrogante gezicht van een vrouw die met haar lichtgroene ogen misprijzend de beide indringers aanstaarde. Met een snel gebaar bedekte ze haar verleidelijke gestalte en trok het bovenste deel van haar donkergroene, met glinsterende stenen bezette jurk omhoog.

De bediende viel uit het bed, hees zijn broek op en zette zijn pruik op zijn hoofd. 'Uw koffers staan klaar, excellentie,' stamelde hij, voordat hij na een haastige buiging de kamer uit rende.

Aljascha Radka Bardri¢, vasruca van Kostromo, stapte langzaam uit het omgewoelde bed en verhief zich tegenover haar neef. Haar groene ogen fonkelden van woede.

'Ach, nee! Daar hebben we excellentie Vasja. Wat doet de gouverneur van Granburg hier in Ulsar? Volgens mij hebt u zich in de kamer vergist. Hoe durft u hier ongevraagd binnen te stormen?'

'O, moest ik het eerst vragen?' reageerde Lodrik poeslief. 'De Tadc heeft me deze kamer toegewezen, dus nam ik aan dat hij niet bezet was. Dit moet een misverstand zijn, nietwaar, Waljakov?' De lijfwacht maakte een grimas.

'Ach?' Er brak enige interesse door op Aljascha's gezicht. 'Is de Tadc in het paleis? Hoe lang al?'

'Nog geen uur, zou ik denken.' De jongeman wiegde met zijn hoofd. 'Waljakov heeft hem gezien.'

De militair knikte kort. 'Hij is nogal veranderd, vond ik.'

'O, vindt u dat?' De vasruca kwam dichterbij. 'In welk opzicht?'

'Slanker. Sterker. Mannelijker dan vroeger.' Zijn antwoorden klonken laconiek, zoals altijd. 'Waarom vraagt u dat, doorluchtige vrouwe?'

'En wat doet u hier eigenlijk?' wilde Lodrik weten. 'Moet u zich niet ergens anders gaan vervelen?'

Zijn nicht keek hem gemaakt verwijtend aan. 'Heel geestig, excellentie. De Kabcar had me laten komen om me voor zijn dood nog iets belangrijks mee te delen.'

'Hij is... was uw oom, als ik goed geïnformeerd ben. Wat was die mededeling dan? Wordt u soms de nieuwe koningin van Tarpol?'

'Daar zult u nog vroeg genoeg achter komen, excellentie. En als dat zo was... ik heb voldoende bestuurservaring. In tegenstelling tot een jonge blaag als jij.' Ze glimlachte spottend.

'Meer dan genoeg, op uw leeftijd,' gaf de Tadc terug. 'U moet toch wel boven de dertig zijn, of niet? Wilt u geen man? Of deinzen de mannen soms voor u terug, edele vrouwe?'

'Wat een onbeschaamdheid, excellentie,' siste de vrouw. Haar ogen schoten vuur en ze wierp haar lange haar naar achteren. 'Dat zal ik niet vergeten. Als ik eenmaal mijn positie heb ingenomen...'

'Uw... positie hebben we al gezien, doorluchtige vrouwe,' lachte haar neef.

'En u hebt nog steeds geen vrouw aangeraakt, neem ik aan? Omdat ze voor ú terugdeinzen, misschien? In elk geval bent u heel wat slagvaardiger geworden,' zei ze prijzend, met een zacht applaus. 'Als u wilt, kunnen we deze discussie wel eens in het openbaar voortzetten. Als u de moed hebt.' Ze liep naar de deur. 'Maar nu ga ik op zoek naar mijn toekomstige echtgenoot om mijn opwachting te maken.'

'Ik wens u veel sterkte, en uw echtgenoot nog meer – wie hij ook mag zijn. En misschien kunt u beter uw garderobe fatsoeneren,' adviseerde Lodrik, 'want die is in het ongerede geraakt. Echt geen gezicht.'

'De Tadc is nog kinderlijker dan u, excellentie.' Ze haalde haar schouders op. 'Ik zal hem wel inpalmen met een schaal koekjes en een lieve lach.'

'O, u zoekt de Tadc?' De troonopvolger streek peinzend over zijn korte baard. 'Waljakov, wanneer heb jij hem voor het laatst gezien?'

'Net nog,' antwoordde de lijfwacht kort aangebonden.

'En waar was dat?' informeerde de vasruca bars. 'Vertel op, man!'

'Nou, eerlijk gezegd zie ik hem nog steeds.' En Waljakov wees met zijn mechanische hand naar een spiegel. De vrouw keek en zag Lodrik achter zich staan. 'Daar.'

'Als dat een grap moet zijn, is die aan mij verspild. Ik zie alleen de gouverneur.' Toen aarzelde ze.

'Precies, doorluchtige vrouwe.' De lijfwacht knikte.

'Hoe oud bent u, excellentie?' vroeg ze met samengeknepen ogen, terwijl ze een stap dichterbij kwam.

'Een jaar of zestien, edele vrouwe,' glimlachte de troonopvolger. Blijkbaar begon het zijn niet te dagen.

'Dus net zo oud als de Tadc, nietwaar?' Met een stralende lach stapte

Aljascha nu op de jongeman toe. 'Ik kan het nauwelijks geloven, maar toch... U moet de Tadc zijn. U?' Ze hield haar hoofd een beetje scheef. 'Ach, natuurlijk. Hoe kon ik zo dom zijn? Een jonge gouverneur die uit het niets opdook en een tijdlang geen enkele kwestie in zijn gebied behoorlijk wist te regelen, de ene blunder na de andere beging en niets met vrouwen kon beginnen. Alles bijeengenomen kon dat alleen de beruchte Lodrik zijn. U hebt me wel een kunstje geleverd, daar in Granburg.'

'Ik zal uw kunstje ook niet licht vergeten, waarde nicht,' zijn blik verhardde zich. 'U kent het testament van mijn vader?' Ze knikte voldaan. Lodrik had haar het liefst op haar arrogante gezicht geslagen. 'Dan weet u dus ook dat u moet trouwen met... hoe zegt u dat ook alweer?... een "melkmuil".' Lodrik kwam naar haar toe en bleef vlak voor haar staan. 'Maar je zult een hoge prijs betalen voor de hoon en vernedering die je me in Granburg hebt aangedaan.'

Ze maakte een diepe reverence. Het rode haar viel over haar roomwitte decolleté, terwijl haar borsten langzaam rezen en daalden. 'Zoals uwe hoogheid beveelt.' Toen tilde ze haar hoofd op en keek hem enigszins minachtend aan. 'Of moet ik "echtgenoot" zeggen?'

'Zo ver is het nog niet, in geen van beide opzichten,' weerde Lodrik af, maar hij kon zich niet onttrekken aan de duidelijke charme van zijn nicht. Hij kon het niet verklaren, maar deze vrouw had iets wat hem, ondanks zijn gevoelens voor Norina, bleef fascineren. 'Verwacht niet te veel van mij als echtgenoot. Ik koester geen liefde voor u. Eerlijk gezegd mag ik u niet eens.'

'Dat is dan wederzijds. Een kleine jongen die voor koning wil spelen, meer bent u in mijn ogen niet. Maar toch hebt u één ding dat u bijzonder aantrekkelijk maakt.' In haar ogen blonken hebzucht en een grenzeloze ambitie. 'Macht. Daarvoor ben ik zelfs bereid u in mijn bed te laten. Dan komt de genegenheid vanzelf. En samen...'

'Ik zal dit land regeren. Niet u,' wees Lodrik haar terecht op een toon die zijn toekomstige echtgenote als een zweepslag trof. 'Laat daarover vanaf het eerste begin geen enkel misverstand bestaan. Ik mag dan half zo oud zijn als u, doorluchtige vrouwe, maar ik ben de Kabcar, die alleen maar trouwt omdat dat politiek gezien verstandig is. Bovendien heb ik een halfjaar de tijd om de instructie van wijlen mijn vader uit te voeren, en van die tijd zal ik nuttig gebruikmaken.'

'Ach, wat jammer,' veinsde ze. 'Ik had me zo op de bruiloft verheugd. En op de huwelijksnacht. Dan had u me van dichtbij kunnen bewonderen.' Ze lachte boosaardig. 'Dat beviel u toen heel goed, te oordelen naar de... signalen in uw broek.'

De herinnering aan Granburg priemde als een hete naald door zijn gedachten. Hij voelde een geweldige woede tegen haar, en tegen zijn overleden vader. 'U houdt uw mond over dit huwelijk totdat ik de troon heb overgenomen,' beval hij zijn nicht. 'De buurlanden mogen hier niet te vroeg van horen. Het moet een verrassing blijven.'

'Zoals u wenst, excellentie.' Ze boog beleefd voor hem, als een gehoorzame echtgenote.

'Morgenavond wordt de begrafenisplechtigheid voor uw oom gehouden. Zorg dat u op tijd bent en trek iets passends aan. Ik zou niet willen dat u een verkoudheid oploopt door uw decolleté.'

'Uw bezorgdheid is roerend.' Weer maakte ze een buiging, voordat ze verdween.

Waljakov keek haar peinzend na.

'Heer, u krijgt nog grote problemen met die vrouw,' merkte hij na een tijdje op. 'U moet haar vooral niet onderschatten. Ze is een doortrapte feeks, met permissie.'

'Vertel me wat nieuws,' zuchtte Lodrik en hij liet zich op het bed vallen. Het parfum van zijn nicht drong prettig in zijn neus. 'Als profeet ben je nogal voorspelbaar.'

'Maar ik heb wel gelijk.' Waljakov wreef zich over zijn kale hoofd. 'Hoe spijtig dat ook is.'

De volgende dag viel de sneeuw in dikke vlokken toen de rouwplechtigheid voor de Kabcar begon.

De Ulldrael-priester stond voor de twee meter hoge, driehoekig opgebouwde brandstapel, sprak de gebruikelijke, passende gebeden en smeekte om de genade van de god, in de hoop dat de overledene eeuwige rust zou vinden in het hiernamaals. De wind joeg de schaarse begrafenisgasten de sneeuw om de oren. Niemand kon een hand voor ogen zien.

Dit gaat een strenge winter worden, die veel Tarpolers niet zullen overleven, dacht Lodrik, die zich net als iedereen in dikke kleren en een warme bontmantel had gehuld om de kou te trotseren. Hij dacht terug aan het dorp in Granburg, waar hij de bewoners het bladgoud van zijn koets geschonken had. *Hopelijk zullen ze dankzij die kleine rijkdom de ijzige maanden in het hoge noorden kunnen doorstaan.*

Op het plein hadden zich een erewacht van zo'n vijftig ruiters, een muziekgroep en de ambassadeurs en afgezanten van de koninkrijken Tûris, Rundopâl, Hustraban en Borasgotan verzameld. Er was niemand aanwezig uit Aldoreel of de baronieën, maar dat kon de troonopvolger weinig schelen.

De priester deed veel te lang over het gebed, vond hij. *Ik moet hier weg,* dreunde het in zijn hoofd. Het kon hem niet snel genoeg gaan, nu het lichaam van zijn vader eindelijk met een plechtig ritueel op de brandstapel was gelegd.

De overledene droeg het keizerlijke uniform, met alle onderscheidingen en versierselen die hem in de loop der jaren waren verleend. Een ongebruikelijke eis van de Tadc, want normaal werden die lintjes en medailles bewaard of zelfs overgeërfd. Alleen de Bardri¢-ster, een groot, zwaar zilveren ordeteken, met edelstenen bezet en voorzien van de familiesymbolen, had Lodrik behouden.

Een windvlaag bracht de lucht van petroleum mee, die op zijn bevel was gebruikt om het hout te doordrenken. Het had ook kunnen regenen in plaats van sneeuwen, en deze brandstapel móést branden, wat er ook gebeurde.

Lodrik probeerde de gezichten van de begrafenisgasten te zien, maar dat was moeilijk, met al die mutsen en capuchons. Bij de ambassadeur van Borasgotan meende hij vrij zeker een blik van voldoening te bespeuren – begrijpelijk, als je bedacht wat voor reputatie de Tadc en troonopvolger nog altijd had. Waarschijnlijk verheugde de man zich al op kinderlijk eenvoudige onderhandelingen.

Het was voor het eerst dat de afgezanten van de andere staten de zoon van Grengor Bardriç te zien kregen. Als ze nieuwsgierig waren, lieten ze dat niet blijken. Zijn nicht staarde verveeld voor zich uit.

De enige op wiens gezicht de jongeman enige emotie bespeurde was Stoiko. Zijn raadsman had Lodriks overleden vader meer dan twintig jaar trouw gediend, zijn bevelen uitgevoerd en zich om zijn zoon bekommerd.

Lodrik legde even een hand op Stoiko's schouder en knikte hem meelevend toe. *In elk geval iemand die werkelijk om mijn vader treurt. Ik wil en kan het niet. Op dit moment voel ik niets dan haat.*

De Ulldrael-priester stapte terug en nam afstand van de brandstapel. Nu was Lodrik aan de beurt.

Langzaam, op de maat van een treurmars, liep de Tadc naar het vat met hete kolen, waarin een ijzeren staaf stond die aan het uiteinde roodgloeiend was. Behoedzaam pakte de jongeman de hete stang, wees ermee naar de vier windstreken en hield hem toen tegen de onderste balken. Met een zacht gesis vatte het doordrenkte hout vlam, en in een mum van tijd stond de brandstapel in lichterlaaie. Donkere rookwolken stegen op naar de hemel. Het lichaam van de dode vorst van Tarpol werd door de vlammen verzwolgen en verdween in een laaiende oranjerode gloed.

Nu pas deed Lodrik een paar passen terug om de hitte te ontwijken, alsof hij de zekerheid wilde hebben dat het vuur zijn vader niet zou sparen. Toen hief hij zijn arm voor een laatste saluut, maar halverwege dat gebaar bedacht hij zich. Hij weigerde de Kabcar die laatste eer te bewijzen.

Niet na alles wat je me hebt aangedaan, vader. Hij sloot een moment zijn ogen, draaide zich abrupt om en nam zijn plaats weer in tussen Stoiko en Waljakov.

Steeds hoger laaide het vuur op, een paar stammen braken met een knal uiteen en deden een vonkenregen opspatten. Het lichaam verdween in het inferno als in een gloeiende zee. De troonopvolger glimlachte zwijgend.

Hij boog zich naar Stoiko toe. 'Laat de as in een urn verzamelen en breng die naar mij,' fluisterde hij hem in het oor. 'Gebruik wat meer petroleum als nog niet alles verbrand mocht zijn. In het graf zetten we een urn met gewone as.' De raadsman keek hem verbaasd aan. 'Vraag niet verder, Stoiko. Doe wat ik zeg en hou het geheim.'

Weer stortte een deel van de brandstapel in en de driehoekige vorm verbrokkelde. Het lichaam van Grengor Bardriȼ was niet meer te zien.

'En dat zijn de exacte getallen over de Borasgotanische vrijwilligers?' Ongelovig liet Lodrik het papier zakken.

Kolonel Mansk knikte. 'We hebben ze van een van onze mensen, die ik volledig vertrouw. Meer nog, zelfs. Hij is het huis Bardriȼ met hart en ziel toegedaan.'

'Het ziet er verontrustend uit.' Stoiko leunde naar achteren in de gemakkelijke stoel en trok een ernstig gezicht. 'Wij kunnen in zo'n korte tijd niet een even groot leger op de been brengen als Arrulskhán, om nog maar te zwijgen over de uitrusting en bewapening. Nietwaar, kolonel?'

De officier maakte een moedeloos gebaar. 'Je hebt gelijk. Zou Borasgotan werkelijk...?'

Lodrik stond op, legde zijn armen op zijn rug en begon door de theekamer te ijsberen. 'We zijn wat te voorbarig, heren,' zei hij. 'Er is immers een verdrag dat alle staten van Ulldart hebben ondertekend...'

'Behalve Kensustria,' viel Waljakov hem in de rede.

'Behalve Kensustria, ja. Maar daar maak ik me niet veel zorgen om.' De troonopvolger bleef even staan. 'Borasgotan kan het zich niet veroorloven het verdrag te schenden. Dan moeten alle andere landen reageren en daar is Arrulskhán niet tegen opgewassen. Hij kan hooguit dreigen, maar verder staat hij machteloos. En op dreigementen ga ik niet in.'

'Bent u niet al te zeker van uw zaak?' vroeg Stoiko. 'Vergeet niet dat zijn vader zwakzinnig was en dat zijn grootste liefhebberij eruit bestaat zijn onderdanen in dierenkostuums door de bossen te jagen? Dat kun je toch niet de edele jachtsport noemen. Zo iemand is tot alles in staat, zou ik zeggen.' Hij streek zijn snor glad en pakte de brandewijn.

'Zo gestoord kan hij toch niet zijn,' hield de Tadc vol. 'Nee, ik heb ernstiger bedenkingen tegen Hustraban, dat ijskoud de helft van het iurdum opeist. Zelfs mijn huwelijk zal aan die eis niets veranderen. De standpunten zullen zich alleen nog verharden.'

'Wat maakt het uit?' bromde de lijfwacht, en hij legde nog een blok hout op het vuur. 'Veel geschreeuw en weinig wol. Ze vechten om een denkbeeldige buit. Als u zich eenmaal als leider hebt bewezen, heer, zal het rumoer wel gauw verstommen.'

'Laten we hopen dat Ulldrael je hoort,' zei Lodrik, en hij ijsbeerde weer verder. 'En daarmee kom ik op het volgende onaangename onderwerp: mijn huwelijk.' Stoiko grijnsde, wat hem een nijdige blik van zijn heer en meester opleverde. 'Lach jij maar, snorremans. Ik ben niet van plan onmiddellijk te trouwen. Ik wil dat uitstel van een halfjaar volledig benutten. Dan pas, en niet eerder, laat ik me aan dat vreselijke mens vastketenen. Bovendien kunnen we dan het onvermijdelijke diplomatieke geharrewar met Hustraban nog even uitstellen.' Hij schopte tegen de haard. 'Verdomme, waarom moet alles zo ingewikkeld zijn?'

'Heer, heb wat meer vertrouwen. Ulldrael de Rechtvaardige heeft u niet in al uw avonturen bijgestaan om nu alles weer uit handen te geven,' probeerde zijn raadsman hem te kalmeren. 'Verheug u maar een beetje op de kroning.'

'Dat schiet me opeens te binnen: hoe hebben de mensen op de snelle crematie van mijn vader gereageerd?' wilde Lodrik weten.

Mansk schraapte zijn keel. 'Met gemengde gevoelens. Voor de meesten is de Tadc en toekomstige Kabcar nog altijd een schimmige figuur, die niemand kent. Er doen allerlei verhalen de ronde. Volgens sommigen bent u broodmager, volgens anderen zo dik dat u alleen in een draagstoel met tien dragers van de ene plek naar de andere kunt worden vervoerd. Maar het volk wacht met grote spanning op de kroningsfeesten, dat kan ik u verzekeren.'

'Dus ik neem niet aan dat u de ceremonie in het paleis wilt houden?'

vroeg Stoiko, die vermoedde dat zijn beschermeling weer afwijkende ideeën had.

Lodrik schudde zijn hoofd. 'Nee. Ik ben van plan de zalving en de kroning in de grote kathedraal van Ulldrael te laten plaatsvinden. Van de tempel heb ik nooit erg gehouden.'

Waljakov wist zich meesterlijk te beheersen. Zwijgend goot hij een scheut brandewijn in zijn thee en dronk het kopje in één keer leeg. 'In elk geval heb ik genoeg mannen in Ulsar om alles onder controle te kunnen houden,' bromde hij gelaten.

De raadsman trok zijn wenkbrauwen op. 'Wat nou? De brave Waljakov houdt zijn gemak? Wie had dat kunnen denken?'

'Ik hou niet mijn gemak. Je moet weten wanneer je een gevecht verloren hebt en daar lering uit trekken,' antwoordde de lijfwacht. 'Mijn bedenkingen zijn voldoende bekend, nietwaar? Waarom zou ik dan nu weer drukte maken? Dat heeft geen zin.'

'Ach, Waljakov, je bent en blijft een kankerpit en daarom hou ik juist van je,' merkte Lodrik op. 'Zijn de voorbereidingen nog op tijd?'

Kolonel Mansk rekte zich even uit. 'Ik heb alle instanties en organisaties hun instructies gegeven. Er heerst enige paniek vanwege de tijdsdruk, en misschien vallen er mensen dood neer, maar over een week zal niets de kroning nog in de weg staan. De Geheime Raad van de Orde van Ulldrael zal een overste sturen.'

'Nou, zie je wel?' zei de Tadc tevreden. 'Alles loopt op rolletjes. Straks zal ik de ambassadeurs voor een diner uitnodigen – het begrafenismaal voor een van de grootste Kabcars die Tarpol ooit heeft gekend.'

Stoiko wees op het donkergrijze uniform van de jongeman. 'Maar eerst moet u iets anders aantrekken. De traditie eist dat u na de crematie...'

Lodrik haalde zijn schouders op. 'Traditie? Het zal me een zorg zijn. Ook nu. Ik prik zijn ster op mijn borst, en als teken van rouw zal ik een zwarte pruik opzetten, maar ik kleed me niet om. In Granburg is me duidelijk geworden wat mijn vader van me vond, dus zal ik nu mijn onderdanen laten weten wat ik van hém dacht. Hij mag dan grote verdiensten hebben gehad als staatsman, maar in de opvoeding en behan-

99

deling van zijn enige zoon was hij een waardeloze figuur.'

Stoiko knikte langzaam. 'Laten we hopen dat uw onderdanen begrip zullen hebben voor die houding.'

'Desnoods wil ik het iedereen persoonlijk uitleggen,' verklaarde de Tadc kordaat. 'Over een week heeft dit land een andere leider. En sommige mensen zullen wel opkijken als de wind hun nu hagel in het gezicht blaast in plaats van suiker in hun kont.'

'U hebt het over uw nieuwe plannen, neem ik aan,' zei de raadsman, die geamuseerd zag hoe de kolonel ineenkromp.

'Twee weken na de kroning laat ik onmiddellijk een vergadering van brojaken en edelen uitschrijven. Voor de herenboeren, hara¢s, skagucje en vasrucje zal er geen misverstand bestaan wie het lot van Tarpol bepaalt,' verklaarde de troonopvolger.

'Jaag ze niet meteen de stuipen op het lijf,' raadde de officier hem zuchtend aan. 'Ik moet toegeven dat ik gemengde gevoelens heb over al die plannen. Er zijn edelen die vroeger in de regimenten van uw vader hebben gediend en zich gekwetst kunnen voelen als ze bepaalde privileges moeten inleveren. De relaties met die mensen moet u zeker niet onderschatten.'

'Dank u voor dat nuttige advies,' knikte Lodrik met een ondoorgrondelijk lachje. 'We zullen de namen van die oude ijzervreters meteen noteren, dan weten we met wie we rekening moeten houden en met wie niet.'

'Heer, wat de kolonel bedoelt, is dat je op weg naar de top van de berg eerst navraag moet doen naar de toestand van de wegen, om niet onverhoeds in het ravijn te storten,' zei Stoiko. 'Laat de verkeerde mensen maar met rust totdat u stevig op de troon zit.'

'Ik ben zelf de top van de berg,' reageerde de Tadc korzelig. 'Ik hoef nergens heen, ik bén er al. Je vergelijking gaat mank, Stoiko. Maar ik geef toe dat ik me een beetje moet inhouden.'

Mansk haalde verlicht adem. 'Begrijp me niet verkeerd, hoogheid. Hervormingen zijn zeker nodig, maar wel geleidelijk.'

De jongeman keek lachend de kring rond. 'Hoe bezorgd jullie allemaal zijn om mijn welzijn en om het land! Daar ben ik dankbaar voor.

En nu aan het werk. We zien elkaar bij het eten.'

Met een korte buiging of een militair saluut verlieten de drie mannen de theekamer. Er viel een stilte, slechts nu en dan doorbroken door het geknetter van het haardvuur.

Peinzend liet Lodrik zich zakken op de stoel waar zijn vader altijd zat. Hij haalde de ster van de Bardriçs van zijn uniform en keek ernaar. De blauwe diamanten waarmee de onderscheiding was versierd, weerkaatsten het licht van de kaarsen.

Was Norina maar hier, dacht de troonopvolger met een zucht. De scheiding van zijn geliefde viel hem zwaarder dan hij had gedacht. En in plaats van haar tot de machtigste vrouw van Tarpol te maken moest hij in het huwelijksbootje stappen met die vervloekte nicht van hem. In elk geval zou de brojakendochter spoedig arriveren. Haar aanwezigheid betekende veel voor Lodrik.

Een vluchtige gedachte kwam bij hem op: *Hopelijk sterft Aljascha snel. Ze is een heel stuk ouder dan ik.*

Maar het idee had toegeslagen. Hij kneep zijn ogen samen en er gleed een lachje om zijn lippen.

Natuurlijk. Dat zou de oplossing zijn. Hij streelde de edelstenen, poetste de gladde facetten op en speldde de orde weer op zijn borst. Toen aarzelde hij.

Als ik op dat idee gekomen ben, zal het ook bij háár zijn opgekomen. Waarschijnlijk eerder dan bij mij. Vermoedelijk heeft ze al een plan, dacht hij. *Dus zal ik voorzichtig moeten zijn.*

De vlammen werden door een grillige tochtvlaag omlaaggedrukt en laaiden uit de haard naar voren. De troonopvolger voelde de hitte en deinsde terug, terwijl hij zijn hoofd schudde alsof zijn gedachten hadden vlamgevat.

'Hoe kom ik op zulke afschuwelijke ideeën?' mompelde hij, en hij masseerde de brug van zijn neus. *Toch zal ik op mijn tellen passen. Ze zal niet voor een moord terugschrikken als ze eenmaal op de troon zit. Zelfs de profetie zal haar niet weerhouden. Of ze sluit me in mijn eigen kerker op. Maar dat zal niet gebeuren.*

Heel even kreeg hij een visioen van woedende edelen, opgewonden brojaken en verontwaardigde officieren, die met getrokken wapens de verdiepingen van het paleis bestormden om jacht op hem te maken, opgehitst door zijn nicht, die iedereen geld en macht had beloofd als ze hem te pakken kregen.

Snel zette hij zijn theekopje neer en verliet de salon.

'Waar gaat u zo haastig heen, heer?' vroeg Waljakov, met wie hij op de drempel bijna in botsing kwam.

'Ik moet nog een paar dingen doen voor het begrafenismaal,' stamelde Lodrik en hij streek met een hand over zijn gezicht.

'Alles in orde, heer?' informeerde de grote man voorzichtig.

'Nee, zeker niet. Alles en iedereen maakt me het leven zuur,' zuchtte de troonopvolger en hij liep door.

Op weg naar zijn kamer keek hij voortdurend over zijn schouder of er geen edelen opdoken die hem een mes in zijn rug wilden stoten. Maar tot zijn opluchting leek er geen enkele reden om zich ongerust te maken.

III

'Maar het was te koud en het groen wilde niet gedijen. Taralea besefte het gebrek en schiep twee zonnen, die onze wereld moesten verwarmen.

Vervolgens schiep ze de regenwolken om landmassa's zonder genoeg meren en rivieren van voldoende water te voorzien. En zie, opeens groeide en bloeide het overal.

De almachtige godin was tevreden.

Over onze wereld bouwde Taralea nu het hemelgewelf, waaraan ze 's nachts de sterren en overdag de zonnen hing. En om de eentonigheid te bestrijden veranderde de almachtige godin de baan van de zonnen, nu eens langer, dan weer korter, en ook de sterren liet ze draaien en fonkelen, elk met een andere sterkte.'

De legende van de schepping van de wereld,
Hoofdstuk 3

Ulldart, twintig mijl voor de zuidwestkust van het koninkrijk Tersion, winter 442/443 n.S.

'Deze keer laten we ons niet meer bij de neus nemen,' zei commodore Gial Scalida, een ervaren oorlogsschipper van middelbare leeftijd met een slank postuur en een keurig getrimd baardje. Hij gaf een teken aan de stuurman om het roer een graad meer naar bakboord te draaien. 'En bij hoge uitzondering komt deze mist me daarbij goed uit.' Hij wendde zich tot zijn adjudant. 'Geef de rest van de vloot opdracht ons te volgen.'

Kritisch liet hij zijn blik over het Palestaanse oorlogsschip glijden. De plecht en het achterdek waren opgeruimd, zonder touwen, vaten of andere hindernissen.

Niets mocht een vlot verloop van het komende gevecht verstoren. De bemanning hing gespannen in het want en de soldaten wachtten op het teken.

Zijn *Soituga*, een driemaster, was het vlaggenschip van de onderneming. Eindelijk en na lang aandringen had de Palestaanse handelsraad besloten maatregelen te nemen tegen de voortdurende ondermijning van het zeehandelsmonopolie door de vloot van Tersion. Commandeur Scalida had opdracht gekregen om met zes andere schepen en een bemanning van in totaal negenhonderd man – uiteraard vermomd als Rogogardische piraten – de goed beschermde goudvloot van het koninkrijk te onderscheppen, het goud in beslag te nemen en de schepen tot zinken brengen.

Hoewel het welvarende Tersion het verlies van vier kostbare ladingen van het op één na zeldzaamste edelmetaal op Ulldart wel zou overleven, was het een duidelijke waarschuwing aan het adres van koningin Alana de Tweede. Daarna zou de raad onderhandelingen met het andere land beginnen over een nieuwe structuur voor de handelsvaart op zee.

Dat Tersion ooit het monopolie op het transport en de verkoop van zijn eigen bodemschatten geheel legitiem bij een toernooi had afgedwongen, stoorde de kooplui niet. En als ze daarbij ook nog een partij goud in beslag konden nemen, was dat een extra bonus.

Maar de eerste keer was de tactiek van de commodore mislukt. De schepen hadden een andere route genomen dan verwacht en waren de Palestanen onopgemerkt gepasseerd.

Na een lange studie van de zeekaarten had de officier nu een nieuwe positie berekend waar de goudschepen voorbij moesten komen. Dit was de enige veilige route naar het zuiden. In de wijde omgeving wemelde het van verraderlijke stromingen en riffen, die een zeilschip binnen enkele ogenblikken noodlottig konden worden. Er bestond weliswaar een omweg, maar die vergde kostbare tijd – tijd die voor zo'n belangrijke lading niet beschikbaar was.

'Zeven tegen vier,' grijnsde adjudant Parai Baraldino. De jongeman met het gladgeschoren gezicht was al twee jaar zijn rechterhand en zou ooit een goede commodore worden, daar was Scalida van overtuigd. 'Dat noem ik een gunstige krachtsverhouding. Deze expeditie heeft al veel te lang geduurd.'

Zijn commandant keek de onderofficier aan, tuitte berispend zijn lippen en klakte met zijn tong. 'Niet zo lichtvaardig, Baraldino. Met wie onderhoudt Tersion ook alweer goede relaties, als ik je daar even aan mag herinneren?'

'Met het koninkrijk Angor,' antwoordde de adjudant prompt, zich van zijn fout bewust.

'En wij weten allebei dat het met de Angorianen kwaad kersen eten is, nietwaar?' De officier richtte zijn aandacht weer op volle zee. Ongeveer drie mijl verderop had zich, waarschijnlijk door het vochtige, warme weer, een mistbank gevormd, die zelfs de kleinste beweging tot een grote inspanning maakte.

Op deze zuidelijke zee kwamen zeelui de moeilijkste omstandigheden tegen: wervelstormen, windstiltes waarbij de zeilen dagenlang slap aan de masten hingen, en een hitte en luchtvochtigheid die een aanslag pleegden op de gezondheid van de mannen.

'Gelukkig wijst niets op storm. Het zou een tegenvaller zijn geweest als we door hoge golven niets hadden kunnen uitrichten,' zei hij. 'Vermoedelijk zullen ze met hun schepen nu langzaam uit de nevel tevoorschijn komen. Als ze ons zien, is het al te laat om alle zeilen bij te zetten en te vluchten.'

'En als ze de steven wenden om weer in de mist te verdwijnen?' vroeg Baraldino voorzichtig.

Er streek een lichte bries over het schip die de veren op de driekante steek van de mannen deed wapperen.

Zijn commandant lachte triomfantelijk. 'Met een beetje geluk is er dan niet genoeg mist meer over. De wind wakkert aan en onze schepen zijn sneller. Ik ruik een vette buit. Als ze geen escorte hebben, zijn ze verloren.' Met een snelle beweging trok hij zijn verrekijker uit. 'Maar als ze Angoriaanse schepen bij zich hebben, zoals zo vaak, dan moeten we flink aan de bak. Zijn alle voorbereidingen getroffen?'

Baraldino pakte de schrijfplank met een lijst van alle schepen en maatregelen. 'De *Elegance*, de *Pijl* en de *Zilverster* hebben een paar minuten geleden al gemeld dat alle zeilen gehesen zijn. Daarna seinden de *Vuli*, de *Namal* en zojuist ook de *Krata* dat ze gevechtsklaar waren.'

'Laat ze langzaam koers zetten naar die mistbank,' beval Scalida en hij schoof de verrekijker weer in elkaar. 'Zodra het eerste schip uit de nevel komt, openen we de aanval met de enterkatapulten. Met de lieren zal het geen probleem zijn zelfs de koppigste Tersioners naar ons toe te trekken.'

'Moeten we ons niet omkleden, commodore?' Baraldino zette de driekante steek van zijn pruik en plukte aan de imposante vederbos. 'Wij en onze mannen zijn de enigen die nog in Palestaans uniform lopen.'

'Ik kan me niet vermommen,' verklaarde de officier. 'Ik ben commandant van de zeestrijdkrachten. En wat mij betreft, blijf jij ook zoals je bent. Eerlijk gezegd staat die maatregel me nogal tegen.' Hij snoof verachtelijk. 'Het gaat mij echt te ver om me als Rogogarder uit te dossen. Het moet maar voldoende zijn als de rest van de mannen zich in die... kleren hijst.' Hij schudde afkerig zijn hoofd.

De andere zes schepen gleden de *Soituga* nu op korte afstand voorbij. Matrozen klauterden met verbazende behendigheid in het want; zeilen werden gereefd of bijgezet. De roergangers manoeuvreerden op de wind en probeerden zo min mogelijk zeildoek te gebruiken.

Scalida salueerde en wenste de andere schepen met een seinvlag 'goede jacht'.

'Zeil in zicht!' klonk het op dat moment vanuit het kraaiennest. 'Tersioons schip recht vooruit!'

Heel voorzichtig kwam het eerste van de vier Tersioonse schepen uit de beschermende nevel vandaan, met de kiel diep in het water en het ruim vol goud.

'Geen minuut te vroeg,' mompelde Scalida. 'En geen escorte. Mooi zo. We hebben dus twee schepen voor elk vijandelijk schip.'

'En het laatste schip nemen we zelf?' vroeg Baraldino met glinsterende ogen.

'Precies. De Tersioners denken dat ze ongezien zijn gepasseerd en veilig door de vaargeul kunnen vluchten. Maar wij kruisen ze in het kielzog.' De officier gaf de roerganger zijn bevelen.

Het ging inderdaad zoals de Palestaan had voorspeld. De mist werd teruggedreven door de wind en loste zo snel op dat de vier schepen zich niet langer konden verbergen.

De katapulten van de koopvaarders vuurden het ene salvo na het andere af. Een regen van pijl- en speerpunten daalde neer op hun verraste tegenstanders, die nauwelijks een goed heenkomen konden zoeken.

Terwijl de enterploegen aan boord gingen en er een bloedig lijf-aan-lijfgevecht ontstond, probeerde de laatste van de vier tweemasters nog weg te komen, precies in de richting die Scalida had voorspeld. Zo begon een dodelijke wedloop tussen Tersion en Palestan. 'Hijs de Palestaanse vlag. Ze moeten weten met wie ze te maken hebben,' beval de officier.

Snel werd duidelijk welk schip het beste in het water lag. Terwijl de kiel van de *Soituga* strak door de lichte golven sneed, ploegde de *Chusbad*, zoals het andere schip bleek te heten, met geweld door het zilte nat, maar zonder veel snelheid te maken.

'Katapultmeester op de plecht!' beval Scalida. 'Bestook hun achterdek met pijlen en zorg dat u de roerganger raakt, nog voordat het schip de vaargeul heeft bereikt.'

Pijlen van elk een meter lang floten door de lucht en overbrugden moeiteloos de korte afstand. Na het derde salvo was het achterdek van de tegenstander schoongeveegd. De provisorisch opgestelde houten schotten haalden weinig uit; de beschieting was te zwaar.

De *Chusbad* begon te slingeren en beschreef een scherpe bocht van negentig graden naar stuurboord. Het schip maakte slagzij en raakte met het linkerboord al bijna de waterlijn. Een paar ra's braken af en zeilen kletterden tegen het dek, over de matrozen heen.

'Verdomme, ze gaat duiken!' vloekte Baraldino. Maar Scalida maakte een bezwerend gebaar.

Met een zwaar gekraak brak de voormast van het Tersioonse schip doormidden, maar de romp richtte zich log weer op. Inmiddels was de *Chusbad* weer negentig graden gedraaid, waardoor de boeg naar de oprukkende *Soituga* wees.

'Willen ze ons rammen?' De adjudant schudde verbaasd zijn hoofd.

'Zonder zeilen? Dat zal lastig gaan.' De Palestaanse officier legde een nieuwe koers voor, die zijn schip met een flauwe bocht naar zijn tegenstander moest brengen.

Op de *Chusbad* werden voorbereidingen getroffen om de dreigende aanval af te slaan. Scalida zag licht geharnaste mannen met zwaarden, die achter de reling dekking zochten voor de pijlen.

'Maak het batterijdek gereed voor een salvo!' brulde hij.

De met metaal beslagen zijwand van de *Soituga* klapte omlaag, waardoor de zware stalen katapulten vrij spel kregen. De geduchte ijzeren pijlen van deze afstandswapens boorden zich met gemak door een scheepsromp heen als er geen obstakels waren. En een licht geharnaste soldaat vormde geen 'obstakel'.

Dat hadden de Tersioonse zeesoldaten ook begrepen. Ze sprongen door de luiken naar beneden, vermoedelijk om dekking te zoeken tussen de goudlading.

'Vuur!' beval Scalida voldaan. Sissend gingen de speren op weg en doodden de achterblijvers die niet op tijd van het bovendek waren gevlucht. 'Gereedmaken om te enteren.'

Knarsend schuurden de *Chusbad* en de *Soituga* langs elkaar. Tientallen aangelijnde enterhaken trokken de schepen tegen elkaar aan en verhinderden iedere vluchtpoging van het zwaargehavende Tersioonse zeilschip.

Zonder veel tegenstand te vrezen staken Scalida en Baraldino samen met de enterploeg naar het andere schip over en drukten het laatste, heldhaftige verzet van de vijand de kop in. Op het nippertje konden ze verhinderen dat de overlevenden de romp lek staken om het schip tot zinken te brengen en de lading uit handen van de Palestanen te houden.

Scalida bleef in het ruim tussen de goudstaven en knikte zwijgend. Zijn adjudant pakte een van de rechthoekige klompjes op.

'Ik heb zoiets nog nooit in mijn hand gehouden,' zei hij, bijna met ontzag. 'Eén zo'n goudstaaf zou me een rijk man maken.'

'Heb je enige voorstelling van de waarde van deze lading?' vroeg zijn commandant, terwijl hij op de goudstapel klopte. 'Hiermee en met de opbrengst van de andere schepen kunnen wij een hele vloot, een armada, laten bouwen. Dan zullen we onze Agarsijnse vrienden eindelijk van de zeeën vegen.'

De soldaten kwamen met een zwaargewonde Tersioner naar de twee mannen toe. Aan zijn versierselen herkende de officier de commandant van het vijandelijke schip.

'Ach, zie daar! Gestreden tot het bittere eind, nietwaar? Goed, uit naam van de handelsraad van Palestan dank ik u voor de meer dan waardevolle bijdragen van hare hoogheid koningin Alana de Tweede. We zullen het goud goed gebruiken, daar kunt u van verzekerd zijn.' Lachend maakte Scalida een buiging.

'Het zal meer dan een kleine schermutseling worden als de koningin van deze overval hoort,' steunde de man. 'Tersion zal Palestan de oorlog verklaren en dat stelletje kooplui mores leren. We hebben machtige bondgenoten, dat heeft hare...'

'Commodore Scalida!' riep een van de soldaten vanuit het ruim. 'Kom snel! Problemen, meldt de uitkijk.'

'Hopla!' lachte de Tersioonse kapitein. 'U hebt te vroeg gejuicht.'

Woedend trok de commandant van de Palestanen zijn zwaard en stak de weerloze man in zijn buik. 'Hopla! Maar u ook, mijn vriend.'

Hij stapte over zijn stervende tegenstander heen en klom samen met Baraldino naar het dek om te zien wat er aan de hand was.

'Wat is er?' blafte hij tegen het dichtstbijzijnde lid van de enterploeg.

'De uitkijk zag iets in de nevel,' antwoordde de man haastig.

Snel trok de officier zijn verrekijker uit en speurde in de steeds dichter wordende mist naar de reden voor de uitroep vanuit het kraaiennest. 'Zouden ze toch een escorte hebben gehad?'

'De andere schepen liggen klaar om de lading van de Tersioonse zeilschepen over te nemen,' meldde zijn adjudant. 'Het is ons gelukt. Misschien vergist de uitkijk zich.'

Vanuit de neerdalende nevel klonken zachte geluiden.

'Stilte!' brulde Scalida over het dek en meteen verstomde het rumoer.

'Alsof er op trommels wordt geslagen,' meende Baraldino, die scherp luisterde.

Ook het overladen van het goud naar de andere schepen was gestaakt. Bijna alle mannen tuurden nu door de mist.

'Alle donders! Het is de Zwarte Vloot!' vloekte de officier opeens, en hij liep haastig naar zijn seiner. 'Laten de schepen zich onmiddellijk uit die mistbank terugtrekken.'

In paniek begon de matroos met zijn vlaggen te zwaaien, maar hij kreeg maar sporadisch antwoord. De meeste andere commandanten wilden eerst weten wat de reden was.

'Ik breng ze voor de handelsraad!' viel Scalida uit. 'Vertel ze dat maar! Als er iemand waagt het vuur te openen, zal ik hem persoonlijk tot zinken brengen. Niemand neemt die schepen onder schot.'

'Welke schepen, commodore?' vroeg Baraldino verbaasd. 'Ik zie helemaal geen...'

Een reusachtige boeg dook uit de melkwitte nevel op, bijna vier keer zo hoog als die van de Tersioonse en Palestaanse tweemasters. Aan de voorkant prijkte een vervaarlijke stormram, die recht op de *Zilverster* was gericht.

Het dreigende getrommel zwol aan. Geleidelijk werden de omtrekken van nog meer schepen zichtbaar, die geen aanstalten maakten om snelheid te minderen of hun koers te wijzigen.

Krachtig en met volle zeilen voeren ze op de aan elkaar vastgebonden obstakels toe. Lange roeiriemen bewogen zich door het water en maakten de zwart geverfde schepen met hun zwarte zeilen nog sneller.

Scalida telde tien schepen die in pijlformatie door de golven sneden. Achter die drijvende muur volgden nog vijf andere, iets minder grote, donkerblauw geschilderde schepen.

De commandant van de *Vuli* vertrouwde het blijkbaar niet en voelde zich bedreigd. Zijn katapulten namen het voorste schip onder schot, maar zonder veel schade aan te richten.

'Vervloekte idioot!' riep Scalida zo luid dat zijn stem over het water schalde. 'Nu zullen ze reageren, verdomme!'

Het tempo van het getrommel werd opgevoerd en rookpluimen stegen op vanuit de Zwarte Vloot.

Als verlamd moesten de Palestaanse gezagvoerders toezien hoe de onverwachts opgedoken schepen gebruikmaakten van hun aanvalswapens, die op Ulldart legendarisch waren.

Vanaf het dek van de *Soituga* leek het alsof er kleine zonnen werden afgeschoten, die zich met een sierlijke halve boog op de schepen stortten en explodeerden. Een vurige vloeistof verspreidde zich over de planken, en in een mum van tijd stonden de zeilen, het want en de masten in brand. Matrozen werden kermend verslonden door de vlammen. Niets kon de brand nog blussen, zelfs de zee rondom de schepen laaide op. Dikke zwarte rookwolken vermengden zich met de mist. De stank die naar de twee mannen toe dreef, maakte hen misselijk.

Stenen zo groot als rotsblokken regenden op de schepen neer, boorden zich door de dekken en de romp en verlosten de gewonden uit hun lijden. Nog voordat een stormram van de Zwarte Vloot in aanraking was gekomen met een Palestaan, waren de meeste schepen al gezonken.

Het ritme van het getrommel werd wat rustiger. De zwarte schepen gleden soeverein en onverschillig door het kolkende schuim van de brandende, rokende wrakken, de verminkte lijken en de om hulp schreeuwende mannen.

De zwaargehavende maar nog altijd drijvende *Pijl* en *Krata* werden als speelgoed tegen elkaar aan gedrukt en braken door de kracht van de aanvaring in tweeën.

Scalida had zijn bevelen al geschreeuwd. In paniek kapte de enterploeg de touwen waarmee de *Soituga* aan de *Chusbad* verankerd was. De matrozen aan boord van de driemaster hesen alle zeilen die aan boord van het oorlogsschip te vinden waren.

'Ik ben geen lafaard, Baraldino, dat weet je, maar nu staan we machteloos,' zei hij tegen zijn adjudant achter het roer op het bovendek. 'Verdomme, dit had ik moeten voorzien.'

'Iedereen had het moeten voorzien, commandant,' zei de man naast hem, terwijl hij toekeek hoe de Zwarte Vloot een ravage aanrichtte in hun formatie. Blijkbaar waren de schepen op weg naar de vaargeul.

'Ik ken die geheimzinnige Kensustriaanse bevoorradingsvloot alleen uit de verhalen, maar ik had ze nog nooit gezien. Was dat maar zo gebleven.' Verbijsterd staarde hij naar de gigantische schepen. 'Hoe kun je zoiets bouwen, dat nog blijft drijven?'

'Het zijn vijftien schepen, commandant,' zei Baraldino. 'Volgens de geruchten zouden het er maar tien moeten zijn.'

'Wat maakt het uit, of het nu acht schepen zijn, of drie? Ze zijn veel te sterk voor ons.' Scalida gaf zijn mannen opdracht zo snel mogelijk uit het vaarwater van de Kensustrianen te komen. 'Mijn god, ik heb al die verhalen altijd voor overdreven gehouden, maar nu weet ik wel beter.'

Op enige afstand verdween zijn vloot met het Tersioonse goud in de golven. Een onvoorstelbaar vermogen zonk naar de bodem van de zee, voorgoed verloren – een verlies dat nu voor Palestan net zo pijnlijk was als voor Tersion.

Niet meer dan vijf keer per jaar gebruiken ze deze route en uitgerekend vandaag komen ze hier voorbij, dacht de officier, terwijl hij zich afvroeg hoe hij dit fiasco aan de handelsraad moest uitleggen. *Ik zal het maar op een fout in de kaarten schuiven. Of nog beter, ik stel Baraldino verantwoordelijk voor een navigatiefout.*

'Het ziet er goed uit,' meldde zijn adjudant. 'De Kensustrianen letten niet meer op ons.'

Op dat moment draaide een van de reusachtige zwarte slagschepen zich hun kant op. Het hoge tempo van de roeiriemen deed het water kolken.

'Had toch je mond gehouden, Baraldino!' siste de commandant. 'Gooi alle lading uit de ruimen overboord: proviand, water, ballast, wat dan ook. Als we maar bij dat vervloekte schip uit de buurt komen.'

Maar het was vergeefse moeite. Ondanks alle inspanningen wist de *Soituga* niet aan zijn achtervolger te ontkomen. Toen de twee schepen nog ongeveer een kwart mijl bij elkaar vandaan waren, opende zich een brede klep boven de stormram. Rook steeg op uit het ontzagwekkende luik.

Toen, binnen een ogenblik, scheerden tien of twaalf kruiken in een rechte lijn op het Palestaanse oorlogsschip af. Aan de achterkant van de projectielen wapperden brandende staarten. De eerste rij had nauwelijks doel getroffen toen er een tweede salvo volgde. Acht keer losten de verborgen katapulten hun lading, toen ging het luik weer dicht.

Zodra de uit leem vervaardigde kruiken het schip raakten, braken ze open en kwam er een sterk riekende vloeistof vrij, die zich traag verspreidde en onmiddellijk ontbrandde.

In paniek renden de ervaren zeelui over het dek en sprongen over de reling om het vege lijf te redden. Maar zoals ze al eerder hadden gezien, was de Kensustriaanse brandstof zelfs tegen water bestand. Ook op zee laaide het vuur nog op. Met een regen van pijlen bezorgde de aanvaller de overlevenden een genadige dood voordat ze levend door de vlammen werden verzwolgen.

Het zwarte schip verlegde zijn koers en volgde de rest van de vloot, die rustig naar de vaargeul draaide. Daarachter verdween het vlaggen-schip van de Palestaanse commandoactie langzaam in de golven.

Ulldart, koninkrijk Tarpol, provincie Ulsar, hoofdstad Ulsar, winter 442/443 n.S.

'Wij zijn hier bijeen om een van de grootste vorsten te eren die het koninkrijk Tarpol ooit heeft gekend,' begroette Lodrik de aanwezigen. 'Waarschijnlijk een van de belangrijkste leiders uit de geschiedenis van Ulldart. Ik drink op de nagedachtenis aan Grengor Bardri¢, Kabcar van het koninkrijk Tarpol, waarover hij meer dan dertig jaar de scepter heeft gezwaaid. Nooit zullen we zijn verdiensten voor dit land vergeten.' De Tadc hief zijn zware zilveren bokaal en maakte een buiging voor de urn met de as van zijn vader, die op een voetstuk in het midden van de meterslange tafel stond.

Een voor een kwamen de gezanten en ambassadeurs van de koninkrijken Tûris, Rundopâl, Hustraban en Borasgotan, en de vertegenwoordigers uit Aldoreel en de baronieën overeind, gevolgd door de overige gasten.

'Het Tarpoolse rijk zal onder mijn bewind niet aan glans inboeten, dat kan ik u verzekeren. Het zal een sterke, solide staat blijven, zoals mijn vader dat had gewenst.' Hij dronk de kelk in één keer leeg en ging weer zitten. De anderen volgden zijn voorbeeld.

De kleine feestzaal waar het begrafenismaal werd gehouden, herbergde zo'n honderd mannen en vrouwen. 'Klein' was trouwens een relatief begrip. De ruimte was vele meters hoog, met bladgoud op alle pilaren, kristallen kroonluchters aan het plafond en reusachtige schilderijen en andere kostbare kunstvoorwerpen aan de muren.

Onder de aanwezigen bevonden zich adellijke families uit Ulsar en ettelijke diplomaten uit de buurlanden. Het was vooral nieuwsgierigheid, meer dan droefenis, die hen naar het paleis had gebracht. In de hoofdstad gingen allerlei verhalen en geruchten over de teruggekeerde troonopvolger.

Aan het hoofd van de tafel zagen ze nu een jongeman die allang niet meer voldeed aan de beschrijving van de vroegere 'TrasTadc'. In zijn koninklijke uniform, met de ster van de Bardri¢s op zijn borst, sloeg hij een uitstekend figuur. Van zijn zwaarlijvigheid was niets meer te bespeuren.

Zo nu en dan wisselde hij een paar woorden met zijn raadsman, terwijl de indrukwekkende lijfwacht met de mechanische hand onwrikbaar als een berg achter de stoel van de toekomstige Kabcar stond. Voortdurend gleden zijn straalgrijze ogen waakzaam en oplettend over de gasten en bedienden die in de buurt van de troonopvolger kwamen.

De maaltijd bestond uit verschillende gangen en bij elke volgende culinaire lekkernij volgden een dronk en een lofrede op de overledene. Het ceremonieel schreef voor dat er niet met de Tadc mocht worden gesproken totdat het dessert was afgeruimd en de urn was bijgezet. Eindelijk, na vier uur, maakte Lodrik een eind aan de bijeenkomst.

'We hebben de overledene alle eer bewezen, zoals het gebruik vereist. Nu kan hij in vrede rusten,' sprak hij. Toen nam hij de urn van het voetstuk. In een plechtige processie volgden de gasten de jongeman naar de gewelven van het paleis, waar de overleden vorsten van het rijk waren bijgezet.

Lodrik zette de urn in een grafnis, maakte een buiging en liep de trap weer op naar de kleine feestzaal. Niemand behalve Stoiko wist dat de urn slechts verbrand hout bevatte. De werkelijke as van Lodriks vader, bewaard in een gesloten metalen kistje, stond op de schoorsteenmantel in de theekamer.

Boven gekomen nam Lodrik nog een beker wijn en zocht een positie van waaruit hij de hele zaal in het oog kon houden. Hij wilde zien wie er met wie in gesprek was.

De eerste die op de troonopvolger toe kwam, was de ambassadeur van Borasgotan, een krachtige man met een gemiddeld postuur en een wat waggelende tred. Hij droeg een kostbare bontmantel, waarbij het eenvoudige uniform van de Tadc bijna armoedig afstak.

'Ik durf te wedden dat hij wil testen hoe slim en scherp u bent,' fluisterde Stoiko. 'Ga nergens op in. Hij zal proberen u uit uw tent te lokken.'

Een kegel van alcohol sloeg de Tadc tegemoet toen de man dichterbij kwam en voor hem boog. 'Hoogheid, ik ben ambassadeur Sarduijelec, gezant van zijn majesteit Arrulskhán de Zesde, koning van Borasgotan.' Lodrik lachte en keek hem met grote ogen aan, wat de ambassadeur nogal van zijn stuk bracht. 'U weet wel, hoogheid, het land rechts van het uwe – op de landkaart.'

'O jaaah,' zei de jongeman traag en hij probeerde een peinzend gezicht te trekken. 'Natuurlijk. Dank u voor de uitleg. Ik was nooit zo goed in kaartlezen. Dat schijn ik gemeen te hebben met Arrulskhán.'

Nu was het Sarduijelec die grote ogen opzette. 'Hoe bedoelt u, hoogheid?'

'Nou, blijkbaar denkt uw koning dat mijn provincie Worlac tot zijn gebied behoort. In elk geval stuurt hij wapens die kant op. Als íemand daar wapens zou moeten leveren, ben ik dat, vindt u niet?' Lodrik lachte en tikte de man met zijn wijsvinger tegen de borst. 'Grappig, nietwaar? Ga het uw koning maar vertellen, zodat hij zijn vergissing beseft en er snel mee ophoudt. Als hij denkt dat ík die leveranties ga betalen, dan vergist hij zich toch.' Hij grijnsde. 'Maar het is een hele troost dat ik niet de enige ben die geen kaarten kan lezen.'

De ambassadeur trok een zuur gezicht, maakte een diepe buiging en zette koers naar de karaf wijn, midden op tafel.

Stoiko schudde verwijtend zijn hoofd. 'Zo bedoelde ik het dus niet, heer. Laten we hopen dat hij naïef genoeg is om te denken dat u echt achterlijk bent.'

Lodrik lachte zacht. 'Neem me niet kwalijk, Stoiko, maar de verleiding was te groot. Ik heb hem zo van de wijs gebracht dat hij niet eens de deelneming van zijn koning heeft betuigd. Wat een belediging! Ik zal me bij Arrulskhán over hem beklagen.'

'Die zal hem wel in een wildezwijnenpak hijsen en de jacht op hem openen,' vermoedde Stoiko glimlachend.

'Voor hoe dom zien ze me hier aan dat een ambassadeur me gaat uitleggen waar het land van onze vermoedelijke toekomstige tegenspeler ligt?' vroeg de troonopvolger hoofdschuddend.

Zijn raadsman trilde met zijn snor. 'Vraag dat maar niet. De enigen die ongeveer weten hoe u werkelijk bent, zijn uw nicht en de edelen van Granburg. De rest... houdt u nog altijd voor de Koekjesprins.' Stoiko knikte in de richting van een slanke man die een soortgelijk uniform droeg als de troonopvolger. Alleen de versierselen waren wat opvallender, zijn borst met meer lintjes behangen en zijn sjerp wat duurder. 'En daar komt de volgende. Hustraban, zou ik denken.'

'Hustraban? Waar ligt dat ook alweer op de kaart – onder, boven of naast mijn land?' vroeg Lodrik, terwijl hij zich wanhopig onder zijn zwarte pruik krabde. Hij genoot zichtbaar van zijn rol als domme prins. 'Ach, al die landen! Laat ik ze maar allemaal veroveren, dan zijn ze van mij en hoef ik er niet meer over na te denken.'

'Heer, alstublieft!' riep Stoiko hem ontzet tot de orde. 'Straks hoort een van die ambassadeurs het nog.'

De gezant uit Hustraban kwam naderbij en boog. 'Mijn naam is Fusuríl, ambassadeur van zijne majesteit Kumstratt, koning van Hustraban. Uit naam van mijn vorst wil ik uw ons diepe medeleven betuigen met de dood van uw vader. Een zwaar verlies, dat is zeker. Het moet niet gemakkelijk zijn zo'n verdienstelijk man te verliezen, die zich niet alleen onderscheidde door zijn besluitvaardigheid.'

Lodrik trok zijn wenkbrauwen op en zwaaide welwillend met zijn beker. 'Ach? Uwe excellentie kende mijn vader?'

'Eh, nee. Maar hij stond erom bekend dat hij...' wilde de man uitleggen, maar de Tadc gaf hem de kans niet.

'Dus uwe excellentie heeft mijn vader nooit gekend maar wil mij wel iets vertellen over de grote daden van de koning? Dat gaat me echt te ver. En wat uw aanspraken op het iurdum betreft, daar hebben we het later nog wel over. Daar weet ik niets van, want ik moet me nog inwerken. Het kan wel even duren voordat ik een beslissing neem. Ik word altijd zo moe van getallen, meestal val ik prompt in slaap.' Hij nam een slok wijn. 'Dank u, meneer de ambassadeur. Ga nou maar en maak plezier. Zo zou de Kabcar het hebben gewild.'

Fusuríl boog als een knipmes. Zijn bovenlijf knakte omlaag en veerde weer omhoog. Toen ging ook hij op weg naar de wijnkan, die in handen van Sarduijelec steeds leger was geworden. Pas na herhaaldelijk aandringen van zijn collega was de Borasgotanische ambassadeur bereid hem in te schenken. Even later stonden ze zachtjes met elkaar te praten.

'Hebt u ze nog wel op een rijtje, heer?' vroeg Stoiko, oprecht bezorgd. 'Het lijkt wel of de oude Lodrik weer naast me staat en zijn gasten ontvangt op de wijze waarmee hij overal zo'n treurige reputatie heeft opgebouwd.'

De troonopvolger schudde zijn hoofd. 'Wees maar niet bang. Mijn ware bedoelingen maak ik pas na mijn kroning bekend. Voorlopig mogen ze denken dat ik wel slanker maar niet slimmer ben geworden.' Hij pakte een stuk taart en schoof het in één keer naar binnen, net op het moment dat de volgende gast, een man in een eenvoudig pak, zich uit het geroezemoes losmaakte en op het drietal afstapte.

'Aldoreel, neem ik aan,' mompelde Lodrik, terwijl hij de kruimels wegspoelde met een slok wijn. Met moeite onderdrukte hij een boer. 'Benieuwd wat de graanschuur van het continent te melden heeft.'

'Ik ben Mero Tafur, afgezant van Aldoreel. Mijn innige deelneming, hoogheid. Het Aldorelische rijk treurt om het heengaan van een groot man.' Hij maakte een buiging. 'Woorden schieten tekort.'

'Een groot man? Hoezo?' Verbaasd draaide de Tadc zich naar Stoiko om. 'Ik herinner me mijn vader helemaal niet zo groot. Volgens mij ben ik al net zo groot als hij, of niet soms?'

Zijn raadsman zuchtte hoorbaar. 'Ja, hoogheid, dat bent u.' Zachtjes voegde hij eraan toe: 'En hang niet langer de pias uit. U overdrijft schaamteloos, heer.'

'U zult het niet makkelijk hebben, hoogheid,' vervolgde de diplomaat vriendelijk. 'Ik weet zeker dat uw raadsman zijn best zal doen. En ook het koninkrijk Aldoreel zal u graag terzijde staan als dat nodig is.' Tafur glimlachte. 'Dat wilde ik maar zeggen.' Hij trok zich weer terug, maar zonder zich bij de andere diplomaten aan te sluiten.

'Nou, dat was aardig!' zei Lodrik luid. Sarduijelec verslikte zich in zijn wijn en proestte het kostelijke vocht door de wijde omgeving. Fusuríl klopte hem op zijn schouder tot hij weer lucht kreeg en behulpzame handen staken hem zakdoeken toe om de wijn van zijn uniform te vegen.

Stoiko rolde met zijn ogen, maar de volgende bezoeker kwam al op het ongelijke drietal toe. Een voor een maakten de edelen en brojaken van Ulsar hun opwachting. Zelfs een Ulldrael-priester, broeder Kojalac, liet zich de kans niet ontgaan om zich voor te stellen en de troost van zijn god te verkondigen.

'Maar over één kwestie maakt de Geheime Raad zich zorgen, hoogheid,' voegde hij eraan toe, terwijl hij zich wat opzij boog. 'Wilt u de kroning werkelijk in de kathedraal laten plaatsvinden? Weet u dat zeker, hoogedelgeborene? Alle andere leiders en vorsten, ook uw vader, hebben de zegen van onze heer en beschermer altijd in de hoofdtempel ontvangen.'

'Waarom zou ik me bedenken?' Nu was zijn verwondering niet gespeeld. 'Ik wil dat zo veel mogelijk onderdanen mijn kroning kunnen zien en erbij betrokken zijn. Waljakov en een lijfwacht van vijfhonderd man zorgen voor de beveiliging. Dus wat is het probleem, broeder Kojalac?' zijn blauwe ogen keken de geestelijke strak aan.

'Het is iets uit het verleden,' aarzelde de man. 'Ik weet niet of u het verhaal kent, maar er is een bepaalde gebeurtenis...'

'Er zijn wel meer gebeurtenissen in Tarpol,' viel de Tadc hem in de rede. 'Wat bedoelt u precies, broeder?'

'Het heeft met Sinured te maken, hoogheid,' gaf de monnik toe, en er kwam een ongelukkige trek om zijn mond. 'Hoe zal ik het zeggen? In de kathedraal heeft hij ooit mensen... slachtoffers... terechtgesteld.'

Lodrik haalde zijn schouders op. 'Voor zover ik weet, heeft hij in heel Ulldart mensen laten terechtstellen. Als we alle plekken mijden waar hij ooit bezig is geweest, kunnen we beter allemaal emigreren.' Hij zweeg een moment. 'Was er een bijzondere aanleiding? Voor die executies, bedoel ik.'

Kojalac knikte langzaam. 'Het waren de eerste mensenoffers die Sinured in Tarpol aan Tzulan heeft gebracht, zo wordt beweerd. Waar nu het beeld van Ulldrael de Rechtvaardige staat, stonden ooit het altaar en het beeld van de Geblakerde God. In die tijd moet het bloed daar tot aan de knieën hebben gestaan.' De man zuchtte. 'De Geheime Raad is bang dat sommige Tzulani dat verhaal nog kennen en misschien die plek zullen kiezen om een aanslag op de Tadc te plegen.'

'Zijn jullie op de hoogte van die episode uit de Tarpoolse geschiedenis?' informeerde Lodrik bij zijn twee vrienden, die net zo verbaasd hun hoofd schudden.

'Dat kunnen ze niet weten, omdat de kronieken over die gebeurtenis zijn vernietigd, voor zover wij kunnen nagaan,' verklaarde Kojalac zacht. 'Dat hopen we, tenminste. De Geheime Raad wilde niet dat de mensen daar voortdurend aan worden herinnerd. Het is immers al honderden jaren een geliefd heiligdom van Ulldrael. Wij willen uwe hoogheid er slechts op wijzen dat u, gezien de voorspelling, misschien beter een minder belaste plek zou kunnen kiezen.'

'Ik zal erover denken,' antwoordde de Tadc peinzend en de monnik verdween.

'Nou, geweldig,' bromde Waljakov.

'Alles gaat gewoon door, volgens plan. Zo'n abrupte wijziging zou pas echt opzien baren. Je zult me extra scherp in de gaten moeten houden, Waljakov.'

'Daar kunt u op rekenen, heer,' beloofde de lijfwacht. 'De nodige voorzorgsmaatregelen worden al getroffen. Gasten mogen geen wapens dragen als ze daar niet uitdrukkelijk toestemming voor hebben.'

'Alles lijkt dus goed geregeld. Ik zal de monnik zeggen dat de kroning inderdaad in de kathedraal wordt gehouden,' maakte Lodrik een eind aan het overleg, en hij wenkte de geestelijke, die het besluit rustig aanhoorde. Daarna klapte hij in zijn handen, zodat iedereen zich omdraaide naar de troonopvolger.

'Waarde begrafenisgasten,' begon Lodrik zijn slotwoord. 'Ik wil u alleen nog herinneren aan mijn kroning. Over enkele dagen zal ik tot rechtmatige vorst over dit land worden gekroond. Het zou me een eer zijn u allen daar te mogen begroeten. Wie nog geen uitnodiging heeft gekregen, kan zich melden bij de klerk die bij de uitgang zit. Vergeet vooral de geschenken niet. En nu wil ik u allemaal danken voor uw aanwezigheid. Het is al laat.'

De gasten maakten een buiging voor de jongeman en verdwenen met grote of minder grote haast naar de uitgang. Sarduijelec schonk zijn beker nog eens vol en sloeg de wijn achterover, terwijl hij twee stukken taart pakte die hij onderweg naar binnen werkte.

'Die man is een sieraad voor het corps diplomatique van Borasgotan,' mompelde Stoiko en hij keek de gezant na. 'Het zal zijn schuld wel zijn dat Arrulskhán zo'n slechte naam heeft.'

Toen de laatste gast vertrokken was, liet Lodrik zich in een stoel vallen en trok de pruik van zijn hoofd. Peinzend tuurde hij in het haardvuur. 'Ik kan het nog steeds niet bevatten. Straks moet ik een land regeren, een heel koninkrijk. Terwijl iedereen denkt dat ik niet goed wijs ben.'

'Dat is eigenlijk een voordeel,' vond Waljakov. 'Als een tegenstander je onderschat, laat hij vaak uit overmoed zijn ware gezicht zien. En het zal snel duidelijk worden wie uw tegenstander is, heer.'

'Ben ik hier in Granburg? Willen ze me hier ook afzetten?' vroeg de Tadc enigszins bezorgd.

'Afwachten, heer,' raadde Stoiko hem aan, en hij kwam naast zijn beschermeling zitten. 'Voorlopig geloof ik dat niemand nog weet wat hij van u moet denken.'

'Dat zal bij mijn kroning wel anders worden,' glimlachte Lodrik. 'Als ik het raadsel onthul waar ik het afgelopen jaar geweest ben. Dan zullen toch een paar mensen wakker worden en beseffen dat ik heel goed in staat ben mijn zaakjes te regelen.'

'Zo ken ik u weer, heer,' zei de raadsman en hij streek zijn snor glad. 'De boodschappers naar Granburg zijn trouwens onderweg.'

'Ik ben nog steeds ongerust om Miklanowo. En om Norina.' Zuchtend strekte de Tadc zijn benen en wiebelde met zijn voeten. 'Ik hoop vurig dat Kolskoi geen nieuwe streken heeft bedacht om mijn vriend de brojak in moeilijkheden te brengen.' Met één hand maakte hij het bovenste knoopje van zijn uniform los. 'Hebben we al bericht van mijn andere vrienden?'

'O, als u Torben Rudgass bedoelt, de tandeloze piraat...'

'Kaper,' verbeterde Lodrik grijnzend.

'... de tandeloze kaper, dan gaat het heel goed met hem, heb ik gehoord. Met het schip dat we hem hebben gegeven, maakt hij naam als verdediger van de Agarsijnse handelaren in het noorden. Palestan heeft al een prijs op zijn hoofd gezet, het lieve sommetje van honderd heller.'

'Tarpoolse koggen zijn altijd goede oorlogsschepen geweest,' merkte de lijfwacht op.

'En Hetrál?' wilde Lodrik weten. 'Sinds zijn vertrek uit Granburg heb ik niets meer van hem gehoord.'

'Ik ook niet,' zei Stoiko spijtig. Waljakov haalde zijn brede schouders op.

'Goed dan.' De Tadc stond op. 'Laten we maar gaan slapen. Morgen moeten we in de theekamer aan de toespraak werken die ik bij mijn inhuldiging wil houden. Het moet een krachtig verhaal worden, dat aan elke twijfel een eind maakt.'

Waljakov en Lodrik verlieten de kleine feestzaal. Stoiko slenterde naar de tafel en wierp een blik over de lege borden. Toen hij de wijnkan pakte om zich nog een beker in te schenken, moest hij tot zijn teleurstelling constateren dat de diplomaat uit Borasgotan geen half werk geleverd had. De karaf was zo droog als een lege put.

'Ja ja, als het niets kost, dan graag,' mompelde de raadsman van de toekomstige Kabcar en hij liep naar de deur.

Buiten werd hij tot zijn verrassing opgewacht. De ambassadeur van

Hustraban stond aan zijn mantel te prutsen alsof hij problemen had met de gesp.

'Ik neem aan dat u me wilt spreken, excellentie?' Stoiko keek toe op het gefrunnik van de gezant. 'Zal ik soms een bediende roepen om u even te helpen?'

'Nee, dat komt wel goed.' Fusuríl nam de andere man scherp op. 'U bent de raadsman van de Tadc en zijn belangrijkste vertrouweling, zoals ik heb gehoord. Dat is ook voor iedereen duidelijk.'

'Als u dat hebt gehoord en uw eigen ogen u niet bedriegen, zal het wel waar zijn,' antwoordde Stoiko voorzichtig, hoewel hij al vermoedde wat de diplomaat van hem wilde.

'U zult begrijpen dat ik in de kwestie van het iurdum blij ben met alle hulp die ik kan krijgen. Ik ben onder meer hier om met de Kabcar over dat punt te onderhandelen. Hij heeft wel gezegd dat hij meer tijd nodig heeft, maar ik dacht dat u hem misschien behulpzaam kon zijn bij zijn beslissing. Dat zal u geen windeieren leggen.'

'Hustraban wil de helft van de opbrengst uit Kostromo, heb ik dat goed begrepen?' De ambassadeur knikte. 'En welke argumenten wilt u daarvoor aandragen?'

'Wij hebben de historie aan onze kant,' antwoordde Fusuríl kalm. 'Die toont aan dat de baronie ooit tot ons koninkrijk behoorde. Daarom vinden wij onze aanspraken volkomen terecht. Per slot van rekening hebben wij het afgescheiden deel van ons rijk nooit officieel als zelfstandig erkend. Onze juristen werken nog aan de zaak. Alleen het Duizendjarig Verdrag verhindert ons om gewoon het gebied binnen te vallen en te nemen wat ons toekomt.'

'En het akkoord van de baronie met Tarpol dan, excellentie?' Stoiko glimlachte. 'U weet welke weg u moet bewandelen om uw zwak onderbouwde eisen door te zetten?'

'Een toernooi, inderdaad. Dat is de gebruikelijke procedure. En Kostromo zou dan zeker een ridder uit Tarpol kiezen.' De gezant veegde met spitse vingertoppen een stofje van zijn mantel. 'Maar als we de Kabcar kunnen overreden zijn invloed aan te wenden op de barones en ons de helft van het iurdum te gunnen, zou dat veel tijd en geld besparen.'

'Hebt u al met de vasruca over uw eisen gesproken?'

'Niet persoonlijk, maar er zijn talloze delegaties bij haar geweest. Helaas is ze niet voor rede vatbaar,' antwoordde Fusuríl spijtig. 'Het zou ons een lief ding waard zijn als de Kabcar ons tegemoet wilde komen. Zonder de steun van Tarpol zou de vasruca wel moeten toegeven. En als het u lukt de koning te overreden, kunt u een aanzienlijke beloning van ons verwachten.'

'Hoeveel?' vroeg Stoiko, om enig idee te krijgen van het bedrag dat Hustraban bereid was te betalen.

'Het rijk dacht aan, laten we zeggen, één procent van de jaarlijkse op- brengst die naar Hustraban gaat.' De diplomaat keek de raadsman afwachtend aan.

'Ik wens u een prettige avond, ambassadeur.' En hij wilde doorlopen.

'Drie procent,' verhoogde Fusuríl zijn voorstel. 'En dat is ons laatste bod.'

Stoiko bleef staan en glimlachte. 'Nu komen we in de buurt. Ik zal informeren wat de mijn produceert, dan praten we daarna verder.'

De gezant had opeens geen enkele moeite meer met de gesp en de sluiting van zijn mantel. Hij trok de warme jas over zijn schouders en boog op zijn abrupte manier. 'Ik wacht het af. Goedenacht. Het Tar- poolse rijk verdient een wijze Kabcar en een nog wijzere raadsman.' En Fusuríl verdween.

'Nou, wie had dat gedacht?' grijnsde Stoiko. 'Het begint al gauw, de intriges en steekpenningen.' Vrolijk fluitend liep hij naar zijn kamer. *Nu ben ik toch nieuwsgierig wanneer zijn collega uit Borasgotan zich komt melden. Ik zou nog rijk kunnen worden op mijn oude dag. Maar ik ben gewoon te netjes.*

Ulldart, koninkrijk Tarpol, provincie Ulsar, hoofdstad Ulsar, winter 442/443 n.S.

'Beter onderdak zouden we in Tarpol bijna niet kunnen krijgen, afgezien van mijn eigen burcht,' merkte Nerestro op, terwijl hij een blik door de weelderig ingerichte gelagkamer van *De Gouden Repol* wierp.

Reusachtige wandkleden en grote schilderijen van Tarpoolse persoonlijkheden sierden de muren en het plafond was betimmerd met rijk bewerkte houten panelen.

De mannen in de gelagkamer waren duur gekleed en droegen kostbare sieraden. Ze maakten van hun rijkdom geen geheim. Aan hun lange, keurig verzorgde baarden waren ze herkenbaar als brojaken.

De orderidder zat tussen de andere gasten in zijn maliënkolder, met daarboven zijn wapenrok met de gekruiste zwaarden en zijn kleuren: geel en blauw. Op de lange tafel waaraan hij met zijn drie overgebleven ridders een plek had gevonden, verzamelden zich de schalen met het eten dat hij en zijn gevolg hadden besteld. Ze genoten zichtbaar van een beetje luxe na de lange en tot nu toe vergeefse reis. Zijn schildknapen kregen in de aangrenzende bediendenkamer een eenvoudiger maaltijd voorgezet.

'Broeder Drankneus wilde een bezoek afleggen aan de tempel van Ulldrael en daarna verslag uitbrengen,' zei hij tegen zijn mannen, terwijl hij de schaal met gebraden vlees pakte. 'Dus laat het ons in alle rust goed smaken, dan horen we wel wat de monnik verder van plan is.'

'Hoe lang moeten we die man nog escorteren?' vroeg Herodin, zijn beste onderaanvoerder, voorzichtig. 'We weten nog altijd niet wat hij eigenlijk wil.'

Nerestro keek de kring rond. 'Ik weet dat Angor veel van ons verlangt. Drie van onze beste vrienden hebben hun leven gegeven voor een ons onbekende zaak. Maar Angor is mij verschenen en heeft me een opdracht gesteld. Daarom zal ik samen met jullie die Ulldrael-monnik net zo lang helpen tot zijn missie is voltooid. Geloof me, het bevalt mij ook niet om ons in te zetten voor een zaak waar ik niets van af weet. Maar één ding weet ik wel: hij is op zoek naar iemand. En blijkbaar zitten we diegene in Ulsar dicht op de hielen.'

De ridders schepten hun borden vol, stonden op en prevelden halfluid een dankgebed voor de gaven die op tafel stonden.

De brojaken wierpen wrevelige blikken naar de geharnaste, zwaargewapende mannen, maar durfden niets te zeggen. De volgelingen van de god Angor stonden erom bekend dat ze niet veel humor hadden als het om hun geloof ging. Eén ondoordacht woord en je kreeg een vuist met een ijzeren handschoen in het gezicht.

Zwijgend bogen de ridders zich over hun eten, tot ze voldaan waren. De bedienden hadden er hun handen vol aan om de honger van het gezelschap te stillen. Daarna wenkte een uiterst tevreden Nerestro de waard.

'Hoor eens, waard.' De man met zijn zilveren krullenpruik kromp ineen bij die aanspreektitel.

'Neem me niet kwalijk, maar ik word "buffetmeester" genoemd,' wees hij hem zo vriendelijk mogelijk terecht.

'Maakt niet uit.' Nerestro haalde zijn brede schouders op en streek over zijn lange, gevlochten baard, die als een dik gouden koord van zijn kin tot op zijn borst viel. 'Waarom zijn er zoveel brojaken in Ulsar? Is dat normaal? Hebben de waarde heren niets beters te doen dan hun dikke buiken vol te vreten?'

'U ziet er dan uit als een ridder, maar u gedraagt zich als een lompe boer,' viel de buffetmeester uit, met overslaande stem. 'En boeren laten wij hier normaal niet toe.'

'Hoor eens, waard, ik gedraag me tegenover jou zoals ik wil. Mijn geld is goed genoeg voor je, en meer dan een lompe boer zou kunnen betalen,' antwoordde de ridder kil. Achteloos gooide hij een handvol waslec op de tafel. Hebzucht blonk in de ogen van de waard. 'Zie je wel, ik wist het.'

'Over drie dagen wordt de nieuwe Kabcar gekroond,' vertelde de buffetmeester, terwijl hij de munten nonchalant bij elkaar veegde en ze quasi onverschillig in de zak van zijn bestikte schort liet vallen. 'Hij schijnt nog dikker te zijn geworden in de tijd dat zijn vader hem verborgen hield.'

'Verborgen?' Nerestro dacht na. 'Ach ja, de profetie. Was het niet zo dat de Donkere Tijd zou terugkeren als de Tadc iets overkwam?' De waard knikte en draaide zich al half om. 'De kroning wordt in de grote kathedraal gehouden, zodat het volk het feest mee kan vieren.'

'Nou, kijk eens aan. De nieuwe vorst lijkt een bijzonder moedige jongeman, nietwaar?' merkte Herodin waarderend op. 'Hij deinst niet voor een waagstuk terug.'

'Het gevaar lijkt me niet groot.' Nerestro schudde zijn geschoren hoofd. 'De Tzulani zullen geen kans krijgen, neem ik aan. De lijfwacht van de Kabcar bestaat uit de allerbeste soldaten, ook al kunnen ze niet aan ons tippen.' Hij proostte met zijn mannen. 'Op de beste ridders van Tarpol!' Lachend hieven ze de glazen.

'Kijk eens wie daar binnenkomt,' riep Herodin en hij wees naar Matuc. 'Broeder Drankneus is terug.'

De Ulldrael-monnik kwam naar de tafel en ging zitten.

'Vergis ik me nou of heb je een andere pij gekregen?' vroeg de aanvoerder van de orderidders nog voordat Matuc een woord had kunnen uitbrengen.

De oudere man knikte aarzelend. 'Ik ben door de Geheime Raad een treetje hoger bevorderd.'

'Vanwege je grote verdiensten? Omdat je een priesteres van Lakastra de dood in hebt gejaagd voordat ze in Tarpol onheil kon stichten?' merkte Nerestro verachtelijk op.

'Spot er maar mee, heer praatjesmaker,' antwoordde Matuc kalm. 'Ik mag als hulppriester de kroning van de Kabcar bijwonen. En u komt ook met uw mensen naar de grote kathedraal. Met een beetje geluk zal mijn missie spoedig zijn vervuld.'

De grote ridder kneep zijn ogen samen. 'O ja? Zo plotseling?'

'Bent u niet blij om eindelijk van me verlost te zijn? Ik dacht dat u het liefst mijn kop van mijn romp zou trekken.'

'Natuurlijk ben ik daar blij om, maar het komt een beetje onverwachts. Eerst rijden we om een onduidelijke reden het hele land door, en opeens is de zaak dan voor elkaar?' Nerestro staarde naar het houten plafond. 'Belkala heeft me gezegd dat u iemand zocht.' Matuc kromp ineen. 'Ze had dus gelijk,' merkte de ridder op, toen hij de reactie van de monnik zag. 'Maar wie? Vermoedelijk is hij in Ulsar, en ik denk dat het iets met uw promotie te maken heeft.'

De Ulldrael-monnik wendde zijn hoofd af en schoof onrustig heen en weer op zijn stoel. 'Dat kan ik u niet zeggen. Dat mag ik niet. Dus zal ik het niet doen.'

'Mij best. Zolang we hier een warm onderdak hebben, hoor je mij niet klagen, na de ontberingen van de afgelopen weken.' Nerestro peuterde een stukje vlees tussen zijn tanden vandaan. 'Dus over drie dagen heb je een belangrijk optreden, broeder Drankneus? Maar wat moeten wij bij die kroning doen?'

'Gewoon in mijn buurt blijven,' zei Matuc, en hij pakte een snee brood. 'Erop letten dat mij bij de plechtigheid niets overkomt.'

'Dat lijkt me geen probleem,' vond Herodin. 'In die kathedraal wemelt het van de lijfwachten. Dat moet de veiligste plek van heel Tarpol zijn, op dat moment.' Hij rekte zich even uit en keek de monnik nieuwsgierig aan. 'En? Heb je de Tadc al gezien? Is hij echt nog dikker geworden dan hij al was?'

'Nee, ik heb hem niet gezien,' zuchtte de Ulldrael-monnik. 'Maar tijdens de plechtigheid is hij te herkennen als de enige jongeman die een kroon draagt.'

Nerestro lachte. 'Waar slaap je?'

'Ik ga straks naar de tempel om me op de ceremonie voor te bereiden. Het komt niet elke dag voor dat je een Tadc tot Kabcar mag kronen. Ulldrael zal tevreden over me zijn dat ik voor zo'n belangrijke taak ben uitgekozen.' Hij stond op. 'Over drie dagen verwacht ik u in de kathedraal. Kom op tijd, zodat u een plaats voorin kunt krijgen.' En Matuc vertrok zonder een groet.

De ridder keek hem peinzend na. 'Iets in deze zaak bevalt me niet, Herodin,' zei hij zacht. 'Laten we bij die mis allemaal heel goed opletten. Ik weet zeker dat er iets gebeuren gaat en dat onze monnik meer weet dan hij ons wil zeggen.'

'Ik denk dat het iets met de gouverneur van Granburg te maken heeft,' merkte Herodin nadenkend op.

Nerestro kneep zijn ogen tot spleetjes. 'Hoezo?'

'Eerst wilde hij zo snel mogelijk naar de provinciehoofdstad, maar zodra hij hoorde dat de gouverneur niet in Granburg was, keerden we om en reisden naar Ulsar, waar alle gouverneurs en brojaken nu zijn, om de kroning van de Tadc tot Kabcar bij te wonen.'

'We zijn de gouverneur onderweg nog tegengekomen, vergeet dat niet,' wierp Nerestro tegen. 'Aan de oever van die rivier.'

'Maar we hebben hem niet persoonlijk gesproken, omdat u het touw van die veerpont had doorgehakt,' hield Herodin vol. 'Misschien moet hij iets met die gouverneur regelen, uit naam van de Ulldrael-orde. Bovendien schijnt de gouverneur niet echt geliefd te zijn. Die hinderlaag vlak voor Granburg was feitelijk voor hem bedoeld. Ik hoorde dat een van de aanvallers Matuc naar de gouverneur vroeg.'

De ridder maakte een ongeduldig gebaar. 'Dat is allemaal heel interessant, maar het blijft raden. Eigenlijk weten we alleen dat er in de kathedraal iets gaat gebeuren. En daar zullen we rekening mee houden.'

Zijn luitenant boog zich naar voren. 'Wilt u hem echt om zeep helpen zodra wij onze goddelijke opdracht hebben vervuld?'

Een boosaardig lachje gleed over Nerestro's gezicht. 'Hij wil het zelf, en ik heb er niets tegen.'

Snel sloeg hij zijn wijn achterover. 'Welterusten.' Moeizaam kwam hij overeind, gehinderd door de alcohol en de zware wapenrusting.

Doodmoe sleepte hij zich de trap op naar zijn kamer, ontdeed zich van al het metaal dat hij op zijn lichaam droeg en prevelde zijn vaste avondgebed tot Angor, met het Aldorelische zwaard in zijn handen.

Toen liep hij naar het venster en keek uit over de grauwe, besneeuwde straatjes, waar nog altijd mensen liepen: mannen in dikke jassen, soms van bont, soms van zware stof, en vrouwen in wijde capes, niet minder kostbaar dan de mantels van hun mannen. Rijke burgers lieten zich in veilige koetsen door het donkere Ulsar vervoeren.

Hoewel Nerestro blij was met de luxe van de herberg, zou hij toch nooit in deze hoofdstad van Tarpol kunnen wonen – al die huizen, zo hoog en zo dicht opeen dat er zelfs in de zomer nog maar weinig licht in de klinkerstraatjes viel.

Er walmden allerlei geurtjes. Soms stonk het weerzinwekkend naar drek en urine. Nerestro had gehoord dat bepaalde wijken door bendes werden geregeerd die hoopten dat naïeve bezoekers daar zouden verdwalen, als een makkelijke prooi.

Diep in zijn hart haatte de ridder de toestand van dit land. De macht lag bij de brojaken en de edelen. Echte ridders, zoals zijn broeders van de Angor-orde der Hoge Zwaarden, hadden in dit koninkrijk niets meer te vertellen. De tijd dat hun mening meetelde bij de regenten, was allang voorbij.

De gewone man had geen enkel recht meer, een situatie die door de vorige koning alleen was getolereerd omdat de herenboeren meer geld hadden dan hij, en omdat de Kabcar bij hen in het krijt stond.

Met die dikke jongen die over drie dagen de troon zou bestijgen, waarop hij waarschijnlijk niet eens paste, zou het allemaal niet beter worden, vreesde Nerestro. Integendeel. De kans was groot dat het land nu definitief in handen zou komen van de edelen en grootgrondbezitters.

En tot overmaat van ramp had hij de vrouw verloren die hij ondanks alle verschillen in geloof en uiterlijk graag aan zijn zij zou hebben gehad.

Nerestro keek op naar de sterrenhemel, die als een smalle band van zwarte zijde tussen de daken zichtbaar was. Sporadisch lichtten de sterren als diamanten op en wierpen hun kille schijnsel over de aarde.

'Belkala,' zei hij zacht, terwijl hij zijn ogen sloot en zich de mooie momenten van de reis weer voor de geest haalde.

Goed, haar hart had hij waarschijnlijk nooit kunnen veroveren, maar in elk geval was ze steeds in zijn nabijheid geweest. En nu lag de mooie priesteres samen met zijn gesneuvelde mannen levenloos onder een hoop steen voor de poorten van Ulsar.

'Ik hoop dat je god Lakastra je heeft gevonden,' mompelde hij, en hij stapte in bed.

Die nacht had de ridder een afschuwelijke droom. Hij zag de besneeuwde grafheuvel langs de weg. Opeens kwamen de stenen op Belkala's graf in beweging en stuk voor stuk rolden ze omlaag, totdat de priesteres onbeschermd in haar kuil lag. Haar bevroren lichaam was vaalblauw, maar verder leek het of ze sliep.

In zijn droom kwam hij steeds dichterbij. Toen hij haar hele gezicht kon zien, sperde ze opeens haar ogen open, waardoor het ijs op haar oogleden knerpend brak. In plaats van hun warme barnsteengloed hadden de irissen nu een giftig gele kleur.

Belkala schoot overeind en opende haar mond met de blikkerende hoektanden, die twee keer zo groot waren geworden. In haar bevroren lippen ontstonden kloven en barsten, en in één keer werd haar hele gezicht door een woest masker van breuklijnen overdekt. Het vlees spatte van haar botten, totdat er slechts wat rafelige spierresten en huidflarden overbleven. En de donkergroene haren op haar hoofd.

In zijn droom deinsde de ridder terug, maar het schepsel kwam hem achterna, haalde hem in en nam zijn hoofd teder in haar koude handen. Witte vingerkootjes staken door de restanten van haar opengebarsten huid.

Langzaam naderde Belkala's halfvergane mond die van Nerestro, en ze drukte hem een ijskoude kus op zijn lippen.

'We zien elkaar terug, mijn lief,' beloofde de droomgestalte met gloeiende ogen. 'Spoedig, zelfs. We komen elkaar allemaal weer tegen.'

Ook de stenen op de graven van zijn mannen kwamen in beweging en maakten de lichamen vrij. Moeizaam verhieven de doden zich en kwamen op het tweetal toe.

Als verlamd staarde Nerestro naar zijn gesneuvelde mannen, die zich door griezelige krachten weer als levende mensen konden bewegen. Wat hier ook gebeurde, dit was niet de wil van Angor, dat wist hij zeker. Hij tastte naar zijn zwaard, maar vond het niet.

Belkala drukte hem een wilde kus in zijn hals, haar handen groeven zich in zijn nek en haar nagels trokken striemen in zijn huid.

'Ik kan nauwelijks wachten, mijn lief,' fluisterde ze. 'Maar eerst moet ik op krachten komen.'

Abrupt draaide ze zich om en sloeg een van de opgestane mannen neer. Met zijn eigen dolk sneed ze een groot stuk vlees uit de buik van het machteloos spartelende slachtoffer en werkte het gulzig naar binnen.

Bevend werd Nerestro wakker uit zijn droom, en in een reflex greep hij naar zijn zwaard. Met het blanke staal in zijn hand bleef hij rechtop in bed zitten, starend in het donker, terwijl voor zijn ogen zich nog steeds de taferelen van de afgelopen seconden afspeelden.

Geleidelijk nam zijn paniek wat af. De ridder stapte uit bed, knielde op de vloer en bracht de rest van de nacht door in stil gebed tot Angor. Misschien zou de god hem een aanwijzing geven over de betekenis van zijn droom.

Volledig verzonken in klaagzang en gebed ontging hem de gedaante die voor zijn raam hurkte. De oplichtende, purperkleurige ogen volgden hem aandachtig tot aan het eerste ochtendlicht, voordat het wezen weer verdween.

'U ziet bleek. Hebt u slecht geslapen?' vroeg Herodin bij het ontbijt aan zijn vermoeide aanvoerder. 'Wij hadden goede bedden.'

'Het lag niet aan het bed,' antwoordde Nerestro kortaf en hij nam een slok van de dampende thee, waardoor hij zijn tong verbrandde. Haastig zette hij het kopje weer neer. 'Ik had een vreemde nachtmerrie en ik weet niet of het misschien een teken van Angor was.'

'Een teken? Wat dan?'

De ridder keek hem aan. 'Een bijzonder onaangenaam teken. Als Granburg niet zo ver weg was en de kroning niet al overmorgen plaatsvond, zou ik onmiddellijk vertrekken om poolshoogte te nemen.'

Zijn luitenant begreep er niets van. 'Poolshoogte nemen? Hoezo?'

Nerestro maakte een ongeduldig gebaar. 'Laat maar. Ik zal wel te veel wijn hebben gedronken, dan krijg je rare dromen.' Zwijgend ging hij verder met zijn ontbijt. Hij werkte een flinke hoeveelheid brood, worst en kaas naar binnen, leunde toen naar achteren in zijn stoel en tuurde naar de houten panelen van het plafond.

'We zullen een ritje door de stad maken en de kathedraal bekijken. Misschien komen we onderweg nog een smederij tegen die goede producten verkoopt. Jullie zwaarden hebben ook een opknapbeurt nodig, en nu we toch in de hoofdstad zijn, moeten we daar gebruik van maken.' Zijn mannen knikten instemmend.

Toen ze opstonden om zich gereed te maken, bleef Herodin abrupt staan en staarde naar Nerestro's nek.

'Heer, u hebt een gemene schram opgelopen.' Hij kwam dichterbij en bekeek de verwonding kritisch. 'Hm, het moeten scherpe doorns zijn geweest, of de klauwen van een dier. Is er vannacht soms een grote kat bij u op bed gesprongen die u een nachtmerrie heeft bezorgd?' De luitenant lachte. 'Het arme beest. Geen wonder. Het moet zich met hand en tand hebben verdedigd. Waarschijnlijk ligt het nu zieltogend ergens onder de matras.'

De ridder tastte voorzichtig naar zijn nek en vond de schrammen. Vijf stuks in getal. Diepe snijwonden, die vreemd genoeg pas onaangenaam begonnen te branden nadat hij ze had ontdekt. 'Ja, ik zal mezelf wel hebben verwond in die droom,' loog hij.

De lange maliënkolder verborg zijn knikkende knieën en daar was hij dankbaar voor. Zou Belkala meer zijn geweest dan verbeelding? Hoe was het mogelijk dat een droomfiguur verwondingen naliet? Weer zag hij het beeld van de afschrikwekkende priesteres opdoemen en er liep een rilling over zijn rug.

'Gaat het wel, heer?' vroeg Herodin nog eens. 'Of hebt u een ver-koudheid opgelopen?'

'Nee, het gaat wel.' Nerestro vermande zich en liep de trap op naar zijn kamer om zijn wapenrusting en een bontmantel aan te trekken, zo-dat het metaal niet aan zijn lijf zou vastvriezen.

De stoet van geharnaste orderidders van de god Angor en hun niet min-der vervaarlijk uitgemonsterde schildknapen die even later door de stra-ten van Ulsar trok maakte indruk.

Ze waren nu officieel onderweg en Nerestro had opdracht gegeven hun kleuren te tonen. De wimpels wapperden in de ijzige wind en mid-den in de colonne waaide het grote vaandel van Angor, dat al van grote afstand zichtbaar was. Het vormde zowel een waarschuwing als een trotse verklaring van hun identiteit. Iedereen die de gestileerde panter, de bijl en het zwaard zag, wist dat hij een grote boog om deze ridders heen moest maken als hij geen problemen wilde.

Ook in Ulsar leek dat bekend. Het gewone volk week haastig uit, ede-len en welgestelde burgers keken de groep na en de stadswachten, die op onregelmatige afstanden patrouilleerden, wierpen de ridders mis-noegde blikken toe. Openlijk wapenbezit werd niet graag gezien, maar de orden hadden dezelfde privileges als de adel.

Een krijgsman zijn zwaard verbieden stond gelijk aan eerbreuk, en het gevolg was moord en doodslag. Maar in dit geval was er weinig gevaar dat de mannen aanleiding zouden geven tot moeilijkheden. Er stonden voor de komende tijd geen toernooien op het programma en de enige andere troepen waren de eenheden van de stadswacht.

Nerestro hield halt voor een wapenhandel en steeg af. Zijn drie rid-ders volgden hem naar binnen.

De grote ruimte stond vol zwaarden, harnasonderdelen en schilden, zorgzaam in vitrines ondergebracht of aan beugels aan de muren gehangen.

De leider van de ridders van de Orde der Hoge Zwaarden nam een rond schild van een haak, hing het aan zijn arm en oefende een paar afwerende manoeuvres, alsof het gewicht aan zijn arm zo licht was als een veertje.

'Dat schild bestaat uit tien lagen verlijmd hout, vier lagen leer van verschillende dikte en een dun gehamerde metalen plaat,' klonk een stem tussen de kasten. 'Als u niet minstens veertig waslec in uw beurs hebt, kunt u het beter laten hangen.'

Nerestro keek geamuseerd zijn mannen aan en smeet het schild op de toonbank, zo luid dat het kraakte.

'Wat doet u nou?' Een man van een jaar of dertig met modieuze kleren, een leren schort en een verzorgd uiterlijk stapte ontstemd naar voren. Hij was vrij groot en had voor deze koude noordelijke streken van het continent een opvallend bruine tint. Nerestro wist onmiddellijk met wie hij van doen had.

Dit moest een lid van het Ontariaanse koopmansgilde zijn. Die kooplui beheersten de handel tussen de koninkrijken en baronieën. Ze genoten privileges en bijzondere rechten die hun monopoliepositie steeds sterker maakten, tot ergernis van de staten en de kleine handelaren, die zo de kans op aantrekkelijke winsten uit buitenlandse handel aan hun neus voorbij zagen gaan. Maar de Ontarianen verdedigden hun rechten met alle middelen, zelfs de inzet van soldaten, als er roversbenden of concurrenten op hun pad kwamen.

'Als u een kras in de metalen plaat hebt gemaakt moet u het schild betalen – de volle prijs.' Alsof het hem nu pas opviel staarde de Ontariaan naar de ordeversierselen op de wapenrusting van de vier mannen. Hij verbleekte enigszins en slikte een paar keer. 'O, neem me niet kwalijk, edele heren. Mijn naam is Secho. Ik wist niet dat...'

'En ik wist niet dat dit schild al beschadigd kon raken door zo'n klapje,' viel Nerestro hem in de rede. Hij geloofde geen woord van wat de koopman zei. De leden van het gilde stonden bekend als uitstekende toneelspelers. Dus moest hij de rollen omdraaien. 'In een gevecht krijgt een schild heel wat meer te verduren.' Hij knikte naar Herodin, die met een vloeiende beweging zijn zwaard trok en een geweldige klap tegen het schild gaf.

Als papier scheurde het leer in tweeën, evenals het hout. Alleen het metaal hield stand. 'Hoe moet je een gevecht overleven met zo'n ding?' Geringschattend wierp hij vijf waslec op de toonbank. 'Meer was het niet waard. Je hoeft me niet te bedanken voor mijn grootmoedigheid.'

'O!' De man krabde zich op zijn hoofd. 'Daar begrijp ik niets van.' Verbaasd tilde hij het vernielde schild op. 'Maar we hebben nog heel andere modellen. Dit was maar een inferieur product uit... Borasgotan. Daar weten ze niet wat voor leer ze moeten gebruiken.' Secho liep haastig om de toonbank heen, greep een driehoekig schild en hield het hun voor. Zachtjes klopte hij erop. 'Nou, heren? Hoe klinkt dat? Echte kwaliteit, dat hoor je zo.'

Nerestro tilde zijn vuist met de ijzeren handschoen op en beukte tegen het schild.

De verraste koopman tuimelde met schild en al een paar meter naar achteren en viel met luid geraas tegen een kast met zwaarden.

Hij maakte zich zo klein mogelijk en hield beschermend het schild boven zijn hoofd toen de zwaarden een voor een naar beneden kletterden en met doffe klappen op het ding terechtkwamen.

Nerestro's mannen lachten, terwijl de ridder grijnzend zijn vuist ontspande, naar de koopman liep en hem overeind hielp. Het ijzer van zijn geharnaste handschoen had deuken in het metaal nagelaten en de zwaarden hadden flinke krassen gemaakt.

'Dat kan ik aan niemand meer verkopen,' jammerde Secho zacht, en hij trok zijn leren schort recht.

'Wees maar niet bang, ik koop het wel,' stelde de ridder hem gerust. 'Hier heb je twintig waslec. Is dat genoeg?'

'Voor zo'n goed schild? Heer, ik smeek u! Met uw geweldige kracht hebt u er maar een paar kleine deukjes in geslagen. Dit schild is minstens het dubbele waard.' Hij grijnsde listig. 'Het is met iurdum versterkt.'

Nerestro keek een moment verbluft, maar lachte toen met zijn ridders mee. 'Je bent me een held. Goed dan, vijftig waslec. Maar dan gebruiken we wel jouw smederij en jouw ijzer om de zwaarden van mijn mannen op te knappen.'

'Wij hebben de beste smederij en de heetste oven van heel Ulsar,' zei Secho met een buiging. 'Uw zwaarden zullen er weer als nieuw uitzien.' De ridders trokken hun wapens en legden ze op de toonbank.

Ze hielden de Ontariaan scherp in de gaten. 'De laatste keer dat ik de Hoge Zwaarden in Ulsar heb gezien was minstens vier jaar geleden,' zei de man na een tijdje. 'U bent hier zeker voor de kroning van de Tadc? Of is er een toernooi?'

Nerestro glimlachte. 'Inderdaad, we komen onze opwachting maken bij de nieuwe Kabcar. Wat kun je ons over hem vertellen?'

'Geef hem geen amandelkoeken,' adviseerde de koopman. 'Vroeger schoof hij bijna alles naar binnen zonder te kauwen, en zo'n amandel heeft hem bijna een keer het leven gekost.'

'Dat bedoel ik niet, koopman.' De ridder wierp de man een nijdige blik toe en legde nog een handvol waslec op de tafel.

Een beetje gepikeerd keek Secho naar de muntjes. 'Waar ziet u me voor aan – een wandelende dorpskroniek?'

'Ja, daar staat jouw soort om bekend,' zei Herodin op veelzeggende toon.

De man hield zijn hoofd wat scheef en keek Nerestro aan. De pupillen van de Ontariaan vergrootten zich en drongen het groen van de irissen tot een smalle ring terug.

Nu leest hij zijn gedachten. Herodin wist wat het eenvoudige volk over de kooplui beweerde. De meeste Ontarianen zouden zoveel succes hebben in de handel omdat ze de gedachten en geheimen van hun zakenpartners konden lezen.

Heel wat Tarpoolse kooplieden droegen onheilspellende amuletten tegen deze zogenaamde gave van de Ontarianen, die nergens op Ulldart een thuisland hadden. Ze woonden verspreid over alle landen van het continent, maar een eigen staat hadden ze nooit gevormd. Ze integreerden in andere samenlevingen en wisten dankzij hun monopolie op de buitenlandse handel al snel een goede positie te verwerven.

Er ging een schok door Secho heen en zijn pupillen vernauwden zich weer tot hun oorspronkelijke grootte. 'Aha. Wat wilt u precies weten?'

Nerestro keek de man aan. 'Als jouw volk werkelijk gedachten lezen kan, hoef ik je dat niet te vertellen. Maar goed, ik wil alle geruchten horen die er over de kroning de ronde doen.'

Secho lachte luid. 'Nee, heer, ik kan geen gedachten lezen. Dat zou ik ook niet willen. Het zou me in heel onaangename situaties kunnen brengen, denkt u niet?' Nonchalant nam hij de zwaarden van de drie ridders van de toonbank. 'Maar het gaat u dus om geruchten. Hm, even denken.' De Ontariaan steunde zijn kin op zijn hand. 'Er is een gerucht dat de Tadc het lichaam van zijn vader zo snel heeft laten cremeren omdat hij zelf verantwoordelijk was voor zijn dood en de bewijzen wilde vernietigen. Dat verhaal is trouwens in de wereld geholpen door Borasgotanische gezanten. De ceremonie zelf zou een grootse affaire worden, waaraan ook het volk kan deelnemen. De Tadc zou willen bewijzen dat hij nergens bang voor is. Het hele programma van de kroning is trouwen op het portaal van de kathedraal aangeplakt, als u het zelf wilt lezen.'

Er verscheen een bediende, die met de zwaarden verdween. De ridders en schildknapen volgden hem naar de smederij.

In vier ovens gloeide het houtskool donkerrood; met elke stoot uit de reusachtige blaasbalgen die aan de zijkant waren gemonteerd, veranderde de kleur in witheet. De wanden hingen vol met werktuigen, tangen, hamers van verschillende grootte, vijlen en ander gereedschap.

De ridders trokken het zwaarste deel van hun wapenrusting uit en gingen aan het werk. De zwaarden werden verhit, waarna er nieuw ijzer werd aangesmeed en net zo lang bewerkt tot er geen naden meer te zien waren.

Urenlang stonden de ridders bij de ovens om met meesterhand hun wapens te verbeteren. Ze werden scherp in de gaten gehouden door Nerestro – en door Secho, die regelmatig opdook om een blik op de ridders te werpen.

Herodin, die baadde in het zweet, wenkte de man, boog zich naar hem toe en fluisterde hem iets in het oor. De koopman veranderde iets aan de kleur van de vlammen. De ridder grijnsde boosaardig en koelde de kling in een kuip met water. Witte damp steeg sissend omhoog.

'Wat zei je tegen hem?' vroeg Nerestro, terwijl hij hem een kruik aan-reikte.

'Als we maar het kleinste gebrek in zijn ijzer kunnen ontdekken, zei ik hem, zullen we hem zelf op het aambeeld leggen en met een gloeiende hamer bewerken.' Hij nam een slok en legde zijn andere hand op zijn riem. 'Ik voel me naakt zonder mijn zwaard. Enkel een lange dolk vind ik wat weinig. Maar het zal nog wel even duren voordat we de wapens kunnen meenemen.'

'Wat wil je dan met je zwaard – monsters doden in Ulsar?' plaagde zijn aanvoerder hem goedmoedig. 'Stel je voor dat we een bijzonder kwaadaardig exemplaar tegenkomen, terwijl jij... Herodin de Machtige... geen zwaard bij je hebt. Dan zou je het moeten wurgen.'

'Heel geestig, heer, heel geestig.' Herodin wiste zich het zweet van zijn voorhoofd en trok zijn wapenrusting en bontmantel weer aan.

'Kom, dan maken we nog een ritje door de stad totdat de zwaarden voldoende zijn afgekoeld. Jullie kunnen trouwens wel een bad gebruiken, als ik het zo zie.' De ridders liepen door de verkoopruimte naar buiten en slingerden zich in het zadel.

'Ik weet hoe jullie je voelen.' Nerestro stuurde zijn paard in de rich-ting van de grote Ulldrael-kathedraal, die al van verre zichtbaar was. 'Maar hier hebben jullie je zwaard niet nodig. De stadswachten lijken me betrouwbaar. En anders hebben jullie mij nog.'

'En als ik tot een duel word uitgedaagd?' De ridder maakte echt een ongelukkige indruk.

'Dan pakken de schildknapen hun boog en schieten hem neer.' De twee andere ridders gnuifden wat en de burchtheer verhoogde het tem-po.

Groot en machtig als een berg tussen lage heuvels verhief zich de Ull-drael-kathedraal boven de omliggende gebouwen. De bouwmeesters hadden een klein wonder tot stand gebracht. Het godshuis stond hier al meer dan achthonderd jaar, waarmee het ouder was dan de eigenlijke tempel. Het onderscheidde zich van alle andere bouwwerken in de omgeving. De smalle spitse torentjes op duizelingwekkende hoogte, de reusachtige bontgekleurde glas-in-loodvensters en de gouden koepeldaken trokken meteen de aandacht.

De opvallende stoet hield op het voorplein halt. De ridders stegen af en liepen naar het portaal, waar vier Ulldrael-priesters stonden met offerschalen in hun hand.

Zonder hen een blik waardig te keuren vervolgden de krijgsheren hun weg. Uit zijn ooghoeken zag Herodin dat een van de jongere priesters zijn mond opende om iets te zeggen, maar zich bedacht toen een oudere medebroeder snel zijn hoofd schudde.

De kathedraal scheen eindeloos lang. Aan de andere kant, ogenschijnlijk heel nietig, stond het Ulldrael-heiligdom. Nerestro betwijfelde of zelfs een pijl die afstand zou kunnen overbruggen. Metersdikke zuilen, hoger dan vijftig man, ondersteunden de dakconstructie. Dwarsbalken en bogen, aangebracht om de immense druk te trotseren, vormden een bijzonder patroon. Nerestro telde dertig verschillende gongs, die aan zware kettingen onder het plafond hingen en schijnbaar vrij in de lucht zweefden. De grootste van de metalen schijven had de doorsnee van een windmolenrad. Smalle trappen leidden erheen, eindigend bij een klein platform waarop een man kon staan. De kleurige gebrandschilderde ramen wierpen een onwerkelijk licht naar binnen, waarin de walm van het rookwerk voortdurend veranderende figuren vormde.

Aan de muren hingen reliëfs en reusachtige schilderijen met voorstellingen uit de mythologie van Ulldart en de schepping van de wereld. Verspreid door de kathedraal stonden beeldengroepen die legendarische gevechten uitbeeldden. Bijna alle goden waren hier te vinden. Ulldrael zelf verscheen in al zijn goedheid, als een rustige man, eenvoudig gekleed, met oplichtend blond haar, als goudgeel koren. Een beeltenis van Tzulan was nergens te vinden.

Steile wenteltrappen rond pilaren voerden naar een blijkbaar pas later toegevoegde galerij, die uitkwam bij een aantal loges. Daar zaten bij plechtigheden de leden van de Geheime Raad, de oversten van de Ulldrael-orde, om toezicht te houden op het verloop.

Nergens konden de ridders enig meubilair ontdekken. Pas verder naar voren, dichter bij het heiligdom, stonden zware houten stoelen voor de rijken en machtigen van Ulsar. Het gewone volk moest staande bidden of op de glimmende stenen vloer knielen. In de kille atmosfeer hoorde hij overal het geprevel van gelovigen.

'Indrukwekkend,' fluisterde Herodin, die met tegenzin zijn stem liet dalen.

'Ach, voor wie daar gevoelig voor is,' reageerde Nerestro met een indirect verwijt. Zijn woorden schalden duidelijk hoorbaar door de kathedraal. 'We zullen allemaal de ceremonie uit ons hoofd leren en dan de kathedraal verkennen. Mocht het nodig zijn, dan moeten we hier blindelings onze weg kunnen vinden. Laat een van de schildknapen een plattegrond tekenen.'

De mannen knikten en verspreidden zich. Hier en daar volgden mensen de bewegingen van de ridders, zonder te begrijpen waar ze mee bezig waren.

Ze liepen de hele kathedraal door, van achteren naar voren, tot ze bij het heiligdom kwamen. Tien keer manshoog verhief zich daar het beeld van Ulldrael, met een glimlach op het gezicht, een boek in zijn ene hand en een handvol graan in de andere. Aan zijn voeten zaten eenvoudige mensen die zijn bescherming zochten en voor hem lagen de brokstukken van een zwaard en een lans.

'Ach wat,' mompelde Nerestro verachtelijk toen hij de symbolen van de ridderstand vernietigd zag als teken van vreedzaamheid en geweldloosheid. 'Er zal nog een tijd komen dat ze blij zijn dat een machtig zwaard en een trefzekere lans voor orde kunnen zorgen.'

'Weet u dat zeker?' hoorde hij plotseling naast zich.

Nadrukkelijk langzaam draaide de orderidder zich om en zag een priester in een eenvoudige donkergroene pij, die onopgemerkt naast hem was opgedoken. De man was meer dan een kop kleiner dan hij.

'Ja, heel zeker.' Nerestro rekte zich uit. Aan het gezicht van de priester zag hij al dat de man spijt had dat hij de ridder had aangesproken. 'Maar ik heb geen behoefte aan een discussie met jou, monnik. Ik ben hier alleen om over twee dagen mijn opwachting te maken bij de Kabcar. En daarvoor moet ik ook de ceremonie bijwonen die hem in zijn ambt zal installeren.'

'Dat zal de troonopvolger plezier doen,' zei de monnik met een glimlach. 'Maar hebt u wel een uitnodiging? Iedereen die hier met wapens binnenkomt heeft een schriftelijke verklaring van het paleis nodig. U hebt begrip voor die maatregel, neem ik aan?'

'Ik ben Nerestro van Kuraschka, van de Orde der Hoge Zwaarden, strijder voor Angor. Ik heb van niemand toestemming nodig om dit zwaard te dragen – niet van jou, niet van het paleis of van wie ook. Wie zal me dat verbieden?'

'Daar ga ik niet over,' zei de man met gebogen hoofd. 'Ik heb alleen opdracht bezoekers daarop te wijzen.' Hij keek naar de andere ridders in de kathedraal. 'Ook uw mannen moeten zo'n uitnodiging hebben. Ik kan u nu niet tegenhouden, maar tijdens de ceremonie zullen er genoeg bewakers zijn met wie u uw standpunt kunt bespreken.'

'Dan bezoeken we de toekomstige koning van Tarpol maar niet,' antwoordde Nerestro koel. Hij draaide zich abrupt om, wenkte zijn mannen en verdween uit het reusachtige gebouw.

Toen ze buiten kwamen, begon het te sneeuwen. Dikke witte vlokken daalden uit de grijze hemel neer en bedekten snel de daken, straten en al het andere met een dunne, koude laag.

De ridders stegen op. 'We zullen op een andere manier de kathedraal moeten binnenkomen dan via het hoofdportaal,' zei Nerestro tegen Herodin en hij knikte naar een smalle poort die vaag tussen de pilaren zichtbaar was. 'Dat lijkt me een geschikte ingang voor ons.' Zijn mannen grijnsden. 'En nu gunnen we ons de luxe van een badhuis. Ik heb al lang geen massage meer gehad.'

De kleine strijdmacht zette zich in beweging. De vier Ulldrael-monniken bij de ingang van de kathedraal haalden opgelucht adem toen ze de groep in de verte zagen verdwijnen.

Ulldart, koninkrijk Palestan, hoofdstad Tuillé, winter 442/443 n.S.

'Volgens mij was het een fout van commodore Gial Scalida. Ik heb hem nog gewaarschuwd om niet op die plaats op de loer te gaan liggen. Maar hij wist het beter. Hij vond dat ik niet genoeg ervaring had om het te beoordelen. Waarde kooplieden, wij konden niets tegen deze schepen uitrichten. Ze wilden ons vernietigen en we waren net zo weinig waard tegenover hen als de Iurd-kroon tegenover de Rogogard-heller.' Adjudant Parai Baraldino liet zijn schouders zakken en keek naar de gespannen gezichten van de twintig mannen. 'U had moeten zien wat ik gezien heb! Schepen zo hoog als een paleis. Vuur dat niet door water werd geblust, en katapulten die speren afschoten waarvoor zelfs het dikste hout geen obstakel vormde. Het regende stenen zo groot als ossen!' De aankomende officier sloot zijn ogen. 'Mannen ver-brandden levend en om mij heen stond de zee in vuur en vlam. Do-den dreven voorbij en lijken werden door zeemonsters opgevreten. Maar de Kensustrianen voeren gewoon door.' Hij maakte een handge-baar. 'Ze vaagden ons weg zoals je een valse wissel van tafel veegt. Ze verpletterden ons zonder naar ons om te kijken. Ik...' Hij zweeg en staarde in het niets.

'En het goud?' vroeg een lid van de handelsraad, Phrons Seloni, in de stilte. 'Wat is er met de goudstaven gebeurd?'

'Die zullen wel op de zeebodem liggen, tussen de wrakken. Voorgoed verloren,' antwoordde Baraldino zacht. 'Vier schepen vol met goud, nog slechts versiering voor de oceaan.'

'Is er een mogelijkheid het goud te bergen?' wilde Seloni weten.

'Nee, heer. Volgens onze kaarten is de zee daar zesenzestig vadem diep. Daar dringt niets meer door, zelfs niet het licht.' De officier zuchtte. 'Een onvoorstelbare schat.'

'Resumerend?' bromde het raadslid Ricar Heruso tegen de klerk, die achter een lessenaar in de hoek van de vergaderzaal zat.

'Waarde leden van de raad, Palestan heeft zijn complete commandovloot verspeeld: zes tweemasters, een driemaster, ongeveer negenhonderd man, plus de katapulten en de overige uitrusting van elk schip,' las de klerk voor. 'In totaal een verlies van minstens 115.000 heller, de kostbare voorbereidingstijd niet meegerekend.' Er ging een zucht van ontzetting door de rijen van de kooplieden. 'Daarbij komen nog de verloren buit door de ondergang van de Tersioonse vloot, geschat op een miljoen heller volgens de huidige marktwaarde van het goud. Daarmee komen de verliezen van Palestan afgerond op 1,175 miljoen heller.' De klerk ging weer zitten.

'Wat een fiasco,' fluisterde iemand.

Schor Josici, de voorzitter van de handelsraad, zette zijn hoge zwarte hoed recht en maakte een grimas. 'Ik ben niet van plan dit bedrag op de staatskas af te schrijven. Palestan zal het geld ergens anders vandaan moeten halen. En ik stel voor dat we een formele aanklacht indienen tegen Kensustria, gekoppeld aan een oorlogsverklaring, omdat ze onze vloot tijdens een zeeslag met piraten hebben vernietigd. Nadat de piraten het eerst het vuur hadden geopend, let wel. Dat het onze schepen waren die zich als Rogogarders voordeden doet er even niet toe.'

Er viel een verbijsterde stilte in de zaal. Baraldino dacht dat hij het verkeerd verstaan had.

'Die gedachte bevalt me wel,' zei Seloni na een tijdje. 'Maar waarom moeten we ze meteen de oorlog verklaren?'

'Omdat Kensustria zich niet aan de toernooiafspraken houdt. Alle staten op Ulldart hebben zich bereid verklaard hun geschillen op die manier te regelen, alleen Kensustria niet. Dus kunnen we ze ook de oorlog verklaren zonder het verdrag te schenden,' legde Josici met een glimlach uit.

'Wees voorzichtig,' verhief Heruso zijn stem. 'Misschien lokken we iets uit wat we straks niet meer in de hand kunnen houden. Bedenk wel dat Kensustria kleiner is, maar ook sterker als het om de slagkracht van hun leger gaat. Je hoort de wildste verhalen over hun krijgskunst. En het verslag van onze beklagenswaardige Baraldino stelt me ook niet gerust. Als ze met die schepen de jacht op onze koopvaarders openen, zijn we binnen de kortste keren geruïneerd.' Er steeg een instemmend gemompel op.

'Laten we eerst de andere koninkrijken van de gebeurtenissen op de hoogte brengen,' adviseerde een ander lid van de raad. 'En wel zo, dat wij de betreurenswaardige slachtoffers zijn. Maar stel dat nog andere zeelui, bijvoorbeeld uit Tersion, de aanval hebben overleefd? Dan stort ons hele verhaal als een kaartenhuis in.'

Als op een geruisloos commando keek iedereen weer naar Baraldino.

'O, ik weet niet of er behalve ik nog iemand anders is ontkomen,' verklaarde hij haastig. 'Ik heb het alleen overleefd dankzij een halfvolle proviandkist waarin ik ben blijven drijven. Zoals u weet, waarde kooplieden, ben ik door een andere Palestaan uit het water gehaald. En volgens de commodore is verder niemand meer gevonden. De Tersioonse vloot die werd gestuurd om de goudschepen te zoeken, zijn we pas later tegengekomen en ook zij hebben alleen wrakstukken gevonden. Als er nog overlevenden waren, moeten die door zeemonsters zijn verslonden.'

De gezichten van de kooplieden klaarden op. De officier had hun twijfel weggenomen; de kans op winst gaf de doorslag.

'Wat denkt u, Baraldino? Zou dit plan kunnen slagen?' wilde Josici weten.

'Ik twijfel nog,' antwoordde de adjudant, 'maar ik heb een ander voorstel. Laat Palestan eerst met Tersion gaan praten.'

'Hoe bedoelt u dat?' vroeg Seloni meteen.

'Nou, om het verhaal rond te maken dacht ik aan de volgende versie.

De goudvloot is door Rogogardische piraten aangevallen. Ons schip, duidelijk herkenbaar aan zijn drie zeilen en de gehesen Palestaanse vlag, kwam de Tersioners te hulp en wilde hen escorteren toen een van de Rogogarders het vuur opende. De Kensustrianen hadden niet het recht alle schepen tot zinken te brengen, dus kunnen zowel wij als Tersion een eis tot schadevergoeding indienen.' Baraldino maakte een diepe buiging. 'Die andere versie vind ik te gevaarlijk – voor ons – voor het geval er toch nog overlevenden zijn.'

Josici grijnsde van oor tot oor. 'Heel goed, Baraldino, heel goed. We zullen met Tersion een aandeel in de waarde van het verloren gegane goud afspreken, omdat wij kunnen bewijzen dat Kensustria schuldig is aan het verlies en dus de schade moet betalen. Zo kunnen we er minstens een half miljoen heller uit slepen.' De voorzitter van de handelsraad knikte de officier toe. 'Weet u zeker dat u geen diplomaat wilt worden? U hebt meer talent dan anderen bij de diplomatieke dienst.'

'Geef me een schip, dat is alles wat ik vraag,' zei de man, en hij boog nog eens.

'Goed, u krijgt uw benoeming. Vandaag nog. En daarna vaart u naar Tersion om met koningin Alana de Tweede te overleggen en haar van de "ware" toedracht te overtuigen. Niemand kan dat zo overtuigend als u, de enige overlevende van dit gruwelijke incident, waarvoor alleen Kensustria verantwoordelijk is. U bent hierbij aangewezen als onderhandelaar voor Palestan.' Josici keek de kring rond. 'Mag ik een stemming, waarde heren?' Alle handen gingen omhoog. 'Unaniem. Mijn gelukwensen, commodore Baraldino. Vanaf nu bent u diplomaat en officier. Doe uw best. De raad verwacht van u goede onderhandelingen met Kensustria. Na onze afspraken met de koningin zullen beide landen Kensustria de oorlog verklaren, omdat Tersion een heel goede vriend is van de koning van Angor. En Angors reputatie als geduchte tegenstander is bekend. Kensustria zal zich nog wel eens bedenken. Als ze bereid zijn de bedragen te betalen, hoeven we de oorlogsverklaring niet eens uit te voeren. Maar anders...'

Baraldino boog voor de derde keer. 'Ik dank de raad voor zijn grote vertrouwen. Ik zal Palestan niet teleurstellen.' De officier vertrok en werd buiten al opgewacht door een klerk met een stapel oorkonden in zijn hand.

'Eén moment. Deze is nog niet helemaal droog.' De man blies op het papier, rolde het op en lachte plichtsgetrouw. 'Alstublieft, uw aanstelling, commodore Baraldino. Dit is de accreditatie als diplomatiek gezant met bijna alle volmachten, en dit hier de lastbrief voor de *Morgenrood*, die al voor het vertrek gereed wordt gemaakt en morgen kan uitvaren.' De klerk gaf hem de papieren en wees achter zich. Een groep soldaten naderde. 'Dit is van nu af aan uw lijfwacht, toegevoegd aan de diplomaat Baraldino. De Palestaanse koning, de handelsraad en het volk van Palestan wensen u veel succes, commodore.' De klerk maakte een korte buiging en verdween.

Baraldino balanceerde de stapel papieren op zijn arm, terwijl de lijfwacht hem omringde en op een teken wachtte om te vertrekken.

'Goed,' zei de commodore. 'Kom mee. Naar de haven.' En hij ging op weg. *Als iemand me dit van tevoren had verteld, zou ik hem hebben uitgelachen,* dacht hij. Van adjudant tot schipbreukeling en binnen een paar weken tot commodore en diplomaat.

Maar of hij daar zo blij mee moest zijn wist hij niet.

IV

'Toen begon de almachtige godin zich te vervelen, omdat ze niemand had om mee te praten.

Ze nam een snuifje sterrenstof, een druppel water uit elke zee ter wereld en schiep drie vrouwen en drie mannen.

Ook hen droogde Taralea met vloeibaar vuur, waarbij een van de figuren door haar onachtzaamheid bijna verbrandde, terwijl een andere te weinig warmte kreeg en bleek bleef.

Daarna schonk ze hun levenskracht, kennis en namen: Tzulan, Angor, Ulldrael, Senera, Kalisska en Vintera.

De eerste goden waren geschapen, de ene nog indrukwekkender en mooier dan de andere.

Alleen Tzulan was pikzwart. Zijn ogen lichtten rood op door het vloeibare vuur en ook zijn temperament was vurig, sissend en heet. Kalisska daarentegen bleef bleek, koel en bijna zonder gevoel.

De almachtige godin verheugde zich zeer over haar nieuwe schepping, want nu was ze niet meer helemaal alleen.'

DE LEGENDE VAN DE SCHEPPING VAN DE EERSTE GODEN

Ulldart, koninkrijk Tarpol, provincie Ulsar, hoofdstad Ulsar, winter 442/443 n.S.

Vijfhonderd boeren, dagloners en ander eenvoudig volk uit de omgeving waren een week lang in de weer geweest om vlaggen, wimpels en slingers langs de grote straten van de hoofdstad van het land te hangen. Nog eens honderd anderen zorgden ervoor dat de steegjes en zijstraten er goed uitzagen. Alles was schoongemaakt en het afval weggehaald. Ulsar wilde zich van zijn beste kant laten zien voor de lange processie van edelen en hoogwaardigheidsbekleders, die naar de kathedraal zou trekken.

Een bepaling verbood bovendien het gebruikelijke legen van beddenpannen en kaktonnen uit de ramen tot na de feestelijkheden. De gevoelige neuzen moesten gespaard bleven voor stank, de rijtuigen voor neerkletterend ongerief.

In allerijl werden ook de klinkers in de straten nog door een groep stratenmakers hersteld om kuilen en loszittende stenen te voorkomen. Leveranciers van levensmiddelen reden af en aan naar het paleis en dagelijks arriveerden er nieuwe gasten die het schouwspel wilden zien.

De hele hoofdstad bereidde zich ijverig voor op het grote feest. Toch heerste er enige onzekerheid onder het volk. Bijna niemand had de Tadc nog gezien. De weinige bedienden in het paleis die 's avonds het reusachtige gebouw verlieten, vertelden niet veel of kwamen met tegenstrijdige verhalen. Pas de kroning zou duidelijkheid scheppen, als de zoon van de alom geliefde Grengor Bardriç als nieuwe vorst van Tarpol zou worden gewijd. Iedereen was ervan overtuigd dat de kathedraal nauwelijks groot genoeg zou zijn om alle nieuwsgierigen te bevatten.

Eindelijk was het zo ver. De dag van de ceremonie brak aan, en omdat de kathedraal nooit zijn deuren sloot, hadden enkele mensen er al overnacht om van een plekje verzekerd te zijn. 's Ochtends werden ze echter door de bewakers naar buiten gezet, zodat de run op de beste plaatsen weer van voren af aan begon.

Al vroeg in de ochtend stroomden de inwoners van Ulsar en bezoekers uit andere delen van Tarpol naar de kathedraal, die zich steeds meer vulde, totdat er geen kip meer bij kon. Iedere gast werd op wapens gefouilleerd.

Buiten, in de ijzige kou op het plein, verdrongen zich de laatkomers die hoopten toch nog een blik op de nieuwe vorst te kunnen werpen. Ze klommen naar de hogere verdiepingen van de naburige huizen en hingen met meer dan vijf man uit de diverse ramen om het gebeuren te volgen. Sommige mensen klommen zelfs op de besneeuwde daken.

Driehonderd bewakers zorgden in de kathedraal voor rust en orde en nog eens tweehonderd mannen hielden de menigte buiten bij de trappen vandaan, zodat er genoeg ruimte overbleef voor de koetsen. Ulldrael-monniken deelden drinken uit onder de wachtenden en langzamerhand verschenen de eerste vooraanstaande personen.

Een voor een maakten de belangrijkste brojaken en edelen van het land hun opwachting. De oogverblindend mooie nicht van de Tadc liep haastig naar haar plaats en daarna volgde de feestelijke intocht van de diplomaten, die vanwege hun deftige, afwijkende kleding door de plaatselijke bevolking met gepaste verbazing werden begroet.

De gezanten genoten van hun optreden en schreden bijna vorstelijk naar voren, zodanig dat ze van alle kanten goed te zien waren.

Toen bijna alle gasten hadden plaatsgenomen, kwam de Geheime Raad van Ulldrael binnen en installeerde zich in de nissen hoog boven de mensen, die nauwelijks nog zicht hadden op de gestalten in hun goudgele mantels.

Overal in de kathedraal werden branders ontstoken, monniken wierpen handenvol wierook op de gloeiende kooltjes en onmiddellijk verspreidde zich een aangename, zachtzoete geur. De mensen werden rustiger en praatten wat zachter.

Rondom het heiligdom stelden zich tweehonderd monniken op, die een koraal ter ere van Ulldrael de Rechtvaardige aanhieven. Nauwelijks was de laatste toon verstomd of de dubbele deuren van het reusachtige portaal gingen open.

De vaandeldragers brachten de nationale en provinciale vlaggen naar binnen en vormden in het voorste deel een haag voor de Tadc op weg naar het heiligdom. Maar eerst marcheerde de militaire kapel naar binnen en speelde de traditionele mars van de Bardri¢s. Ze werden gevolgd door twintig man van de lijfwacht, die rustig de kerk binnenkwamen. Het publiek keek reikhalzend toe, want elk moment kon nu de troonopvolger arriveren.

En daar was hij, Lodrik Bardri¢, de 'TrasTadc' van Tarpol. Maar hij zag er heel anders uit dan de prins die het volk jarenlang had gekend.

Door de ingang van de kathedraal verscheen een jongeman met een blonde baard en dun blond haar dat los op zijn schouders viel. In zijn donkergrijze, met zilverdraad bestikte uniform maakte hij een onberispelijke indruk. Het enige accent op zijn kleding, die nogal eenvoudig afstak bij die van sommige edelen, was de Ster van de Bardri¢s, die fonkelend het licht weerkaatste. Zijn handen staken in witte handschoenen en zijn kostbare bontmantel van wit hermelijn, afgezet met fluweel en zijde, symboliseerde de waardigheid van de Tadc. Aan zijn zij droeg hij een zwaar, ongebruikelijk zwaard in een zwarte schede met zilverbeslag. Oplettend gleden zijn blauwe ogen over de nieuwsgierige menigte, toen lachte hij en knikte naar een paar mensen, die niet precies wisten hoe ze op dat eerbewijs moesten reageren.

Hij werd op de voet gevolgd door Stoiko en Waljakov, met achter hen een lange stoet van persoonlijk geselecteerde bedienden en nog eens dertig lijfwachten.

De militair wierp een tersluikse blik naar boven. Hoog boven het publiek had hij dertig van zijn beste boogschutters geposteerd, die bevel hadden om op eigen gezag in actie te komen zodra ze ergens een aanvaller ontdekten.

Daarmee negeerde Waljakov de bezwaren van de Tadc, die bang was dat zo'n maatregel een onschuldige het leven zou kunnen kosten. Maar dan zou de lijfwacht achteraf wel zijn spijt betuigen. Belangrijker was dat zijn beschermeling in leven bleef. Al het andere was voor de gewetensvolle Waljakov ondergeschikt. Toch slikte hij even toen hij deze mensenmassa zag. Zo'n vijfduizend Tarpolers hadden zich binnen de muren van de kathedraal weten te wringen.

'In elk geval kan een aanvaller geen kant meer op,' fluisterde Stoiko tegen hem. 'Tenzij hij kan vliegen.'

'En dan heb ik mijn jagers daarboven zitten,' bromde Waljakov. 'Maar op dit moment ben ik minder bang voor één enkele persoon dan voor de druk van de massa. Als er paniek uitbreekt, hebben we weinig hoop de Kabcar hier levend vandaan te krijgen.'

'Denk toch een keertje positief,' zuchtte de raadsman. 'Ulldrael zal hem wel beschermen.'

'Ik weet het,' knikte de lijfwacht. 'Maar ik vertrouw niet op een godheid – niet in deze onzekere tijden.'

'En wij moeten naar die ingang daar?' vroeg Herodin ongelovig, terwijl hij zich op zijn zadel naar voren boog. 'Dan hadden we vroeger moeten opstaan.'

'Ja, dat is waar,' beaamde Nerestro laconiek, en hij gaf zijn geharnaste strijdros de sporen. Gehoorzaam ging het paard op weg door de wachtende menigte op het plein voor de kathedraal. Zijn mannen volgden.

De ridders oogstten boze blikken. Er werden verwensingen geschreeuwd, die onmiddellijk weer verstomden toen een schildknaap zich naar de spreker toe draaide. Terwijl de laatste mannen van de lijfwacht door het hoofdportaal naar binnen verdwenen, kwamen de ridders bij de afgelegen zijdeur aan.

Het poortje werd bewaakt door vijf hellebaardiers, die de gewapende nieuwkomers argwanend opnamen. Hun leider stapte op Nerestro's paard toe.

'Heer, u vergist zich. De ingang is aan de voorkant. Ik moet u vragen om met uw gevolg die kant op te rijden. En als u geen uitnodiging hebt, moet u uw wapens bij de deur afgeven.'

Nerestro gaf een teken om af te stijgen. Een voor een slingerden de ridders en schildknapen zich uit het zadel en kwamen naar voren.

'Heer, hebt u niet gehoord...' wilde de man nog protesteren.

'We zijn helaas een beetje te laat, soldaat,' viel Nerestro hem in de rede. 'En liever dan ons door het gewoel te moeten wringen nemen we deze deur.' De schildknapen vormden een halve cirkel om datgene wat zich bij het poortje afspeelde aan het zicht te onttrekken.

De aanvoerder van de kleine wachteenheid schudde dapper zijn hoofd, hoewel zijn mannen steeds meer werden omsingeld.

'Heer, wilt u hier verdwijnen? Ik neem aan dat u ook geen uitnodiging hebt die u permissie geeft om wapens te dragen tijdens de ceremonie? Ook als lid van de Angor-orde hebt u niet vanzelfsprekend toegang.' Wanhopig probeerde hij langs Nerestro heen te kijken, maar het brede postuur van de krijgsman verhinderde dat. 'Als u niet onmiddellijk vertrekt, moet ik versterkingen laten komen.'

'Goed, dan gaan we.' De gepantserde vuist van de ridder schoot naar voren en trof de aanvoerder recht tegen zijn voorhoofd. 'Geen dank voor mijn inschikkelijkheid.'

De andere hellebaardiers verging het net zo. Na een kort maar zinloos verzet zakten ze in elkaar. Hun wapens kletterden tegen de grond.

'Ik zei toch dat we gingen?' glimlachte Nerestro, en hij ontfutselde de man de sleutel van het poortje. Een klik en het slot ging open. De doorgang was vrij.

Haastig verdwenen ze naar binnen. Zo veel mogelijk zonder bloedvergieten overmeesterden ze de vijf wachtposten aan de andere kant en trokken toen de deur achter zich dicht. De hellebaardiers voor het poortje hadden ze tegen de muur gezet, alsof ze stonden te slapen.

Ze bevonden zich nog niet in de kathedraal, maar in een gewelfde gang met verscheidene deuren.

'Verdomme!' vloekte Herodin, met een blik op de neergeslagen soldaten. 'Wat nu? We hadden ze niet allemaal bewusteloos moeten slaan.'

Zijn heer hief waarschuwend een hand op en luisterde. Vanachter de voorste deur drong gemompel tot het gangetje door, alsof er mensen zaten te bidden. 'Daar moeten we wezen.'

Ze zetten zich in beweging en hadden hun doel bijna bereikt toen het geprevel verstomde. Voetstappen kwamen naar de deur, die het volgende moment openging.

Nerestro staarde in de verbaasde ogen van Matuc, die met tien andere monniken naar buiten kwam.

'Wat doet u hier?' vroeg de priester verrast.

'Je zei dat we bij jou in de buurt moesten blijven. Dus hier zijn we dan,' antwoordde de ridder zacht. 'Geen zorg, wij zijn een afdeling van de Orde der Hoge Zwaarden,' vervolgde hij wat luider om de geschrokken broeders gerust te stellen. 'Er is ons gezegd dat alle leden van de orden zich achter in de kathedraal moeten verzamelen om gezamenlijk de ceremonie bij te wonen.'

'De Hoge Zwaarden? De ceremonie bijwonen?' herhaalde een van de monniken. 'Alle respect voor Angor, maar dat moet een grap zijn. Broeder Matuc, kent u deze mensen?'

'We eh... hebben elkaar ontmoet, ja. Natuurlijk kunnen ze niet aan de mis deelnemen,' zei Matuc haastig. 'Ze willen enkel aanwezig zijn als teken dat ook Angor de nieuwe Kabcar zijn zegen geeft. Zo is het toch, heer ridder?'

Nerestro lachte vreugdeloos. 'Dat heb je goed onthouden. Wij zijn hier om de goede wil van de God der Oprechtheid te tonen. Maar nu moeten we gaan. We willen niet dat de Tadc op ons moet wachten voor zijn kroon.'

'Ik ga wel voorop,' zei de voormalige abt. 'Anders denkt de lijfwacht van de Kabcar nog dat het een aanslag is. Alleen de ridders mogen mee naar de kathedraal, de anderen wachten hier.'

'Een aanslag? Dan zouden we de rijkste moordenaars zijn die Ulldart ooit gezien had,' lachte Herodin, terwijl hij op zijn wapenrusting klopte. 'En de domste en luidruchtigste. Dat maakt een samenzwering wel héél onwaarschijnlijk.'

'Een samenzwering kan van alles zijn,' merkte Matuc op, terwijl hij op weg ging.

De elf monniken en vier ridders liepen de gang door en kwamen in de kathedraal uit, ergens achter een zuil. De mars van de Bardri¢s galmde dreunend door de ruimte en in tegenstelling tot een paar dagen geleden was het er nu prettig warm.

Vanaf hun plaats zagen ze het reusachtige beeld van Ulldrael, waar zo'n tweehonderd monniken omheen stonden. Ze hadden goed zicht op alles wat er achter in de kerk gebeurde.

'Wacht maar achter deze pilaar. Kom pas in actie als het erop lijkt dat ik hulp nodig heb,' zei Matuc tegen Nerestro, terwijl hij een schijnbaar zinloos gebaar maakte. 'Herinnert u zich nog de woorden die u van uw plicht tegenover uw god ontslaan?'

'"Angor zij dank voor zijn hulp,"' herhaalde de ridder de bevrijdende formule die de monnik hem aan de oever van de rivier had toevertrouwd. 'Hoe zou ik dat kunnen vergeten? Maar wat bedoel je daarmee? En wat gaat er gebeuren?'

'Dat weet ik niet, en het doet er nu niet toe. De ceremonie wacht op me,' ontweek Matuc de vraag, en hij liep door met de tien broeders. Ze namen hun plaats voor het heiligdom in en wachtten af.

'Heer, dat moet u zien,' fluisterde Herodin, die om de pilaar heen keek. 'De kerk is afgeladen. Half Tarpol moet hier zitten.'

'Kijk liever of je iets bijzonders opvalt.' Nerestro keek omhoog en begreep voor wie het gebaar van de monnik bedoeld was geweest. 'Zo zie ik bijvoorbeeld vijf boogschutters daarboven op de galerij. Ze hebben ons al ontdekt en hun pijlen op ons gericht. Dat ze niet schieten hebben we alleen aan broeder Drankneus te danken.' Een aangename wierookgeur drong in zijn neus en deed bijna onmiddellijk de spanning van de afgelopen minuten van hem afglijden.

Opeens greep Herodin hem bij zijn arm en schudde hem door elkaar. 'Kijk! Kijk! Er wordt een bedrieger gekroond!'

'Ben je gek geworden?' De ridder keek in de aangegeven richting en bleef als aan de grond genageld staan. 'Wel allemachtig! Dat is toch die jongen die wij zo mooi hebben tegengehouden toen hij de rivier wilde oversteken? Ik herken hem nu. De blaaskaak die heeft geprobeerd mijn mannen het koude water in te jagen.'

'Wat is hier aan de hand, heer?' Herodin trok zijn hoofd weer terug. 'Kronen ze de gouverneur van Granburg nu tot Kabcar? En waar is de echte Tadc, die dikke vetzak? Deze jongen is helemaal niet dik.'

'Ik begrijp er niets van,' bromde Nerestro. 'Maar het schijnt niemand te storen, behalve ons. De lijfwacht en het volk doen helemaal niets. Misschien is het hun bedoeling om iemand anders op de troon te zetten. Maar we moeten op alles voorbereid zijn.'

De zogenaamde Tadc bleef onder aan de trap naar het beeld staan en wachtte daar. De kapel zweeg en na een korte stilte begonnen de monniken weer aan een koraal, terwijl een lid van de Geheime Raad een steile trap afdaalde.

Als ik één stap naar voren doe, sta ik naast hem. Dan kan ik ongehinderd toeslaan, dacht Matuc. Hij keek de troonopvolger aan, die zelf naar het beeld van de godheid staarde en weinig oog had voor zijn omgeving. De jongen maakte een wat verveelde indruk.

De monnik was zich bewust van de dolk die hij met een leren riem om zijn onderarm had gebonden, verborgen onder zijn lange pij. Het was de sierlijke, giftige dolk die hij van Belkala had gekregen. Dit was zijn tweede kans om de troonopvolger te doden en het continent voor de terugkeer van de Donkere Tijd te behoeden.

Maar zo eenvoudig lag het niet voor de priester. Twijfels bestookten hem. Nog altijd was hij niet overtuigd van de uitleg die de overste hem had gegeven. *Als ik de nietsvermoedende Tadc nu ombreng en daarmee juist de profetie zou vervullen, zou ik schuldig zijn aan alle ellende die Ulldart te wachten staat,* ging het door zijn hoofd.

Het lid van de Geheime Raad was inmiddels beneden gekomen en stelde zich voor Matuc en zijn medebroeders op. Het gezang verstomde.

De gong met de doorsnee van een molenrad werd aangeslagen en produceerde een zware toon die door merg en been ging en een lichte trilling veroorzaakte door de lichamen van alle aanwezigen. De ene gong volgde nu de andere, totdat de hele kathedraal was vervuld van een orgiastisch gebeier. Op hetzelfde moment verspreidden zich nog eens honderd monniken over de galerij.

Tegen de achtergrond van het wegebbende gelui hief een enkele zanger nu een nieuw koraal aan. Steeds meer anderen vielen in, waardoor een beurtzang ontstond met de broeders op dertig meter hoogte, alsof de aarde contact had met de hemel.

Maar na een schier eindeloze tijd kwam ook aan dit prachtige gezang een eind. Het was nu zo stil in de kerk dat het geluid van de wind te horen was, die zachtjes om de torentjes floot.

De hoge geestelijke gaf de Tadc een teken om de trappen te beklimmen. Bijna onwillig kwam de jongen naar voren, steeds verder binnen handbereik van Matuc. Als hij nu zijn arm uitstak, zou hij de schouder van de noodlottige troonopvolger kunnen aanraken.

'Ulldrael de Rechtvaardige waakt over ons. En zoals hij zijn wakende hand met al zijn beschermende kracht ooit op het hoofd van Grengor Bardri¢ legde, zo zal hij ook zijn zoon en Tadc Lodrik beschermen,' begon de geestelijke plechtig. 'Mogen de twijfelaars tot inkeer komen en de leugenaars worden gestraft. Ulldrael de Rechtvaardige zal hen die valse getuigenissen verbreiden, met hun eigen wapens treffen en met hun eigen woorden het zwijgen opleggen.' Een lagere broeder kwam met de kroon, een onvoorstelbaar kostbaar sierstuk van iurdum, gevlochten goud en zilver, bezet met edelstenen en karbonkels. Matuc nam hem aan en hield hem voorzichtig in zijn handen.

'Wilt gij, Lodrik Bardri¢, zoon van Grengor Bardri¢ en Tadc van Tarpol, zweren het beste voor dit land en dit volk te doen, de wetten in acht te nemen en de aanwijzingen van Ulldrael de Rechtvaardige trouw op te volgen?'

De Tadc zweeg een moment voordat hij luid en duidelijk antwoordde: 'Ik zweer het beste voor het land en het volk te zullen doen, de wetten in acht te nemen en anderen weer onder de wet te brengen.' Alleen de blikken van de oversten op het balkon verrieden dat hier iets gebeurde wat van het vaste protocol afweek. Ontstemd keken ze naar de Tadc, die onbewogen verderging: 'Ik zweer dat Tarpol meer gerechtigheid zal kennen en dat ik de armen zal beschermen tegen alle willekeur. Ik zweer dat er met mij een nieuwe tijd zal aanbreken in Tarpol, een tijd waarin alle onderdanen het beter zullen krijgen. Daarbij roep ik de hulp in van Ulldrael de Rechtvaardige, in de hoop op zijn aanwijzingen.'

Hij heeft de eed veranderd, besefte Matuc. *Deze jongen heeft het gewaagd om voor heel het volk de oeroude ambtseed van de Bardriçs aan te passen.* Het ontging hem niet dat de hoge geestelijke naast hem een korte blik wisselde met het balkon. De overste knikte, nauwelijks merkbaar, als teken dat de ceremonie kon doorgaan.

'Uit naam van iedereen in Tarpol bid ik om de gunst en genade van Ulldrael de Rechtvaardige, opdat hij u bijstaat in goede en slechte tijden,' vervolgde de geestelijke. 'Kniel neer, Lodrik Bardriç, en ontvang uit mijn hand de kroon van het koninkrijk, als plaatsvervanger van Ulldrael de Rechtvaardige, die met liefde en grote barmhartigheid zal toezien op het lot van zijn continent. Allen zijn wij zijn kinderen en zijn schepping. Laat dat uw leidraad zijn bij het bewind over dit land.'

Lodrik liet zich langzaam op zijn linkerknie zakken en keek de geestelijke uitdagend aan. Ook dat was een afwijking van de kroningsceremonie, die de Tadc verplichtte om deemoedig op beide knieën te knielen tegenover de Orde van Ulldrael.

Opnieuw vergewiste de geestelijke, inmiddels rood aangelopen, zich met een korte blik van de toestemming van de overste. Met een abrupte beweging nam hij daarna de kroon van Matuc over en hield hem boven het hoofd van de troonopvolger.

'Als u zich weer verheft, Lodrik Bardriç, bent u niet langer Tadc maar Kabcar van het koninkrijk Tarpol. Moge u zich net zo'n bekwame vorst tonen als uw vele roemrijke voorgangers. Ontvang de zegen...'

'Dank u.' Lodrik kwam al overeind voor het einde van de formule.

Matuc zag dat de priester een ontwijkende beweging maakte, maar de jongeman was zo snel dat de geestelijke zijn handen niet meer kon wegtrekken. De kroon kwam op Lodriks haar terecht en paste precies, alsof hij voor hem gemaakt was.

Eén moment dacht de voormalige abt dat de hoge priester de Kabcar de kroon weer van het hoofd zou nemen, zo woedend keek de man. Maar een driftig gebaar vanaf het balkon voorkwam zo'n schandelijke daad.

Triomfantelijk draaide Lodrik zich naar de menigte toe, terwijl alle gongs gezamenlijk hun dreunende geluid lieten horen als begroeting van de nieuwe koning van Tarpol. In de kathedraal steeg een gejubel op.

'Ik heb wel bewondering voor de moed van die nieuwe Kabcar,' zei Nerestro geamuseerd. 'Zelfs als hij een bedrieger is die zich duidelijk niets van de gebruikelijke ceremonie aantrekt, heeft hij de kroon al bijna verdiend.'

'Weinig mensen hier kennen de juiste ceremonie,' zei Herodin wat verdrietig. 'Heel jammer. Maar die Ulldrael-priester knapt straks nog uit zijn gele soutane.' Hij stak demonstratief zijn vingers in zijn oren. 'Wat een herrie maken die gongs! Ze zouden de doden nog tot leven wekken. En die stank blijft in mijn neus hangen. Ik voel me zo slap als warme boter.'

'Je hebt het ware geloof niet, anders zou je die klanken wel op waarde weten te schatten,' grijnsde zijn aanvoerder. 'En ook de Kabcar lijkt door een lichte twijfel bevangen.'

Ondanks het gedreun was er een zacht geluid te horen, als van een naald die op een stenen plaat viel. Nerestro was op slag weer serieus, hoewel hij moeite had alert te blijven. De wierook had een bedwelmende uitwerking.

'Hoorden jullie dat ook?' vroeg hij aan zijn mannen, maar die schudden het hoofd.

Aandachtig liet Nerestro zijn blik over de juichende mensenmassa glijden, zonder dat hij iets bijzonders kon ontdekken. De Kabcar liet zich bejubelen en genoot van de manier waarop hij de Ulldrael-orde had getrotseerd.

'Lang leve Tarpol!' riep de jongeman, en triomfantelijk stak hij zijn armen in de lucht.

Op dat moment hoorde de ridder het geluid opnieuw: een soort geruis, als van vallende steentjes of kiezels. Naast de voet van het beeld ontdekte hij een paar stukjes marmer. Toen hoorde hij een scherp en doordringend gekraak, en het volgende moment zat het stenen beeld van Ulldrael vol met dunne barstjes.

Alsof het van bovenaf met grote kracht door een onzichtbare vuist werd geraakt, brak het standbeeld in duizend scherven, die alle kanten op vlogen. Grote en kleine brokstukken schoten als pijlen door de lucht en troffen een paar toeschouwers, die als verlamd naar het afschuwelijke schouwspel staarden.

De rechterhand van het beeld, met het Boek der Wijsheid, brak af en stortte neer op de priester van de Geheime Raad. Het bloed van de verpletterde man spoot over de vloer van de kathedraal.

De Kabcar had zich weer omgedraaid, maar bleef roerloos in de hagel van stenen staan.

'Kom mee! Als die bedrieger dit niet overleeft, zullen we nooit horen wat er is gebeurd. Red de koning van Tarpol!' brulde Nerestro en hij rende eropaf. *En ik moet die oude zuiplap in veiligheid brengen.*

Matuc hoorde het beeld versplinteren en zag de ravage om zich heen. Dit moest een teken van Ulldrael zijn. Dus kwam hij in actie. Hij rukte de dolk uit de schede en stortte zich op de afgeleide Kabcar, die als door een wonder maar een paar schrammetjes had opgelopen, terwijl om hem heen mensen ernstig waren gewond door rondvliegende scherven en stenen.

Een schaduw doemde voor hem op en hij kreeg een harde trap in zijn kruis. Hij liet de dolk vallen en werd naar voren gesmeten, tegen de troonopvolger aan, die zelf ook opzij tuimelde. In plaats van de jongeman met het wapen te treffen had hij hem alleen een zet gegeven. Bijna op hetzelfde moment boorde zich iets door zijn onderarm. Ongelovig staarde hij naar de pijl die uit het bot stak.

Matucs benen werden tegen de grond geklemd en hij kermde toen er een felle pijn uit zijn heup omlaagschoot.

Drie rinkelende, glinsterende gedaanten vlogen hem voorbij en sprongen over hem heen om de Kabcar te grijpen en weg te sleuren.

'Maak hem dood!' riep Matuc zwak, hoestend door het steenstof in zijn longen. 'Dood de Kabcar, anders zullen we allemaal sterven. Hij brengt de Donkere Tijd terug.' *Zo dicht bij zijn doel... Ik heb gefaald, Belkala, ik heb gefaald.*

Vaag zag hij een vierde schemerige gestalte, die zijn door pijn versufte hersens als Nerestro herkenden.

'De woorden, oude man!' schreeuwde de ridder hem toe. 'Ben ik nu van mijn plicht ontslagen?'

Moeizaam schudde de monnik zijn hoofd.

'Verdomme!' riep de ridder en hij trok zijn Aldorelische zwaard. 'Ik moet het doen, anders ben je verloren. Even flink zijn, broeder Drankneus.'

Hij sloeg toe, en het werd Matuc zwart voor de ogen.

Opeens was Lodrik omringd door mannen van staal. Drie ridders die hij nooit eerder had gezien, namen hem tussen zich in, sleurden hem achter een van de zware zuilen als bescherming en keerden zich na een kort bevel met hun ruggen naar elkaar toe.

Toen hoorde hij de donderende stem van Waljakov. Zwaarden werden getrokken, maar de harnassen die de mannen om hem heen als een gevangenis omsloten, gaven geen krimp.

'Ik ben de Kabcar van Tarpol en ik eis dat jullie me laten gaan!' riep Lodrik.

Gehoorzaam stapten de onbekende ridders opzij en gaven de koning van Tarpol de kans om weg te komen. Nu pas herkende hij de harnassen met de symbolen van de Hoge Zwaarden.

Tegenover de ridders stonden dertig gewapende lijfwachten, onder aanvoering van Waljakov.

'Eén tegen tien,' bromde een van de geharnaste strijders met een grimmig lachje, en hij greep zijn zwaard nog steviger beet. 'Dat moet te doen zijn. Kom maar op, als jullie een bloedneus willen.'

'Ho! Geen vechtpartij. Hou op met die onzin en blijf hier wachten,' beval Lodrik en hij rende terug, de treden op naar het heiligdom.

Het beeld van Ulldrael lag in stukken op de grond, tussen twee grote plassen bloed, die schril afstaken tegen het witte marmer. De ene plas was afkomstig van de dode geestelijke, de andere kon Lodrik niet verklaren. Misschien was een van de zangers verpletterd. In elk geval liep er een breed bloedspoor naar een zijdeur, die openstond.

De reusachtige stofwolk begon op te trekken, zodat hij meer zicht had op de rest van de kathedraal. Zijn adem stokte. Ook alle andere godenbeelden waren gebarsten, op dezelfde manier als dat van Ulldrael, en zelfs het glas van de gebrandschilderde ramen met hun prachtige kleuren was versplinterd.

De meeste gasten hadden wat schrammen opgelopen, maar anderen lagen bloedend en kermend op de grond. Toch was er geen paniek uitgebroken onder de vijfduizend gasten. Iedereen was verlamd van ontzetting.

Ook Lodrik staarde wezenloos naar het verschrikkelijke schouwspel. *Waarom, Ulldrael? Waarom straf je niet mij, maar al die mensen, als ik je toorn heb opgewekt?*

'Ulldrael de Rechtvaardige heeft ons een machtig teken gegeven!' dreunde een krachtige stem vanaf het balkon. De overste verhief zich. 'Wees niet bang, gelovigen.' Nog luider klonk zijn stem toen hij op indringende toon vervolgde: 'Wij hebben zijn toorn en die van alle goden gewekt omdat we te weinig aandacht voor hen hebben. Ulldrael de Rechtvaardige wil dat we meer bidden, vuriger ons geloof belijden en de goden meer eer bewijzen. We moeten de kathedraal opnieuw inrichten te zijner ere, met kostbare beelden, prachtige vensters en een nog groter standbeeld, als teken van verzoening. Laat ons de god tonen dat met deze nieuwe tijd voor Tarpol ook een nieuwe tijd voor het geloof is aangebroken. Dit teken is geen reden voor wanhoop, maar voor vreugde – vreugde om het feit dat Ulldrael zich ondanks onze tekortkomingen niet van ons heeft afgekeerd.' Iedereen keek omhoog en hing aan de lippen van de man die in zijn gouden mantel tussen al die rookslierten en het invallende licht een bijna bovenaardse verschijning leek.

De overste van de orde wees naar de gewonden. 'Juist hen die Ulldrael liefheeft, stelt hij het zwaarst op de proef. Prijs u gelukkig dat Ulldrael u boven alle anderen heeft uitverkoren. En laat ons vooral broeder Toschko gedenken, die door Ulldrael de Rechtvaardige in diens grote genade al naar zijn rijk is geroepen.' Hij pakte de trommelstok en sloeg op een van de gongs. 'Ere zij Ulldrael de Rechtvaardige, die ons onze zonden vergeeft.' Weer raakte het hout de galmende metalen schijf. 'Wees werkzaam, Tarpol. Wees elke dag weer werkzaam om uw god te behagen.' Opnieuw sloeg hij tegen de gong. 'Ieder van ons, laten wij werkzaam zijn!'

De menigte knielde zwijgend. Van boer tot edelman, van handelaar tot diplomaat, allemaal bogen ze het hoofd voor het gebarsten beeld van Ulldrael. Maar opeens had Lodrik het gevoel dat de mensen voor hém knielden, voor de Kabcar van Tarpol.

Een glimlach speelde om zijn lippen. Dit gevoel van macht begon hem steeds beter te bevallen.

'Ik beloof u dat dit land in mij een vorst zal krijgen die zijn onderdanen weer naar het ware geloof terugbrengt,' riep hij luid, en hij draaide zich om. 'Dat zweer ik op mijn leven.' Toen knielde hij in het witte steenstof. Zijn rechterbeen kwam terecht in het bloed van het slachtoffer en de witte stof zoog het onmiddellijk op, maar dat deerde de Kabcar niet.

'Een cerêler!' klonk een stem in de stilte. Bij de zijdeur verscheen rammelend een ridder in een zware wapenrusting die met bloed was besmeurd. 'Anders zal de monnik sterven. Zijn levenssappen dringen te snel door het verband.'

Lodrik keek om naar de indringer, in wie hij opnieuw een ridder van Angor herkende.

Onmiddellijk renden een paar monniken naar de deur en wrongen zich langs de man heen. De ridder deed een paar passen naar de Kabcar toe, totdat de toegesnelde lijfwachten hem de weg versperden. Waljakov en zijn mensen doken beschermend naast Lodrik op.

'We kunnen dit beter ergens anders bespreken,' mompelde Stoiko. 'Niet in het openbaar, heer. Als ik me niet vergis, kennen we deze mensen toch?'

De ridder verhief zich tot zijn volle lengte en zijn drie mannen schaarden zich aan zijn zijde. Ze hadden hun wapens weggestoken, maar iedereen zag hoe scherp de Angor-ridders de omgeving in de gaten hielden.

'Ik ben Nerestro van Kuraschka, ridder van de Orde der Hoge Zwaarden, volgeling van de god Angor. En ik vraag u hier, uit naam van mijn god, voor het oog van de wereld en de verzamelde bevolking van Tarpol, wie u wel mag zijn, jongeman!' riep de krijgsman, terwijl hij met zijn vinger in Lodriks richting priemde. 'Wie ik daar voor mij zie is de gouverneur van Granburg, niet de voormalige Tadc.' Er steeg een geroezemoes op uit de menigte, die inmiddels weer overeind gekomen was en de confrontatie belangstellend volgde. 'Wij hebben u ontmoet op weg naar Ulsar, waar u zich voorstelde als gouverneur – een gouverneur zonder vaandel, zonder koninklijke versierselen en zonder enig ander teken van uw rang. Misschien bént u niet eens gouverneur. Heeft Tarpol een bedrieger als koning binnengehaald? Wie u ook mag zijn, maakt u zich bekend en overleg ons de bewijzen.'

'Dat is de vlegel die ons tegenhield toen we de rivier wilden oversteken,' wist Stoiko opeens. 'Natuurlijk! Goed dat hij hier is, dan kan ik maatregelen tegen hem nemen. Alleen het tijdstip van deze confrontatie is slecht gekozen.'

Zonder commentaar beklom Lodrik het afgebroken boek van het beeld en plaatste zijn voet naar voren, in de pose van een veroveraar. 'Kijk dan, volk van Tarpol! Ik ben Lodrik, de TrasTadc, die vette, veelbespotte en verguisde troonopvolger van vroeger, die in Granburg de kunst van het regeren heeft geleerd. Want daar was ik naartoe gestuurd als landvoogd van mijn vader, als onbekende zoon van een hoveling in Ulsar – anoniem, zodat niemand me zou sparen.' Hij zette zijn armen in zijn zij. 'En, bij Ulldrael de Rechtvaardige, ik ben ook door niets of niemand gespaard in die provincie. Ik heb aanslagen, samenzweringen en overvallen overleefd, en ik heb de mensen daar een beter leven bezorgd, met meer gerechtigheid.' Hij boog zich wat naar voren. 'Die gerechtigheid is ook mogelijk in de rest van het land, dat weet ik zeker. Heel Tarpol heeft recht op een beter leven. Zoals ik heb gezworen, zal ik de armen beschermen en alle onrecht tegenover mijn onderdanen bestrijden. Want zij zijn nu mijn verantwoordelijkheid, een taak die ik van mijn vader heb overgenomen. Van die erfenis ben ik me bewust. Ik zal Tarpol naar een betere toekomst leiden, en iedereen die nu nog twijfelt, mag naar voren komen en mij in mijn gezicht zeggen dat ik niet de Kabcar ben.' Zijn blauwe ogen gleden fonkelend over de menigte, tot ze op Nerestro bleven rusten. 'Als ik een bedrieger zou zijn, zou Ulldrael mij dan voor dit neerstortende puin hebben behoed? Ik heb zelfs geen schrammetje, hoewel ik vlak naast het beeld stond toen het uiteenspatte. Wilt u nog meer bewijzen? Ik ken u heel goed, heer ridder, en ik wil uw fouten door de vingers zien omdat ik waardering heb voor uw moed en uw inzet voor Tarpol. Daarom vraag ik u oprecht mijn gast te zijn aan het koninklijke hof, zo lang als u wilt. Op voorwaarde dat u nu inziet dat ik de rechtmatige troonopvolger ben.'

'Uw woorden klinken eerlijk en overtuigend,' zei Nerestro, en hij knielde. Zijn mannen volgden zijn voorbeeld. 'Hoogheid, vergeef me mijn twijfel. En als u niet de Kabcar van Tarpol zou zijn en het u is gelukt het hart en het verstand van een eenvoudige krijgsman te misleiden, moge de straf van Angor u dan treffen.'

'Ik hoef geen straf te vrezen van de god van de oorlog, de strijd en de jacht, de rechtschapenheid en het fatsoen,' antwoordde Lodrik welwillend, 'want ik ben de rechtmatige erfgenaam van de troon. Schuif uw twijfel dus terzijde en verheug u met mij over de tijd van voorspoed voor heel Tarpol, waaraan ik nu ga werken. Het zal niet de Donkere Tijd zijn die terugkeert, maar het worden schitterende jaren, niet alleen voor Tarpol, maar met de hulp van alle mensen ook voor heel Ulldart! Na mij zal geen Kabcar meer komen van grotere betekenis. Laat de geschiedenis mij beoordelen op mijn daden, in dienst van u, mijn volk. Zo zal het gaan, dat beloof ik u.'

De gasten in de kathedraal hieven een luid gejuich aan. Als een grote golf sloeg hun vreugde over naar het plein voor het grote gebouw en nam de angst en onzekerheid weg bij de menigte die daar nog in onwetendheid stond te wachten.

Met afgemeten passen liep Lodrik naar het grote portaal, voorafgegaan door tientallen vaandeldragers en twintig lijfwachten, met Waljakov en Stoiko aan zijn zijde en gevolgd door nog eens dertig soldaten.

Op de door de zonnen beschenen trappen van de kathedraal bleef de nieuwe Kabcar staan en glimlachte naar de duizenden mensen.

'Aan u behoor ik toe, mijn Tarpol,' riep hij. 'Ik ben uw sleutel tot een andere tijd!'

De massa klapte, floot en juichte. Mensen zwaaiden met vlaggen, sjaals en mutsen. Lodrik kuste demonstratief de vlag van het land. Op zijn teken werden op de kramen rond het plein de vaten bier aangeslagen en grote pullen rondgedeeld. Het gejubel zwol nog aan. 'Vier feest voor mij, Tarpolers! En voor uzelf!' Hij zwaaide nog eens en stapte toen met Stoiko en Waljakov in zijn koets.

Nauwelijks had hij zich op de gerieflijke bank laten vallen of een deel van zijn vrolijkheid verdween. 'We zullen uitvoerig met die ridder moeten praten. Maar pas na het banket, en in alle stilte.'

'We mogen dankbaar zijn dat het in de kathedraal zo goed voor ons is afgelopen,' zuchtte Stoiko. 'Ik bedoel, deze kroning zal niemand zijn hele leven meer vergeten. Dit verhaal garandeert u een plaats in de eeuwigheid. Zoiets is in Tarpol nog nooit gebeurd. Ulldrael de Rechtvaardige heeft zelf een teken gegeven. Aan het volk. Stel je voor!' De raadsman streek zijn snor glad. 'En ondanks alle provocaties bij de kroning heeft de overste van de orde zich achter de Kabcar gesteld. Juist zijn uitleg van wat er gebeurde, heeft een ramp voorkomen, om het zo maar te zeggen. Gelukkig dat Ulldrael hem onmiddellijk een visioen heeft gestuurd. Als de orde veel langer over de bedoeling van het teken had moeten nadenken, waren er vermoedelijk allerlei boze geruchten ontstaan.'

'Die komen er toch wel,' merkte de lijfwacht op. 'En die Angor-ridder neem ik ook nog onder handen. Dat duel dat ik mezelf aan de oever van de rivier had beloofd, zal er zeker komen.'

Lodrik schudde zijn hoofd. 'Pas als ik je daar toestemming voor geef en we wat meer over hem weten. Blijkbaar is hij ons naar Ulsar gevolgd, of niet? Ik geloof niet in toeval – tenminste niet op dit moment.'

'Ik geloof dat ik het allemaal niet zo scherp meer zie,' zei Stoiko weifelend. 'Misschien is het inderdaad een beetje naïef wat ik zeg. Nou ja, heer, mijn complimenten. Uw woorden in en voor de kathedraal waren goed gekozen. Alleen uw... beloften...' aarzelde hij. 'Ik vond ze nogal expliciet. Beseft u wel wat voor een draagwijdte zulke uitspraken kunnen hebben? U hebt voor heel Ulldart, het hele continent, allerlei toezeggingen gedaan.'

'En die wil ik ook nakomen. Maar eerst vieren we feest.'

De overste stond nog steeds onbeweeglijk op het balkon en keek zwijgend omlaag. Alle gewonden waren inmiddels naar een plek in de kathedraal gebracht waar ze door broeders werden verzorgd. De meeste hadden maar kleine, oppervlakkige snij- of vleeswonden. Slechts vijf van de vijfduizend mensen leken het goddelijke teken niet te hebben overleefd. Bloed sijpelde weg tussen de plavuizen van het godshuis.

Ook de leden van de Geheime Raad zaten nog altijd roerloos. Hun gezichten spraken boekdelen. Ze begrepen elkaar zonder woorden. Wat zich ook in dit gebouw had afgespeeld, het was niet het werk van Ulldrael de Rechtvaardige.

'Ik hoop dat de Geheime Raad achteraf akkoord gaat met mijn beslissing de gebeurtenissen op deze manier aan het volk te verklaren?' zei de overste zacht, terwijl hij zich naar de anderen omkeerde. 'Het laatste waar we behoefte aan hadden, was een doodsbange menigte hier in de kerk.'

'We begrijpen je besluit en staan erachter,' antwoordde een van de leden en hij boog zijn hoofd. 'Maar wat doen we nu?'

'Zodra iedereen weg is, zullen we alles eens van dichtbij bekijken.'

Geleidelijk stroomde de kathedraal leeg. De gasten drongen naar buiten om feest te vieren op het plein. Ook de gewonden werden afgevoerd.

Langzaam daalden ten slotte de leden van de Geheime Raad de trap af om de omgeving van het heiligdom nader te verkennen. Onder de sokkel van het verwoeste beeld was een donker gat ontstaan, waarin Toschko's bloed nu wegdroop. De overste meende van beneden een soort gesis te horen, alsof er iets kouds op iets heets terechtkwam.

'Dat had ik al gedacht,' mompelde hij. 'Ondanks onze inspanningen is de kathedraal nooit helemaal gezuiverd van het Kwaad.'

'Zouden al die banvloeken en gebeden dan voor niets zijn geweest?' vroeg een ander.

'Niet voor niets. Ze hebben het Kwaad wel belemmerd.' Weer klonk er gesis uit het donker. 'Maar niet vernietigd.' Peinzend tuurde hij naar beneden, zonder iets te zien. 'Als de raad het met me eens is, zullen we de kathedraal laten instorten, zogenaamd als gevolg van een ernstige fout tijdens de verbouwing. Dat verklaren we vervolgens als een teken van Ulldrael dat hij een nog mooier godshuis van ons verlangt, zodat we op de puinhopen iets heel nieuws kunnen bouwen. Deze hele vlakte dichten we af met een laag stenen van tien meter hoog.' Met zijn voet schopte hij een stukje marmer in het gat. Een hele tijd was er niets te horen, voordat de steen eindelijk op iets metaalachtigs viel. 'En dit gooien we dicht met de restanten van de beelden.' De andere leden knikten. 'Goed. Laten we meteen maar aan het werk gaan.'

'Ik ben zo weer terug.' De overste volgde het bloedspoor naar de zijdeur en kwam in een kleine kamer.

Op een houten tafel lag Matuc, op zijn buik en met gesloten ogen. Hij was bewusteloos. Om hem heen waren twee monniken met zijn rugwond bezig. Tussen het bloederige vlees was een wit bot te zien. Voorzichtig naaiden de mannen de open wond dicht. Twee anderen drukten grote lappen tegen de stomp van zijn linkerbovenbeen, waar nog steeds bloed uit droop. Een vijfde man kwam uit een zijdeur met een lang, breed stuk ijzer in zijn handen, waarvan het uiteinde roodgloeiend was.

De doeken werden weggehaald, zodat de overste de gladde, zuivere snee kon zien waarmee het been was afgehakt. Alleen met een zwaar en vlijmscherp zwaard was zoiets mogelijk geweest.

Met een snelle beweging drukte de monnik het hete metaal op de wond en onmiddellijk verspreidde de lucht van verbrand vlees zich door het kamertje. Matuc sperde zijn ogen open en stootte een onmenselijke kreet uit voordat hij weer het bewustzijn verloor.

Onbewogen volgden de vier ridders van de Angor-orde de gang van zaken. De overste stak een hand op en wees naar de deur.

'Als je iets van me wilt, kom dan maar hier,' zei de man in het prachtige harnas, die zich in de kathedraal bekend had gemaakt als Nerestro van Kuraschka. De rode vlekken op zijn wapenrusting waren donkerder geworden en gestold.

'Dit is niet het moment voor ruzie tussen de orden,' verklaarde de overste bars. 'Wilt u zo vriendelijk zijn?' Hij verliet de kamer en de ridder volgde schoorvoetend.

'Was het noodzakelijk om zijn been af te hakken?' vroeg de overste.

'Hij lag ernstig bekneld onder een zwaar stuk marmer. Als ik het niet had gedaan, Goudjurk, zou hij door de rest van het neerstortende puin zijn gedood. Net als die andere priester. Ulldrael is niet erg over jullie te spreken, schijnt het.' Leedvermaak blonk in Nerestro's ogen. 'Hebben jullie uit louter vreugde op de verkeerde gong geslagen, zodat hij kwaad werd, of ging er iets fout in de kathedraal?'

De overste probeerde zich te beheersen. 'Als u zoveel minachting voor ons koestert, waarom hebt u Matuc dan het leven gered?'

'Een afspraak,' antwoordde de ridder kort. 'Of misschien had ik er toevallig zin in. Het is toch mooi om de man het leven te redden die de Kabcar het leven heeft gered?'

'De Kabcar het leven gered?' De overste trok zijn wenkbrauwen op.

'Uw mannen hebben de jongen toch bij die steenlawine weggesleurd?'

Nerestro glimlachte boosaardig en streek met zijn linkerhand over zijn lange, dunne baard, waarvan de punt nog rood was van het bloed van de monnik. 'Ik weet niet of je het hebt gezien, maar broeder Drankneus – zoals ik hem noem – had een pijl in zijn onderarm. Als we de baan van het schot berekenen op het moment dat Matuc de jonge koning een zet gaf, dan zou die pijl de Kabcar ongeveer hier hebben getroffen.' En hij drukte zijn wijsvinger tegen het hart van de overste. 'Je hebt een held binnen jullie orde. Hij heeft Ulldart voor grote ellende behoed.'

'Een aanslag? In de kathedraal? Maar hoe is dat mogelijk?' De man in de gouden mantel trok een vragend gezicht. 'De enige mensen met zulke wapens waren de lijfwachten van de Kabcar zelf.'

'Precies,' knikte Nerestro. 'En dus zal ik de koning moeten waarschuwen. Als hij een verrader in eigen gelederen heeft, zal hij niet ver komen met zijn ambities. Maar Matuc heeft een grote ramp afgewend.'

'Het zal hem genoegen doen dat te horen,' zei de overste op een toon die de ridder niet kon plaatsen. Het klonk bijna ironisch. 'Maar hij heeft er wel een hoge prijs voor betaald.' Een opvallend kleine man in dure kleren liep hun voorbij naar de kamer waar Matuc lag.

'Hij zal de krachten van de cerêler nog nodig hebben,' merkte de ridder op. 'Zonder magie zou een mens deze verwondingen waarschijnlijk niet overleven. En hij is niet een van de jongsten meer.'

'We bidden tot Ulldrael om zijn genezing. De Rechtvaardige zal zijn dienaar niet in de steek laten.' De overste maakte een lichte buiging. 'En wilt u nu met uw ridders en schildknapen dit godshuis verlaten? Met uw wapens en vooral uw houding bent u hier niet op uw plaats.'

Nerestro grijnsde en riep zijn mannen, die uit het kamertje kwamen rennen. 'Vrienden, we gaan. Rechtstreeks naar het paleis van de Kabcar. We kunnen nu wel op een plaatsje aan het kroningsbanket rekenen, dacht ik.' Hij draaide zich abrupt om en liep de gang door naar de zijdeur waardoor ze waren binnengekomen. Zijn ridders volgden met rinkelend harnas en vanuit een zijkamer sloten de schildknapen zich bij hen aan.

De overste keek hen peinzend na en liep toen terug naar de Geheime Raad, die nog altijd zachtjes stond te overleggen in de kathedraal. Hij liep naar een van de mannen toe en stak een hand uit. 'Geef hier.'

Gehoorzaam opende het raadslid zijn mantel en pakte de kleine handboog uit de houder die het hem mogelijk had gemaakt het wapen onopgemerkt onder zijn wijde, golvende kleding te verbergen.

'Het schot zou doel hebben getroffen als de jongen niet op het laatste moment was weggeduwd,' prees de overste de schutter. 'Maar nu moeten we alle sporen van de aanslag uitwissen.' Hij liep naar de rand van het gat en gooide de boog erin. Kletterend verdween het wapen in de donkere diepte. 'Niemand mag hier iets van weten. Zweer bij Ulldrael de Wijze en Rechtvaardige dat jullie het geheim zullen bewaren.' Langzaam draaide de overste zich om. 'Als het ooit bekend zou worden, zou dat de orde heel veel schade doen. Ons aanzien onder het volk en de machtigste mensen in dit land zou ernstig worden aangetast.' Als één man zwoer de Geheime Raad een plechtige eed.

'Wat doen we nu met die ridder, die godslasterlijke Angor-gelovige?' vroeg iemand. 'Hij is een gevaar.'

'Laten we rustig blijven, broeder. Geweld gebruiken tegenover zo'n strijdbare man en zijn gevolg lijkt me geen goed idee, vooral niet omdat het in de stad nog wemelt van de soldaten. Dat zou nog meer commotie veroorzaken en ons weinig helpen. Op dit moment hebben we geen mensen die het tegen zulke strijders kunnen opnemen,' zei de overste spijtig. 'Maar zolang die Angor-hond denkt dat de verrader in de eigen gelederen van de Kabcar te vinden is, vind ik het best. En als hij de Kabcar wil waarschuwen, des te beter. Dan zal de lijfwacht zijn aandacht op de verkeerde mensen richten en kunnen wij nieuwe plannen maken. Het is nog niet te laat.'

'Zijn we nog altijd overtuigd van onze juiste uitleg van het visioen, overste?' vroeg een ander voorzichtig. 'De jongen is zo dikwijls uit netelige situaties gered dat hij wel goddelijke hulp moet hebben gehad.'

De man in de gouden mantel keek de twijfelaar strak aan. 'Goddelijke hulp, dat zeker. Maar niet van Ulldrael. Wij hebben het visioen op de juiste wijze geïnterpreteerd. De vraag is alleen of het moment waarop we een ramp voor Ulldart en alle volkeren van het continent nog kunnen voorkomen, al is verstreken.' Zijn blik gleed over zijn collega's in hun gouden priestergewaden. 'Voorlopig blijven we kalm. De kroning heeft al genoeg opwinding veroorzaakt en de instorting van de kathedraal zal een nieuwe sensatie zijn. Laten we nu naar de tempel gaan om te bidden.'

Bijna nonchalant bukte de overste zich en raapte iets op wat hij tussen de marmeren brokstukken had ontdekt. Voorzichtig veegde hij het vuil van het lange, sierlijke voorwerp voordat hij het in zijn zak stak.

Met het effect van een paukenslag in een vioolconcert stapten de vier ridders van de Orde der Hoge Zwaarden de grote feestzaal van het paleis binnen. De honderden aanwezige edelen zaten aan de maaltijd, dansten op muziek of waren in gesprek toen het geharnaste viertal zelfverzekerd binnenkwam. Onmiddellijk verstomde alle gedruis.

De meer dan ongewone, gegraveerde wapenrustingen leken in allerijl te zijn opgepoetst en het glimmende metaal weerkaatste het schijnsel van de kaarsen. Te midden van al die bontmantels, dure stoffen en het lieftallige gehuppel op de dansvloer leken de breedgeschouderde mannen in hun rinkelende harnassen nog het meest op stieren in de porseleinkast.

Maar dat ze indruk maakten, viel niet te ontkennen. Koel, en met een enigszins arrogant lachje op zijn gezicht, liet Nerestro van Kuraschka zijn blik over de gasten dwalen, terwijl hij met zijn hand over de dunne vlechten van zijn blonde baard streek. Eén pas achter hem stonden zijn drie ridders, die met dezelfde blik om zich heen keken.

Toen hun aanvoerder de vorst van Tarpol nergens kon ontdekken, knikte hij kort naar het imposante buffet met lekkernijen en specialiteiten uit het hele rijk, kunstig versierd en opgemaakt. Vastberaden zette de stoet zich in beweging. De gasten maakten bereidwillig ruimte voor de krijgsheren.

De bedienden achter de meterslange tafel schepten op aanwijzing van de ridders hun borden vol en andere livreiknechten brachten alles naar een vrij tafeltje, dat blijkbaar alleen voor deze nieuwkomers was neergezet. Ongeveer een derde van de gasten volgde elke beweging van de ridders.

'Op de Kabcar!' riep Nerestro grijnzend en hij hief zijn bokaal met wijn. Hij wist wat hij daarmee veroorzaakte, want nu was iedereen gedwongen een dronk uit te brengen op de gezondheid van de koning. Wie dat niet deed, daalde enigszins in gunst en aanzien. Haastig zochten mensen naar hun beker of glas, terwijl de ridder met zijn mannen proostte en zijn bokaal in één teug leegde. Daarna bogen ze zich over het eten.

Om hen heen ging het hofleven weer verder. Alleen enkele dames staarden nog nieuwsgierig naar de gespierde krijgers met hun bijna kale koppen. Vrijwillig je hoofd kaalscheren was in Tarpol niet gewoon. Baarden en lang haar waren een kenmerk van de betere standen, en aangezien de Angor-volgelingen ongetwijfeld tot de vermogende klasse behoorden, was het bijna een provocatie dat ze zich hadden kaalgeschoren als het gewone volk. En zich ook nog zo gedroegen.

Opeens week de menigte uiteen. Lodrik met zijn kleine gevolg – zijn lijfwacht, zijn raadsman en drie soldaten van de wacht – kwam naar het tafeltje toe.

Nerestro veegde zijn mond af, slikte en bracht weer zijn bokaal omhoog. 'Lang leve de Kabcar!' Opnieuw begon in de zaal het panische zoeken naar glazen en bekers, omdat niemand hierop had gerekend en zijn glas nog in zijn hand had.

Lodrik glimlachte. 'U vindt het wel leuk om op te vallen, nietwaar, heer ridder?'

Nerestro maakte een lichte buiging. 'In eerste instantie doe ik altijd wat ik leuk vind, hoogheid. Ik behoor tot een groepering binnen uw rijk die zich weinig van oude plichtplegingen aantrekt. Ach, wij zijn er al zo lang. Wij dienen Angor, en dat is nu eenmaal geen passende god voor Ulldart, zoals u weet. Toch respecteer ik dit land en zijn wetten. In mijn eigen gebied zorg ik er zelfs voor dat de decreten van de Kabcar worden uitgevoerd. En als er gevaar dreigt, zijn mijn mannen en ik ter plaatse, zoals u hebt gemerkt, hoogheid.'

De jongeman knikte. 'Dat heb ik inderdaad. En daarvoor zal ik u eeuwig dankbaar zijn, Nerestro van Kuraschka. U bent welkom in mijn paleis zo lang u maar wilt. Eten en onderdak zijn u gegund, en al uw verzoeken kunnen rekenen op een luisterend oor. Uw misdragingen tegenover mij en de gouverneur van Granburg zijn vergeven en vergeten. Later spreken we verder, heer ridder. U ziet dat ik nog andere gasten heb op mijn kroningsfeest.'

'Hoogheid, we moeten elkaar onmiddellijk spreken,' wierp de ridder tegen.

'Ik zei "later",' herhaalde Lodrik met klem. Waljakovs gezicht verhardde en Stoiko rolde met zijn ogen.

'Nee, hoogheid.' Nerestro liet zich niet van de wijs brengen. De omstanders die het gesprek volgden, hielden de adem in bij zo'n aanmatigende opmerking. '"Later" zou te laat kunnen zijn. Het gaat om uw veiligheid.'

De Kabcar fronste zijn wenkbrauwen en wees toen naar een van de deuren van de zaal. 'Kom mee.'

Ze liepen naar de kleine feestzaal, die als garderobe voor de gasten was ingericht. Waljakov maakte een tafel vrij en de drie ridders haalden stoelen, die verdacht kraakten onder het gewicht van hun harnassen.

'En?' wilde Lodrik weten. Zijn stem klonk een beetje ontstemd en zijn helderblauwe ogen bliksemden.

'U hebt verraders onder uw lijfwacht,' verklaarde Nerestro.

'Dat is onmogelijk,' viel de kale lijfwacht nijdig uit. 'Ik heb ze zelf geselecteerd.'

'Dan heb je de verkeerden gekozen,' merkte Herodin op.

'Jouw heer is mij nog een zwaardgevecht schuldig en daarna ben jij aan de beurt,' gromde Waljakov, en met een klap sloot hij zijn mechanische hand.

'Voordat hier iemand dodelijk getroffen in elkaar zakt...' onderbrak Stoiko de woordenwisseling. Hij maakte een bezwerend gebaar. 'Met alle respect, maar hoe komt u bij zo'n bewering, heer?'

'Het incident in de kathedraal is toch niet zo lang geleden dat je dat al vergeten bent?' begon Nerestro.

'Ik weet dat u en uw mannen mijn leven hebben gered,' viel Lodrik hem in de rede, maar de ridder hief een hand op.

'Mijn vrienden hebben u bij die lawine weggetrokken, heer. Maar zonder de monnik, Matuc, die nu in de tempel van Ulldrael ligt, zou u door een pijl recht in het hart getroffen zijn.'

'Dat kan niet!' protesteerde Waljakov. 'De bewakers hebben iedereen gefouilleerd. Niemand had een boog naar binnen kunnen smokkelen.'

'Behalve degenen die er officieel een bij zich hadden, nietwaar?' antwoordde Herodin listig.

Nerestro vertelde zijn versie van het verhaal: hoe Matuc zich plotseling had omgedraaid en de Kabcar een zet had gegeven waardoor de jongeman uit de baan van het schot tuimelde, en hoe zijn mannen de troonopvolger daarna in veiligheid hadden gebracht. 'Daarbij werd het been van de priester geplet onder een zwaar stuk marmer. Ik moest het afhakken, anders zou hij nog door andere brokstukken zijn geraakt,' besloot de ridder.

'Dus die monnik, Matuc, heeft de aanvaller gezien?' vroeg Stoiko peinzend.

'Dat zou kunnen.' Herodin haalde zijn schouders op. 'Maar misschien probeerde hij de Kabcar alleen te behoeden voor dat neervallende stuk marmer waardoor hij toen zelf werd geraakt.'

'En tot overmaat van ramp kreeg die arme man ook een pijl in zijn arm.' Lodrik schudde zijn hoofd. 'Ik moet hem zeker gaan bezoeken, zodra de feestelijkheden voorbij zijn.'

'Dat schot kan alleen schuin van boven zijn gekomen, vanaf de balustrade,' dacht Waljakov hardop na. 'En dus komen er niet zoveel mensen in aanmerking. Maar het zal niet meevallen om het uit te zoeken. Als het een van de bewakers was, zal hij zijn sporen nu wel hebben uitgewist. Toch zal ik een onderzoek laten instellen.'

'Het was een onoverzichtelijke situatie in de kathedraal,' zei Stoiko.

'Eén groep hebben we nog buiten beschouwing gelaten,' merkte Nerestro rustig op. 'De Goudjurken.'

'De Geheime Raad?' riep Stoiko op een toon van verbijstering en ongeloof. 'De Geheime Raad van de Orde van Ulldrael? Met alle respect, maar dat zijn wel de laatsten die iets te winnen hebben bij de dood van de Kabcar. Ulldrael zelf heeft hen gewaarschuwd.'

Lodrik vertrok geen spier toen de ridder zijn ongehoorde suggestie deed. Verstrooid staarde hij voor zich uit, terwijl hij bliksemsnel nadacht. 'En als Nerestro gelijk heeft? Als iemand binnen de raad vals spel speelt?'

'Dat kan niet,' protesteerde Stoiko. 'De anderen hadden het toch moeten zien als een van hen...' Langzaam zweeg hij.

'Juist,' glimlachte de orderidder boosaardig. 'Alle anderen hadden het moeten zien. Dus zit ik er helemaal naast met mijn theorie, of heb ik juist gelijk. Maar bewijzen kunnen we niets.'

'Maar dat heeft toch geen zin?' De raadsman schudde zijn hoofd.

De Kabcar stond op. 'Wie het ook was, in elk geval weet ik nu dat ik niemand kan vertrouwen. Nerestro van Kuraschka, ik heb een hoge dunk van u en uw mannen, en dat kunnen op dit moment maar weinig mensen zeggen.' De ridder boog even. 'Ik vraag u om een eerlijk antwoord. U bent mij samen met die monnik Matuc door het hele land gevolgd, van Granburg tot aan Ulsar.' Hij boog zich naar voren en keek de geharnaste man onderzoekend aan. 'Waarom?'

De ridder haalde zijn schouders op. 'Dat weet ik niet. In een visioen heb ik een opdracht gekregen van mijn god om de Ulldrael-priester te escorteren en hem tegen alle gevaren te beschermen. Dus heb ik hem verdedigd toen we in een hinderlaag vielen die feitelijk voor u bedoeld was, hoogheid. Maar wat voor missie Matuc heeft, wilde hij me niet zeggen. Ik weet alleen dat hij iemand zocht. Vermoedelijk u. En zijn opdracht is nog niet vervuld.'

'Dan is hij dus de sleutel tot dit geheim,' zei Lodrik. 'Uw Kabcar vraagt van u, Nerestro, om uw missie te vervolgen en die priester te blijven beschermen. Ik vermoed,' vervolgde de jongeman, 'dat hij bij bepaalde mensen niet geliefd zal zijn door wat hij weet. Laten we van de optimistische veronderstelling uitgaan dat hij de pleger van de aanslag heeft gezien. Die zal waarschijnlijk proberen hem te doden. Ik zou het op prijs stellen als u onmiddellijk naar Matuc teruggaat en over zijn welzijn waakt, zoals u hebt gezworen.'

Nerestro had het al begrepen en stond ook op, gevolgd door zijn ridders. 'We zullen niets en niemand bij hem toelaten. Desnoods zullen we hem zelf verplegen,' beloofde de ridder. 'Ik neem aan dat u hem ook zelf wilt spreken?'

'Natuurlijk,' beaamde de vorst, en hij liep naar de deur. 'Ik zal regelmatig een bode sturen om te horen hoe het ermee staat. Zodra Matuc weer aanspreekbaar is, zal ik er zijn.' Hij schoof een ring van zijn vinger waarop het koninklijke wapen was gegraveerd. 'Neem die mee en gebruik hem als zich problemen voordoen. Van nu af aan handelt u in opdracht van de Kabcar, en voor hem moeten zelfs Ulldrael-priesters buigen.'

Samen met Stoiko en Waljakov verliet hij de kamer en ging terug naar zijn feest, terwijl de ridders via allerlei omwegen naar de stallen vertrokken.

'Wat denkt u van de jonge Kabcar?' vroeg Herodin aan zijn mentor.

'Hij maakt een goede indruk. Hij weet van aanpakken,' antwoordde hij. 'En ik begin steeds nieuwsgieriger te worden waarom Matuc zijn mond zo stijf dicht heeft gehouden. Er staan grote dingen te gebeuren, als ik me niet vergis.'

Ze slingerden zich in het zadel en reden door het winterse Ulsar in de richting van de tempel.

V

'Tzulan, Angor, Ulldrael, Senera, Kalisska en Vintera aanschouwden onze wereld, die hun moeder had geschapen, en schreven een wedstrijd uit ter ere van Taralea. Ieder van hen moest wezens scheppen die de verschillende continenten van onze wereld zouden bevolken. De winnaar was degene die de mooiste en buitenissigste schepsels bedacht.

Angor ontwierp het continent Angor naar zijn ideeën en voorstellingen, Ulldrael bekommerde zich om Ulldart en Kalisska was bezig met Kalisstron, terwijl Senera en Tzulan een gebied moesten delen.

Voor Vintera bleef geen continent meer over en de andere goden wilden haar niet laten meedoen. Daarom koos de godin voor een grote groep eilanden, die ze volgens haar eigen fantasie van schepselen voorzag.

Lange tijd waren de goden met hun opdracht bezig. Uit aarde, water, vuur en lucht vormden ze ontelbare verschillende dieren en mensen, die in vrede en harmonie met elkaar leefden.'

Het ontstaan van mensen en andere schepselen,
Hoofdstuk 1

Ulldart, koninkrijk Tarpol, provincie Granburg, landgoed van Miklanowo, winter 442/443 n.S.

Norina legde het perkament, dat onderaan het zegel van de Kabcar droeg, op de stapel met rekeningboeken en staarde naar de ruggen van alle boeken die vier kasten hoog in de nachtelijke bibliotheek van het landgoed boven haar uit torenden. Een groot aantal kaarsen zorgde in elk geval voor voldoende licht rond de schrijftafel, hoewel buiten de zonnen allang onder waren. Een diepe duisternis was over Granburg neergedaald.

'Wie had dat gedacht?' mompelde ze, nog altijd verbaasd over de brief, die een paar uur geleden door een koninklijke bode was bezorgd. Ze keek in een van de flakkerende kaarsvlammen. De Kabcar vroeg haar onmiddellijk naar het hof van Ulsar te komen, omdat de vroegere gouverneur van Granburg hem veel had verteld over haar ideeën en suggesties voor meer gerechtigheid in het land. Lodrik had zijn post als gouverneur opgegeven en de positie van zijn vader aan het hof ingenomen.

'Daarom vraag ik u, Norina Miklanowo, om zo snel mogelijk naar de hoofdstad te komen voor overleg,' luidde de laatste zin. 'Zo snel mogelijk' betekende 'meteen', dus zou ze de volgende morgen in alle vroegte moeten vertrekken.

'Ulsar,' zei Norina zacht, en ze luisterde naar de klank van dat woord. Het middelpunt van het rijk, met grote huizen, eindeloos veel straten, de tempel van Ulldrael en natuurlijk het paleis, dat ze nu van binnen zou zien.

Ze was in haar leven nooit verder geweest dan de provinciehoofdstad. Het hart van Tarpol kende ze alleen uit de verhalen van kooplui en van Pujur. Ook haar vader was er nooit heen gereisd, voor zover ze wist. De weg zou ze wel vinden, want de bode had opdracht voor haar veiligheid te zorgen. Een lastbrief gaf hem toestemming vijf man uit het na- bijgelegen garnizoen als escorte mee te nemen. Maar hoe gedroeg je je aan het hof? Etiquette en mooie maniertjes kende ze niet. En hoe be- langrijk vond de nieuwe Kabcar dat soort dingen?

Er werd zachtjes op de deur van de bibliotheek geklopt. 'Ja,' riep de jonge vrouw, en haar vader kwam voorzichtig binnen. De kaarsen flakkerden grillig in de tocht; schaduwen dansten over de muren.

'Nou? Zit de Kabcar om je te springen?' grijnsde de baardige brojak tegen zijn knappe, lange dochter.

Norina lachte en streek haar lange zwarte haar uit haar gezicht. Het grijze uniform van een koninklijke functionaris, dat hij sinds kort als nieuwe gouverneur van Granburg droeg, vond ze hem nog altijd vreemd staan. Toch was ze blij voor hem, vanwege de eer en het vertrouwen dat het hof in hem stelde. 'Pujur moet hem zoveel over me hebben verteld dat ik nu mijn denkbeelden persoonlijk mag komen toelichten.' Ze stond op, liep naar de man toe en omhelsde hem. 'Stel je voor, papa, de Kab- car wil mij spreken! Als ik hem maar van een paar nieuwe ideeën kan overtuigen, zal het al veel beter gaan in Tarpol.'

Miklanowo glimlachte toegeeflijk. 'Maar verwacht niet te veel van die uitnodiging. Schrijft hij dat hij het met je opvattingen eens is?'

Ze aarzelde. 'Nee. Niet met zoveel woorden.'

'Nou,' zei hij, 'dat bedoel ik.'

De jonge vrouw liep naar de tafel terug, haalde een paar vellen uit haar la en begon met driftige pen te schrijven. 'Ik zal proberen hem duidelijk te maken dat er iets moet veranderen in dit land. Nu ik die kans krijg, die waarschijnlijk nog nooit iemand heeft gehad, mag ik niets vergeten.' Steeds weer doopte ze de pen in de inktpot. De punt kraste over het papier. 'Ik moet in elk geval de belangrijkste dingen noteren die ik naar voren wil brengen.'

'Dan zal ik je niet langer storen. Ik buig me wel weer over mijn zaken als gouverneur. Ik wens je goedenacht. En als we elkaar niet meer zien: breng Pujur vooral mijn groeten over,' zei de brojak en hij verliet de kamer.

Norina was in gedachten verzonken, met haar aandacht bij alle verbeteringen die ze de Kabcar wilde voorleggen. *Maar stel dat hij me juist naar Ulsar lokt om me de mond te snoeren? Omdat hij me gevaarlijk vindt? Stel dat het een valstrik is?*

Ze begon steeds langzamer te schrijven. *Nee, dan zou Pujur me wel hebben gewaarschuwd.*

Onwillekeurig legde ze haar linkerhand op de plek waar ze de amulet droeg, onder haar kleren. Prettig warm rustte het cadeau van haar geliefde tegen haar huid. Het metaal koelde nooit echt af, zelfs niet als ze het kleinood 's nachts weglegde. De volgende morgen leek het haar lichaamstemperatuur te hebben vastgehouden.

Toen ze haar hand weer op de tafel legde, verkrampte hij even. De verstuikte pols die ze bij de val van haar paard had opgelopen, herstelde maar langzaam. Het was een wonderlijk ongeluk geweest. Haar eigen paard, Pulkin, waar ze vanaf haar jeugd op reed en dat ze al meer dan zeven jaar eigenhandig verzorgde en voederde, had haar kort na Pujurs vertrek uit het zadel geworpen toen ze nog maar nauwelijks was opgestegen. Sindsdien was het dier schuw voor haar en probeerde haar te ontwijken. Norina wilde de zaak niet forceren. Eerst moest er maar een deskundige naar Pulkin kijken. Zelf had ze geen enkele verklaring voor het gedrag van het paard.

Maar niet alleen Pulkin gedroeg zich vreemd, ook andere dieren op het landgoed leken ongewoon onrustig. De arbeiders vermoedden dat er moerasmonsters in de omgeving rondslopen en stelden uit voorzorg een nachtelijk wachtrooster in. Als de winter zo koud zou blijven als nu, konden de monsters voedsel gaan zoeken op het erf. Misschien hingen ze al bij de muren rond en had het vee ze in de gaten.

De gedachten van de jonge vrouw keerden terug naar Pujur, terwijl ze met één hand de amulet tevoorschijn haalde. Het hele oppervlak van het sieraad was bedekt met bruine aanslag, alleen hier en daar lichtte het raadselachtige metaal zwart op. De schaarse zuivere inscripties hadden een zilveren glans en de steen in het midden, zo groot als een oog, pulseerde licht en donker, in het geruststellende ritme van een menselijk hart. Tenminste, zo stelde Norina het zich voor.

Regelmatig bekeek ze de inscripties, die op de achterkant een merkwaardig patroon vormden. Als het werkelijk schrifttekens waren, kon ze er geen letter van lezen.

Pujur had heel geheimzinnig gedaan over de herkomst van zijn geschenk aan haar. Het zou wel een oud familiestuk zijn, vermoedde Norina.

Zachtjes en voorzichtig wreef ze over de donkere steen en ontdekte toen een lichte vlek aan de zijkant. Geërgerd pakte ze een zoom van haar jurk om hem schoon te vegen, maar de blinde plek wilde niet weggaan. Dus wreef ze wat harder, totdat de edelsteen opeens met een zacht geknars in zijn vatting draaide.

Verbaasd hield de jonge vrouw op met poetsen. Ze bracht de amulet vlak voor haar ogen en probeerde de steen terug te draaien, maar dat lukte niet.

Na een paar pogingen merkte ze dat ze de steen wel verder kon bewegen, de andere kant op. Toen ze hem één keer om zijn as had gedraaid werd het pulserende effect in het binnenste van de steen nog sterker.

Wantrouwend legde ze de amulet op de schrijftafel en wachtte af. Wat Pujur haar ook cadeau had gegeven als teken van zijn liefde, het werd steeds merkwaardiger.

Het ritme veranderde niet meer. Norina draaide de steen nog eens driehonderdzestig graden rond, en het pulseren veranderde in een snel en driftig flikkeren. Met de punt van haar pen tikte ze op de amulet, maar er gebeurde niets.

Toen ze verder wilde gaan met haar onderzoek, werd er weer op de deur geklopt. Haastig hing ze het sieraad weer om haar hals en liet het onder haar jurk glijden.

'Ja?'

Tratov, de bode van de Kabcar, kwam binnen. Hij maakte een buiging en liep naar haar toe. 'Neem me niet kwalijk, maar ik zou graag weten wanneer u wilt vertrekken. Ik moet nog een escorte regelen bij het garnizoen, dus ik wil het tijdig horen.'

Norina knikte kort. 'Morgenochtend, zodra het licht is, had ik gedacht. Zou dat lukken?'

'Dat lijkt me uitstekend, brojakin Miklanowo. Het weer schijnt de komende dagen wel redelijk, dus kunnen we voortmaken met de slee.'

'Ik denk niet dat ik een slee nodig heb,' protesteerde ze. 'Ik kan paardrijden, en dat gaat het snelst, tot aan de rivier, nietwaar?'

Heel even keek Tratov verbaasd. 'Des te beter, brojakin. Als alles meezit, kunnen we binnen een paar dagen in de hoofdstad zijn.' Hij liep naar de deur. 'Ik zal het garnizoen vragen ons wat proviand mee te geven.' Hij maakte een buiging en verliet de kamer.

Norina verzamelde de brief van de Kabcar en haar eigen aantekeningen, en klemde de papieren onder haar arm. Ze doofde de kaarsen en liep naar haar kamer, waar ze met een bediende de spullen voor de reis wilde inpakken.

Het was stil in huis. De lonten van de olielampen gloeiden na. Ze waren pas gedoofd en er hing nog een zwakke geur van petroleum in de lucht. De jonge vrouw was vanavond blijkbaar de laatste die naar bed ging. Haar vermoeidheid, die door de opwinding naar de achtergrond was gedrongen, deed zich nu weer gelden. Morgenochtend zou ze haar koffer wel pakken.

Norina hoorde het vertrouwde kraken van de houten vloer, het huilen van de wind in de verte en het zachte, onverstaanbare gemompel tussen de bode en een van de knechten, voor de deur. Daarna een zachte hoefslag. Tratov was vertrokken om het escorte voor de volgende dag te regelen.

In haar kamer gekomen opende ze het raam om wat koele, frisse lucht binnen te laten. Na een korte blik op de heldere sterrenhemel en de manen kleedde ze zich haastig uit om haar warme nachthemd aan te trekken.

Op het moment dat ze haar onderrok uitdeed, viel de amulet op de grond. Geërgerd raapte ze hem op en met een snelle beweging veegde ze het stof eraf. Daarbij draaide ze de steen voor de derde keer rond. Hij siste even en het geflakker doofde.

Toen, na enkele ogenblikken, gleed er een zilveren glinstering over de inscripties en laaide de gloed weer op, nu iets helderder, aanhoudend en zonder het bekende pulseren. De edelsteen verspreidde een licht als een kooltje in het donker.

Een heel bijzonder cadeau, dacht ze, en ze hing het sieraad weer om haar hals. *Hoe heeft die edelsmid dat voor elkaar gekregen?*

Enigszins huiverend sloot ze de deur van haar kast en opeens werd het nog donkerder in de kamer, alsof er een grote wolk voor de maan schoof.

Norina draaide zich abrupt naar het raam en verstijfde. Op de vensterbank zat een manshoge, broodmagere gestalte, met dunne, lederachtige vleugels. Het waren die gespreide vleugels die een groot deel van het licht tegenhielden. Twee gloeiende, purperrode ogen staarden naar binnen.

Een Waarnemer, ging het door Norina heen. Nog nooit had ze een van die wezens van zo dichtbij gezien. Ze waren bekend in heel Tarpol en werden uit bijgeloof gevreesd, hoewel ze mensen nooit iets deden, maar enkel 's nachts op daken, bomen of andere hoge plekken zaten en om zich heen keken, als raven op zoek naar prooi.

Het schepsel bewoog zijn kop een eindje naar voren. Aarzelend leek het de lucht op te snuiven, toen richtten de gloeiende ogen zich naar opzij en werden smaller. Die houding deed Norina inderdaad aan een vogel denken die iets onderzocht voordat hij in actie kwam. Ze besloot op te treden.

'Wat wil je?' vroeg ze kordaat, en ze deed een stap naar voren.

De Waarnemer schrok terug. *Je bent niet de hoge heer,* fluisterde het in haar gedachten, *maar je behoort hem toe. Dus mag je het houden. Maar geef het hem terug als je hem ziet.* Het wezen zette zich achterwaarts tegen de vensterbank af en verdween. *Je mag het niet voor altijd in je bezit houden.* De brojakin hoorde het geruis en geritsel van vleugels, maar kon haar griezelige bezoeker nergens meer ontdekken.

Pas toen ze haar blik naar de hemel richtte, liep er een ijzige rilling over haar rug. Daarboven cirkelden minstens tien of twaalf Waarnemers, terwijl er steeds meer naderden, uit alle windstreken. Na een tijdje moesten het er wel veertig zijn.

Eén enkel exemplaar, waarschijnlijk haar bezoeker van zopas, maakte zich los uit de schaduw van de schuur en sloot zich bij de andere aan. Norina had het idee dat de wezens een moment overlegden, zo dicht vlogen ze bij elkaar. Toen verspreidden ze zich. Net zo snel als ze waren gekomen, verdwenen ze ook weer, tot ze niet meer te zien waren.

De jonge vrouw liet zich op het bed vallen. De Waarnemer had rechtstreeks tot haar gedachten gesproken; woorden gebruikte hij eigenlijk niet.

Maar waar had hij het over? vroeg ze zich af. *Wat mag ik houden en moet ik later weer teruggeven? En aan wie? Wie is de hoge heer?* Zuchtend betastte ze de talisman op haar borst, voordat ze de luiken en het venster sloot. Zo'n bezoekje wilde ze niet nog een keer. *Ik moet er met Pujur over praten.* Dat was het eerste wat ze in Ulsar zou doen. De rest kon wachten.

Ze dacht nog even na, pakte de amulet toen weer en borg hem op in een la. Ze wist niet precies waarom, maar ze wilde hem pas weer dragen als ze precies wist hoe het met dat sieraad zat.

Tratov kreeg gelijk. De volgende dag schenen de zonnen en kon Granburg genieten van een koude maar mooie winterdag. De gouverneur was allang naar de provinciehoofdstad vertrokken en had voor zijn dochter een afscheidsbrief met een paar persoonlijke woorden achtergelaten.

In alle vroegte keerde de koninklijk bode met vier soldaten van het garnizoen terug. Verder had hij een pakpaard met proviand bij zich, zodat het kleine groepje zich zou kunnen redden als ze een keer geen herberg konden vinden. De in allerijl ingepakte koffer met kleren, sieraden, boeken en andere bezittingen van de jonge vrouw werd op een ander dier geladen, dat vervolgens opgewonden heen en weer begon te dansen. De soldaten dachten dat de zadelriemen niet goed zaten en keken ze nog eens na.

In een dikke bontmantel liep Norina ondertussen naar de stal om een paard te kiezen. Bij de box van Pulkin bleef ze even staan en riep als afscheid zijn naam.

Tot haar verbazing kwam de hengst net zo mak als vroeger naar haar toe en liet zich over zijn neus aaien. Uit nieuwsgierigheid legde de brojakin hem een zadel op, maar het paard vond het best. Van zijn nervositeit was niets meer te merken, alsof hij nooit schichtig was geweest voor zijn bazin.

Voorzichtig, bedacht op wilde kuren, reed ze een paar rondjes op de hengst over het erf, maar hij bleef rustig. Met een paar fikse tikken hadden de soldaten inmiddels het tweede pakpaard tot rede gebracht, zodat de reis kon beginnen.

In een stevige draf reden ze door een besneeuwde wereld. Met poedersuiker bedekte velden en met glinsterend marmerstof bestrooide bossen omzoomden de route van de groep, die goede vorderingen maakte.

Om hun ogen tegen al dat wit te beschermen droegen paarden en ruiters houten oogkleppen met alleen een dunne spleet die het licht doorliet. Voor die spleet was donker doek gelijmd, om het licht nog meer te dempen. Zonder dit hulpmiddel zou een rit op zo'n zonnige dag onmogelijk zijn geweest. Heel wat onwetende slachtoffers had dit uiteindelijk het licht in hun ogen gekost.

Nadat ze in een schuur hadden overnacht, reden ze op de tweede dag met een grote boog om Granburg heen. Hoewel haar vader het niet kon zien, zwaaide Norina toch in de richting van het paleis.

De bode glimlachte. 'Wat lijkt de stad hier klein.'

'Klein?' De jonge vrouw schudde haar hoofd. 'Granburg klein?'

'Wacht maar af, brojakin. Uw hart zal stilstaan als u Ulsar ziet,' beloofde Tratov.

'Wel jammer, natuurlijk,' grijnsde een van de soldaten, en zijn kameraden lachten zacht.

Norina moest er ook om lachen. 'Niet op je mondje gevallen, dat hoor ik wel. Heb je veel succes bij de dames?' Nu had zij de lachers op haar hand. Een van de anderen klopte de soldaat goedmoedig op zijn helm.

Maar die vrolijke stemming zou niet lang duren. Na een paar warst kwamen ze op een plek die niet veel goeds voorspelde.

De zonnen zakten al achter het bos waar ze doorheen waren gereden toen Tratov de negen graven langs de weg ontdekte.

Het middelste, dat zich duidelijk van de rest onderscheidde, leek verstoord. De stenen, bedoeld als bescherming tegen dieren of monsters, lagen her en der verspreid, alsof ze van binnenuit waren weggeduwd. In de aangrenzende graven zaten kuilen waar menselijke beenderen zichtbaar waren tussen de bevroren aarde.

Uit een onbestemd gevoel van gevaar hadden de soldaten hun wapens getrokken. Een van de mannen reed voorzichtig naar de simpele graven toe.

'Het lijken me soldaten,' meldde hij de groep. 'Maar niet van het koninklijke garnizoen. Ze droegen maliënkolders en ze zijn pas achteraf zo toegetakeld, zo te zien.' Hij keek wat scherper. 'Alsof iemand ze met een mes het vlees van de botten heeft gesneden. Het zullen wel moerasmonsters zijn geweest.'

'Of lijkenpikkers,' opperde een ander. 'Die schijnen ook alles te vreten.'

Er liep een huivering over Norina's rug. Ze haalde een van de fakkels uit haar zadeltas en stak die met een vuursteen aan. Nu de zonnen definitief waren ondergegaan, was het aardedonker in het bos. Tussen de bomen heerste een dreigende duisternis.

'Hoor je dat?' vroeg ze zacht aan Tratov.

'Wat bedoelt u? Ik hoor niets,' antwoordde hij, ook op fluistertoon.

'Precies,' zei Norina en ze keek om zich heen. 'Er is helemaal niets te horen. Wij zijn de enigen in dit bos die geluid maken. Geen vogels, niets. Zelfs geen windvlaag.'

Zonder een woord pakte de bode nu ook een fakkel. De soldaten volgden zijn voorbeeld.

'We moeten verder,' riep Tratov nerveus naar de man die de graven had onderzocht en blijkbaar als enige geen last had van de sfeer, die steeds onheilspellender werd naarmate ze langer op de weg stonden. Als een verlossend licht schemerde de sneeuw aan het einde van het donkere bospad, waar weer een brede, overzichtelijke vlakte begon.

'Eén moment nog,' zei de ruiter. Hij steeg af, liep naar het middelste graf en knielde daar. 'Dat is wel heel vreemd! Bij Ulldrael de Rechtvaardige!' De soldaat hield iets in de hoogte. 'Het lijkt wel bevroren perkament.' Toen gaf hij een verschrikte kreet en liet zijn vondst weer vallen. Haastig sprong hij uit het ondiepe graf.

De paarden steigerden, geschrokken van de commotie, en Tratov werd uit het zadel gegooid. Zijn paard vluchtte terug langs de weg en een soldaat zette vloekend de achtervolging in. Steeds kleiner werd het lichtpuntje van zijn fakkel.

De bode mompelde een paar verwensingen en hees zich overeind. De andere soldaten en Norina hadden de handen vol om hun viervoeters rustig te krijgen.

'Nou, dat was handig, idioot!' schimpte de brojakin. 'Je bent niet alleen goed gebekt, maar ook nog een slimmerik. Kom onmiddellijk hier.'

De soldaat gehoorzaamde met een asgrauw gezicht.

'Het was een stuk huid.' Hij rilde van afschuw en veegde zijn handschoen af aan de sneeuw. 'Een lap huid met een deel van een neus. En dit hier.' Hij liet zien wat hij in zijn andere hand hield.

Het waren twee delen van een amulet, zo groot als een oog. De helften hadden ooit één geheel gevormd maar waren gebroken. Het leek een of andere poreuze legering en het ding was voorzien van merkwaardige symbolen – schrifttekens die niemand van de groep kon lezen. Norina kon geen gelijkenis ontdekken met de inscripties op haar eigen hanger.

'Leg terug,' zei de bode. 'Je mag niets van de doden stelen wat ze bij hun leven vrijwillig hadden kunnen geven.'

'Misschien is het iets waard. Ik hou het maar.' Koppig sprong de soldaat weer in het zadel. 'Als talisman.'

Zwijgend wachtten ze op de terugkeer van de ontbrekende ruiter, maar zijn fakkel was niet meer te zien.

Zo nu en dan siste een van de toortsen en begonnen de paarden opgewonden te snuiven. Niemand durfde iets te zeggen. De beklemmende sfeer werd steeds sterker.

Hoe Norina en de mannen ook door het donker tuurden, ze konden nergens een lichtpuntje ontdekken. De dreiging in de lucht was nu bijna tastbaar.

'We...' begon de jonge vrouw schor, en ze schraapte haar keel. 'We kunnen ook aan de andere kant van het bos op hem wachten. Hij vindt ons wel.'

Tratov stak haastig zijn fakkel in de sneeuw. 'Goed idee. Dan laat ik die toorts hier achter als herkenningspunt.' Hij slingerde zich op een ander paard, achterop bij een soldaat.

Opgelucht reden ze het bospad af naar de veilige vlakte. Niemand durfde naar links of rechts, laat staan naar achteren, te kijken. Allemaal voelden ze die onverklaarbare angst voor het onzichtbare. Het bos leek dood en vijandig.

Ze reden stapvoets en Norina moest zich beheersen om niet in draf over te gaan.

Een zucht van opluchting ging door de groep toen ze de bomen achter zich lieten en de glinsterende nachtelijke sneeuwvlakte zagen.

'Goed,' zei Norina gerustgesteld, en de soldaten staken hun wapens weg. 'Dan wachten we hier.'

Nu pas draaiden ze zich om en keken het bospad af. In de verte brandde de fakkel nog als een baken voor de verdwenen soldaat.

Maar hij kwam niet terug.

De tijd verstreek. Zijn kameraden praatten zachtjes met elkaar, maar deden geen poging naar hem op zoek te gaan. Tratov noch Norina spoorde hen daartoe aan.

'Daar!' riep de bode opeens, en hij wees over het smalle weggetje. 'Ik zag een gedaante naast de toorts.' Ze tuurden allemaal in de aangegeven richting. De fakkel in de verte brandde onrustig, flakkerde en doofde toen.

'Wat was dat?' vroeg een van de soldaten. 'Dat gebeurt niet zomaar. Die toortsen blijven normaal een paar uur branden.'

'Dan is hij gedoofd,' zei Tratov. 'Ik zei toch dat ik iemand zag?'

'Als dat echt zo is, dan loopt hij waarschijnlijk gevaar,' zei Norina bezorgd, en ze merkte dat ze kippenvel kreeg over haar hele lichaam. 'We moeten hem helpen.'

Niemand verroerde zich. Ze hadden geen zin om zich weer in die griezelige duisternis te wagen waaraan ze net zonder kleerscheuren waren ontkomen.

'Ik hoor een hoefslag,' fluisterde een van de soldaten. 'Ik geloof dat hij eraan komt.'

'Laten we hem dan een eindje tegemoet rijden, zodat hij ons licht ziet,' stelde een ander dapper voor en hij zette zijn paard in beweging. Norina sloot zich bij hem aan en de rest volgde.

Weer reden ze het angstige donker in.

'Ik hoor niets,' mompelde Tratov toen ze ter hoogte van de gedoofde fakkel waren aangekomen. 'Je moet je hebben vergist. En zijn toorts zie ik ook nergens.'

'Stil,' siste de brojakin.

Heel in de verte was het gedempte getrappel van paardenhoeven te horen.

'Moet je zien,' zei de man bij wie de bode achterop zat. 'De fakkel die we hadden neergezet is helemaal bedekt met sneeuw.'

'Die zal wel uit een boom gevallen zijn,' opperde een ander.

'Maar op deze boom ligt geen sneeuw,' wierp de eerste tegen.

Het hoefgetrappel kwam dichterbij. Twee paarden, want zo klonk het, naderden in gestrekte galop.

'Hij heeft haast,' zei de bode verbaasd. 'Het bevalt hem zeker net zomin als ons.'

'Wat een waaghals,' beaamde Norina. Haar nekharen kwamen overeind. 'Ik zou zonder licht niet zo snel durven rijden.'

De dieren denderden op hen toe.

'Als we hier blijven staan, rijdt hij ons nog van de sokken,' zei Tratov fronsend. 'Hij moet ons toch hebben gezien?' Hij zwaaide met zijn toorts. 'Hola! Rustig aan. Wij staan...'

In een flits stormde een van de paarden hun voorbij, met opengesperde ogen, zijn tong uit zijn mond en klodders zweet op zijn flanken. Als een spookgestalte galoppeerde het dier door de groep heen en ging verder met zijn wilde vlucht.

Niemand aarzelde een seconde. Allemaal gaven ze hun eigen dier de sporen en renden achter het andere paard aan. Iedereen voelde dat het iets verschrikkelijks moest zijn dat hen op de hielen zat.

Helemaal achteraan reed het extra beladen paard met Tratov en de soldaat, maar toch hield het de minder zwaar belaste dieren bij.

De bode hoorde achter zich een hoefslag naderen en hoopte dat het hun verdwenen kameraad zou zijn. Maar hij zag slechts een spookachtig silhouet.

'Weg!' brulde een stem uit de duisternis. 'Uit de weg! Bij Ulldrael! Nee, *nee*!' Toen volgde een serie ijselijke kreten, die eindigden in een krakend en scheurend geluid, tot er met een harde klap iets zwaars in de sneeuw stortte. Het pijnlijke gebrul van de soldaat ging over in een gesmoord gerochel, dat snel zachter werd en verstomde in de nacht.

'Vooruit!' bulderde de bode de ruiter angstig in zijn oor. 'Schiet op dan! Sneller!'

Het laatste paard dook uit het donker op. Als uit een katapult stoof de hengst het andere dier voorbij, voegde zich uit kudde-instinct in de beschermende groep en paste zich aan de snelheid van de andere paarden aan.

Tratov voelde zich misselijk worden. De vacht van de schimmel zat onder het bloed, alsof er een emmer rode verf was leeggegooid over het zadel, waar het nu in dikke stralen vanaf droop.

Eindelijk kwamen ze weer bij de bosrand, maar niemand hield in. Verder en verder ging de dolle jacht, over de besneeuwde vlakte, totdat het eerste van de paarden zonder ruiter in de diepe sneeuw struikelde en tegen de grond ging. Nu pas kwam de groep tot stilstand, buiten adem en in paniek.

'Bij Ulldrael, kijk nou toch,' hijgde Norina ontzet toen ze het met bloed besmeurde paard ontdekte. 'Het is gewond.'

'Nee,' antwoordde de soldaat op vlakke toon, vol afschuw. 'Dat is geen dierlijk bloed.'

Alle ogen richtten zich op het bos, dat als een zwart gat tegen de sneeuw afstak. Ergens daarbinnen bedreef iets vreselijks zijn gruweldaden.

'Weg! Hier vandaan!' beval Tratov in de stilte, en hij wisselde van paard. 'Ik wil niet weten wat dat was. Ik zal pas gerust zijn als er honderd warst tussen mij en dat schepsel liggen.'

Ze gingen weer op weg en reden de hele nacht door. Het was duidelijk dat zelfs de paarden zo snel mogelijk uit de buurt van deze plek wilden komen.

Ulldart, koninkrijk Tarpol, provincie Ulsar, hoofdstad Ulsar, winter 442/443 n.S.

Matuc keek uit het raam en zag de lichtreflecties in de ijspegels voor de ruit. De stralen van de zonnen braken in bonte kleuren en wierpen wisselende lichtvlekken op de muren van zijn kamer, waar hij nu al twee weken lag om van zijn zware verwondingen te herstellen.

De Kabcar zelf had hem een cerêler gestuurd, die ervoor zorgde dat de stomp van zijn been zonder problemen genas. De houten prothese met het ingenieuze kniegewricht, waarmee hij later zonder krukken moest leren lopen, leunde tegen zijn bed, wachtend op het moment dat hij hem zou kunnen gebruiken. Op koninklijk bevel was de monnik vanuit de Ulldrael-tempel naar een jachthut van de Kabcar overgebracht. Nerestro, zijn mannen en tien lijfwachten waakten over de veiligheid van Matuc, die al die onverwachte drukte om zijn persoon niet kon verklaren.

Het verlies van zijn been trof hem het zwaarst. Hij kon het nog altijd niet geloven als hij omlaagkeek en zag dat er aan zijn rechterkant een groot stuk van hemzelf ontbrak.

Er was een gevoel van gelatenheid over hem gekomen, een soort onverschilligheid, waardoor hij niet eens meer aan zijn missie en het lot van Ulldart dacht.

Het kon hem niet schelen of hij had gefaald of niet. Hij had genoeg doorstaan en zich voor zijn god en de Geheime Raad door half Tarpol gesleept, allerlei ellende meegemaakt en nu zelfs zijn been verloren. En noch zijn superieuren, noch zijn god waren hem er dankbaar voor. Als niemand zich iets aan hem gelegen liet liggen, waarom zou hij zich dan nog om anderen bekommeren? Wat hem betrof mocht de Donkere Tijd aanbreken.

De deur ging open en Nerestro en Herodin kwamen binnen, in het gezelschap van de Kabcar en nog twee mannen, die Matuc zich nog goed uit Granburg en van de kroning herinnerde.

'Het is me een eer, hooggeboren Kabcar, dat u mij bezoekt,' zei de monnik zacht en hij richtte zich enigszins op in bed.

'Geen sprake van,' weerde Lodrik af en hij trok zijn hermelijnen mantel uit. Daaronder droeg hij het grijze uniform van het huis Bardri¢, met enkele versierselen en het stervormige ordeteken met de blauwe diamant. 'Ik sta bij je in het krijt, Matuc. Je hebt me het leven gered. Twee keer zelfs, zoals ik inmiddels weet.'

Matuc zuchtte zwak. 'U hoeft mij niet te bedanken, hoogheid, maar Ulldrael de Rechtvaardige, die u beschermt. In hem hebt u een sterke bondgenoot, niet in mij.'

De jonge Kabcar ging op het bed van de oude man zitten, terwijl zijn begeleiders op de achtergrond bleven en zich beperkten tot kijken en luisteren. 'Ik wil je een paar vragen stellen, Matuc. En als jouw Kabcar verlang ik van je dat je me de waarheid vertelt, voordat het voor een van ons beiden te laat is.' Lodrik keek hem recht aan. 'Heb je gezien wie die aanslag heeft gepleegd?'

'Welke aanslag?' vroeg de gewonde man verbaasd.

'Je hebt niet zelf die pijl in je onderarm gestoken, Matuc. Als jij me niet had weggetrokken, zou hij mij hebben geraakt. Ik wil weten wie me uit de weg wilde ruimen.'

'Ik heb niet echt iemand gezien, hooggeboren Kabcar,' antwoordde Matuc en hij sloot vermoeid zijn ogen. 'Behalve een schaduw en een onduidelijke beweging. Daar reageerde ik op.'

De vorst van Tarpol maakte een grimas. 'Heel jammer. Maar dan heb ik nog een vraag. Je bent me gevolgd door heel Tarpol, nietwaar? Samen met Nerestro en een vrouw die ik niet meer mocht leren kennen. We hebben elkaar ontmoet in Granburg, aan de rivier, en daarna hier. Waarom, Matuc?'

De priester kneep zijn lippen samen en schudde zijn hoofd.

'Je moet het me vertellen, Matuc. Ik ben je Kabcar, desnoods kan ik je dwingen. Maar ik doe een beroep op je. Je moet een belangrijke reden hebben voor al die inspanningen. En als aan Nerestro zelfs zijn god is verschenen om hem op te dragen jou te beschermen, moet het een belangrijke zaak zijn.' Zachtjes legde Lodrik zijn hand op de schouder van de gewonde man. 'Ik vraag het je dringend. Laat me niet in het onzekere. Gaat het misschien om die voorspelling? Om mijn toekomst?'

Matuc opende zijn ogen, slikte moeizaam en knikte aarzelend. Hij had geen zin meer om alles verborgen te houden. 'Ik kan het niet langer verzwijgen, hooggeboren Kabcar. Ik ben degene aan wie de stervende ziener ooit de boodschap van Ulldrael heeft verteld. Jarenlang dacht ik dat die boodschap betekende dat uw leven moest worden beschermd om de terugkeer van de Donkere Tijd te voorkomen.' Zijn hersens werkten nu op volle toeren. Hij moest de schade voor de orde zo veel mogelijk beperkt houden. Daarom besloot hij zelf alle verantwoordelijkheid op zich te nemen. Rustig keek hij de Kabcar aan.

'Maar inmiddels was ik er niet meer zo zeker van dat de voorspelling geen heel andere betekenis zou kunnen hebben. Eigenlijk was ik naar de kathedraal gekomen om u te doden, hooggeboren Kabcar, niet om u te beschermen. De dolk die ik in mijn hand had, is waarschijnlijk begraven onder het puin.'

Er steeg een gemompel op in de kamer. Instinctief kwam de grote lijfwacht naar zijn heer toe, alsof hij hem achteraf nog tegen deze achterbakse, mislukte aanslag wilde beschermen. Maar de vorst hief een hand op om Waljakov te kalmeren. Hij haalde diep adem en leek eerder nieuwsgierig dan geschokt. 'Hoe komt u op dat idee? Waarom zou Ulldrael denken dat door mijn schuld de Donkere Tijd zou terugkeren?'

'Ik was er gewoon van overtuigd dat ik juist handelde. Zoiets kun je niet verklaren,' zei de monnik en hij tilde zijn verbonden arm op. 'Maar

inmiddels weet ik beter. Ulldrael zelf heeft u tegen mij en tegen die onbekende dader beschermd. Die laatste heb ik, eerlijk gezegd, niet eens
gezien, anders had ik me niet in de baan van het schot geworpen. Ulldrael heeft me gebruikt om u het leven te redden, waarbij hij mij tegelij-
kertijd strafte voor mijn vergissing. Dat zie ik nu duidelijk. Ik kan u,
hooggeboren Kabcar, alleen maar om vergeving smeken voor wat mij
bijna was gelukt. En ook mijn god vraag ik vergiffenis omdat ik aan zijn
boodschap twijfelde.' Hij keek naar Nerestro. 'Angor zij dank voor zijn
hulp.' Daarmee was de ridder van zijn verplichting ontslagen.

Maar de krijgsman in zijn zware wapenrusting leek daar niet erg
gelukkig mee. Hij mopperde nog wat na.

'Hoe zou ik dan de Donkere Tijd moeten terugbrengen?' vroeg Lodrik zich zachtjes af. Die beangstigende gedachte liet hem niet los nu
hij eenmaal was uitgesproken.

'Dat weet ik niet, hooggeboren Kabcar,' zei Matuc. 'Het lijkt mij nu
ook een verwarde gedachte. Ik heb me totaal vergist met dat vermoeden.'

De Kabcar stond op en keek peinzend uit het raam. 'Ik weet niet of
je je hebt vergist. Niet voor niets heeft Angor onze vriend Nerestro persoonlijk een opdracht gegeven. En een god vergist zich niet, neem ik
aan?'

'Met alle respect, hoogheid, maar dat is me ook niet duidelijk in zijn
verhaal,' beaamde de ridder.

'Belkala heeft hem om de tuin geleid,' glimlachte de priester.

'Wat?' vloog de ridder op. Met een paar stappen stond hij naast het
bed en greep de gewonde man bij zijn hemd. 'Leg uit! En snel!'

'Laat hem los,' beval Lodrik. Zijn blauwe ogen bliksemden van woede
en Nerestro had het gevoel dat hij door een soort golf werd overspoeld.
Verrast trok hij zijn handen weg, deed een stap terug en keek verbaasd
naar de jonge Kabcar, die geen vin had verroerd.

'Belkala heeft iets in zijn wijn gedaan, waardoor hij moe werd en zijn
fantasie begon te werken. Een of ander verdovend middel uit Kensustria,' loog Matuc. 'En daarna is ze zijn kamer binnengeslopen en heeft

hem een visioen ingefluisterd. Dat heeft ze me zelf verteld.'

'Wat voor belang heeft een priesteres uit Kensustria bij de dood van de troonopvolger?' wilde Stoiko weten.

'Ik had haar gevraagd me te helpen,' vervolgde Matuc zijn half verzonnen, half ware verhaal. 'Bovendien ligt Kensustria ook op Ulldart en zou dus ook worden getroffen door de Donkere Tijd. Toen ze me in mijn kerker bezocht, heb ik haar van mijn uitleg van de profetie overtuigd en haar gezegd dat we een ervaren krijgsman nodig hadden om ons doel te bereiken. De gelegenheid was gunstig.'

'Gewoon gebruikt en erin geluisd,' fluisterde Nerestro. Haat en afschuw tekenden zich af op zijn markante gezicht. 'En Angor belasterd. Als ze niet al dood was, had ik haar nu moeten vermoorden. En jou erbij, ploert.'

'Niemand vermoordt hier iemand,' zei Lodrik, die aandachtig had toegeluisterd. 'Niet voordat ik een besluit genomen heb.'

'Hij wilde zelf ook sterven,' protesteerde Nerestro opgewonden. 'Toen die verschrikkelijke verraadster stierf, wilde hij zelf ook sterven. Waarschijnlijk omdat hij zich schuldig voelde aan haar dood. En terecht. Nu kan ik blij zijn dat ze haar straf gekregen heeft.' Hij dacht even na. 'Maar ik zal mijn handen niet vuilmaken aan die oude man. Nu niet meer, omdat ik weet dat ze het niet waard was. Hij mag kreupel verder leven. Angor zal hem wel ter verantwoording roepen. En je straf in mijn kerker is je kwijtgescholden.' De ridder spuwde de gewonde man in zijn gezicht. 'Geen dank voor mijn grootmoedigheid.' En samen met Herodin stapte hij dreunend de kamer uit.

'Ik ben blij dat alles is opgehelderd,' zei Lodrik na een tijdje. 'Ik stel je eerlijkheid op prijs, Matuc, en ik zal je daar passend voor belonen. Maar voorlopig...' de Kabcar draaide zich om naar de deur, 'blijf je mijn gast, totdat alles weer tot rust gekomen is. Wil je soms een paar regels aan de Geheime Raad schrijven om hun te vertellen hoe het zit? Zelf ben ik liever niet de boodschapper van zo'n gevoelig bericht.'

'Ik zal onmiddellijk iets op papier zetten, hoogheid.'

De vorst van Tarpol glimlachte. 'Ik wens je het beste, Matuc. Hoewel je de verkeerde weg had gekozen, heb je me uiteindelijk het leven gered. Dat – en het lot van Ulldart – is het belangrijkste voor mij.' Even later was de geestelijke weer alleen in zijn kamer.

Nog altijd kleefde het speeksel van de ridder in zijn gezicht. Hij maakte geen aanstalten om het weg te vegen, maar sloot zijn ogen.

Eindelijk ben ik van die last verlost, dacht hij. Zijn eigen uitleg van het visioen ten gunste van de Kabcar was dus bevestigd. Als de Geheime Raad de zaak nog altijd anders zag, moesten ze maar een andere vrijwilliger zoeken. Matuc had genoeg voor hen opgeofferd.

Als Ulldrael en Angor werkelijk willen dat ik de Kabcar dood, moeten ze me dat zelf maar zeggen. Als het echt zo belangrijk is voor het continent, zullen ze me dat wel duidelijk maken met trommels en bazuinen.

Tot die tijd wilde hij uitrusten. Naar de kerker hoefde hij niet meer. In het voorjaar wachtte het kleine klooster in Tscherkass op hem, waar hij weer als abt zijn bescheiden bijdrage zou kunnen leveren.

Kort voordat hij insliep, dacht hij opeens aan de opgewonden kippen op het erf, zoals ze met hun vleugels sloegen en om het voer streden dat hij strooide. Wat zou hij er niet voor overhebben om daar weer terug te zijn, ver weg van Ulsar, ver weg van de overste en al die gebeurtenissen uit het verleden.

Norina stond in de kleine feestzaal, de leren tas met haar aantekeningen in haar rechterhand, en keek met open mond om zich heen. Zoveel pracht en praal had ze niet verwacht. In het paleis van de Kabcar was alles groter, duurder en imposanter dan thuis. De ambtswoning van de gouverneur leek maar een armzalige kopie.

Een paar uur geleden was het kleine reisgezelschap in de hoofdstad van het Tarpoolse rijk gearriveerd. Na de afschuwelijke, beangstigende ervaring in het bos hadden ze geen problemen meer gehad, en zonder verder oponthoud waren ze gezond en wel in Ulsar aangekomen. Norina vond de stad veel te groot en te verwarrend. Zonder Tratovs hulp zou ze hopeloos zijn verdwaald.

Nadat de bode en begeleider haar op de juiste plaats had afgeleverd, kreeg Norina de kans zich op te frissen en om te kleden, want de koning van Tarpol wilde haar bij het avondeten graag spreken over de veranderingen in zijn rijk.

Dus had ze haar mooiste Granburgse kleren aangetrokken: een getailleerde, lichte jurk met veel brokaat, stiksel en borduurwerk. Haar lange zwarte haar droeg ze los, maar wel strak naar achteren gekamd. Norina wilde niet overdreven vrouwelijk overkomen. De Kabcar moest in haar argumenten geïnteresseerd zijn, niet in haar verschijning.

Tot haar teleurstelling moest ze nu wachten. De koning was verlaat, kreeg ze te horen. Ze maakte van de gelegenheid gebruik om door de kleine feestzaal te slenteren, waar ze naartoe was gebracht.

Aanvankelijk was de brojakin wel onder de indruk van de hoge pilaren, het bladgoud, het stucwerk en de andere weelde, maar langzamerhand begon al die verspilling haar te irriteren. De duizenden waslec die dit had gekost, hadden volgens haar wel beter besteed kunnen worden.

Een livreiknecht stak zijn hoofd naar binnen. 'Brojakin Miklanowo, wilt u mij volgen? De Kabcar verwacht u in de theekamer.' Gehoorzaam liep ze achter de man aan, door eindeloze gangen en ontelbare trappen op, totdat hij eindelijk voor een deur bleef staan en Norina binnenliet.

Aan de muren hingen dikke donkerblauwe kleden, versierd met talloze gouden ornamenten, die alle geluiden dempten. In de haard knetterde een vuur en op een bijzettafeltje ervoor stonden twee dampende koppen thee. Er hing een geur van oude, gearomatiseerde pijptabak.

De brojakin wist niet precies wat ze moest doen. Blijkbaar kon de vorst elk moment binnenkomen, anders zou de thee nog niet zijn ingeschonken. Ze besloot in de kleinste van de twee stoelen te gaan zitten, haalde haar aantekeningen uit haar leren tas en las de notities voor de zoveelste keer nog eens vluchtig door.

Toen voelde ze een luchtverplaatsing door een beweging achter haar, en het volgende moment sloten twee handen zich zacht over haar ogen. Ze had niemand horen binnenkomen.

Als verstijfd zat ze in haar stoel.

'Wie ben ik?' vroeg de man. De brojakin schoot overeind toen ze de bekende stem hoorde en sloeg met haar tas naar de voormalige gouverneur van de provincie Granburg.

'Hoe kun je me zo laten schrikken?' riep ze boos. 'Ik dacht dat het de Kabcar was.'

'Zou je dat liever hebben gehad?' glimlachte hij, en hij pakte haar handen. 'En hoe spreek je tegen je gouverneur?'

'Je bent geen gouverneur meer. Dat is mijn vader nu, sinds jij een positie aan het hof gekregen hebt.' Ze schudde haar hoofd en deed een stap naar hem toe, tot ze vlak voor hem stond. 'Het is fijn je weer te zien, Pujur.'

Voorzichtig trok hij haar naar zich toe en sloot haar in zijn armen. Hij slaakte een zucht van verlichting toen ze zijn liefkozing beantwoordde. 'Ik heb je gemist, Norina. En ik heb je nodig, hier aan het hof.' Hij hield haar vast alsof hij haar nooit meer wilde loslaten. Dat contact gaf hem nieuwe kracht, alsof zijn innerlijke vuur weer brandstof had gekregen en helder oplaaide. Hij trok zijn hoofd een eindje terug om haar beter te kunnen bekijken. 'Mag het?'

De brojakin moest lachen en kuste hem als antwoord. Zacht drukte ze haar lippen op de zijne. 'Dat hoef je me voortaan niet meer te vragen,' zei ze. 'Maar nu moet je weg. De Kabcar wil me spreken over de veranderingen in Tarpol. Het zou een rare indruk maken als hij ons in zijn theekamer innig verstrengeld ziet. Of had hij jou ook uitgenodigd?'

'Nee, hoor. Maar ik zag licht branden en wilde nog even overleggen met zijne hoogheid. Ik was op weg naar het kantoor van mijn vader om wat regelingen na te kijken.' De jongeman ging in de grote stoel zitten, pakte een theekopje en deed er suiker in. 'Hij was rentmeester en hield toezicht op de financiën. Heb je een goede reis gehad?'

Norina keek hem glazig aan. 'Je zit op de stoel van de Kabcar, Pujur. En je drinkt zijn thee op.'

Lodrik knikte. 'Dat weet ik. Maar hij is er toch niet? Ik schenk wel een nieuw kopje voor hem in.'

'Maar als hij dan binnenkomt?' De jonge vrouw kwam voor hem staan en pakte hem bij zijn revers. 'Sta nou op! Hoor je me? Wat zou hij zeggen als hij je zo vindt?'

'"Goeienavond", denk ik,' zei Lodrik. Hij dronk zijn kopje in één teug leeg en schonk zich nog eens in.

'Je brengt al mijn plannen in gevaar. De Kabcar zal zo'n brutale houding niet op prijs stellen. Dan krijg jij straf en gooit hij mij de deur uit zonder naar mijn ideeën te luisteren,' vloog ze op. 'Pujur, toe! Ga weg. Denk aan Tarpol en alle dingen die wij in dit land kunnen verbeteren.'

'Ik zit hier wel gezellig,' antwoordde hij met een lachje.

De jonge brojakin kneep dreigend haar ogen samen. 'Als het moet, trek ik je persoonlijk uit die stoel vandaan, liefste.' Het koosnaampje klonk meer als een dreigement.

Er werd geklopt.

'Bij Ulldrael en Taralea, sta nou op!' Norina sleurde hem overeind. Met een zacht gekraak brak een van de opgenaaide zilverkoorden op zijn uniform. Hij slaakte een zucht.

'O, neem me niet kwalijk,' verontschuldigde ze zich, en ze drukte hem het stiksel in zijn hand, 'maar het was je eigen schuld.' Haastig wisselde ze haar onaangeroerde theekopje met het zijne om en duwde de jongeman toen naar de deur, die op hetzelfde moment openging.

Een livreiknecht, die een dienblad met eten op zijn hand droeg, maakte een diepe buiging toen hij het tweetal zag.

'De gouverneur wilde net vertrekken,' zei Norina snel. 'Eh... rentmeester Vasja gaat net weg. Zijn uniform moet naar de kleermaker.'

De jonge koning grinnikte, maar maakte geen aanstalten om te vertrekken.

De brojakin gebaarde driftig dat hij weg moest wezen, en de bediende zette grote ogen op.

'Hooggeboren Kabcar, zal ik de dame soms laten verwijderen?' vroeg de man na een aarzeling. 'Ze weet zich duidelijk niet te gedragen.'

'Nee, laat maar.' Hij pakte het dienblad aan en bracht het naar de bijzettafel. 'Ze is mijn gast.'

'De rest van het eten komt eraan, hoogheid.' En de livreiknecht verdween.

De brojakin knipperde verbaasd met haar ogen. 'Kabcar? Noemde hij je nou "Kabcar"?'

'Onder het eten kunnen we wel over de veranderingen in mijn land praten, Norina,' zei Lodrik met een uitnodigend gebaar. 'Laten we eerst maar eens zien wat de keuken voor ons heeft klaargestoofd.'

De jonge vrouw keek haar geliefde strak aan. 'Dit is toch een grap, mag ik aannemen? De Kabcar wil weten of ik gevoel voor humor heb?' Ze kwam naar Lodrik toe. 'Jij bent toch niet echt de koning van Tarpol...?'

Lodrik zwaaide wat met het losse zilverkoord. 'Je zou het bijna denken. Niemand gelooft me, maar het wekt sterk die indruk.'

'Niet te geloven!' Totaal overdonderd liet de brojakin zich op de stoel vallen, om meteen weer overeind te springen en een reverence voor Lodrik te maken, die triest mislukte. 'Wat moet ik nou doen, Pujur? Hooggeboren Kabcar?'

'Zeg maar gewoon Lodrik. Titels zijn voor de buitenwereld. Als we samen zijn, kunnen we dat gedoe wel vergeten. Ga zitten, alsjeblieft.' Hij schepte haar bord vol met heerlijk eten. 'Maar voordat we verder praten, zal ik je vertellen waarom ik onder een valse naam als gouverneur naar Granburg ben gestuurd...'

Uren verstreken, totdat Lodrik ook de kleinste details van zijn lijdensweg als 'TrasTadc' had beschreven en haar had uitgelegd waarom zijn vader hem naar de provincie had verbannen.

'En mijn vader wist dat?' vroeg Norina, die het verhaal van de jongeman met verbazing had aangehoord.

'Ik heb het hem pas aan het eind verteld.' Hij pakte haar hand. 'En later durfde ik jou de waarheid niet te zeggen omdat ik bang was voor je reactie.' Zijn stem klonk bijna mismoedig, en zo stond ook zijn gezicht. 'Ik had alles zo mooi bedacht. Bij je aankomst had ik een groot feest willen geven. Maar het is allemaal anders gelopen dan ik had voorzien. Daarom heb ik je eerder gevraagd naar het hof te komen, zodat je me kunt helpen om geleidelijke hervormingen door te voeren.'

De jonge brojakin leunde naar achteren. 'Dit had ik nooit kunnen dromen! Ik, aan het hof, als adviseur van de Kabcar.'

'Ik hoop dat ik op je kan rekenen?' Lodrik glimlachte liefdevol. 'En je bent veel meer voor me dan een adviseur, dat weet je wel.'

Ze sprong op, sloeg haar armen om hem heen en kuste hem totdat hij naar adem snakte.

'Dat zal ik maar als "ja" opvatten,' straalde hij, maar toen werd hij weer ernstig. 'Norina, ik moet je iets zeggen.' Hij keek haar recht aan. 'Ik had om je hand willen vragen.' Haar adem stokte hoorbaar. 'Maar... er is iets veranderd. Mijn vader heeft in zijn testament bepaald dat ik met mijn nicht moet trouwen. Als ik weiger, verlies ik de troon.' Hij knielde voor haar neer op het kleed. 'Maar mijn hart behoort alleen aan jou, dus wil ik je altijd aan mijn zij hebben. Dat weet ik al heel lang. Jij geeft me kracht, dat voel ik, en die zal ik de komende tijd hard nodig hebben.' Teder streelde Lodrik haar wang. 'Je kunt officieel niet meer zijn dan mijn geliefde. Zou je met die situatie kunnen leven? Wíl je wel bij me zijn?'

Ze aarzelde geen ogenblik. 'Ja, daar kan ik mee leven. En dat wil ik.' Weer kuste ze hem, en ze knielde bij hem neer. 'Samen zal het ons lukken om het volk van Tarpol een betere tijd binnen te leiden. Wie zou je daar anders bij moeten helpen dan ik?'

Lodrik hield haar vast tot ze geen lucht meer kreeg. 'Goed! En nu moeten we ernstig nadenken. Over een paar dagen zal ik de raad van brojaken bijeenroepen om de eerste hervormingen te bespreken.'

'Laten we beginnen,' glimlachte Norina en ze spreidde haar aan-tekeningen uit.

Heimelijk volgde de koning de jonge vrouw bij haar bezigheden. Zijn blik gleed over haar zwarte haar en omlaag langs haar getailleerde jurk. Als vanzelf stak hij zijn armen uit en met een snelle beweging streek hij haar haar opzij en kuste haar nek.

Ze huiverde, draaide zich om en slikte. Het kleine adertje bij haar slaap gloeide op. 'Dat bedoelde ik eigenlijk niet met "beginnen".' De pa-pieren gleden uit haar hand.

'Ik ben nog nooit met een vrouw geweest, Norina,' bekende hij zacht. 'Lach me alsjeblieft niet uit als ik iets verkeerds doe.'

Norina glimlachte bijna verlegen en knoopte zijn uniform open. 'Ik was ook nog nooit met een man, Lodrik. We zullen het allebei moeten leren.'

Zijn hand ging naar de ceintuur van haar lijfje en maakte het los. Haar borsten rezen en daalden snel, en ook zijn ademhaling ging onrustig. Eén kort moment dacht hij terug aan die vreselijke nacht in Granburg, toen zijn nicht hem zo had vernederd, en zijn vingers aarzelden.

Vragend keek hij zijn lief aan, die hem met haar ogen toestemming gaf, en hij ging door.

Zo kleedden ze elkaar uit. Toen Lodrik haar lichaam zag, in de warme gloed van de haard, voelde hij zich overweldigd. Voor hem was ze de mooiste vrouw van het continent, een vrouw die hem haar hart geschonken had. Vannacht zou die band eindelijk worden bezegeld.

Huid tegen huid. Voorzichtige handen vonden hun weg. Norina's geurige haar kietelde hem, hij streelde haar en voelde haar liefkozingen, tot het moment waarop de kamer voor zijn ogen verdween in een draaikolk van heftige gevoelens, zoals hij nooit eerder had beleefd.

Nerestro zat al een uur moederziel alleen in een kroegje waarvan hij de naam niet eens wist en leegde de ene pul Tarpools bier na de andere om zijn gevoelens en zijn zorgen te vergeten.

Matucs woorden hadden hem ongelooflijk kwaad gemaakt. Maar hoe meer alcohol hij dronk, des te groter werd zijn woede, in plaats van te verminderen. Hij wilde die man niet meer in zijn buurt hebben, daarom had hij hem zijn straf kwijtgescholden.

Het speet de ridder dat de monnik niet van zijn eigen stand was, zodat hij genoegdoening had kunnen eisen. Goed, hij had de kreupele priester met één klap naar de andere wereld kunnen helpen, maar dat stond hem tegen. Het bevredigde zijn wraakgevoel dat de oude man zijn been kwijt was, maar toch verlangde hij naar een echte strijd.

Misschien was het alleen de behoefte zich af te reageren, iemand iets aan te doen, zijn zwaard in een tegenstander te boren en zijn woede uit te schreeuwen.

'Hé, waard!' bruldе hij door de gelagkamer, waar hij inmiddels de enige gast was, en hij sloeg met zijn kroes op de tafel. 'Nog een bier!'

Haastig kwam de man met nog een pul en zette die voor de ridder neer. 'Heer, ik moet sluiten. Als de wachters komen en mijn zaak nog open is, krijg ik een boete.'

'Wat kan mij dat schelen?' gromde Nerestro. Hij speelde met zijn baard en dronk de pul in één teug leeg. 'Nog maar een.' De waard bleef besluiteloos staan. 'En snel!' riep de ridder, en hij gaf de man een schop. Toen tastte hij naast zich, greep zijn boog en spande de pees met behulp van de hefboom.

Hij richtte op een schild dat als versiering boven de haard hing, en schoot. Dicht naast elkaar sloegen de pijlen in. Het hout was er niet tegen bestand en spleet.

'Ha!' juichte Nerestro. 'Een voltreffer. Weg met dat ding.' Met logge bewegingen legde hij weer een pijl aan, wat hem slechts met uiterste concentratie lukte. Tegelijk dronk hij de kroes leeg die de waard hem bevend voorzette. Daarna kwam hij overeind, zwaaiend op zijn benen.

Met een minachtend gebaar smeet hij een handvol munten op de vloer. 'Geen dank voor mijn gulle gaven.' Boerend gooide hij zijn bontmantel over zijn wapenrusting en stapte naar buiten.

Na enig zoeken vond hij de weg naar de stal, maakte zijn hengst Bolkor los en hees zich met moeite in het zadel. Half rechtop reed hij door de nachtelijke straten van Ulsar. Waar het paleis precies lag, wist hij niet, maar de eerste wachters die hij tegenkwam, zouden het hem wel vertellen als ze zagen wie ze voor zich hadden.

'Ik heb namelijk het leven gered van de man die de Kabcar het leven heeft gered!' zei hij halfluid. 'De stad ligt aan mijn voeten.' Hij onderdrukte de hik. 'Jazeker, ik ben Nerestro van Kuraschka,' riep hij, 'en jullie kunnen allemaal de pleuris krijgen!'

Een raam ging open en hij kreeg een stinkende smurrie over zijn dure bontmantel, begeleid door een verwensing.

De ridder hield zijn paard in en stortte uit het zadel. Het bier deed zich gelden; van zijn evenwichtsgevoel was weinig meer over.

Vloekend kwam hij na een paar pogingen weer overeind, greep zijn boog en liep de straat door, steunend tegen de muur, tot hij bij een steegje kwam. Bolkor, die door zijn baas op dit soort situaties was getraind, volgde hem trouw. Maar opeens bleef het dier staan en begon opgewonden te snuiven.

Ondanks zijn benevelde toestand reageerde de ridder bliksemsnel. Hij rukte de zware boog omhoog, met de punt naar voren. Wankelend bleef hij in het donker staan luisteren. Het enige wat hij hoorde, was zijn eigen hijgende ademhaling. Tot overmaat van ramp voelde hij dat hij moest kotsen.

Een smal silhouet dook in het steegje op en kwam langzaam naar hem toe.

'Ho!' beval hij. 'Zeg wie je bent, anders krijg je een pijl van hout en staal tussen je ribben.'

Maar de onbekende liep door. Bolkor legde zijn oren in zijn nek, deinsde terug en steigerde. Nerestro vertrouwde het niet.

'Staan blijven! Ik waarschuw je. Dit is niet mijn beste dag.' Nog steeds kwam de gestalte onverstoorbaar op hem toe.

'Goed. Dan moet je het zelf maar weten.' De ridder richtte zijn boog en schoot twee zoemende pijlen af. Maar tot zijn ontzetting leek het of hij de onbekende had gemist.

Onhandig greep hij naar het heft van zijn zwaard, maar voordat hij het Aldorelische wapen kon trekken stond de gestalte al voor hem.

'Gegroet, Nerestro van Kuraschka. Lakastra, de god van de zuidenwind en de wetenschap, zij met u op uw pad.'

Een zwakke straal maanlicht viel over het gezicht van de gedaante en hijgend deinsde Nerestro terug. Al bij die groet was de angst hem om het hart geslagen, en nu wist hij het zeker. Het vale licht scheen op het gezicht van de vrouw die hij een paar weken geleden onder een hoop stenen in Granburg had achtergelaten.

Maar de bronzen teint van haar huid was verdwenen en haar ogen, ooit glanzend als barnsteen, waren nu kleurloos en dof. Haar groene haar leek donkerder dan voorheen. Ze droeg ook andere kleren: de versleten kleding van een Tarpoolse boer.

'Belkala,' fluisterde hij geschrokken. Ze glimlachte en elk moment verwachtte hij dat haar huid zou scheuren en openspatten, zoals hij in die afschuwelijke nachtmerrie had gezien. Maar niets van dat alles. 'Ik dacht dat je...'

'... dood was?' vulde ze vriendelijk aan. 'Ja en nee. Dat was ik wel, maar Lakastra heeft me teruggestuurd om jullie te helpen.'

'Ons te helpen?' Nerestro was nu van de eerste schrik bekomen. 'Hou maar op met die komedie. Matuc heeft alles bekend.' Hij trok zijn zwaard. 'En daarvoor zal ik je opnieuw moeten doden, smerige verraadster.'

De priesteres fronste haar wenkbrauwen. 'Ik begrijp er niets van. Zo ruw en grof ken ik je niet. Waar is je respect gebleven?'

'O, verbaast je dat?' Nerestro drukte de punt van het zwaard tegen haar keel, waar de rode striem van het touw nog te zien was. 'Dan help ik je op weg. Jij hebt me met je Kensustriaanse gifdrank betoverd, zodat ik hallucineerde dat mijn god Angor tot me sprak. Jij hebt gemene zaak gemaakt met die monnik van Ulldrael en mij op een schandalige manier belazerd.' Hij zette wat meer druk op het wapen. 'Dat zal ik je nooit vergeven.'

'O, juist.' Ze lachte bijna honend en toonde haar scherpe hoektanden, die Nerestro groter leken dan eerst. 'Dus ik ben op weg gegaan om me door jou te laten afslachten uit naam van Angor? En jij denkt dat Lakastra daarbij werkeloos toeziet?' Ze trok haar grove jas half open. De twee pijlen staken diep in haar borst. Een voor een trok Belkala ze uit haar lichaam, brak ze doormidden en smeet ze de verbijsterde Nerestro voor de voeten. 'Mijn god beschermt me omdat ik een opdracht te vervullen heb.'

'Monster! Jij bent Belkala niet!' De ridder stootte toe. Bijna zonder weerstand priemde het Aldorelische zwaard door haar hals en kwam er aan de andere kant weer uit.

Belkala glimlachte nog steeds.

Bliksemsnel greep ze de Angor-ridder bij zijn nek, trok hem naar zich toe en drukte haar koude lippen op de zijne. Dat het wapen zich daardoor steeds verder in haar hals boorde, deerde haar niet. Het zwaard stak nu tot aan het heft in haar keel. Krakend doorboorde het metaal de wervel. Toen duwde ze Nerestro lachend weer van zich af en maakte zich van het zwaard los. Er vloeide geen druppel bloed en de wond scheen zich vanzelf te sluiten.

Nerestro viel met een klap in de vuile sneeuw, veegde walgend zijn mond af en wees met het zwaard in de richting van de vrouw.

'Dat is... tegennatuurlijk. Tegen de wetten van de goden!' stamelde hij.

'Wat leeft, moet ook sterven.'

De priesteres schudde haar hoofd. Haar groene haar danste even op en neer. 'Niet als je een god aan je kant hebt.' Ze stak hem een hand toe om hem overeind te helpen. 'Voelde die kus zo doods? Heb je dat niet altijd gewild?'

De ridder hees zich aan de muur omhoog en verloor de Kensustriaanse niet uit het oog. 'Ik wilde de oude Belkala. Wat jij bent, weet ik niet, maar niet veel goeds.'

'Onzin,' viel ze heftig uit. Ze kwam weer een stap dichterbij en raakte hem aan. 'Hou me maar vast. Ik ben dezelfde die je van de strop hebt gered. En we moeten doorgaan met onze missie. Dat verhaal van Matuc is gelogen.'

'Dus we moeten de Kabcar doden om de Donkere Tijd te voorkomen?'

Ze keek hem verrast aan. 'Dus je kent de waarheid? Des te beter.'

'Verdwijn, monster dat je bent!' riep hij. En inderdaad week ze terug.

'Ik zal je tijd geven om erover na te denken,' zei ze zacht. 'En ik zal Lakastra vragen met Angor te spreken. Als hij weer aan je verschijnt terwijl ik niet in de buurt ben, zul je je god wel moeten geloven.' Ze draaide zich om en vertrok. 'En ik zal met Matuc praten.'

Pas toen ze aan het eind van het steegje was verdwenen, liet hij zijn zwaard weer zakken. Bevend stak hij het in de schede, hing zijn boog aan het zadel en klom op Bolkors rug. Het paard scheen gekalmeerd.

De vijf diepe schrammen in zijn nek, die genezen leken, brandden weer als vuur.

Huiverend reed hij door Ulsar, tot hij op aanwijzing van een wachter het paleis had gevonden, waar hij op zijn legerstee in een onrustige slaap viel.

Matuc opende zijn ogen en keek in het gezicht van de priesteres uit Kensustria.

'Belkala?' Hij was opeens klaarwakker en ging rechtop zitten. Het maanlicht viel wit en troebel zijn kamer binnen. 'Droom ik?'

'Nee, lieve vriend.' De vrouw stond naast zijn bed en glimlachte. 'Ik ben terug, Matuc. Lakastra heeft me teruggestuurd om onze opdracht samen uit te voeren.'

'Maar hoe doet Lakastra dat? Je was dood. Je bent in mijn armen gestorven.' De monnik stak voorzichtig een hand uit en raakte haar aan. 'Jouw god lijkt wel heel machtig.'

'Maar hij heeft me alleen kunnen vinden en weer tot leven wekken omdat jij mijn aanwijzingen zo trouw hebt opgevolgd. Daar ben ik je eeuwig dankbaar voor.' Ze kuste hem op zijn voorhoofd. 'Zonder jou zou ik nog onder die berg stenen begraven liggen.' Ze keek op hem neer. 'Arme Matuc. Wie heeft je dat aangedaan?'

De man lachte boosaardig. 'Nerestro heeft mijn leven gered.'

'Dat is het soort hulp dat je van hem kunt verwachten.' Ze kwam naast hem op het bed zitten. 'Ik heb ook al met hem gepraat. Wat heb je hem verteld? Waarom heb je tegen hem gelogen?'

'En hij heeft je in leven gelaten? Dan is zijn woede zeker gezakt.' Hij schoof wat naar boven en leunde met zijn hoofd tegen de muur. 'Ik wist niet zo zeker of we de Kabcar wel moesten doden om de Donkere Tijd te voorkomen. De Geheime Raad klonk wel overtuigd, maar ik had mijn twijfels. De Kabcar doden, of hem juist beschermen? Het is allebei mogelijk. Nog altijd.' Er ging een spiertrekking door zijn gewonde been. 'Denk maar na. We hebben zoveel meegemaakt. We werden voortdurend tegengewerkt, altijd gebeurde er iets, en de nieuwe Kabcar bracht het er steeds levend vanaf. Zelfs bij die ramp tijdens het kroningsfeest.' Belkala keek vragend en Matuc beschreef haar wat er was gebeurd, inmiddels alweer twee weken geleden. 'Zoveel geluk heeft geen mens. Ulldrael moet hem helpen, anders kan ik het niet verklaren.'

De vrouw uit Kensustria legde haar handen in haar schoot. 'Kan het ook Tzulan zijn die hem helpt?'

'Tzulan is door Taralea verscheurd.' Matuc schudde zijn hoofd. 'Nee, het is zoals ik al vermoedde. Wij hadden er bijna zelf voor gezorgd dat de Donkere Tijd zou terugkeren.'

'En daarom heb je tegen Nerestro gelogen?'

'Wat had ik hem anders moeten zeggen? Dat Angor een slachtoffer was van mijn vergissing? Dat had hij nooit geloofd.' Hij pakte haar hand. 'Vergeef het me. Ik had geen idee dat jij nog leefde. Voor mij was het de eenvoudigste manier om hem van zijn verplichting te ontslaan. En de Kabcar weet inmiddels alles.'

De priesteres legde haar handen om de zijne. 'Ik was bij Lakastra en hij heeft tot me gesproken. Maar hij zei niet dat onze missie een vergissing was.'

'Maar ik geloof er niet meer in,' zuchtte Matuc. 'Echt niet.'

'En toch kan de Geheime Raad nog altijd gelijk hebben,' veegde ze zijn bezwaren opzij. 'Dus jij hebt de Kabcar het leven gered?'

'Ja. Een geluk voor ons allemaal.' De geestelijke knikte. 'Ik denk dat de overste die boogschutter had ingehuurd voor het geval mijn aanslag zou mislukken.'

'Heel ironisch dat uitgerekend jij die pijl hebt opgevangen.' Belkala moest erom glimlachen. 'Maar jouw heldendaad geeft ons een nieuwe kans. Als we de Kabcar toch moeten doden, zullen we steeds in zijn buurt moeten zijn.'

'Nerestro mag zo lang in het paleis logeren als hij wil, heb ik begrepen. Maar hij zal niet meer met ons plan meedoen. Dat is mijn eigen schuld.'

'We hebben een excuus nodig om zelf ook in het gezelschap van de koning te kunnen blijven. Zodra dan blijkt dat het slecht gaat met het continent, slaan we toe. Tot dat moment wekken we de schijn dat we ons zorgen maken om hém.' Haar ogen kregen weer de kleur en glans van barnsteen. 'De Kabcar is je wel iets schuldig, dus kun je hem vragen...'

'Nee, ik doe niets meer,' protesteerde hij krachtig, en hij keek uit het raam. 'Als Ulldrael wil dat ik iemand dood, moet hij het me zelf maar zeggen. Anders haak ik af. Ik heb al genoeg offers gebracht. Zodra ik heb leren lopen met dat houten been, ga ik naar Tscherkass terug. Onze edele ridder heeft me mijn straf kwijtgescholden.'

Belkala stond op. 'Ik zal nog een keer met Nerestro praten. Misschien laat hij zich overtuigen.' Ze liep naar de deur. 'Maar vergeet niet dat jij de enige bent die het visioen heeft gehoord. Jij bent verantwoordelijk als het met Ulldart verkeerd afloopt.'

De volgende morgen waren twee dingen in Ulsar het gesprek van de dag.

Het ene was de raadselachtige moord op twee dagloners die met doorgesneden keel in een steeg waren gevonden. Er waren grote stukken vlees uit hun lichamen gehakt, maar de sneeuw eromheen vertoonde geen bloedsporen, op een paar druppels na. De stadswacht vermoedde dat ze ergens anders waren vermoord en pas later op die plek waren neergelegd.

Over de reden voor zo'n gruwelijke daad liepen de meningen op de marktpleinen uiteen. Sommige mensen hielden het op moerasmonsters die heimelijk de hoofdstad waren binnengedrongen, anderen geloofden dat het Tzulani waren geweest en weer anderen dachten aan een bendeoorlog. De stadswacht breidde de patrouilles uit.

Nog veel belangrijker en ingrijpender voor de stad was het verschrikkelijke nieuws over de ondergang van de oude, eerbiedwaardige kathedraal. Heel wat mensen hadden in de vroege morgen het dreunende gerommel gehoord waarmee het gebouw was ingestort. Op de plek waar Ulldrael de Rechtvaardige bijna achthonderd jaar was geëerd was nu nog slechts een puinhoop te vinden.

De Geheime Raad had een onderzoek gelast en maakte nog dezelfde dag de uitkomst bekend. Een steenhouwer had de fout gemaakt om bij de verbouwing drie dragende pilaren weg te halen. Zonder voldoende ondersteuning en stabiliteit was het koepeldak verzakt en gebroken, waardoor de hele kathedraal als een kaartenhuis was ingestort.

Maar de Geheime Raad zag hierin ook een teken van Ulldrael de Rechtvaardige om duidelijk te maken dat hij een mooier gebedshuis te zijner ere wilde.

Een dag later werd een heel leger van vrijwilligers opgetrommeld om het puin gelijkmatig te verspreiden tot een metershoog platform als fundament voor het nieuwe godshuis. Een groot aantal architecten van de orde boog zich over de nieuwe plannen.

In het paleis werd alleen over de ineenstorting gesproken. Het bericht over de barbaarse moorden drong niet binnen de paleismuren door.

Lodrik en Norina hadden een liefdesnacht met elkaar doorgebracht die naar meer smaakte. Maar eerst moesten de voorzichtige hervormingen nader worden uitgewerkt. Een voorbereidingstijd van vier dagen was erg kort, maar dan moest de raad van brojaken over de plannen worden ingelicht.

Ook Stoiko en kolonel Mansk leverden hun bijdragen aan de voorstellen, waarbij de officier vooral een matigende invloed had. Waljakov stond er rustig bij en schudde soms zijn kale hoofd als hij naar de discussies luisterde.

Lodriks nicht liet zich voorlopig nauwelijks zien, wat iedereen goed uitkwam. Ze amuseerde zich op haar kamer met bereidwillige mannen, waarvan er in Ulsar genoeg te vinden waren. Ze had een voorkeur voor officieren van de paleiswacht, maar er kwamen ook herenboeren langs. De rest van de tijd ging ze kleren en juwelen kopen.

Twee keer verscheen ze in de theekamer om verveeld de voorstellen voor hervormingen door te lezen. Zo nu en dan lachte ze ongelovig en maakte ze zich vrolijk over de ideeën. Zodra ze merkte dat Norina inwendig zat te koken, dreef ze haar bijtende spot tot aan de grenzen van het betamelijke, alleen om de brojakin te provoceren. Maar de jonge vrouw beheerste zich, met haar vuisten gebald en haar nagels in haar vlees gegraven. Haar blikken spraken boekdelen, maar Aljascha was een vasruca en voorlopig kon ze zich niet veroorloven een edelvrouwe te beledigen. Norina wist heel goed dat Lodriks nicht op een kans loerde om haar hogere maatschappelijke positie tegenover haar rivale uit te spelen.

Eindelijk was het zo ver. Met een lijfwacht van tien soldaten ging de Kabcar op weg naar het grote raadhuis aan de markt, tegenover de voormalige kathedraal van Ulldrael. Norina was er al. Als brojakin behoorde ze tot de rijen van de herenboeren en niet tot het gevolg van de koning. Voorlopig wilden de twee jonge mensen niet te veel met hun relatie te koop lopen.

Zenuwachtig stapte Lodrik uit de koets en beklom de hoge trappen, met zijn gevolg op sleeptouw. Hij stapte de grote, met donker hout betimmerde hal binnen en stond even later voor het zware, dubbele portaal. Een luid geroezemoes drong naar buiten door. De jonge Kabcar liet de deuren openen.

In de twintig meter hoge zaal stonden links en rechts honderdvijftig zetels opgesteld, kostbaar bewerkt en versierd. De zetelvolgorde binnen de raad werd bepaald door de grootte van de landgoederen. Vooraan zaten normaal de rijkste landheren, achteraan de minst vermogende boeren. Ook edelen hadden zitting in de raad als ze voldoende grond bezaten.

Door deze opstelling ontstond een vrije rechthoekige ruimte in het midden. Daar konden mensen verzoekschriften indienen en toelichten. Gasten mochten niet gaan zitten. Aan het eind van de zaal stond een grote leunstoel, bijna een troon, voor de koning, met daarboven het wapen van de Bardri¢s.

Toen Lodrik binnenkwam, zag hij acht brojaken druk gesticulerend rond Norina staan, die rustig op een van de voorste rijen zat en zich niets van het geroep van de baardige, duur geklede mannen aantrok. De andere herenboeren hadden al plaatsgenomen en praatten wat met elkaar. Regelmatig gingen hun blikken naar de jonge vrouw.

De Kabcar moest even grijnzen. Met haar eigen grond en de overgenomen landerijen van de terechtgestelde verrader Jukolenko was ze daadwerkelijk een machtige brojakin geworden. Geen wonder dat de oudgedienden daar niet blij mee waren.

De bode bij de deur kondigde de binnenkomst van de vorst van Tarpol aan. Iedereen stond op en maakte een buiging, en onmiddellijk verstomde het gemompel. Op weg naar zijn prachtige stoel liet Lodrik zijn blik over de gezichten van de grootgrondbezitters glijden en wist hij dat het niet gemakkelijk zou worden. Norina's toetreding tot de raad werd als een belediging opgevat, nog voordat er één woord over de hervormingen was gezegd.

Hij ging zitten, terwijl Stoiko en Waljakov zoals gebruikelijk positie kozen links en rechts van hem.

'Hierbij verklaar ik de eerste zitting van de raad van Tarpoolse brojaken onder het nieuwe staatshoofd voor geopend,' verhief de vorst zijn stem. 'Liggen er al voorstellen ter bespreking?'

'We moeten een nieuwe voorzitter van de raad kiezen, hooggeboren Kabcar,' zei een van de herenboeren. 'Ik heb besloten het ambt neer te leggen. Als mijn opvolger stel ik hara¢ Tarek Kolskoi kandidaat.'

'Waarom juist hij?' informeerde Lodrik, die verbleekte. Nu pas ontdekte hij de Granburgse edelman in de zaal en vervloekte hem in gedachten. Bovendien zat zijn vijand bijna vooraan. 'Bij mijn weten is hij niet eens grootgrondbezitter.'

'Hooggeboren Kabcar, wie had kunnen denken dat wij elkaar op deze verrassende wijze zouden terugzien?' Nam Kolskoi het woord. In zijn linkerhand had hij een stapel papieren. 'Het doet me genoegen u te zien. Uw promotie van gouverneur tot staatshoofd is razendsnel gegaan. En ook ik ben daardoor opgeklommen. Wat het noodzakelijke grondbezit betreft: de brojaken van Granburg, met uitzondering van een zekere Norina Miklanowo en haar vader, hebben mij hun land in beheer gegeven.' Met een voldane uitdrukking op zijn roofvogelkop zwaaide hij met de paperassen. 'Dit zijn de overdrachtspapieren. Als u nog twijfelt, kunt u ze uitvoerig onderzoeken, hooggeboren Kabcar. Ik heb alle recht op een positie hier en op de functie van voorzitter.'

'Dan stel ik brojakin Norina Miklanowo kandidaat voor het voorzitterschap,' reageerde Lodrik. 'Wie voor hara¢ Tarek Kolskoi is, steekt zijn hand omhoog.' Bijna alle armen gingen omhoog. 'En wie stemt voor brojakin Norina Miklanowo?' Alleen Norina zelf en de Kabcar staken hun hand op, verder niemand. 'Dan feliciteer ik u met uw benoeming, hara¢ Kolskoi,' zei de jongeman grimmig. De eerste slag binnen de raad had hij al verloren.

'Hartelijk dank, hooggeboren Kabcar.' De magere edelman maakte een lichte buiging. 'En ik dank de raad voor haar bijna unanieme vertrouwen.' Nadat hij zijn papieren had neergelegd, pakte hij een ander vel. 'En dan heb ik nog een paar kleinigheden.'

Stoiko boog zich naar Lodrik toe. 'Dit is de eerste keer dat het me spijt dat u bij de rechtszaak tegen die verraders in Granburg niet wat willekeuriger te werk bent gegaan, heer.'

'Dat kunnen we altijd nog herstellen,' bromde Waljakov in het andere oor van de vorst.

Maar de jongeman haalde zijn schouders op. 'Niet op die manier.'

'Hooggeboren Kabcar, u hebt ons met de benoeming van een brojakin nogal overvallen,' begon Kolskoi. 'Mij zelfs twee keer, als ik terugdenk aan Granburg. De raad voelt zich gepasseerd en ziet hierin een ernstige breuk met de Tarpoolse traditie. Hoewel er juridisch niets tegen te ondernemen valt, verzoekt de raad de Kabcar toch deze stap weer terug te draaien. Met alle respect: een vrouw, en dan nog wel zo'n jonge vrouw, heeft in dit gezelschap niets te zoeken. Hiermee zou u alsnog blijk kunnen geven van uw hoogachting voor de raad.'

De Granburger keek Lodrik met zijn bruine ogen scherp aan. Hij was duidelijk benieuwd hoe de vorst zich uit deze raak zou redden.

'Geachte raad, ik geef toe dat ik de vergadering heb overrompeld,' antwoordde Lodrik. 'Maar Norina Miklanowo is brojakin en mag dus deelnemen. Ik hou me daarbij aan de bestaande wet. Zie het maar als een aankondiging dat er in dit land enige zaken gaan veranderen. Weliswaar geleidelijk, heel behoedzaam, en stap voor stap.' De brojaken fluisterden met elkaar.

'Dus u komt hier niet op terug? Helaas. Dan komen we bij het volgende punt,' ging Kolskoi verder. 'De raad is geïnformeerd over de hervormingen die de hooggeboren Kabcar in Granburg heeft doorgevoerd. Aangezien de raad vreest dat dit geen gunstige invloed op de inwoners van de andere provincies zal hebben, verzoeken wij u bepaalde veranderingen te herroepen, zoals het vrij verzamelen van sprokkelhout en het laten grazen van varkens in de bossen.'

'Ik moet u tegenspreken, hara¢ Kolskoi,' viel de jongeman hem in de rede. 'Ik ben juist van plan deze hervormingen in alle provincies door te voeren. De instructies aan de gouverneurs zijn al ondertekend.' Het geroezemoes in de raad zwol aan.

Lodrik ergerde zich aan deze aanmatigende houding. De raad had immers slechts een adviserende rol, dus wat verbeeldden die grootgrondbezitters zich wel? In zijn irritatie ging hij nog een stap verder.

'Bovendien zal de lijfeigenschap, zoals de brojaken die op hun grondgebied kennen, opnieuw worden beoordeeld. Het wordt tijd de onderdanen te verlossen van een deel van hun onnodige, gedwongen arbeid. Voor hun werk kunt u hen ook betalen.' Hij leunde naar achteren op zijn stoel, legde zijn vingertoppen tegen elkaar en keek de zaal rond, zonder acht te slaan op de waarschuwende blik van Stoiko. 'Ten eerste, en dat kan bij voorkeur nog deze winter worden geregeld, wil ik de gedwongen hulp bij de bouw van gebouwen afschaffen. Als iemand van u, rijke en machtige heren, in de toekomst nog een schuur, een huis of wat dan ook wil bouwen, zult u de arbeiders hun werk moeten vergoeden. Dat geldt voor alle hulp van gewone Tarpolers.' Hij stond op. 'De gouverneurs krijgen bovendien instructie om klachten van mijn onderdanen serieus te behandelen. In elke provincie en elk garnizoen komt een kantoor waar het volk zich over de brojaken kan beklagen. En Ulldrael sta u bij als er te veel van die klachten komen.'

Nu brak er een waar tumult in de raadzaal los. Norina keek bezorgd. De lijfwachten stelden zich behoedzaam rond de Kabcar op en Waljakov hield alles scherp in de gaten.

'Vrienden! Stilte in de zaal!' riep de voorzitter de grootgrondbezitters tot de orde. En ze luisterden. 'Wilt u die bepalingen niet nogmaals over-wegen, hoogheid?' vroeg Kolskoi met een loerende blik.

'U hebt mijn besluit gehoord. Waarom zou ik erop terugkomen?' Lo-drik ging weer zitten. 'Het gewone volk van Tarpol moet worden ont-zien. Het heeft al te lang onder uw juk geleden. En de omroepers die het goede nieuws bekend moeten maken, zijn al onderweg.' Triomfan-telijk keek hij op. 'Gooi je nu weer honderd waslec op de tafel om te vertrekken, Kolskoi?'

De hara¢ maakte een buiging. 'Nee, hooggeboren Kabcar. Nu niet. Deze keer zult ú geld op tafel moeten leggen.'

De jonge vorst kneep zijn ogen argwanend halfdicht. 'Hoe bedoel je?'

'De raad heeft de vrijheid genomen een berekening op te stellen van alle schulden die uw vader in de loop van zijn bewind heeft gemaakt.' Hij bukte zich, zocht naar iets en hield toen een redelijk dik boek omhoog. 'Waarvoor hij al dat geld nodig had, moet u maar in uw eigen administratie nazien, hooggeboren Kabcar.' Hij legde het boek bij Lo-drik neer. 'Nu willen wij niet zo brutaal zijn dat bedrag in één keer terug te vorderen, maar u bent het met me eens dat we lang genoeg op onze rente hebben gewacht. Dat houdt in dat u aan het begin van het jaar een som van 220.100 waslec schuldig bent. Ook de brojaken hebben hun kosten. En nu u hebt besloten dat we de lijfeigenen voor hun diensten moeten betalen, hebben we dat geld op tijd nodig.'

Lodrik doorzag het spelletje. 'Maar als ik mijn besluiten terugdraai, wordt me grootmoedig uitstel van betaling verleend?'

'Zoiets, hooggeboren Kabcar,' knikte de Granburger. Met een glim-lach haalde hij nog een papier tevoorschijn dat hij in een mouw verbor-gen had. 'O, dat was ik bijna vergeten. Ook het Ontariaanse koop-mansgilde heeft nog enkele openstaande posten die wijlen uw vader niet meer tijdig heeft kunnen voldoen. Een paar wissels, als ik de Ontaria-nen goed heb begrepen.'

Woedend liep Lodrik op Kolskoi af, griste hem het papier uit de hand en las het snel door. 'Nog eens vijftigduizend waslec.' Hij staarde de edel-man aan. 'Dat hebt u zelf bekokstoofd.'

'Nou, de raad van brojaken zou het koopmansgilde tot een soepele houding kunnen bewegen.'

'Dit is chantage!' viel Lodrik nijdig uit en hij wapperde met het papier. 'Jullie saboteren mij en mijn werk. Ik ben de Kabcar, vorst van Tarpol, en ik laat me niet de wet voorschrijven door een stel arrogante brojaken. De bepalingen blijven van kracht.'

'Ik vraag u om uw houding voor de volgende zitting te herzien, hooggeboren Kabcar,' adviseerde Kolskoi. 'U weet dat dit slechts de rente is, die wij legitiem kunnen eisen. Ik heb het nog niet gehad over de lopende betalingen aan het hof, laat staan de aflossing van de hoofdsom of de terugbetaling van alle schulden.'

'Dat is een onbeschaamd dreigement!' bulderde Lodrik. Heel even gloeiden zijn blauwe ogen op. Totaal onverwachts werden Kolskoi de benen onder zijn lichaam weggeslagen en maakte hij een tuimeling waardoor hij hard tegen de marmeren vloer van de raadzaal sloeg. Stoiko trok zijn wenkbrauwen hoog op en staarde zijn heer ongelovig aan. De rest van de zaal kromp bijna collectief ineen.

De jonge vorst voelde zich duizelig worden en wankelde. Haastig greep Waljakov hem onder de arm en Stoiko veegde het bloed weg dat uit zijn neus druppelde.

De Granburgse edelman hees zich moeizaam overeind en deinsde terug.

'U bent gevallen,' zei de lijfwacht nadrukkelijk tegen de man. 'De vloer hier kan heel glad zijn. Wees voortaan wat voorzichtiger, hara¢.'

'Daar kunt u op rekenen,' antwoordde Kolskoi en hij ging weer zitten. 'En niet alleen vanwege het marmer.' Met een grimas masseerde hij zijn schouder, waarop hij pijnlijk terecht was gekomen.

'Ik herhaal het nog één keer,' zei Lodrik, die zijn vingertoppen weer voelde tintelen. 'De hervormingen gaan door.'

'En wij blijven tegen,' verklaarde Kolskoi nadrukkelijk. 'We verzetten ons tegen die veranderingen, hooggeboren Kabcar. Ze zullen het land dat uw vader − vooral met de hulp en steun van de brojaken − zo uitstekend heeft geleid aan de rand van de ondergang brengen. Dat accepteren wij niet.'

'De zitting is gesloten,' fluisterde Lodrik woedend. Hij liep terug, liet zich op zijn stoel vallen en legde een hand over zijn ogen. 'En nu wegwezen!'

Zijn bloed gonsde niet meer zo luid in zijn oren en langzamerhand kreeg hij zijn zelfbeheersing terug. De zaal stroomde leeg.

Norina trok voorzichtig zijn hand weg en nam zijn gezicht in haar handen. 'Je hebt je er goed doorheen geslagen. Je hebt ze laten zien dat ze niet met een zwakkeling of een marionet te maken hebben die ze gemakkelijk kunnen manipuleren, zoals ze misschien hadden gehoopt.' Ze kuste hem.

'Ja, we hebben niet met ons laten spotten,' zei Stoiko op de achtergrond. 'Maar dat uitgerekend onze vriend Kolskoi, die dorre vogelverschrikker, hier weer opdook, was toch wel een verrassing. En bij wijze van uitzondering ben ik het helemaal met Waljakov eens.' Zijn handen vormden een denkbeeldige strop. 'Dit probleem hadden we al in de provincie afdoende moeten oplossen.' Peinzend sloeg hij zijn armen over elkaar. 'Ze waren gewoon te goed voorbereid. Alsof iemand hen over onze plannen had ingelicht. En u hebt zich te veel laten gaan, heer.'

Lodrik dacht al na over hun volgende stap. 'Eerst moeten we uitzoeken of mijn vader echt zoveel schulden heeft gemaakt. Ik zal alle uitgaven, tot op de laatste waslec, controleren. Waar heeft die oude zot al dat geld gelaten?' Hij keek zijn raadsman aan. 'Kunnen we soms iets verkopen om de...' Hij zweeg abrupt en sloeg zich tegen zijn voorhoofd. 'Maar natuurlijk! Mijn nicht!'

'Geen slecht idee, heer,' beaamde Waljakov. 'Als we haar verkopen, bijvoorbeeld aan Tersion, zouden we een goede prijs kunnen krijgen. Als het meezit zelfs...'

'Nee! Dat bedoel ik niet,' viel de Kabcar hem in de rede. Norina en Stoiko schoten in de lach. 'Ik zal de bruiloft vervroegen.' De vrolijkheid van de brojakin was op slag verdwenen.

'Heel geraffineerd.' De raadsman streek zijn snor glad. 'En met het iurdum van de baronie Kostromo kunnen we de schulden aflossen.'

Lodrik sloeg zijn armen om Norina heen, die meer dan ongelukkig keek. 'Het spijt me, maar het kan niet anders. Als we onze hervormingen voor Tarpol willen doorzetten, is dit de beste oplossing.'

Haar mondhoeken trilden. 'Dat weet ik wel, Lodrik. Maar...' Ze zuchtte. 'Zo gauw al. Ik háát je niet.'

Waljakov krabde zich op zijn kale schedel. 'Je bent de enige niet.'

De koning streelde het haar van zijn geliefde. 'Er zal niets of niemand tussen ons komen, Norina. Ze wordt alleen op papier en volgens de wet mijn echtgenote, maar jij bent mijn echte vrouw.' Innig kusten ze elkaar.

'Ach, wat roerend,' zei Stoiko aangedaan en hij stootte de lijfwacht in zijn zij. Zijn elleboog kwam onzacht in aanraking met het harnas. 'Au, verdomme.'

'Dat krijg je van die zwijmelarij. Dan zie je het gevaar niet meer.' Waljakov draaide zich om naar de deur. 'We zullen ons op de boeken storten, heer.'

Met tegenzin liet Lodrik Norina los en slenterde achter zijn vrienden aan.

In gedachten was hij al bij zijn bruiloft met Aljascha en de tijd daarna. Duistere ideeën, die hij ooit had verworpen, drongen zich weer op. Heimelijk hoopte hij dat Hetrál snel naar Ulsar zou komen en dat de meesterschutter zijn vak nog niet verleerd was.

VI

'Maar er ontstond strijd tussen Tzulan en Senera en de grenzen op het continent waren nog onduidelijk. Ieder beschuldigde de ander ervan dat hij meer land zou bezitten. Vintera probeerde te bemiddelen, maar Tzulans hete bloed stond een vreedzame overeenstemming in de weg.

Met zijn geweldige krachten wilde de Geblakerde God het continent in tweeën rijten, maar op het laatste ogenblik wist Senera een volledige scheuring te voorkomen.

Tzulan was boos op de houding van zijn godenzuster, vooral omdat ze door de grillige breuklijn nu het grootste deel bezat, dus maakte hij aanspraak op het land dat tegenwoordig Sena heet. Maar zijn broers en zusters kozen de zijde van Senera en weigerden de Geblakerde God het grotere deel te gunnen.

Tzulan leek te berusten, maar in zijn ziel voelde hij zich verraden.

Na vele eeuwen waren de goden klaar en lieten de almachtige godin Taralea hun continenten zien. Ze waren fraai vormgegeven. Tzulan, Angor, Ulldrael, Senera, Kalisska en Vintera hadden hun best gedaan.

Daarom kon de almachtige godin geen beslissing nemen en verklaarde hen allemaal tot winnaar.'

Het ontstaan van mensen en andere schepselen,
Hoofdstuk 2

Ulldart, koninkrijk Tersion, hoofdstad Baiuga, winter 442/443 n.S.

Met een licht gevoel van onbehagen liet commodore Parai Baraldino zijn blik over het onheilspellende viertal schepen glijden dat in de haven voor anker was gegaan terwijl zijn *Morgenrood* de reusachtige baai binnenvoer.

Vier oorlogsgaleien van het keizerrijk Angor lagen keurig verdeeld aan verschillende kades, zodat ze op elk moment met een paar slagen van hun roeiers de doorvaart konden versperren. De Palestaanse officier herkende de hoge opbouw waar de boogschutters zich opstelden, de katapulten op het dek en de lange stormram aan de boeg van de schepen.

'Verrekijker,' beval hij kort, en hij stak zijn hand naar achteren. Zwijgend reikte zijn adjudant, Fraffito Tezza, hem de kijker aan, zodat Baraldino de galeien wat beter kon bekijken door de geslepen lenzen.

De roeiers zaten in drie rijen boven elkaar en twee kleine zeilen op de boeg zorgden voor nog meer snelheid, die deze Angoriaanse schepen tot uiterst gevaarlijke tegenstanders maakte. Enterplateaus, uitklapbare metalen platen met ijzeren punten aan de onderkant, maakten duidelijk dat de soldaten van dit andere continent verstand hadden van veroveringstechnieken. Ze deden de Palestaanse commodore vaag denken aan de Zwarte Vloot, hoewel niet alle details overeenkwamen. Vooral het verschil in grootte was opvallend. De Kensustriaanse schepen overtroffen in snelheid en vuurkracht alles wat hij ooit gezien had.

Toch lachten de Angoriaanse commandanten nu waarschijnlijk om het handelsschip dat met zijn plompe model als een vette karper langs de gestroomlijnde snoeken voer.

De officier schatte de kunstmatig aangelegde haven waar de *Morgenrood* nu binnenliep op ongeveer anderhalve mijl breed en een halve mijl diep. Er lagen zo'n vijfendertig schepen, voornamelijk uit Tersion, maar ook van de gehate concurrent, Agarsië.

Achter de haven verhieven zich machtige muren die het zicht op de hoofdstad Baiuga ontnamen. Aan bakboord begon een natuurlijke baai, waarin nog meer oorlogsschepen dobberden. Bij de regentes van Tersion, Alana de Tweede – of haar echtgenoot, Lubshá Nars'anamm, de derde zoon van Ibassi Che Nars'anamm, keizer van Angor – ging veiligheid blijkbaar voor alles.

De procedure waarmee het Palestaanse schip zich toegang moest verschaffen, was inderdaad nogal uitvoerig. Voor de ankerplaats lagen twee kleine eilandjes met wachttorens.

Al van ver werd de *Morgenrood* met seinspiegels naar haar bedoelingen gevraagd. Pas toen er een Tersioner aan boord was gekomen om de papieren van de handelsraad te controleren en zich van de geldigheid van de zegels en de diplomatieke missie te overtuigen, mocht het schip verder varen. De ijzeren ketting die dicht onder het wateroppervlak voor de haven was gespannen, werd neergelaten. Op de vestingwerken vermoedde Baraldino een batterij grote stationaire katapulten die met één treffer zijn *Morgenrood* tot zinken konden brengen.

'Ik zie onze seinvlag, commodore,' meldde zijn adjudant en hij wees naar een kade waar de Palestaanse vlag wapperde. 'Daar moeten we heen, zei die Tersioner.'

'Stel de koers bij en laat de mannen aantreden,' beval Baraldino en hij gaf de kijker terug. 'We willen een goede indruk maken.' Hij knipperde met zijn ogen tegen de zonnen, die zo ver naar het zuiden veel krachtiger schenen dan waar ook op Ulldart.

In zijn mantel van dik brokaat, zijn bestikte vest, zijn versierde jak en zijn pruik onder de driekante steek stroomde het zweet uit al zijn poriën. 'Lieve god, hoe zou dat hier 's zomers zijn?' kreunde hij. Met een kanten zakdoek wiste hij zich het zweet van zijn voorhoofd.

Met vaste hand loodste de stuurman het schip door de wirwar van boten, tot ze op de juiste plek waren aangekomen en de *Morgenrood* kon afmeren.

Ze werden verwacht. Een groep van twintig zwaarbewapende militairen stond bij de havenmuur in de houding. Hun aanvoerder was een breedgebouwde man in een lichte, fraai bewerkte wapenrusting van wit leer. Zijn eveneens witte haar, in een lange vlecht gebonden, vertoonde de brede, donkere bloedstreep van een K'Tar Tur. Op zijn rug hing een breed kromzwaard. De nazaten van Sinured hadden de reputatie uitstekende strijders en aanvoerders te zijn, reden waarom Tersion hen in dienst nam, wat in een ander land onmogelijk zou zijn geweest.

Acht andere, eenvoudig geklede mannen zonder wapens maar met ijzeren halsringen stonden op enige afstand, starend naar de grond.

Nieuwsgierig stapte de officier van boord, gevolgd door zijn adjudant, en bleef staan voor de zongebruinde reus.

'Ik ben commodore Parai Baraldino, de diplomatieke gezant van Palestan. Ik heb een dringende kwestie te bespreken met de regentes van Tersion, koningin Alana de Tweede.' Hij maakte een perfecte buiging, nam met een zwierig gebaar zijn driekante steek af en wachtte op een reactie, terwijl hij voelde hoe een zweetdruppeltje onder zijn pruik vandaan sijpelde.

'Goed,' zei de man geamuseerd, met een sonore stem. 'Ik ben Lom T'Sharr, commandant van de stadswacht en de lijfgarde. Ik heb de eer u en uw bagage naar het paleis van de regentes te brengen. Uw komst was ons al aangekondigd door een bode van de handelsraad.'

De mantel van de K'Tar Tur wapperde even in een plotselinge bries, die Baraldino bijzonder welkom was. Hoe meer hij van de omgeving zag, des te meer het hem opviel dat de mensen hier lichte of in elk geval lichtgekleurde kleding droegen. Zelf hield hij het nauwelijks uit in zijn veel te dikke kleren.

Op een teken van de getrainde militair namen de acht slaven – want dat moesten het wel zijn, dacht de Palestaan – de van boord gebrachte bagage en zette de kleine stoet zich in beweging.

Door twee grote stadspoorten kwamen ze in het centrum van Baiuga. Een brede boulevard liep in een rechte lijn naar het paleis van de regentes, dat zich duidelijk verhief boven de daken van de witgekalkte huizen. Blijkbaar stond het op een kleine heuvel, en uit de verte maakte het de indruk van een versterkte vesting, goed beschermd tegen mogelijke vijanden.

Rondom de groep heerste een ijverige drukte. Er werden zaken gedaan en een slavenkaravaan kruiste hun pad.

Na een klein eindje lopen zweette Baraldino als een otter en halverwege voelden zijn kleren al doorweekt. Ook zijn adjudant Tezza keek heel ongelukkig.

'Neem me niet kwalijk, commandant, maar zouden we misschien vervoer kunnen krijgen?' vroeg hij de K'Tar Tur. 'U hebt er geen moeite mee, maar ik ben een diplomaat die niet gewend is zo'n lang eind te lopen.'

'Daarom dacht ik juist dat u blij zou zijn met wat beweging,' verontschuldigde T'Sharr zich, met een blik die duidelijk maakte dat hij de handelaar maar een slappeling vond. 'We zullen even in de schaduw van dat kraampje wachten, dan laat ik meteen een draagstoel komen.' Hij maakte een kort gebaar en een van de slaven verdween in het gewoel. 'Het duurt niet lang.'

Baraldino maakte van de pauze gebruik om zich het zweet van zijn voorhoofd te wissen en op een koffer te gaan zitten. 'Baiuga is een grote stad, nietwaar?'

'We hebben ongeveer eenendertigduizend inwoners, heer gezant. En nog eens vijfduizend slaven voor het gewone werk.' De commandant liet twee bekers met een violette drank komen, die bij een naburig kraampje werd verkocht. Hij reikte de Palestaan er een aan. 'Probeert u ons pasackasap eens. Dat hebt u nog nooit geproefd, neem ik aan.'

Heel even overwoog de officier om eerst Tezza te laten drinken, maar hij had zo'n dorst dat hij voorzichtig een slokje nam.

Het sap smaakte zoet en zwaar en tintelde op zijn tong. Snel slikte hij het door. De nasmaak was heel prettig.

'Ik koop meteen vier vaten, had ik bijna gezegd,' merkte Baraldino waarderend op. 'Maar ik ben nu als diplomaat onderweg.' Hij dronk de beker in één keer leeg.

'Dat zou geen goede investering zijn geweest. Helaas is het sap niet houdbaar. Binnen een paar uur begint het te gisten. Ook in de maag, maar dat merkt u nog wel. Het kan geen kwaad, als je van tevoren maar iets gegeten hebt.' T'Sharr grijnsde. 'Welkom in Tersion, heer gezant.'

Baraldino kreeg een branderig gevoel in zijn ingewanden. Natuurlijk had hij al een paar uur niets meer gegeten. 'En wat gebeurt er in het ergste geval?'

'Vreselijke winderigheid. Diarree, als je pech hebt. Maar dat komt zelden voor, heer gezant.' Door de menigte naderde een draagstoel. Enigszins gebogen stapte de Palestaan in, terwijl hij de K'Tar Tur verwenste. Als alle leden van het Donkere Volk zo'n gevoel voor humor hadden, begreep hij nu waarom ze werden vervolgd en doodgeslagen.

Tezza grijnsde vol leedvermaak en Baraldino sloeg hem met zijn driekante steek de pruik van het hoofd. 'Het volgende drankje probeer jíj maar.'

De tocht door de hoofdstad verliep nu heel wat aangenamer, en de diplomaat had de tijd om links en rechts door de raampjes te kijken welke verrassingen hem wachtten.

Eén ding was zeker: Baiuga maakte van zijn rijkdom – verkregen uit het delven en verwerken van ijzererts en andere bodemschatten – geen geheim. Zo'n verspilling was economisch gezien onverantwoord en volstrekt zinloos, maar het maakte wel indruk.

Ze kwamen langs reusachtige, met marmer geplaveide pleinen, hoge gebouwen op pilaren, imposante beelden en de beruchte arena, waar gladiatoren uit het hele continent hun geluk in de tweekamp kwamen beproeven. En overal waren juweliers die sieraden aanboden, van kostbare halskettingen tot het meest verfijnde edelsmeedwerk.

Het ergerde Baraldino mateloos dat Tersion zich in het grijze verleden een handelsprivilege tegenover Palestan had verworven, zelfs voor de handel over zee, wat geen enkel ander land was gelukt. De koopmansstaat betaalde sindsdien hoge bedragen voor allerlei licenties aan regentes Alana de Tweede, maar in elk geval gold dat ook voor de Agarsijnen en Ontarianen – tenminste nog enige vorm van gerechtigheid. Maar de winsten die de kooplui in dit land door de neus werden geboord, waren aanzienlijk. En daarbij kwam nog die affaire met de gezonken goud-vloot. Maar goed, daaraan kon hij nog iets veranderen.

Met een zacht geknetter ontsnapte Baraldino een wind. Het begon te stinken in de draagstoel. De man zelf maakte een grimas van afkeer en Tezza kreunde luid.

Aan de schuine stand van de draagstoel was te merken dat ze een heuvel beklommen. Toen volgde een korte pauze. Een snelle blik naar buiten vertelde de koopman dat ze bij de muur van het paleis waren aangekomen. Even later zette de stoet zich weer in beweging.

Baraldino hield zijn adem in toen hij het gebouw zag van waaruit Alana de Tweede blijkbaar over haar land regeerde.

Zuiver wit marmer, versierd met gouden en zilveren ornamenten, weerkaatste het zonlicht en verblindde de koopman. De speelse, weelderige architectuur met kleine torentjes, koepeldaken van filigrein-werk en bontgekleurde glazen gevels moest een vermogen hebben gekost. Fonteinen en uitgestrekte tuinen voltooiden het beeld van de meest imposante geldverspilling die de officier ooit had gezien. Onbe-kende vogels badderden in waterbekkens met kleurige tegels en een heer-lijke bloemengeur zweefde hun tegemoet.

Verbluft liet hij nog een harde scheet.

'Commodore, die stank is niet te harden!' protesteerde Tezza, die een in parfum gedrenkte zakdoek tegen zijn neus drukte. 'Hou uw broek dicht, of doe er iets aan! Als u dat bij de regentes overkomt, kost het ons de kop.'

'Het komt door dat vervloekte pasackasap. Pas op voor die K'Tar Tur, want hij deugt niet.' Vertwijfeld stak de officier zijn handen in de lucht en wapperde de stank weg uit de draagstoel, die op dat moment net halt hield. Haastig stapten de twee mannen uit, terwijl er een gedempt gerommel opsteeg uit Baraldino's darmen.

'We worden onmiddellijk bij de regentes verwacht. Ze heeft een interessant nieuwtje, heb ik gehoord.' T'Sharr draaide zich om en liep voor hen uit.

'Dat is heel mooi, commandant, maar ik moet me eerst even opfrissen en dringend naar de wc,' protesteerde de Palestaan. 'Ik kan hare hoogheid moeilijk zo bezweet onder ogen komen. Dat druist in tegen alle etiquette – een inbreuk op het fatsoen die ik me niet kan permitteren.'

'U zegt het maar. U kunt het verzoek van de regentes negeren om onmiddellijk te verschijnen, of u kunt verfomfaaid uw opwachting maken, heer gezant.' De K'Tar Tur bleef staan, sloeg zijn armen over elkaar voor zijn brede borst en wachtte Baraldino's besluit af. 'Ze is een ongeduldige dame.'

'Parfum,' beval Baraldino bars. Tezza dook in een van de koffers naar een flesje, waarmee hij zijn gezagvoerder besprenkelde. Weer ontsnapte de commodore een wolk onwelriekend gas. De druk nam toe. 'Nou, zo moet het maar.' De adjudant klemde een klein kistje onder zijn arm.

T'Sharr nam de diplomaten mee het prachtige gebouw in, waar het heerlijk koel was en dienstmeisjes in lichte jurken overal bezig waren met poetsen en schrobben. Het rook er schoon en fris, als na een zomerse regenbui. Kleurige zonnestralen toverden mooie patronen op de marmeren wanden, maar daar had de diplomaat nu geen oog voor.

In gedachten repeteerde hij nog eens zijn verhaal, dat hij inmiddels kon dromen. Alleen waren de omstandigheden anders dan hij had gehoopt. Hij voelde zich smerig, en daardoor onzeker. Het gegiechel van de dienstmeisjes als hij hen passeerde maakte het er niet beter op.

'Zit mijn pruik goed?' vroeg hij aan zijn adjudant.

'Perfect, commodore.'

'En mijn vest, zit dat recht?' Hij voelde dat Tezza het kledingstuk rechttrok.

'Nu wel. U ziet er onberispelijk uit, commodore,' zei Tezza, terwijl hij zijn gezagvoerder haastig het zweet van het voorhoofd wiste en het bepoederde. 'Dan glimt u niet zo.'

De commandant opende een brede deur, drie keer manshoog, stapte naar binnen en wenkte de beide bezoekers.

'Regentes, dit zijn commodore Parai Baraldino en zijn adjudant Fraffito Tezza, diplomatieke gezanten namens de regering van Palestan,' stelde T'Sharr hen voor. De kooplui namen de juiste houding aan: één been wat naar voren, een beetje door de heup gezakt, de rechterhand in de zij en de linkerhand aan de driekante steek, die met een zwierige zwaai werd afgenomen. Daarna volgde een perfecte buiging, met de neus bijna tegen de marmeren vloer. Dan weer overeind, en de eerste akte van het Palestaanse optreden was volbracht.

Baraldino keek op naar Alana de Tweede, die op een stapel dikke kleden lag en de nieuwkomers geïnteresseerd opnam.

Hij schatte de leeftijd van de regentes op nauwelijks dertig. Haar imposante bruine gestalte was gehuld in een niemendalletje van halfdoorschijnende zijde, met gouden en zilveren banden op de juiste plaatsen, om niet al haar vrouwelijkheid prijs te geven. Ze had geen haar en op haar kale hoofd prijkte een met edelstenen bezet kapje, dat straalde en flonkerde. De in de zijde meegeweven gepolijste iurdumdraden lichtten op toen ze bevallig overeind kwam en de mannen een teken gaf om dichterbij te komen.

Voor deze kledij zou ze in Palestan wegens aantasting van de zedelijkheid ter plekke zijn gearresteerd en op passende wijze gestraft, maar Baraldino vond het wel een prettig uitzicht.

Met licht gebogen hoofd en afgemeten passen naderde hij de regentes.

Ze trok haar gewelfde wenkbrauwen op en de twaalf dienaressen om haar heen hielden de adem in.

In een flits dook T'Sharr naast hem op. 'Knielen, heer gezant!' siste hij Baraldino toe. 'Zoals het hoort, tegenover de regentes.'

'Dat kunt u toch niet...' begon de officier verontwaardigd, maar op hetzelfde moment kreeg hij een trap in zijn knieholte, waardoor hij met een klap op de vloer belandde. Aan de geluiden naast zich te oordelen was het Tezza niet veel anders vergaan. Woedend rukte hij zijn pruik recht, voordat hij voorzichtig weer opstond.

Alana de Tweede glimlachte welwillend. 'Met een beetje hulp kan iedereen manieren leren, is het niet, Palestaanse gezant?'

'Hooggeboren regentes, dank u voor dit subtiele advies,' zei Baraldino, en hij maakte weer een diepe buiging. 'Ik breng u de beste wensen van de Palestaanse koning en onze handelsraad over.' Op een kort teken reikte Tezza hem het kistje aan. Nog steeds deemoedig en met gebogen hoofd liep hij naar de vrouw toe en hield haar het geschenk voor. 'Een kleine attentie, hoogheid.'

Een dienares pakte het kistje aan, maakte het open en gaf het aan haar meesteres.

'O, Ilfaritisch snoep!' riep Alana geestdriftig, en sierlijk als een ballerina nam ze een praline. Haar nagels leken gevaarlijk lang en scherp. 'Ik hou niet van zoetigheid. Slecht voor de lijn.' Bijna met afschuw liet ze de bonbon weer in het kistje vallen. 'Nog andere cadeautjes, heer gezant?'

Het zweet brak de officier weer uit. Het snoep en het ijs voor het transport hadden een vermogen gekost en niemand had aan nog meer cadeaus gedacht.

'Hooggeboren regentes, ik ben ontroostbaar dat onze attentie niet uw goedkeuring kan wegdragen. Natuurlijk hebben wij nog andere geschenken bij ons aan boord. We zullen ze straks laten bezorgen.' In paniek vroeg hij zich af wat hij van zijn eigen bezittingen aan deze verwende vrouw kon aanbieden.

Hij wierp een korte blik op zijn adjudant en glimlachte toen. 'Verder verheugt het de Palestaanse koning u een van zijn onderdanen voor één jaar en één dag ter beschikking te stellen. Fraffito Tezza is een ontwikkelde, goed opgeleide man, die bereid is alles te doen wat u van hem vraagt.'

'Commodore!' mompelde zijn adjudant ontzet.

'Stil,' fluisterde Baraldino vastberaden. 'Het gaat om het staatsbelang. Of wil je al onze plannen in rook zien opgaan?'

'Dat noem ik nog eens een origineel idee,' zei de regentes waarderend, en ze knikte. De edelstenen fonkelden in het licht. 'T'Sharr, waar zouden we deze Palestaanse held voor kunnen gebruiken?'

De K'Tar Tur grijnsde boosaardig. 'Regentes, ik meen te hebben gehoord dat de arena nog dringend mensen zoekt voor de catacomben.'

'Klinkt goed. Ik laat het aan u over, commandant.'

'Wat betekent dat: "voor de catacomben"?' vroeg Tezza geschrokken.

'Dat zul je wel zien,' grinnikte de krijgsman en hij gaf twee wachtposten bevel om de Palestaan mee te nemen. De blik die de adjudant zijn gezagvoerder toewierp, had een heel marktplein vol mensen kunnen doden. Baraldino wapperde onverschillig met zijn zakdoek.

'En nu die kwestie die onze landen verbindt,' verklaarde de regentes, toen de deur was dichtgevallen. 'U was er getuige van hoe onze goudvloot door Rogogardische piraten werd aangevallen?'

'Inderdaad,' antwoordde de man. 'Ik was als tweede officier aan boord van de *Soituga*, waarmee we jacht maakten op die zeeroversbende. Gelukkig konden we uw schepen te hulp komen en hebben we er zelfs één uit handen van dat tuig gered.' Met een snelle beweging wiste hij het zweet van zijn voorhoofd en concentreerde zich op het onderdrukken van een geweldige scheet. 'Helaas... helaas waren onze inspanningen vergeefs. Zoals u weet, hooggeboren regentes, dook als uit het niets die onheilspellende Zwarte Vloot van Kensustria op. We gaven hun onmiddellijk een teken om ons te helpen. Maar dat gebeurde niet. Integendeel.' Baraldino toverde een uitdrukking van diep leedwezen op zijn gezicht. 'Een Rogogarder opende het vuur op het voorste Kensustriaanse schip, waarop de Zwarte Vloot alles vernietigde wat op zijn pad kwam, zonder onderscheid te maken tussen Rogogard, Tersion of Palestan. Stelt u het zich voor, hooggeboren regentes! Binnen enkele ogenblikken waren alle schepen, vriend of vijand, vergaan. Met man en muis.' Baraldino liet bewust een stilte vallen. 'En met uw goud. Al dat kostbare metaal, een zinloze glinstering in de diepzee.'

'Heer gezant, ik kan u op uw woord geloven dat het zo gegaan is en niet anders?' vroeg Alana, met half toegeknepen ogen. 'Dat zweert u op uw leven?'

Baraldino spreidde theatraal zijn armen en liet zich weer op zijn knie zakken. 'Dat zweer ik op mijn eer, mijn leven en het leven van mijn mannen. De Kensustrianen hebben zonder enige reden uw vloot tot zinken gebracht.'

'Goed.' Ze liet zich terugzakken op haar kleden. 'Ik geloof u op uw woord, heer gezant, maar ik houd u ook voor een overtuigende toneelspeler. Als we Kensustria dus met onze eis tot schadevergoeding confronteren, hebben we uw talent hard nodig. Ik neem aan dat Palestan bepaalde ideeën heeft over een akkoord. Nietwaar?'

'Wij zijn kooplui, hooggeboren regentes,' antwoordde Baraldino, die inmiddels van zijn eerste schrik was bekomen.

'Laten we zeggen dat Palestan een tiende van de schadevergoeding krijgt?' Een dienares gaf de vrouw een verse vrucht.

'De helft van het bedrag,' reageerde de gezant ogenblikkelijk. 'Hooggeboren regentes, zonder mijn verklaring, mijn eed en mijn getuigenis zijn uw aanspraken niet waar te maken. Dat moet het Tersion dus wel waard zijn. Hoe hoog schat u de schadeloosstelling in?' vroeg hij nonchalant.

'Onze berekeningen van het verlies van het goud zullen wel overeenkomen,' antwoordde de regentes. 'Iets meer dan een miljoen talenten.'

'Inderdaad, daar kwamen wij ook op uit,' bevestigde de Palestaanse officier. 'Een kleine miljoen heller. Of vijfhonderdduizend tria.'

'Ik zal open kaart met u spelen.' Ze at nog een partje van de donkergekleurde vrucht. 'Eerlijk gezegd denk ik dat uw land hier iets mee te maken had en mogelijk zelfs een overval op onze schepen van plan was. Maar waarom zou ik een uitzichtloze zaak tegen uw handelsstaat beginnen als we ons buurland veel meer geld afhandig kunnen maken? Zelfs als Palestan de ware schuldige is in deze kwestie, kunnen we beter eieren kiezen voor ons geld.'

'Hoe komt u op het idee aan onze goede bedoelingen te twijfelen?' De verbazing in de stem van de officier klonk oprecht.

'Omdat Kensustria iets heeft ontdekt dat in tegenspraak is met uw versie van de gebeurtenissen. Maar voordat ik u uitleg wat ik bedoel... we zijn het eens?'

'Als u, hooggeboren regentes, de helft als aanbod accepteert en bereid bent het verdrag te ondertekenen' Baraldino haalde de opgemaakte papieren uit zijn mouw, 'staat niets een verzoening meer in de weg.'

'U komt goed voorbereid, zie ik. Akkoord. Dan krijgt u vijfendertig procent, dat moet genoeg zijn. Palestan is een land van kruideniers en oplichters.' Alana bracht een paar wijzigingen in het contract aan en zette haar handtekening. 'Beter zo, dan dat we helemaal geen cent meer zien. Nietwaar?'

'Ik ben bereid het aanbod van de hooggeboren regentes aan te nemen. Zo kunnen beide landen iets van hun geld terugverdienen. Mijn schip, dat tot zinken werd gebracht, was heel kostbaar, hooggeboren regentes.' Zorgvuldig borg Baraldino het verdrag weer op. 'En wat bedoelde u nu met die ontdekking die Kensustria had gedaan?'

'Laat het theater maar beginnen,' antwoordde de regentes geheimzinnig. 'U speelt zelf de hoofdrol, heer gezant. En ik raad u aan die rol goed te spelen. Ik zal mijn eigen aandeel leveren.'

De deur ging open en een man in een enigszins gehavend commodoreuniform werd naar binnen gebracht.

Baraldino herkende onmiddellijk Gial Scalida. Hij werd geflankeerd door twee grote Kensustrianen met lang donkergroen haar, gekleed in een merkwaardige veelvoudig scharnierende wapenrusting van glinsterend metaal, hout en leer, die heel licht en dun overkwam. Beide mannen hadden elk twee zwaarden op hun rug. Waar hun lichaam niet door het harnas werd bedekt, was een wit, golvend onderkleed te zien. Ze hadden trotse gezichten, met ogen die zelfs Alana de Tweede hooghartig aankeken. Ter hoogte van Baraldino bleef het drietal staan.

'Ik begroet de Kensustriaanse gezanten Moolpár de Oudere en Vyvú ail Ra'az,' stelde de regentes hen met een knikje en een elegant armgebaar voor. 'Ze zijn enkele uren mijn gast, om op mijn uitnodiging hun land te vertegenwoordigen in de kwestie van de Tersioonse goudvloot.'

De twee Kensustrianen, die volgens Baraldino ieder wel twee meter lang moesten zijn, beantwoordden de groet door hun hand op te steken, met de handpalm naar voren, en een buiging te maken van een paar millimeter.

In de ogen van de Palestaanse diplomaat kon het ook spottend worden uitgelegd. Als hij het zo had gedaan, zou het als een grove inbreuk op de etiquette zijn beschouwd, daar was hij zeker van. Daarom trok hij alle registers van hoffelijkheid open, boog zo diep mogelijk en noemde zijn naam en titel. Zachtjes ontsnapte hem een wind. Hij hoopte vurig dat de stank niet al te erg zou zijn.

Nu begreep hij wat de regentes met 'theater' had bedoeld. Behoedzaam meed hij alle oogcontact met zijn vroegere commandant. Opeens brak het zweet hem aan alle kanten uit.

'Wilt u nu uw verhaal nog eens herhalen, heer gezant? Precies zoals u het zopas vertelde?' vroeg de regentes aan Baraldino, die nu zelfs nog meer overtuigingskracht in zijn verslag legde dan de eerste keer. De Kensustrianen luisterden zwijgend toe, voordat Moolpár het woord nam.

'Deze man, die zich Gial Scalida noemt en commodore van de Palestaanse vloot zou zijn, is na de aanval aan boord van ons schip gekropen. Daar hebben wij hem verhoord. En hij vertelde ons een heel ander verhaal dan deze heer. Laat maar horen,' zei hij tegen Scalida, waarna tot Baraldino's heimelijke ontzetting de hele verschrikkelijke waarheid aan het licht kwam.

Alana luisterde met gespeelde, gestaag toenemende verontwaardiging. 'En wat heeft Palestan daarop te zeggen? Kent u deze man? Is het werkelijk gegaan zoals hij zegt?'

De diplomaat liep een keertje om de Kensustriaanse gevangene heen en nam hem van hoofd tot voeten op. Toen richtte hij zich tot de twee gezanten.

'Ja, ik geef toe dat ik hem ken. We hebben elkaar verschillende keren op zee getroffen en de degens gekruist. Maar ik zou geen geloof hechten aan zijn woorden. Waarde heren, u hebt de beruchte zeerover Pitre Horn uit Rogogard opgepakt, de man op wie het Palestaanse rijk al maanden jacht maakt. Ook ik had die opdracht, en het was me bijna gelukt, als uw Zwarte Vloot niet tussenbeide was gekomen.'

'Ben je gek geworden, Baraldino?' schreeuwde Scalida. 'Ik ben een Palestaanse officier, net als jij!'

'Leugens. Brutale, wanhopige, gevaarlijke leugens,' verklaarde Baraldino, en hij wapperde minachtend met zijn zakdoek. 'Elk woord dat die boef spreekt, is gelogen. Hij weet dat het om zijn hachje gaat. En omdat hij besefte dat hij als Rogogarder niet op genade hoefde te rekenen, heeft hij een uniform gestolen van mijn arme commodore, die nu in zijn zeemansgraf ligt. Ik heb hem zelf zien sterven, heren gezanten.'

Zijn geïmproviseerde plannetje leek te slagen. Nu hoefde hij Scalida alleen nog uit de handen van de Kensustrianen te bevrijden, en ook daar had hij een plan voor. 'Ik zweer u op mijn leven dat u een schurk hebt gegrepen naar wie ik op zoek was. Daarom eis ik zijn onmiddellijke uitlevering, zodat hij in Palestan terecht kan staan.'

Moolpár de Oudere en Vyvú ail Ra'az wisselden een blik. 'U hebt ons uw erewoord gegeven, en dat is in Kensustria veel waard, ook al bent u geen militair. Maar officier bent u wel, dus moeten wij u geloven, heer gezant,' verklaarde Moolpár na een korte stilte. 'Maar aangezien hij onze schepen heeft aangevallen en daardoor de oorzaak is van deze betreurenswaardige tragedie, hebben wij het laatst geldende recht op zijn leven. Met toestemming van de regentes van Tersion zullen wij hem later berechten.'

'Baraldino!' brulde Scalida, en hij stak zijn armen uit. 'Doe wat! Bevrijd me uit de klauwen van die groenharige monsters!' Vyvú maakte een minieme beweging met zijn rechterarm. Kreunend zakte de Palestaan op zijn knieën en greep naar zijn buik.

'Goed zo. Ha, hoor de smeerlap nu eens kermen!' lachte zijn voormalige adjudant. 'Een ellendige Rogogarder, die nergens voor terugdeinst. Hier!' En hij schopte naar Scalida. 'Maar een ander punt is nog steeds niet opgelost. De gezagvoerders van de Zwarte Vloot hebben zich niet helemaal correct gedragen door alles te vernietigen wat ze tegenkwamen. Een schadevergoeding aan Palestan lijkt me dus niet meer dan billijk.'

De regentes knikte. 'En hoe denkt Kensustria me dat kapitaal aan goud te vergoeden dat voorgoed verloren is?'

Moolpárs ogen vernauwden zich. 'Kensustria betreurt het incident bijzonder en betuigt via ons zijn spijt tegenover de onschuldige slachtoffers die met de zaak niets te maken hadden. Maar we zien geen enkele reden waarom we iemand schadeloos zouden stellen. Onze vloot werd aangevallen, dus hebben we ons verdedigd. De bemanning had zo snel geen tijd om de bokken van de schapen te scheiden.'

'Maar wij hebben een heel goed schip en tientallen uitstekende kerels verloren,' viel Baraldino hem met stemverheffing in de rede. 'Wat kan ons de problemen van uw bemanning schelen? Palestan eist nog altijd een vergoeding, waarde gezanten. Daar houden we aan vast. Vijftigduizend tria lijkt ons een redelijk bedrag.'

Moolpár en Vyvú glimlachten meewarig naar de officier.

'Het koninkrijk Tersion en...' de regentes aarzelde even, 'het keizerrijk Angor zijn het zwaarst getroffen door dit voorval. Om diplomatieke verwikkelingen en mogelijke conflicten te voorkomen raad ik Kensustria aan onze eis van zeshonderdduizend tria serieus te overwegen. Zo niet...'

'... dan moeten we ons op een oorlog voorbereiden? Is dat wat u bedoelt, regentes?' voltooide Moolpár haar verhulde dreigement. Voor het eerst zag de Palestaan de scherpe hoektanden van de gezant. 'Een oorlog tegen Tersion en Angor?' Hij keek Baraldino aan. 'Of doet Palestan ook nog mee?'

'Wij gebruiken andere middelen, heer gezant. Maar een handelsblokkade is niet uitgesloten. Over zee en over land, uiteraard,' antwoordde de officier kil. 'Wij hebben goede contacten met het Ontariaanse handelsgilde. Jammer dat uw land toen niet het verdrag van de Duizendjarige Vrede heeft ondertekend.'

'Ik begrijp het,' zei de oudste van de twee Kensustrianen. 'Een tijdje geleden zou Kensustria vermoedelijk nog hebben betaald, hoe smadelijk ook. Maar de monniken en priesters hebben het niet langer voor het zeggen. Wij, de soldaten, als leiders van het volk, zullen geen enkele tria betalen, noch aan Tersion, noch aan Palestan. Als die twee landen denken dat ze ons met sancties onder druk kunnen zetten, laten ze dan gewaarschuwd zijn. Wij koesteren geen wrok tegen deze staten en respecteren hun grenzen. Nu nog wel.' Weer hief Moolpár zijn handen, met de handpalmen naar voren. 'Dit lijkt de laatste keer te zijn dat wij in vrede naar Tersion kwamen. Wij zullen geen oorlogshandelingen beginnen, maar als we worden aangevallen, zullen we ons verdedigen. Tegen alles wat op onze weg komt. Het zou jammer zijn als onze eeuwenlange betrekkingen zo op het spel werden gezet. Ik doe dus een dringend beroep op u om van deze eisen af te zien.'

Baraldino stond in tweestrijd. Het dreigement met de Ontarianen was een schijnmanoeuvre van hem, maar met wat geld konden ze de kooplui later wel aan hun kant krijgen. Een openlijke oorlog met het machtige Kensustria zou, als het langer duurde, een kostbare zaak worden voor de handelsstaat. Aan de andere kant zouden Tersion en Angor de kastanjes uit het vuur halen. En misschien zou de blokkade snel effect hebben.

'Palestan is niet van plan zijn eisen in te trekken,' besloot hij. 'En daarbij steunen we de rechtmatige aanspraken van het koninkrijk Tersion.'

'Dank u, heer gezant, voor die steun.' Alana kwam bevallig overeind van haar kleden. 'En ook Tersion zal geen stap terug doen. Wie onrechtmatige schade toebrengt, moet betalen. En zolang Kensustria dat weigert, zullen wij alle contacten met uw land opschorten. Binnen veertig dagen verwachten we een nadere verklaring of u bereid bent de bedragen te voldoen. Zo niet, dan zullen we maatregelen nemen.'

'We hebben uw standpunt gehoord en zullen het thuis overbrengen,' zei Vyvú bedachtzaam en hij trok Scalida weer overeind. 'We vertrekken meteen.' De twee militairen hieven als afscheid weer hun handpalmen en verdwenen, met de gevangene tussen zich in.

'Ik heb bewondering voor uw laaghartigheid en uw talent voor improvisatie. Briljant, moet ik zeggen. Hij was toch uw voormalige commodore, neem ik aan?' zei de vrouw, en ze nam Baraldino onderzoekend op. 'Doet het u niets om hem te laten sterven?'

'Wat denkt u? We moeten allemaal offers brengen, hooggeboren regentes,' antwoordde hij met een diepe buiging.

Op dat moment ontlaadde zich het opgehoopte gas, met alles wat zich verder nog in zijn darmen bevond, en hij voelde zijn broekspijpen vollopen.

Buitengekomen keek Moolpár eens naar Scalida, die nog altijd zijn handen tegen zijn pijnlijke buik gedrukt hield. 'Een verontschuldiging is wel op zijn plaats, Vyvú. Die por met je elleboog was veel te hard.'

'Het gaat wel, dank je,' weerde de voormalige Palestaanse officier af, en hij beet op zijn tanden.

De andere Kensustriaan knikte boetvaardig. 'Maar je houdt je kranig. Voor een koopman. Ik dacht dat je nog je wapenrusting droeg, maar je was natuurlijk onze gevangene.'

'En waar willen jullie me nu terechtstellen?' vroeg Scalida met een grijns. 'Hier, midden in het paleis? Dan komt er bloed op al dat mooie marmer.' Het drietal lachte zacht toen het terugliep naar de kamers van de gezanten.

'Maar je veronderstelling klopte dus,' zei Moolpár onderweg. 'Je eigen land is bereid om jou en de waarheid te offeren.'

'En de regentes maakt gemene zaak met dat Palestaanse ongedierte,' voegde Vyvú er minachtend aan toe. 'Neem me niet kwalijk, Scalida.'

De officier haalde zijn schouders op. 'Jullie hebben het zelf gehoord. Ik ben eigenlijk Pitre Horn, de beruchte Rogogardische piraat.'

'We hebben Tersion en Palestan op de proef gesteld, maar ze zijn jammerlijk tekortgeschoten,' zei de oudste van het tweetal. 'Blijkbaar bezitten ze geen van beide het vereiste karakter. Helaas. Nou ja, misschien hebben we met andere vorstenhuizen meer geluk. Maar we moeten voortmaken, want de tijd dringt. Hopelijk hebben de astrologen en historici ons tijdig genoeg gewaarschuwd voor de verandering die het continent te wachten staat.'

'We zijn overal op voorbereid.' Vyvú opende de deur naar hun kamer en liet Scalida binnen.

'En laten we hopen dat wij dan niet de enigen zijn die met wapens klaarstaan,' bromde de Palestaan. 'Waarom waarschuwen jullie gewoon heel Ulldart niet?'

'Het ligt niet in de aard van Kensustria om zich overal mee te bemoeien,' verklaarde Moolpár. 'Misschien zouden de priesters de andere landen op de hoogte hebben gebracht. Wij niet. Maar omdat de sterrenkundigen ons zo dringend hebben gewaarschuwd, zoeken we naar mogelijke bondgenoten, mocht het ergste gebeuren. En we willen alleen bondgenoten die deugen.'

'Tersion en Palestan horen daar niet bij,' benadrukte de ander nog eens, en hij begon zijn spullen in hutkoffers te pakken. 'Tot nu toe had je het bij het rechte eind, Scalida.'

De officier grijnsde vermoeid. 'Ik ken mijn mensen maar al te goed. Toen ik van jullie hoorde dat ene commodore Baraldino de zeeslag had overleefd en onderweg was voor een diplomatieke missie, wist ik meteen dat Palestan een manier zocht om de kosten vergoed te krijgen. Ik had alleen nooit gedacht dat hij mij als "piraat" zou betitelen en zomaar zou laten terechtstellen. De verraderlijke ploert.'

'Je hebt ons met dit kleine toneelstukje goed geholpen om de ware aard van die twee landen bloot te leggen. Daarmee heb je je schuld wel voldaan, dus ben je vrij. Je mag gaan waar je wilt.' De oudere militair wachtte op een reactie.

'Een nieuwe carrière in Palestan kan ik wel vergeten. Daar ben ik afgeschreven,' zuchtte de man en hij ging op een koffer zitten. 'Als jullie astrologen zich niet hebben vergist, moet jullie land ongeveer de veiligste plek op Ulldart zijn.' Vastbesloten kwam hij overeind. 'Kan Kensustria nog een goede zeeman gebruiken?'

Vyvú en Moolpár wisselden een snelle blik. 'We nemen je graag mee naar huis. Dan zullen ze daar wel over je lot beslissen. Beloven kan ik niets, Scalida, maar in het uiterste geval is er altijd een plekje bij de havendienst te vinden,' zei de oudste van de twee en hij ontblootte zijn spitse hoektanden.

Ulldart, koninkrijk Tarpol, provincie Ulsar, hoofdstad Ulsar, winter 442/443 n.S.

Norina trof Lodrik in de theekamer. Hij had zijn stoel naar de haard gedraaid en zat met zijn vingertoppen tegen elkaar en zijn ogen gesloten. Om hem heen zag Norina tientallen boeken, waarvan de helft opengeslagen. Losse velletjes met rekeningen lagen overal door de kamer verspreid.

'Deze boeken hebben de klerken op de bovenste planken van de rekenkamer gevonden,' zei hij zonder zich te bewegen. 'Het zijn aantekeningen over de schulden van het hof – schulden bij de brojaken.' Zuchtend opende hij zijn ogen en wenkte haar. Hij pakte haar hand alsof hij steun bij haar zocht.

'Het klopt allemaal, wat Kolskoi zei. Als ik de cijfers goed interpreteer, heeft mijn vader al zijn geld in het onderhoud van de kazernes en het paleis gestoken. Er is niets geïnvesteerd. Alles is weg.' Hij stond op en pakte een van de boeken. 'Alleen al aan zijn tabak en zijn brandewijn heeft hij kapitalen uitgegeven. De man had een gat in zijn hand!' Woedend gooide hij een boek in het vuur, dat zich gretig over dit nieuwe voedsel ontfermde. 'Bijzondere toelagen aan officieren, voor niets en helemaal niets!'

'Niet doen.' Norina pakte zijn arm toen hij het volgende kasboek wilde grijpen. 'Daar krijg je het geld niet mee terug.'

Bijna onmiddellijk verdampte zijn woede toen hij in haar zachte bruine ogen keek. Hij trok zijn geliefde naar zich toe. 'Granburg was een feestje vergeleken bij wat me hier te wachten staat. Ik vraag me steeds af of ik het wel goed doe. Of mijn hervormingen toereikend zijn. Of ik ze niet sneller moet doorvoeren. Meer dan ooit heb ik jouw adviezen en jouw aanwezigheid nodig, Norina.'

'Ik weet het,' zei de jonge vrouw met een glimlach, en ze omhelsde hem. 'Laten we eerst de rommel maar opruimen. Daarna moet ik je iets vragen.'

De Kabcar fronste. 'Dat klinkt ernstig.' Hij stapelde de dikke boeken op. 'Waar gaat het over?'

Maar de brojakin zei er niets over totdat er weer enige orde heerste in de theekamer. Toen ging ze tegenover hem zitten en haalde de amulet uit haar tas.

'Waar heb je dit vandaan, Lodrik?' Voorzichtig legde ze het sieraad op het tafeltje tussen hen in. 'Ik geloof eigenlijk niet dat het een familiestuk is.'

'Hoezo?' vroeg de jongeman, en aan zijn toon hoorde Norina dat er meer met de amulet aan de hand was dan hij haar toen had verteld. 'Waarom denk je dat?'

'Valt je niets op?' Hij schudde zijn hoofd. Ze tikte op de lichtgevende steen in het midden van de amulet, zo groot als een oog. 'Eerst flikkerde hij langzaam, toen snel, en nu – na een soort griezelige lichtflits – gloeit hij als een stuk hete steenkool.'

'Heb je de steen soms drie keer rondgedraaid?' vroeg de Kabcar. Het was eruit voordat hij er erg in had. Hij kon zich wel voor zijn hoofd slaan.

'O, dus dat wist je?' Ze greep de amulet en hield hem onder zijn neus. 'Jij geeft me cadeaus met rare eigenschappen, zonder me daar iets over te vertellen? Op een nacht had ik een Waarnemer in mijn kamer die iets zei over een "hoge heer", en dat ik het hem terug moest geven als ik hem zag.' Ze legde de amulet met een klap op het tafeltje. 'Ik verwacht wel een verklaring, schat. Waar komt dit ding vandaan?'

'Ik weet het niet,' loog hij, starend naar de talisman. 'Ik heb het in

Granburg van een handelaar gekocht, die zei dat het een oud erfstuk was dat hij goedkoop had kunnen krijgen.'

'En verder?' De brojakin keek hem strak aan. Haar ogen bliksemden.

'Ik vond dat geflikker wel mooi. Hij zei dat het een felle gloed werd als je de steen drie keer ronddraaide. Een soort alchemistisch foefje... daar weet ik niet veel van.' Hij spreidde zijn armen. 'Toe nou, ik wist echt niet dat het ding gevaarlijk was en Waarnemers aanlokte. Heeft hij je wat gedaan?'

'Met die vraag kom je wel een beetje laat,' zei ze kil, en ze gooide haar lange, zwarte haar in haar nek. 'Nee, hij heeft me niets gedaan. Heeft die handelaar je ook iets over die "hoge heer" gezegd aan wie ik de amulet moet geven?'

Lodrik stond op, kwam naar haar toe en knielde bij haar neer. 'Ik heb geen idee wat hij daarmee bedoelde. Wees nou niet boos, Norina.'

De jonge vrouw boog zich naar hem toe, totdat ze neus aan neus met hem zat. Toen moest ze lachen. 'Ik neem van jou geen sieraden meer aan, lieveling. Dat is me te riskant.' Voordat de Kabcar wist wat er gebeurde trok ze de ketting kapot en smeet de talisman in het vuur, waar hij in een knetterende vonkenregen verdween. 'Daar is hij beter op zijn plaats. Laten we hopen dat hij smelt.'

Lodrik onderdrukte de neiging naar de haard toe te springen om het sieraad van het verzengende vuur te redden. Weer voelde hij een ziedende woede in zich opkomen. Hij wist zich te beheersen, maar het scheelde niet veel of hij had haar geslagen.

'Zag je dat?' vroeg Norina, die niet op zijn verwrongen gezicht lette, maar in de haard staarde. 'Het vuur brandde opeens diepblauw.' Ze draaide zich weer om en keek hem onderzoekend aan. 'Net zo blauw als jouw ogen.'

Lodrik ademde diep in en legde toen al zijn opgekropte gevoel in de innige kus die hij op haar lippen drukte, zo vurig dat hij haar tegen de kussens klemde.

'Straks smoort de Kabcar me nog met zijn liefkozingen,' hijgde ze. 'Niet zo wild, heerser van Tarpol!'

'Maar we zijn hier nu toch alleen, en...' Lodrik grijnsde en nestelde zich tegen haar aan. '... we kunnen natuurlijk doorgaan waar we de vorige keer gebleven waren.' Inwendig probeerde hij te kalmeren. Zijn woede veranderde in hartstocht.

'Eén momentje.' Ze worstelde zich onder hem vandaan. 'Ik moest je nog iets vertellen.'

'Kan dat niet wachten?' Weer deed hij een aanval op de haakjes van haar jurk en maakte ze los. Ze sprong overeind, glipte uit zijn armen en zocht dekking achter haar stoel.

'Je zult toch even geduld moeten hebben. Ik ga iets halen. Wacht hier.' Abrupt draaide ze zich om en verdween uit de kamer.

Dit is mijn kans, dacht hij, terwijl hij de pook uit de haardstandaard greep en in de halfgedoofde vlammen naar de amulet zocht. Maar hij kon hem niet vinden.

'Verdomme!' brulde hij. Het vuur laaide onmiddellijk weer op als door een sterke windvlaag, en doofde toen.

Verrast keek Lodrik naar de rokende houtblokken en porde weer in de as, totdat hij een zacht gerinkel hoorde. Het was de ketting. Met de pook hengelde hij het sieraad uit de haard.

Zonder erbij na te denken greep hij ernaar en liet het meteen weer vallen. Zijn verstand zei hem dat hij de amulet moest loslaten omdat het ding wel gloeiendheet zou zijn. Maar de Kabcar voelde helemaal niets en had geen blaren op zijn vingers.

Met zijn pink betastte hij het metaal van de talisman, die net zo prettig warm aanvoelde als anders. Alleen de ketting gaf wat hitte af. Verbaasd borg hij het geschenk van de Waarnemer in de kleine la van het tafeltje, zodat Norina niet zou zien dat hij het gehate sieraad uit de vlammen had gered.

Ooit zal ik toch met iemand over die vreemde gebeurtenissen in mijn omgeving moeten praten, dacht hij. Verschijnselen zoals het oplichten van zijn ogen, het tintelen van zijn vingers, de bloedneuzen en zijn toenemende woedeaanvallen maakten hem steeds meer ongerust. *Wat is er met me aan de hand? Of komt het door het beulszwaard, waar de bliksem in sloeg?*

Slaan die tomeloze krachten ook op mij over? Met behulp van een kaars stak hij de haard weer aan.

Precies op tijd, want als een wervelwind kwam de brojakin opgewonden de kamer binnen.

'Hier.' Ze stak Lodrik, die bij haar binnenkomst net weer was gaan zitten, iets toe wat eruitzag als dun groen garen. 'Wat is dat?' De Kabcar vermoedde dat het geverfde zijde was.

Norina vertelde over haar afschuwelijke ervaring in het bos bij Granburg, en Lodrik voelde een lichte huivering over zijn rug lopen.

'Verschrikkelijk, hoe die moerasmonsters de omgeving onveilig maken.' Hij schudde zijn hoofd en legde nog een blok hout op het vuur. 'Ik zal de garnizoenen, waar mijn vader zoveel geld in heeft gepompt, instructie geven om de jacht op die monsters te verscherpen. Ze worden een gevaar voor de reizigers. Ik moet er niet aan denken dat jou iets zou zijn gebeurd. Maar wat hebben die zijdedraden daarmee te maken?'

'Die vonden we toen we het met bloed besmeurde paard van die arme soldaat schoonmaakten,' antwoordde ze. 'Ze zaten aan de gesp van een stijgbeugel.'

'Vreemd,' zei de jongeman. 'Droeg de soldaat iets groens?' Zijn geliefde schudde haar hoofd. 'Dan zal dat moerasmonster wel een edelman hebben overvallen en zijn vest of zoiets hebben gestolen. Gooi ze maar in het vuur.'

De draden verbrandden knetterend, terwijl de lucht van verbrand hoornweefsel zich door de kamer verspreidde.

'Misschien waren het haren,' zei Norina met een grimas. 'Zo ruikt het wel.'

'Wat doet het ertoe?' fluisterde hij haar in het oor, en hij kuste haar hals. 'Waar waren we ook alweer gebleven?'

De jonge vrouw knipperde verleidelijk met haar ogen en wees hem een haakje van haar jurk dat nog niet open was. 'Ongeveer hier, hoogheid. Laten we maar snel weer verdergaan.'

De Angor-ridder stond op het grote balkon van het paleis en keek uit over het nachtelijke Ulsar, dat zich als een grillig tapijt van gloeiwormen in het donker uitstrekte.

In zijn linkerhand hield hij een kroes met rode wijn, de rechter had hij om het heft van zijn Aldorelische zwaard geklemd. Voor het gemak droeg hij zijn gevoerde wapenrok, met daaroverheen zijn maliënkolder, die bij elke beweging zachtjes rinkelde als de metalen ringetjes langs elkaar schoven. De kou, die zijn adem tot dichte witte wolkjes maakte, deerde hem niet.

Zijn mannen waren vertrokken om de bloemetjes buiten te zetten in de Tarpoolse hoofdstad en tussen al die dikke brojaken misschien nog een leuk gevecht uit te lokken.

Nerestro had geen zin in al dat geschreeuw, gebral en vals gezang. Hij wilde zo snel mogelijk terug naar zijn burcht, om zijn gewone leven als ridder van de Hoge Zwaarden weer op te vatten. Maar hij had de Kabcar beloofd om tot na de jaarwisseling te blijven. Over drie weken was de koninklijke bruiloft. Daarna zou hij onmiddellijk vertrekken.

Heimelijk betrapte hij zich erop dat hij op de verschijning van zijn godheid wachtte. Hij bad er niet met zoveel woorden om, maar sinds Belkala – of wie dat wezen in die steeg een paar dagen geleden ook was geweest – zulke toespelingen had gemaakt, lette hij op elk teken dat de verschijning van Angor zou kunnen aankondigen. Maar tot nu toe bleef het stil rondom de ridder.

Volledig in gedachten verzonken werd hij zich pas na een tijdje bewust van de gestalte achter hem.

De kroes viel in de sneeuw toen Nerestro met een bliksemsnelle beweging zijn zwaard trok en in de draai al toesloeg. Pas op het laatste moment trok hij het wapen opzij, voordat een van de scherpste zwaarden van Ulldart dwars door de smetteloze vrouwenhals kon snijden.

'U bent een beetje nerveus,' klonk het droge commentaar van Aljascha, die naar de ridder toe gekomen was en nu als aan de grond genageld stond. 'Wie verwacht nou gevaar op het balkon van het koninklijk paleis?' De vrouw droeg een witte, gevoerde cape, die de rest van haar kleren verborg. 'Hebt u vijanden gemaakt in Ulsar?'

Nerestro stak onmiddellijk het wapen weg en maakte een buiging voor Lodriks nicht. 'Neem me niet kwalijk, vasruca. Ik was met mijn gedachten ergens anders.'

'Het is u al vergeven, mijn beste Nerestro,' kirde ze, en ze gaf hem een arm. 'Ik mag toch wel Nerestro zeggen? Je hebt immers mijn toekomstige echtgenoot het leven gered. Tegenover anderen ben ik niet zo inschikkelijk.' Ze huiverde een beetje. 'Wat koud, zo'n maliënkolder! Je staat te vernikkelen, neem ik aan. Laten we weer naar binnen gaan.' Aljascha troonde hem mee, de kleine balzaal in, en sloot de grote glazen deuren. Voor de haard bleef ze staan en liet langzaam haar mantel van haar schouders glijden.

Haar donkerrode haar viel in al zijn pracht over haar blanke huid, die deels zichtbaar was boven haar diep uitgesneden, zilverkleurige jurk. 'Kom eens hier, heer ridder.'

De krijgsman gehoorzaamde, en Aljascha wierp hem een lange, zwoele blik toe met haar groene ogen. 'En? Hoe bevalt u de toekomstige vorstin van Tarpol? Zou ik een goed figuur slaan op de troon?' Ze pakte zijn hand en legde die tegen haar buik. 'Of ben ik een beetje te dik?'

Nerestro glimlachte. Hij wist dat ze een mannenverslindster was en zich gauw verveelde. Nu had ze het blijkbaar op hem voorzien. Maar hij had weinig zin in een avontuurtje met deze dubieuze dame.

'Ik heb nog geen beter figuur gezien dan het uwe, vasruca. Maar ik denk dat sommige mannen in dit paleis daar meer over kunnen zeggen dan ik.'

Ze kneep haar ogen tot spleetjes. 'Hoe bedoelt u dat?' Driftig sloeg ze zijn hand weg.

'Ik bedoel, vasruca, dat u zonder twijfel de ijverigste vrouw bent die ik ken. U hebt inmiddels al kennisgemaakt met het voltallige officierskorps, naar ik heb gehoord.' Hij maakte een buiging. 'Als u, zoals sommige andere vrouwen, daar geld voor zou vragen, zou u beslist al een klein vermogen hebben vergaard.'

De knallende oorvijg van de edelvrouwe was de eerste klap die hij ooit van een vrouw gekregen had en waarschijnlijk ook de hardste die hij ooit zou krijgen. Zijn hoofd werd half opzij gesmeten en de vlecht van zijn blonde baard draaide bijna om zijn eigen as. De echo van de klap klonk in de hoge ruimte nog even na.

Het volgende moment werd hij bij zijn baard gegrepen en schoot er met een sissend geluid iets glinsterends onder zijn kin door. Nerestro voelde de luchtverplaatsing tegen de huid van zijn keel.

Triomfantelijk hield Aljascha de afgesneden baard omhoog en wierp hem voldaan in de brandende haard. Toen stak ze het sierlijke mes in alle rust weer achter een plooi van haar jurk.

'Niet alleen wijst u me af, maar u scheldt me ook nog uit voor lichtekooi. In mijn eigen baronie zou u voor zo'n belediging zijn opgehangen,' siste ze. Haar knappe, arrogante gezicht was verwrongen van woede. 'Die brutaliteit vergeet ik nooit.'

Geschrokken tastte de ridder naar zijn baard, waar nog slechts enkele stoppels van over waren.

'U hebt me ontmand,' stamelde hij verbijsterd. 'U hebt mijn waardigheid als man, als krijger, aangetast.'

'Nou, dat was erg eenvoudig,' lachte Aljascha boosaardig. 'Het zal ook het enige zijn wat ik ooit bij u wil "aantasten". Maar geloof me, het deed me groot plezier.' Ze kwam vlak voor hem staan. 'En nu? Moet u een zak over uw hoofd dragen tot uw baard is aangegroeid?' vroeg ze bits, voordat ze zich abrupt omdraaide. 'Vlecht maar een valse baard van paardenhaar en lijm die met hars op uw kin. Het verschil zal nauwelijks te zien zijn.' Met een klap viel de deur in het slot.

'Ik vermoord haar!' fluisterde de ridder en hij tuurde in de vlammen, waar de laatste resten van zijn jarenlang gekoesterde baard verkoolden. Toen pas keek hij naar de deur waardoor de vasruca was verdwenen. 'Ik timmer haar neus dwars door de achterkant van die arrogante kop. De hoer!' schreeuwde hij, terwijl hij een harde trap gaf tegen een stoel, die in stukken brak.

Een fel licht viel door het raam de balzaal binnen, en de glazen deuren naar het balkon vlogen open. Haastig draaide Nerestro zich om, totaal overrompeld. Angor, de god van de oorlog, de strijd en de jacht, de rechtschapenheid en het fatsoen, zweefde als een grote, machtige ridder in volle wapenrusting de kamer binnen. Net als bij zijn eerste verschijning werd hij begeleid door luide muziek: tromgeroffel, fanfareklanken en koorzang. Daar was hij! Zijn god was verschenen!

'Ik ben je god Angor, Nerestro van Kuraschka,' dreunde de stem van de lichtgestalte. 'Ik heb je het machtigste van alle Aldorelische zwaarden beloofd als je mijn opdracht naar mijn tevredenheid had uitgevoerd. Maar je hebt getwijfeld en je om de tuin laten leiden.'

Overweldigd liet de ridder zich op een knie zakken. 'Sla mij met uw toorn terneer, Angor! Ik ben u niet waardig.'

'Sta op, Nerestro, mijn krijger. De zwakke Ulldrael-monnik die je met zijn leugen verblindde, heeft het opgegeven en zijn missie niet volbracht. En aangezien de monnik door zijn falen nu bij Ulldrael in ongenade is gevallen, komt het op jou en Belkala neer om het gevaar voor dit continent af te wenden.'

'Moet ik met dat schepsel samenwerken?' vroeg Nerestro ongelovig.

'Ik begrijp je bedenkingen, Nerestro. Maar ik verzeker je dat de vrouw spoedig weer de oude zal zijn. De wederopwekking is geen eenvoudig proces, zoals ik van Lakastra vernam. Het zal even duren voordat ze zich van die kwellingen heeft hersteld. Ook haar lichaam moet weer aan zijn nieuwe eigenschappen wennen.' Angor keek de man recht aan. 'Maar ik zie dat je iets op het hart hebt.'

'Angor, ik vraag me af of die jongen echt zo gevaarlijk is,' waagde Nerestro op te merken. 'Ik ken hem inmiddels heel goed en ik moet zeggen dat hij alles doet om zijn onderdanen een beter bestaan te geven. Als we hem doden, maken we het juist veel erger, ben ik bang.'

'Durf je de voorspelling van een god in twijfel te trekken?' De oorlogsgod verhief zich in zijn volle lengte voor de ridder.

'Het was een voorspelling van Ulldrael, niet van u,' wierp Nerestro tegen. 'Alleen úw woord is mij wet, Angor.'

De god lachte dreunend. 'Dat bevalt me wel. Goed, aangezien Ulldrael tegenover mij niets naders over zijn waarschuwing heeft gezegd, draag ik je het volgende op. Van nu af aan blijf je dicht in de buurt van de Kabcar en hou je hem in het oog. Als je merkt dat hij in het komende jaar een gevaar wordt voor het continent, dan dood je hem. Belkala zal je helpen. Maar als de jongen een zegen is, dan heeft hij in jou een goede lijfwacht erbij.' In een zilveren schijnsel materialiseerde een ring met een groene steen voor de ogen van de ridder. 'Neem die. Hij biedt degene die hem draagt eenmalig bescherming in een dodelijke situatie. Daarvoor moet je de edelsteen stukslaan. Maar bedenk wel wannéér je mijn gave gebruikt.'

'Ik heb uw woorden gehoord, god van de oorlog, en ik zal gehoorzamen.' De krijgsman trok zijn zwaard, klemde het in beide handen en kuste de bloedgeul. 'Nooit zal ik me meer door een leugen van mijn goddelijke opdracht laten afbrengen, dat zweer ik bij het Aldorelische zwaard.'

'Over een jaar zien we elkaar terug,' verklaarde Angor. 'Dan zal ik je het beloofde wapen brengen, als je je opdracht naar mijn tevredenheid hebt vervuld. En toon je begripvol tegenover die priesteres.'

Het licht werd nog feller en dwong Nerestro zijn ogen te sluiten. Opeens was het weer donker. De muziek zweeg en zijn god was verdwenen.

Eerbiedig pakte hij de ring en stak hem aan zijn rechtermiddelvinger. Nu wist hij zeker dat zijn god geen illusie was of dat hij hallucineerde door een verdovend middel. Angor was voor de tweede keer aan hem verschenen, had hem zijn nalatigheid vergeven en hem belast met een nieuwe, grote verantwoordelijkheid – de verantwoordelijkheid voor alle mensen op Ulldart.

Langzaam stond hij op, kuste het zwaard en stak het in de schede. Vanbinnen voelde hij zich sterker dan ooit.

'Laten we hopen, jonge Kabcar, dat je alleen nog goede dingen voor ons doet. Anders zal ik je moeten doden. En daar laat ik me niet van afbrengen, zoals Matuc.'

Morgenochtend zou hij zijn mannen meteen zeggen dat hij hier bleef. Een excuus tegenover de Kabcar zou snel gevonden zijn, want op dit moment was de vorst blij met elke bondgenoot die hij kon krijgen. En dan moest hij zich nog verzoenen met de vrouw uit Kensustria.

'Als ze echt weer wordt zoals vroeger,' mompelde Nerestro, 'dan krijg ik nu misschien de kans haar hart te winnen.'

Verheugd liep hij naar de grote glazen deuren om ze te sluiten. Van zijn moedeloosheid, verbittering en woede van de afgelopen dagen en weken was niets meer te bespeuren.

VII

'Weer was het Tzulan die niet tevreden was met het besluit. Hij mopperde op het werk van zijn broers en zusters, had kritiek op dit dier of dat mensenras, dreef overal de spot mee en deed geringschattend over de scheppingen van de anderen. Zijn land, Tzulandrië, zou het enige zijn dat werkelijk doordacht was.

Hij bleef zo lang vitten tot zijn broers en zusters, en zelfs Taralea, hun geduld verloren en hem van repliek dienden. En hun tongen waren spits en scherp.

Ziedend van woede beloofde Tzulan dat hij iets zou scheppen wat niemand, zelfs niet de almachtige godin, zou kunnen nadoen.

Hij trok zich in de donkerste hoek van Tzulandrië terug om zijn plannen voor de ogen van de anderen te verbergen.

De Geblakerde God nam een handvol sterrenstof, aarde, lucht en een druppel water uit elk van de wereldzeeën en mengde alles op de manier waarop Taralea dat ooit zou hebben gedaan.

Maar in zijn drift lette hij niet op de mengverhoudingen, nam in plaats van een snufje een hele handvol sterrenstof en schiep daaruit monsters, afzichtelijke wezens en andere goden, namelijk Jebarro, Poktaï, Hemeròc, Ischozar, Nedror en Kantrill, die net zo duister en verschrikkelijk van aard waren als Tzulan zelf geworden was.'

HET ONTSTAAN VAN DE TWEEDE GODEN EN DE ONDIEREN

Ulldart, koninkrijk Tarpol, provincie Ulsar, hoofdstad Ulsar, winter 442/443 n.S.

De berichten over de nieuwe moorden drongen nu ook tot het paleis van de Kabcar door. In de afgelopen vijf nachten waren in totaal veertien mensen omgekomen.

De slachtoffers, die telkens bij de eerste ochtendschemer door stadswachten werden gevonden, schenen willekeurig door de dader te zijn gekozen; ze waren arm of rijk, er was een koopman bij, en zelfs een van de soldaten die Norina naar Ulsar hadden geëscorteerd. Maar één ding hadden ze allemaal gemeen: hun bloed was verdwenen, er waren grote lappen vlees uit hun lichaam gescheurd en hun keel was opengereten.

De onrust onder de bevolking was zo groot dat de mensen zich alleen nog in groepen op straat waagden als ze na zonsondergang om een of andere reden toch de deur uit moesten.

Op bevel van de Kabcar werd de stadswacht uitgebreid met eenheden van de paleiswacht en werd er zelfs in de kleinste steegjes gepatrouilleerd.

Lodrik was dus blij toen Nerestro meldde dat hij en zijn mannen langer zouden blijven en ook aan de jacht op de bizarre moordenaar zouden deelnemen. Het leven aan het hof vormde bovendien een aardige afwisseling van het dagelijks bestaan op zijn burcht, zei Nerestro.

Een idee dat op bijval van de Kabcar kon rekenen, was een toernooi van de Hoge Zwaarden in de Tarpoolse hoofdstad, dat in het voorjaar zou worden gehouden. De jongeman ging enthousiast akkoord. Veertig of vijftig zwaargewapende ridders met hun gevolg zouden een zeldzaam en indrukwekkend schouwspel vormen.

Afgezien van de krankzinnige crimineel en zijn beestachtige daden was het verder betrekkelijk rustig in Lodriks rijk. Boodschappers en gouverneurs meldden dat de bevolking blij was met de aangekondigde hervormingen, terwijl het grootste deel van de brojaken en edelen morrend thuiszat en zich binnenskamers ergerde.

De Kabcar had zijn voorstellen nog altijd niet ingetrokken. Het bedekte dreigement van stopzetting van de betalingen aan het hof of het terugvorderen van de schulden scheen hem niet te deren. Omdat de grootgrondbezitters de woede van het volk over zich afriepen, zou de vorst met die steun de op gang gebrachte vernieuwingen toch kunnen doorzetten.

Als kleine speldenprikken stuurde Kolskoi regelmatig aanmaningen aan Lodrik waarin hij hem op de achterstallige betalingen attent maakte. Met name wees de edelman daarbij op de vijftigduizend waslec die het hof het Ontariaanse handelsgilde schuldig was. Het gistte in de kringen van de machtigen, maar voorlopig bleven ze vreedzaam.

Maar de koning van Tarpol had in Granburg genoeg ervaring opgedaan en geloofde niet in die valse eendracht. Alleen met de terugbetaling van het geld zou hij hen op de lange termijn rustig kunnen houden, omdat hij hun zo de wind uit de zeilen nam. Daarom zou de bruiloft met zijn nicht zo snel mogelijk plaatsvinden.

Tot Lodriks verbazing en grote voldoening keerde ook in het laatste zorgenkind, de provincie Worlac, de rust terug. De gouverneur liet hem schriftelijk weten dat de leiders van de onafhankelijkheidsbeweging waren uitgeschakeld en opgepakt en dat de beweging geen steun meer had onder de bevolking. De wapenleveranties uit Borasgotan waren onderschept.

Zelf stuurde de Kabcar de eerste uitnodigingen voor zijn huwelijk aan de andere vorstenhuizen. De brief naar Hustraban, dat nog altijd de helft van het iurdum uit de baronie Kostromo opeiste, formuleerde hij met de hulp van een zeer geamuseerde Stoiko nogal bloemrijk. Waljakov mompelde iets als 'reden voor een oorlogsverklaring' toen hij het epistel las, en ook Norina had er zichtbaar plezier in.

Lodrik en de knappe brojakin brachten veel tijd samen door en maakten van elke gelegenheid gebruik elkaar te zien en het vuurtje van hun hartstocht op te stoken.

Norina ging Aljascha zo veel mogelijk uit de weg, liet zich niet verleiden tot openlijke discussies met de vasruca en gedroeg zich heel diplomatiek, ook al zou ze de nicht van haar geliefde het liefst haar boosaardige groene ogen hebben uitgekrabd.

Toen ze elkaar een keer in een kamer troffen waar niemand anders aanwezig was, hadden ze elkaar ongezouten de waarheid gezegd. Sindsdien waren ze gezworen vijandinnen, zoals ook Lodrik en Stoiko niet ontging.

Hoe dichter de trouwerij naderde, des te slechter Norina's humeur werd. Maar de omgeving had daar alle begrip voor, een kwaad woord werd haar snel vergeven en de Kabcar liet haar duidelijk merken dat alleen zij voor hem telde. Zijn nicht had hij enkel nodig om het iurdum en daarmee ook definitief de troon te kunnen bemachtigen. Het huwelijk met de edelvrouwe had voor hem geen betekenis, bezwoer hij de brojakin.

Na nog een week kwam er net zo abrupt een einde aan de moorden als ze begonnen waren, maar zonder dat de dader was gevonden. Wel wachtte Nerestro, fraai uitgedost in volle wapenrusting, op een dag in de theekamer met een verrassing.

'Hooggeboren Kabcar, ik wil u iemand voorstellen. We dachten allemaal dat ze dood was, maar een genadig lot en haar genadige god hebben haar toch voor deze wereld behouden,' begon hij. 'Ze wacht buiten en heeft spijt dat ze samen met de monnik Matuc bijna voor de terugkeer van de Donkere Tijd had gezorgd.'

Lodrik begreep meteen wie de ridder bedoelde. Maar al te goed herinnerde hij zich zijn gesprek met de Ulldrael-priester. 'Die vrouw uit Kensustria? Heeft ze haar verwondingen overleefd?'

'Dat kan ze u beter zelf vertellen, hooggeboren Kabcar,' antwoordde Nerestro. 'Zal ik vragen of ze binnenkomt?'

Nieuwsgierig geworden knikte de jongeman, en ook de gezichten van de anderen – Stoiko, Waljakov en Norina – stonden verwachtingsvol. De raadsman van de Kabcar schonk haastig nog een kop thee in, terwijl de ridder de deur opende en opzij stapte voor de onbekende bezoekster. Zoals altijd hield de lijfwacht zijn hand op zijn zwaard.

Een vrouw, gekleed in een lange bruine mantel van de mooiste stof, kwam enigszins aarzelend de kamer binnen. Haar huid had een glanzende bronzen tint en haar schouderlange haar lichtte donkergroen op. Niets herinnerde meer aan de verontrustende toestand waarin ze de ridder was tegengekomen.

Na een korte blik door de kamer bleven haar barnsteenkleurige ogen kalm op Lodrik rusten. Langzaam kwam ze op hem toe, totdat Waljakov zich met zijn brede postuur voor de Kabcar opstelde.

'Zo is het ver genoeg,' zei hij kortaf. 'Noem uw naam.'

'Ik ben Belkala, priesteres van Lakastra, de god van de zuidenwind en de wetenschap,' begon ze vriendelijk. Ze legde haar rechterhand tegen haar hart en stak de lijfwacht haar linker toe. 'Ik kom in vrede, vanuit Kensustria.'

'Aha.' Wat besluiteloos keek de reus naar de uitgestoken hand. 'Geloven we dat?' vroeg hij over zijn schouder, zonder Belkala uit het oog te verliezen.

'Dat geloven we,' antwoordde Lodrik opgewekt, terwijl hij de lijfwacht wat opzijschoof en de vrouw een hand gaf. 'Dus zo ziet een Kensustriaanse eruit.'

Ze glimlachte en toonde een deel van haar spitse hoektanden. Waljakov trok zijn wenkbrauwen op en zijn gezicht betrok, maar hij bleef rustig. Norina ademde hoorbaar uit en deinsde onwillekeurig een stap terug.

'Hooggeboren Kabcar, het is me een eer u te leren kennen,' zei de vrouw. 'En ik moet tegenover u mijn spijt betuigen over wat er met mijn hulp bijna was gebeurd. Maar de woorden van Matuc klonken aanvankelijk heel overtuigend. Inmiddels schijnt hij tot het inzicht te zijn gekomen dat u een zegen bent voor Tarpol.'

'Zoveel lauweren heb ik nog niet geoogst,' wuifde de Kabcar het compliment weg. 'Maar het is waar dat ik mijn best doe om de armen te helpen en de rijken tegen me in het harnas te jagen. Misschien niet verstandig, maar wel zo rechtvaardig.' Hij nam de priesteres aandachtig op. 'U hebt een lange reis achter de rug en van alles doorstaan, zoals ik van Nerestro hoorde. U hebt uw verwondingen dus overleefd?'

Lodrik beduidde haar te gaan zitten voordat hij zelf een wat makkelijker houding in de kussens van zijn leunstoel zocht. IJverig reikte Stoiko haar de kop dampende thee aan, wat hem een dankbare glimlach van de Kensustriaanse vrouw opleverde.

'Na de overval – die eigenlijk voor u bedoeld was, zoals we nu weten – ben ik in een heilzame slaap gevallen, hooggeboren Kabcar. Wij, priesters van Lakastra, zijn in staat onze hartslag te vertragen en onze lichaamstemperatuur te verlagen om ons lichaam te ontzien en te helpen bij het herstel van verwondingen,' legde ze uit. De waarheid over haar wederopstanding hield ze voor zich. 'Nerestro en Matuc dachten dat ik dood was en hebben me aan de rand van de weg begraven, waar ik na twee dagen uit mijn verstarring ontwaakte en me met moeite uit mijn graf heb bevrijd.' Ze nam een slokje van haar thee en glimlachte tegen de jongeman. 'Het scheelde niet veel of ik was doodgevroren. Een paar reizigers vonden me, Lakastra zij dank, en brachten me naar een boerderij, waar ik ben verzorgd. De rest is snel verteld. Ik zocht een reisgezelschap waarbij ik me kon aansluiten en ben zo naar Ulsar gekomen. Hier herinnerde ik me dat Matuc naar de tempel wilde. Nadat ik een paar dagen in verwarde toestand door de straten had gedwaald, liep ik Nerestro tegen het lijf, die me hier heeft gebracht. Hij heeft me mijn daad vergeven.'

'Een merkwaardig verhaal,' mompelde Waljakov, die Norina scherp observeerde. Ook de jonge brojakin staarde de Kensustriaanse vrouw strak aan.

'U mag van geluk spreken dat u niet in handen van onze krankzinnige moordenaar bent gevallen,' merkte Stoiko op. 'Hebt u niets over die moorden gehoord?'

Belkala dacht even na. 'Ik geloof het wel. De mensen op de markt hadden het erover. Maar Lakastra beschermt me, zo schijnt het. Ik kan mijn god niet genoeg danken.'

'Wist u dat mijn... adviseur, Norina Miklanowo, op weg naar...' wilde Lodrik het angstige avontuur van zijn geliefde in het Granburgse bos vertellen. Maar een zachte schop tegen zijn stoel weerhield hem. Geërgerd keek hij Norina aan, maar ze schudde haast onmerkbaar haar hoofd. 'Dat mijn adviseur een groot aandeel heeft in de hervormingen die we in Tarpol willen doorvoeren?'

'Nee,' zei de priesteres, 'maar de inbreng van een vrouw in dit soort zaken is zeker van groot nut.'

'Zo is het,' beaamde Nerestro vanuit de deuropening. 'Hooggeboren Kabcar, ik wilde u vragen of Belkala als mijn gast in het paleis mag logeren. Ze is het leven in Tarpol nog niet gewend en ik zou haar graag wegwijs maken.'

'Ik heb geen enkel bezwaar,' willigde Lodrik zijn verzoek in. 'Het zou me zelfs genoegen doen, Belkala, als u bij mijn huwelijk aanwezig zou willen zijn – min of meer als officiële vertegenwoordiger van Kensustria. Wat denkt u?'

'Dat is te veel eer, hooggeboren Kabcar,' protesteerde ze, maar Lodrik wuifde haar bezwaren weg.

'Ik wil van geen weigering horen. U kunt gerust zijn dat ik geen enkele wrok tegen u koester. Eigenlijk kan ik u niet eens verwijten dat u in uw ijver hebt geprobeerd mij uit de weg te ruimen. Als de monnik gelijk had gehad met zijn verkeerde interpretatie van de profetie, zou heel Ulldart u veel verschuldigd zijn geweest als het u gelukt was. Maar omdat het anders ligt en u tijdig uw vergissing hebt ingezien, is het vergeten en vergeven.'

'Wat bent u eigenlijk na het bruiloftsfeest van plan?' vroeg Stoiko geïnteresseerd. 'Er moet toch een reden zijn waarom u ons mooie land bezoekt. Aan de gezonde lucht en de heerlijke temperaturen zal het wel niet liggen, neem ik aan?'

Belkala lachte. 'Daar hebt u gelijk in. Nee, ik ben hier gekomen om het geloof van mijn god te verbreiden.'

'Dan wens ik u veel succes,' zei Waljakov. Iedereen keek naar hem. 'Ik bedoel, het zal niet eenvoudig zijn om in Tarpol de leer van een Kensustriaanse god te verkondigen. En neem me niet kwalijk, maar u ziet er nogal vreemd uit, in de ogen van de eenvoudige boeren hier.'

'Onze Waljakov neemt zoals gewoonlijk geen blad voor de mond,' grinnikte de raadsman en hij tilde zijn kopje op. 'Neem het hem maar niet kwalijk, Belkala, hij zegt altijd wat hij denkt.'

'Nerestro had me al gewaarschuwd dat het niet mee zou vallen,' antwoordde ze. 'Maar zendelingen met een nieuwe boodschap hebben het overal moeilijk.'

'Dat geldt ook voor mij,' knikte Lodrik. 'Ik weet wat het betekent om nieuwe, impopulaire ideeën uit te dragen. Maar ik heb nog het voordeel dat ik Kabcar ben. U kunt zich nu terugtrekken, als u wilt. Wij moeten nog een paar dingen voor de bruiloft regelen.' Hij aarzelde even. 'Trouwens, waar is je baard gebleven, Nerestro?'

De man werd eerst rood en daarna bleek. 'Een betreurenswaardig ongeluk. Ik praat er liever niet over, hooggeboren Kabcar.'

Belkala stond op, maakte een buiging en verliet samen met de ridder de theekamer.

'Ik krijg onderhand het idee dat Matuc niet de enige was die het visioen anders interpreteerde,' zei Stoiko. 'Die eerste aanslag die in Granburg op u werd gepleegd, weet u nog? De dader kon niet door de edelen zijn ingehuurd, want dat klopte niet met de tijd.'

'En een Tzulani was hij ook niet,' vulde de lijfwacht aan.

'Daaruit moet je wel afleiden dat de moordenaar door een derde partij is gestuurd, die ook in die andere uitleg van het visioen geloofde,' besloot Lodrik peinzend. Een akelige verdenking kwam bij alle aanwezigen op.

'Alleen rijke mensen kunnen zich een huurmoordenaar veroorloven,' bromde Norina.

'En de Orde van Ulldrael is rijk.' Het was weer Waljakov die zei wat iedereen dacht. 'De overste, of in elk geval de Geheime Raad, kende de tekst net zo goed als Matuc, neem ik aan.'

'Een heilloze gedachte, vrienden,' zei Stoiko, onaangenaam getroffen. 'Dat kan toch niet waar zijn?'

'Ik begrijp het niet,' riep de Kabcar uit en hij sloeg met zijn vuist op de leuning. 'Stelletje huichelaars! In de kathedraal kronen ze me tot vorst van Tarpol, maar in Granburg hebben ze me een moordenaar op mijn dak gestuurd. Als we dat konden bewijzen...'

'En niet alleen in Granburg, heer,' viel de reus hem in de rede. 'Die pijl bij de kroning, die de monnik in zijn arm trof, kwam ook van de Ulldrael-orde, als u het mij vraagt. Voor de bewakers steek ik mijn hand in het vuur, maar niet voor die jurken op de bovengalerij.'

'Dus had Nerestro gelijk met zijn vermoeden tijdens het banket,' fluisterde Lodrik. 'Nu wordt de houding van de Geheime Raad ook verklaarbaar, als ze mij beschouwen als een wandelend gevaar voor het continent.' Hij sprong op en begon nerveus te ijsberen. 'Ik moet ze door mijn daden van het tegendeel overtuigen. En ik zal de orde onmiddellijk een brief op poten schrijven.'

'Laten we hopen dat het iets uithaalt,' mompelde Waljakov. 'Maar voorlopig raad ik u aan om u niet met die monniken in één ruimte af te zonderen.'

De jongeman bleef voor Norina staan en omhelsde haar. 'Ik wou dat ik weer gouverneur in Granburg was.' Ze sloeg haar armen om hem heen en drukte hem stevig tegen zich aan. 'Waarom schopte je eigenlijk tegen mijn stoel?' vroeg hij. 'Ik wilde Belkala alleen maar vertellen dat je langs haar lege graf was gekomen.'

Zijn geliefde lachte wat ongemakkelijk. 'Het leek me geen goed idee. Ik vond het niet gepast, dat was alles.'

'O ja, brojakin?' vroeg Waljakov. Met zijn grijze ogen keek hij haar strak aan, alsof hij haar op een onwaarheid wilde betrappen. Hij was niet vergeten hoe benauwd ze had gekeken in het gezelschap van de Kensustriaanse priesteres. 'Wilt u daar misschien wat meer over zeggen? Ga uw gang.'

'Nee, echt. Het is niets.' Ze schudde haar hoofd. 'Alleen... het zullen die spitse hoektanden wel zijn geweest waar ik van schrok. En dat haar. Het herinnerde me ergens aan, maar het doet er niet toe.'

'Goed,' zei Stoiko, en hij klapte in zijn handen. 'Laten we dan die brief aan de overste schrijven en de plannen voor de bruiloft nog eens doornemen. We hebben in elk geval een gast meer aan tafel. Wij zijn het eerste land dat iemand uit Kensustria bij een officieel feest mag ontvangen, weten jullie dat? Een paar andere koningen zullen wel ontploffen van jaloezie.'

'Hopelijk Arrulskhán als eerste, dan zijn we van het probleem met Borasgotan verlost,' bromde de lijfwacht en iedereen moest lachen.

Alleen Norina's lach klonk niet helemaal echt. Ze wist heel goed waar ze de groene haren van de priesteres al eens eerder had gezien, en dat beviel haar niet. En met een beetje fantasie zag ze de moorden in Ulsar nu in een heel nieuw licht.

'Nou, dat ging goed,' zei Nerestro toen hij Belkala haar kamer liet zien. 'Van nu af aan zullen we allebei dicht in de buurt van de Kabcar zijn.' Zachtjes legde hij zijn hand op haar schouder en ze draaide zich even om. 'Nu is het mijn beurt om spijt te hebben.'

'Omdat je me je zwaard door mijn hals hebt geboord?' vroeg ze koeltjes. 'Of omdat je me met je pijlen hebt geraakt, heer ridder? Je slaat nu weer een heel andere toon aan.' Ze deed een paar stappen de kamer in en draaide in het rond. Haar jurk zwaaide nog na toen ze bleef staan. 'Toen ik je twee dagen geleden weer kwam opzoeken, heb je me deze kleren gegeven. Heel aardig, maar het was echt niet nodig.'

'Zo'n Tarpoolse boerenkiel staat je niet,' antwoordde de ridder een beetje verlegen. 'Belkala, ik smeek je. Ik was totaal in de war, daar in die steeg. Ik dacht dat je dood was en dat ik door een spook voor de gek werd gehouden. Je gedroeg je ook heel vreemd. Des te blijer ben ik dat je nu weer levend voor me staat, net zo mooi als altijd.'

Ze ademde langzaam uit en kwam naar hem toe. Haar barnsteenkleurige ogen lichtten op, hoewel Nerestro het gevoel had dat ze wat te fel en te geel glinsterden.

269

'Bespaar me je complimenten. Ik heb je al vergeven. Maar vergeten zal ik het niet. Zonder Lakastra's beschermende hand zou jouw Aldorelische zwaard me weer de dood in hebben gejaagd, Nerestro.' Ze wees naar de deur. 'Ga nou maar, en probeer die moordenaar te grijpen, voordat hij de hele stad afslacht. Ik wens je veel geluk.'

'Ik...' begon hij, maar de vrouw uit Kensustria draaide zich om. De ridder maakte een aarzelende buiging en verliet haar kamer.

'Zo makkelijk krijg je me niet,' zei de priesteres zacht, toen ze de deur in het slot hoorde vallen. 'Je zult flink je best moeten doen, mijn lieve soldaat. Dan smaakt de beloning eens zo zoet.'

Ulldart, koninkrijk Ilfaris, hertogdom Turandei, koninklijk paleis, winter 442/443 n.S.

'En wat hebben we hier?' vroeg koning Perdór welwillend, terwijl hij zich wat opzij boog om beter onder de kaartentafel te kunnen kijken. 'Een eenzame praline! Hoe kom jij daar nou?' Met duim en wijsvinger raapte hij de bonbon op en hield hem voor zijn ogen. 'Je ziet eruit als nieuw, kleintje.'

Genietend stak het staatshoofd van Ilfaris de vondst in zijn mond. Een beetje afwachtend hield hij de zoetigheid op zijn tong, voordat hij er langzaam in beet en op de smaaksensatie wachtte. Een sterk sinaasappelaroma verspreidde zich door zijn mondholte. 'Mm, een "verwarmende Winterzon". Nog altijd voortreffelijk. Dat noem ik pas kwaliteit.'

'Majesteit, eet u nou nog steeds gevonden pralines?' vroeg Fiorell berispend, onder luid geklingel van de belletjes op zijn narrenkap.

'Het is toch zonde om zoiets heerlijks te laten verkommeren of tot de maag van een hond te veroordelen,' verdedigde de bejaarde vorst zich. Hij stond op en keek zijn hofnar aan. 'Kun je me zeggen hoe het jou lukt om ondanks die belletjes zo geruisloos een kamer binnen te sluipen? Ik schrok me zowat een hartverzakking.'

'Geen angst, majesteit,' zei de pezige hofnar, en met een paar sprongen beklom hij de lange ladder naar de bovenste plank van de boekenkast. 'Uw hart is overal tegen bestand. Wie zonder probleem zo'n berg bonbons, snoep, koekjes en andere zoetigheid naar binnen kan werken, valt zo gauw niet dood neer.'

'Je hebt een goede reden om me in mijn werkkamer te komen storen, neem ik aan?' Perdór wees naar de kaart. 'Hebben we nieuwe informatie over die Borasgotanische vrijwilligers? Waar ze hun kamp hebben opgeslagen, bijvoorbeeld?'

'Majesteit, de bode is zo snel mogelijk teruggekomen met het laatste nieuws.' Met één sprong was Fiorell weer beneden, maakte een koprol en richtte zich op naast zijn koning, die hij een leren rol in zijn hand drukte. 'Alstublieft.' Toen liet hij zich op handen en knieën zakken en snuffelde luidruchtig. 'Doet u mee? Dan kunnen we samen op zoek gaan. Als ik nog een praline vind, dan blaf ik wel even.'

Perdór klakte misnoegd met zijn tong. 'In al die jaren dat ik me vrolijk over je maak, heb ik je niet één keer laten afranselen als je over de schreef ging. Dat moet maar eens veranderen.' Zijn krullende grijze baard wipte op en neer. 'Je bent me er een.' Hij opende de perkamenten tas en rolde het document uit.

Als een springveer kwam Fiorell weer overeind en bleef naast hem staan. Hij deed het ernstige gezicht van de koning na en rimpelde zijn neus, zoals de vorst ook deed als hem iets niet beviel. 'Wie had dat nou gedacht?' zei Perdór zacht.

De koning van Ilfaris krabde zich in zijn krullende baard, liet het bericht toen zakken en zette een rij kleine houten poppetjes op de grote kaart voor hem. 'Arrulskhán heeft plannen, als ik het zo zie. Met vijfduizend vrijwilligers heeft hij inmiddels een aardig legertje opgebouwd – zeker naar de maatstaven van Ulldart, nietwaar?'

De hofnar knikte en zijn belletjes rinkelden. 'Goed verspreid langs de grens van de provincie Granburg. Dat vind ik wel heel opvallend. Een duidelijker dreigement lijkt me niet mogelijk.'

'Arrulskhán was nooit zo subtiel,' merkte Perdór op. 'Het lijkt erop of de herovering van de onafhankelijke baronie Jarzewo hem niet meer zo interesseert. Maar als hij werkelijk een aanval op Tarpol van plan is, waarom concentreert hij zich dan niet op de gezamenlijke grens?' Hij tikte op de ingetekende provincie Worlac. 'Waarom blijft hij daar vandaan, als hij werkelijk oorlog wil?'

'Laten we eens goed nadenken,' zei Fiorell. 'Wie weet tegenwoordig nog hoe je een veldtocht organiseert? Vergeet niet, majesteit, dat er meer dan een eeuw geen echte veldslagen meer zijn gevoerd. Die commandotroepen zijn uiteindelijk maar kleine eenheden. En de garnizoenen worden voornamelijk bevolkt door soldaten die zich met struikrovers of moerasmonsters bezighouden. Het zou mooi zijn als Ulldart was verleerd hoe je oorlog moet voeren.'

'Denk je dat echt, mijn beste Fiorell?' De koning schudde sceptisch zijn grijze hoofd. 'Er zijn nog genoeg handboeken en tactische handleidingen te vinden.'

'Ja, maar dat is allemaal theorie,' wierp de hofnar tegen. 'En wat je ook van de koning van Borasgotan mag vinden, een belezen man is hij niet. Evenmin als zijn adviseurs.'

'Dus zou die positie langs de grens van Granburg een kwestie van onervarenheid zijn? Dat wil er bij mij niet in.' Peinzend stonden ze in dezelfde houding voor de kaart. 'We moeten niet de fout maken hem te onderschatten. Weten we iets over die onafhankelijkheidsbeweging in Worlac?'

'Zeker wel.' Met een paar sprongen stond de nar bij een stapeltje papieren dat hij zijn vorst aanreikte. 'Die lui zijn allemaal opgepakt, heeft de gouverneur aan de nieuwe Kabcar gemeld. Een aardig succesje.'

'Ook al iets wat ik niet zomaar geloof. Maar eerst heb ik wat inspiratie nodig.' Perdór trok aan het schelkoord en bestelde een dozijn pralines, wat gebak en een kan goede shabb. Shabb kwam uit Agarsië, rechtstreeks van overzee. Een donker poeder werd met heet water opgekookt en vormde zo een sterk ruikende, bittere drank, waardoor je meteen klaarwakker was.

Genietend werkte hij vier bonbons naar binnen, nam een hap van het gebak en slurpte wat van de opwekkende drank.

Ondertussen jongleerde Fiorell met zowat alles wat hij in de werkkamer van de koning kon vinden. Niets was veilig voor zijn kun-

273

sten, zelfs de breekbaarste dingen hield hij moeiteloos in de lucht. Zo nu en dan pikte hij een koekje, wat hem een boze blik van Perdór bezorgde.

'Zo is het genoeg,' verklaarde de heerser van Ilfaris. 'Er stromen nieuwe krachten door me heen.'

'Het kan ook door al die suiker komen die nu door uw aderen klotst,' opperde de potsenmaker en hij deed een handstand op maar één arm. 'Een beetje beweging zou u geen kwaad doen.'

'Jij beweegt voor twee, dus dat is wel genoeg,' zei Perdór minzaam. 'Als ik beweging nodig heb, zal mijn lichaam me dat wel vertellen. En ik hoor niets. Terug naar belangrijker zaken.' Hij klakte weer met zijn tong. 'Overigens was het een ongehoorde stommiteit dat wij helemaal niets wisten over die klucht die de Tadc met zoveel succes in Granburg heeft opgevoerd. We moeten wel blind zijn geweest dat we zijn kleine toneelstukje niet doorhadden! Laten we voortaan wat beter nadenken als we iets vreemds tegenkomen, Fiorell. Vooral nu, in deze interessante situatie. In elk geval ziet de bevolking van Tarpol de nieuwe Kabcar wel zitten.'

'De edelen en brojaken zien hem liever liggen – onder de grond,' vatte de hofnar samen, en hij kwam weer naast zijn koning staan. 'Er waait een frisse lentewind door Tarpol, en dat midden in de winter!'

'Maar dat briesje wordt door Hustraban en Borasgotan als zwakheid uitgelegd, als ik het goed inschat,' ging Perdór verder. 'Zolang de Kabcar niet stevig van zich af bijt, zullen die landen de jongeman niet serieus nemen. Maar wij wel, want hij probeert zijn volk tevreden te stemmen. Voorlopig lijkt de Donkere Tijd wel heel ver weg.'

'Arrulskhán moet worden uitgeschakeld,' zei Fiorell peinzend. 'Volgens mij vormt hij op dit moment het grootste gevaar voor het continent. Plus die twee anderen – dat zure wijf en die messentrekkers.'

'Onze gewaardeerde buren, Alana de Tweede en de geachte kooplui van Palestan, bedoel je?' vroeg de koning geamuseerd. 'Zij hopen snel munt te slaan uit hun dreigementen tegenover Kensustria. Maar dan komen ze van een koude kermis thuis. Het verbaast me eigenlijk dat Alana daaraan meedoet.'

'Ik denk dat ze gewoon verblind is door het goud.' De hofnar zocht naar een verklaring. 'Niemand die goed bij zijn verstand is, zal de Lange Tanden bedreigen. Alana's echtgenoot mag dan een machtige vader hebben, maar die twee landen zullen snel ontdekken dat ze te veel hooi op hun vork hebben genomen. Wat mij niet bevalt, als ik de kaart zo zie, is dat wij recht tussen Tersion en Kensustria in liggen als het oorlog wordt.'

'Dat maakt mij ook een beetje zenuwachtig, eerlijk gezegd,' beaamde Perdór. 'We zullen uiterst diplomatiek te werk moeten gaan. Maar op één punt geef ik geen strobreed toe. Alana krijgt geen vrije doorgang, want dat zal het eerste zijn wat Tersion mij vraagt. Ze mogen elkaars schepen naar de kelder jagen, maar over mijn land trekken geen soldaten.'

'Wat geven we het jonge paar eigenlijk als cadeau?' Fiorell was met zijn gedachten weer bij Tarpol. 'We zijn op de bruiloft uitgenodigd, dus we moeten iets moois meenemen.'

'Ik weet al wat.' Opeens glimlachte de koning van Ilfaris. 'Laat kopieën maken van de bewegingen en posities van dat Borasgotanische vrijwilligersleger. Dan zal ik voor het bruidspaar een taart bakken die de waarheid bevat – in de meest letterlijke zin.' Hij sloeg zijn armen over elkaar. 'En zet alle spionnen in die we in de provincie Worlac hebben, om te controleren of daar de laatste tijd veel mensen uit Borasgotan zijn binnengekomen. Ik vrees dat Arrulskhán lang niet zo achterlijk is als wij zo lang hebben gedacht. Die triomfantelijke berichten van de gouverneur van Worlac aan de Kabcar vertrouw ik niet verder dan ik een van mijn bonbons kan gooien.'

'Maar u zou nooit met een praline gooien,' zei de hofnar verbaasd.

'Precies,' mompelde Perdór listig. 'Precies.'

Er werd geklopt, en een bediende kwam binnen met een blad waarop drie heel klein opgevouwen papiertjes lagen. 'Majesteit, de laatste berichten van onze spionnen in het noorden. En een uit de buurt.'

'Die komen als geroepen.' Fiorell klapte in zijn handen, pakte de flinterdunne papiertjes en gaf ze aan de koning, die ze snel maar voorzichtig openvouwde.

'We zouden eindelijk eens adelaars in dienst moeten nemen,' zei de hofnar, terwijl hij Perdórs bewegingen volgde. 'Die kunnen veel meer dragen dan die zwakke postduiven.'

'Maar postduiven hebben het voordeel dat je ze smakelijker klaar kunt maken als ze hier zijn aangekomen,' weerlegde de koning.

Eindelijk lagen de papiertjes opengevouwen. Ze bevatten een soort hiëroglifen, die de vorst zonder probleem kon lezen. Alle belangrijke boodschappen werden op die manier gecodeerd, alleen begrijpelijk voor leden van de geheime dienst.

'Maar dat is interessant!' zei Perdór na een tijdje. 'Het vrijwilligersleger in Borasgotan is tot een derde gereduceerd. Maar waar is de rest gebleven?'

'In Worlac?' opperde Fiorell. 'Zoals u al vermoedde?'

'Dat zoeken we uit. En snel. Mijn huwelijkscadeau aan de Kabcar moet zo nauwkeurig mogelijk zijn,' beval de koning, voordat hij het tweede briefje pakte en haastig doorlas. 'Kijk eens aan. Er zijn Kensustriaanse diplomaten in Ulldart onderweg. En er worden gezanten naar Hustraban, Serusië, Aldoreel en Agarsië gestuurd. O, er komt ook een delegatie onze kant uit.'

'Zouden de Lange Tanden bondgenoten zoeken tegen Tersion en Palestan?' vroeg de hofnar zich hardop af. 'Hebben we de kracht van hun leger misschien overschat?'

'Ik weet het niet. Ik heb nooit langer dan een maand een bruikbare spion in hun land gehad,' zei de koning. 'Maar ik ben benieuwd wat die gezanten van ons willen. Ze weten toch wel dat wij het vreedzaamste land zijn van allemaal?' Ten slotte las hij de laatste melding, die uit Tarpol afkomstig was. 'Dat was dus helemaal geen ongeluk,' lachte hij ongelovig. 'De leiding van de Ulldrael-orde heeft de kathedraal opzettelijk laten instorten.'

'Waarom, in vredesnaam?' bromde de potsenmaker. 'De kroning is wel een beetje uit de hand gelopen, en over goddelijke tekenen kun je je niet beklagen, maar waarom hebben ze een van de mooiste gebouwen van het continent in puin laten vallen?'

'Ook dat zoeken we uit.' De koning nam de laatste praline en sloot verzaligd zijn ogen. 'Laten we ons eens in de legenden verdiepen, dan vinden we misschien een aanwijzing in de kroniek van de orde. Wat een geluk dat we een afschrift hebben, niet? Terwijl dat boek toch zo streng geheim is.'

Hij schonk zich nog een kop shabb in, nam een hap van een koekje en ging achter zijn zware bureau zitten. 'Er is op dit moment te veel geheimzinnig gedoe op dit stukje aarde. En wij zullen samen proberen wat licht in de duisternis te brengen.' Perdór wees naar de kostbare porseleinen kan. 'Schenk jezelf maar een beker in, beste Fiorell. Van slapen zal voorlopig weinig komen. En laat het avondeten maar hier brengen. We hebben het druk.'

Peinzend liep hij naar de lange rij boekenkasten, klom een paar sporten de ladder op en pakte een verzameling vergeelde vellen. 'Die moeten we opnieuw laten kopiëren,' zei de koning met een grimas. 'Anders brokkelt de kennis onder onze handen af.'

'Wat is dat?' wilde de hofnar weten en hij kwam nieuwsgierig dichterbij. 'O? Aantekeningen over verdragen en overeenkomsten tussen de verschillende landen?'

'Precies, beste kerel. Eerst wil ik weten op wie Tarpol een beroep kan doen als de nood aan de man komt.' Perdór neuriede een wijsje terwijl zijn blik zoekend over de pagina's gleed. 'Aha, daar heb ik het. Dertien jaar geleden heeft Tarpol een militair verdrag met Tûris gesloten. En er zijn nog oudere akkoorden met de baronieën Kostromo en Bijolomorsk. Die oude Bardri¢ was toch voorzichtiger dan ik dacht.'

'Dat niet-aanvalspact met Borasgotan kan de jonge Kabcar wel bij het oud papier gooien,' lachte Fiorell, die al een paar regels verder was. 'Of er een cake in verpakken, als hij dat liever doet.'

'Maar zo ontstaat dus een heel nieuw beeld.' De leider van Ilfaris kneedde zijn onderlip. 'Als Arrulskhán werkelijk een oorlog wil beginnen, waar ik al bijna van uitga, maakt hij zich schuldig aan dubbele verdragsschennis. Geen goede uitgangspositie bij een latere rechtvaardiging of een halfslachtige motivatie, zou ik zeggen.'

De hofnar nam een overdreven houding aan alsof hij zwaar zat na te denken. 'Had ik al eens verteld dat Arrulskhán niet goed wijs is? Misschien maakt het hem allemaal niets uit.' Met een elegant sprongetje landde hij op de onderste sport van de ladder. Hij liet zijn stem dalen tot een dof gebrom, pakte twee dropstengels om een snor na te bootsen en fronste zijn wenkbrauwen. 'Wij gaan vandaag op wildezwijnenjacht,' bauwde hij het holle stemgeluid van de Borasgotanische koning na. 'En als we geen zwijnen vinden, trekken we gewoon een paar dorpelingen een varkenshuid aan en schieten ze neer.' Voorzichtig legde hij het snoep weer terug. 'Majesteit, die man is tot alles in staat. Hij heeft een heel meer drooggelegd, alleen om te zien waar zijn ring gebleven was die bij een boottochtje overboord was gevallen. Weet u nog? Dat hij daarmee drie dorpen van hun water beroofde, deerde hem niet, om nog maar te zwijgen over de wateroverlast in het vruchtbare dal beneden.'

'Ja, hoe meer ik erover nadenk, des te meer ik ervan overtuigd raak dat de terugkeer van de Donkere Tijd – áls het zo ver komt – aan hem te danken zal zijn,' gromde Perdór bezorgd. 'Al die overwegingen maken ons huwelijkscadeau nog belangrijker voor de Kabcar.'

'Het zal een groot succes zijn, majesteit.'

Ulldart, koninkrijk Tûris, winter 442/443 n.S.

De herberg van het Ontariaanse handelsgilde waar Hetrál, de meester-schutter, onderdak had gevonden, was een van die gelegenheden waar naast gewone reizigers ook mannen te vinden waren die leefden van de premie die het rijk op het doden van moerasmonsters had gezet. Meestal vormden ze groepjes van vijf tot zeven man om samen jacht te maken op de gedrochten uit de moerassen. Het was een gevaarlijke bezigheid, waarbij nogal eens doden vielen.

Jaren geleden was Hetrál vanwege zijn triomfen als schutter een le-gende geworden in Tûris. Maar toen hij op reis ging, dwars door Ulldart, raakte zijn gezicht al snel vergeten. Jongere helden namen zijn plaats in en vergaarden roem. Toch waren er maar weinig mensen die het konden opnemen tegen de meesterschutter in dit koninkrijk, dat eeuwen geleden Sinurestan heette en ooit het thuisland was van Sinured het Beest.

De door Tzulan tot het kwaad verleide krijger had de Donkere Tijd over Ulldart gebracht en vele jaren een schrikbewind gevoerd, totdat het Verenigde Leger hem met hulp van Ulldrael de Rechtvaardige had ver-nietigd. Een dappere Rogogardische admiraal had Sinureds vlaggenschip op de vlucht tot zinken gebracht en de gehate, ontaarde tiran was met pijlen in zijn lijf naar de zeebodem gezonken. Sindsdien heette het land niet meer Barkis, zoals vóór Sinureds tijd, maar Tûris, genoemd naar de Rogogarder.

De Tûrieten hadden hun kennelijk aangeboren strijdlust behouden, niet in de laatste plaats vanwege het voortdurende gevaar van de moerasmonsters, tegen wie ze zich voortdurend moesten verdedigen. Vanuit de kleinere en grotere moerassen waar de creaturen leefden, voerden ze hun overvallen uit, verstoorden het handelsverkeer en maakten zelfs het winstgevende werk op het land tot een riskante aangelegenheid.

Daarom had in Tûris iedere man het recht een kort zwaard te dragen als verdediging. Zelfs vrouwen en kinderen wisten hoe je een hak, een zeis of een sikkel tot een dodelijk wapen kon maken. Het leek of Ulldrael het land als boetedoening voor zijn verleden met al die moerassen en monsters had opgezadeld om de mensen te straffen voor hun onderdanigheid aan Sinured.

Hetrál, die zijn leren wapenrusting voor alle zekerheid met kleine metaalplaatjes had versterkt, was op de terugweg van zijn geboortedorp naar Tarpol.

Zijn zuster had hem een boodschap gestuurd waarin ze hem om zijn hulp als jager smeekte. Een bijzonder woeste horde moerasmonsters bedreigde de bewoners van de nederzetting en alle ingehuurde jagers waren weer afgedropen of zelf het slachtoffer geworden van de schepsels.

Met een paar goedgerichte schoten en zijn grote kennis van valstrikken was het de meesterschutter gelukt de monsters te vernietigen. Hij had zich wel verwonderd over de ongewone hardnekkigheid van de wezens, die zich tot zijn verbazing bleven verzetten tot de laatste ademtocht van hun afzichtelijke lijven, in plaats van op de vlucht te slaan, zoals gebruikelijk. Een verklaring daarvoor had hij niet.

Na een daverend feest te zijner ere was de stomme Tûriet te paard weer vertrokken naar het Tarpoolse hof om de jonge Kabcar bij te staan. Nu overnachtte hij in de buurt van de voormalige hoofdstad van Sinured, die inmiddels de 'Verboden Stad' werd genoemd omdat niemand de ruïnes betreden mocht. Dit eeuwenoude verbod, om te verhinderen dat Tzulani zich tussen de puinhopen zouden vestigen, hoefde niet te worden hernieuwd, omdat geen mens zich in deze omgeving waagde.

Op onverklaarbare wijze waren rond de restanten van de ooit zo in-drukwekkende gebouwen, beelden en paleizen grote moerassen ontstaan, met giftige gassen die binnen enkele ogenblikken dodelijk waren. In de dichte bossen, waarvan de bomen tot in de ruïnes groeiden, bedreven de monsters en vooral ook de kwaadaardige K'Tar Tur hun gruweldaden.

Dat was de reden waarom de herberg op een kleine vesting leek. De muren waren opgebouwd uit zware blokken steen, die een bestorming konden doorstaan. Palissaden en tien of twaalf wachtposten zorgden voor extra veiligheid. De Ontariaanse kooplui die in Tûris bijna de volledige handel over land beheersten, hadden hun wisselstation goed gebouwd en uitgerust. Reizigers die hier hun toevlucht zochten, moesten daar-voor wel in de buidel tasten, maar de meesterschutter zat niet krap bij kas en gunde zichzelf de luxe.

Tevreden en verzadigd zat hij in de gelagkamer, met zijn voeten bij de haard en zijn ogen gesloten, luisterend naar de gesprekken om hem heen. De acht nog zeer jeugdige mannen aan de tafel naast hem schenen zich op een nachtelijke jacht voor te bereiden. Ze wilden tot vlak bij de 'Verboden Stad' zien te komen.

'De bewakers van de handelspost zeiden dat daar meer van die mon-sters te vinden zijn. 's Nachts bivakkeren ze in groepen bij de stad. We kunnen ze in alle rust overvallen,' probeerde de aanvoerder zijn makkers al een tijdje te overtuigen. 'Zo dicht bij de stad houden ze geen reke-ning met jagers.'

'Ik ben toch niet gek,' protesteerde een ander. 'Die griezels kunnen in het donker veel beter zien dan wij.'

'Maar ze weten niet dat we komen,' viel de eerste spreker hem in de rede. 'Wij hebben het voordeel van de verrassing. Nou? Of willen jullie slapend die kans voorbij laten gaan, net als die oude man naast ons?'

Nu opende Hetrál zijn bruine ogen en keek de spreker aan.

'Wat is er, slaapkop?' vroeg de man meteen. In zijn korte maliënkolder probeerde hij een stoere en intimiderende indruk te maken. 'Hoorde je waar we het over hadden en wil je soms mee?'

De meesterschutter schudde zijn hoofd, waardoor zijn gouden oor-belletjes rinkelden, en maakte een afwerend gebaar om te laten weten wat hij van het voorstel vond.

'Makkelijk gezegd,' zei de aanvoerder, en hij haalde zijn schouders op. 'Je zult nog spijt krijgen als wij terugkomen met twaalf van die koppen. Of ben je soms bang?'

'Laat hem met rust,' zei de waard. 'De man is stom.'

'Een gebrek? Ook dat nog,' lachte de man ruw. 'Ik weet al hoe dat is gebeurd. Je bent zeker een monster tegengekomen en hebt van schrik je tong ingeslikt.' Zijn kameraden grinnikten. 'Of afgebeten, misschien?'

Hetrál stond boven dat soort provocaties. Rustig bleef hij zitten, zon-der zelfs zijn voeten te bewegen.

De ander kwam wat teleurgesteld overeind, trok zijn koppelriem recht en sloeg op de tafel. 'Kom, we gaan. Ik voorspel jullie dat er vannacht nog koppen zullen rollen.'

Een lachje gleed over Hetráls gezicht. Deze keer was hij het met de snoever eens.

Toen de groep de gelagkamer verliet, slenterde de meesterschutter op een afstandje achter hen aan. Hij was nieuwsgierig hoe de zaak voor de jagers zou aflopen. En een blik op de voormalige hoofdstad van Sinured werpen, wat hij vroeger als jager in opdracht van de koning wel vaker had gedaan, kon geen kwaad. Misschien zou hij dan een verklaring vin-den voor de hardnekkigheid van de schepsels.

Pashtak pakte het kleine dode konijn dat hij na lang zoeken en wachten voor het gebouw had verschalkt, in de grove linnen zak en hing die weer aan zijn riem. Langzaam kwam hij overeind. Hij had net iets geroken waar hij van schrok, de lucht van het ergste wat je kon tegenkomen: mensen.

Eerst wilde hij zijn neus niet geloven, want het leek hem onmogelijk dat die bangelijke wezens zich in de nabijheid van de ruïnes zouden wa-gen. Toch bracht een lichte bries opnieuw de lucht mee van een mens die wijn had gedronken en zich al een hele tijd niet gewassen had. Meer dan één mens, zelfs.

Hij mocht de mannen in geen geval naar het bivak leiden dat hier vlakbij lag. Daar waren talloze vrouwen en kinderen bijeen, die voor de ongetwijfeld gewapende mensen een welkome en gemakkelijke prooi zouden vormen. Daaronder waren ook zijn eigen gezellin, Shui, en hun drie kinderen. Ongeveer een jaar geleden was hij uit een onverklaarbare drang hierheen gekomen, en hij bleek niet de enige van zijn soort die het zo verging.

In drommen kwamen zijn soortgenoten uit alle windstreken naar de ruïnes om te paren, groepen te vormen of om de rangorde te strijden.

Niemand had de behoefte de ruïnes weer te verlaten. En er kwamen er steeds meer, waardoor het wild in de omgeving steeds schaarser werd.

Pashtak had al meteen na zijn aankomst zijn geluk gevonden bij Shui en drie kinderen bij haar verwekt, die ze samen grootbrachten. Nu leek het of hij bij het zoeken naar eten onvoorzichtig was geworden.

Hij stak een kleine open plek over en hield zijn gele ogen goed open. De pupillen fonkelden robijnrood in het licht van de maan. Elke spier van zijn behaarde, sterke lijf stond gespannen. Zijn zintuigen waren scherper dan ooit en zijn hart sloeg veel sneller dan anders.

Een zacht geluidje vertelde hem dat een van de mensen de pees van zijn boog spande om aan te leggen voor een schot.

Pashtak wierp zich opzij om de pijl te ontwijken en stormde naar voren. Met een sprong verdween hij in het dichte kreupelhout. Vlak achter zich hoorde hij de rennende voetstappen van de jagers. Hoewel hij veel beter in het donker kon zien dan zijn achtervolgers, wilde hij het toch niet op een gevecht tegen deze overmacht laten aankomen.

'Hier!' brulde een van de mensen. 'Daar loopt het monster!'

Een stekende pijn schoot door Pashtaks enkel toen hij weer op de grond landde. Een wortel deed hem struikelen, maar hij bleef op de been, hoewel hij nu veel last van pijn had onder het lopen. De jagers haalden hem in.

Een pijl zoefde vlak langs zijn knokige, platte kop en boorde zich in een tak. Pashtak gromde kwaad. Het kon niet lang meer duren voordat hij zich tegen deze mensen zou moeten verdedigen. Maar zelfs als hij stierf, had hij de groep ver genoeg bij het kamp vandaan gelokt.

Verbaasd snoof hij een nieuwe lucht op, die hem veel vertrouwder was.

Met een korte, doordringende waarschuwingskreet boog hij af naar links en rende in de richting van de geur. Tot zijn voldoening hoorde hij dat zijn achtervolgers hem op de hielen zaten.

Pashtak strompelde nog een open plek over, waar een paar gebroken, door ranken overwoekerde zuilen lagen. Daar trof een pijl hem in zijn dijbeen en met een klap sloeg hij tegen de grond. De zak met gedode konijnen schoot los van zijn riem en slingerde langs de klauwen van zijn hand.

Hij hoorde naderende voetstappen, het gerinkel van wapens en maliënkolders en het zware hijgen van het groepje mannen.

'Was dat nou zo moeilijk?' vroeg iemand van hen, terwijl Pashtak zich op zijn rug rolde en probeerde de pijl uit zijn been te trekken. Op hetzelfde moment kreeg hij van de spreker een trap in zijn gezicht en half versuft zakte hij in elkaar. Een jammerlijk gehuil steeg op uit zijn keel.

'Toen we hem ontdekten, was hij bezig eten te zoeken voor een hele compagnie, dus moeten er nog veel meer van zijn soort hier in de buurt zijn,' zei een tweede, die zijn zwaard trok. 'We krijgen het er wel uit. Hij lijkt me er eentje die kan praten.'

Als uit het niets werd de jager opeens besprongen en tegen de grond gesleurd. Tientallen schimmen, niet groter dan kinderen, stormden krijsend achter de pilaren vandaan en stortten zich op de totaal verbijsterde groep.

Met knuppels, stenen en zelfs met hun eigen wapens waren de jagers binnen een paar minuten gedood door de stortvloed van overvallers, die hun als klitten om de nek hingen. Onmiddellijk begon de verdeling van wapenrustingen, zwaarden en vers vlees.

Pashtak schudde grommend zijn hoofd, trok de pijl uit de wond en verbond die provisorisch met een lap die hij uit zijn mouw had gescheurd. Om hem heen werd luid gesmakt en geboerd. Het feestmaal was in volle gang en het rook er naar warm bloed.

Een paar minuten eerder, toen hij de lucht van de Nymni's opving, had hij geweten dat hij gered was. De Nymni's, kleine naakte wezens die voornamelijk uit kaken en tanden leken te bestaan, golden zelfs binnen de grote familie van zijn soortgenoten als gevaarlijke menseneters. En omdat ze net zo'n honger leden als de rest en niet erg kieskeurig waren, kon hij er zeker van zijn dat ze zouden toeslaan.

Een van de Nymni's die hij de welkome maaltijd had toegespeeld, rukte een onderarm van een lichaam en hield die Pashtak vragend voor. Hij bedankte met een gesis. Zelf was hij geen menseneter en hij wilde ook niet aan de smaak wennen.

Strompelend, maar toch tevreden over de gelukkige afloop van zijn avontuur, verliet hij de kleine open plek en zijn redders. De zak met konijntjes slingerde hij over zijn schouder.

Hetrál had het hele incident van enige afstand gevolgd. Het had geen enkele zin de jagers te hulp te komen, dus liet hij het gebeuren. Hij was niet van plan te sterven in zo'n krioelende massa van wilde rovers, in een poging een stel onbekende en onbeschofte kerels van de dood te redden. Het leek hem zinvoller het moerasmonster met de zak vol konijntjes te volgen. In elk geval hadden de bewakers van de handelspost gelijk: er waren veel meer moerasmonsters in de buurt dan anders. En zoveel Nymni's had Hetrál nog nooit bij elkaar gezien.

Met een grote boog ontweek hij de bloedige slemppartij tussen de zuilen en sloop achter het moerasmonster aan.

De meesterschutter had al zijn ervaring en kennis nodig om niet te worden ontdekt door het behoedzame wezen, dat zich om de paar stappen omdraaide of snuffelend zijn kop optilde om de lucht te testen. In het vale maanlicht zag Hetrál de brede bek met de dikke lippen en de lange, scherpe tanden.

Het gewonde moerasmonster had enige tijd nodig voor de terugweg. Het was een heel eind lopen, en Hetrál schatte dat ze spoedig in de omgeving van het voormalige, schitterende plein moesten zijn, dat voor de reusachtige vesting lag. Ergens voor hem uit hoorde hij het geroezemoes van talloze stemmen, krijsend, zingend en lachend.

Het moerasmonster sloeg af naar links en volgde de oude weg naar de restanten van de vesting. Tussen de bomen werd het schijnsel van vlammen zichtbaar. Het licht werd steeds feller.

De stomme man bleef staan en wachtte tot het schepsel verdwenen was voordat hij links van de weg door het struikgewas sloop, in de richting van het plein. Nog altijd hoorde hij het geluid van een grote menigte, maar de ruïne van iets wat een oude tempel moest zijn geweest, benam hem het zicht.

Hij hing de boog over zijn schouder en beklom voorzichtig de trappen, ervoor zorgend dat hij geen kleine steentjes wegschopte die hem konden verraden.

Steeds hoger klom de meesterschutter langs de achtergevel omhoog, tot hij bij een brede vensterbank kwam, op een hoogte van minstens achttien zwaardlengten. Hij ging plat op zijn buik liggen en keek om zich heen.

Beneden hem zag hij het reusachtige, geplaveide plein, waarvan de zwarte marmerplaten inmiddels door gifgroene planten waren overwoekerd of vernield. Overal brandden vuren, waaromheen zich monsters van alle soorten en afmetingen hadden verzameld. Er stonden tenten, en delen van ruïnes waren met allerlei lappen ingenieus tot een onderkomen omgebouwd. Op dat moment arriveerde net een nieuwe groep wezens, zwaar bepakt met zakken, leren tassen en tentstokken. Na een korte blik over de menigte zochten ze een plaatsje aan de rand van het terrein.

Het schorre gelach, het onmenselijke gezang en de krijsende gesprekken van de schepsels in een onverstaanbaar dialect drongen nu in volle kracht tot zijn hoge uitkijkpost door. Het schijnsel van de vuren wierp de grillige schaduwen van de monsters over de stenen muren die nog overeind stonden. Onheilspellend keken de sterren Arkas en Tulm, de ogen van Tzulan, op het tafereel neer.

Hetrál wreef eens in zijn ogen om zeker te weten dat hij niet droomde. Nog nooit had hij zo'n massa en verscheidenheid aan moerasmonsters bij elkaar gezien. Het moesten er zeker vier- of vijfhonderd zijn, die

ogenschijnlijk heel vreedzaam met elkaar omgingen en ergens op wachtten.

Maar waarop? vroeg de meesterschutter zich af. Hij moest de koning
waarschuwen dat er iets gaande was in de Verboden Stad. Er moesten
soldaten worden gemobiliseerd om het gebied af te grendelen.

Al een keer eerder in de geschiedenis waren de moerasmonsters in
alle landen tegelijk in opstand gekomen. Ze hadden dood en verderf
gezaaid, met moordpartijen of door de ziekten die ze uit de moerassen
met zich meenamen. Dat mocht niet nog een keer gebeuren. En het kon
Hetrál weinig schelen of de koning, Mennebar IV, hem zou bestraffen
omdat hij het verbod had genegeerd.

Peinzend klom hij weer omlaag en liep terug naar de Ontariaanse handelspost. De palissaden leken nu nietig en lachwekkend tegenover de
vloed van monsters die elk moment zou kunnen losbarsten.

Meer dan ooit had Tûris zijn hulp nodig in de komende strijd tegen
deze wezens, en voorlopig moest de Kabcar in het verre Ulsar dus nog
wachten.

VIII

'Toen zijn broers en zusters zich bewust werden van het gevaar, was het al bijna te laat. Er ontbrandde een hevige strijd tussen de Eerste Goden en de Tweede Goden, die door Tzulan waren geschapen.

Ulldrael en Angor raakten ernstig gewond. En terwijl de goden oorlog voerden tegen elkaar en niemand acht sloeg op de Geblakerde God, verspreidde Tzulan heimelijk zijn monsters en wilde dieren over de hele wereld.

De oorlogen tussen de goden waren zo hevig dat onze wereld door het trillen en beven dichter naar de zonnen werd gerukt.

Maar de gloeiende schijven verdeelden hun stralen heel onregelmatig over onze wereld. Op sommige plaatsen werd het voorgoed kouder, op andere verstikkend heet. Machtige orkanen loeiden over de continenten en de vijf jaargetijden ontstonden.

De mensen werden bang voor die grote veranderingen en smeekten hun schepper om hulp.

Maar Angor, Ulldrael, Senera, Kalisska en Vintera leverden strijd, om de wereld en zichzelf te verdedigen. Door het wapengekletter hoorden ze de wanhoopskreten van hun schepsels niet.

Slechts een van hen stond klaar: Tzulan.

Hij beloofde hulp, palmde hen in met valse beloften en verzekerde zich van de steun van talloze landen op alle continenten.'

De oorlog tussen de goden en de gave der magie,
Hoofdstuk 1

Ulldart, koninkrijk Tarpol, provincie Ulsar, hoofdstad Ulsar, winter 442/443 n.S.

De naaste omgeving van de Kabcar wist in elk geval dat de bruiloft met zijn nicht Aljascha Radka, vasruca van Kostromo, een zakelijk huwelijk was dat niets met liefde te maken had. De bruiloftsgasten merkten het pas toen de ceremonie opvallend snel, koel en zakelijk werd afgewerkt.

Omdat de verwoeste kathedraal niet in aanmerking kwam en Lodrik geen voet in de tempel van de Ulldrael-orde wilde zetten zolang de situatie tussen hem en de Geheime Raad niet was opgelost, bepaalde de koning van Tarpol kortweg dat de trouwpartij in het paleis zou worden gehouden, een oplossing waarmee vooral Waljakov erg tevreden was.

De Kabcar vond het deze keer niet nodig om het volk bij de plechtigheid te betrekken. Het zou heel anders zijn geweest als hij met Norina was getrouwd, die hij graag zou hebben gepresenteerd als de werkelijke vrouw aan zijn zij.

Toch wilde Lodrik de formaliteiten niet helemaal negeren, ook al was het verder een kale bedoening. Aan 'jubelgeld', zoals Stoiko de kosten voor de musici, de keuken, de bloemen en zo meer betitelde, werd niet veel uitgegeven. Een bijdrage van zijn toekomstige echtgenote was door de jongeman afgewezen.

De Orde van Ulldrael toonde achteraf haar ergernis over de houding van de Kabcar bij de kroning door geen lid van de Geheime Raad naar de bruiloft af te vaardigen, maar slechts een van de betere bedelmonniken, die zichtbaar nerveus werd van al die wereldse hoogwaardig-heidsbekleders om hem heen.

En zo verliep de huwelijksvoltrekking met veel gestotter en gestamel van de geestelijke, onder ijzige blikken van de vasruca, terwijl Lodrik onverschillig en verveeld op de verlossende zegening van de monnik wachtte.

Daarna vertrok het gezelschap onmiddellijk voor het bruiloftsmaal in de grote feestzaal, waar een hoefijzervormige tafel was opgesteld, zodat iedereen het 'gelukkige paar' zou kunnen zien.

Eindelijk zaten alle vijfhonderd gasten aan de dis. Bijna alle vorsten-huizen, met uitzondering van Serusië en Rogogard, hadden gezanten gestuurd, die na het eten met hun geschenken kwamen. Er waren ook een paar familieleden van Lodriks nicht, maar die zaten een heel eind bij hem vandaan.

Overal liepen livreiknechten rond om drankjes in te schenken, stoe-len aan te schuiven en de voorgerechten op te dienen. Het rook er naar parfum, en de pruiken – in allerlei kleuren en vormen, naar de plaat-selijke mode – gaven kleine poederwolkjes af als de dragers zich te abrupt bewogen. Zachte klanken daalden neer van achter de balustrade, waar een stuk of tien musici voor extra verstrooiing zorgden.

Lodrik had zich het pleziertje gegund om de Ulldrael-monnik recht tegenover de priesteres uit Kensustria te zetten, die natuurlijk alle aan-dacht trok.

Vergeleken bij haar ongewone verschijning verbleekten de pracht en praal van de vier Angor-ridders enigszins. Nerestro zat naast Belkala en liet duidelijk merken dat hij haar goed kende. Herodin was links van de Lakastra-priesteres geplaatst, terwijl de overige twee ridders de ongelukkig kijkende monnik flankeerden, die zich tussen die schit-terende, glimmend gepoetste wapenrustingen nauwelijks meer durfde te bewegen. Een beetje bedeesd staarde hij naar zijn bord. Slechts zo nu en dan tilde hij even zijn hoofd op om aan de gesprekken deel te nemen.

De edelen en brojaken praatten zachtjes met elkaar en de gezanten, van wie sommigen prachtig waren uitgedost, wisselden een haastig woord met hun collega's.

Af en toe wierp Fusuríl, de vertegenwoordiger van Hustraban, een veelbetekenende blik naar Stoiko, tot verbazing van Norina, die naast hem zat. Nog altijd had de raadsman niet gereageerd op de vraag of hij de Kabcar gunstig wilde stemmen in de kwestie van de gedeelde iurdumwinsten.

'Waarom kijkt die man steeds jouw kant op?' vroeg de brojakin tussen twee happen door. 'Kennen jullie elkaar?'

De raadsman grijnsde en streek zijn snor glad. 'Laten we zeggen dat hij heeft geprobeerd mij om te kopen en nu hoopt dat ik ja zal zeggen. Het was echt een heel aantrekkelijk voorstel. Maar natuurlijk peins ik er niet over,' voegde hij er haastig aan toe toen hij de vorsende blikken van Norina en Waljakov op zich gericht zag. 'Stel je voor! Moet je zijn kleren zien. Hij heeft niet eens smaak.'

De rest van het gezelschap wachtte gespannen op de toespraak van de koning, die zeker komen zou.

Eindelijk kwam de jongeman, die zijn gebruikelijke uniform met de blauwe ster van de Bardri¢s droeg, overeind en keek de tafel rond. Onmiddellijk verstomden de gesprekken en zweeg de muziek.

'Waarde bruiloftsgasten, hooggeëerde gezanten en ambassadeurs, brojaken en edelen,' begon Lodrik. 'Ik ben blij dat u binnen zo'n korte tijd weer met zovelen hierheen bent gekomen om dit feest met mij mee te vieren. Na mijn nogal turbulente kroning tot Kabcar ontvang ik u nu voor de rustige bruiloft met mijn betoverende nicht, Aljascha Radka, vasruca van Kostromo. Daarmee zijn de twee landen, die altijd al goede en familiaire betrekkingen onderhielden, definitief verenigd. Kostromo en Tarpol zullen in de toekomst in één adem worden genoemd.' Hij keek even naar Fusuríl. 'Ik weet welke eisen Hustraban aan de baronie heeft gesteld. Daar ik nu niet alleen als Kabcar en bondgenoot spreek, maar ook als echtgenoot die zijn vrouw wil steunen, verklaar ik hierbij dat de aanspraken van Hustraban door het Tarpoolse hof niet worden erkend. Geen van beiden zijn wij van zins om op deze overtrokken en ongerechtvaardigde eisen in te gaan. Het is duidelijk dat Hustraban slechts handelt uit hebzuchtige en laaghartige motieven. De baronie is al sinds 212 onafhankelijk, zoals toen door de koning van Hustraban is bevestigd. Wij vinden dat het woord van een koning telt.' Met een vrijblijvend lachje hoorde Fusuríl de woorden van de Kabcar aan. 'Nu vertegenwoordigers uit alle landen van Ulldart hier toch aanwezig zijn, maak ik van de gelegenheid gebruik om iets te zeggen over de hervormingen in Tarpol.' Hij verhief zich enigszins. 'Deze veranderingen zijn zeker geen bewijs van een instabiel beleid, maar een eerste stap op de nieuwe weg die ik wil inslaan. In tegenstelling tot veel andere landen op het continent kende Tarpol nog een strenge lijfeigenschap, die ik geleidelijk wil versoepelen. De eerste stappen zijn al gezet, en zo gaat het verder. Tarpol zal een gelukkiger land worden. Als de gewone burgers tevreden zijn, is de vrede gewaarborgd, en juist die vrede liep gevaar, zoals ik na ruggespraak met mijn adviseurs moest vaststellen. Daarom roep ik alle brojaken van het land op mij te steunen. Het zal uiteindelijk alleen in hun eigen voordeel zijn als onze onderdanen zonder morren aan hun verplichtingen voldoen.'

'Als ze die nog hébben!' zei Kolskoi halfluid, wat hem aan zijn kant van de tafel een zacht gelach opleverde.

Lodrik hief zijn bokaal. 'En nu drinken we op het volgende vredesjaar. Het jaar 444 ligt niet meer zo ver weg, en nog altijd is de dreigende schaduw van een nieuwe Donkere Tijd niet over Ulldart gevallen. Integendeel, in Tarpol wordt het steeds lichter.'

'Lang leve Kabcar Lodrik en Kabcara Aljascha!' riep Stoiko. Alle gasten herhaalden de heildronk, hieven hun glazen en dronken ze in één teug leeg.

In de stilte was het eenzame applaus van de gezant uit Ilfaris te horen. Langzaam volgden de andere diplomaten, met uitzondering van Fusuríl en Sarduijelec, de vertegenwoordiger van zijne majesteit Arrulskhán. Kolskoi bewoog zijn handen zo langzaam alsof klappen pijn deed. Er waren ook andere brojaken die weinig instemming konden betuigen, maar de meeste gasten reageerden toch enthousiast op de rede.

De Kabcar straalde. 'Dank u voor dit meer dan vriendelijke gebaar. Tijd om toe te tasten, allemaal! Laat het eten niet koud worden.'

De muziek zette weer in, begeleid door het gerinkel van bestek, en de zachte gesprekken aan tafel werden hervat.

Norina wierp Lodrik een lange liefdevolle blik toe en dronk hem toe. De Kabcar proostte met haar en liet zich tevreden terugzakken. De spanning ebde weg.

'Heel goed, mijn lieve echtgenoot,' zei Aljascha koeltjes. 'Hustraban weet nu in elk geval hoe het met het iurdum staat. Ik had het zelf niet beter kunnen zeggen.' Bedachtzaam bracht ze haar vork naar haar mond en nam deftig een hapje. 'Je hebt dus iets geleerd, merk ik.'

'Stoiko en Waljakov hebben uitstekend werk geleverd. O, en nu we het er toch over hebben...' De jongeman maakte van de gelegenheid gebruik en pakte overmoedig met zijn vingers een stuk fruit dat hij in zijn mond stak. 'We moeten dringend overleggen over de aanzienlijke som die ik uit de mijnen nodig heb.'

Zijn nicht liet haar bestek zakken. 'Om te beginnen eten we met mes en vork, waarde echtgenoot, zeker onder het oog van de machtigen van Ulldart, en in de tweede plaats...' haar stem klonk ijzig, 'ben ik nog altijd vasruca van Kostromo en heb ik dus als enige iets te vertellen over dat kostbare metaal. Zulke beslissingen overweeg ik meestal heel grondig.'

'Goed, als je spelletjes wilt spelen,' zei Lodrik. 'Ik heb snel geld nodig om de schulden van mijn vader af te lossen, anders komen de brojaken in opstand en kan ik mijn hervormingen wel vergeten.'

'Ach, wat jammer nou,' glimlachte Aljascha onverstoorbaar. 'Dan had mijn brave oom maar beter op zijn centjes moeten passen.'

De Kabcar voelde een hete golf van woede opkomen. 'Bedoel je, lieve echtgenote, dat je niet bereid bent mij de noodzakelijke inkomsten uit het iurdum te leveren?'

Onbewogen gaf zijn nicht een bediende een teken om haar nog een glas wijn in te schenken, glimlachte tegen een officier en boog zich weer over haar bord.

'Ik praat tegen je!' gromde Lodrik. Hij pakte haar hand en kneep, maar ze trok haar vingers weg voordat hij haar pijn kon doen.

'Nou, ik zal erover nadenken,' antwoordde ze na een lange stilte. 'Om welk bedrag gaat het precies?'

'Een rente van 220.100 waslec op de lening van de grootgrondbezitters en vijftigduizend waslec om de wissel van het Ontariaanse handelsgilde af te kopen.'

Aljascha lachte zo luid dat een paar gasten verbaasd haar kant op keken. Ze kwam niet meer bij. Lodrik liep rood aan van woede.

Met zorg schikte ze haar rode haar voordat ze Lodrik meewarig toelachte. 'Droom maar verder, knul. Droom maar van een nieuw Tarpol. Ik hoop dat je zachtjes wakker wordt. Van mij krijg je voorlopig niet één waslec. Het lijkt me op dit moment niet verstandig om in jou te investeren.'

Lodrik spande zijn spieren, maar gelukkig daalde er een hand op zijn schouder neer die hem van domme dingen weerhield. 'Heer,' fluisterde Waljakov, 'probeert u het vlees eens. Kauwen is goed voor de zenuwen. Vooral lang en heel goed kauwen.'

De Kabcar stak zijn vork in het wildbraad alsof hij het geslachte dier opnieuw wilde doden. Haastig sneed hij het vlees. 'Over het iurdum hebben we het later nog wel,' zei hij. 'Maar dan onder vier ogen.' Toen beheerste hij zich, legde kletterend zijn bestek neer, pakte het vlees met zijn vingers en kauwde met open mond in de richting van zijn nicht.

'Wat doe je ook kinderachtig,' zei ze, zonder hem aan te kijken, en ze glimlachte weer naar de officier.

'Nou, en?' zei hij. 'Ik kan doen wat ik wil.' Hij boog zich naar haar toe en boerde in haar oor. Er gleed een gevaarlijke trek over het gezicht van zijn nicht. Toen pakte Lodrik zijn bestek weer op en at verder alsof er niets was gebeurd.

Na drie uur waren alle gangen van de bruiloftsmaaltijd afgewerkt en werd het tijd voor de gasten om de geschenken aan te bieden. Hoffelijk werden alle cadeaus voor het bruidspaar op tafel gelegd, variërend van kunstvoorwerpen tot prachtige sieraden.

Toen Fusuríl, die alleen een kleine perkamentrol in zijn hand had, naar het bruidspaar toe kwam, kreeg Stoiko een akelig voorgevoel.

De gezant uit Hustraban maakte een buiging. 'Mijn naam is de hooggeboren Kabcar bekend. Als gezant van zijne majesteit Kumstratt, koning van Hustraban, kom ik met een vorstelijk geschenk.' Enigszins theatraal rolde hij het document open. 'Wij bieden de baronie, en ook Tarpol, de gelegenheid om met Hustraban tot een akkoord te komen. Daartoe stelt koning Kumstratt het volgende voor. Kostromo hoeft slechts een derde in plaats van de tot nu toe geëiste helft van de iurduminkomsten aan ons af te dragen. In ruil daarvoor erkennen wij de volledige onafhankelijkheid van de baronie, hoewel zij zich in 212 op onrechtmatige wijze van het moederland Hustraban heeft afgescheiden. De reden is duidelijk. De huidige baronie is ontstaan uit een ongerechtvaardigde, in die tijd ook krachtig bestreden opstand. Vestiging van een onafhankelijke staat was dus nergens op gebaseerd. Opstandelingen, zoals de Kabcar ongetwijfeld bekend is, hebben geen rechten. Daarom is de baronie Kostromo ook nooit door Hustraban erkend. Dankzij ons huidige aanbod kan de strijdbijl worden begraven en een duurzame vrede worden getekend.' Fusuríl boog als een knipmes. Zijn bovenlijf klapte omlaag en even snel weer omhoog.

'Wij danken Hustraban voor dat vorstelijke aanbod, maar we zullen er niet op ingaan,' antwoordde Aljascha, nog voordat Lodrik iets kon zeggen. 'Mijn echtgenoot en ik trekken hierin één lijn. Neem je cadeau maar mee en verdwijn, Fusuríl.' Ze wapperde met haar hand, maar de gezant verroerde zich niet.

'Dan ben ik gedwongen een stap verder te gaan.' De Hustrabaner haalde een tweede rol tevoorschijn en las: 'Hierbij verklaart ons koninkrijk, onder koning Kumstratt van Hustraban, dat wij lang genoeg geduld hebben gehad met het afgescheiden Hustrabaanse gebied. Aangezien de zelfverklaarde baronie nooit officieel door het moederland is erkend, voelt Hustraban zich in dit geval niet gebonden aan de verplichtingen, omschreven in het Duizendjarig Verdrag.' Fusuríl legde het papier op tafel, naast de andere geschenken. 'Daarom overhandig ik de vasruca naar aanleiding van haar huwelijk met de Kabcar van Tarpol dit koninklijk besluit over de terugvordering van Hustrabaans grondgebied. Met onmiddellijke ingang zullen Hustrabaanse functionarissen alle zaken overnemen.' De diplomaat boog. 'Wij hopen op een vreedzame afwikkeling van deze kwestie.'

'Dan kun je lang wachten,' antwoordde Lodriks nicht giftig. 'Wij hebben een verbond met Tarpol, dat ons zonder aarzelen een deel van zijn garnizoenen te hulp zal sturen.'

Fusuríl hief afwerend zijn handen. 'Wij koesteren geen enkele wrok tegen de Kabcar en zullen ons strikt aan de overige bepalingen uit het verdrag houden. We voeren geen oorlog, we nemen gewoon terug wat altijd al ons bezit was. Als de Kabcar daartegen optreedt, zou hij de regels van het verdrag overtreden.'

Het was nu doodstil in de grote feestzaal; zelfs de musici waren opgehouden met spelen. Wat hier gebeurde, leek zo ongehoord dat niemand van de aanwezigen over de gevolgen durfde na te denken.

'Ik zal de situatie voorleggen aan mijn adviseurs,' zei Lodrik bedachtzaam. 'Verder zal het u duidelijk zijn dat Tarpol ook zonder verdrag aan de baronie gebonden is. Het tijdstip om met zo'n overname te beginnen is bijzonder slecht gekozen.'

'Wij hebben u een aanbod gedaan en daarmee onze goede wil getoond. We willen graag vrede en zijn zelfs bereid de onafhankelijkheid van de baronie te erkennen,' antwoordde de Hustrabaner. 'Dat voorstel is door u afgewezen.'

'En het zal steeds opnieuw worden afgewezen,' reageerde Aljascha ijzig. 'Dus vechten wordt het toch.' Ze keek even naar haar echtgenoot. 'Met of zonder de steun van Tarpol. Maar aangezien ik vorstin van Tarpol ben, zal dit land waarschijnlijk deelnemen.'

'Als het tot geweld komt, is dat geheel uw verantwoordelijkheid.' Fusuríl maakte nog een buiging en liep terug naar zijn plaats.

'Ik heb de pest aan bruiloften,' mompelde Waljakov, en ondanks alles moest Stoiko grijnzen.

Sarduijelec, de gezant van koning Arrulskhán, was de volgende die naar de tafel kwam. Hij had een klein kistje bij zich en ook een perkamentrol in zijn hand.

'Ik breng u de groet en de beste wensen over van zijne majesteit Arrulskhán, koning van Borasgotan.' De gezant opende het kistje en zette een kunstig gesneden houten paardje op de tafel. 'Dit symboliseert het geschenk van mijn heer. Hij zal de Kabcar en de nieuwe Kabcara van Tarpol te zijner tijd vijf van de beste Borasgotanische hengsten en merries uit de stoeterij van het koninklijke hof laten sturen.'

'Is dat alles?' vroeg Lodrik wantrouwend.

'U weet dat de Borasgotanische paarden tot de beste...' begon Sarduijelec, maar de jongeman viel hem in de rede.

'Hou u niet van den domme, heer gezant. U hebt nog een rol perkament in uw hand. Is dat een oorlogsverklaring van Borasgotan aan mij?'

'O, dat,' zei de diplomaat, zogenaamd verstrooid. 'Nee, dat is een gunst waarom de voormalige gouverneur van Worlac mij had gevraagd. Aangezien hij op dit moment de vrije baronie niet kan verlaten, wil ik u zijn boodschap overbrengen.' Ritselend rolde hij het perkament uit, terwijl Lodrik zijn ogen tot spleetjes kneep. 'Na rijp beraad is de voormalige Tarpoolse provincie Worlac tot de overtuiging gekomen dat zij zich vrij wil maken,' las Sarduijelec. 'De Kabcar, die openstaat voor veranderingen, delen wij mee dat het land en zijn bewoners zo gelukkiger zullen zijn. Wij hopen op het begrip van de koning en zijn erkenning van onze onafhankelijkheid om deze reden. Zo nodig zal Worlac haar vrijheid verdedigen en met Borasgotan een verdrag sluiten.' De gezant legde het document naast dat van Hustraban. 'Overigens heeft de grootbaronie Ucholowo het vrije buurland al erkend.'

'Geen wonder, want de baron is met de nicht van de Borasgotanische koningin verloofd, nietwaar?' zei Lodrik, die zich aan de tafel moest vastklampen om er niet overheen te springen en de man met zijn beulszwaard in tweeën te hakken. 'Goed. Ik denk dat mijn officieren de provincie...' hij zweeg om dat woord te laten bezinken, 'Worlac snel zullen overreden om weer haar traditionele rol binnen Tarpol te spelen. Ik dank u voor het bericht van de gouverneur. Dit lijkt me precies het tegenovergestelde van wat de gezant uit Hustraban zojuist te melden had. Alle verdere acties zullen we dus maar "terugvordering" Noemen.'

'Ook Arrulskhán heeft de vrije baronie inmiddels erkend,' antwoordde Sarduijelec bijna bedeesd. 'Mijn heer is van mening dat u de beslissing moet accepteren. Het is immers in het belang van de bevolking en daar bent u toch zo mee begaan?'

'Ach, waarom ben ik daar zelf niet opgekomen?' zei Lodrik, en hij stond op. Met zijn blauwe ogen keek hij de sterke man streng aan. 'Het lijkt me het beste om Tarpol gewoon te ontbinden. Ik geef elke provincie haar vrijheid en laat de grootgrondbezitters gewoon doen en laten wat ze willen.' Hij sloeg met zijn vuist op de tafel, en bijna onmiddellijk laaiden alle kaarsen, lampen en andere lichtbronnen blauw op. Een gefluister ging door de zaal. 'Ik mag dan jong en enigszins onervaren zijn, maar ik laat me niet alles welgevallen. Als Arrulskhán, Kumstratt en de brojaken van Tarpol mij een loer willen draaien, zal ik uit een ander vaatje tappen. Juist in het belang van mijn onderdanen zal ik iedereen trotseren. Niemand in deze zaal gelooft toch dat de mensen in de provincie Worlac ook maar een greintje vrijheid zullen krijgen! Ze zullen zich bij Borasgotan moeten aansluiten, en dat is nog erger dan honderd jaar Tarpools bewind!' Hij boog zijn hoofd. 'Ik zal de provincie terugbrengen waar ze hoort: bij Tarpol, niet bij Borasgotan. Dat zweer ik bij Ulldrael de Rechtvaardige en alle goden.'

Sarduijelec maakte een buiging en ging weer zitten. Het laatste cadeau kwam van Ilfaris: een reusachtige taart in de vorm van Tarpol, via een gestileerde brug met Kostromo verbonden en bekroond door het paleis, van marsepein en peperkoek. De gezant adviseerde Lodrik zachtjes het paleis pas aan te snijden als hij alleen was. Zulke gebouwen bevatten immers allerlei verrassingen.

'Dan zal ik nu doen wat anderen blijkbaar al veel eerder van plan waren,' verklaarde de Kabcar bitter en hij liet een lang mes brengen. 'Ik zal Tarpol opdelen. Hier, een stuk Worlac voor gezant Sarduijelec. En daar, een stuk Kostromo voor Fusuríl.' Met energieke bewegingen verdeelde hij de taart. 'De rest van het rijk gaat naar de brojaken en edelen, neem ik aan. Of wil misschien nog iemand anders een stuk van mijn land? Vreet het maar op, totdat je ploft of Tarpol in je keel blijft steken!' Hij nam het marsepeinen paleis in beide handen. 'Maar zo ver is het nog niet. Ik geef me nog niet gewonnen. In het belang van mijn onderdanen.'

Lodrik ging weer zitten. Zweet parelde op zijn voorhoofd, zo had hij zich opgewonden. De lampen en kaarsen brandden weer in hun normale kleur.

Norina keek bezorgd en probeerde haar geliefde met een blik te kalmeren. Maar hij was nog altijd woedend. Zwaar ademend zat de jonge Kabcar op zijn stoel, met zijn vuisten gebald en zijn kaakspieren gespannen. Aljascha leek niet minder furieus.

Rinkelend kwam Nerestro van Kuraschka overeind en bleef voor de koning staan. 'Wie zich ook tegen de Kabcar van Tarpol wil verzetten, ik... Nerestro van Kuraschka, ridder van de Orde der Hoge Zwaarden van de god Angor... werp hem de handschoen toe.'

Met een klap kwam de gepantserde handschoen op de glimmende marmeren vloer terecht. Na een korte buiging in de richting van de verraste Lodrik ging de ridder weer zitten. Ook de gezant van Tûris zegde, wat minder spectaculair, de steun van zijn land aan Tarpol toe.

Stoiko gaf de musici een teken om verder te spelen, maar de muziek klonk nogal bibberig en onzeker. Pas na een paar minuten speelden ze weer foutloos. Ook de gesprekken kwamen weer op gang. Gespreksstof genoeg.

Twee uur later was ook de laatste gast vertrokken. De stemming op het feest was zo gedrukt dat niemand langer wilde blijven dan noodzakelijk. Ook Aljascha was al verdwenen. De gepantserde handschoen lag onaangeroerd midden in de zaal.

Norina omhelsde Lodrik en liefkoosde hem even. 'Mijn arme Kabcar. Je hebt het wel zwaar te verduren.'

De jongeman zuchtte diep en begroef zijn gezicht in haar zwarte haar. 'Zolang jij maar dicht bij me bent.'

'Ik zal altijd bij je zijn,' beloofde ze, en ze kuste hem zacht. 'Kom, laten we naar bed gaan. Je moet slapen. Zag je trouwens dat die kaarsen weer zo vreemd opflakkerden?'

'Dat was mijn werk,' zei Stoiko snel. 'Ik vond het wel een mooi effect. Het is een alchemistisch stofje dat je in de kaars verwerkt. Als de pit bij het poeder komt, wisselt de vlam van kleur. Een paar bedienden hebben dat onopvallend ook met het haardvuur gedaan. En ik heb alles natuurlijk van tevoren uitgeprobeerd. Misschien zijn er ergens nog restanten overgebleven.'

'Een heel aardig idee,' sloot Lodrik zich bij de leugen aan. 'Helaas kreeg het niet veel aandacht. Stoiko, regel voor morgen een vergadering met de officieren. We moeten de nieuwe situatie bespreken.'

'Dan kunnen we wel meteen naar de kamer van uw echtgenote gaan,' opperde de lijfwacht verachtelijk. 'Daar kunt u iedereen treffen die u nodig hebt, heer.'

'Weinig vleiend, maar wel juist.' De Kabcar moest lachen. 'En als jullie ons nu excuseren? Wij trekken ons terug. O, kijk nog even wat die Ilfaritische gezant met dat paleis van marsepein bedoelde.'

De raadsman en de lijfwacht keken het verliefde stel na toen het de zaal verliet.

'Het is een schande,' zei Stoiko na een tijdje. 'Waarom is Norina geen vasruca van Kostromo?'

'Het is beter zo,' vond Waljakov. 'In Kostromo zal er weinig te lachen zijn als Hustraban zijn dreigementen waarmaakt. En ik gun die roodharige duivelin liever een nederlaag dan de brojakin.'

Voorzichtig sneed de raadsman het minipaleis open en vond een leren rol. Behoedzaam maakte hij hem open en haalde het document eruit. Na een tijdje floot hij tussen zijn tanden.

'Dat zal de Kabcar plezier doen! Zijne majesteit Perdór van Ilfaris heeft ons de complete samenstelling, posities en aantallen van het Borasgotanische vrijwilligersleger toegespeeld – de troepen die onopgemerkt Worlac zijn binnengedrongen. Weer zoiets wat al heel lang is voorbereid.' Stoiko brak een stuk marsepein af en kauwde tevreden. 'Ik krijg steeds meer de indruk dat onze geachte buren alleen op de dood van de oude

Bardriȼ hebben gewacht om gezamenlijk toe te slaan.'

'Ja, wat wil je? Het jaar 444 komt eraan.' De kaalhoofdige reus haalde zijn schouders op, terwijl hij met zijn mechanische hand een stukje van de zoete gevel brak. 'Niet slecht. Die Perdór moet zo rond zijn als een ton.'

De twee mannen verlieten de zaal en gingen op zoek naar de noodzakelijke kaarten voor de bespreking van de volgende morgen.

'Ik ben zo weer bij je, Norina. Ik moet eerst die kwestie met het iurdum regelen, anders kan ik vannacht niet slapen,' verontschuldigde Lodrik zich bij zijn vriendin toen hij de kamer uit liep. 'Het duurt niet lang.'

'Ik wacht met ongeduld,' zei de jonge vrouw. Ze trok haar nachthemd aan en liet zich onder het zachte donzen dekbed glijden.

Haastig liep de Kabcar een paar gangen door totdat hij voor de deur van zijn nicht stond. Aan de geluiden te horen die naar buiten drongen, was de huwelijksnacht al in volle gang. Alleen niet met hem, de wettige echtgenoot.

Met een zwaai opende hij de deur en zag in het schijnsel van een eenzame kaars nog net een man met een sprong achter het bed verdwijnen. Lodrik besloot te doen alsof hij niets gezien had. Voorlopig.

'Mijn liefste echtgenote.' Hij spreidde zijn armen. 'Ik ben gereed voor onze huwelijksnacht. Nu is de tijd om de belofte in te lossen die je me ooit in Granburg hebt gedaan. Je weet dat het land snel een troonopvolger wil zien. Dat is zelfs een bepaling in het testament van mijn vader.'

Aljascha trok de deken omhoog. Haar gezicht was nog rood van het liefdesspel met de onbekende. 'Als je me met één vinger durft aan te raken breek ik je hand,' siste ze.

'Nou, zo te zien lag je met hartstocht op me te wachten! Maar geen zorg, ik kwam eigenlijk over het iurdum praten. Heb je er nog eens goed over nagedacht? Ik heb dat geld nodig om de brojaken rustig te houden. En ik kan me niet op de verdediging van jouw baronie concentreren als ik in eigen land nog problemen met de grootgrondbezitters heb vanwege de schulden van mijn vader. Dat zul je begrijpen. Anders is jouw titel, "vasruca van Kostromo", binnenkort verleden tijd.'

Ze keek hem aan met haar katachtige groene ogen. Haar figuur tekende zich verleidelijk af onder het laken en haar parfum en haar eigen luchtje zweefden de jongeman prettig tegemoet.

'Goed dan,' stemde ze toe. 'Ik heb geen andere keus, schijnt het.'

'Blij het te horen.' Hij legde een hand op haar schouder en streelde haar blanke huid. 'En wanneer beginnen we aan onze huwelijksnacht?'

'Met zo'n jochie? Ik?' Weer lachte ze luid. 'Ga toch terug naar je meisje, die brojakendochter, en amuseer je met haar. Ik heb liever een echte vent.'

De Kabcar stond op. 'Ik zal je één ding zeggen. Je bent nu de Kabcara, de vrouw van de machtigste man van Tarpol. Als vasruca kon je het bed in duiken met wie je maar wilde. Maar vanaf nu...' Hij boog zich naar haar toe en klemde haar kin in zijn hand, 'zal ik dat gedrag niet meer tolereren.' Zonder het te willen drukte hij zijn lippen hard op haar mond. 'Als ik nog ooit een andere man in je bed aantref, laat ik hem executeren. En voor jou verzin ik ook wel iets. Openlijke ontrouw behoort in Tarpol niet tot de deugden die beloond worden.'

'Kijk naar jezelf,' zei ze venijnig.

'Ik weet me tenminste te beheersen in het bijzijn van anderen en ik hou maar van één vrouw: Norina. Jij houdt enkel van jezelf.' Hij draaide zich om en wilde vertrekken.

'Een troonopvolger zal Tarpol van mij nooit krijgen,' riep ze hem na.

Hij keek over zijn schouder en zijn blauwe ogen lichtten fel op in de halfdonkere kamer. 'Dat, mijn lieve nicht, zullen we nog wel zien.'

Geschrokken deinsde ze terug. Lodrik verdween.

'Dus jij wilt me mijn pleziertjes ontnemen, jochie? Hou je echt van dat meisje?' mompelde Aljascha. 'We zullen zien hoe lang ze bij je blijft, mijn lieve echtgenoot.' Toen trok ze haar bezoeker achter het bed vandaan.

'Kom hier, held. Tijd voor een toneelstukje. Hij heeft me wel andere mannen verboden, maar alleen in deze kamer. En het paleis is gelukkig groot genoeg.'

Norina schrok wakker uit een lichte slaap. Lodrik was nog steeds niet terug. De plek naast haar in bed was onbeslapen en koud.

Ze hoorde een licht kreunen uit de kamer naast haar. Voorzichtig sloeg ze de deken terug en stapte uit bed. Bij de tussendeur gekomen opende ze die op een kier en tuurde erdoorheen. Maar ze zag alleen de silhouetten van twee mensen die in de aangrenzende kamer hartstochtelijk de liefde bedreven. De brojakin glimlachte.

'O, Lodrik,' hijgde de vrouw, en vol ontzetting herkende Norina de stem van Aljascha.

Verbijsterd deinsde ze van de deur terug, terwijl ze beurtelings heet en koud werd. Steeds weer hoorde ze de gefluisterde naam van haar geliefde, afgewisseld met hete liefdesverklaringen.

Eerst wilde ze de deur opengooien en het tweetal overvallen. Haar hand lag al op de deurkruk, maar iets hield haar tegen. Misschien was het de angst voor nog een vernedering door de vasruca – of de diepe teleurstelling die ze vanbinnen voelde.

Ze was altijd al bang geweest dat Lodrik de charmes en bekoring van zijn nicht op de lange duur niet zou kunnen weerstaan. Dat mocht ook niet, want het land zou vroeg of laat een Tadc verwachten. Maar dat het uitgerekend naast haar eigen kamer moest gebeuren, kwetste haar diep.

Langzaam stapte ze weer in bed, terwijl er een traan van teleurstelling over haar wang rolde.

Ze wist niet hoe lang ze gedachteloos naar de hemel van het bed had liggen staren, maar opeens verscheen het bezorgde gezicht van de Kabcar voor haar ogen. Norina draaide zich op haar zij en schoof bij hem vandaan.

'Als je zo nodig je plicht als echtgenoot moet vervullen, doe dat dan niet naast onze slaapkamer,' zei ze zacht. 'En zeg niet tegen dat mens dat je van haar houdt! Of heb je me steeds voorgelogen met je dure eden en mooie woorden?'

Lodrik staarde haar verbaasd aan. 'Wat is er, schat? Ik heb alleen snel nog wat wijn gehaald.' Als bewijs liet hij de fles en de glazen zien. 'Nadat ik met mijn niet gesproken had. Stel je voor, ze had een vent bij zich.'

'Ja, dat heb ik gehoord en gezien,' siste Norina. Ze stond op en gooide een ochtendjas over haar schouders.

'Wat is er dan gebeurd?' Vertwijfeld rende de Kabcar haar achterna.

'Blijf daar!' Haar bruine amandelogen fonkelden van woede. 'Vond je het wel gepast om uitgerekend naast onze deur met Aljascha het bed in te duiken? En waarom al vannacht? Had je niet nog wat tijd, voordat je voor een troonopvolger moest zorgen?' Ze streek over haar zwarte haar. 'Je hebt me heel veel pijn gedaan, Lodrik.' Ze liep naar de deur. 'Ik slaap vannacht in mijn eigen kamer.'

Met een klap viel de deur in het slot en één ogenblik dacht de verblufte jongeman dat hij de kristalheldere lach van zijn nicht hoorde.

Na de bespreking met de officieren, die meer dan bezorgd en met een zekere verlegenheid op de zaak reageerden, riep Lodrik de raad van brojaken bijeen om de kwestie toe te lichten. Het verwonderde niemand dat de plaatsen van de grootgrondbezitters uit Worlac onbezet bleven.

Aan de hand van een opgehangen kaart gaf kolonel Mansk de raad een uitleg over de posities van de Borasgotanische troepen, die zich zowel langs de grens als ook in het binnenland van Worlac hadden gelegerd. Ook in Ucholowo zou Arrulskhán volgens de berichten uit Ilfaris 'vrijwilligers' achter de hand houden om zo nodig vanuit de flank hulp te bieden.

Al met al moesten de militairen ervan uitgaan dat ze in het ongunstigste geval tegenover een troepenmacht van ongeveer vijfenzestighonderd man zouden komen te staan. Op korte termijn konden de Tarpoolse garnizoenen langs de noordgrens onmogelijk zoveel manschappen op de been brengen. Hoogstens achthonderd man reguliere troepen en twee commando-eenheden van elk vijftig man konden onmiddellijk worden gemobiliseerd.

Daarbij kwam de treurige omstandigheid dat de gelijktijdig door Hustraban bedreigde baronie Kostromo geen hulp hoefde te verwachten omdat de herovering van de afvallige provincie nu voorrang had.

Maar daardoor viel ook iets weg wat Lodrik dringend nodig had.

Vanuit Kostromo zouden in deze situatie geen iurdumleveranties meer naar Tarpol, laat staan naar Ulsar, komen. En te oordelen naar het tevreden gezicht van Kolskoi, die door de Kabcar scherp in het oog werd gehouden, wist de edelman en grootgrondbezitter daar alles van. Dus stond de jongeman onder nog grotere druk.

Toen de kolonel uitgesproken was, stond Lodrik op en legde een hand op de boekhouding van zijn vader. 'We hebben de reden voor de schulden ontdekt. Het geld is in garnizoenen en officieren geïnvesteerd die nu blijkbaar niet in staat zijn mijn rijk en uw land te verdedigen of te heroveren. De belangrijke iurdumleveranties, waarmee ik u in één keer had kunnen terugbetalen, zullen ons in deze gespannen situatie niet meer bereiken. Dus vraag ik u, in het belang van Tarpol, om voorlopig af te zien van uw vorderingen.' Hij liep naar het midden van de reusachtige zaal, de plek die normaal bestemd was voor mensen die een verzoekschrift kwamen toelichten. 'Als u wilt, zal ik de brojaken om het opschorten van de betalingen smeken.' Langzaam liet hij zich op een knie zakken.

Waljakov zat hoorbaar te knarsetanden bij dit tafereel en Stoiko had een verwrongen trek om zijn mond. Het was een moment van grote triomf voor de machtigen in het rijk, want zo'n gebaar had zich in al die tijd dat het huis Bardri¢ op de troon zat nog nooit voorgedaan.

De raad overlegde fluisterend en er werden haastige blikken gewisseld. Het duurde even voordat de nieuwe voorzitter zich verhief. De Granburgse edelman spreidde zijn neusvleugels. 'Hooggeboren Kabcar, sta op. De brojaken van Tarpol zijn tot een besluit gekomen, maar eenvoudig was dat niet.' Kolskoi knikte tegen de zaal, terwijl Lodrik waardig weer opstond. 'In het licht van de grote problemen waarin het land zich bevindt, hebben we besloten u de rente kwijt te schelden. Aan de andere kant zullen er geen betalingen aan het hof meer volgen totdat de voorgenomen hervormingen door u zijn teruggedraaid, hoogheid.'

Lodrik sloot een moment zijn ogen. Zonder die inkomsten was het op de lange duur niet mogelijk de financiën op peil te houden. Binnen een maansomloop zou de bodem van de staatskas in zicht komen. 'Dat is tegen de wet, Kolskoi. Jullie zijn verplicht...'

'Hooggeboren Kabcar, ook u hebt verplichtingen tegenover ons,' viel de schrale edelman hem scherp in de rede. 'Wij hebben onze goede wil getoond, nu is het uw beurt. We wachten uw beslissing met spanning af.'

'Als ik de hervormingen terugdraai, zullen Borasgotan en Hustraban dat als zwakte zien,' probeerde Lodrik. 'Dan worden ze nog gesterkt in hun voornemen. Begrijp dat toch!'

'Niemand heeft u gedwongen tot die hervormingen, hooggeboren Kabcar,' antwoordde Kolskoi minzaam. 'Hoewel er misschien ook andere invloeden aan het werk waren.' Hij keek even naar Norina, die zijn blik woedend trotseerde.

De jongeman fronste zijn voorhoofd. 'Die beslissing neem ik niet hier en nu. Tegen het einde van de middag heb ik nog een bijeenkomst met de diplomaten. Ik zal een beroep doen op hun verantwoordelijkheidsgevoel. Misschien kunnen ze onze buren wat kalmeren en een conflict voorkomen. Niemand heeft immers belang bij een oorlog op Ulldart. Pas na dat gesprek praten wij verder. De vergadering is gesloten.' En Lodrik liep naar zijn stoel terug.

'Dat had u hem niet moeten gunnen,' zei Waljakov bitter, en zijn mechanische vingers sloten zich met een klap om het heft van zijn zwaard.

'Ik zal alles proberen om dit conflict tot een vreedzame oplossing te brengen,' antwoordde Lodrik vermoeid. 'Hoe kan ik mijn onderdanen een beter bestaan beloven als ik me laat meeslepen in een oorlog? En eerlijk gezegd zie ik niet hoe we die oorlog moeten winnen, want daarvoor zijn we nu niet sterk genoeg. Zelfs als ik in ijltempo troepen uit alle provincies laat aanrukken, zou het nog weken duren voordat ze bij de grens arriveren. En dan heeft Borasgotan al ons halve land veroverd, als ze dat willen.'

'U hebt gelijk, heer,' beaamde Stoiko. 'Arrulskhán zal zich alleen bedenken als alle andere landen hun verontwaardiging duidelijk maken. Dat is onze enige hoop. Zelfs als we zijn plannen wat kunnen vertragen, is dat al kostbare tijdwinst om onze eigen troepen te mobiliseren.'

Kolonel Mansk knikte instemmend.

De lijfwacht streek zich over zijn kale schedel. 'Arrulskhán is niet goed bij zijn hoofd, als je het mij vraagt. En omdat Borasgotan te ver naar het noorden ligt, met Hustraban er nog tussen, hoeft hij in feite niemand te vrezen die hem de voet dwars kan zetten.'

'Het is om gek van te worden. Wacht maar op me in de audiëntiezaal. Ik moet nog iets regelen.' De jonge vorst sprong snel overeind en liep achter Norina aan, die naar de uitgang liep. De rest van de grootgrondbezitters was al verdwenen.

'Wacht even,' riep hij. Ze bleef staan, maar zonder zich om te draaien. 'Kun je me eens uitleggen wat je vannacht bedoelde? Ik begreep er niets van.'

De brojakin zuchtte. 'Het helpt niet om je van den domme te houden, Lodrik.'

Hij kwam voor haar staan en pakte haar bij de schouders. Diep keek hij zijn geliefde in haar bruine ogen. 'Ik zweer je dat ik er nog net zo weinig van begrijp als gisteravond.'

Nog steeds woedend beschreef Norina hem wat zich in de kamer naast haar had afgespeeld. Lodrik besefte meteen dat Aljascha op deze manier wraak had willen nemen voor zijn dreigement.

Vurig probeerde hij Norina te overtuigen, vertelde haar wat er in de kamer van de vasruca was gebeurd en over zijn ultimatum dat hij dit soort escapades van zijn wettige echtgenote niet meer zou accepteren. Dat hij ook iets van verlangen naar haar had gevoeld verzweeg hij liever. Dat zou hij nooit toegeven. Hij kon zelf nauwelijks verklaren waar dat steeds weer opflakkerende gevoel vandaan kwam.

'Dat was ík niet, die je hebt gezien, maar waarschijnlijk de man met wie ze al in bed lag toen ik haar kamer binnenkwam,' besloot hij zijn betoog. 'Ze probeert een wig tussen ons te drijven, begrijp je dat niet? Ze schept er een boosaardig genoegen in om ons in het ongeluk te storten. Waarom zou ik mijn relatie met jou, mijn belangrijkste houvast, zomaar op het spel zetten?'

Norina aarzelde. Hoe meer ze erover nadacht, des te logischer zijn woorden klonken. Maar die nacht had ze zich zo door haar angst laten verblinden dat ze meteen van het ergste was uitgegaan.

'Vergeef me,' zei ze zacht, en ze omhelsde hem. 'Ik moet blind en oliedom zijn geweest om zoiets te denken.'

De jongeman klemde haar tegen zich aan en voelde een enorme last van zich af glijden.

Stoiko wilde Waljakov weer in zijn zij porren, maar herinnerde zich de vorige, pijnlijke aanvaring tussen zijn elleboog en het borstkuras van de lijfwacht, daarom beperkte hij zich tot een klopje op Waljakovs schouder. 'Dat ziet er goed uit, niet?' vroeg hij de kaalhoofdige reus.

'Ja,' grijnsde Waljakov laconiek.

'Kom, dan gaan we naar de ambassadeurs en de gezanten.' Samen met de lijfwacht rolde Mansk de kaarten weer op en nam ze mee uit de vergaderzaal van het raadhuis.

Lodrik gaf zijn opgeluchte Norina een lange afscheidskus en volgde de mannen naar de wachtende koets met de garde.

Niet veel later stapte het drietal de audiëntiezaal binnen, waar de diplomaten bijeen waren die kortgeleden nog bij het huwelijksfeest op de gezondheid van de Kabcar hadden gedronken. Aljascha, die bij de ingang op hem wachtte, begroette haar echtgenoot met een diepe reverence, gaf hem een arm en nam hem mee naar het hoofd van de tafel.

'Je plannetje om Norina en mij uit elkaar te spelen zal niet slagen,' fluisterde hij. 'We hadden je toneelstukje van vannacht maar al te goed door.'

'Toneelstukje?' vroeg zijn niet quasi onschuldig en ze trok een parelbroche op haar zilverkleurige, strak getailleerde jurk recht. 'Ik ben de hele nacht op mijn kamer geweest. Hadden jullie ruzie?' Ze glimlachte tegen hem. 'Om mij? Ach, wat schattig. Dat jonge geluk, ondanks alle liefde toch zo broos en kwetsbaar.'

'Hou op,' siste Lodrik in haar oor, terwijl hij haar stoel aanschoof.

'Ik ben nog niet eens begonnen, mijn heer gemaal,' zei ze hooghartig, en ze keek hem vanuit haar ooghoek aan. 'Maak je borst maar nat.

Als je denkt dat je je met mijn leven kunt bemoeien, zul je nog wat meemaken.' Met een ruk van haar pols maakte ze een gebaar dat het gesprek beëindigd was.

De bedienden rolden kaarten op de tafels uit. Toen ze klaar waren, gaf kolonel Mansk de diplomaten een toelichting op de militaire situatie, zonder erbij te zeggen waar die informatie vandaan kwam. De Borasgotanische gezant verbleekte, schonk zich een glas wijn in en dronk het in één keer leeg.

'Wij trekken de garnizoenen uit de provincies Restyr en Sora bij de grens met Worlac samen en eenheden uit Granburg beveiligen de wegen naar Borasgotan, terwijl de overige garnizoenen uit Ker, Berfor en Ulsar op weg gaan als versterking.' Met zijn staf duidde Mansk de routes van de troepen aan. 'We kunnen de rivier de Repol gebruiken, zodat de opmars vrij vlot kan verlopen.' Zijn laatste opmerking was bluf, bedoeld om de slagvaardigheid en goede militaire organisatie van Tarpol te onderstrepen. 'Zo zijn we in staat om desnoods van drie kanten de provincie Worlac binnen te vallen.'

'Laat iedereen goed beseffen wat hier gebeurt, heer gezant,' benadrukte de Kabcar. 'Arrulskhán dreigt Tarpol met een oorlog, ondanks een niet-aanvalsverdrag, om nog maar te zwijgen van het Duizendjarige Verdrag. Als uw koning mij daadwerkelijk aanvalt, is hij dubbel schuldig,' zei Lodrik tegen Sarduijelec. 'Dat zal geen enkel ander land accepteren, neem ik aan.'

'Openhartig gesproken, hooggeboren Kabcar. Maar ons land bevindt zich in een vergelijkbare moeilijke situatie,' begon de gezant van Tersion. 'Zolang het conflict met Kensustria niet is opgelost, stellen we ons neutraal op. We hebben geen andere keus.' De gezant van Palestan zei iets soortgelijks, met ongeveer dezelfde motieven.

Alle andere landen hielden zich tot Lodriks ontzetting merkwaardig op de vlakte, beriepen zich op de onduidelijke juridische achtergrond van de strijd en besloten met een toezegging of een onthouding. In elk geval bleek Tûris bereid de buren desnoods militair te hulp te komen.

Naarmate de bespreking vorderde, kreeg de Borasgotanische gezant weer wat meer kleur in zijn gezicht. Langzaam werd duidelijk dat Tarpol praktisch alleen stond.

De Kabcar schorste de teleurstellend verlopen bijeenkomst en stelde samen met Stoiko en Norina een brief aan de overste van de Ulldrael-orde op, waarin hij hem met tegenzin maar dringend verzocht zich onmiddellijk in de onderhandelingen te mengen als bemiddelaar.

De volgende dag kreeg Lodrik een uitnodiging om bij de Geheime Raad in de tempel te verschijnen. Met een krachtig contingent gardisten, Waljakov, Stoiko, Nerestro en zijn ridders marcheerde de jongeman het mooie, grote gebouw binnen en hield zijn betoog tegenover de geestelijk leider van de orde.

'Voordat wij over mijn rol als bemiddelaar spreken,' begon de man in de gouden mantel, 'dank ik u voor uw openhartige brief van een paar weken geleden. Ik kan u bezweren, bij Ulldrael de Rechtvaardige, dat de orde nooit het plan heeft gehad u van het leven te beroven. Dat druist in tegen alles waar onze god voor staat.' Hij vormde met zijn handen een bol, als symbool voor het alomvattende karakter van Ulldrael. 'Maar ik kan niet uitsluiten dat sommige verblinde individuen misschien een andere uitleg geven aan het visioen over de Kabcar. Hun aantal neemt snel af, dat weet ik zeker. Mocht dat ooit reden zijn geweest voor een aanslag op u, dan kunt u dat niet onze orde als geheel verwijten, hooggeboren Kabcar. Overigens was er inderdaad zo'n gestoorde geest in ons midden die tijdens de kroning een aanslag wilde plegen. Maar wij hebben hem ter verantwoording geroepen. Ik kan u verzekeren, hooggeboren Kabcar, dat wij uw politiek van vernieuwing van harte steunen.'

Waljakov snoof, en Nerestro schudde zijn hoofd over de brutaliteit van de overste.

'Daar ben ik bijzonder blij om, want meer dan ooit heb ik de hulp van Ulldrael de Rechtvaardige nodig,' antwoordde Lodrik opgelucht. 'En de hulp van de orde, uiteraard. Om precies te zijn, ik vraag u dringend om assistentie bij mijn onderhandelingen met de diplomaten en gezanten. Uw woorden zullen meer gewicht in de schaal leggen dan de mijne. Ik doe een dringend beroep op u om alles in het werk te stellen om een oorlog te voorkomen.'

De overste legde zijn armen op zijn rug en tuurde naar de grijze rook-slierten uit het offerbekken. De geur van het reukwerk, waarvan de hele tempel was doortrokken, werkte rustgevend. Stoiko betrapte zich erop dat hij de rook diep inademde.

'Ik ben bereid de onderhandelingen voor u te voeren, maar dan wil ik wel onder vier ogen met de gezanten spreken, zodat ze openhartig met mij van gedachten kunnen wisselen zonder dat andere diplomaten daar-van horen. Als neutrale plek stel ik de tempel voor. Als er iets is wat alle landen en vorsten van Ulldart verbindt, is het wel hun gemeenschap-pelijke geloof in Ulldrael de Rechtvaardige. Dat bent u met mij eens?' De overste glimlachte van onder zijn monnikskap. 'Of vertrouwt u me nog altijd niet?'

'Ik zal wel moeten, overste,' antwoordde de Kabcar. 'Volgens mij bent u de enige die nog iets kan bereiken. Als de stem van Ulldrael niet meer telt, wie zou mij dan nog kunnen helpen?'

'Ja, wie?' Heel even gleed er een schaduw over het grotendeels ver-borgen gezicht van de overste. 'Laten we geen tijd meer verdoen met discussies, hooggeboren Kabcar. Ik zal onmiddellijk uitnodigingen aan de diplomaten en grootgrondbezitters van Worlac sturen. En natuurlijk hou ik u op de hoogte van de uitkomsten van de besprekingen. Als u me nu wilt verontschuldigen? Ik moet nog het een en ander voorberei-den. En laat u een notitie achter over de concessies waar u onder bepaalde voorwaarden toe bereid bent. Een toegeeflijk gebaar kan verzoenend werken.' De man in de gouden mantel verliet de zaal.

Lodrik dicteerde een monnik zijn eventuele concessies, al stelden die weinig voor. Het waren een paar ondergeschikte punten. In elk geval moest de provincie Worlac aan Tarpol worden teruggegeven, daar viel niet aan te tornen voor de jonge vorst. Alleen in de kwestie Kostromo wilde hij wat water in de wijn doen, omdat hij daar op dit moment niet militair kon ingrijpen.

Al een paar uur later vonden in de tempel de eerste besprekingen plaats. Al snel was het een komen en gaan van diplomaten. Zelfs de grootgrondbezitters uit Worlac, die uit de raad van brojaken waren gestapt, maakten hun opwachting en vertegenwoordigden nu de belangen van hun nieuwe baronie uit naam van de voormalige gouverneur en de huidige baron.

Maar de woorden van de overste haalden blijkbaar weinig uit. Al de volgende dag verklaarde Sarduijelec dat zijn land niet werkeloos zou toezien bij een aanval op de baronie Worlac, waarmee inmiddels een officieel verbond was gesloten. Serusië sloot zich opeens bij Hustraban aan en beloofde militaire hulp in ruil voor een aandeel in het iurdum. Hustraban was niet langer bereid het aanbod dat tijdens de huwelijksplechtigheid was gedaan te herhalen en de brojaken in Worlac, aangemoedigd door Borasgotan, benadrukten nog eens de onafhankelijkheid van hun voormalige provincie. De teleurgestelde en vermoeide overste betreurde het dat zijn argumenten geen enkel effect hadden op de koppige diplomaten.

Stoiko vond het nogal merkwaardig dat niemand naar zo'n belangrijke en gerespecteerde bemiddelaar wilde luisteren. Dat zei hij ook tegen Lodrik. Maar de jongeman had allang de indruk dat de Ulldrael-orde zich niet voldoende voor de situatie inzette. Het leek wel of de standpunten zich sinds de bemoeienissen van de overste nog verder verhardden.

Wat niemand van hen wist, was dat het hoofd van de orde alles deed om de partijen nog meer van elkaar te vervreemden, door verkeerde of leugenachtige berichten door te geven. De monniken in de schrijfzaal waren druk bezig om handtekeningen te vervalsen en zegels perfect te kopiëren.

De overste stimuleerde het conflict met Borasgotan en Hustraban in de hoop dat de Kabcar bij de oorlogshandelingen zou sneuvelen of dat zich een betere gelegenheid voor een heimelijke aanslag zou voordoen. De schuld kon dan gemakkelijk op een van de strijdende partijen worden afgeschoven.

Nog steeds was de Geheime Raad ervan overtuigd dat alleen de dood van Lodrik de terugkeer van de Donkere Tijd zou kunnen verhinderen. En de raad was bovendien bereid een paar honderd mensenlevens te offeren om het continent te redden. Voor de orde was dat een zakelijke afweging, waarover al maanden geleden in een geheime zitting van alle bestuurders van de Ulldrael-orden een besluit was genomen.

Daarom was met Borasgotan een geheim akkoord gesloten. Als Arrulskhán erin slaagde de jonge Kabcar gevangen te nemen en te doden, zou de orde de aanspraken van Borasgotan op de Tarpoolse troon met vervalste historische bewijzen ondersteunen, zodat de andere landen wel akkoord moesten gaan.

Bovendien beloofde de overste dat eindelijk de juiste interpretatie van de profetie bekend zou worden gemaakt – zodra Arrulskhán zijn verplichtingen was nagekomen.

Op aanraden van zijn officieren stelde Lodrik de inval in Worlac uit om op versterkingen uit de andere provincies te wachten.

Ondertussen nam Hustraban de baronie Kostromo over, sloeg een aarzelende poging tot gewapend verzet neer en begon haastig met de plundering van de iurdummijnen.

Aljascha las briesend de berichten uit haar land, schold Lodrik uit voor rotte vis en maakte hem het leven in het paleis tot een hel. Ze vernederde hem voor het oog van iedereen door met haar buitenechtelijke affaires te koop te lopen, met vreemde mannen naar het theater of naar bals te gaan en ondanks de oorlogsdreiging en de slinkende staatskas daverende feesten te geven zoals niemand in Tarpol ze ooit had meegemaakt. Hoewel Aljascha dat schijnbaar uit haar eigen reserves betaalde, deed ze – met de hulp van een paar schatbewaarders – toch heimelijk een greep uit de kas van haar echtgenoot.

Lodrik had niet de kracht of de tijd om zijn opstandige gemalin onder de duim te houden. Hij had het te druk met de voorbereidingen van de oorlog.

Na twee weken waren de onderhandelingen definitief mislukt. Dus vertrok hij samen met Waljakov, Stoiko, Nerestro en de Kensustriaanse priesteres naar het noorden om zelf het strijdtoneel te verkennen.

Hopelijk zou zijn komst het kleine legertje wat meer moed en zekerheid geven.

Aanvankelijk stond Norina erop met haar geliefde mee te gaan, maar tijdens de onderhandelingen kreeg ze last van vreemde duizelingen en misselijkheid. Ze had er geen verklaring voor, maar Lodrik stond erop dat ze veilig in het paleis zou blijven.

Arrulskhán scheen zich te vervelen omdat alles zo traag verliep en bewees in de tussentijd – bij wijze van persoonlijk tijdverdrijf – de slagkracht van zijn troepen door de baronie Jarzewo, die zich al meer dan vierhonderd jaar geleden van zijn rijk had afgescheiden, bijna in een handomdraai te bezetten. Aan de naburige baronie Kasan stelde de meedogenloze vorst een ultimatum, omdat ook die in de loop van de geschiedenis delen van Borasgotan had ingelijfd, die hij nu terug wilde.

De rest van Ulldart zag het optreden van Arrulskhán met gemengde gevoelens aan.

Nu Lodrik uit de hoofdstad was vertrokken, had zijn nicht vrij spel. Als Kabcara had ze in afwezigheid van de koning van Tarpol alle rechten, waar ze flink gebruik van maakte. Het luxe leventje dat ze in Kostromo gewend was geweest, zette ze hier voort, zonder zich om geld te bekommeren. En terwijl haar man steeds verder naar het noorden reisde, slonk de staatskas meer en meer. Norina's waarschuwende woorden werden genegeerd of weggehoond.

De officieren van het Tarpoolse leger probeerden zo snel mogelijk hun mannen de theorie van de krijgskunst bij te brengen, maar aangezien ze zelf zo goed als geen ervaring hadden met de grote veldslagen die nu dreigden, bleef het bij amateuristische exercities in het vrije veld, die de onzekerheid van de militairen nog duidelijker blootlegden. Een groep moerasmonsters verdrijven of een straatbende oprollen was één ding, een zwaarbewapend vijandelijk leger tegemoet treden iets heel anders. Met een somber voorgevoel gaf Lodrik, zodra hij in de provinciehoofdstad Sora was gearriveerd, bevel om Worlac binnen te vallen.

Nauwelijks waren de Tarpoolse eenheden tot het grondgebied van de afgescheiden provincie doorgedrongen of de Borasgotanische soldaten trokken de grens met Granburg over, terwijl de 'vrijwilligers' in Worlac niet alleen verbeten tegenstand leverden maar de Tarpoolse troepen zelfs regelrecht onder de voet liepen.

Arrulskhán had zijn mannen beter laten trainen dan de officieren van de Kabcar hadden vermoed, dus werd de herovering van Worlac een defensief gevecht. Tot aan de lente van het jaar 443 waren de Tarpoolse regimenten in de provincies Granburg, Sora en Restyr voortdurend op de terugtocht.

De Borasgotanische eenheden vielen ook vanuit Uchlowo aan, zodat het leger van Arrulskhán als een stoomwals voorwaarts denderde. Maar zelden konden de aanvallers lang worden tegengehouden. De Ucholowezen op hun beurt annexeerden de kleine buurstaat Bijolomorsk, die op het punt stond zich bij Tarpol aan te sluiten. De situatie op de landkaart werd steeds bedreigender.

Daar zou voorlopig ook weinig aan veranderen. De aanvoer van levensmiddelen uit het Tarpoolse achterland stokte al enige tijd, omdat het Ontariaanse handelsgilde zijn vestigingen had opgedragen alle leveranties aan het hof te staken tot de schuld van vijftigduizend waslec was terugbetaald. Toen Aljascha de nieuwe eis las, verscheurde ze de brief van het gilde en beval de brojaken het transport over te nemen. Maar de herenboeren slaagden er niet in hun plannen in praktijk te brengen. Tot dan toe hadden ze zich nooit met zulke bijzaken hoeven bezig te houden, maar nu wreekte zich hun afhankelijkheid van de Ontarianen. De brojaken moesten dus bakzeil halen, en slechts tegen ongelooflijk hoge kosten wist Norina na twee maanden weer een regelmatige aanvoer naar het front te organiseren.

Heel welkom was de hulp van het koninkrijk Tûris, zelfs toen Mennebar IV liet weten dat hij onmogelijk het beloofde aantal soldaten kon sturen. Hij had zijn eigen mannen nodig om de 'Verboden Stad' te vergrendelen, omdat steeds meer moerasmonsters zich tussen de ruïnes verzamelden. De koning was bang dat de schepsels elk moment in de aanval konden gaan en wilde dus voorbereid zijn om zijn eigen onderdanen te beschermen. Maar in elk geval stuurde hij proviand naar Tarpol.

Ook koning Tarm van Aldoreel hielp het ernstig verzwakte Tarpoolse leger met graan, meel en dringend noodzakelijk verbandmateriaal.

Door al die tegenslagen raakte de jonge Kabcar steeds meer verbitterd. Zijn woede-uitbarstingen waren legendarisch in zijn omgeving, en meer dan eens moesten Waljakov en Stoiko hem weerhouden als hij zijn opgekropte haat en machteloosheid op ondergeschikten wilde botvieren.

Als bij toverslag veranderde Lodrik dan weer van houding, bood de schandelijk behandelde slachtoffers zijn excuses aan en beloofde beterschap.

Heel merkwaardig waren de verschijnselen rondom de woedende Lodrik. Vaatwerk barstte, mensen werden door onzichtbare krachten tegen de grond geworpen of van de vloer getild, vuur en vlammen veranderden van rood in donkerblauw. Ook Stoiko's vergezochte verklaringen raakten na een tijdje uitgeput, en algauw had de Kabcar een enigszins bijgelovig getinte reputatie.

Met de komst van de lente en de dooi kwam de Borasgotanische opmars tot staan. Modder en regen speelden de troepen parten. Zo kreeg Tarpol een adempauze en keerden Lodrik en zijn vrienden dodelijk vermoeid naar Ulsar terug.

Norina kreeg een geliefde thuis die totaal veranderd was. Hoewel hij zelf nog aan geen enkele veldslag had deelgenomen, hadden de beelden en de gebeurtenissen zelf een harde trek op zijn gezicht gebracht. Zelfs de liefdevolle omhelzing van de brojakin scheen niet echt tot hem door te dringen. Pas op de tweede dag na zijn aankomst keerde de vriendelijke Lodrik van vroeger weer terug.

De jonge vrouw begreep hoe vertwijfeld hij was toen ze zich op de derde dag in de theekamer van het paleis hadden teruggetrokken. Zonder iets te zeggen knielde hij voor haar neer en klampte zich aan haar vast als een klein kind. Teder streek ze hem door zijn lange blonde haren. Toen ging ze zitten trok hem naast zich op de bank.

'Wat is er terechtgekomen van al onze plannen voor een beter Tarpol?' vroeg hij zacht, turend in de vlammen. 'Wat ik wilde, was niet verkeerd. Integendeel. Mijn onderdanen zouden meer vrijheid krijgen dan ze ooit hadden gehad. En nu is een derde van mijn rijk in handen gevallen van die gestoorde Arrulskhán. Waarom laat Ulldrael zoiets toe?' Hij keek Norina in haar ogen, alsof daar het antwoord op zijn vraag te vinden was. 'Als hij toch de Rechtvaardige is, waarom doet hij dan niets? Of is het rechtvaardig wat mij en Tarpol op dit moment overkomt?'

'Nee, dat is het niet,' zei ze geruststellend. 'En daarom zal Ulldrael je helpen.'

'Wanneer dan?' riep hij wanhopig uit, en hij sprong op. 'Wanneer vindt de Rechtvaardige' hij spuwde het woord bijna uit, 'het eindelijk tijd om in te grijpen? Ik wacht en ik bid, maar er gebeurt helemaal niets. In plaats daarvan vernietigen de Borasgotanische troepen mijn leger, plunderen mijn dorpen en mishandelen mijn onderdanen. En de rest van dit continent kijkt schijnheilig toe en mompelt iets over een "onduidelijke juridische situatie". En daarmee leunen de koningen weer rustig achterover. Het is om ziek van te worden!' Woedend sloeg hij met zijn vuist tegen de schoorsteenmantel en drukte zijn hoofd toen tegen de koele steen. 'Ik stond op een heuvel en keek neer op het slagveld aan mijn voeten. Mijn mannen waren neergemaaid, of ze nu hun wapens hadden neergelegd of niet. Ik kon het ze niet kwalijk nemen dat ze zich wilden overgeven. Maar dacht je dat hun leven werd gespaard? Nee, ze werden ter plekke geëxecuteerd.'

Lodrik draaide zich om. Zijn schouders trilden. 'Bijna honderd man. Gewoon onthoofd.' Langzaam liet hij zich op de grond glijden. Hij wist het niet meer. Haastig kwam Norina naar hem toe en nam hem in haar armen, terwijl de Kabcar van Tarpol zijn tranen de vrije loop liet. 'Ik wil niet meer, Norina. Als Ulldrael me niet snel te hulp komt, is het voorbij.'

'Je mag het geloof niet opgeven.' De brojakin wiegde hem in haar armen. 'Het begon allemaal zo goed. Daarom mag het niet zo eindigen. Het weer is nu in ons voordeel en de kansen zullen keren. Ik heb inmiddels de bevoorrading georganiseerd en er hebben zich talloze vrijwilligers gemeld om bij de verdediging van het land te helpen.'

'Ze zullen net zo worden afgeslacht als mijn soldaten. Dit kan zo niet doorgaan.' Lodrik schudde zijn hoofd en veegde de tranen uit zijn ogen. 'Ik heb je zo gemist, Norina. Die twee maanden zonder jou waren nauwelijks vol te houden.' Hij kuste haar. 'Ik heb overwogen om Arrulskhán een voorstel te doen, omdat ik eindelijk vrede wil. Ik ben die zinloze oorlog zo zat! Worlac mag wat mij betreft onafhankelijk worden. Daar krijgen ze nog wel spijt van. Maar voordat ik met hun gezant, Sarduijelec, ga praten, moet ik mijn echtgenote spreken. Heb jij enig idee hoeveel waslec ze erdoorheen heeft gejaagd?' Zijn wanhoop was binnen een seconde omgeslagen in pure haat. 'Ik heb de boeken laten brengen. Ze heeft niet eens de moeite genomen om die geldverkwisting te verdoezelen. Dus wordt het tijd voor een lesje.'

Norina keek de jongeman ongerust aan. 'Wat ben je van plan?'

Lodrik stond op, trok zijn uniform strak, hing zijn koppelriem recht en liep naar de deur. 'Ik zal een hartig woordje met haar wisselen. Dat wordt een dans die ze niet licht vergeet.' Hij keek zijn geliefde onderzoekend aan. 'Heeft ze jou zo slecht behandeld als ik denk, of was het nog erger?'

'Welnee,' deed de brojakin luchtig. 'We hebben elkaar ontlopen. Ze heeft de noodzakelijke handtekeningen gezet om de bevoorrading te organiseren.'

'Maar toch. Ik ben zo weer bij je.' Lodrik verdween.

Peinzend keek de jonge vrouw naar de deur. Ze vroeg zich af waar het naartoe ging met Lodrik. Dit beviel haar helemaal niet.

Zuchtend legde ze haar hand tegen haar buik, waar nieuw leven groeide. Dat nieuws, waar niemand iets van wist behalve zijzelf, had ze hem nog niet kunnen vertellen. Het juiste moment had zich nog niet aangediend, voelde ze.

Voorzichtig dronk ze van haar hete thee en wachtte op de terugkeer van haar geliefde.

Hoe dichter de Kabcar bij de kamer van zijn echtgenote kwam, des te groter werd zijn woede.

Allerlei gedachten gingen door zijn hoofd, die zijn stemming er niet beter op maakten. De hele situatie was voor hem en voor iedere fatsoenlijke Tarpoler totaal verwerpelijk.

Terwijl zijn vriendin zich om de staatszaken bekommerde, verbraste zijn wettige echtgenote de staatskas, alsof er ergens onder het paleis een geheime schatkamer lag met een eindeloze hoeveelheid goud of iurdum. Bovendien dook ze met andere mannen het bed in als een goedkope straathoer. Nerestro had hem indirect laten weten dat ze het ook bij hem had geprobeerd. Maar Lodrik mocht haar met geen vinger aanraken, hoewel hij daartoe als enige het recht had. Het borrelde in zijn binnenste als een vulkaan.

Toen hij de deur van haar kamer opengooide, een halfontklede man zag die nijdig opkeek bij deze interruptie en het uitdagende, kristalheldere lachje van zijn nicht hoorde, terwijl ze zich ongegeneerd in bed uitrekte, was de maat vol.

Met een onmenselijk gebrul trok hij het zware beulszwaard dat hem al meermalen goede diensten had bewezen.

Toen hij weer tot bezinning kwam, stond hij enigszins verbouwereerd over een verminkt en verbrand lichaam gebogen, waaruit nog wat rook omhoog kringelde. Bloed droop langs de schede van het executiezwaard in zijn rechterhand. Hijgend voelde hij zijn eigen zweet en het bloed van de dode over zijn gezicht druipen. De vingertoppen van de handschoen aan zijn linkerhand leken weggeschroeid.

Aljascha zat ineengekrompen achter het bed, met de deken om zich heen getrokken en een panische uitdrukking op haar knappe gezicht.

Zwijgend liep Lodrik naar haar toe om het bloed van het lijk aan het laken af te vegen.

'Ik had je gezegd dat ik dit niet langer zou accepteren.' Met voorgewende koelbloedigheid maskeerde hij zijn eigen diepe ontzetting over zijn daad, waarvan hij niet begreep hoe hij ertoe gekomen was. 'Over al het andere wat je in mijn afwezigheid hebt uitgevreten, praten we na het eten nog wel. En ik hoop dat je een goed excuus hebt.'

De Kabcar wierp nog een blik op de dode. Het leek of het lichaam door een geweldige energie was verbrand. In de kamer hing de weerzinwekkende stank van geschroeid vlees.

Haastig verdween hij, om zijn onzekerheid voor zijn nicht verborgen te houden. Dat Norina nog in de theekamer op hem wachtte, was hij helemaal vergeten. In gedachten verzonken zwierf hij door de gangen van het paleis.

Hoe hij het ook probeerde, hij kon zich niet herinneren wat er was gebeurd. Hij wist alleen nog dat hij zijn wapen had getrokken.

Lodrik inspecteerde zijn gedeeltelijk verbrande linkerhandschoen. Zou het dat tintelen in zijn vingertoppen zijn geweest? Maar hoe dan? Wat was dat voor een macht, die hem zoiets kon laten doen?

Zonder een antwoord op die vraag liep hij terug naar zijn eigen slaapkamer. Eén ding viel hem op: sinds het begin van de oorlog had hij zich niet meer zo ontspannen gevoeld, frisser en vrijer in zijn hoofd dan ooit.

Bijna euforisch kleedde hij zich om, bekeek zichzelf in de spiegel en vertrok voor het avondeten.

De stemming aan de tafel was anders. Misschien wel voor het eerst sinds Aljascha haar intrek in het paleis had genomen, zei ze geen woord. Lodrik daarentegen had uitvoerig zijn excuus gemaakt tegenover Norina en scheen in een uitstekend humeur te zijn. De brojakin was daar blij mee en ging ervan uit dat het hun weerzien was dat hem nieuwe kracht, moed en hoop gegeven had.

Onder het eten ving Waljakov een opgewonden bediende op, die hij na een paar korte instructies weer wegstuurde. Nerestro en Belkala zaten zachtjes met elkaar te praten.

Ondertussen meldde Stoiko dat de ambassadeurs en gezanten de volgende morgen weer in alle vroegte naar de audiëntiezaal waren gesommeerd. In heel Tarpol werd over niets anders gesproken dan het verloop van de oorlog.

'En ik vertel u niets nieuws, heer, als ik u zeg dat het gewone volk nog altijd achter u staat,' besloot de raadsman. 'De mensen weten precies wat ze aan hun jonge Kabcar hebben.'

'Waar ze weinig mee opschieten als het zo doorgaat,' bromde de lijf-wacht. 'We hebben gezien hoe de vijand vecht. De enigen die nog enigszins standhouden, zijn de commando-eenheden.'

'Hooggeboren Kabcar, ik heb een kleine verrassing voor u.' De ridder stond op. Zijn baard was weer aangegroeid na Aljascha's aanval; er hing een kleine, geverfde, met zorg ingevette vlecht aan zijn kin. 'Ik had toch voorgesteld om in het voorjaar een toernooi te houden in Ulsar?'

'Niet het meest geschikte moment, vind je wel?' vroeg Stoiko voorzichtig, terwijl hij zijn bestek neerlegde.

'Nee, maar toch heb ik de uitnodigingen niet herroepen. En ik kan u vol trots melden dat de Orde der Hoge Zwaarden aan de oorlog zal deel-nemen. Aan uw kant.' Nerestro maakte een lichte buiging. 'Net als ik vinden mijn wapenbroeders u een zegen voor dit land, dus zullen wij alles doen om u aan de overwinning te helpen.'

'Over hoeveel man praten we?' vroeg de lijfwacht nieuwsgierig.

'Er zijn inmiddels zo'n vijftig ridders gearriveerd, ieder met tussen de vijf en tien man en hun gevolg. Dat betekent een legertje van meer dan driehonderd ervaren strijders,' verklaarde Nerestro met enige voldoe-ning.

'Verdomme!' mompelde de raadsman. Lodriks gezicht straalde en hij greep Norina's hand.

'Geweldig, Nerestro van Kuraschka. Daarmee hebt u opnieuw de dank van de Kabcar verdiend. Als deze zaak met Borasgotan achter de rug is, moeten we zo snel mogelijk over uw grondbezit spreken.' De jongeman hief zijn glas. 'Heel veel dank. Op de Hoge Zwaarden! Hoewel ik niet van plan ben uw aanbod aan te nemen.'

'Heer!' riep Waljakov verbijsterd, maar Lodrik glimlachte.

'Er moet snel weer vrede komen. Ik weet zeker dat ik met de kracht en ervaring van deze ridderorde vroeg of laat de overwinning zou be-halen, maar ik wil liever een einde maken aan de strijd. Er zijn al te veel doden gevallen.' Hij knikte naar de ridder. 'Maar als uw wapenbroeders hier al zijn, zullen we – om de vrede te vieren die ik morgen hoop te sluiten – toch een toernooi organiseren.'

'Mochten de onderhandelingen niet zo verlopen als u hoopt, zijn wij bereid om weer samen met u naar het front te trekken,' besloot de krijgsman zijn korte toespraak, en hij ging weer zitten.

Nu stond Belkala op. 'Ook ik wil u graag helpen, hooggeboren Kabcar. Kensustria ligt ver weg en mijn volk heeft niet de gewoonte zich met de zaken van anderen te bemoeien, maar in dit geval maak ik een uitzondering.' Ze keek even rond, streek haar groene haar naar achteren en ontblootte haar spitse hoektanden. Onwillekeurig kneep Norina even in Lodriks hand, zodat hij haar vragend aankeek. Maar ze schudde haar hoofd. 'Zoals u weet, is mijn god Lakastra de god van de wetenschap. Ik zal uw mannen onderwijzen hoe ze meer opbrengst van een akker kunnen halen. Zij kunnen dan naar de dorpen reizen om dat de mensen daar te leren. Ik denk dat Tarpol blij zal zijn als het de komende tijd in elk geval weer half gevulde graanschuren heeft. Het is heel eenvoudig, als je weet hoe het werkt.'

'Als ik had geweten dat hier alleen maar goed nieuws op me wachtte, was ik veel eerder teruggekomen,' zei de Kabcar.

'Als het toch om nieuwtjes gaat...' merkte zijn niet nonchalant op. 'Heb je je vrienden al verteld over jouw heldendaad in mijn slaapkamer?' Ze pakte haar mes en hield het als een wapen vast. 'Stel je voor! Hij heeft een ongewapende man aan stukken gehakt. En uit zijn vingers schoten oranje bliksemflitsen. Er bleef niets van de arme kerel over dan een hoopje verkoold vlees.'

'Ja, hoor. Dat doet hij steeds. Overal waar hij komt,' zei Stoiko met een uitgestreken gezicht. 'Maar meestal gebruikt hij die bliksemflitsen om de toortsen aan te steken.' Toen schoot hij in de lach. Na een korte aarzeling lachte Waljakov met hem mee, algauw gevolgd door het hele gezelschap, behalve Norina. Aljascha keek woedend de kring rond.

'Jullie denken zeker dat ik onzin vertel? Maar ik heb het zelf gezien!' riep ze nijdig.

'Ach, klets toch niet, waarde echtgenote,' zei Lodrik geamuseerd. 'Ik ben bij je geweest om je de les te lezen over je schandelijke verkwisting. Maar je lag stomdronken in bed. Toen ik je wakker wilde maken, viel de kaars uit mijn hand en moest ik de vlammen doven. Die brandplek is zeker de oorzaak van dit wilde verhaal.'

Een verontwaardigde trek gleed om de mond van de Kabcara. 'Natuurlijk kun je het niet toegeven tegenover je vrienden, dat begrijp ik wel. Maar ik zal niet vergeten wat je hebt gedaan.' Ze smeet haar bestek rinkelend op haar bord en verdween.

'Hooggeboren Kabcar, uw vrouw heeft wel aanleg tot overdrijven, is het niet?' merkte Nerestro op, terwijl hij de tranen uit zijn ooghoeken wiste. 'Bliksemflitsen uit uw vingertoppen! Kostelijk.'

Als bewijs hield de jongeman zijn smetteloze handen omhoog. 'Ziet iemand hier een spoor van roet of wat dan ook?'

'Zelfs geen vuiltje,' zei Stoiko, en weer werd er gelachen rond de tafel.

Daarmee was het verhaal van Aljascha afgedaan. Niemand zei er nog iets over. Even later was iedereen naar zijn kamer verdwenen. Stoiko en Waljakov bogen zich over hun partijtje schaak, zoals elke avond.

Na de vierde zet hield de raadsman het niet langer uit. 'Wat kwam die bediende zeggen?'

De lijfwacht staarde afwezig naar het bord. 'Dat kun je wel raden, denk ik.'

'Dus Aljascha heeft niet gelogen?' Zorgelijk streek Stoiko zijn snor glad.

'Ik weet niet wat er is gebeurd.' Waljakov zette de raadsman mat, 'maar de man wilde weten wat hij met het lijk moest doen. Ik heb hem bevolen om het snel en onopvallend weg te werken. Ik wist niet of de Kabcara of Lodrik de schuldige was, en dat deed er ook niet toe. Niemand mocht het weten.'

'Het bevalt me helemaal niet, als dat zo blijft met hem,' mompelde zijn tegenspeler nadenkend. 'Wat is er met hem aan de hand? Het halve regiment is die verandering al opgevallen. Bij elke woedeaanval gebeuren er de raarste dingen om hem heen.' Hij keek de lijfwacht recht aan. 'Als ik niet beter wist, zou ik zeggen dat het magie was.'

'Onzin,' veegde Waljakov die suggestie met zijn mechanische hand van tafel. 'Het moet toeval zijn. Magie bestaat niet.'

'O nee? Het is gewoon toeval als het vuur van kleur verandert?'

'Het kan stuifmeel zijn geweest.' De gespierde krijgsman haalde zijn schouders op. 'Ken je dat wolfsklauwzaad? Dat brandt als een gek. Misschien heeft zo'n wolkje de vlammen veranderd.'

'Ja, dat heb ik ook tegen de mannen gezegd,' zei Stoiko afwerend, 'maar wij tweeën weten wel beter.'

'Wat stel jij dan voor?' Rustig keken Waljakovs staalgrijze ogen de raadsman aan. 'Wij kunnen niets doen, behalve ervoor zorgen dat het goed met hem gaat. Er is geen enkel voorteken van de Donkere Tijd, hooguit het optreden van Arrulskhán, en dat is niet Lodriks schuld. We blijven in zijn buurt en passen goed op hem. Als hij zou sterven, dreigt er een ramp voor Ulldart. Misschien heeft Ulldrael hem wel gezegend. Die bliksemslag toen in Granburg deerde hem ook niet.' Zorgvuldig stelde hij de stukken weer op. 'Zit er maar niet over in. Morgen is de oorlog hopelijk voorbij en hoeven we ons niet meer druk te maken.'

'Ja, laten we dat hopen,' zei de raadsman, en hij boog zich naar het bord voor zijn openingszet.

Toen Norina de bibliotheek binnenkwam en de vrouw uit Kensustria tussen de boeken zag zitten, wilde ze meteen weer teruggaan. Maar de priesteres had zich al omgedraaid.

'Gegroet, Norina Miklanowo.' Ze maakte een buiging. 'Ben je ook op zoek naar de schriftelijke wijsheid van de geleerden?'

'Ja, ik zoek een middeltje tegen misselijkheid.' De jonge vrouw raapte al haar moed bijeen en kwam binnen, hoewel ze een wijde boog beschreef naar de andere kant van de tafel, waar ze Belkala goed in het oog kon houden.

'Dan kan ik je wel helpen, als je wilt.' Belkala pakte een vel papier van een stapel, doopte een ganzenveer in een inktpot en noteerde met een krachtig handschrift enkele ingrediënten. Toen gaf ze Norina het velletje. 'Je hoeft de kruiden alleen in heet water te laten trekken. Drink daar elke morgen een kopje van en je zult de rest van de dag geen last meer hebben van je maag.' Ze glimlachte met een glinstering van haar slagtanden. 'Ik moest hier in het begin ook een paar koppen van drinken, omdat die vette Tarpoolse keuken me niet zo goed bekwam. Maar ik ben er nu aan gewend.'

Aarzelend kwam de brojakin naar haar toe en pakte voorzichtig het recept aan. 'Nou, bedankt. Ik zal het proberen.' Ze slenterde bij de priesteres vandaan alsof ze iets in een boekenkast aan de andere kant van de kamer zocht. Daar pakte ze een willekeurig boek en bladerde het door.

'Je hebt heel goed werk gedaan,' prees Belkala haar onverwachts.

'Hoezo?' Ze draaide zich om.

'Met de organisatie van de bevoorrading,' zei de priesteres. 'Niet veel jonge vrouwen zouden zo snel zo'n transportnetwerk uit de grond hebben gestampt.'

Norina glimlachte terug. 'Maar het loopt nog niet zo goed als ik had gehoopt. Nou ja, totdat de strijd weer oplaait, zal het wel functioneren. De grootgrondbezitters houden vol.'

'De grootgrondbezitters zijn bang, omdat ze hun macht zullen verliezen als de jonge Kabcar op de troon blijft. Zo zie ik het, tenminste.' Belkala aarzelde en leunde met haar onderarmen op de tafel. 'Als het de koning lukt de troepen van Arrulskhán terug te slaan, zullen de brojaken hun medewerking snel genoeg weer intrekken, ben ik bang.'

Norina klapte nieuwsgierig haar boek dicht. 'Dus jij maakt je ook zorgen om Tarpol, net als Lodrik en ik? Dat vind ik geweldig. Als je nog adviezen hebt...'

De priesteres hief afwerend haar linkerhand op. 'Nee, ik wil me er niet nog meer mee bemoeien dan ik al heb gedaan. Jullie boeren leren hoe ze meer opbrengst kunnen krijgen van hun akkers is naar Kensustriaanse maatstaven al een hele stap. Van politiek weet ik gewoon te weinig. Maar over kleinere zaken wil ik wel mijn mening geven.'

'Ben je daarom altijd in de buurt van de Kabcar?' vroeg de jonge vrouw, terwijl ze haar lange zwarte haar naar achteren gooide. 'De ridder of jij... iemand van jullie tweeën hangt altijd om hem heen.'

'Dat is waar,' antwoordde Belkala na een korte stilte. 'Nerestro en ik kennen de profetie. Eerst geloofden we allebei in de verkeerde uitleg van de Ulldrael-monnik, die voor zijn interpretatie door zijn eigen god is bestraft, zoals je weet. Nu vinden we het onze plicht ervoor te zorgen dat de hooggeboren Kabcar niets overkomt – aan de ene kant vanwege zijn inspanningen voor Tarpol, aan de andere kant omdat zijn dood het ergste zou zijn wat ons continent kan overkomen. Vijanden heeft hij inmiddels wel genoeg. Dat kun jij beamen, nietwaar?' Haar gouden ogen glinsterden licht. Norina werd er bijna magisch door aangetrokken. 'Ik vind het trouwens fijn dat wij eens in alle rust met elkaar kunnen praten.'

De brojakin, die al bijna haar achterdocht had laten varen, was opeens weer bij de les. 'Hoe bedoel je dat?' Onopvallend legde ze een hand op haar rug, niet ver van de dolk aan haar riem.

De priesteres probeerde oogcontact te houden. 'Het is me niet ontgaan dat jullie bij onze eerste ontmoeting in de theekamer van de Kabcar bij mijn binnenkomst nogal geschrokken reageerden. Waar was dat om? Hebben jullie bezwaar tegen mij?' Weer lachte ze warm en openhartig. 'Komt het soms door mijn spitse tanden? Ik ken nu die legende over onze afstamming en ik moet er wel om lachen. Maak je geen zorgen, want er klopt niets van. Wat wil je precies over me weten?'

'Kun je me iets over je god vertellen?' vroeg Norina. 'Of hoe jullie in Kensustria leven?'

'Heel graag, zelfs. Laten we beginnen met Lakastra.' Ze trok een ketting onder haar donkerbruine mantel vandaan en liet Norina een sieraad zien dat de jonge vrouw zich maar al te goed herinnerde.

Het was de amulet, zo groot als een oog, die de soldaat in het bos bij Granburg uit het graf had gehaald. Norina herkende het poreuze metaal en de merkwaardige symbolen die ze voor Kensustriaanse schrifttekens had aangezien.

Midden door de talisman liep een ragfijne breuklijn, waar de twee helften aan elkaar waren bevestigd.

Belkala keek strak in Norina's bruine ogen en haar irissen lichtten felgeel op. 'Waar ben je bang voor, Norina Miklanowo?'

'Ik ben niet bang.' Om een of andere reden zat de jonge vrouw als verstijfd op haar stoel. Het liefst was ze opgesprongen en de kamer uit gerend. Maar gefascineerd staarde ze in de ogen van de Kensustriaanse priesteres, terwijl haar intiemste gedachten zomaar naar de oppervlakte zweefden, zonder dat ze het zelf wilde. 'Ik geloof dat ik je al eens eerder heb gezien. Jij was het wezen dat in Granburg een soldaat hebt gedood. En...' Ze zweeg.

Liefdevol en kalmerend legde de priesteres haar koele hand op de rechterhand van de jonge vrouw. 'Je hoeft niet bang te zijn. Niet voor mij. Ga door.'

'En... en ik denk dat jij die moorden in Ulsar hebt gepleegd,' zei Norina met moeite. 'Die slachtoffers zijn op beestachtige wijze vermoord, en na alles wat ik in dat bos bij Granburg heb gezien en gehoord, blijft er maar één mogelijkheid over. Een van de soldaten die ons escorteerden, is hier later in de stad vermoord. Hij was de man die de amulet die jij nu om je hals draagt als talisman had meegenomen.'

'Nou, die heeft hem weinig geluk gebracht, is het wel? Nee, je vergist je, Norina Miklanowo. Je laat je beïnvloeden door de sprookjes die hier in Tarpol over Kensustria worden verteld. En deze hanger draag ik al zo lang! Heb je ook met andere mensen over die grappige ideeën gesproken?'

De jonge vrouw schudde haar hoofd. 'Nee. Maar ik wilde...'

'Laat maar,' zei de priesteres. 'Het is wel goed. We willen niemand onnodig ongerust maken.' Ze schoof wat dichter naar de brojakin toe. 'Praat hier met niemand over, beloof je me dat?' Het gouden licht in haar ogen laaide nog feller op en boorde zich gloeiendheet in de gedachten van de jonge vrouw. Norina knikte gehoorzaam. Belkala ontblootte haar tanden. 'Als ik zou willen, zou ik iemand zomaar de keel kunnen doorbijten, vergeet dat niet.' Ze liet Norina's hand los en boog zich weer in alle rust over haar boek. 'Bedankt voor je geheimhouding.'

Alsof ze een plens ijswater in haar gezicht had gekregen ontwaakte de brojakin uit de verdoving die haar had verlamd. Haastig kwam ze overeind en vluchtte naar de deur.

'Norina Miklanowo, nog één moment,' hoorde ze achter zich.

Bevend bleef ze staan toen ze zachte voetstappen achter zich hoorde. Haar hand ging al naar haar dolk, maar toen zweefde het papier met het recept voor haar neus. Ze onderdrukte een kreet.

'Dat was je nog bijna vergeten,' fluisterde Belkala vriendelijk in haar oor. Haar adem streek warm over de rechterwang van de jonge vrouw, die met een huivering bedacht hoe dicht die slagtanden nu bij haar halsslagader waren.

'Dank je,' antwoordde ze met moeite, voordat ze naar buiten rende, de veilige gang op. Nu wist ze zeker dat de priesteres meer dan gevaarlijk was. Alleen had ze geen idee wat voor rol ze speelde in de wirwar van figuren die zich met Lodriks lot bemoeiden.

De gezanten Sarduijelec en Fusuríl wachtten de volgende morgen triomfantelijk in de audiëntiezaal toen Lodrik en Aljascha binnenkwamen.

Zonder verder commentaar liep Lodrik naar het hoofd van de tafel en wierp een blik op het front, zoals het zich sinds de voorjaarsregens had gestabiliseerd. Zijn nicht hield zich wat afzijdig. Tarpol had al Worlac en twee derde van beide provincies Granburg en Restyr moeten prijsgeven. Zodra het ophield met regenen, zou Borasgotan in snel tempo de oostgrens van de provincie Sora kunnen veroveren. De verloren gegane Tarpoolse gebieden waren al in de kleuren van Borasgotan ingetekend, constateerde Lodrik.

'Ik ben maar zo vrij geweest, hooggeboren Kabcar,' verklaarde Sarduijelec haastig. 'Dan heeft de vergadering een beter beeld van wie nu wat in handen heeft.'

'Heel vriendelijk van u,' zei de jongeman kortaf, 'maar helaas wat te voorbarig. Ik heb deze vergadering belegd om vrede te sluiten. Als Worlac dat wil, mag het wat mij betreft onafhankelijk worden.' Hij pakte een aanwijsstok en stak een blauw krijtje aan de punt. Daarmee tekende hij over de rode strepen van Sarduijelec heen. Alleen de voormalige provincie liet hij zoals die was. 'Arrulskhán trekt zich terug uit de rest van Tarpol.' De stok zwaaide naar Kostromo. 'Hustraban krijgt tachtig procent van het iurdum, maar trekt zich terug uit de baronie en erkent de onafhankelijkheid daarvan. En Ucholowo verdwijnt ogenblikkelijk uit Bijolomorsk.'

'Mag ik even?' vroeg de gezant uit Borasgotan. Hij nam de lange stok over, friemelde een rood krijtje aan de punt en trok demonstratief het front nog eens over. 'Dit wil mijn heer, koning Arrulskhán, zeker behouden. Hij ziet geen enkele reden waarom hij het terug zou geven. Het Tarpoolse leger schijnt te roestig te zijn om veel tegenstand te bieden, maar toch wil Borasgotan een veiligheidszone als bescherming voor de nieuwe baronie, om een snelle herovering door u, hooggeboren Kabcar, te verhinderen.' Hij gaf de stok door aan Fusuríl, die onmiddellijk Kostromo rood omlijnde.

'Wat van Hustraban is, zal van Hustraban blijven,' verklaarde hij kort, met een stramme buiging.

Lodrik sloeg zijn armen over elkaar en plukte aan zijn blonde baard. 'Ik doe u een vredesvoorstel, maar dat wijst u in feite af?'

'Om precies te zijn...' Sarduijelec boog zijn kleine, dikke lijf over de landkaart om iets aan te wijzen met de stok, 'wil Borasgotan die veiligheidszone nog breder maken, om Worlac in het eerste jaar van zijn bestaan een waterdichte bescherming te bieden.' Met een akelig gepiep kraste het krijtje over het perkament toen Sarduijelec een dikke rode streep van boven naar beneden trok. Tarpol was nu gehalveerd. 'En u mag van geluk spreken dat koning Arrulskhán geen groter deel eist.'

Ongelovig staarde de jongeman naar de lijn. 'Ben je soms dronken, Sarduijelec? Als je zo doorgaat, blijft het oorlog. Of wil je dat misschien?'

De gezant glimlachte zwijgend en Lodrik begreep het.

'Goed. Als normale onderhandelingen niet mogelijk zijn, moet ik mijn toevlucht nemen tot chantage.' Met een ruk trok de Kabcar een dolk achter zijn riem vandaan. Sarduijelec deed geschrokken een stap naar achteren en er steeg een opgewonden gemompel op onder de diplomaten.

'U schiet er niets mee op als u mij zou doden, hooggeboren Kabcar,' jammerde de dikke man benauwd. Hij deinsde steeds verder terug.

'Wie wil dat dan? Aan jou maak ik mijn handen heus niet vuil.' In plaats van de Borasgotanische gezant aan te vallen drukte hij het mes tegen zijn eigen keel. Een druppeltje bloed welde op uit het wondje, liep langs zijn hals en kleurde zijn grijze uniform donker.

Waljakov wilde ingrijpen, maar Stoiko hield hem tegen. 'Laat maar. Hij weet wat hij doet.'

'Wat ik nu zeg, is bittere ernst,' verklaarde Lodrik, en hij draaide zich om, zodat iedereen hem kon zien. 'De houding van Borasgotan en Hustraban is niet acceptabel. En aangezien geen enkel ander land, op een paar dappere uitzonderingen na, iets tegen deze schending van het Duizendjarig Verdrag onderneemt, moet ik het zwaarste dreigement gebruiken dat ik ken.' Een dun straaltje bloed droop nu uit de wond. 'Als ik niet de garantie krijg dat uw troepen zich onmiddellijk terugtrekken naar hun eigen land, zal ik mezelf van het leven beroven, Sarduijelec. En als ik sterf, gaat het hele continent ten onder. Iedereen hier kent de profetie.' Zijn adamsappel ging op en neer en weer kwam er wat levenssap tevoorschijn. 'Van mij mag de hele wereld naar de knoppen gaan als ik dood ben. Voor mijn volk maakt het weinig uit of de Donkere Tijd terugkeert of dat ze onder het juk van die gestoorde Arrulskhán komen. Maar de andere koninkrijken zullen Borasgotan en Hustraban vervloeken om hun hebzucht en zichzelf omdat ze werkeloos hebben toegezien.'

'Rustig nou, hooggeboren Kabcar,' probeerde Sarduijelec op sussende toon. 'Laten we er in alle rust over praten. Ik...'

'Krijgen uw troepen dat bevel, of niet?' Lodriks spieren spanden zich onder zijn uniform en hij klemde zijn beide handen om het heft van de dolk. Aljascha's groene kattenogen glinsterden vol verwachting.

Kreunend kromp de man uit Borasgotan ineen. 'Nee.'

'Ik heb u toch verkeerd verstaan, hoop ik?' zei Lodrik op snijdende toon. 'Zo niet, zeg dan maar dag tegen uw beminde Borasgotan.'

Fusuríl schraapte zijn keel. 'We leven in het jaar 443, hooggeboren Kabcar, niet in 444. Dat de Donkere Tijd zal terugkeren is lang niet zeker. We hebben nog bijna een jaar om ons op alles voor te bereiden.' De gezant uit Hustraban hield zijn hoofd een beetje schuin. 'En niet iedereen gelooft in die profetie, is het wel? Het zou ook een geraffineerde truc kunnen zijn. Als ik als Kabcar wist dat ik een zoon naliet die niet echt de meest geschikte koning is, zou ik misschien ook zo'n "goddelijke boodschap" bedenken, zodat niemand het in zijn hoofd zal halen om die zoon aan te vallen.' Een paar andere gezanten keken onzeker. 'Als u zo nodig zelfmoord wilt plegen, ga dan uw gang. Hustraban is nergens bang voor.'

Aljascha dook naast haar echtgenoot op. Machtshonger stond op haar gezicht te lezen toen ze haar slanke, met ringen versierde hand om het heft van de dolk legde. 'Ik help je wel, als je wilt, mijn dappere man!' fluisterde ze.

Lodriks arm begon te trillen. Zachtjes vergrootte ze de druk op het wapen, dat nu pijnlijk in Lodriks vlees sneed.

'Ik tel tot drie,' zei ze luid. 'Neem een besluit, heren gezanten en ambassadeurs.'

Fusuríl keek van rechts naar links. 'Zoals u ziet, hooggeboren Kabcara, is niemand hier bang voor dit dreigement. U doet maar.'

Aljascha ademde snel. Nog maar een paar centimeter, en zij zou alleenheerseres over Tarpol zijn. Al het andere, van de gebiedsaanspraken tot het iurdum, zou ze wel regelen na de nobele dood van haar man.

'Eén.'

'Aldoreel eist van Borasgotan en Hustraban om de voorstellen van de Kabcar te accepteren,' zei Tafur dringend. 'Bedenk wel, waarde heren, dat hier miljoenen levens op het spel kunnen staan. Het gaat om meer dan alleen de verovering van een stuk Tarpools grondgebied.'

'Geen sprake van,' klonk het bijna gelijktijdig uit de mond van beide gezanten.

'Twee,' telde Aljascha verder, nog luider nu.

'Het koninkrijk Tûris eist de onmiddellijke teruggave van het gebied, anders heb ik de bevoegdheid om Borasgotan, Hustraban en al hun bondgenoten de oorlog te verklaren,' riep de Tûritische ambassadeur, Betaios, bezorgd.

'Kijk eens aan!' lachte Fusuríl mekkerend. 'Opeens lapt bijna iedereen het verdrag aan zijn laars. Maar ik geloof niet dat ik als gezant van mijn heer, koning Kumstratt, uw land als een ernstige bedreiging zie – zo klein, en zo ver weg.'

'Precies,' knikte Sarduijelec hooghartig. 'En als we Tarpol hebben ingenomen, dan zijn jullie aan de beurt.' Daarmee verried hij dus de plannen. Sarduijelec had zijn verspreking niet eens in de gaten, maar legde zijn hand voor zijn ogen. 'Stoot maar toe, Kabcara. Maar excuus, ik kan niet tegen bloed.'

'Ik ben bang dat dat mens ook precies weet wat ze doet,' fluisterde Stoiko, terwijl hij Waljakovs arm losliet als een teken om in te grijpen. 'Dr...'

De lijfwacht dook op haar af, greep de dolk met zijn mechanische hand en ving de dodelijke stoot op die Aljascha al had ingezet. De metalen punt drong niet dieper dan een halve centimeter in Lodriks hals, maar het bloed spoot eruit.

Nu ze zo dicht bij de troon was geweest, gaf Kabcara het niet zomaar op. Woedend gooide Lodriks niet zich met haar volle gewicht tegen het heft van de dolk. Waljakovs biceps zwollen en hij smeet de vrouw zo'n eind naar achteren dat ze tegen de kaartentafel viel. Voorzichtig ontfutselde hij de koning van Tarpol het wapen en brak het lemmet tussen zijn stalen vingers. Kletterend vielen de twee delen op de kaart van het continent.

'Vervloekte hond! Waag jij het een hand op te heffen tegen je Kabcara?' Aljascha deed twee snelle passen naar voren en diende Waljakov een paar harde oorvijgen toe die de reus onbewogen onderging. Een van haar ringen liet een bloederige schram na op zijn kaak, waardoor zijn baard rood kleurde. 'Hier zul je voor boeten. Ik ben nog niet met je klaar, dat zweer ik je.' Ze wierp een minachtende blik naar haar echtgenoot.

Lodriks knieën knikten. Voor alle zekerheid schoof Stoiko haastig een stoel onder hem, waarop hij zich dankbaar liet zakken. Met een zakdoek probeerde hij het bloed uit de kleine wond te stelpen. Hij voelde zich ellendig.

'Een echte held, onze Kabcar,' hoonde de gezant uit Hustraban. Zijn collega uit Borasgotan keek opgelucht.

'Hooggeboren Kabcar, staat u de helft van uw land vrijwillig af, of moeten we het innemen?' vroeg Sarduijelec grijnzend.

'Zeg maar tegen uw koningen dat Tarpol zich krachtig zal verzetten tegen hun agressie,' zei Lodrik zacht. 'U hebt uw ware plannen verraden. Als Arrulskhán mijn hele land wil veroveren, dan zullen we onze huid duur verkopen. Voor mijn volk zal ik tot mijn laatste snik blijven vechten tegen die gek.'

'Jammer,' zei de gezant uit Borasgotan, quasi teleurgesteld. 'Dan moeten onze troepen binnenkort dus weer op weg. Goed, ik neem nu afscheid, maar ik nodig u nu alvast uit voor de intocht van Arrulskhán in Ulsar. Het ga u goed.' Zonder buiging verliet hij de zaal, gevolgd door Fusuríl en de andere diplomaten. Alleen Tafur en Betaios bleven achter.

'Het spijt Mennebar bijzonder, maar wij kunnen hooguit vierhonderd man van onze commandotroepen sturen,' zei de Tûriet wat ongelukkig.

'Aldoreel is geschokt door de schandalige behandeling van een jonge, veelbelovende leider.' Tafur maakte een buiging. 'Of die profetie nu waar is of niet, u hebt onze hulp meer dan verdiend. Natuurlijk zullen wij u voorraden blijven sturen, hooggeboren Kabcar. Koning Tarm staat vierkant achter zijn buurman, die zoveel hoopgevende hervormingen heeft doorgevoerd. Met Ulldraels hulp slaat u zich er wel doorheen.'

'Tarpol is u dankbaar voor uw royale hulp en zal de steun van uw landen nooit vergeten.' Stoiko beduidde de twee mannen dat ze beter konden gaan. 'De Kabcar moet nu rusten.'

Nauwelijks waren de twee ambassadeurs verdwenen of Aljascha trok van leer.

'Je bent een zielige lafaard! Zie je nou wat je met het koninkrijk van je vader hebt gedaan?' Ze hield de kaart omhoog. 'Kijk dan! Nog geen halfjaar aan de macht, en nu ben je al de helft van Tarpol kwijt. Bravo, kleine jongen, bravo. En zelfs dat dreigement met zelfmoord wilde niemand geloven.' Ze lachte hem in zijn gezicht uit. 'Ach, ik zie gewoon de Koekjesprins uit Granburg weer voor me. Niet meer zo dik, maar nog

335

net zo ongeschikt.' Minachtend smeet ze hem de kaart voor zijn voeten. 'Als je een beetje meer moed had getoond, zat ik nu op de troon. En onder mijn leiding zou het heel wat beter zijn gegaan met dit land.'

Lodrik staarde in het niets en reageerde niet terwijl zijn nicht kijvend om hem heen liep tot ze haar keel hees had geschreeuwd en ten slotte ook vertrok.

Langzaam sloot de jongeman zijn ogen. Een traan biggelde over zijn wang. Hij voelde zich hulpeloos en verloren.

Met een gebaar stuurde hij zijn beide vrienden weg, stond toen op en trok zijn beulszwaard.

Rustig legde hij de kaart op de tafel, liet toen met al zijn kracht het zwaard neerkomen op het ingetekende Borasgotan, zo hard dat de houtsplinters in het rond vlogen. Daarna was Hustraban aan de beurt en ten slotte ramde hij de punt diep in de baronie Kostromo.

Allemaal zouden ze voor hem kruipen, ook die zelfgenoegzame brojaken van Tarpol. Maar dat moment was nog ver weg. Over een paar maanden zou hij dood zijn, of gast aan een koninklijk hof in een van de buurlanden. Zo had zijn vader zich het einde van de Bardri¢-dynastie vast niet voorgesteld.

De jongeman streek met zijn wijsvinger over de gravures in het zwaard. Toen liep hij naar de glazen deuren, gooide ze open en stapte naar buiten. Een zachte motregen viel op zijn gezicht en vermengde zich met de tranen op zijn wangen.

Weer sloeg zijn stemming om, van het ene moment op het andere. Zijn plotseling opkomende woede reageerde hij af op een paar struiken en bomen, die hij met zijn zwaard verminkte. In zijn fantasie stelde hij zich Sarduijelec, Fusuríl en zijn echtgenote voor. Weer voelde hij zijn vingers tintelen en verkrampen.

Steeds sneller en heftiger sloeg hij op de bomen in. Uit zijn keel steeg een diep gegrom op, dat zich een weg naar buiten zocht en aanzwol tot een woeste kreet: 'Tzulan! Geblakerde God, help me!'

Een oranje bliksemflits schoot uit zijn linkerhand naar voren en spleet met oorverdovende kracht de grote Ulldrael-eik doormidden.

De golf van energie was niet meer te beteugelen. De knetterende, pulserende straal sprong van de ene plant naar de andere. Lodrik was zich bewust van de hete, vernietigende kracht die door hem heen stroomde en van hem uitging, maar zonder enig idee hoe hij die moest beheersen.

Toen hij zijn hand liet zakken, trokken de stralen diepe voren in de aarde. Geschrokken draaide hij zich om, zodat de energie langs de ramen van de audiëntiezaal gleed. Het dure glas brak in een waterval van glinsterende scherven. Lodrik slaakte een kreet van ontzetting.

Net zo abrupt als het was begonnen, eindigde het ook weer. Ook nu waren de vingertoppen van zijn handschoenen weggeschroeid. De jongeman begon te vermoeden wat zich gisteren in de kamer van zijn nicht had afgespeeld.

'Heer! Bent u gewond?' hoorde hij de stem van zijn lijfwacht, die met getrokken wapen door de nog rokende restanten van de deur naar buiten sprong. 'Almachtige Taralea, wat is hier gebeurd?'

De Kabcar stak zijn zwaard weer in de schede en trok zijn handschoenen uit. 'Ik weet het niet precies, maar ik kan niet wachten om het op mijn tegenstanders uit te proberen,' antwoordde hij na een tijdje. 'Laten we maar zeggen dat het een goddelijk teken was.'

'Een teken dat een Ulldrael-eik kan vernietigen?' Waljakov krabde zich op zijn kale schedel. 'Dat belooft niet veel goeds.'

Lodrik negeerde hem en liep over het knerpende glas terug naar het paleis, waar hij Stoiko tegenkwam met een tiental wachters op zijn hielen. 'Niets aan de hand,' stelde hij hen van een afstandje gerust. 'Stuur maar een paar bedienden om rommel op te ruimen.'

'En een paar tuinmannen,' vulde iemand van buiten aan.

'Tot uw orders.' De commandant van de paleiswacht salueerde.

Stoiko voegde zich bij Waljakov en nam zwijgend de schade op. De vlammetjes die hier en daar kleine brandjes langs de kozijnen veroorzaakten, werden haastig door lakeien geblust, terwijl een verbijsterde tuinman zijn handen voor zijn gezicht sloeg toen hij zag wat er van zijn bloemen was overgebleven.

'Zeg maar niets,' snoerde Stoiko de lijfwacht de mond toen hij commentaar wilde leveren. 'Ik denk er liever het mijne van.'

Waljakov legde zijn hoofd in zijn nek en tuurde naar de sterren. 'Vergis ik me nou, of lijken Arkas en Tulm groter dan anders?'

'Ik bid tot Ulldrael de Rechtvaardige dat je je vergist,' mompelde Stoiko.

IX

'Ondertussen wisten Angor, Ulldrael, Senera, Kalisska en Vintera samen met Taralea de scheppingen van de Geblakerde God te verslaan.

Maar toen ze weer naar onze wereld omzagen, ontdekten ze dat de mensen en continenten nu oorlog voerden tegen elkaar, de een in naam van Tzulan, de ander in naam van Angor, Ulldrael, Senera, Kalisska of Vintera.

Dat deed hun veel verdriet, omdat ze wisten dat die mooie, zorgeloze tijd voor onze wereld nu voorbij was. Hun verdriet was zo groot dat ze zich vol ontzetting afwendden en terugtrokken.

Tzulan zag hoe zijn broers en zusters op de vlucht sloegen en lachte voldaan over zijn triomf.

Maar de almachtige godin trotseerde haar zoon en rustte enkele mensen, die de Geblakerde God niet vertrouwden, met magische krachten uit.

Voordat Tzulan het in de gaten had, waren zijn aanhangers al uitgeroeid, op een paar enkelingen na. De mensen dankten de almachtige godin, die hen niet in de steek gelaten had en hen met de gave van de magie had gezegend.

Taralea zocht haar zoon, leverde strijd met hem en scheurde hem in kleine stukken, die zich over alle continenten verspreidden. Zijn gloeiende ogen maakte zij tot sterren aan het hemelgewelf en noemde ze Arkas en Tulm, de enige sterren die niet bewegen en voor altijd aan het firmament staan.'

DE OORLOG TUSSEN DE GODEN EN DE GAVE DER MAGIE,
Hoofdstuk 2

Vijf mijl voor de Tûritische kust, bij het eiland Faios, voorjaar 443

De kleine vissersboot deinde op de rustige maar ijzige golven en werd door de stroming langzaam in de richting van de volle zee gedreven.

De twee vissers, Jarrel en Varno, gooiden met koude, klamme handen in een gelijkmatig ritme hun netten uit, zoals ze dat dagelijks deden. Al jaren gingen ze hier op vangst uit, omdat de vissen zich hier graag verzamelden in het roerige water. Meestal leverden die tochten wel wat op, maar vandaag scheen de vis ergens door verjaagd te zijn. Hoewel ze al sinds de vroege ochtend op zee waren, hadden ze nog niet één vis in hun netten verschalkt.

Verbaasd schoof Jarrel, de oudste van de twee, zijn muts naar achteren en haalde een pluk pruimtabak uit zijn broekzak. Genietend stak hij het blokje geperste vezels in zijn mond.

Varno haalde het net weer in en hield het gevlochten touwwerk omhoog. 'Niets.' Teleurgesteld liet hij het op de planken vallen. 'Dat is voor het eerst in twee jaar dat we zelfs geen stuk wrakhout vangen. Is dit een bijzondere dag of zo?'

'Het zij zo,' zei zijn vriend, en hij reikte hem de tabak aan. 'Ik durf te wedden dat een grote roofvis ons voor is geweest. Die brave vissen zijn gevlucht of hij heeft ze verslonden. Morgen zullen we wel meer succes hebben.' Zijn adem vormde witte wolkjes in de koude lucht.

'Ik dacht dat de lente eraan kwam.' Varno huiverde en hield zijn handen bij het kleine, dikke kolenkacheltje dat ze altijd als verwarming aan boord hadden. 'Maar ik merk er niet veel van.'

'Misschien zijn de visjes bevroren,' lachte Jarrel goedmoedig, maar opeens moest hij zich aan het gangboord vastgrijpen toen er een grote golf tegen de boot sloeg. 'Wat krijgen we nou?'

Varno kwam overeind en tuurde over zee. De golven werden duidelijk hoger en een ongewoon warme wind joeg geelzwarte wolken langs de hemel. 'Daar komt wat aan, zo te zien. We kunnen beter teruggaan voordat we in een storm terechtkomen.' Zijn evenwicht bewarend liep hij naar de boeg om het kleine zeil te hijsen. 'Dan eten we vandaag maar brood.'

'Met een goede slok bier moet dat genoeg zijn,' zei zijn vriend, en hij greep het roer om terug te keren naar hun thuishaven.

De wolken pakten zich dreigend samen, vervlochten zich met elkaar en verduisterden de twee zonnen. Het bleke, gele licht leek vreemd en onheilspellend. Opeens veranderde het in donker oranje.

'Bij Ulldrael de Rechtvaardige! Wat krijgen we nou?' riep Jarrel naar voren. 'Zo'n vreemd noodweer heb ik nog nooit gezien.'

Glinsterend schoot een eerste bleekrode flits uit de wolken omlaag en sloeg op een halve mijl vanaf de boot in de golven in. Een grote fontein van water spatte op en besproeide de twee mannen met ziltig schuim. Maar in plaats van te doven hield de bliksemflits aan en bracht de zee eromheen aan de kook. Een tweede en een derde energiestraal volgden en al gauw hadden ze een gloeiend vlechtwerk gevormd. Als brandende, knetterende touwen leken ze de hemel en de zee met elkaar te verbinden. Varno en Jarrel drukten hun handen over hun oren tegen het ongelooflijke geloei. Een hete nevel steeg op en de hele omgeving stonk naar zout.

De zee lichtte nu vanuit de diepte op en een reusachtige schim kwam naar de oppervlakte. Eerst dachten de vissers dat het een walvis was, maar toen zagen ze dat het een schip moest zijn. Een heel groot schip.

Toen de mast door het water brak, sloegen nog meer bliksemflitsen in. Een onzichtbare kracht tilde de galei steeds verder omhoog, terwijl het bleef bliksemen en de zee begon te kolken. De vissersboot werd gevaarlijk heen en weer gesmeten.

Tussen de planken en uit grotere gaten in de romp van het oorlogsschip stroomde het water naar buiten, waarna de openingen zich als door een wonder weer sloten.

Eindelijk was het hele schip uit de diepte getild. Het bliksemde nu niet langer en slechts een zwak oranje schijnsel omgaf de onheilspellende galei, die met mos, algen en andere afzettingen was begroeid.

Voorzichtig haalde Varno zijn handen van zijn oren en keek wat scherper. Over het dek zag hij daadwerkelijk een paar gestalten heen en weer lopen, en de eerste roeiriemen kwamen al in beweging. Doffe trommelslagen gaven het ritme aan. Het machtige schip zette koers naar het noorden.

'Dat is toch niet mogelijk,' stamelde Jarrel, die met opengesperde ogen als betoverd naar het verschijnsel keek. 'Laat Ulldrael de Rechtvaardige ons beschermen tegen het kwaad!'

'Wat voor een schip kan dat zijn?' vroeg zijn lijkbleke vriend zich af.

'Moet je dat nog vragen? Kijk nou eens goed en denk aan de oude verhalen.' Opgewonden spuwde Jarrel een straal pruimtabak overboord. 'Er is hier ooit maar één galei gezonken.' Een dode vis dreef voorbij. De man wilde ernaar grijpen, maar trok schielijk zijn hand weer terug. De zee was kokendheet.

De warme wind ging liggen en het wolkendek brak. Varno wees naar volle zee, waar de golven weer bedaarden.

Talloze witte stippen waren zichtbaar tegen de horizon. Jarrel telde er meer dan hij duimen en vingers had. Elk van die stippen was een zeil. Nog nooit had hij zo'n grote vloot gezien. Zelfs de Palestanen en Agarsijnen waren nooit met zoveel schepen onderweg. Blijkbaar volgden ze dezelfde koers als de galei.

'Zouden ze dat schip achtervolgen?' vroeg de jongste van de twee vissers.

'Hoe moet ik dat weten. Wij moeten hier vandaan,' beval Jarrel, 'voordat er nog meer dingen naar de oppervlakte komen. Dit nieuws maakt belangrijke mensen van ons. Daar kunnen we wel wat biertjes mee verdienen.' De angst van de mannen maakte plaats voor een flinke opwinding.

'Als iemand ons gelooft,' wierp Varno sceptisch tegen. 'Ik kan zelf nauwelijks geloven wat we hebben gezien. Maar wat heeft het te betekenen?'

'Daar moeten anderen hun hoofd maar over breken.' Zijn vriend joeg hem naar de mast. 'Vooruit, hijs het zeil, dan zijn we nog sneller terug. Ik wil die gezichten in het dorp wel eens zien als ze ons verhaal horen.'

Ulldart, koninkrijk Ilfaris, hertogdom Turandei, koninklijk paleis, voorjaar 443 n.S.

'De delegatie uit Kensustria staat klaar,' meldde de bediende aan koning Perdór, terwijl hij het blad met pralines, koek en taart op het grote bureau zette en op nadere instructies wachtte.

De vorst van Ilfaris knikte een paar keer, waarbij hij erop lette dat zijn pruik niet van zijn hoofd gleed. Zoiets pijnlijks was hem al eens overkomen en juist tegenover de Kensustrianen mocht hem dat niet nog eens gebeuren. 'Laat ze maar binnenkomen. Als ik hulp nodig heb, vertrouw ik op mijn dappere hofnar Fiorell.'

De potsenmaker boog diep, zodat de lange punt van zijn narrenkap de grond raakte en de belletjes dubbel zo hard rinkelden. Toen sprong hij in één keer op het bureaublad, sloeg zijn armen over elkaar en grijnsde.

De livreiknecht rolde met zijn ogen en riep de delegatie van het buurland binnen.

De twee Kensustrianen waren opvallend groot, vergeleken bij Perdór, en hadden het lange, donkergroene haar van hun volk. Over hun wijde, witte kleren droegen ze een merkwaardige wapenrusting van metaal, leer en hout. Op hun rug hadden ze ieder twee zwaarden hangen.

'Mag ik de Kensustriaanse gezanten, Moolpár de Oudere en Vyvú ail Ra'az, vriendelijk begroeten,' verwelkomde Perdór hen met een lach, terwijl hij een uitnodigend gebaar maakte naar de twee stoelen tegenover zijn bureau. 'Komt u verder, beste buren, en help uzelf. Thee of shabb? Mijn wijnkelder heeft ook nog een uitstekend slokje uit het jaar 401.'

'Dank u voor uw hartelijke ontvangst,' zei Moolpár. De twee militairen maakten een lichte buiging en gingen zitten. 'Water voor ons, als dat zou kunnen.' De bediende verdween.

Vyvú wierp Fiorell, die boven op het bureau stond, een lange blik toe. 'U hebt in uw land zeker geen hofnarren?' vroeg de koning geamuseerd.

'Nee, die hebben we niet,' antwoordde de oudste van de twee bedachtzaam. 'Wat is precies de functie van zo iemand?'

'Ik zie erop toe dat er aan het hof niet alleen plaats is voor ernst. Ik maak grappen en ik zorg voor amusement onder het eten.' Meteen begon Fiorell te jongleren met een paar bonbons.

'Nee, niet weer, alsjeblieft,' onderbrak zijn heer de voorstelling. 'Ik wil geen vingerafdrukken op mijn kostelijke zoetigheden, nar.' Gehoorzaam hield de hofnar op en nam de pose van een menselijk standbeeld aan.

'Is zo'n hofnar duur?' wilde Vyvú weten. 'Hij doet niet veel bijzonders.'

'Nee, nee. Deze was heel goedkoop,' wimpelde Perdór af. Hij amuseerde zich vorstelijk. 'Eten en onderdak, meer heeft hij niet nodig. Maar goed... wat voert u hierheen, beste buren?'

'U weet het al, neem ik aan. Wij zijn in oorlog met Tersion en Palestan, en met het keizerrijk Angor, vanwege een juridische zaak die volgens ons niet deugt.' Moolpárs lange hoektanden blikkerden heel even. 'Toen de bedenktijd van veertig dagen was verstreken, kregen we de definitieve beslissing van die landen meegedeeld. Tot nu toe hebben ze het niet gewaagd troepen onze kant op te sturen, majesteit, maar we zijn bang dat Tersion uw land als doorgangsroute wil gebruiken. Dat kunnen wij niet goedvinden. We moeten de aanvallers voor onze grens tegenhouden, en dat zou een oorlog op Ilfaritisch grondgebied betekenen, met de onvermijdelijke verwoestingen. Dat willen we bij voorbaat voorkomen.'

'Dus u maakt zich zorgen om uw land?' Fiorell gaf zijn pose als standbeeld op, ging op het bureau zitten en liet zijn benen bungelen.

'Nee,' corrigeerde Vyvú hem vriendelijk, 'wij maken ons zorgen om úw land. Onze betrekkingen met Ilfaris zijn van oudsher uitstekend. U staat zelfs onder onze bescherming. Uw voorouders hebben onze voorouders het gebied verkocht dat wij nodig hadden om ons te vestigen.'

'Als wij mogelijke aanvallers moeten terugslaan, zullen we dat doen met alle middelen die we hebben,' vulde de oudere Kensustriaan aan.

'En uw manschappen hebben wel iets in petto, als ik de verhalen zo hoor,' viel de hofnar hem snel in de rede. Maar de gezant nam hem de interruptie niet kwalijk.

'In petto? Ik zou het anders formuleren, maar u hebt gelijk.' Moolpár glimlachte. 'Het zal er heet aan toegaan.'

'Ik zal Alana de Tweede zeker geen toestemming geven om met haar troepen ons land door te trekken. Dat heb ik haar al een paar keer geschreven.' De leider van Ilfaris nam een praline van de stapel. 'En op grond van het Duizendjarig Verdrag kan ze ook niet zomaar bij ons binnenvallen. In tegenstelling tot u heeft Ilfaris dat verdrag namelijk ondertekend.'

'Dat is een geluk voor Ilfaris,' zei Vyvú. 'Maar voor zover wij weten, is er nog een land dat het akkoord niet getekend heeft.'

'O jee,' zei Perdór, die zich prompt verslikte in zijn bonbon. De hofnar klopte zijn heer behulpzaam op de rug tot het gevaar van verstikking was geweken. Hij had dezelfde reactie als Perdór toen hij de woorden van de Kensustriaan hoorde.

'Ik zie dat u hetzelfde hebt bedacht als wij,' zei de oudste van de twee. 'De echtgenoot van de regentes, Lubshá Nars'anamm, heeft nergens zijn handtekening gezet, om nog maar te zwijgen over zijn vader, Ibassi Che Nars'anamm, de keizer van Angor. Als Alana u zou vragen haar man met zijn troepen door te laten, zou u zich in een lastig parket bevinden, majesteit. Vermoedelijk zou u het zelfs moeten toestaan, om uw eigen land te redden.'

'Onze kusten zijn zo goed beveiligd dat de drie landen daar geen enkele kans hebben. Daarom gaan we ervan uit dat de aanval over land zal komen. Ons bezoek is ook bedoeld als een waarschuwing aan u,' vervolgde Vyvú.

'Fiorell, waarom is zo'n belangrijk punt nooit bij je opgekomen?' De koning krabde in de krullen van zijn grijze, volle baard. 'Ik zal Alana natuurlijk niet vertellen dat wij ook haar man stilzwijgend onder het verdrag hebben geschaard. We willen geen slapende honden wakker maken. Hebt u misschien een idee, beste buren?' Hij hield de Kensustrianen het blad met bonbons voor.

Moolpár nam er een, beet hem doormidden en kauwde voorzichtig. 'Heel zoet,' vatte hij zijn eerste indruk samen. Toen stak hij de andere helft in zijn mond. 'Een kwestie van wennen, denk ik. Nou, wij dachten dat de spionnen van uw land ons zouden kunnen helpen.'

'Spionnen? Mijn land?' Perdór keek zijn hofnar aan. 'Fiorell, hebben wij spionnen?' Toen draaide hij zich weer om naar de Kensustrianen. 'Natuurlijk hebben wij spionnen – de beste van het hele continent, zelfs. Ze zitten overal.'

'Behalve in Kensustria,' merkte Vyvú op, en de koning maakte een grimas. 'Ons voorstel is dat u ons land waarschuwt zodra het keizerrijk zich opmaakt voor een doortocht. U houdt ze een tijd aan het lijntje, tot hun geduld bijna op is, en dan zorgen onze troepen ervoor dat geen enkele Angoriaanse soldaat voet op Ilfaritische bodem zal zetten.'

'O ja?' Nieuwsgierig schoof de koning naar het puntje van zijn stoel. 'En hoe wilt u dat doen?'

Vyvú schudde zijn hoofd. 'Nee, majesteit, daar zeggen we niets over. Maar als extra prikkel beloven we u een bonus bij ons aanbod. Weet u toevallig nog hoeveel spionnen u ooit naar Kensustria hebt gestuurd?'

Perdór trok een onschuldig gezicht. 'Ik?'

Het was Fiorell die eerlijk antwoord gaf. 'Dat moeten vijftien mannen en vrouwen zijn geweest.'

'Dan krijgt u ze allemaal terug.' Moolpár had plezier in het verblufte gezicht van de vorst. 'In meer of minder goede staat, dat zeg ik erbij. Maar met de kennis die ze hebben opgedaan voordat we ze in de gevangenis gooiden.'

'Nou, dan hoef ik niet lang na te denken. Hier staat mijn eigenbelang op het spel.' En de koning ging akkoord met het voorstel. 'Afgesproken.' Hij stak Moolpár zijn hand toe.' De Kensustriaan aarzelde. 'Ik hoef zulke afspraken toch niet op papier te zetten, neem ik aan? Mijn woord als koning moet voldoende zijn.'

'We hebben kortgeleden nog een paar slechte ervaringen gehad met koningshuizen,' antwoordde de oudste van de twee na een tijdje. 'Maar u, majesteit, hebt het vertrouwen van Kensustria.' Er werden handen gedrukt en de twee mannen keken duidelijk opgelucht.

'Waarheen gaat de reis nu?' vroeg de hofnar, toen hij Vyvú's handen stevig op en neer had gepompt. 'Delegaties van uw land zijn onderweg door heel Ulldart, hoor ik. Zelfs in Tarpol, in het voetspoor van de jonge Kabcar.'

De twee Kensustrianen wisselden een snelle blik. 'Tarpol? Wie zou dat dan moeten zijn? Onze diplomatieke missies reizen alleen door het zuiden van het continent,' zei Moolpár na een korte stilte.

'Ze is een... momentje.' Perdór liep naar de grote boekenwand en pakte een dun boekje dat hij speciaal voor de nieuwe Kabcar had gereserveerd om alles op te tekenen wat er om hem heen gebeurde. 'Ja, daar heb ik het. Ik word zo vergeetachtig. Een jonge vrouw, een priesteres die Belkala heet, is naar het hof in Ulsar gekomen in het gezelschap van een ridder van de Orde der Hoge Zwaarden, die...'

'Zeg die naam nog eens!' viel Vyvú hem hard en onbeleefd in de rede.

'Belkala. Ze is priesteres van Lakastra, de god van de wetenschap en de zuidenwind. Maar dat hoef ik u niet te vertellen. U komt zelf uit Kensustria.' Grinnikend zette hij het boekje weer terug in de kast. 'Is daar iets mee?' Listig hield de koning de gezichten van zijn beide bezoekers in de gaten. 'Of heeft ze daar niets te zoeken, in het noorden?'

'Ik weet het niet.' Moolpár probeerde een neutrale toon aan te slaan. 'Ze is priesteres en behoort dus niet tot mijn kaste, majesteit. Eigenlijk is ze aan mij ondergeschikt. Zal de adelaar zich dan druk maken om wat de kraai doet? En als u ons nu wilt excuseren? We moeten weer terug om het resultaat van de onderhandelingen te melden. We houden contact per postduif?'

'Natuurlijk,' antwoordde de vorst. 'Nog altijd de snelste methode.'

'We hebben er voorlopig zo'n vijfendertig meegebracht. Als u ons vanaf elke vijfde duif wilt melden of u spoedig weer nieuwe nodig hebt? Mijn land is u zeer erkentelijk.' De Kensustrianen stonden op, maakten een buiging en verlieten de werkkamer, maar niet zonder dat de oudste van het tweetal nog een praline had genomen.

Perdór leunde peinzend naar achteren in zijn stoel, legde zijn voeten op het bureau en tilde het blad met zoetigheid op zijn ronde buik. Fiorell pakte het dunne boekje weer uit de kast en legde het op het bureau.

'Onze groenharige Lange Tanden hebben dus een geheimpje voor ons,' begon de koning na een tijdje. 'Dat is natuurlijk niets nieuws voor me, maar nu weten we waar we ongeveer moeten beginnen.'

'Ik zal een aantekening maken bij haar naam.' De hofnar krabbelde met de ganzenveer iets op de pagina. 'Onze spionnen moeten die dame maar aan een nader onderzoek onderwerpen. Nietwaar, majesteit?'

'Ja, ze lijkt me wel een blik waard. Bij gelegenheid,' beaamde Perdór, en hij nam een hap van een taartpunt. 'Maar Tersion en de zuidelijke landen hebben voorrang. Doe wat nodig is, Fiorell. Hop, hop.'

'En die concentraties van moerasmonsters die uit Tûris worden gemeld?' Fiorell tuitte zijn lippen. 'Interessant, of toch niet?'

'Zolang ze niets doen, behalve zich min of meer vreedzaam in de Verboden Stad te verzamelen, lijkt het me voldoende om ze in het oog te houden,' besloot zijn heer. 'En ook de andere moerasgebieden. Dan kunnen we op de kaart hun bewegingen vaststellen, als die er zijn. Het wil er bij mij niet in dat alleen die monsters in Tûris opeens gek geworden zijn. Als het iets met het jaar 444 te maken heeft en het dus een voorbode is van iets groters, moeten we het naadje van de kous weten. Desnoods wil ik in dit geval gratis informatie geven aan de andere landen.'

'Wat edelmoedig. Hulde voor uw waarlijk koninklijke houding, majesteit.' De hofnar wierp zich voor het bureau op zijn buik. 'Lang leve

Perdór, de menselijke goedheid in eigen persoon!'

'Ja, zo is het wel genoeg. Sta maar op, grapjas.' Een koekje verdween in de mond van de vorst. Toen zuchtte hij. 'Jammer dat ik blijkbaar de enige koning ben die zoetigheid op waarde weet te schatten. Nu de Tadc zich tot Kabcar heeft ontwikkeld, heeft hij ook de lekkernijen afgezworen.'

'In zijn plaats zou ik me juist uit wanhoop volvreten,' zei Fiorell vanaf de vloer, terwijl hij zijn hoofd optilde. 'Hoewel je met zo'n vader eerder aan de drank zou raken.'

Perdór hief dreigend zijn wijsvinger. 'Nou, nou. Zoiets zeg je niet over zo'n machtige man. En wie weet, straks woont hij nog in ballingschap bij ons in het mooie Ilfaris, als Arrulskhán zijn land heeft ingepikt.'

De potsenmaker sprong op en wierp zich dwars over het bureau. 'Maar ons huwelijkscadeau is goed ontvangen. Hoewel de jongeman er helaas niet veel mee opschoot. En nu?'

'Afwachten.' De koning wees naar de deur. 'En jij stuurt je instructies aan onze spionnen in Tersion en rond de moerasgebieden. Hop, hop!'

Misnoegd en overdreven sloffend verdween Fiorell naar de deur.

'Als u nog één keer "hop, hop" zegt, majesteit, dan lik ik voortaan elke praline af voordat u hem eet. Of beter nog, ik lik er maar aan één en zeg lekker niet welke het was.'

Ulldart, koninkrijk Tarpol, provincie Ulsar, hoofdstad Ulsar, voorjaar 443

Lodrik zat in de verlaten audiëntiezaal, die nieuwe ramen had gekregen, en boog zich somber over de landkaarten met de verschillende troepenbewegingen. Het zag ernaar uit dat binnen enkele weken twee grote eenheden van beide partijen elkaar zouden treffen bij Dujulev, tweehonderd warst ten oosten van Ulsar.

De uitkomst van die veldslag zou beslissend zijn voor het lot van Tarpol, daar waren hij en zijn officieren van overtuigd. Als het zijn leger lukte om de Borasgotanen vernietigend te verslaan, was het land gered. Elke andere afloop betekende de ondergang. Dus moest er tot elke prijs worden gewonnen. De voorbereidingen waren in volle gang.

Om zijn mannen tot het uiterste te motiveren zou Lodrik zelf ook meerijden en deelnemen aan het gevecht.

Tegenover Stoiko en Waljakov hield de Kabcar vol dat vanwege de profetie geen enkele tegenstander het zou wagen hem aan te vallen, laat staan te doden. Hoe onverschillig de gezanten ook hadden gereageerd, Lodrik geloofde heilig dat de gewone Borasgotanische soldaat zich wel twee keer zou bedenken voordat hij zijn zwaard tegen de Kabcar ophief. En daarmee zou het Tarpoolse leger zijn voordeel kunnen doen.

Rondom het strijdtoneel, waar de laatste Tarpoolse troepen zich hadden teruggetrokken om zich in Dujulev te verzamelen, regende het nog pijpenstelen. Van de achthonderd man waren er krap tweehonderd over, terwijl de vijand nauwelijks verliezen had geleden. Dus stonden ze nog altijd tegenover een overmacht van vijfduizend man.

Al met al, inclusief de versterkingen uit de garnizoenen, de vrijwilligers en de eenheden uit Tûris, zou Lodrik drieduizend man op de been kunnen brengen. Daarbij kwamen nog de vijftig ridders van de Hoge Zwaarden en hun mannen, van wie de Tarpoolse officieren helaas geen grote verwachtingen hadden. De tactiek van de ridders zou te ouderwets, te traag en te weinig effectief zijn.

Zuchtend steunde de jonge vorst zijn hoofd in zijn handen en blies symbolisch de gekleurde houten soldaatjes van de Borasgotanische troepen van de kaart.

Peinzend krabde hij zich in zijn baard. Hij kon maar geen krijgslist bedenken om hen te redden. Zijn enige hoop was de hulp van een god – wie dan ook. En het leek of Tzulan al een voorproefje had gegeven.

'Ik raad de hoge heer aan de boeren officieel onder de wapenen te roepen. Per slot van rekening hebt u veel voor hen gedaan. Ze mogen wel enige dankbaarheid tonen,' klonk een zachte, prettige mannenstem ergens uit de kamer. 'Dat zou de eenvoudigste oplossing zijn.'

Lodriks nekharen kwamen overeind. Hij kende niemand met zo'n stem. Haastig sprong hij van zijn stoel, trok zijn beulszwaard en tuurde door het donker. 'Laat je zien! Wat wil je van me?'

'U hoeft voor mij niet bang te zijn, hoge heer,' zei de stem zacht. Nog altijd kon de Kabcar niet bepalen in welke hoek de spreker stond. 'Ik kom alleen om u te helpen. Een vriend die u om hulp hebt gesmeekt, heeft mij gestuurd.' Een silhouet maakte zich los uit de schaduwen achter een zuil en kwam op Lodrik toe. 'Ik ben Mortva Nesreca, hoge heer, en ik sta geheel tot uw dienst.'

In gedachten hield de koning al rekening met een aanvaller, een moerasmonster of een spookgestalte, maar de onbekende beantwoordde totaal niet aan zijn wilde fantasie. Tegenover hem stond een man van een jaar of dertig, met een gemiddeld postuur. Het enige opvallende aan hem was zijn gladde, zilvergrijze haar, dat los tot over zijn schouders viel. Hij was gekleed in het gebruikelijke Tarpoolse uniform, maar zonder de versierselen van zijn rang. Wapens droeg hij niet, in elk geval niet zicht-baar.

Een groen en een grijs oog keken Lodrik nieuwsgierig aan. Hij was gladgeschoren, zijn gezicht stond vriendelijk en hij maakte een verplichte buiging voor de vorst. 'Lang leve de Kabcar van Tarpol.'

Lodrik nam de vreemdeling aan de overkant van de kaartentafel van hoofd tot voeten op en liet zijn zwaard zakken, hoewel hij het wapen voor alle zekerheid nog in zijn hand hield. 'Zo, zo. Een vriend die ik om hulp heb gevraagd.' Hij vroeg zich niet langer af wie hij tegenover zich had, maar besloot de strohalm te grijpen die hem en zijn land werd aangeboden. 'En wat is precies uw opdracht?'

'Zegt u maar Mortva, hoge heer,' antwoordde de onbekende. 'Ik zal altijd in uw nabijheid zijn, om u met raad en daad terzijde te staan. Als adviseur.'

'Dat wordt me wat benauwd. Ik heb al uitstekende adviseurs, die...' wilde de jongeman protesteren, maar Nesreca maakte ongevraagd zijn zin af.

'... die u op dit moment geen stap verder kunnen helpen, hoge heer. Maar ik verzeker u dat u, als u mijn raad opvolgt, de Borasgotanen en al uw vijanden in eigen land een flinke slag kunt toebrengen. Met mijn hulp kunt u een leider worden voor wie heel Ulldart ontzag zal hebben. Ik kan u dingen leren.'

'Leren?' Lodrik knipperde verbaasd met zijn blauwe ogen. 'Wat dan? Stoiko en Waljakov doen heel goed werk.'

Mortva liep om de tafel heen en stak zijn hand uit. 'Trek uw hand-schoenen eens uit, spreid uw vingers en til uw rechterhand een beetje op,' instrueerde hij. Aarzelend deed de koning wat hem werd gevraagd.

Een oranje flits, zo dik als een vezeldraad, schoot uit de handpalm van de man en sloeg in Lodriks wijsvinger in.

Een warm gevoel stroomde door hem heen en hij voelde het bekende tintelen. 'O nee, niet weer!' mompelde hij, en geschrokken dacht hij aan de gebarsten ruiten terug. Rondom zijn pols flakkerde een schijnsel op en vanuit zijn vingertoppen richtte een vuistdikke straal zich op de ramen.

'Maar we willen niets breken, wel?' Met een glimlach hield Mortva zijn andere hand in de energiebaan. Zijn huid leek de kracht moeiteloos te absorberen. Fel glinsterde zijn zilvergrijze haar in de weerschijn. Toen doofde het rood.

Achteloos schudde de geheimzinnige raadsman met zijn vingers. 'U bent sterk, hoge heer. En met mijn lessen zal het u binnenkort wel lukken deze kracht doelgericht te gebruiken.'

De Kabcar staarde zijn nieuwe adviseur verbijsterd aan. 'Hoe deed u dat? En wat ís het?'

'Magie.' Mortva glimlachte. 'U speelt een belangrijke rol in het lot van een heel continent. En u bent uitverkoren door een godheid, net als ik of de cerêlers. Bij u is nog sprake van de zuiverste, onverdunde magie, die moet worden bijgeslepen tot u haar echt in uw macht hebt en ermee om kunt gaan. Ze is fris, jong en onstuimig. En ze popelt om zich te manifesteren. Hebt u dat niet gemerkt, hoge heer?'

Lodrik ging een licht op. Die hele, vreemde toestand om hem heen had hij zelf veroorzaakt, doordat hij de kracht in zichzelf nog niet beheerste. 'Ik geloof dat ik het onbewust heb toegepast,' bekende hij. 'En per vergissing heb ik daarbij iemand gedood, ben ik bang.'

De man knikte. 'Dan wordt het hoog tijd dat we met de oefeningen beginnen. U moet snel leren uw gave nog geheim te houden. In de toekomst kunt u er dan gericht mee doden.'

'Maar ik wil helemaal niemand doden,' protesteerde de jonge Kabcar. 'Wat kun je er verder nog mee doen?'

'Alles wat u maar wilt, hoge heer. Als u uw best doet om het te leren.' Mortva keek naar de omgeblazen houten poppetjes. 'Je kunt er een storm mee veroorzaken die een heel leger wegblaast. Of je kunt er geruisloos een kamer mee binnenkomen. Maar zo ver bent u nog lang niet. Daarom moeten we ons eerst met de traditionele middelen behelpen.' Hij gaf Lodrik een teken om dichterbij te komen. 'Als we uit de streken rondom Dujulev alle mannen en kinderen ronselen die een mestvork of een puntige stok kunnen vasthouden, hebben we twee keer zoveel soldaten als nu, is het niet?'

'Kinderen?' herhaalde de jongeman. 'Is dat een grap?'

De adviseur zoog zijn wangen naar binnen en keek kritisch naar de kaart. 'Hoge heer, wilt u Tarpol behouden of niet?'

Lodrik draaide even om het antwoord heen. 'Ja,' zei hij toen.

Mortva's gezicht stond meteen weer vriendelijker. 'Die kinderen zullen met plezier aan de zijde van hun vaders vechten. Nou ja, kinderen, jonge mannen, hoe je ze ook wil noemen. Alles wat ouder is dan twaalf moet meedoen. Desnoods kunnen ze bij het graafwerk worden ingezet. Wat vindt u, hoge heer?'

'Ik zal erover denken,' zei de koning.

'Ik zie wel dat het een tijd gaat duren voordat u mij vertrouwt, nietwaar?' De geheimzinnige adviseur dacht even na. 'Ik zal u een voorstel doen. Ik zorg ervoor dat Kolskoi en de raad van brojaken u wat meer tegemoetkomen. Als me dat lukt, zult u mijn raad opvolgen. Zou u dan overtuigd zijn, hoge heer?'

Lodrik kneedde zijn onderlip. 'Goed. Dat lijkt me een veelbelovend begin. Zoals u zelf zegt, moet ik eerst enig geloof in uw adviezen krijgen.'

'Dat spreken we af.' Mortva maakte een diepe buiging voor de Kabcar. 'Bij gelegenheid moet u me maar een kamer in het paleis geven en me aan de anderen voorstellen, hoge heer. Zeg maar dat ik een verloren gewaand familielid ben en dat ik in deze moeilijke tijd ben teruggekomen om mijn verre achterneef te helpen. Verder kunt u de verklaringen rustig aan mij overlaten.'

'Zoals u wilt, Mortva.' De jongeman wees op Mortva's uniform. 'Hoe komt u daar eigenlijk aan? En waar is uw zwaard?'

'O, dit heb ik nog uit mijn tijd bij het Tarpoolse leger. Dat is al lang geleden. Ik ben eervol ontslagen toen ik besloot te gaan studeren. Het staat wel netjes, vind ik. Van wapens hou ik niet zo – te weinig elegant, te ruw en te bloederig. Magie is veel poëtischer in haar toepassing. En voor het grove werk heb ik twee uitstekende helpers, hoge heer.' Tot Lodriks verbazing stapten er bij deze woorden een man en een vrouw achter de zuilen vandaan. Ze droegen een donkere leren wapenrusting,

356

versterkt met klinknagels, ijzeren platen en ringetjes, compleet met een zwaard aan hun zij. In tegenstelling tot Mortva boezemden ze weinig vertrouwen in. In het halfdonker van de audiëntiezaal hadden hun gezichten iets gewelddadigs, maar meer details kon de koning van Tarpol in dit vage licht niet onderscheiden. 'U ziet dat ik goed beschermd word.'

'Dan wens ik je veel succes bij Kolskoi,' zei de Kabcar. 'Je kunt vertrekken, Mortva. Zie zelf maar hoe je buiten komt. Ik heb het druk met...'

Er werd geklopt en Lodrik draaide zich om. 'Binnen.' Er gebeurde niets, ook niet toen hij zijn uitnodiging herhaalde.

'Zeker hardhorend,' zei Lodrik geïrriteerd, en hij draaide zich weer om naar zijn raadselachtige adviseur. Maar Mortva leek in rook opgegaan, net als zijn stille begeleiders. En er stond niemand voor de deur.

Tarek Kolskoi gaf zijn paard de sporen en galoppeerde door het dichte kreupelhout zonder zich om het dier te bekommeren. Rechts en links van hem renden zijn twee Borasgotanische vechthonden, Arkas en Tulm, die het spoor van het aangeschoten wild hadden opgepikt. Het jachtgezelschap waarmee hij was vertrokken, reed al ver achter hem.

De schrale edelman hield zich zo plat mogelijk en klemde zich vast aan de nek van zijn paard, dat door de zwiepende takken en twijgen werd gegeseld. Geen moment verloor de man het vluchtende hert uit het oog. Met een haastig afgeschoten pijl had hij het wild slechts verwond; nu moest hij het edele dier zo snel mogelijk de genadestoot geven, anders zou het kostbare vlees nog in de magen van hongerige boeren belanden, en dat wilde Kolskoi tot elke prijs voorkomen.

Met een luide aansporing priemde hij het ijzer aan de hakken van zijn laarzen weer diep in de weke flanken van het paard, tot het bloed eruit spoot. Ze wonnen terrein op het hert.

Eindelijk reed hij naast het verzwakte dier, trok zijn zwaard en liet het neerkomen in de nek van het gewonde wild. Met een gedempt gekerm zakte het hert in elkaar, sloeg een paar keer over de kop en bleef stuiptrekkend in de modder liggen. Kolskoi hield met kracht de teugels in en bracht zijn hengst tot staan. Een kort bevel, en de twee honden gingen gehoorzaam zitten.

Haastig sprong Kolskoi uit het zadel, liep naar zijn buit toe en stak een dolk in het snel kloppende hart. Toen wiste hij zich het zweet van zijn voorhoofd, pakte zijn drinkzak van het zadel en gunde zich een stevige slok brandewijn.

'Daar ga je,' proostte hij tegen het dode hert. Toen sloeg hij zijn paard op de snuit, zodat het dier hinnikend terugdeinsde. 'Kreupele knol. Ik had je nog veel harder moeten aanpakken.'

'Ik denk niet dat die hengst er iets aan kon doen,' zei een mannenstem achter hem. 'Een middelmatige ruiter maakt een goed paard niet sneller.'

Van schrik spuwde Kolskoi de alcohol weer uit. Haastig draaide hij zich om. Achter hem, onopgemerkt door hemzelf en de anders zo waakzame jachthonden, leunde een man met lang zilvergrijs haar, gekleed in een jagerspak, ontspannen tegen een boom. 'Waag jij het een hara¢ te beledigen? Noem je naam, kerel, voordat mijn honden je aan stukken scheuren.' Op zijn teken kwamen de honden, zo groot al kalveren, grommend naast hem staan.

'O, we zullen elkaar de komende tijd wel vaker zien, denk ik. Ik ben Mortva Nesreca, een verre achterneef van de Kabcar. En u kunt niemand anders zijn dan Tarek Kolskoi, de voorzitter van de raad van brojaken.' De man maakte een buiging. 'Ik heb het een en ander over u gehoord.'

'Ik niet over u.' Tot zijn opluchting constateerde de edelman dat de ander ongewapend was. 'Bent u ook op jacht?'

'Ja. Naar u,' antwoordde Mortva met een lachje. 'Ik zocht u.'

'O ja? Moet ik daar blij om zijn of me zorgen maken?' In de verte klonken de jachthoorns van het gezelschap. Kolskoi nam zijn eigen hoorn van zijn riem en blies als antwoord. Maar er kwam geen geluid uit het instrument.

'Wat nu? Zou het ding zijn klank zijn kwijtgeraakt?' De zogenaamde neef van de koning trok geamuseerd zijn wenkbrauwen op. 'Kom, probeer het nog eens, anders vinden ze u in dit dichte bos nooit meer terug.'

De schrale man smeet de hoorn achteloos weg. 'Wat wilt u van mij, Nesreca?'

'Ik vraag u in alle vriendelijkheid om mijn neef in de raad niet meer voor de voeten te lopen. Hij heeft het al moeilijk genoeg, harac.'

Kolskoi lachte zo hard dat de tranen hem over de wangen liepen. 'Daar heb ik maar één antwoord op: leuk u te hebben ontmoet, Nesreca.' Opeens was zijn vrolijkheid verdwenen. 'Arkas! Tulm! Pak hem!'

De twee Borasgotanische vechthonden verroerden geen vin.

Mortva liet zich op zijn hurken zakken en stak zijn linkerhand uit. 'Kom eens hier! Braaf.'

Kwispelstaartend liepen ze op de man toe, likten zijn vingers en rolden tot Kolskois ontzetting op hun rug om zich door de onbekende op hun buik te laten kriebelen.

'Dat zijn twee prachtige beesten, Kolskoi. En met passende namen.' De neef van de koning legde zijn hand om de snuit van een van de honden en trok zijn bek open om de tanden te bekijken. 'Een indrukwekkend gebit, dat moet ik zeggen. Hij zou een volwassen man met gemak zijn dijbeen doormidden kunnen bijten.'

Onderzoekend liet hij een vinger over de rij tanden glijden, toen aaide hij de hond over zijn kop en knuffelde hem, terwijl de Granburger verbijsterd toekeek. Als hij niet met eigen ogen had gezien hoe Arkas en Tulm zonder moeite een mens doodden, zou hij denken dat het twee totaal andere dieren waren die daar als schoothondjes aan de voeten van de man rolden, vrolijk hijgend en blaffend.

Woedend deed Kolskoi een stap naar voren. 'Zijn jullie helemaal gek geworden, rothonden?' schreeuwde hij tegen de beesten. 'Jullie moeten hem grijpen!'

Gedwee als pups drukten de honden zich tegen Mortva aan en lieten zich zijn attenties welgevallen.

'Opgepast!' Opeens stak de man met het zilvergrijze haar zijn wijsvinger op en onmiddellijk gingen de twee honden oplettend naast hem zitten en spitsten hun oren. Mortva wees naar Kolskoi en de vechthonden begonnen te grommen, terwijl hun korte nekharen overeind kwamen.

De neef van de Kabcar richtte zich rustig op. 'Als je dat bevel van zopas nog eens wilt herhalen, Kolskoi, ga je gang. Maar ik ben bang dat de honden anders zullen reageren dan je denkt.'

De haraç trok wit weg en staarde naar de blikkerende rijen tanden, die voor het eerst tegen hém waren gericht.

'Om op ons gesprek terug te komen,' begon Mortva op genoeglijke toon, terwijl hij zich in het zadel van Kolskois hengst slingerde. 'Je bezorgt Lodrik Bardriç geen problemen meer, anders zouden je honden 's nachts weleens hongerig naast je bed kunnen opduiken.' De Granburgse edelman balde zijn vuisten en spreidde de vleugels van zijn haviksneus. Met de grootste moeite wist hij zich te beheersen. 'We zien elkaar wel weer in Ulsar. Een eindje lopen doet niemand kwaad.' De man klopte het paard geruststellend op de hals, en rustig zette het dier zich in beweging. 'O, vergeet je trofee niet, haraç. Dat zou zonde zijn van dat hert.'

De ruiter verdween tussen de struiken en liet Kolskoi staan, tegenover zijn twee vechthonden, die nu nog luider gromden. De volgende boom was maar een paar passen bij hem vandaan – een onmogelijke afstand, als je twee van zulke beesten te snel af wilde zijn.

De edelman draaide zich om, rende schreeuwend naar de eik, sprong op de onderste tak en hees zich omhoog. Toen keek hij naar beneden, waar Arkas en Tulm stonden en hem aandachtig in de gaten hielden.

'Zit! Verdomme,' brulde Kolskoi, en gehoorzaam zakten de honden door hun achterpoten. 'Stomme beesten,' vloekte de schrale man, en hij keek naar links of er nog iets te zien was van de man die zijn paard gestolen had. Maar hij kon niemand ontdekken.

'Goed. Dan zullen we eerst deze nieuwe figuur uit de weg moeten ruimen,' mompelde hij, en hij sprong uit de boom. 'Kom hier, stelletje verraders,' riep hij naar de honden. 'Dan krijgen jullie je verdiende loon.' Terwijl hij op de honden afliep, trok hij zijn jagersmes.

Ulldart, koninkrijk Tarpol, provincie Ker, drieëntwintig warst voor Tscherkass, voorjaar 443

Matuc sloeg de ezel voor de kar met een stok op zijn rug om de viervoeter tot enige spoed te manen. De monnik wilde nog voor de nacht in de buurt van zijn oude Ulldrael-klooster zijn, zodat hij de volgende morgen in alle vroegte zijn geliefde positie als abt weer op zich zou kunnen nemen. De perkamentrol met zijn hernieuwde aanstelling door de overste bewaarde hij veilig tussen zijn koffers, kisten en tonnen die achter hem op de wagen lagen.

De Kabcar had Matuc zijn dankbaarheid getoond door hem het dier en de kar te schenken, plus alle proviand die hij maar nodig had. Zo reisde hij nu al bijna een halve maand in een gezapig tempo de provincie door, blij dat hij alle gebeurtenissen achter zich kon laten om zich weer terug te trekken in de rust van Tscherkass, die hij zo had gemist.

Steeds weer kwam hij onderweg kleine groepen vluchtelingen tegen die voor de Borasgotanische troepen uit naar het westen trokken. Al sinds een week was hij de enige die nog deze kant op ging. Matuc was niet bang voor de vijandelijke soldaten. Ze zouden de huizen van Ulldrael ongemoeid laten, zo sterk was hun geloof in de god nog wel. Maar hij maakte zich zorgen om al die Tarpolers die al door Borasgotan waren onderworpen. Zij hoefden op weinig genade te rekenen.

Aan de horizon doemde een boerderij op, en de monnik besloot een tijdje te rusten om de ezel een slok water te gunnen en zelf een beetje te bewegen. Na de lange zit op de bok van de kar voelde hij zich stram en stijf.

Nog geen halfuur later stopte hij voor het huis, klom moeizaam van de kar en bond de teugels van de ezel aan een ijzeren ring. Bij elke stap met zijn rechterbeen was de zachte klik te horen van het scharnier van zijn houten been, dat de monnik in staat stelde nog een beetje normaal te lopen. Toch was goed te zien dat hij hinkte.

Luid klopte hij op de eenvoudige houten deur om de aandacht te trekken.

Een man van ongeveer zijn eigen leeftijd deed open. Aan zijn eenvoudige, versleten kleren en zijn korte haar te zien moest hij een pachter zijn.

'Wat is er? Ik heb niets te eten.' Zijn afwijzende gezicht veranderde op slag toen hij de donkergroene pij van een Ulldrael-monnik herkende. 'O, neem me niet kwalijk. Ik dacht dat het weer zo'n vluchteling was die om eten kwam bedelen.' Hij opende de deur en nodigde Matuc met een gebaar uit om binnen te komen. 'De zegen van Ulldrael zou me welkom zijn. Ik ben Daromir. Wilt u wat eten?'

'Dank je voor je uitnodiging, Daromir,' zei Matuc, en hij hinkte de grote, zwartberoete kamer binnen. 'Maar je moet iedereen iets geven, niet alleen mensen die een relatie hebben met onze god. Ook dat zou Ulldrael de Rechtvaardige graag zien.' Hij liet zich op een ruwhouten stoel vallen en zocht een makkelijke houding voor zijn kunstbeen, zodat de prothese niet te zwaar tegen de stomp drukte. Zo nu en dan leek het of hij zijn echte been nog voelde, maar dat was slechts een herinnering van zijn lichaam, een illusie. 'In moeilijke tijden moeten Tarpolers elkaar helpen.'

Zwijgend zette de pachter een houten bord met brood, ham en kaas voor hem neer. Daarna schonk hij hem een beker melk in. 'In het begin deed ik dat ook wel,' zei hij ten slotte, 'maar het zijn er te veel, die hier voorbijkomen. Als ik iedereen wat gaf, hield ik zelf niets meer over.' Hij keek uit het raam toen de ezel balkte om aandacht. 'Ik zal uw rijdier uitspannen en te drinken geven. Water heb ik in elk geval meer dan genoeg.'

Terwijl Daromir naar buiten verdween, kauwde Matuc peinzend op zijn eten. Zijn orde zou veel werk moeten verzetten om de mensen de nodige houvast te geven. Zo'n toestand kon niemand in Ulldart zich meer herinneren. De laatste oorlog was meer dan honderd jaar geleden. Zoveel gebrek en ellende was het eenvoudige volk niet gewend.

De pachter kwam terug. 'Smaakt het?'

'Heel lekker,' zei de monnik dankbaar en hij gaf hem de zegen van zijn god. Hij sprak de woorden en formules zoals hij altijd deed, maar voelde dat de overtuiging ontbrak. Daromir, die zelfs geknield zat, scheen het niet te merken. 'Waar zijn je vrouw en kinderen?'

'Ik heb ze weggestuurd naar mijn broer,' antwoordde de man, en hij stak de haard in het midden van de kamer aan. 'Het is hier te gevaarlijk voor hen. Nu de Borasgotanen zo snel oprukken, is niets en niemand meer veilig. Ik heb ze het vee en de voorraden meegegeven. Een koe en wat proviand zijn voor mij voorlopig voldoende.'

'Waarom blijf je zelf nog hier?' vroeg de monnik verder.

'Om het huis tegen plunderaars te beschermen. Maar als de soldaten komen, ga ik ervandoor. Ik ben geen militair.' Twee blokken hout gingen op het vuur. 'Eerst wilde ik me vrijwillig melden om voor de Kabcar te vechten, maar daar ben ik niet geschikt voor. Misschien treedt de koning ook niet hard genoeg op. Onder zijn vader zou niemand het hebben gewaagd Tarpol binnen te vallen.'

'Dat is niet waar,' protesteerde de monnik. 'De Kabcar doet alles om de vijand tegen te houden. Zoals hij ook probeert het gewone volk een beter leven te geven. Hij heeft toch al dingen voor elkaar gekregen? Onder zijn vader viel er voor de boeren weinig te lachen. Dat weet je vast nog wel; zo lang is het niet geleden.'

'Ja, dat is wel zo.' Daromir bracht nog een stuk worst en kwam naast Matuc zitten. 'Ik hoop dat Ulldrael de Rechtvaardige hem bij zal staan, zodat we de Borasgotanen kunnen verdrijven.'

De monnik zuchtte en streek over de baardstoppels op zijn wangen. 'Dat hoop ik ook. Mijn gebeden zijn met hem, wat hij ook doet.'

De ezel balkte opgewonden en de mannen hoorden een zachte kinderstem, die het dier blijkbaar kalmerend toesprak. De pachter liep naar de deur; Matuc hinkte achter hem aan. Het scheelde niet veel of hij was gevallen.

'Lelijke dief! Ben je daar weer? Ik zal je krijgen,' hoorde hij van buiten de man boos roepen, terwijl hij zelf nog probeerde zijn evenwicht te bewaren.

Er klonk een klap, en een meisje begon zacht te huilen. Haastig strompelde de monnik naar de deur.

'Daromir, hou daarmee op!' zei hij luid, toen hij zag hoe de pachter nijdig een kind bij de arm pakte en zijn hand ophief voor nog een oorvijg. Eén blik vertelde hem dat zijn kist met proviand was opengemaakt.

Daromir schudde de dievegge door elkaar, waarop wat beschuiten uit haar simpele linnen jurk vielen. 'Aha, kijk eens aan.'

'Laat me los,' riep het meisje, dat Matuc aan haar postuur op een jaar of dertien schatte. Maar haar gezichtje leek meer volwassen, te ernstig voor haar leeftijd. Ze had kort zwart haar, en haar bruine ogen fonkelden toen ze haar kwelgeest aankeek. 'Ik had honger.' Haar accent klonk een beetje plat.

'Stelen blijft stelen. En die ring aan je vinger is zeker niet van jou.' De pachter greep haar in haar nek en schudde haar weer door elkaar als een kleine rat. Het meisje slaakte een kreet van pijn, gevolgd door een hevige verwensing. 'Wat doen we met haar, broeder Matuc?'

'Waarom heb je niet gevraagd of je wat mocht hebben?' wilde de monnik weten. Hij hinkte naar hen toe. 'Ik had je best wat willen geven, en Daromir ook.'

'Niet waar!' antwoordde het kind koppig. 'Ik ben hier al eerder geweest.'

'En toen heb je een worst gestolen,' vulde de pachter aan. 'Zo makkelijk kom je er nu niet vanaf.'

'Neem haar maar mee naar binnen,' besloot de oude man. 'Dan kunnen we er rustig over praten. Het wordt al donker, dus ze zal blij zijn als ze een dak boven haar hoofd heeft.'

'Moet ik zo'n dievegge...?' vloog Daromir op, maar toen herinnerde hij zich Matucs raad van zo-even. 'Je hebt geluk dat broeder Matuc een goed woordje voor je doet,' siste hij in haar oor. Ze schopte hem tegen zijn schenen. 'Au! Akelig kreng!'

'Gedraag je,' waarschuwde Matuc. 'Als je een gast bent, net als ik, mag je wel dankbaar zijn.'

Ze stapten weer naar binnen en de pachter stak een vetkaars aan. Mopperend hield hij het meisje een snee brood voor. Toen hij de vermanende blik van de monnik zag, zocht hij omslachtig naar ham en een klein stukje gedroogd vlees. 'Daar dan. Eet maar op.'

Het kind keek van de ene man naar de andere, haalde toen aarzelend een aangevreten stuk worst tevoorschijn en gaf het aan de stomverwonderde Daromir. 'Hier heb je je worst terug.'

Matuc glimlachte en streek het meisje over haar warrige haar. 'Zie je, Daromir? Zo komt het toch nog goed. Dat was netjes van je. Hoe heet je, kind?'

Hongerig zette ze haar tanden in het brood. 'Fatja,' antwoordde ze met volle mond, en ze grijnsde, waardoor ze kruimels morste.

'En waar wil je naartoe?' ging de monnik verder met zijn vriendelijke verhoor. Tussen haar happen van het gedroogde vlees, het brood en de ham door vertelde ze half onverstaanbaar dat ze op weg was naar Rundopâl om zich aan te sluiten bij haar familie, die ze onderweg was kwijtgeraakt.

Erg overtuigend klonk het niet. Matuc kon zich niet voorstellen dat ouders een kind in deze situatie zouden achterlaten, in de hoop dat het hen achterna zou komen. Waarschijnlijk was het kind zelf weggelopen, op zoek naar het grote avontuur. En hij was bang dat ze in handen zou vallen van mensen die weinig goeds van plan waren.

'Wat dacht je ervan als je met mij naar het Ulldrael-klooster in Tscherkass zou gaan?' stelde hij voor. 'Ik kan wel wat hulp gebruiken onderweg.' Hij klopte op zijn houten been.

'Ja. En je bent ook niet meer een van de jongsten,' zei Fatja, zonder kwade opzet in haar bruine ogen. 'Ik ga wel met je mee.' Ze keek naar de prothese. 'Hoe is dat gekomen?'

Een schaduw gleed over Matucs gezicht. 'Iemand heeft me het leven gered door mijn vastgeklemde been los te hakken, zodat ik niet onder een lawine van stenen terechtkwam.'

'Dan heb je veel geluk gehad,' zei het kind, en ze stak een stuk ham in haar mond. 'Nu kun je verder leven. Andere mensen kunnen de komende dagen niet zoveel genade van de goden verwachten.'

Daromir wees naar de lege bedsteden langs de muur. 'Zoek er maar een uit, als je moe bent. Ik breng de ezel naar de stal en dan ga ik slapen. Het is een lange dag geweest.' Geeuwend verdween hij naar buiten.

'Je komt toevallig niet uit Borasgotan?' vroeg Matuc opeens.

Fatja keek geschrokken op en keek hem scherp aan. 'Hoezo?'

'Je accent verraadt je,' verklaarde hij zijn verdenking, die nu bevestigd was. 'Daar maak je je in Tarpol nu niet geliefd mee.'

Fatja's mondhoeken gingen omlaag. 'Daarom wil ik ook naar Rundopâl.'

'Maar daar heb je geen familie, denk ik?'

'Nee, niet echt. Alleen wat kennissen,' gaf ze aarzelend toe. 'Mijn familie zit in Granburg, waarschijnlijk midden tussen de soldaten van die krankzinnige Arrulskhán, waar ze dansmuziek spelen.'

'O ja?' De geestelijke wreef zich in zijn vermoeide ogen. 'En waarom ben je niet bij hen?'

'Ik moest snel weg,' zei ze ontwijkend, terwijl ze trefzeker een luis uit haar haar viste, die ze resoluut tussen haar nagels platdrukte. 'Iemand heeft iets tegen me. Ik heb een hele tijd door de omgeving gezworven, en toen brak de oorlog uit. Ik ga er liever vandoor voordat de Tarpolers me voor een spionne aanzien.'

'Nog belangrijker dus dat je bij mij blijft.' Matuc stond moeizaam op, hinkte naar de onderste beddenkooi en ging op de rand zitten. Met een paar handgrepen deed hij zijn kunstbeen af en zette het naast het bed. Fatja keek geïnteresseerd toe.

'Zoiets heb ik nog nooit gezien,' zei ze na een tijdje, wijzend op het mechaniek. 'Wie heeft dat gemaakt?'

'Een geleerde man in Ulsar,' antwoordde de monnik. 'Daar is dat mogelijk.'

'In Ulsar?' zei het meisje verbaasd, en ze trok haar wenkbrauwen op. 'In de hoofdstad? Is het daar mooi?'

'Nee, kind,' zei Matuc, die genoeg kreeg van al die vragen. 'En nu moge Ulldrael de Rechtvaardige je een gezegende slaap gunnen.'

'Ik vind het wel aardig dat je me meeneemt,' praatte Fatja onverstoorbaar veder. Met een paar stappen was ze bij het bed van de monnik. 'In ruil daarvoor zal ik gratis je toekomst voorspellen. Dat kan ik heel goed. Voor sommige mensen zelfs té goed.'

'Nee, laat maar,' wilde de oude man nog protesteren toen het meisje zijn hand pakte en de lijnen bestudeerde. 'Ik ben niet geïnteresseerd in mijn toekomst. Die ligt niet in mijn hand, maar in die van Ulldrael, zoals het hoort.'

'O, dat ziet er bijzonder uit,' zei ze overdreven geheimzinnig. Voor haar was het duidelijk een spelletje. 'Je zult heel oud worden en tevreden sterven.'

'Heel geruststellend,' zei Matuc vermoeid. Hij wilde naar dromenland. 'Maar dat zeg je natuurlijk tegen iedereen.' Hij richtte zich op en keek in haar bruine ogen. 'Hou nu op met die onzin en ga...' Opeens voelde hij een geweldige zuigkracht vanuit haar pupillen, die al zijn gedachten uit zijn hoofd leek te trekken. Hij was zich bewust van een innerlijke leegte en een ongewoon licht gevoel.

'Broeder Matuc, je hebt nog een paar opdrachten in het verschiet, zie ik.' Hij hoorde Fatja's stem nu als door een dichte mist, ernstiger dan eerst. 'Van jou zal het lot van een kind afhangen, een belangrijk lot, dat licht kan brengen in de dreigende nacht. Maar het zal duren tot de dag weer aangebroken is. En alleen door jouw inspanning zal de Donkere Tijd zich laten verdrijven als hij komt.' Het meisje zweeg. 'En ik zie nog iets. Een man in een gouden mantel wil dat je sterft. Hij heeft moordenaars gestuurd, die al onderweg zijn naar Tscherkass om je daar op te wachten en om het leven te brengen. Het gaat om de bescherming van een geheim.' Fatja ademde zwaar. 'En om de Orde van Ulldrael. Jouw dood moet voorkomen dat iemand de overste op het spoor kan komen. Niemand mag ooit kunnen bewijzen dat híj jou heeft gestuurd om de Kabcar te doden.'

Matuc schudde met zijn hoofd om dat lichte gevoel kwijt te raken en staarde het kind aan. 'Maar dat weet geen mens. Hoe...'

Fatja sprong weer op de grond. 'Ik ben gewoon te goed, dat zei ik je al,' mompelde ze vermoeid. 'Daardoor kom ik steeds in moeilijkheden. Maar je moet me geloven! Ga met mij mee naar Rundopâl, ik smeek het je.' Ze keek hem doordringend aan. 'Alleen jij zult ooit kunnen verhinderen dat de Donkere Tijd voorgoed over Ulldart neerdaalt en zich uitbreidt naar andere continenten.'

'Andere continenten?' De monnik strekte zich op het bed uit en keek naar het zwartberoete plafond. 'En waarom moet ik naar Rundopâl?'

'Dat weet ik niet,' zei Fatja zacht. 'Ik kan ook niet voorspellen wanneer die bijzondere dag zal aanbreken.'

Matuc sloot zijn ogen. 'Ik moet er een nachtje over slapen.'

Maar nog voordat hij insliep, stond zijn besluit al vast. Hij zou doorgaan naar Tscherkass. Als daar moordenaars op hem wachtten, zou Ulldrael hem wel beschermen. Dat zou het beste bewijs zijn dat Fatja's visioen een wonder was, bedoeld om hem te helpen.

Een lichtstraaltje kietelde Matucs neus en slaperig opende hij zijn ogen. De zonnen straalden warm en licht door een gat in het dak van de hut, recht in zijn gezicht. Brommend kwam hij overeind en keek of hij Fatja ergens zag.

'Goeiemorgen!' Het meisje zat aan de tafel en keek hem stralend aan. 'Taralea heeft ons een prachtige dag gestuurd. We zullen snel kunnen opschieten. En de ezel is ook uitgerust.'

'Goeiemorgen,' antwoordde hij. 'Waar is Daromir?' Moeizaam ging de monnik rechtop zitten en bevestigde zijn houten been. Pas na enkele pogingen lukte het hem om te gaan staan. Het kind was al naar hem toe gekomen om hem te helpen. Dankbaar liet hij haar begaan toen ze zijn hand als steun op haar hoofd legde.

'Hij is naar de wei om wat gras te maaien voor de koe,' antwoordde ze. 'Heb je al besloten wat je gaat doen?'

Matuc knikte. 'Ik ga verder naar Tscherkass. En jij gaat mee.'

Fatja schoof een stoel voor hem aan. 'Maar daar zullen ze je vermoorden. Geloof me nou. Mijn visioenen hebben me nog nooit bedrogen.'

'Weet je, kleine, ik heb de afgelopen maanden zoveel meegemaakt dat ik bijna nergens meer in geloof.' Hij pakte wat brood en een beker melk. 'Als ik echt zo belangrijk ben, zal Ulldrael me wel redden. Als ik sterf, is dat zijn wil.'

Ze keek hem verwijtend aan. 'Je maakt je er wel heel makkelijk vanaf, vind je niet?'

'Ik heb gewoon geen zin meer mijn lot in de handen van anderen te leggen en hun raadgevingen of visioenen op te volgen,' verklaarde hij. 'Dat heeft me alleen mijn been gekost en verder niets opgeleverd.' Hij stond op en weerde met een handgebaar Fatja's hulp af. 'Nee, laat maar. Ik ga in de stal naar de ezel kijken.'

De monnik hinkte naar buiten, knipperde met zijn ogen tegen de zonnen en vond de grijze viervoeter in de stal, waar de pachter hem voor de nacht naast de koe had gezet.

'Zo, beste jongen.' Hij kroelde het dier tussen de oren. 'We zijn nu gauw thuis.'

Het geluid van paardenhoeven naderde de kleine boerderij. Even later hielden de paarden snuivend halt. Matuc hoorde het zachte gerinkel van maliënkolders toen de ruiters afstegen.

Te snel draaide hij zich om naar de deuropening, waardoor hij struikelde en viel. Wanhopig probeerde hij zich nog vast te grijpen aan een lus die aan het houten dak hing, maar het touw gaf mee.

Knarsend opende zich een luik boven zijn hoofd, waaruit een berg stro over de monnik heen viel. De ezel balkte – met iets van leedvermaak, dacht Matuc.

Hij hoorde voetstappen naar de stal komen en er stapte iemand naar binnen, die zijn zwaard trok.

Van buiten drongen boze stemmen tot de monnik door. Daromir, die blijkbaar terug was van het veld, verklaarde dat hier niemand langsgekomen was. Fatja jammerde hartverscheurend en smeekte de onbekenden steeds weer haar 'vader' niets te doen.

De punt van het zwaard boorde zich vlak bij Matucs neus in het stro en de vloer eronder. Daarna begon iemand met krachtige bewegingen het stro weg te halen.

Strostofjes prikkelden in de neus van de monnik en een droog gevoel in zijn keel veroorzaakte bijna een hoestbui. Maar hij wist zich meesterlijk te beheersen en concentreerde zich in gedachten op de derde lofzang voor Ulldrael.

Nog meer voetstappen kwamen nu naar de kleine stal. De nieuwkomers praatten luid op Daromir in, sleepten hem mee en gooiden hem in het stro. Matuc voelde een hevige pijn en onderdrukte met moeite een kreet.

'Dat zijn niet jouw ezel en jouw kar,' schreeuwde iemand tegen de pachter. 'Hoe kom je daaraan? Vertel op, man, anders zal ik je levend villen!'

'Die heb ik van een oude man met een houten been,' gaf Daromir jammerend toe. 'Hij kwam gisteren hier voorbij. Ik weet niet waar hij nu naartoe is. Hij wilde naar Tscherkass, dat hoorde ik wel, toen hij met mijn... dochter praatte.'

'Vader, waarom vertel je die mannen niet dat hij ons paard heeft gestolen en ervandoor is gegaan?' loog Fatja staalhard. 'Ik geloof helemaal niet dat het een monnik was.'

'Precies, kleine,' beaamde een van de onbekenden. 'Wij zoeken hem omdat hij die ezel en die kar van ons gestolen heeft. Met alle proviand. Die nemen we natuurlijk mee.'

'Natuurlijk,' zei de pachter snel.

'Vooruit, terug naar het huis,' beval een ander. Het zwaard werd weggestoken. 'Lomov, jij helpt me de ezel in te spannen.' Weer hoorde Matuc voetstappen, en de druk op zijn lichaam verdween. Daromir liep terug naar zijn hut. De monnik bleef roerloos liggen.

'Als hij een paard heeft, kan hij al in Tscherkass zijn,' zei een van de onbekenden. 'Die kar houdt ons alleen maar op.'

'Nou, en? Dan breken we 's nachts in dat klooster in om hem te ontvoeren. Zodra we ver genoeg weg zijn, brengen we hem om zeep en stoppen hem ergens onder de grond,' antwoordde een ander. De ezel werd ingespannen met het schurende geluid van ijzer en leer. 'Het zou toch een schande zijn als we een mankepoot door onze vingers laten glippen.' De mannen lachten ruw.

Matuc voelde zijn rechterneusgat kriebelen, maar het was al te laat. Hij nieste zo luid dat het stro een sprongetje maakte. Een deel van zijn bescherming werd weggeblazen, zodat de monnik uitzicht kreeg op de laarzen van de mannen.

'Ik wil die proviand hier niet achterlaten,' zei de eerste spreker onverstoorbaar. 'Die hebben we mooi ingepikt.'

Weer nieste de monnik, gevolgd door een hevige hoestbui. Maar de twee onbekenden hoorden het blijkbaar niet en praatten gewoon door.

Voorzichtig stond Matuc op, vlak naast het gewapende tweetal, dat hem nog steeds niet in de gaten had.

Een laatste strohalm zweefde uit het luik omlaag en viel op de grond.

Abrupt draaide een van de twee zich om, trok zijn zwaard en bleef onder het luik staan. 'Heb je al boven gekeken, Lomov? Ik vertrouw dat grietje niet.'

'Nee,' zei de ander, die nu ook naar het luik liep en zijn kameraad een kontje gaf. Matuc keek verbijsterd toe. Ze negeerden hem gewoon, terwijl ze hem zochten om hem te doden!

Boven zijn hoofd hoorde hij de voetstappen van de man, die even later weer uit het luik naar beneden sprong. 'Nee, daar is hij ook niet. Hij zal echt wel onderweg zijn.'

'Dan moeten wij ook maar eens vertrekken,' zei Lomov, en hij liep rakelings langs Matuc heen, zodat de monnik de knoflookadem van de man kon ruiken.

Het tweetal verliet de schuur en nam de aangespannen ezel mee. Een kort fluitje, en de andere twee mannen van de groep kwamen het huis uit en slingerden zich in het zadel.

De monnik bleef verbaasd in de opening van de staldeur staan. Ze moesten hem nu toch hebben gezien! Maar zelfs Fatja en Daromir keken dwars door hem heen, alsof hij van glas was.

'Bedankt voor de hulp,' knikte de aanvoerder vanaf de kar naar de pachter. 'We hebben nog een vat achtergelaten, omdat je de waarheid hebt verteld.' De stoet zette zich haastig in beweging en ging op weg naar het klooster.

'Matuc!' riep het meisje opeens. 'Dus daar ben je!'

'Ik stond hier al de hele tijd,' zei de geestelijke stomverbaasd. 'Je had me toch moeten zien.'

'Nee, hoor.' Fatja omhelsde hem. 'Je hebt geluk gehad. Waar had je je verstopt? Die mannen hebben alles overhoop gehaald.'

'Ik begrijp er niets van. Zij hebben me ook niet gezien of gehoord, evenmin als jullie,' zei Matuc met nadruk. 'En jij lag zelfs boven op me, Daromir. Daar op die berg stro. Heb je dat niet gemerkt?'

De pachter schudde zijn hoofd. 'Nee. Ik denk dat Ulldrael de Rechtvaardige je zijn beschermende hand boven het hoofd heeft gehouden.'

Een wonder, ging het door Matuc heen. 'Goed, ik ga met je mee naar Rundopâl. Je had gelijk, ze wilden me vermoorden. Dus de rest van je visioen zal ook wel uitkomen.'

'Maar we moeten opschieten,' drong Fatja aan, en ze liep naar de kist met proviand, waar ze een paar handenvol beschuiten uit haalde. 'Die mannen zullen snel genoeg ontdekken dat je niet naar het klooster bent gegaan. Misschien komen ze terug.' Ze keken de pachter aan.

'O, ik verstop me wel zodra ik paarden hoor,' beloofde hij. 'Van mij komen ze niets te weten.'

'De zegen van Ulldrael de Rechtvaardige zij met je,' zei Matuc plechtig tegen Daromir, die met gebogen hoofd de woorden in ontvangst nam. Voor het eerst in lange tijd had de geestelijke weer vertrouwen en geloof in wat hij zei. Uiteindelijk had Ulldrael hem niet vergeten.

Ulldart, koninkrijk Tarpol, provincie Ulsar, hoofdstad Ulsar, voorjaar 443 n.S.

Tarek Kolskoi werd midden in de nacht wakker van een dreigend gegrom vlak naast zijn bed.

Stokstijf en klaarwakker bleef de schrale edelman in zijn bed liggen, zonder dat hij zich durfde te verroeren. Dat geluid kende hij maar al te goed: Arkas en Tulm, zijn twee vechthonden, vlak voordat ze een prooi aanvielen.

Langzaam gleed zijn linkerhand onder het hoofdkussen, waar hij een dolk had liggen. Hij trok het wapen uit de schede en klemde het in zijn hand. Het lage gegrom werd nog luider. 'Het is een droom, Tarek,' mompelde de Granburger tegen zichzelf, terwijl hij zijn benen optrok. 'Het moet een nachtmerrie zijn.'

Op dat moment voelde hij de tanden van een hond om zijn linker onderbeen. De sterke kaken sloten zich en krakend brak het bot.

Kolskoi brulde en stak met zijn dolk naar het dier, maar zijn arm werd opgevangen door de andere jachthond. Zijn pols versplinterde onder de kracht van de happende kaken, en de dieren begonnen hem aan stukken te scheuren. De voorzitter van de brojakenraad schreeuwde het uit, terwijl de jachthonden aan zijn magere lichaam sleurden.

Een van de twee, die zijn onderbeen tussen zijn tanden had, trok hem uit bed. Met een klap kwam de edelman op de vloer terecht. Afwerend hield hij zijn armen voor zijn keel, maar de hond wrong zijn brede kop erlangs. Een stinkende adem sloeg Kolskoi in het gezicht en speeksel sproeide over zijn mond en neus. Het volgende ogenblik had hij het gevoel alsof een met spijkers bezette bankschroef zich om zijn hals sloot en werd aangedraaid. Warm bloed stroomde uit zijn keel toen de hond de aanval doorzette. Het andere dier scheurde zijn buik open.

De Granburger hoorde dat de deur van zijn kamer werd opengesmeten. Het schijnsel van een stel lampen kwam dichterbij en hij zag de ongeruste gezichten van zijn bedienden, die hem voorzichtig optilden en weer op zijn bed legden.

'Rustig maar, heer!' zei een van de bedienden, terwijl hij hem bij de schouder schudde. 'U hebt akelig gedroomd.'

'De honden!' stamelde Kolskoi maar steeds. 'De honden hebben me aangevallen. Haal een cerêler! Ik lig dood te bloeden. Snel!'

'Heer, u hebt zichzelf met uw dolk verwond,' stelde een ander hem gerust, terwijl hij de edelman een doek tegen zijn hals drukte. 'Het is een klein schrammetje; het bloedt alleen erg.'

Abrupt kwam de Granburger overeind, drukte zijn hand tegen zijn keel en bekeek het rood, dat zwak door het noodverband sijpelde. 'De honden! Waar zijn ze, die krengen?'

Zodra hij de verbaasde uitdrukking op de gezichten van zijn bedienden zag en zijn blik door de kamer dwaalde, waar geen dier te zien was, wist hij het weer. Hij had de beesten de vorige dag eigenhandig in het bos de keel afgesneden.

Toen hij weer opkeek, meende hij heel even de gestalte van Mortva Nesreca in de deuropening te zien staan, met een lachje op zijn gezicht.

'Snel! Breng me pen en inkt,' beval hij zijn bedienden, en bleek liet hij zich weer in de kussens zakken.

'Een verre achterneef kan hij niet zijn,' zei Stoiko langzaam, en hij bleef naast de stoel van de Kabcar staan. 'Toevallig ken ik de stamboom van de Bardri¢s redelijk goed, en deze naam ben ik nooit tegengekomen. Wie hij ook mag zijn, hij is geen familie.' Norina schonk thee in en gaf hem een kopje.

'U hebt dus een vreemde onderdak gegeven in het paleis.' Waljakov fronste zijn voorhoofd. 'Ik zal onmiddellijk een wachtpost bij zijn deur zetten, tot deze zaak is opgehelderd.'

Lodrik schoof onrustig heen en weer op zijn stoel. 'Ik heb een beter idee. Roep hem maar binnen, dan zal hij het wel uitleggen, zoals hij het mij ook heeft uitgelegd. Ik vond het wel overtuigend. We mogen immers blij zijn met alle hulp die we kunnen krijgen, niet?'

Zijn raadsman streek over zijn bruine snor. 'Ik ben benieuwd met wat voor sprookje hij komt aanzetten. Ik heb hem in elk geval nog niet gezien sinds hij hier zijn intrek heeft genomen. Maar de bedienden hadden het over een man met lang zilvergrijs haar.' Hij stuurde een livreiknecht om de onbekende neef naar de theekamer te brengen.

Een paar minuten later werd er geklopt, en Mortva Nesreca kwam binnen. Hij was onberispelijk gekleed, zoals altijd; zijn uniform paste perfect. Vriendelijk keek hij de kamer rond en maakte een buiging. 'Ik stel het op prijs dat we officieel kunnen kennismaken,' begroette hij de anderen.

'Wie u ook bent, kunt u ons onmiddellijk vertellen wat u wilt?' reageerde Stoiko niet bepaald vriendelijk. De lijfwacht verhief zich tot zijn volle lengte en hield zijn staalgrijze ogen scherp op de nieuwkomer gericht.

'Wat ik wil? Ik ben hier gekomen om mijn beste neef te steunen in zijn strijd tegen binnen- en buitenlandse vijanden – waarbij de binnenlandse nog de gevaarlijkste zijn.' Er gleed een warme glimlach over Mortva's sympathieke gezicht. 'Natuurlijk had ik al veel eerder naar het hof moeten komen, maar de reis vanuit de provincie Berfor hierheen was lang en zwaar. Toch was geen moeite me te veel toen ik hoorde hoe goed mijn beste neef het met zijn volk voorheeft.'

'Hebt u een bewijs voor uw identiteit?' vroeg Stoiko bars. 'Iedereen kan hier wel binnenstappen en beweren dat hij familie van de Kabcar is.'

Lodrik keek naar Norina, die de vreemdeling oplettend in de gaten hield, en wist niet wat hij moest zeggen. Hij hoopte maar dat zijn adviseur zich uit de nesten zou redden, dus beperkte hij zich tot de rol van toeschouwer.

'Maar natuurlijk,' antwoordde de zogenaamde neef beleefd. 'Hebt u hier een stamboom liggen? Mijn tak van de familie is daar zeker in te vinden.'

De raadsman knikte naar een dik boek dat op de theetafel lag. 'We hebben er net nog in gekeken, maar uw naam konden we niet ontdekken.'

'Dan hebt u me over het hoofd gezien. Mijn naam zal heus niet groot geschreven staan. Hebt u één momentje?' De adviseur pakte het boek en bladerde er even in, totdat hij triomfantelijk een bladzij opsloeg die hij Stoiko liet zien. 'Kijk, hier staat het.'

Verbluft griste de raadsman hem het dikke boek uit de hand en bekeek de tekst. 'Mortva Nesreca,' las hij hardop. 'Volgens de stamboom inderdaad een achterneef in de vierde graad, behorend tot de tak van de Podrows.' Nog altijd keek hij de man met het zilvergrijze haar wantrouwend aan. 'En kunt u bewijzen wie u bent?'

Zwijgend stak Mortva zijn rechterhand uit en toonde de zegelring met de vier verkleinde, enigszins verschillende familiesymbolen van de Bardriçs. Vervolgens produceerde hij uit de mouw van zijn uniform enkele documenten die zijn identiteit bevestigden.

'Hebt u verder nog vragen?' vroeg hij, op iets scherpere toon.

'Ik zal de stukken laten onderzoeken, hooggeboren Kabcar,' zei Stoiko tegen de jonge vorst, terwijl hij de papieren verzamelde. 'Als het vervalsingen zijn, komen onze deskundigen daar wel achter.' Hij richtte zich tot Mortva. 'Neem me mijn achterdocht niet kwalijk, Nesreca, maar in deze tijden...'

De man knikte begrijpend. 'Ik voel me absoluut niet beledigd, als u dat bedoelt. Het doet me zelfs deugd dat mijn neef zo'n oplettende raadsman heeft.' Hij stak Stoiko zijn hand toe. 'Samen zullen we de hoge heer beter kunnen helpen dan ooit.' De raadsman gaf hem een hand, al was het niet erg enthousiast.

Norina's amandelkleurige ogen vernauwden zich. Hetzelfde verhaal had ze ooit van de Modrak gehoord, in verband met de eigenaar van die vervloekte amulet, die gelukkig in het vuur was verdwenen.

'Nou, dat is een veelbelovend begin,' zei Lodrik opgewekt, en hij liet een fles wijn opentrekken. 'Laten we daarop drinken.' Gehoorzaam schonk een bediende de glazen vol, en er werd geproost. 'Hopelijk zal Arrulskhán bij Dujulev nog raar opkijken. Met uw adviezen moet het lukken, nietwaar, beste neef?'

'Adviezen?' vroeg Stoiko nieuwsgierig. 'Weet u iets van militaire zaken? U hebt gestudeerd, neem ik aan? En wat precies?'

Er kwam een harde blik in Mortva's ogen, hoewel hij nog steeds vrijblijvend glimlachte. 'Inderdaad, Gijuschka. Ik heb talen en geschiedenis – vooral militaire geschiedenis – gestudeerd aan de universiteit van Berfor. Ik heb zelf ook nog een tijdje lesgegeven. En nu ben ik hier, om de theorie aan de praktijk te toetsen. Wat ooit heeft gewerkt, moet ook bij Dujulev mogelijk zijn.'

'En wat was dat?' vroeg de raadsman en hij liet de wijn in zijn glas ronddraaien. Lodrik voelde zich steeds meer een toeschouwer bij een toneelstuk waarin twee rivalen op de bühne een discussie probeerden te winnen. Hij wist alleen niet zeker naar wie hij moest luisteren.

'Het lijkt me een goed idee om de boeren in die omgeving onder de wapenen te roepen. Ze zullen graag met alle middelen – zelfs met hun leven – hun vrijheid willen verdedigen.' Mortva zette zijn glas op het tafeltje. 'Iedere weerbare man moet zijn aandeel leveren.'

'En wanneer begint bij u die weerbaarheid?' De raadsman streek zijn snor glad voordat hij een stuk taart van de zilveren schaal nam.

'Vanaf twaalf jaar,' antwoordde de adviseur rustig.

Stoiko en Waljakov wisselden een veelbetekenende blik. 'Dat vindt u niet aan de jonge kant? Het zijn nog maar kinderen.'

'Kinderen die samen met hun familie onder het bewind van Arrulskhán zouden komen,' vulde de ander met een glimlach aan. 'Ik weet dat het hard klinkt, maar we hebben geen keus. Onze troepen zijn nu zo ver in de minderheid dat ze net zo goed hun zwaard in hun eigen borst kunnen rammen. Dat spaart tijd.' Mortva schonk zich nog wat wijn in. 'We hoeven de kinderen ook niet naar de voorste linies te sturen. Het is voldoende om ze als reserve op te stellen, voor noodgevallen. Maar het wekt wel de indruk dat het Tarpoolse leger veel groter is dan de Borasgotanen dachten. Die tactiek is in de geschiedenis van Ulldart wel vaker toegepast. Het is niets nieuws.'

'Met alle respect,' merkte Stoiko op, 'maar het lijkt me geen goed idee, Nesreca. We kunnen wel meer boeren ronselen, dat geef ik toe, maar kinderen van twaalf? Die houden toch geen stand.'

'Het is een onzinnige gedachte, heer,' zei de lijfwacht tegen Lodrik. 'Dan kunt u ook wel vrouwen naar het front sturen.'

'Ja, dat is ook nog een mogelijkheid,' opperde Mortva. 'Hoewel me dat iets te ver gaat. Vrouwen op een slagveld gedragen zich als krijsende furies. Dat is echt geen gezicht.' Nu staarden de andere mannen hem alle drie aan. De adviseur lachte. 'Grapje. Niet ernstig bedoeld.'

'We zullen zien,' begon de Kabcar. 'Ik zal alle boeren onder de wapenen laten roepen. Dan hebben we een groter contingent dan alleen de vrijwilligers die we tot nu toe hadden. Daarin heeft mijn neef gelijk. Over de rest neem ik later nog een besluit.'

'Als ik er nog iets aan toe mag voegen?' zei Mortva met zijn prettige stem. 'Beste neef, u zou nu al een paar officieren naar Dujulev moeten sturen. De grond is nog niet geschikt voor een veldslag, maar een legertje boeren zou onder hun leiding met een nachtelijke verrassingsactie de Borasgotanen al een verlies kunnen toebrengen.'

'Dan worden ze afgeslacht,' wierp Waljakov tegen. 'Dat loont nauwelijks.'

'Maar de Borasgotanen doen daarna geen oog meer dicht,' hield de adviseur vol. 'En wie niet uitgeslapen is, die vecht niet goed.' De man met het zilvergrijze haar nam nog een slok van de rood glinsterende alcohol. 'Het zou het moreel van de vijand ondermijnen, hoge heer.'

'Ook dat beslis ik later nog.' Lodrik probeerde een verdere discussie te voorkomen. 'Laten we gaan slapen. Morgen moeten er heel wat besluiten worden genomen.'

'O, voordat ik het vergeet.' De verre neef draaide zich bij de deur even om en haalde nog een papier uit de mouw van zijn uniform. 'De raad van brojaken heeft besloten in deze omstandigheden de betalingen aan het hof te hervatten. De onderhandelingen met de Ontarianen lopen nog, maar ook die zien er goed uit.'

'Hoe hebt u dat voor elkaar gekregen?' Aangenaam verrast bestudeerde Lodrik de verklaring van de grootgrondbezitters, die door Tarek Kolskoi persoonlijk ondertekend was.

'Ik heb met hem gesproken. Hij is wel voor rede vatbaar als hij wordt bewerkt met argumenten die hij begrijpt, hoge heer.' Mortva vertrok na een groet aan de groep, gevolgd door de Kabcar en een peinzend kijkende Norina.

'Wat vind je van onze nieuwe adviseur?' vroeg Stoiko na een tijdje aan de lijfwacht. 'Het lijkt wel of hij wonderen kan verrichten.'

'Hij jaagt mensen zonder scrupules de dood in.' De reus rekte zich uit. 'Zo vocht Sinured ook. En daar won hij mee. Maar geliefd maakte hij zich niet.'

De raadsman trok een verbaasd gezicht. 'Bedoel je dat je zijn ideeën steunt?'

'Nee.' Waljakov dronk zijn glas in één keer leeg. 'Zijn manier van doen bevalt me niet. Hij is me te vriendelijk, te glad. En volgens mij loert hij op jouw baantje. Pas maar op.'

Stoiko huiverde. 'Ik word akelig van die ogen. Het is moeilijk om te bepalen hoe hij kijkt. Die verschillende kleuren brengen je in verwarring.' Hij pakte de papieren die de familieband van Nesreca met Lodrik moesten aantonen. 'En dat hij een neef van de Kabcar is, daar ben ik ook nog niet van overtuigd.'

'Ik wel, want hij en de Kabcara lijken me van hetzelfde laken een pak. Ergens in de stamboom van de Bardri¢s moet er iets ingeslopen zijn wat op een heel eigen manier totaal verknipt is geraakt.' De lijfwacht legde zijn gezonde hand op de schouder van zijn vriend. 'Ik bedoelde het serieus, Stoiko, met mijn waarschuwing. Ik kan niet overal tegelijk zijn, en het paleis is groot.'

'Maar wat zou hij me kunnen aandoen – me wurgen, met dat lange, zilvergrijze haar van hem?' Stoiko lachte en klopte de krijgsman op zijn borstkuras. 'Pas jij nou maar op de Kabcar, dan pas ik wel op mezelf. En nu moeten we ons boeltje gaan pakken, want binnenkort vertrekken we naar Dujulev.'

'O, u moet die neef zijn over wie niemand me heeft verteld,' hoorde Mortva een nieuwsgierige vrouwenstem achter zich toen hij naar zijn kamer liep. 'Er zijn niet veel mannen in het paleis met zulk mooi haar.'

'Dank u wel.' De adviseur draaide zich met een lachje om en nam zijn achternicht onderzoekend op. De Kabcara droeg een wijde groene jurk met veel kant, die zoals altijd haar figuur uitstekend deed uitkomen. Donkerrood vielen haar mooie krullen rond haar knappe gezicht. 'De meeste mannen van mijn leeftijd worden liever niet vroeg grijs, maar mij staat het eigenlijk wel.'

'Inderdaad. En vertel me eens, waarde Nesreca, hoe het komt dat niemand in onze familie ooit uw naam heeft gehoord.' Haar groene ogen namen hem onbeschaamd van hoofd tot voeten op. 'Opeens verschijnt u hier als redder in de nood. Ik heb gehoord dat u zelfs Kolskoi en de raad hebt overtuigd om de betalingen te hervatten?'

Mortva deed een stap naar haar toe en maakte een buiging voor de vrouw. 'Waarom zouden de Bardriȼs ooit hebben gesproken over iemand die zo buiten de militaire traditie viel? Ik ben geen echte soldaat, maar een geleerde. Daarom zullen ze me hebben doodgezwegen. Maar nu wil ik mijn kennis graag in dienst stellen van mijn neef en u.' Hij pakte haar hand en drukte er een vluchtige kus op. 'En ik ben een goede kaartspeler. Daarom weet ik hoe je met een hoge inzet moet omgaan. Kolskoi was geen partij voor me. U wel? Ik heb gehoord dat u zich graag amuseert. Durft u een spelletje met me te doen?' Zijn verschillend gekleurde ogen keken haar glinsterend aan. 'Met uw ziel als inzet, misschien?'

Ze sloeg haar waaier open en glimlachte. 'U bent een waaghals, Nesreca.'

'Nee, mijn Kabcara, ik ben een dief,' fluisterde hij, terwijl hij haar hand losliet en langzaam om haar heen liep, waarbij zijn haar Aljascha's naakte schouders beroerde. 'Misschien ben ik wel gekomen om uw hart te stelen. Of u van uw verstand te beroven.' Opeens bleef hij voor haar staan, met zijn gezicht vlak bij het hare. 'Of u nog iets veel ergers aan te doen.'

De Kabcara deinsde een stap terug. 'Moedige woorden, waarde neef.' Was ze er eerst nog van overtuigd geweest dat ze ook deze man om haar vinger zou kunnen winden, nu wist ze dat niet meer zo zeker. Dit verre familielid straalde iets uit wat ze nog bij geen enkele andere man was tegengekomen.

'Mogelijk voegen we binnenkort de daad al bij het woord. We moeten eens praten over uw toekomst als vorstin,' zei hij kalm. 'Maar eerst moet die belangrijke slag worden gestreden. Daarna zien we wel verder. Ik neem aan dat u de regeringszaken behartigt terwijl uw man oorlog voert?' Ze knikte. 'Goed. Kolskoi zal u geen problemen meer bezorgen. Ik heb hem voldoende overtuigd, denk ik zo.'

'Hoe hebt u dat eigenlijk gedaan?' wilde ze weten. Ze wapperde snel met haar waaier.

'Ik kan mensen heel goed tot andere gedachten brengen. Ik heb geheime gaven en als het moet, kan ik minstens zo charmant zijn als u, mijn Kabcara.' Hij liep weer door. 'Al zie ik er niet zo betoverend uit.'

'O, maar u bent héél betoverend,' riep ze hem geamuseerd na.

'Daar heb je gelijk in, lieve nicht. Je moest eens weten,' zei Mortva zonder zich om te draaien, en hij verdween door de gang.

Peinzend keek Aljascha de gang door en vroeg zich af wat deze man zo bijzonder maakte. En steeds opnieuw kwam ze tot dezelfde conclusie.

Hij weet me met zijn woorden en zijn blik totaal in de war te brengen, dacht ze, en ze schrok. *Ik zal toch niet verliefd worden? Dat mag me niet gebeuren. Liefde is voor zwakkelingen die zich ergens aan vast willen klampen.* Ze schold zichzelf uit voor dweperige dwaas. Geen enkele man zou ze haar hart schenken. Toch was ze benieuwd wat hij met haar wilde bespreken. *Uw toekomst als vorstin,* herhaalde ze in gedachten. *Dat klonk toch heel spannend.*

X

'De boosaardigheid van de Geblakerde God was na zijn dood nog zo groot dat de aarde zelfs daar waar een deel van zijn lichaam terechtkwam zwart werd en afstierf. Zo ontstonden de moerassen en alle andere onvruchtbare, giftige gebieden.

De monsters en wilde beesten bespeurden de uitstraling van Tzulan en trokken naar die streken om er te blijven. De weinige overgebleven mensen die de Geblakerde God waren gevolgd, zochten ook deze plekken op en sloten een verbond met de monsters en wilde beesten.

Maar de Geblakerde God was niet echt dood.

Zijn geest had het overleefd en leidde iedereen in verzoeking die net zo'n slechte inborst had als hij. En hij beloofde hun grote rijkdom en macht als ze bereid waren om in zijn naam te doden.'

DE OORLOG TUSSEN DE GODEN EN DE GAVE DER MAGIE,
Hoofdstuk 3

Ulldart, koninkrijk Tarpol, provincie Sora, de vlakte van Dujulev, vroege zomer 443 n.S.

Op één warst afstand lagen de vijandelijke troepen.

De Borasgotanische soldaten waren verdeeld in drie grote contingenten, die gedisciplineerd hun tenten hadden opgeslagen en het terrein eromheen met diepe loopgraven en palissaden hadden beschermd. Elk kamp telde tweeduizend man, en daarmee had Borasgotan een strijdmacht op de been gebracht die Ulldart lang niet meer had gezien. Het eerste kamp van de vijand lag aan de rand van een moeras en was zo tegen verrassingsaanvallen beschut, het derde grensde aan een stuk bos dat door de Borasgotanen werd beheerst en het tweede lag er precies tussenin, in het open veld.

Eén warst daartegenover verhief zich een kleine heuvel van krap twaalf meter hoog, waarachter de Tarpolers hun vierduizend man sterke leger hadden samengetrokken. Ook dit kamp leek enigszins beschut.

Al twee weken geleden waren Lodrik en zijn gevolg hier aangekomen om de soldaten en vrijwilligers moed in te spreken voor de komende strijd, die over een week zou plaatsvinden.

Er was niemand in het leger die niet bang was, maar iedereen wist dat deze veldslag onvermijdelijk was voor een beslissing over de toekomst van het land.

Na de wonderbaarlijke omslag binnen de raad van brojaken had Lodrik het advies van zijn neef Mortva Nesreca opgevolgd en een boerenlegertje in de nacht naar de kampementen van de Borasgotanen gestuurd. De verliezen bij de vijand waren maar heel gering, terwijl meer dan tweehonderd pachters sneuvelden en nog vijftig anderen gewond in de tenten lagen, maar door die voortdurende aanvallen kreeg de vijand inderdaad weinig slaap. Op aandringen van zijn adviseur had de Kabcar de afgelopen week de aanvallen nog opgevoerd. Ook de kinderen leverden hun aandeel. Zij groeven de verdedigingswerken van het kamp, zodat de soldaten konden uitrusten.

Elke vrije minuut dat Lodrik en zijn neef zich onbespied waanden leerde de man met het zilvergrijze haar de jonge vorst over de gecontroleerde toepassing van magie.

Het was moeilijk, heel moeilijk, om die ontzagwekkende nieuwe en onstuimige krachten goed in de hand te houden.

De Kabcar begreep nu dat hij met zijn magie iets groters ontstak, dat zich als een golf uitbreidde en aanzwol, om dan met volle kracht los te barsten. Dat verliep geheel geluidloos – althans het begin.

De toepassing vereiste een uitstekende lichaamsbeheersing, precieze gebaren en minutieuze bewegingen, gekoppeld aan een immense geestelijke concentratie.

Wat bijvoorbeeld in de paleistuin was begonnen met een onschuldige gouden glinstering tussen zijn vingers, was opeens een vurige halve bol geworden, die hem omsloot en met sissend lawaai abrupt maar gelijkmatig naar alle kanten uitdijde. Binnen een straal van bijna vijf meter om hem heen verschroeide alles wat hem voor de voeten kwam, voordat het hem lukte de energie te doven.

Mortva was onder de indruk, maar de hoofdtuinman had bij het zien van zijn opnieuw vernielde planten zwijgend zijn voorschoot afgedaan en ontslag genomen.

Hoewel dit verschijnsel meer toeval dan opzet was, hadden Lodriks lessen wel tot gevolg dat er bij zijn spontane woedeuitbarstingen niet langer van alles in zijn omgeving verschoof of barstte, of dat het vuur van kleur veranderde. Zijn soldaten waren niet meer zo bang voor hem, hoewel hij nog altijd met een zeker bijgelovig ontzag behandeld werd.

Mortva stelde hem gerust dat een zeker respect alleen in zijn voordeel kon werken als hij leiding moest geven.

Twee dagen eerder had zich een opzienbarend incident voorgedaan in het Tarpoolse kamp. Vanuit de commandotent was een luide, woedende woordenwisseling te horen geweest, voordat een bijzonder opgewonden Nerestro van Kuraschka naar buiten stormde.

Belkala rende hem achterna en sprak hem bezwerend toe, maar haar woorden schenen niets uit te halen.

Een uur later vertrokken de vijftig ridders van de Hoge Zwaarden in hun prachtige, glinsterende harnassen met hun gevolg van driehonderd man uit het Tarpoolse kamp, tot grote vreugde van de joelende Borasgotanen aan de andere kant van de vlakte, die de aftocht luid bejubelden.

Volgens de geruchten zou kolonel Mansk hebben geprobeerd de trotse ridder instructies te geven voor de komende strijd, maar Nerestro wilde daar niets van weten. Omdat een akkoord niet mogelijk bleek, was de Kabcar dit strategisch zo belangrijke onderdeel van zijn troepen kwijtgeraakt. Natuurlijk heerste er grote verslagenheid onder de Tarpolers, die alleen met grote moeite en de welsprekendheid van Lodrik, Stoiko en Mortva – en royale beloften van de officieren – konden worden overgehaald om te blijven.

Een merkwaardig gerucht zorgde voor onrust in de tenten. Bij het schijnsel van de kaarsen en petroleumlampen deed op een nacht het verhaal de ronde dat er een tweede Borasgotanisch leger vanuit het westen zou zijn genaderd om Tarpol vanuit zee te veroveren. Arrulskhán, zo werd gefluisterd, had een vloot laten bouwen waarmee hij een maansomloop geleden nog eens tweeduizend soldaten op de onbeschermde kust had afgezet – een troepenmacht die zich nu vlak voor Ulsar bevond.

Lodrik liet onmiddellijk postduiven opstijgen om informatie in te winnen, maar hij had nog steeds geen antwoord. Het maakte de situatie er niet beter op.

Na bijna drie weken kwam het beslissende moment. Op een morgen, toen de zonnen maar met moeite door de nevel boven de grasvlakte drongen, stelden de Borasgotanen zich in slagorde op.

De eerste rij bestond uit boogschutters en voetvolk, schuin rechts en links daarachter kwamen twee cavalerie-eenheden, en de rest van het leger volgde.

'Dat ziet er interessant uit,' was het commentaar van kolonel Mansk op de bewegingen van de vijand. 'Zo'n formatie heb ik nog nooit gezien.' Hij keek de kring van officieren rond. 'Heeft iemand een voorstel, heren?'

Een van de hogere militairen bouwde met houten soldaatjes een tegenformatie op, die met veel kritiek steeds werd aangepast en verschoven, totdat iedereen het eens was over het resultaat: het voetvolk in het midden, op de flanken gedekt door de boogschutters, met daarachter de samengetrokken cavalerie.

Mortva schudde zijn hoofd en raadde de opstelling af, omdat de boogschutters aan de zijkant geen dekking hadden, maar de officieren wisten hun visie bij de Kabcar door te drukken.

Waljakov knikte instemmend naar de man met het zilvergrijze haar. De lijfwacht koos ook liever voor een andere formatie. Maar de beslissing was gevallen en de officieren en de lagere rangen brulden hun bevelen om de troepen in positie te krijgen. Belkala had besloten bij de kinderen en gewonden in het kamp te blijven.

Tegen de middag waren de voorbereidingen aan beide kanten afgerond. Zwijgend stonden de twee legers tegenover elkaar, op een afstand van iets meer dan een halve warst.

Lodrik, Waljakov, Stoiko, Mortva en Mansk zaten te paard tussen de ruiters en de formatie van het voetvolk.

'Dit deugt niet,' fluisterde de adviseur tegen de lijfwacht, die grimmig de tegenpartij in het oog hield. Kameraadschappelijk klopte Waljakov zijn zware strijdros, Treskor – dat in tegenstelling tot veel andere paarden geen spoor van opwinding vertoonde – op de hals.

'Ik weet het,' antwoordde hij. 'De officieren hebben de Borasgotanische ruiterij volkomen verkeerd ingeschat. Hun paarden zijn superieur aan de onze. Mansk en zijn mensen zullen heel wat doden op hun geweten hebben.'

'Een hele geruststelling dat tenminste iemand het met me eens is,' zei Mortva, die ook een helm en een borstkuras droeg, wat niemand van hem gewend was.

'Maar we schieten er weinig mee op,' antwoordde de reus, terwijl hij zijn zwaard trok. 'Daar komen ze.'

Het vijandelijke leger zette zich langzaam in beweging en kwam zingend naderbij. In de maat sloegen de soldaten op hun schilden, waarbij ze het tempo steeds meer opvoerden.

Lodrik keek rond en zag de angst op zoveel gezichten. Hij trok zijn beulszwaard, drong zich naar voren en reed langs het front van zijn troepen.

'Jullie vechten vandaag niet voor mij, mannen!' riep hij. 'Jullie vechten niet voor de Kabcar, niet voor de koning van Tarpol. Als we ons zo dadelijk in de strijd storten, zal iedereen voor zijn eigen leven vechten. Vergeet nooit: we voeren oorlog tegen de Borasgotanen omdat zij óns hebben aangevallen. Zij hebben onze steden en dorpen in brand gestoken, onze vrienden gedood en onze vrouwen verkracht. En zo zal dat doorgaan als wij daar nu geen eind aan maken.' Hij verhief zich in de stijgbeugels. 'We zullen ze terugdrijven naar hun vervloekte land. Laten we Arrulskhán duidelijk maken dat er met Tarpol niet te spotten valt. We zullen de indringers verslaan en onze vrijheid behouden! Ulldrael de Rechtvaardige is met ons!'

De mannen juichten hem toe, terwijl een zacht gesis de eerste pijlenregen aankondigde. Een paar boeren stortten neer, maar de meeste hadden op tijd hun schilden geheven. De Kabcar reed naar zijn vrienden terug.

Hun eigen schutters beantwoordden het salvo en zo ontstond een langdurige schotenwisseling, totdat de Tarpoolse officieren ongeduldig het sein tot de aanval gaven en het voetvolk op de vijandelijke linies van boogschutters en zwaardvechters afstuurden. Het was de bedoeling een bres te slaan in de vijandelijke ruiterij, om zo gemakkelijker te kunnen doorstoten.

Mortva schudde zwijgend zijn hoofd, een reactie die sinds zijn komst hier regelmatig bij hem was waargenomen.

Kort voordat de Tarpolers hun tegenstanders bereikten, weken die naar links en rechts uit. Via de ontstane opening rukte een cavalerie-eenheid op, die dwars door het voetvolk ploegde. Op een bazuinsignaal kwamen nu ook de twee grote ruitervleugels in beweging voor een aanval op de flanken van de Tarpoolse boogschutters, die voor de aanstormende paarden naar alle kanten vluchtten en een makkelijke prooi dreigden te worden. Dus moest Lodriks cavalerie, die eigenlijk het voetvolk moest ondersteunen, nu in allerijl de boogschutters verdedigen.

Aan de andere kant van het slagveld bevonden de boeren zich in een kansloze positie, doordat nu ook de vijandelijke infanterie in actie kwam en de onervaren Tarpolers in de tang nam.

Lodrik, Stoiko en Waljakov vochten zij aan zij en maaiden de ene na de andere Borasgotanische ruiter neer. Paardenlijven drongen op, en het wapengekletter van staal op staal was oorverdovend, soms overstemd door kreten van woede of het gekerm van slachtoffers.

Met de moed der wanhoop hielden de Tarpolers stand. De Borasgotanen, die de overwinning roken, vielen nog fanatieker aan. Vriend en vijand krioelden door elkaar, gewonden kwamen onder de met ijzer beslagen hoeven terecht, pijlen zoefden door de lucht en troffen een willekeurig doel.

Op de een of andere manier slaagde Mortva er steeds weer in juist daar te zijn waar geen tegenstander hem kon deren. Hij had nog niet één keer zijn zwaard getrokken om zich in een noodgeval te kunnen verdedigen. De adviseur had in deze chaos een heel ander doel. Op het moment dat hij weer een pijl zag vliegen, greep hij zijn kans. Met zijn ogen fixeerde hij het projectiel.

Abrupt veranderde de pijl van richting en sloeg in het rugpantser van Stoiko in. Kreunend richtte de raadsman zich op, maar onmiddellijk werd hij door een tweede pijl getroffen, dicht onder de eerste.

Ook een derde schot trof doel. Zonder dat Waljakov en Lodrik het in de gaten hadden, gleed Stoiko uit zijn zadel en verdween tussen de snuivende, hinnikende paarden.

'Die officieren hebben verkeerd gegokt! We moeten ons onmiddellijk hergroeperen,' riep de lijfwacht naar de Kabcar. 'Anders verliezen we ook de rest van de boeren nog.'

Lodrik gaf een bazuinblazer de nodige bevelen, en stap voor stap formeerde de Tarpoolse ruiterij zich opnieuw, tot er weer een gesloten front ontstond dat zich de vijand van het lijf kon houden. Een deel bleef achter als dekking voor de boogschutters, de rest reed over het kolkende slagveld naar de andere kant van de vlakte om de boeren te hulp te komen.

Daar waren de rijen gevaarlijk uitgedund. Misschien de helft van de pachters was nog op de been, maar ze waren aan alle kanten ingesloten.

Op weg naar de tweede uitkijkpost werd Lodrik een moment verblind, alsof iemand hem met een spiegel in de ogen scheen. Beschuttend bracht hij zijn hand omhoog en tuurde tussen zijn vingers door om te zien wat er zo schitterde.

Boven al het lawaai uit meende hij ook een soort geloei te horen, en even later leek de grond te beven.

'Daar komt onze redding,' wees Mortva naar het westen. Ook de Borasgotanen hadden het geluid achter hen opgevangen en draaiden zich om naar dit nieuwe gevaar.

Een levende muur van blinkend staal walste over de vlakte. Zwaar geharnaste ridders en paarden galoppeerden in een strakke linie op het weerloze Borasgotanische voetvolk af. Daarachter wachtte een tweede rij, die zich nog niet in beweging had gezet. Lodrik schatte dat de falanx uit zo'n honderd ridders en schildknapen bestond.

'Daar komen de Hoge Zwaarden!' brulde de Kabcar geestdriftig, en hij gaf zijn paard de sporen. 'Dat zal een bloederige verrassing worden voor de vijand.'

De eerste golf van ridders sneed met naar voren gerichte lansen door de vijandelijke linie. Het effect van de actie was verbijsterend en fascinerend tegelijk. De druk van de aanval plantte zich naar achteren voort, waardoor mannen die nog niet door de lansen waren doorboord als lappenpoppen werden platgedrukt. Hun wapenrustingen van leer en licht metaal waren daar niet tegen bestand.

Daarna keerden de ridders met lange zwaarden terug om het karwei af te maken. Vanaf hun paarden sloegen ze op hun angstige tegenstanders in.

Weer klonk er een hoornsignaal, en de tweede falanx denderde op een ander contingent van het voetvolk af, dat even meedogenloos werd vernietigd. De Borasgotanen stonden weerloos tegenover de geharnaste strijders. Bovendien waren ze nog verlamd van schrik door het geweld van de aanval. Na een derde signaal stortten de gewapende lansknechten van de Hoge Zwaarden zich brullend in de strijd om de ridders te ondersteunen.

De discipline en precisie waarmee deze driehonderd man de vijandelijke linies een voor een oprolden, werden de vijand te veel. De Borasgotanen gaven het teken tot een snelle aftocht, vooral ook omdat de Tarpoolse ruiterij nu was opgerukt en zich met het gevecht bemoeide. De dagzege ging duidelijk naar de Kabcar, onder luid gejuich van zijn mannen.

De restanten van het Tarpoolse boerenleger trokken zich naar het kamp terug, terwijl de Hoge Zwaarden de ordelijke terugtocht dekten, voor het geval de vijand nog een uitval zou wagen.

Nerestro reed naar hen toe, inmiddels in een flink gehavende en met bloed besmeurde wapenrusting, en alleen nog herkenbaar aan zijn zwaard.

'Ouderwets, te log en niet effectief genoeg, geloof ik?' riep hij al van ver. Dat was het oordeel geweest van de Tarpoolse officieren over de deelname van de Hoge Zwaarden. 'Misschien een kleine vergissing?'

'Ik ben blij dat je toch op je besluit bent teruggekomen, Nerestro van Kuraschka,' begroette Lodrik hem stralend. 'Zonder jouw ridders zouden we waarschijnlijk zijn verslagen.'

'Vergeef me de kleine komedie die we hebben opgevoerd, maar zo was het verrassingseffect voor de vijand veel groter.' De ridder klapte het vizier van zijn helm omhoog, zodat zijn bezwete gezicht te zien was. Het vuur van de strijd gloeide nog in zijn ogen.

'Komedie?' Lodrik stak zijn executiezwaard weg. Zijn arm deed pijn van de kracht waarmee hij het wapen had moeten rondzwaaien. Langer zou hij het niet hebben volgehouden. 'Hoe bedoel je?'

'Mortva en ik hadden afgesproken dat de Hoge Zwaarden zich zogenaamd woedend zouden terugtrekken uit het leger van de Kabcar,' legde de ridder uit. 'Zodat Borasgotan zou denken dat ze van ons verlost waren. En voor het geval we spionnen in onze gelederen hadden, moest het geloofwaardig overkomen, dus konden we niemand anders in het complot betrekken.'

'Een geweldige list,' prees Waljakov de adviseur, die nog steeds rondreed in een harnas dat eruitzag alsof het zo uit de wapenkamer kwam.

'Maar het was een duur bevochten overwinning,' zei Nerestro, en hij knikte naar het slagveld.

De ooit zo groene vlakte lag bezaaid met lichamen. Slachtoffers kreunden en kermden, gewonde paarden hinnikten jammerlijk of probeerden zich ondanks hun verwondingen toch overeind te hijsen. De eerste kraaien kwamen al aangevlogen en trippelden tussen de lijken door om hier en daar wat vlees te pikken.

Een diepe verslagenheid trof Lodrik toen hij die talloze, vaak afschuwelijk verminkte lichamen zag. In eerste instantie waren vooral de Tarpoolse boeren getroffen, die het slechtst waren toegerust.

'We zullen de doden van het veld moeten dragen,' zei Mortva. 'Laat dat maar aan de kinderen over. Onze soldaten hebben rust nodig.' Deze keer sprak niemand hem tegen. De aanblik die het continent zoveel tientallen jaren bespaard was gebleven, bedrukte iedereen en zorgde voor een droevige, diep geschokte stemming.

'Waar is Stoiko eigenlijk?' vroeg Nerestro in de stilte die viel.

'Bij Ulldrael de Rechtvaardige,' zei de jonge koning met hortende stem, en hij liep terug naar het veld om zijn raadsman te zoeken. De anderen volgden ongerust. Lodrik bad vurig dat hij zijn vriend niet tussen de doden zou vinden.

Het was Waljakov die Stoiko ontdekte. In een vreemd geknakte houding en met drie pijlen in zijn rug lag de raadsman half onder een dood paard. Maar tot Mortva's grote teleurstelling leefde hij nog, hoewel hij moeizaam ademhaalde. Zijn hart sloeg veel te snel.

Haastig wenkte Lodrik een van de vier cerêlers die hij had meegenomen om de zwaargewonden ter plekke te kunnen behandelen. Het dode dier had de man door zijn gewicht de benen gebroken, en duidelijk waren de afdrukken van de hoefijzers op zijn rugpantser te zien.

Maar grotere zorgen maakte de cerêler zich over de pijlen. De Borasgotanen gebruikten de gewone pijlen met een opgezette punt. Als je de schacht uit de wond trok, bleef het ijzer in het lichaam achter. Door de plaats van de treffers was het niet mogelijk de pijlpunten door te drukken.

Dus zaagde de cerêler het hout tot op een paar centimeter af en wachtte tot Stoiko van zijn harnas was bevrijd. Liggend op zijn buik werd de raadsman op een draagbaar naar het kamp gebracht, waar hij verder zou worden behandeld. Om te voorkomen dat de wond ging ontsteken, moesten de pijlpunten zo snel mogelijk worden verwijderd, maar dat zou een bloederige ingreep worden, terwijl hij toch al zoveel bloed verloren had.

Lodrik liet zich op zijn knieën zakken toen hij zijn vriend zo roerloos op het bed zag liggen. Meer dan ooit miste hij de steun van Norina.

Mortva legde geruststellend zijn hand op de schouder van de ontroostbare koning. 'We vinden wel een manier om hem te redden. Wees niet bang, hoge heer.'

Kolonel Mansk kwam de tent binnen. Zijn gezicht stond ernstig. 'We hebben nog maar nauwelijks vijfhonderd boeren die we morgen kunnen opstellen, hooggeboren Kabcar. De Borasgotanen hebben verschrikkelijk huisgehouden. En dan hebben we nog tweehonderd man van de commandotroepen en de driehonderd ridders en manschappen van de Hoge Zwaarden.'

'Plus driehonderd man reguliere troepen,' vulde de adviseur aan. 'Als ik het goed heb gezien, is de vijandelijke infanterie dankzij het ingrijpen van de ridders met grote verliezen van het veld gegaan. Ik denk dat we hun aantal tot onder de duizend man hebben teruggebracht.'

'Hun cavalerie is ons grootste probleem,' zei Waljakov. 'Maar zonder de steun van hun voetvolk hebben ze geen linies waarachter ze zich kunnen terugtrekken.'

Lodrik hurkte zuchtend bij Stoiko neer. 'Dus we hebben zo'n duizend soldaten tegenover drieduizend man aan vijandelijke kant. Dat redden we niet.'

Mortva zette zijn helm af. Zijn haar viel als dunne draden kwikzilver soepel en glad over zijn rug. 'We hebben nog een andere mogelijkheid, hoge heer, maar dan zal iedereen moeten meehelpen om voor morgenochtend vroeg met alles klaar te zijn. Ook de manschappen en de ridders.'

Nieuwsgierig dromden de mannen om de adviseur heen toen hij zijn plan ontvouwde.

Nerestro stond op de top van de kleine heuvel waar de wachtposten zich hadden opgesteld. Zijn zware dubbele boog leunde tegen zijn bovenbeen, terwijl zijn blik over de nachtelijke vlakte gleed. Kleine lichtpuntjes op het slagveld gaven de plaatsen aan waar mensen nog steeds bezig waren de doden van het veld te dragen.

Vijftig kinderen waren met karren eropuit gestuurd om hun gesneuvelde vaders te zoeken. Alle bezittingen waren verzameld en zouden later onder de families worden verdeeld. Dertig andere jongelui moesten diepe kuilen graven waarin de doden ter aarde zouden worden besteld nadat ze de zegen van Ulldrael hadden ontvangen. Aan Borasgotanische kant gebeurde hetzelfde. De twee partijen lieten elkaar bij deze trieste bezigheden met rust.

Aan zijn voeten was het een drukte van belang. Alle tenten, op een paar na, waren afgebroken en van de tentstokken waren palissaden gemaakt die op de haastig opgeworpen aarden wal rondom de heuvel werden opgesteld, met kazematten tegen de pijlen. De kleine verhoging in het terrein werd geleidelijk versterkt tot een provisorische vesting met drie houten wallen. Het deed de ridder onwillekeurig aan een egel denken.

Het Tarpoolse leger bereidde zich voor op een verdedigingsslag, om op een gunstig moment een uitval te kunnen wagen om de Borasgotanen verrassend te verslaan. Dat was de taak van Nerestro en zijn mannen. Alle anderen moesten de heuvel tegen aanvallen beschermen en zich daar handhaven.

Weer was het een inval van de adviseur geweest om liever op een kansrijke verdediging te vertrouwen dan de mannen een zekere dood tegemoet te sturen. Bovendien maakte de neef van de Kabcar er geen geheim van dat hij niet uit naastenliefde handelde, maar alleen uit strategisch oogpunt.

En de geleerde had nog iets anders bedacht. Van de overtollige tentstokken en touwen werden provisorische handbogen gemaakt om het aantal boogschutters aan te vullen. Bij zo'n massa tegenstanders kwam het niet op nauwkeurigheid aan, maar op de hoeveelheid pijlen.

De ridder mocht de zo geheimzinnig opgedoken man met het zilvergrijze haar niet erg, maar hij moest toegeven dat Lodriks neef meer tactisch inzicht had dan het hele Tarpoolse officierskorps, dat geen beste indruk maakte. De soldaten weigerden inmiddels hun bevelhebbers te volgen en luisterden alleen nog naar de bevelen van de Kabcar, Waljakov of de ridders. De officieren hadden hun verlies aan gezag ten slotte geaccepteerd en zich teruggetrokken in hun eenheden, waar ze nu net zo hard ploeterden als de pachters en de manschappen. De enigen die een beetje werden ontzien, waren de Hoge Zwaarden, omdat op hun schouders de zwaarste last van de strijd zou rusten.

Nerestro had zijn god Angor in zijn gebeden al verscheidene keren bedankt voor de glorieuze overwinning en vroeg zijn beschermheer opnieuw om hulp.

Grijnzend dacht hij terug aan zijn gesprek met de Ulldrael-monnik in de kathedraal van Ulsar. Hij had de man toen gezegd dat er een tijd zou komen waarin de lans en het zwaard weer op waarde zouden worden geschat. Tevreden sloeg hij zijn armen over elkaar voor zijn geharnaste borst.

Toevallig ontdekte hij een gestalte die zich zonder fakkel langs de half opgerichte palissaden wrong, in de richting van het slagveld. Nerestro fronste zijn voorhoofd, pakte zijn boog en ging de gedaante achterna. Als het een Borasgotanische spion was, zou hij hem in zijn kraag grijpen. Eigenhandig. Dat genoegen gunde hij zichzelf.

Hoewel de vijf manen een betrekkelijk helder schijnsel over de vlakte wierpen, zorgden de wolken ervoor dat het zo nu en dan pikdonker was. Het scheen de gestalte niets uit te maken, want zonder aarzelen of zelfs maar één keer te struikelen bewoog hij zich door de duisternis. De stank van rottende lichamen en ontbinding, die al vaag boven het terrein hing, drong in Nerestro's neus.

Onderweg viel het de ridder op dat de onbekende de fakkeldragers ontweek en koers zette naar een deel van het veld waar alleen Borasgotanische doden lagen. Toen knielde hij.

Zo geruisloos mogelijk in zijn maliënkolder en gevoerde wapenrok sloop Nerestro dichterbij, met zijn boog in de aanslag.

Vol afschuw zag hij waar de onbekende mee bezig was. Een mes glinsterde in het maanlicht en een smalle hand sneed met geoefende gebaren het vlees van een ontbloot onderbeen. Toen verdween het hoorbaar in de mond van de knielende gestalte, hap voor hap.

'Sta op, man! Wat doe je hier?' zei Nerestro luid.

De gedaante keek haastig over zijn schouder, met een stuk vlees nog achter zijn wang. In het donker lichtten zijn ogen felgeel op. Het besef trof de ridder als een vuistslag in zijn maag. Wat hij hier zag, bevestigde de gruwelijke nachtmerrie die hij over Belkala had gehad. De vrouw uit Kensustria vrat dus werkelijk mensenvlees. Hij voelde het litteken in zijn nek weer gloeien.

Langzaam stond de priesteres op, slikte de hap vlees door en lachte onzeker. 'Het is niet wat je denkt, Nerestro. Ik kan het allemaal uitleggen. Als je maar wilt luisteren.' Ze stak het mes weer achter haar riem. 'Alsjeblieft.'

'Ik was er al heel lang bang voor.' De ridder hield zijn wapen nog steeds op de vrouw gericht. 'Ik heb een vreemde droom gehad, waarin je deed wat ik zojuist gezien heb. Je zult begrijpen dat ik een verklaring van je wil.'

'Lakastra is een heel machtige god, maar zijn grootste wonderen hebben ook nadelen.' Geleidelijk verdween de felle gloed uit Belkala's ogen. 'Hij heeft me weer tot leven gewekt, maar alleen door het vlees van de levenden kan ik blijven voortbestaan. Het is een zegen en een vloek tegelijk.'

Nerestro huiverde. Zijn afschuw en walging dat de priesteres mensen doodde om aan haar eten te komen waren te groot. 'Dus zolang als je leeft, heb je dit... voedsel nodig? Is er geen andere mogelijkheid?'

Belkala bleef recht voor de pijl in Nerestro's boog staan. 'Nee, die is er niet. Elke week moet ik dit "voedsel", zoals jij het noemt, zien te vinden om in leven te blijven. Hoe meer ik me inspan, des te meer ik ervan nodig heb. Dat is de prijs die ik bereid was te betalen om Ulldart, en dus Kensustria, voor rampen te behoeden.' Ze glimlachte verdrietig. 'Een betrekkelijk geringe prijs, als je bedenkt dat ik eigenlijk al dood was verklaard, vind je niet? En dat geen wapen me nu nog deren kan.'

'Wie weet er verder nog van je geheim?'

'Ik denk dat Norina iets vermoedt. Toen zij en haar escorte uit Granburg naar Ulsar reden, kwamen ze door het bos waar ik begraven was. Ik had honger. Ik was net uit de dodenwereld teruggekeerd en had versterking nodig. Een van haar soldaten lette niet goed op. Ik heb hem gegrepen en daarbij moet Norina me hebben gezien,' vertelde ze. 'Ik heb haar geïntimideerd en ik denk niet dat ze er met iemand over zal praten. Bovendien klinkt zo'n verhaal veel te absurd om te geloven.'

Langzaam liet hij de zware boog zakken. 'Angor heeft me gezegd dat je veranderd zou zijn. Maar hij zei ook dat je weer net als vroeger zou worden.'

'Zolang ik die behoefte aan...' Ze aarzelde, 'aan "voedsel" kan bevredigen, blijf ik de Belkala die jij kent en...' Weer zweeg ze. 'En van wie je misschien gehouden hebt?'

Nerestro legde zijn wapen op de grond. 'Van wie ik nog altijd houd, eigenlijk meer dan ooit. Toen je stierf, zou ik Matuc het liefst zijn nek hebben omgedraaid omdat het zijn schuld was dat ik jou niet redden kon. En nu leef je weer, maar met een afschuwelijk lot.' Weifelend deed hij een stap naar haar toe. 'En alle leugens van die monnik over valse visioenen en een gifdrank die je me zou hebben gegeven. Verzonnen, allemaal. Als je mij nog altijd aan je zij wilt, dan...'

De vrouw uit Kensustria keek naar de grond. 'Als je niet zo verwaand was, Nerestro van Kuraschka, dan had ik je allang mijn hart geschonken. Toen al.' Ze keek hem recht aan. Haar gele ogen hadden weer de kleur van barnsteen. 'Maar je hebt een eigenzinnig karakter, waarvoor ik je op je gezicht zou hebben getimmerd als ik een man was. Zulke opmerkingen als: "Geen dank voor mijn vriendelijkheid" zijn zó zelfvoldaan!' Ze streelde hem zachtjes over zijn wang. 'Maar toch.'

'Maar toch wát, Belkala?' drong hij aan, en hij pakte haar hand.

'Maar toch kan ik niet anders,' zei ze zacht, en ze kuste hem teder op zijn mond.

Langzaam boog de man zich naar de priesteres toe en omhelsde haar met zijn sterke armen.

Innig verstrengeld stond het tweetal op het doodstille slagveld, in het gedempte licht van de door wolken versluierde manen.

De volgende dag begon met nevel en het gekras en geschreeuw van de raven en kraaien, dat onbestemd van alle kanten te horen was. Grijs en ondoordringbaar hing de mist boven de vlakte van Dujulev, zodat geen van beide partijen de vijand kon zien.

De onvermoeibare arbeid aan de verdedigingswerken werd onder dekking van de nevel voltooid. Mortva was te spreken over het resultaat. Ongeveer de helft van de doden lag nu in diepe kuilen. De tijd ontbrak om ook de rest nog te begraven.

Zo begon het wachten op de aanval van de Borasgotanen.

Lodrik zat samen met Waljakov en zijn neef in een kazemat op de top van de heuvel, waar hij het beste overzicht had en aanwijzingen kon geven. Nerestro stond tussen de andere ridders, die zich achter de tweede palissadenwal hadden opgesteld. De eerste rij moest door de rest van de boeren worden verdedigd en bijna helemaal bovenaan zaten de boogschutters, om de aanstormende vijand zo goed mogelijk te kunnen treffen. De talrijke gewonden waren ondergebracht in kleine nissen die in allerijl in de grond waren uitgegraven. Ze hadden de niet aflatende zorg van Belkala en de cerêlers.

Gedempte geluiden vanuit de vochtige grauwsluier vertelden de Tarpolers dat de vijand zich opstelde. Tegen de middag trok de nevel op en was de slagorde te zien.

Over een breed front rukte de infanterie op, onmiddellijk gevolgd door de ruiterij, die werd geflankeerd door de boogschuttereenheden. De eerste rij droeg dikke, zo te zien inderhaast gefabriceerde, houten schilden om niet hulpeloos door de vijandelijke boogschutters te worden afgeslacht.

De formatie waaierde uiteen zodra de bevelhebbers ontdekten dat de tegenstander zich op de verdediging had toegelegd. In kleine groepen omsingelden ze de heuvel.

Het bleef een tijdje stil. Blijkbaar moesten de Borasgotanen eerst een strijdplan voor de nieuwe situatie bedenken.

Het uitzicht vanaf de heuveltop op het massale vijandelijke leger was weinig bemoedigend voor de jonge Kabcar. Hij was blij dat zijn mannen dit niet konden zien, anders zouden ze zich waarschijnlijk meteen hebben overgegeven.

De Borasgotanen probeerden het met een belegering. In alle rust verplaatsten ze hun drie kampen hiernaartoe en sloegen hun tenten rondom de heuvel op. De verwachte aanval bleef uit, en de nacht viel zonder dat er een schot was gevallen of een zwaard was opgeheven. Die ontwikkeling beviel Mortva niet erg.

'Dit houden we niet lang vol, hoge heer,' zei de adviseur peinzend. 'We hebben nog voorraden voor drie dagen, in het gunstigste geval, en het water zal nog sneller op zijn. Daarom moeten we de gewonden niets meer geven. Ik weet dat het bijna onmenselijk is, maar ze zijn van geen nut in de strijd. De soldaten hebben al hun krachten nodig.'

'Nee,' verklaarde Lodrik beslist. 'We blijven ze verzorgen. Ze hebben hun leven voor Tarpol gewaagd, dus we mogen hun dankbaar zijn.' Hij keek om zich heen. 'Ik weet dat we het niet lang meer volhouden, Mortva, daarom zullen we een uitval doen. Vannacht moet iedereen nog goed op krachten komen. Voor mijn part delen we al het eten uit. Bij het eerste ochtendlicht gaan we dan in de aanval. Het einde zal snel zijn, hoe het ook uitpakt. Ik zal Nerestro en de Hoge Zwaarden op de hoogte brengen.' Hij verliet de kazemat, doorkruiste met een groet de rijen van zijn mannen en had voor iedereen een hoopvol en bemoedigend woord. Ten slotte kwam hij bij de ridder aan.

Toen hij zijn plan had uitgelegd, knikte Nerestro instemmend.

'Beter een eervol einde, van man tegen man, dan door een geniepige pijl te moeten sterven.' Hij keek de jongeman ernstig in de ogen. 'Maar als u sterft, hooggeboren Kabcar, wat moet er dan van Ulldart worden?'

'Dan zal de Donkere Tijd terugkeren, neem ik aan.' Lodrik haalde zijn schouders op en probeerde onverschillig te lijken. 'Bij de onderhandelingen heb ik de anderen gesmeekt, maar tevergeefs. Het spijt me voor Aldoreel en Tûris, niet voor de rest. Het is de schuld van Borasgotan en Hustraban. Zij wilden oorlog, en die hebben ze gekregen. Uiteindelijk hebben zij het continent in het verderf gestort.' Hij leunde tegen het ruwe hout van de palissade. 'Of zie jij dat anders?'

'Als onze orde dat anders zag, zouden we hier niet zijn,' antwoordde de ridder. 'Het is voor het eerst in heel lange tijd dat we weer een belangrijke rol in de geschiedenis spelen. Dat zal Angor genoegen doen, want we strijden voor de goede zaak. Iedereen die sneuvelt, zal door hem worden opgenomen, en dat is een grote aanmoediging voor ons. Wees gerust, de Hoge Zwaarden blijven u trouw tot de laatste ademtocht.'

'Ik heb Ulldrael gesmeekt om hulp,' zei Lodrik zacht, 'maar de Rechtvaardige heeft het blijkbaar moeilijk. Ik zou alle hulp wel willen aannemen om mijn volk tegen de Borasgotanen te beschermen.'

'U zult vast wel geholpen worden,' zei Mortva opeens achter hen.

Onopvallend was hij naderbij gekomen en in kleermakerszit op een grote steen gaan zitten. Zijn helm en borstkuras glinsterden onberispelijk, vrij van krassen, deuken of bloedvlekken. 'Ik weet zeker dat iemand u zal helpen. Vergeet niet dat u er zelf om gebeden hebt. Dat is niet onopgemerkt gebleven, voor zover ik weet. Het duurt soms even voor een zaadje in vruchtbare bodem valt, dat is alles.'

'Waar heb je het over, Nesreca?' vroeg Nerestro, die het een vreemd verhaal vond. 'Wie moet ons dan helpen? Tûris heeft zijn eigen problemen.'

'Herinnert u zich nog de geruchten over dat Borasgotanische leger dat Tarpol vanuit zee zou zijn binnengevallen?' Mortva zette zijn stalen helm af. 'Ik denk niet dat Arrulskhán zo'n actie had kunnen coördineren. Blijft de vraag: wie is er dan wél onderweg?'

'Kensustria?' opperde Lodrik met opflakkerende hoop. 'Natuurlijk! Belkala was een soort voorhoede, en nu heeft ze haar land over de gebeurtenissen ingelicht. Ze komen me helpen.'

'Dat zou kunnen,' zei de adviseur met een vriendelijk lachje.

'Maar het lijkt me niet waarschijnlijk,' wierp de ridder voorzichtig tegen. 'U kunt beter niet op geruchten vertrouwen, hooggeboren Kabcar.'

'Precies,' beaamde Mortva. 'Maar het sprookje over naderende versterkingen zou de troepen net zoveel vertrouwen geven als u zopas, hoge heer. Laten we het gerucht dus maar verspreiden onder de mannen.' Hij stond op. 'Ik maak er meteen werk van.' Hij boog en verdween over de ladder achter de derde palissadenwal.

'Merkwaardige man,' zei Nerestro in gedachten verzonken. Hij merkte pas te laat dat de Kabcar nog naast hem stond. 'Dat is geen kritiek op uw familie, hooggeboren Kabcar, maar het blijft een wonder dat hij zomaar opdook. We kunnen zijn hulp goed gebruiken.'

'Ik weet het,' stemde Lodrik in. 'Hoewel hij volgens veel mensen "maar" een geleerde is, heeft hij zich tijdens de veldslag bewezen als adviseur. Als we meteen naar hem hadden geluisterd, hadden we veel minder doden te betreuren gehad.'

'Toch ben ik heel benieuwd wat er nu eigenlijk waar is van dat gerucht.' De ridder wenkte Herodin om hem de plannen voor de volgende dag uit te leggen. 'Zijn er nog geen nadere berichten uit Ulsar gekomen?'

Een beetje terneergeslagen en met een sombere trek om zijn mond schudde de jonge vorst zijn blonde hoofd. 'Ik denk dat de postduiven door iemand zijn onderschept. Maar daarover hoeven we ons binnenkort waarschijnlijk geen zorgen meer te maken.' Dankbaar legde hij een hand op de geharnaste schouder van de ridder. 'Bedankt voor alles wat je voor me hebt gedaan, Nerestro van Kuraschka. Ik ben bang dat ik je niet meer zal kunnen belonen voor je moeite.'

'Hooggeboren Kabcar,' Nerestro maakte een buiging, 'het was me een eer om te mogen strijden voor een koning die het welzijn van zijn volk zo ter harte gaat. En omdat ook Ulldrael u op waarde weet te schatten, zullen we overwinnen.'

Mortva's route, waarop hij het nieuwtje over de zogenaamde versterkingen verbreidde, kwam via omwegen bij de nissen met gewonden uit.

De man met het zilvergrijze haar bleef staan bij Stoiko's bed en keek neer op de zwaargewonde raadgever, bij wie de twee pijlpunten inmiddels uit zijn rug waren verwijderd. Daarna had de cerêler de wonden magisch gereinigd; ook de wond waarin het laatste ijzer stak. Eerst had hij nu rust voorgeschreven, zodat het lichaam kon herstellen. Het bloedverlies betekende een zware aanslag. Zonder de gezamenlijke inspanningen van de vier cerêlers zou Stoiko, die nu in een heilzame magische slaap was gevallen, het niet hebben overleefd.

De adviseur keek naar het witte verband om de rug van de man. 'Al dat kostbare levenssap dat zomaar wegstroomt in de modder,' mompelde hij met gespeeld medeleven. Onmiddellijk ontstonden er rode plekken in het verband. De wonden waren onverwachts opengegaan. 'En nergens een cerêler te zien. Arme Gijuschka.'

'Wat doe je daar, Nesreca?' dreunde opeens Waljakovs zware stem. Met een paar stappen stond hij naast de geschrokken adviseur en duwde hem opzij. Meteen zag hij al het bloed. 'Waarom heb je geen genezer gehaald?'

'Dat wilde ik net doen,' antwoordde Mortva, die zich weer had hersteld, 'maar er kwam niemand toen ik riep.'

De staalgrijze ogen van de lijfwacht richtten zich vernietigend op de adviseur en de kaakspieren van de reus spanden zich alsof hij op een boomstam stond te kauwen. Hij drukte zijn mechanische hand tegen het verband en riep toen om de cerêlers, die binnen een paar ogenblikken verschenen en zich onmiddellijk om de verwondingen bekommerden.

Nog altijd woedend op Lodriks neef keek Waljakov hoe de kleine mensen hun groen schemerende magie toepasten, terwijl ze zachtjes overlegden. Als hij hun ijle stemmen goed verstond, was het onmogelijk dat de wonden zomaar waren opengegaan.

'Als jij daar iets mee te maken hebt...' draaide hij zich dreigend naar Mortva om, maar de man was verdwenen.

Waljakovs aanvankelijke wantrouwen, dat de laatste dagen wat leek weg te ebben, was in volle hevigheid terug. De lijfwacht was er nu heilig van overtuigd dat de adviseur zijn vriend naar het leven stond. Maar een tweede kans zou de vreemdeling niet krijgen. Alleen was het hem een raadsel wat de neef van de Kabcar met zijn gedoe wilde bereiken.

De uitval van de Hoge Zwaarden in de vroege morgen had meer succes dan iemand had durven dromen. De slaperige Borasgotanische soldaten recht tegenover het punt waar de ridders uitbraken, werden door de geharnaste ruiters met tent en al onder de voet gelopen en de overlevenden sloegen voorlopig op de vlucht.

Maar algauw kwam er orde in het vijandelijke verzet en werden de boogschutters naar de plek gedirigeerd waar de ridders een slachting aanrichtten onder het voetvolk.

Na hun terugtocht reageerden de Borasgotanen vanuit verschillende richtingen met zware aanvalsgolven op de eerste palissadenwal. Tegen de middag hadden ze ondanks zware verliezen een bres in de houten muur geslagen, van waaruit ze nu probeerden de tweede stelling met de Hoge Zwaarden te bereiken. Het front van vijfhonderd Tarpoolse boeren werd moeiteloos uiteengeslagen.

Steeds opnieuw ondernamen de ridders goed gerichte uitvallen, die dood en verderf zaaiden onder de vijandelijke troepen, maar de Boras-gotanen hadden het gevoel dat ze de overwinning onder handbereik had-den. Daarboven, op de top van de heuvel, zagen ze de hoofdprijs, in de persoon van de jonge Kabcar – de troefkaart die ze tegen het nog niet bezette deel van Tarpol konden inzetten en die ze tot elke prijs in han-den wilden krijgen.

Laat in de middag, toen de vijandelijke troepen van alle kanten tegelijk de vestingwerken van de heuvel bestormden, pakten donkere wolken zich aan de hemel samen. De eerste druppels kondigden een stortbui aan. Het bliksemde boven de horizon en het licht van de zonnen kleurde vuil oranje.

Een warme wind kwam op en voerde een stank van zwavel en rot-tend vlees met zich mee. Lodrik meende zelfs een zwakke zeelucht op te snuiven.

'Hoge heer...' Mortva maakte een buiging voor de Kabcar. Zijn zil-vergrijze haar wapperde in de stinkende storm. 'De tijd is gekomen. Ziet u wel? U wordt niet vergeten.'

Een reusachtig langwerpig silhouet daalde uit de wolken neer. Glin-sterende energiebanen dansten rond de romp van een enorm galeischip, dat steeds verder daalde en knarsend landde op het omgewoelde slagveld van de vorige dag.

Krakend zakte het schip naar bakboord, leunend op de talloze roeiriemen aan die kant, en bleef toen stil liggen.

De strijd om de heuvel was allang gestaakt. Vriend en vijand staarden naar de galei die zo wonderbaarlijk uit de hemel was verschenen.

Loopplanken, zo breed als drie mannen naast elkaar, werden door onzichtbare krachten naar buiten geschoven en even later daalden vreemdsoortig uitgedoste soldaten langs het donkergekleurde hout af. Rottend zeewier kleefde aan hun oude, verroeste harnassen, hun gezich-ten leken bleek en levenloos en hun ogen staarden dof vooruit. Als wapens droegen ze hoge schilden en lange speren, waarmee ze, zodra ze beneden waren aangekomen, een bewegende, met scherpe punten be-kroonde muur vormden.

De eerste Borasgotanen klommen hun belegeringsladders af en begonnen zich terug te trekken.

Ook de Tarpolers wisten niet precies wat ze ervan moesten denken. Toen iemand een halfluid gebed prevelde, sloten de andere soldaten zich, de een na de ander, daarbij aan.

Op het dek van het schip verhief zich een reusachtige gestalte, drie keer zo groot als een volwassen man. Zijn haar lichtte sneeuwwit op bij elke bliksemflits aan de oranje hemel, en een machtig harnas beschermde zijn brede postuur. In zijn ene hand hield het wezen een met ijzer beslagen knuppel als strijdknots, in de ander een schild zo groot als een molensteen.

Kalm daalde de figuur, die ieder kind op Ulldart uit de oude legenden kende, de loopplank af en marcheerde aan het hoofd van het onheilspellende leger naar de heuvel toe. Achteloos vertrapte hij de doden op het slagveld. Beenderen en botten versplinterden krakend onder zijn gewicht.

'Heer, wie hebt u om hulp gebeden?' fluisterde Waljakov, zo bleek als een doek. 'Wie hebt u om godswil uit het verleden opgeroepen?'

Lodrik staarde als gebiologeerd naar het schouwspel en zijn nieuwe bondgenoot. Maar hoe dichter het gigantische wezen hem naderde, des te meer verdween zijn overtuiging dat het verstandig was geweest om Tzulan als uitweg uit deze crisis te kiezen. Dat hij zich voor het begin van het jaar 444 van Mortva zou kunnen ontdoen, daar twijfelde hij niet aan. Maar hoe hij dit monster tijdig zou moeten uitschakelen, ontging hem geheel. *Ulldrael de Rechtvaardige, ik bid u vurig om vergeving. Geef me de kracht om me op tijd tegen deze macht te verzetten. Maar zonder deze hulp zou Tarpol verloren zijn geweest.*

Hij klom uit de kazemat om beter te kunnen zien. 'Zonder hem zou Tarpol verloren zijn geweest!' zei hij, nu hardop en luid. Maar in Waljakovs oren klonk het minder als een verklaring dan wel als een wanhopige verontschuldiging.

Alsof het wezen een onzichtbare barrière voor zich uit schoof, weken de Borasgotanen uiteen om plaats te maken. Niet een van de soldaten hief zijn wapen. Het tafereel werkte verlammend en benam hun alle moed.

Alleen Nerestro brulde nog bevelen tegen de wind in. De Hoge Zwaarden beklommen de palissaden en bereidden zich voor op een warme ontvangst.

'Nee!' schreeuwde de Kabcar hen toe. 'Ze komen ons helpen!'

Verrast draaide de ridder zich om. 'Wie denkt u dat daar aankomt? En juist hij zou ons moeten helpen?' Opeens sperde hij zijn ogen open. 'U hebt hem geroepen, nietwaar? Bent u niet goed bij uw hoofd? Wilt u ons allemaal in het verderf storten?'

'Dat vraag ik me eerlijk gezegd ook af,' zei de lijfwacht. 'Ik zal u altijd trouw dienen, maar met deze stap hebt u het land geen dienst bewezen, heer.'

'Geen zorg,' glimlachte Mortva tegen de kaalhoofdige reus. 'Hij komt als een vriend van Tarpol.'

'En voor 444 zal hij weer verdwenen zijn,' gromde Waljakov. 'Al moet ik hem persoonlijk zijn nek omdraaien.'

'Dat,' merkte de adviseur vriendelijk op, 'zou dan wel een moord binnen de familie zijn, als ik me niet vergis. En ik vergis me zelden.'

Het wezen met de zwarte, verschroeid aandoende huid was nu aan de voet van de heuvel gekomen. Met zijn bovenmenselijke spierkracht veegde hij de palissaden moeiteloos opzij, zoals een kind zijn houten blokken van tafel gooit. Duidelijk waren de gaten in zijn harnas zichtbaar waar 443 jaar geleden de pijlen van de Rogogardische admiraal waren ingeslagen.

Maar de huid eronder leek nu gaaf. Zelfs de dapperste ridders zonk de moed in de schoenen tegenover zo'n overmacht. Ook zij maakten nu ruim baan, met hun schilden en zwaarden afwerend geheven.

Stap voor stap beklom de reusachtige man de helling, totdat hij de kazemat had bereikt en met zijn rood oplichtende ogen op de nietige Kabcar neerkeek.

Met een zwaai tilde hij zijn strijdknots op en ramde de met ijzer beslagen punt in de heuvel, zo hard dat de aarde beefde.

'Ik, Sinured, ben gekomen om u tegen uw vijanden bij te staan.' De donkere stem van de krijgsheer rolde als een donderslag over de stille vlakte.

Toen liet hij zich op een knie zakken en boog zijn sneeuwwitte hoofd voor de jonge koning. 'Lang leve de Kabcar van Tarpol.'

Van het ene moment op het andere sloeg iedereen op de vlucht, Borasgotanen en Tarpolers tegelijk. Mannen die elkaar zopas nog de hersens wilden inslaan, renden nu naast elkaar om zo ver mogelijk bij de verpersoonlijking van het kwaad uit de buurt te komen. De stellingen op de heuvel stroomden leeg. Alleen de dapperste ridders van de Hoge Zwaarden vluchtten niet, maar hielden zich gereed.

Lodrik hoorde het eerbewijs van deze gestalte, die ooit de meest gehate mens van het hele continent geweest was, maar hij kon het niet bevatten. Hij wist geen woord over zijn droge lippen te krijgen en zijn keel leek dichtgesnoerd, terwijl de monsterlijke krijgsheer nog steeds deemoedig voor hem geknield zat. Tzulan had woord gehouden.

'Zweert u mijn bevelen altijd te zullen gehoorzamen, bij alles wat u heilig is?' vroeg de jongeman hees. 'Zweert u alle bevelen op te volgen die ik u en uw troepen zal geven? Zweert u, dat u het Tarpoolse rijk en het Tarpoolse volk tegen al zijn vijanden zult beschermen en de inwoners en hun zeden en gebruiken zult respecteren?'

Sinured keek op. 'Ik zweer, hooggeboren Kabcar, dat ik alles doen zal wat u van mij verlangt.' Kwaadaardig fonkelden de roodgloeiende ogen de Kabcar toe.

Zo moesten ook de ogen van Tzulan hebben gefonkeld, dacht de koning heel even.

'Heer, het deugt niet om het goede na te streven met de hulp van het kwaad,' waarschuwde Waljakov zacht. 'Stuur hem terug naar de bodem van de zee, waar hij vandaan gekomen is. De Borasgotanen zijn gevlucht. Net als onze eigen mensen, trouwens.'

'Die komen wel weer terug,' stelde Mortva hem gerust. 'Ze hebben de eed gehoord.'

'Ik zal Sinured uit mijn dienst ontslaan zodra ik zeker weet dat Borasgotan het niet meer zal wagen mijn land binnen te vallen,' zei Lodrik tegen zijn bezorgde lijfwacht. 'Dit is een kans die zich niet nog een keer zal voordoen. Ik moet er gebruik van maken, begrijp je? Ik heb geen keus.' Hij richtte zich tot de krijgsheer. 'Hierbij geef ik je bevel de Borasgotanische troepen te verjagen en alle verloren gegane Tarpoolse gebieden zo snel mogelijk voor mij te heroveren.'

'Ik heb uw wens gehoord.' Sinured kwam overeind en verhief zich tot zijn torenhoge lengte. 'En uw wens, hoge heer, is mijn bevel.'

In een onbekende taal riep hij instructies naar zijn wachtende troepen, die uit hun trance leken te ontwaken en de jacht op de vijand inzetten. Ondertussen begonnen de Tarpoolse eenheden zich weer aarzelend te verzamelen.

'Is dat leger dat je bij je hebt wel groot genoeg?' vroeg Lodrik.

'Hoge heer, breekt u zich daar maar niet het hoofd over,' zei Sinured met dreunende stem. Hij pakte een hoornschelp van zijn riem en blies erop. Een oorverdovend schrille toon klonk uit het door de natuur gevormde instrument.

Bulderend doken aan de andere kant van de vlakte duizenden soldaten op, die de vluchtende Borasgotanen opvingen en meedogenloos op hen inhakten.

'Mijn vrienden staan klaar om u te helpen, net als ik,' verklaarde de monsterlijke man. 'Zij zijn vanaf de andere kant van Tarpol hierheen opgerukt om de Borasgotanen voor u te verjagen, hoge heer.' Met een sprong uit stand belandde hij onder aan de heuvel. Weer scheen de aarde te beven. 'En als u me nu excuseert? Ik moet onze eerste overwinning voor u behalen.'

De Kabcar en de rest van de Tarpoolse troepen keken vanaf de heuvel zwijgend toe hoe Sinured en zijn mannen huishielden onder de vijand. In het troebele, oranje licht en het schijnsel van de bliksem kwam de gruwelijke slachting bizar en onwerkelijk over.

Niets was bestand tegen de met ijzer beslagen strijdknots van Sinured. Gedreven door de kracht van tien mannen vernietigde het wapen alles wat het tegenkwam. Het woeste geweld van zijn troepen voorkwam elke poging van de Borasgotanen zich te hergroeperen. Als dolle wespen vielen Sinureds eenheden aan, trokken zich terug en namen dan de vluchters in de tang om ze onder luid gebrul af te maken.

Nerestro dook naast de koning op. 'We moeten dit monster uiterlijk binnen een halfjaar verjagen. Of nog beter: doden. Beloof me dat, hooggeboren Kabcar,' zei de ridder met klem. 'Zweer het op uw leven.' Lodrik knikte afwezig.

'Mogen Ulldrael de Rechtvaardige en alle andere goden ons genadig zijn,' zei Waljakov met een ernstig gezicht, toen hij zich eindelijk van het tafereel op de vlakte afwendde. Hij had genoeg gezien.

Ulldart, koninkrijk Ilfaris, hertogdom Turandei, koninklijk paleis, zomer 443 n.S.

'Kijk nou eens, wie had dat gedacht?' zei Perdór goed gemutst, en hij wapperde met de papieren waarop de nieuwste berichten stonden. 'Niet alleen heeft de jonge Kabcar de Borasgotanische hoofdmacht vernietigd, hij gooit nu ook een voor een alle bezettingseenheden het land uit.' Haastig las hij de tekst. 'Maar het schijnt niet zo makkelijk te gaan. De soldaten klampen zich vast aan het pas veroverde gebied. En dan moet de koning ook nog Kostromo en Bijolomorsk bevrijden.'

Fiorell, die gehurkt op het bureau van zijn heer zat, zette zijn narrenkap af, ademde op een van de koperen belletjes en poetste het op. 'Na dit grote militaire succes zal dat toch geen probleem meer zijn, majesteit? Koning Kumstratt van Hustraban doet het waarschijnlijk in zijn broek als hij hoort dat de Tarpolers niet één gevangene hebben gemaakt.' Hij zette zijn muts weer op. 'Ik zou het tenminste behoorlijk in mijn broek doen als ik hem was.'

'Ik sta wel versteld van zo'n harde aanpak, en dan druk ik me nog voorzichtig uit,' gaf de koning van Ilfaris toe. 'Hij heeft niet eens geprobeerd om hoge officieren gevangen te nemen en losgeld te eisen.'

'Ik denk dat de jonge Kabcar, met alle respect voor uw collega's, de hoogedelgeboren schijtebroeken die werkeloos hebben toegekeken bij zijn ondergang, de wereld wil laten zien hoe de Tarpolers kunnen vechten.' De hofnar trok een peinzend gezicht. 'Keurig geformuleerd, toch?'

'En waarschijnlijk heb je zelfs gelijk.' De deur ging open en een bediende bracht een glas met helder ijs, een scheut rum, wat suiker, room en gepureerde verse aardbeien. Daarbij serveerde hij luchtig gebak. 'Ideaal voor zo'n warme zomerdag, vind je niet?' zuchtte Perdór met een verzaligd lachje, toen hij een slokje van de drank genomen had.

'Als de alcohol u niet naar het hoofd stijgt,' waarschuwde Fiorell. 'We moeten nog denkwerk verrichten, majesteit.'

Misnoegd zette de koning zijn glas weer neer. 'Al goed, nar. Wat verder nog?'

'Nou, ik herinner me het verhaal van een gestoorde Borasgotaan die voor de slag bij Dujulev al gevlucht was en angstige Tarpolers iets over een vliegend schip vertelde dat midden in een noodweer zou zijn geland. Dom genoeg was de man al dood voordat een van onze spionnen hem nader kon ondervragen. De volgende morgen vonden ze hem bungelend aan een touw in een schuur.'

'Heel dom,' beaamde Perdór teleurgesteld. 'Maar gekken heb je overal. Zo zie je maar wat oorlog met de geest van mensen kan doen.'

'Het merkwaardige van de zaak is,' vervolgde de hofnar met een listig gezicht, terwijl hij in de papieren naar een ander bericht van een tijdje eerder zocht, 'dat die waanzin wel heel ver om zich heen grijpt.'

Terwijl de potsenmaker in de paperassen rommelde, nam de koning van Ilfaris nog een slok van de heerlijke koele drank. De room bezorgde hem een witte snor, zonder dat hij het merkte.

Fiorell knipoogde. 'Staat u goed, majesteit.' Hij hield het bericht omhoog. 'Ik bedoel het verhaal van twee Tûritische vissers die aan iedereen die het horen wilde – of niet – vertellen dat ze in een verschrikkelijk noodweer een galei uit het water hebben zien komen op dezelfde plaats waar het vlaggenschip van Sinured 443 jaar geleden tot zinken werd gebracht.'

Nu luisterde Perdór wat aandachtiger. 'Dus misschien is er toch iets waar van die twee verhalen? Dat zou niet zo mooi zijn.' Snel sprong hij op en zocht in een andere stapel. 'Ja, daar heb ik het. Spionnen in Tarpol maken melding van eenentwintig schepen die vanaf de westkust de

Repol waren opgevaren met soldaten, die de rest van de tocht naar Du-julev in een geforceerde mars hebben afgelegd toen ze niet meer verder konden over de rivier. Let op: schepen van een onbekend type en met totaal onbekende vlaggen. Dat moeten de troepen zijn geweest die de Kabcar aan de overwinning hebben geholpen. Maar waar kwamen ze vandaan?'

'Niet van Ulldart,' overwoog de man in het narrenpak. 'En te oorde-len naar de manier waarop ze zich in de veldslag hebben gedragen, moeten het onaangename jongens zijn. Ze kunnen niet uit het keizer-rijk Angor komen, want die schepen kennen we. Bovendien had Angor geen reden om in te grijpen in Tarpol – waar ze bovendien zouden zijn doodgevroren.'

'Laten we van het ergste uitgaan en aannemen dat het inderdaad de galei van Sinured was die, om welke reden dan ook, uit het water omhoog is gekomen,' bromde Perdór, terwijl hij de grijze krullen van zijn baard om zijn vingers draaide. 'Wie zou dat monster willen helpen? En waarom zou hij in die veldslag hebben ingegrepen? Het bevalt me allemaal niet, Fiorell.'

'Tzulandrië,' opperde de hofnar abrupt, en hij sloeg zijn benen over elkaar. 'Alleen mensen van dat continent zouden Sinured helpen.'

'Verrek,' vloekte zijn heer, en hij nam nog een slok uit zijn glas. 'Dan zou het allemaal nog kunnen kloppen. Behalve het feit dat Sinured, als hij er inderdaad bij was, partij heeft gekozen voor de jonge Kabcar. Juist zijn dood zou immers de Donkere Tijd terugbrengen.' Nog een slok en het glas was leeg. 'Ik wil weten of dat monster weer is opgedoken of niet. Een vliegend schip moet toch opvallen. Een van onze spionnen zal het hopelijk ergens zien. En ze moeten achter die troepen aan die in naam van de Kabcar het Tarpoolse rijk van de Borasgotanen zuiveren.'

IJverig noteerde Fiorell de instructies van zijn koning, die nog een glas en een stuk taart liet komen. De hofnar keek verwijtend. 'U had zo oud kunnen worden, maar nee, u wilt zichzelf de dood injagen met al die zoetigheid. Vrijwillig. Of dwingt iemand u soms die troep te drinken?'

Met koninklijke onverstoorbaarheid negeerde Perdór die opmerking en hield het dossier over Lodrik omhoog. 'We hebben met een nieuwe speler in Ulsar te maken. Deze man, Mortva Nesreca, is net zo raadselachtig als dat verhaal over het schip. Het schijnt dat hij zijn familiebanden met de juiste boeken kon aantonen. Maar in onze eigen kronieken over de koningshuizen van het continent komt hij niet voor.' Met een klap landde het boek op het bureau. 'We weten precies hoeveel buitenechtelijke zonen Kumstratt heeft, of dat de koning van Serusië zich op zijn oude dag tot jongetjes aangetrokken voelt. Zelfs dat de regentes van Tersion al twee dochters heeft van wie haar man niets weet.' Fiorell rolde met zijn ogen en keek naar de grond. Hij had het al gedacht: de alcohol miste zijn uitwerking niet. Perdór begon zich op te winden. 'Hoe ter wereld lukt het een officieel familielid van de Kabcar, een neef in de vierde graad, zoals hij zelf beweert, dan om meer dan dertig jaar onopgemerkt te blijven? Dertig jaar, stel je voor! Zitten mijn mensen soms te slapen?'

'Nou, niet de hele tijd,' zei de hofnar grijnzend, 'maar wat kun je met zo'n voorbeeld ook verwachten?'

'Je kop gaat eraf,' bromde de man in zijn richting, maar hij kalmeerde weer wat. 'Wat doen die moerasmonsters in de Verboden Stad? Hebben ze al een uitval gewaagd?'

'Geen sprake van,' zei Fiorell vrolijk. 'Ze vertonen zelfs een hoogst ongebruikelijk gedrag voor monsters. Ze maken niets kapot. Ze maken juist schoon.'

'Wat?' De koning van Ilfaris staarde hem aan.

'Ja, u hebt het goed verstaan,' knikte de man in het geruite tricot, terwijl hij van boeken kleine huisjes bouwde. 'Ze leggen de ruïnes van de Verboden Stad bloot. En heel nauwgezet, zoals onze informant bij het Tûritische leger meldt. De aanvoerder van de eenheid die het gebied heeft omsingeld, is een meesterschutter en een goede vriend van u.'

'Hetrál?' vroeg Perdór verheugd. 'Geweldig dat hij weer een rol speelt. Niemand kan beter met dat tuig overweg dan hij. We mogen van geluk spreken dat wij geen moerassen hebben. En ze bouwen de stad weer op, zei je?'

'Nee, ik zei dat ze de ruïnes blootleggen,' herhaalde Fiorell en hij klakte misprijzend met zijn tong. 'Hou toch op met zuipen, majesteit. Dit gaat echt om belangrijke zaken.' Zwijgend griste hij het glas weg en nam een slok. 'Mm, heel lekker. Ik hou het zelf maar.'

'Misschien willen ze later alles weer opbouwen? Maar zonder architecten en bouwmeesters is dat vergeefse moeite.'

Zijn hofnar lachte. 'Misschien komen die later nog, majesteit.'

'Zou kunnen. De monsters zullen niet zomaar die gebouwen uitgraven.' De koning krabde zich onder zijn pruik en trok zijn lichte brokaatmantel recht. 'Dat galeischip van Sinured, mannen uit Tzulandrië, moerasmonsters die de Verboden Stad schoonmaken... wat kunnen we verder nog verwachten?'

'De delegatie uit Tersion, als ik goed op de klok heb gekeken,' zei Fiorell. 'U weet nog dat Alana de Tweede gezanten had gestuurd?'

'Je hoeft niet te vragen wat ze willen,' zuchtte Perdór, en hij loerde naar het glas, dat in de handen van zijn hofnar snel leger raakte. 'Ze zullen om een vrije doorgang vragen.'

Er werd geklopt, en op een teken van de koning liet een livreiknecht de diplomaten uit Tersion binnen.

Zoals alle Tersioners hadden ze een bruine huid, kort haar en droegen ze sandalen en lichte zijden kleren in lichte kleuren – de beste manier om de heersende hitte te verdragen.

'Ik breng u de groeten over van Alana de Tweede, regentes van Tersion,' begon de voorste diplomaat, en hij maakte een buiging voor Perdór. 'Mijn naam is Parlass Nirwel.'

'Goed, mijn beste Nirwel, ik ben een en al oor. Wat heeft onze waarde buurvrouw ons te vragen?' zei de koning.

'Zoals Ilfaris wel weet, zijn wij in oorlog met Kensustria,' antwoordde de gezant.

Fiorell viel hem onmiddellijk in de rede. 'Dat was geen handige zet, wel?' vroeg hij goed geluimd.

'Het is niet mijn plaats om commentaar te leveren op de politiek van de regentes.' Nirwel begaf zich niet op glad ijs. 'Feit is dat Palestan en

Tersion de geëiste schadevergoeding niet hebben gekregen. Daarom hebben wij alle recht om compensatie af te dwingen.'

'Als die vlieger maar opgaat,' zei de hofnar pessimistisch en hij zette het lege glas neer.

'Natuurlijk hebben we allemaal van die oorlogsverklaring gehoord,' mengde Perdór zich in het gesprek. 'Heel treurig dat er nu in twee hoeken van het continent oorlog wordt gevoerd. En Tersion schijnt zich op een grote veldslag voor te bereiden, te oordelen naar al die Angoriaanse schepen die zich daar verzamelen. De regentes heeft hulp gezocht bij haar schoonvader, neem ik aan?'

'Keizer Ibassi Che Nars'anamm geeft zijn volledige steun aan de onderneming,' bevestigde Nirwel. 'Wij zijn niet uit op een slepend conflict met Kensustria. We willen zo snel mogelijk een beslissing in ons voordeel.' Geleidelijk kwam de gezant op het eigenlijke doel van zijn bezoek. 'Maar over zee zal dat moeilijk worden.'

'Dat dacht ik al. Bij een eerste kleine schermutseling zijn alleen úw schepen tot zinken gebracht, heb ik gehoord.' Perdór nam nog een stuk taart en probeerde de laatste druppels uit zijn bijna lege glas te persen. Zonde om te laten bederven. 'En?'

'En nu zijn we hier om het koninkrijk Ilfaris te vragen onze troepen een vrije doorgang te geven.' De diplomaat uit Tersion wachtte de reactie van de koning af.

'Zomaar?' vroeg Fiorell, en hij lachte zo luid dat de belletjes op zijn narrenkap rinkelden. 'U komt naar het hof om te vragen of we een militaire sprinkhanenplaag in ons mooie land willen toelaten? Midden in de oogsttijd? Majesteit, die mensen komen solliciteren naar de positie van hofnar!'

'Mijn potsenmaker neemt geen blad voor de mond,' verontschuldigde Perdór zich, 'maar hij slaat wel de spijker op de kop. Wij willen ons niet bemoeien met deze oorlog, dit conflict, dit meningsverschil of hoe u het ook noemen wilt – noch direct, noch indirect.' Zijn toon werd scherper. 'Alana de Tweede had vooraf moeten bedenken waar ze toe bereid is. Ilfaris heeft het Duizendjarig Verdrag ondertekend om de vrede te bewaren. Dat Kensustria het document niet heeft onderschreven, is nog geen reden om dat land met een zwakke smoes aan te vallen. De Palestanen moeten uw regentes wel een enorm bedrag hebben beloofd, anders kan ik niet verklaren waardoor ze haar verstand verloren heeft.'

'Als u wegens het verdrag onze troepen geen doorgang wilt verlenen,' probeerde de diplomaat, 'dan de Angoriaanse eenheden misschien wel? Ilfaris loopt in geen enkel opzicht het risico om het verdrag te schenden.'

Perdór zuchtte. 'U hebt me niet goed begrepen, waarde Nirwel. Ik zal Kensustria, Tersion, Palestan of keizer Ibassi Che Nars'anamm persoonlijk nooit toestemming te geven om zelfs maar één enkele soldaat door mijn land te laten trekken. Ilfaris mag dan een onbeduidend landje zijn, we liggen wel op hetzelfde continent en we hebben dezelfde rechten als Tersion.'

'Maar als de regentes bereid zou zijn voor dat voorrecht te betalen?' Nirwel gaf niet op. Hij bleef aandringen. 'Majesteit, Tersion wil u per soldaat één heller vergoeden.'

'Eerst vragen, dan omkopen...' Zei Fiorell peinzend. 'Wat krijgen we nu? Dreigementen?'

De gezant draaide zich om. 'Nee, geen dreigementen.' Hij trok een stalen gezicht en probeerde kalm te blijven. 'Maar Ibassi Che Nars'anamm zou erop kunnen wijzen dat hij heel eenvoudig, ook zonder officiële...'

Perdór, meestal een heel gemoedelijk mens, sprong bij die brutaliteit woedend overeind en gooide zijn glas naar de man, die haastig wegdook voor de aanval. Waarschijnlijk had hij zo'n reactie wel verwacht. Onverrichter zake sloeg het glas tegen de muur aan scherven.

'De onbeschaamdheid!' beefde de koning. Zijn krullende baard wipte op en neer. 'Als het keizerrijk Angor het waagt ook maar één voet op Ilfaritische bodem te zetten, zullen we terugslaan met alles wat er in de provisiekast te vinden is.'

'En een gerookte ham kan behoorlijk hard aankomen, op de juiste plaats,' voegde de hofnar er grijnzend aan toe.

'Ik vraag uwe majesteit dringend er nog eens in alle rust over na te denken,' zei Nirwel bezwerend, terwijl hij over de vlek wreef die de restanten van het drankje op zijn zijden gewaad hadden achtergelaten.

'Doe geen moeite, er komt nog meer bij,' bromde de koning. Met een snelheid die je niet van zo'n zwaarlijvige man zou verwachten greep hij het bordje met de taartpunt en smeet het naar de gezant. Het gebak trof de Tersioner met een klap in het gezicht en het bordje sloeg stuk tegen zijn hoofd.

'Die was raak,' merkte de hofnar droog op. Hij reikte zijn heer het blad met pralines aan. 'Voor het geval u nog meer nodig hebt.'

'Niet mijn kostelijke bonbons,' weerde Perdór af. 'En u, Nirwel, verdwijnt nu naar uw logeerkamer om u te bezinnen of het zo'n goed idee was om andere mensen te bedreigen.'

'Zoals u wilt, majesteit,' antwoordde Nirwel, een beetje onverstaanbaar door het gebak dat zijn mond en neus verstopte. Hij maakte een buiging en liep aarzelend naar buiten, terwijl er onderweg nog stukken deeg van hem af vielen.

Mopperend ging de koning van Ilfaris weer zitten. 'Hij heeft me echt zo ver gekregen dat ik hem mijn taart in zijn gezicht smeet! Zo'n heerlijke taartpunt!'

'En als de woede van uwe majesteit is gezakt, zult u die arme Nirwel weer ontbieden, de berouwvolle gastheer spelen en een heel klein contingent een vrije doorgang gunnen,' stelde de potsenmaker voor. 'Dan kunnen Tersion en Angor u niets verwijten.'

'Ik weet wat je zeggen wilt, maar ik dacht precies hetzelfde. We houden ons dus aan de afspraken met Kensustria.' Perdór ademde diep in. 'We wijzen Alana en haar Angoriaanse bondgenoten de plek aan waar ze kunnen oversteken. Dan houden we ze even tegen, melden Kensustria waar ze zich bevinden en wachten gespannen af hoe de Kensustrianen willen voorkomen dat er ook maar één vijandelijke soldaat mijn grens oversteekt.'

'Daar nemen we een praline op. Eentje maar, majesteit,' zei Fiorell, en hij gaf de koning het blad. 'En nu maar hopen dat het allemaal lukt.'

EPILOOG

Ulldart, koninkrijk Tarpol, provincie Ulsar, hoofdstad Ulsar, zomer 443 n.S.

Toen de restanten van de Tarpoolse troepen en de Hoge Zwaarden met Lodrik aan het hoofd Ulsar binnenreden, stond het volk met duizenden langs de kant en juichte de triomfantelijke strijders toe. Bloemen regenden op de stoet neer vanaf de daken van de huizen en met luid hoerageroep werd de jonge koning, van wie niemand zo'n militaire prestatie had verwacht, een lang leven toegewenst.

˙ Steeds weer doorbraken de mensen het kordon van stadswachters om de Kabcar of in elk geval iets van zijn kleren aan te raken. Anderen wilden hem cadeaus geven, maar ze werden teruggeduwd. De colonne van achthonderd mannen en kinderen kwam maar langzaam vooruit in de richting van de grote markt.

Daar had Norina alles in gereedheid gebracht voor een groot feest. De overwinning op Borasgotan moest passend worden gevierd. Het interesseerde niemand hoe die overwinning tot stand was gekomen. Dat Sinured was teruggekeerd, wisten alleen de soldaten die aan de slag hadden deelgenomen, en hun was verboden om maar iets over de verschijning van de legendarische krijgsheer te zeggen. De bevolking van Tarpol dacht dat het Tûritische bondgenoten waren die zich zo verrassend in de strijd hadden geworpen.

Op het plein voor de ingestorte kathedraal speelden muzikanten voor de hossende en dansende menigte. Het eten en drinken was op aandringen van Kolskoi door de brojaken betaald. Niemand hoefde op deze dag ook maar één waslec op tafel te leggen. Vlaggen wapperden in de wind, bonte wimpels hingen uit de ramen boven de straten en de zonnen zorgden voor prachtig weer.

Stralend zat Lodrik in het zadel, rechtop, zelfbewust, het toonbeeld van een echte Bardriç. Zijn blauwe ogen glinsterden van vreugde, hij zwaaide naar de mensen, ving bloemen op en wierp die met een elegant gebaar weer terug als hij ze had gekust.

Hij voelde zich geweldig en bijna onoverwinnelijk. Dit soort huldigingen beviel hem steeds beter. Wat hem betrof, mocht de menigte die hem toejuichte nog honderd keer zo groot zijn. Zo paste het een Kabcar die zijn volk voor een groot gevaar had behoed. Als hij er goed over nadacht, was het niet meer dan terecht dat ze hem zo ontvingen.

Op het marktplein aangekomen beklom hij samen met Waljakov, Mortva – die sinds Stoiko's verwonding niet meer van Lodriks zijde week – en een schitterend uitgedoste Nerestro de tribune, zodat zijn onderdanen hem nog beter konden zien. Hij hief zijn armen, en onmiddellijk verstomde het rumoer.

'De vijand,' riep hij blij, 'is verslagen en zal achter elkaar uit ons land worden verdreven. Tarpolers, voor u ben ik de strijd ingegaan, voor u heb ik gewonnen. Nu het gevaar is afgewend, zal ik me weer persoonlijk met de binnenlandse zaken van Tarpol gaan bezighouden. En ik beloof u dat er dingen gaan veranderen. Niets zal meer zijn zoals het was. De macht van de brojaken wordt ingeperkt en ieder die mij daarbij in de weg staat, zal de toorn van de Kabcar ondervinden!' Mortva reikte hem een beker wijn aan. 'Lang leve Tarpol. Laat ons land gelukkig zijn, groeien en gedijen!' Hij dronk de beker in één teug leeg. 'Daar zal ik voor zorgen!'

Weer begon de menigte te jubelen, te klappen en te joelen. Al die vreugde werkte aanstekelijk op iedereen. Mensen wierpen zich in elkaars armen, sloegen elkaar op de schouders en juichten de koning toe.

Lodrik trok zich wat uit de algemene aandacht terug en ging op zoek naar Norina, maar hij kon de jonge vrouw in de drukte op de tribune niet ontdekken.

In plaats daarvan zag hij zijn nicht op zich toe komen. In haar blote zomerjurk was ze de verleiding in eigen persoon. Ze maakte een diepe buiging voor haar echtgenoot.

'Nu sta je met je mond vol tanden, neem ik aan?' vroeg de Kabcar. 'Of had je er ooit op gerekend me nog terug te zien?'

'Ach, lieve echtgenoot,' zei ze met gespeelde verontwaardiging, 'hoe kun je zo twijfelen aan je trouwe vrouwtje? Ik werd gek van ongerustheid. En nu je gezond en wel...'

'... en als overwinnaar...' vulde Lodrik aan, met een boos lachje.

'... bij me bent teruggekeerd, is mijn vreugde des te groter,' vervolgde Aljascha onverstoorbaar.

'Goed. Waar is Norina?' wilde hij weten.

'Wie? O, je speelkameraadje.' Beledigd haalde ze haar schouders op. 'Je stelt me wel teleur. Zien we elkaar na al die tijd weer terug en ben je alleen in háár geïnteresseerd.'

'Ze betekent ook veel meer voor me,' zei Lodrik kortaf. Hij keek nog steeds om zich heen. 'Nou, waar hangt ze uit?'

'Ga haar zelf maar zoeken,' brieste zijn nicht, en ze stormde hem voorbij.

'Daar,' wees zijn adviseur. Met de twee mannen op sleeptouw liep de koning recht op de brojakin toe en sloot haar in zijn armen. Norina bloosde, maar haar blijdschap om Lodrik weer bij zich te hebben stond duidelijk op haar gezicht te lezen.

'Lodrik!' probeerde ze hem nog half af te weren. 'Niet waar iedereen bij is. Wat zullen je onderdanen wel denken?'

Hij trok haar achter een gordijn en kuste haar hartstochtelijk. Ze beantwoordde zijn stormachtige liefkozingen, terwijl ze dicht tegen elkaar aan stonden, luisterend naar elkaars bonzende hart, door hun kleren heen.

'Ik heb je zo gemist,' zuchtte de jonge koning dolgelukkig. Hij snoof aan haar zwarte haar. 'Op dit moment heb ik een eeuwigheid gewacht.'

Haar amandelogen keken hem vol warmte aan. 'Dappere jongen. Ik ben zo blij om je heelhuids terug te hebben. Ik heb wat dingen gehoord over die verschrikkelijke veldslag.'

Hij boog zijn hoofd. 'Zoiets heb ik nog nooit meegemaakt, en ik wíl het ook niet meer meemaken. Tenzij iemand me ertoe dwingt.'

Ze drukte een kus op zijn voorhoofd. 'Probeer het te vergeten, als dat kan. Vandaag is het feest. Aan de rest denken we morgen wel weer. En ik heb nog een verrassing voor je.'

'Een verrassing? Voor mij?' Lodrik kneep zijn ogen halfdicht en grijnsde. 'Wat dan? Vooruit, laat horen. Hou me niet langer in spanning.'

Norina lachte en stak een wijsvinger op. 'Nee, nee, mijn Kabcar. Je moet nog even geduld hebben.' Ze pakte hem bij zijn schouders en draaide hem honderdtachtig graden rond. 'Eerst moet je weer terug naar de tribune, om je aan je volk te presenteren. Jij bent de held van Tarpol. Dit is jouw dag.'

'Maar de avond is alleen voor jou,' beloofde hij. 'En de nacht.'

'Dat zien we dan wel weer,' glimlachte ze, en ze schoof hem het gordijn door. Vrolijk keek ze hem na. De volgende dag zou ze hem wel vertellen dat hij vader werd. Hopelijk zou hij daar net zo blij mee zijn als zij al weken was.

Als uit het niets dook de man met het zilvergrijze haar voor haar op en benam haar het uitzicht. Met een vriendelijk lachje drong hij de brojakin een eindje terug.

'Mijn complimenten, Norina Miklanowo,' begon hij. 'Je bent niet alleen een mooie, maar ook een verstandige vrouw. Je inzet in Ulsar voor de verzorging van de troepen aan het front was heel bijzonder. Wij weten allebei... Nee, de hele hoofdstad weet... wie er achter de vooruitziende maatregelen van de Kabcara zat.'

'Wat wil je van me, Nesreca?' Ze trotseerde de blik van de adviseur.

'Waar ben je toe bereid om als ware vorstin van Tarpol naast je geliefde te kunnen zitten?' Hij stelde die vraag, die dicht bij hoogverraad kwam, op de toon van een waard die vroeg wat zijn gasten wilden bestellen. Tegelijk pakte hij haar linkerhand en drukte er een kus op. 'En overigens ben je ook een heel begerenswaardige vrouw.'

'Ik heb dit allemaal niet gehoord, voor je eigen bestwil,' zei Norina

scherp. 'Ga nu. Ik wil niets met je te maken hebben, ook al ben je familie van de Kabcar. Eerlijk gezegd ben ik nog niemand van Lodriks
familie tegengekomen die ik bijzonder mag.'

Mortva verhief zich. 'Ik heb u begrepen, brojakin. Als ik u nog een
keer een aanbod doe, kunt u het beter niet afslaan. Dat kan heel vervelende gevolgen hebben.' De adviseur had nog de brutaliteit om haar een
knipoog toe te werpen voordat hij Lodrik volgde, die met een paar gilde-
meesters stond te praten.

Het beviel de jonge vrouw in het geheel niet dat haar geliefde op de
adviezen van deze onbeschaamde vent moest vertrouwen.

Uren later vierde Ulsar nog altijd feest. De edelen, brojaken en genode
gasten aten en dronken in het paleis, terwijl het volk de straten onveilig
maakte en de bier- en wijnvaten van de kroegen leegdronk.

Nadat hij zich ervan had overtuigd dat Stoiko goed was ondergebracht
en nog altijd vorderingen maakte, ging de jonge Kabcar weer terug naar
het gezelschap, dat zich tot in de kleine uurtjes goed vermaakte in de
kleine feestzaal. Lodrik en Norina waren zo moe toen ze in bed stapten
dat ze al sliepen zodra hun hoofd het kussen raakte.

Sommige gasten waren gewoon aan tafel in elkaar gezakt of hadden
zich op de grond of op een bank uitgestrekt om hun roes uit te slapen.

In de chaos van tafels, stoelen, banken, borden, bladen, vlees- en
groenteresten, slapers en zuiplappen zat Mortva onderuitgezakt in de
stoel van de Kabcar, met zijn voeten achteloos op tafel. Peinzend steunde hij zijn kin op de vingertoppen van zijn gevouwen handen en staarde
in de verte. Hij had plannen voor de toekomst van dit land, dat dankzij
zijn tussenkomst nu op de goede weg was.

Maar er waren nog altijd kleine obstakels die uit de weg moesten worden geruimd, omdat ze de wagen van Tarpol, waarvan hij zichzelf als de
koetsier beschouwde, uit zijn evenwicht konden brengen – of de ezel
konden doen schrikken die door een gunstig lot nu voor de kar stond
en steeds beter uit zijn hand vrat.

De oude raadsman had hij min of meer uit de roulatie genomen. Dat karwei moest hij nog eens afmaken. De cerêlers hadden de man bijna opgelapt. De laatste van de drie pijlpunten was ook verwijderd en nu kwam het op de genezing aan, waarvoor ze hem weer in een magische, heilzame slaap hadden gebracht.

Maar nog altijd had de Kabcar naar Mortva's smaak te veel waarschuwende stemmen om zich heen, die zich tegen de adviseur verzetten.

'Waljakov en Norina, de ridder en die vrouw uit Kensustria,' telde hij fluisterend de kandidaten op die uit de omgeving van de jonge koning moesten verdwijnen. Ook het aantal weerbarstige Tarpoolse brojaken moest worden verminderd. 'Een hele klus voor een eenvoudig man als ik.'

Als hij het goed zag, vormden die verwaande ridder en de priesteres een stelletje. Daar kon hij zijn voordeel mee doen en twee vliegen in één klap slaan. Het duurde niet lang of hij kwam op een glorieus idee.

Abrupt stond hij op en liep vastberaden naar de grote feestzaal, waar nog altijd de geharnaste handschoen van de ridder lag die hij een tijd geleden op de marmeren vloer had gegooid om zijn steun aan de Kabcar te symboliseren. Niemand had het nog aangedurfd het stalen ding op te rapen.

'En de eer van een krijgsman is hem alles waard.' Mortva grijnsde en bukte zich naar de zware handschoen, die hij schattend op zijn hand woog. 'Ach, nu heb ik zeker de uitdaging aangenomen? Waarom heeft niemand me daarvoor gewaarschuwd? Ik ben maar een zwakke geleerde.'

'Hemeròc, ik heb een opdracht voor je,' zei hij hardop in de donkere audiëntiezaal.

Een van zijn geheimzinnige trawanten, die tot nu toe alleen aan Lodrik waren verschenen, dook geruisloos uit de donkerste hoek van de ruimte op, knielde en boog zijn hoofd.

'Ik geloof dat ik een foutje heb gemaakt.' Als verklaring hield de adviseur de handschoen omhoog. 'Hiermee benoem ik jou tot mijn kampioen in een gevecht om mijn eer. Doe je best, want ik vertrouw op je. Smerige trucs zijn toegestaan, maar liever geen magie. Ik roep je wel als het zo ver is. Bereid je in de tussentijd maar op een sterke tegenstander voor en hoed je voor zijn zwaard.' Hij bekeek de kunstig vervaardigde vingergewrichten van de handschoen. 'Het is een Aldorelisch zwaard, dat in bepaalde omstandigheden sterk genoeg is om zelfs jou te doden. Ik zeg het je maar vast. Ik zou je niet graag verliezen.'

Hemeròc knikte, richtte zich op en verdween weer in het donker.

Mortva slenterde tevreden naar buiten voor een bezoekje aan de kamer van de Kabcara, om een ander onderdeel van zijn plan in werking te zetten.

Dichte deuren openden zich gehoorzaam en maakten de weg vrij voor de man met het zilvergrijze haar. Geruisloos, zonder zich te verraden, sloop hij door de kamers van de paleisvleugel. Dat de vrouw in een van die kamers sliep, stoorde hem niet. Ze zou hem niet horen.

Zijn blik viel op een klein kastje naast de toilettafel, waar de slapende vorstin haar reukwatertjes, poeders en crèmes bewaarde.

Hij opende de deurtjes en bekeek vluchtig de flesjes en potjes, totdat er een lachje over zijn gezicht gleed. De adviseur had gevonden wat hij zocht: het voorbehoedmiddel dat een cerêler heimelijk voor de Kabcara had samengesteld. De magie van de kleine mensen was voor Mortva duidelijk zichtbaar en deed het flesje groen oplichten.

Voorzichtig pakte hij de kleine, anonieme flacon, sloot zijn ogen en concentreerde zich.

Een bleekrood schijnsel staalde om het flesje heen, drong door het dunne glas en leek een gevecht aan te gaan met het groen. De vloeistof kookte en borrelde een paar seconden, en toen was het afgelopen.

Voldaan zette Mortva de flacon op zijn plaats terug en verliet de kamer net zo geruisloos als hij binnengekomen was. Deze minieme verandering in de receptuur zou ervoor zorgen dat de verwachte troonopvolger zich binnen enkele maanden zou aankondigen. Met enige overredingskracht zou hij de jonge koning wel vatbaar maken voor de dringend noodzakelijke liefdesnacht met zijn nicht, die al te lang was uitgesteld.

'Natuurlijk,' mompelde hij, plezierig verrast. Het viel hem net in wat hij tegen de Kensustriaanse priesteres kon ondernemen.

Daarna zou hij zich om Norina bekommeren. Maar daarbij moest hij veel gewiekster te werk gaan. 'Je staat nu nog hoog aangeschreven bij onze Kabcar, maar met de hulp van de betoverende Aljascha zal dat snel veranderen.'

Hij bleef staan voor een meer dan levensgroot portret van Lodrik, dat in een gang aan de muur hing.

'En u, hoge heer, zult nog binnen dit jaar de machtigste vorst van Ull-dart zijn. Sinured en ik zorgen daar wel voor – of u wilt of niet.'

Uiterst tevreden liep Mortva weer verder door de donkere gang, op weg naar zijn kamers.